U0469795

拜德雅
Paideia
人文丛书

eons
艺 文 志

拜德雅·人文丛书
学术委员会

∘ • ∘

学术顾问

张一兵　南京大学

学术委员（按姓氏拼音顺序）

陈　越	陕西师范大学	姜宇辉	华东师范大学
蓝　江	南京大学	李科林	中国人民大学
李　洋	北京大学	刘悦笛	中国社会科学院
鲁明军	复旦大学	陆兴华	同济大学
王春辰	中央美术学院	王嘉军	华东师范大学
吴冠军	华东师范大学	吴　琼	中国人民大学
夏可君	中国人民大学	夏　莹	清华大学
杨北辰	北京电影学院	曾　军	上海大学
张　生	同济大学	朱国华	华东师范大学

文艺复兴时期的自我塑造

从莫尔到莎士比亚

[美]斯蒂芬·格林布拉特（Stephen Greenblatt）| 著

吴明波　李三达 | 译

上海文艺出版社
Shanghai Literature & Art Publishing House

本译著为
中国博士后科学基金
（面上资助［2020M680812］、特别资助［2021T140732］）
中国社会科学院博士后创新工程项目成果

目 录

总　序 | 重拾拜德雅之学　/iii
致　谢　/ix
说　明　/xi
前　言 | 塑造文艺复兴时期的自我塑造　/xiii

文艺复兴时期的自我塑造：从莫尔到莎士比亚　/1
导　论　/3
1　大人物的餐桌前：莫尔的自我塑造与自我取消　/15
2　机械复制时代的圣言　/92
3　怀特诗歌中的权力、性别和内在性　/143
4　塑造绅士：斯宾塞与安乐窝的毁灭　/197
5　马洛与绝对戏剧的意志　/243
6　权力的即兴表演　/281

后　记　/325
尾　注　/329
索　引　/377

献给约书亚和埃伦

- 总　序 -

重拾拜德雅之学

1

中国古代，士之教育的主要内容是德与雅。《礼记》云："乐正崇四术，立四教，顺先王《诗》《书》《礼》《乐》以造士。春秋教以《礼》《乐》，冬夏教以《诗》《书》。"这些便是针对士之潜在人选所开展的文化、政治教育的内容，其目的在于使之在品质、学识、洞见、政论上均能符合士的标准，以成为真正有德的博雅之士。

实际上，不仅是中国，古希腊也存在着类似的德雅兼蓄之学，即 paideia（παιδεία）。paideia 是古希腊城邦用于教化和培育城邦公民的教学内容，亦即古希腊学园中所传授的治理城邦的学问。古希腊的学园多招收贵族子弟，他们所维护的也是城邦贵族统治的秩序。在古希腊学园中，一般教授修辞学、语法学、音乐、诗歌、哲学，当然也会讲授今天被视为自然科学的某些学问，如算术和医学。不过在古希腊，这些学科之间的区分没有那么明显,更不会存在今天的文理之分。相反,这些在学园里被讲授的学问被统一称为 paideia。经过 paideia 之学的培育,这些贵族身份的公民会变得"καλὸς κἀγαθός"(雅而有德),这个古希腊语单词形容理想的人的行为,而古希腊历史学家希罗多德(Ἡρόδοτος)常在他的《历史》中用这个词来描绘古典时代的英雄形象。

在古希腊,对 paideia 之学呼声最高的,莫过于智者学派的演说家和教育家伊索克拉底(Ἰσοκράτης),他大力主张对全体城邦公民开展 paideia 的教育。在伊索克拉底看来,paideia 已然不再是某个特权阶层让其后嗣垄断统治权力的教育,相反,真正的 paideia 教育在于给人们以心灵的启迪,开启人们的心智,与此同时,paideia 教育也让雅典人真正具有了人的美德。在伊索克拉底那里,paideia 赋予了雅典公民淳美的品德、高雅的性情,这正是雅典公民获得独一无二的人之美德的唯一途径。在这个意义上,paideia 之学,经过伊索克拉底的改造,成为一种让人成长的学问,让人从 paideia 之中寻找到属于人的德性和智慧。或许,这就是中世纪基督教教育中,及文艺复兴时期,paideia 被等同于人文学的原因。

2

在《词与物》最后,福柯提出了一个"人文科学"的问题。福柯认为,人文科学是一门关于人的科学,而这门科学,绝不是像某些生物学家和进化论者所认为的那样,从简单的生物学范畴来思考人的存在。相反,福柯认为,人是"这样一个生物,即他从他所完全属于的并且他的整个存在据以被贯穿的生命内部构成了他赖以生活的种种表象,并且在这些表象的基础上,他拥有了能去恰好表象生命这个奇特力量"[1]。尽管福柯这段话十分绕口,但他的意思是很明确的,人在这个世界上的存在是一个相当复杂的现象,它所涉及的是我们在这个世界上的方方面面,包括哲学、语言、诗歌等。这样,人文科学绝不是从某个孤立的角度(如单独从哲学的角度,单独从文学的角度,单独从艺术的角度)去审视我们作为人在这个世界上的存在,相反,它有助于我们思考自己在面对这个世界的综合复杂性时的构成性存在。

其实早在福柯之前,德国古典学家魏尔纳·贾格尔(Werner Jaeger)就将 paideia 看成一个超越所有学科之上的人文学总体之学。正如贾格尔所说,"paideia,不仅仅是一个符号名称,更是代表着这个词所展现出来的历史主题。事实上,和其他非常广泛的概念一样,这个主题非常难以界定,它拒绝被限定在一个抽象的表达之下。唯有当我们阅读其历史,并跟随其脚步孜孜不倦地观察它如何实现自身,我们才能理解这个词的完整内容和含义。……我们很难避免用诸如文明、文化、传统、文学或教育之类的词汇来表达它。但这些词没有一个可以覆盖 paideia 这个词在古希腊时期的意义。上述那些词都只涉及 paideia 的某个侧面:除非把那些表达综合在一起,我们才能看到这个古希腊概念的范阈"[2]。贾格尔强调的正是后来福柯所主张的"人文科学"所涉及的内涵,也就是说,paideia 代表着一种先于现

---

[1] 米歇尔·福柯,《词与物》,莫伟民译,上海:上海三联书店,2001年,第459–460页。
[2] Werner Jaeger, *Paideia: The Ideals of Greek Culture. Vol. 1*, Oxford: Blackwell, 1946, p. i.

代人文科学分科之前的总体性对人文科学的综合性探讨研究，它所涉及的，就是人之所以为人的诸多方面的总和，那些使人具有人之心智、人之德性、人之美感的全部领域的汇集。这也正是福柯所说的人文科学就是人的实证性（positivité）之所是，在这个意义上，福柯与贾格尔对 paideia 的界定是高度统一的，他们共同关心的是，究竟是什么，让我们在这个大地上具有了诸如此类的人的秉性，又是什么塑造了全体人类的秉性。paideia，一门综合性的人文科学，正如伊索克拉底所说的那样，一方面给予我们智慧的启迪；另一方面又赋予我们人之所以为人的生命形式。对这门科学的探索，必然同时涉及两个不同侧面：一方面是对经典的探索，寻求那些已经被确认为人的秉性的美德，在这个基础上，去探索人之所以为人的种种学问；另一方面，也更为重要的是，我们需要依循着福柯的足迹，在探索了我们在这个世界上的生命形式之后，最终还要对这种作为实质性的生命形式进行反思、批判和超越，即让我们的生命在其形式的极限处颤动。

这样，paideia 同时包括的两个侧面，也意味着人们对自己的生命和存在进行探索的两个方向：一方面它有着古典学的厚重，代表着人文科学悠久历史发展中形成的良好传统，孜孜不倦地寻找人生的真谛；另一方面，也代表着人文科学努力在生命的边缘处，寻找向着生命形式的外部空间拓展，以延伸我们内在生命的可能。

3

这就是我们出版这套丛书的初衷。不过，我们并没有将 paideia 一词直接翻译为常用译法"人文学"，因为这个"人文学"在中文语境中使用起来，会偏离这个词原本的特有含义，所以，我们将 paideia 音译为"拜德雅"。此译首先是在发音上十分近似于其古希腊词汇，更重要的是，这门学问诞生之初，便是德雅兼蓄之学。和我们中国古代德雅之学强调"六艺"一样，古希腊的拜德雅之学也有相对固定的分目，或称为"八艺"，即体操、语法、修辞、音乐、数学、地理、自然史与哲学。这八门学科，体现出拜德雅之学从来就不是孤立地在某一个门类下的专门之学，而是统摄了古代的科学、哲学、艺术、语言学甚至体育等门类的综合性之学，其中既强调了亚里士多德所谓勇敢、节制、正义、智慧这四种美德（άρετή），也追求诸如音乐之类的雅学。同时，在古希腊人看来，"雅而有德"是一个崇高的理想。我们的教育，我们的人文学，最终是要面向一个高雅而有德的品质，因而我们在音译中选用了"拜"这个字。这样，"拜德雅"既从音译上翻译了这个古希腊词汇，也很好地从意译上表达了它的含义，避免了单纯叫作"人文学"所可能引生的不必要的歧义。本丛书的 logo，由黑白八点构成，以玄为德，以白为雅，黑白双色正好体现德雅兼蓄之意。同时，这八个点既对应于拜德雅之学的"八艺"，也对应于柏拉图在《蒂迈欧篇》中谈到的正六面体（五种柏拉图体之一）的八个顶点。它既是智慧美德的象征，也体现了审美的典雅。

不过，对于今天的我们来说，更重要的是，跟随福柯的脚步，向着一种新型的人文科学，即一种新的拜德雅前进。在我们的系列中，既包括那些作为人类思想精华的**经典作品**，也包括那些试图冲破人文学既有之藩篱，去探寻我们生命形式的可能性的**前沿著作**。

既然是新人文科学，既然是新拜德雅之学，那么现代人文科学分科的体系在我们的系列中或许就显得不那么重要了。这个拜德雅系列，已经将历史学、艺术学、文学或诗学、哲学、政治学、法学，乃至社会学、经济学等多门学科涵括在内，其中的作品，或许就是各个学科共同的精神财富。对这样一些作品的译介，正是要达到这样一个目的：在一个大的人文学的背景下，在一个大的拜德雅之下，来自不同学科的我们，可以在同样的文字中，去呼吸这些伟大著作为我们带来的新鲜空气。

- 致　谢 -

此书的部分内容已经出版：《莫尔、角色扮演与〈乌托邦〉》（ "More, Role-Playing, and Utopia," *Yale Review 67* [©1978 by Yale University]);《马洛与文艺复兴时期的自我塑造》("Marlowe and Renaissance Self-Fashioning," in *Two Renaissance Mythmakers: Christopher Marlowe and Ben Jonson*, edited by Alvin B. Kernan, Selected Papers from the English Institute 1975-76, Baltimore: Johns Hopkins University Press[©1977 by The English Institute]);《马洛、马克思与反犹主义》（ "Marlowe, Marx, and Anti-Semitism," *Critical Inquiry 5* [©1978 by The University of Chicago]) ;《权力的即兴表演》("The Improvisation of Power," in *Literature and Society*, edited by Edward Said, Selected Papers from the English Institute 1977-78, Baltimore: Johns Hopkins University Press [©1980 by The English Institute])。

我非常感谢国家人义基金会（National Endowment for the Humanities）、古根海姆基金会（Guggenheim Foundation）、霍华德基金会（Howard Foundation）以及加州大学的资助推动了这项研究以及这部书的写作。也非常感谢一些朋友、同事和学生的帮助。我原本打算把他们全部列出来，但我被其数量吓到了。所以我只能退而求其次，尤其感谢以下人士：保罗·阿尔珀斯（Paul

Alpers)、斯维特拉娜·阿尔珀斯(Svetlana Alpers)、C. L. 巴伯(C. L. Barber)、理查德·布里奇曼(Richard Bridgman)、娜塔莉·泽蒙·戴维斯(Natalie Zemon Davis)、史蒂芬·科纳普(Steven Knapp)、托马斯·拉克尔(Thomas Laqueur)、沃尔特·迈克尔斯(Walter Michaels)、诺曼·拉布金(Norman Rabkin)、拉尔夫·雷德(Ralph Rader)、迈克尔·罗金(Michael Rogin)、托马斯·罗森梅耶(Thomas Rosenmeyer)、理查德·特里尔(Richard Trier)以及亚历克斯·兹沃德林(Alex Zwerdling)。

我的妻子埃伦一如既往,对我产生了巨大而持久的影响。

- 说 明 -

为了便于阅读，我在本书中对所有文本的拼写和标点符号进行了处理，但不包括那些直接影响意义或韵律的地方，也不包括斯宾塞诗歌的部分。斯宾塞试图把古代的光辉投射到他的作品中，因此，剥夺时间赋予它的真正的古老性似乎不通情理。

- 前　言 -

塑造文艺复兴时期的自我塑造

因为《文艺复兴时期的自我塑造》是让我第一次找寻到自己的声音的著作，我本应愉快地宣称这本书是我根据总体规划所做出的深层次结构设计的结晶。但不幸的是，它并不是。这部书的出版有某种偶然性，缘于我职业生涯早期的偶然机会。我曾两次收到英语学会（English Institute）*的邀请，这是一项有挑战性的任务，在热情而又挑剔的听众面前发表演说，这触发了我写作关于马洛（Marlowe）和《奥瑟罗》（Othello）的文章，最终这些文章被收入此书；1977年由霍普金斯和马里兰大学联合主办的"从执笔到付梓"（Pen to Press）的研讨会促使我思考廷代尔（Tyndale）；接下来的一年中，我参加了两场有关托马斯·莫尔（Thomas More）的会议，其中一场在加州大学洛杉矶分校（UCLA），一场在华盛顿，这两场会议让我着迷地将精力投入这位非凡人物的作品和生活。甚至"着迷"这个词（虽然它足够准确）也给我带

---

*　英语学会（English Institute）是成立于1939年的一个以文学及其历史、传播和接受为主题的学术会议，最先在哥伦比亚大学发起，从1972年起到2014年为止，均在哈佛大学举办，后来随着新的成员加入，还曾在耶鲁大学、芝加哥大学以及加州大学尔湾分校举办。本书的诞生以及新历史主义的崛起是该会的重要成果。——译者注

来了超出我应得的赞誉：我记起我从墨西哥度完假直接飞到加州大学洛杉矶分校参加会议，我丢失了我的眼镜，我以为我会戴着那副根据医生处方配的潜水面罩发言。在最后一刻，我的眼镜出现了，帮我避免了那场金斯利式*的闹剧。

不管这些特殊的机遇多么偶然，我实际上也有潜在的规划，但是这种规划仅部分在我的掌握中。这对我来说一点也不奇怪：有自主性的行动力（autonomous agency）只是一个梦（哪怕人们对它的体验很强烈而且信念也很坚定），这是本书的基本信条之一。我的确找到了自己的声音，但是这种声音无法摆脱制度、知识和历史力量的强大影响。与此相反：这些在快乐和痛苦中感受到的力量，帮助我的声音产生了共鸣，并且把我推向了我无法预料的方向。我的最初动力是这样的：当我作为富布莱特奖学金学生在剑桥学习，为"1579—1603"荣誉学位论文做准备时，我被罗利的长段诗歌残卷《欧西恩对辛提娅之爱》（Ocean's Love to Cynthia）**的奇异之处深深震撼了。更确切地说，我看到了罗利的诗歌与艾略特的《荒原》之间的巨大相似性，它们都有对世界和自我的碎片化的痛苦感觉，我对此深感震撼。（这和我们熟悉的感觉一致，古典绘画大师作品中的某些要素就像一幅抽象表现主义作品，比如墙上的阴影、穿衣镜中的倒影、大理石装饰板的旋涡状抽象图案。）我想要强调，我对《欧西恩对辛提娅之爱》的第一反应并非出于对历史的好奇而是出于对审美惊奇的快乐体验。我无法理解，为何罗利1590年代的挽歌听起来如此像现代

---

* 金斯利·艾米斯（Kingsley Amis）是二十世纪英国小说家、诗人和评论家，善于写作讽刺喜剧。——译者注

** 罗利爵士（Sir Ralegh）的这首挽歌从未发表，只有残卷存世，这首诗被认为是献给伊丽莎白一世的作品，辛提娅即古希腊的狩猎女神阿尔忒弥斯，被用来比作伊丽莎白一世。——译者注

前 言

主义盛期的作品。出于这点惊奇，我想要知道：罗利为什么写这样的东西？这个问题转变成了一个更大的问题：为什么伊丽莎白时代的一位讲求实际的廷臣、专权者和冒险家会写诗，更不用说为什么这诗还能让人想起现代主义实验了？

在我的论文和几年后写的书中，我试图从罗利所扮演的角色上（他把自己当成小说中的角色）寻找答案。从女王那里失宠后（作为秘密婚姻的结果），他把自己当成了疯狂的罗兰（Orlando Furioso），因失望的爱情而疯狂。他甚至尝试过自杀——根据一个挖苦他的观察者的说法，他在右乳下刮出一些划痕——他以同样的精神写下了痛苦的诗行来表达他的心烦意乱（distraction）。（正如文艺复兴诗歌的机敏学徒艾略特理解的那样，心烦意乱以断断续续的语言、扭曲的修辞和突然爆发的悲伤的方式得以呈现。）当时给我留下深刻印象且非常具有现代感的一点是，诡计多端的廷臣试图让人听起来有些神经质。这场表演并非彻头彻尾的欺骗：罗利被盛怒的女王囚禁在伦敦塔，他很可能感到绝望。我感兴趣的是，他如何将这种绝望转变成文学表演（这场表演反过来成了他毕生呈现自我的实践的一部分）。这种实践在断头台上才告终：他冷静地检查了刽子手的斧子，说了几句毫无疑问经过精心排练的俏皮话，然后把头横在板子上，张开他的手臂，喊道:"砍吧，伙计!"

这种刺激了我整个计划的审美惊奇并没有在写作中消失，但我没有试图把它当成我的解释的一部分。我只是利用它来强化我对所关注问题的热情。为了写有关罗利的书，我曾满足于描述一个杰出人物"充满戏剧感的人生"所产生的文学效果。但是我仍然有种挥之不去的不满足感。因为不管罗利多不寻常——他让同

xiii

时代人和我都感到震撼和不安——但是他的职业生涯仅作为更大文化现象的一部分才有意义，这种文化现象允许像他这样的个性能够充分表达自身。因此，当我坐下来为英语学会和其他会议撰写论文时，我总是回到这个问题：在16世纪的英格兰，是什么力量在起作用，让人们能够在生活也在写作中把自己当成可塑造的角色。

托马斯·格林（Thomas Greene）发表于1968年的优秀论文《文艺复兴文学中自我的灵活性》（"The Flexibility of the Self in Renaissance Literature," in *The Disciplines of Criticism*, ed. Peter Demetz, Thomas Greene, Lowry Nelson [New Haven: Yale University Press, pp. 241-64]）为那个时期的思想史提供了一些关键方向。在法国人类学家和社会理论家让·杜维那（Jean Duvignaud）出版于1965年的另外两本书中，我也发现了许多感兴趣的东西，这两本书是《表演者：演员社会学概述》（*L'acteur: esquisse d'une sociologie du comedien*）和《戏剧社会学：论集体的阴影》（*Sociologie du theatre: essai sur les ombres collectives*）。（我看到杜维那的书纯属偶然，归功于一个多年来让我受益匪浅的习惯：在图书馆的书架上浏览最新的、还没有最终上架到其所属的学科区域的书。在一次漫无目的的闲逛中，我拿起了杜维那的《歇比卡：马格里布小镇的变化》[*Chebika: mutations dans une village du Maghreb*]，我迫不及待地想阅读它因为我当时刚去过摩洛哥。然后，我为这书的魅力所倾倒，于是去找了这位作者的其他书。）杜维那的戏剧研究强调中世纪社会角色的严格性，因此与格林描述的易变性形成了鲜明对比。我问我自己这如何可能：一个有着如此精细的宫廷礼仪的世界（这个世界甚至明确指定了谁在君主穿越英吉利海峡晕船时扮演端水盆的角色）是如何变成罗利的世界的（在后面这个世界里，他可以不断更换角色，自觉地建构了人们所谓的"罗利"现象）？

当我在为英语学会和其他会议写作论文时，我感受到一阵越来越强烈的兴奋：与其说是一个占据主导的观点，不如说是一种某一事物正在萌发的感觉。这种感觉，在写作的真正困难出现前，一直是我写作中最快乐的时刻：你对每件事情变得警觉，包括你在内的所有人长期以来认为无聊或不重要的事情，以及你碰到的所有事情，不管这些事多么偶然，似乎都蕴含着丰富的意义。事情似乎真的跃出了纸面。我知道，这本书在我知道它将如何集合之前就会集合起来；在我为这个主题找到合适的词之前，我就知道它会有一个强有力的统摄的主题。我相信这种奇妙的警觉之感，因为我相信它会给写作带来活力。从过去到现在，我都相信只有在写作中，人们才能够发现他想说什么。

两个截然不同的因素极大地加强了这种感觉。第一次是 1975 年米歇尔·福柯到访伯克利。我碰巧已经读过《疯癫与文明》并为其所深深折服——这是我闲逛的另外一个收获——但我可能错失了他到访校园的时候。因为校园规模大且人情淡漠，我总是在几个月后才听说有人发表了很好（或糟糕）的演说。我法语系的朋友告诉我，福柯没有做讲座，而是主持了一个小型的有关左拉的研讨班。因为我的教学安排有空闲的时间，于是我决定去旁听。我对左拉没什么兴趣，后来发现这无关紧要，因为据我回忆，在那个学期的课程中，福柯没有一次提到他的名字。那场研讨会有关中世纪天主教忏悔观念的转变——从一劳永逸的、终身的公共状态到一个惩罚量刑系统（量刑的根据是所忏悔的原罪的确切本质）再到一个关于忏悔实践的复杂且不断变化的尺度（其严重程度取决于犯罪者内心认可还是抵制他或她犯下的罪）的转变。牧师依靠一整套牧师技术来推断忏悔者的内在性情，这套技术包括为隐私创立专门的忏悔室和为告解牧师写作越来越复杂的小册子。设计这些小册子的目的是教牧师如何引出对心理状态的有意义的描述——的确，福柯证明，这些册子帮助创造了他们认为可以控制的内心世界——但同时，这些册子也教导旁敲侧击的艺术，以帮助忏悔牧师掏出最痛苦和最难堪的忏悔，而不像以前那种把无法想象的罪灌输到信徒心里。

福柯智性上的整个表现非常激动人心：我从没听过任何人像他那样讲话，两小时没有停顿（他不喜欢提问）而且极其精确、敏锐而严谨。我会带着几近狂热的兴奋匆匆跑去给我朋友复述这个论点，但他们不可避免地表现出怀疑态度并且拒绝我的请求，即希望他们参加这个人数稀少的研讨班的下一次研讨。（知识界风尚莫名突转，第二年福柯突然变得非常有名。当他回到伯克利开始下一个访问学期时，巨大的礼堂取代了小教室，这么大的空间仍然无法满足人群，他们挤在门口想有机会听一下用法语发表的复杂而枯燥的演说——如果我记得准确的话，是关于斯多葛学派的演说——而他们中的大多数人完全无法理解。）

在这场我偶然参加的研讨会中，我觉得特别引人入胜的是福柯的论点，他认为个人最内心的体验——潜藏在黑暗中的感受——并非后来受到诸种社会力量打磨的原始材料。相反，这些体验由声称仅仅管理它们的机构产生和塑造。由此，这些体验并非不具有本真性；他认为，有关本真性的信念由制度及其教条、等级秩序、结构安排、程序、关于周期性和话语的充分性的观念构成。简而言之，自我感知和社会制度之间存在深刻的、隐藏的和必然的联系，这种社会制度要求拥有奖励和惩罚的权力。这种对内在生活本性的看法是非常悲观的——人们为了逃避总体化的制度而希望退回的隐蔽的地方也是由同样的制度创造的——但是这种悲观主义似乎是围绕着一个微小的、不可化约的希望内核建立起来的：我们可以看到它是如何建立的，因此，原则上我们也可以看到它会如何崩溃。

这个无法完成的梦想引起我的共鸣，因为像当时的大多数美国人一样，我的生活深受越南战争和我参与的抗议活动影响。我不想夸大我在这些抗议活动中的作用。我没有焚烧我的兵役卡，我没有故意弄伤自己，我也没有计划逃到加拿大。我用学业延期以及后来一个时间上的幸运借口成功地避开了第一次征兵：我的入伍体检（这可能是我要么战斗要么流亡的开始）被安排在了我26岁生日几周以后，我超过法定年龄了。我在加州大学担任助理教授的最初几年，我参加游行并（相当不自在地）高呼口号；我分发传单并参加群众集会；我主持宣讲会并参与了无休止的公开讨论，讨论美国帝国主义的本质和颠覆它的可能性。在加州伯克利，这构成了一种非常温和的参与形式。但是它彻底改变了我的知识生活。

在1975年春天——正好在这个福柯改变了我的知识视野的时候——一切似乎都唾手可得。尼克松总统在前一年下台，很快被他的继任者福特赦免。尼克松的许多高级助手面临起诉和监禁。已经有两次暗杀福特总统的企图了。1975年4月30日，美军从西贡撤离，把这座城市留给越共和北越人。人们疯狂爬上撤离直升机的画面深深印在我的记忆中。接下来几年看似非常动荡：索维托（Soweto）的起义被暴力镇压了；美国决定出资研制中子弹，它可以用来杀死所有生物，同时保持建筑的完整；沙阿（Shah）逃离了伊朗，被霍梅尼取代；苏联入侵阿富汗；三里岛核电厂部分反应堆熔毁。也许我可以通过回忆我最喜爱的一个伯克利学生来表达这个时代的陌生感。她上过我的课程，莫尔的《乌托邦》是那门课中的重要内容。1977年，她来拜访我并且告诉我说，她要退学，去加入一个真正的乌托邦团体，该团体由洛杉矶的一个魅力超凡的社会激进分子吉姆·琼斯（Jim Jones）创立。（作为告别礼物，她送给我一本惊悚小说，安部公房［Kobo Abe］的《他人的脸》［The Face of Another］）。第二年，我看到她的名字出现在了琼斯镇（Jonestown）自杀者或者被谋杀者的名单上。

现在阅读《文艺复兴时期的自我塑造》时，我在这本书中感受到了这个极度迷茫时代的许多痕迹。当我看到巨大的邪恶力量决定碾压所有反抗时，当我解释他们以陌生人为目标并且操纵他们感受到的威胁，将其作为巩固权力的借口时，当我不安地感觉到反对这种权力的人概括了它的某些突出的特征时，这些痕迹十分明显。我试图用来解释文艺复兴时期的文本的许多奇闻逸事都有特殊的当代意味。举个简单的例子，我在马洛那章一开头提到的塞拉利昂烧毁的村庄，在当时会不可避免地唤起电视上的画面，美军点燃的越南村民房子上的茅草屋顶。在四分之一个世纪之后，人们还会有这样的联想吗？我不知道。但是我采用这个故事时所怀揣的激情、被我纳入对《帖木儿大帝》（Tamburlaine）的解释的那种激情，直接受到这令人不安的历史时刻的影响。

在我看来，在这本书令人惊讶的乐观主义潮流中，我曾经参与的代际反叛也显而易见。这有什么好奇怪的呢？因为人们往往认为《文艺复兴时期的自我塑造》非常悲观地解释了遏制颠覆，痛苦地认识到了表面的自由选择实际上由制度决定，不抱幻想地承认末日变化是不可能的。（"颠覆是存在的，颠覆没有尽头，只是不为我们。"）的确，战争的结束并没有带来新千年。我的书出版的那年刚好也是里根击败卡特那年。的确，我没有看到一种容易的、未受污染的反对立场——甚至马洛的渎神，我证明其中也有几分顺从的成分。但是有个关于希望——不同形式的希望，不管发生什么，经常被粉碎，但之后又冒出来的希望——的根深蒂固的原则贯穿于这些章节。我认为，在作品的后记中陈述的信仰宣言多少有些令人困惑，但这并非反常现象；正是对一种秘密的信心的承认让这部书的写作不是冷酷而是有趣的。我相信那些敢于对抗粗鲁军队的衣衫褴褛的力量，最终会取得胜利。我相信在描述文艺复兴时期身份形成的一些机制时，我以微小而学术化的方式，参与了一个更宏大的计划，这个计划就是理解我们是如何变成我们现在这样的。这个计划不仅是描述性的：它的目标是让我们能够摆脱我们厌恶的东西，拥抱带给我们惊奇、希望和快乐的东西。对我而言，无论过去还是现在这快乐都包含了美学上的愉悦，这是我作为一个作家的精力的主要来源。

2005 年 1 月 13 日

文艺复兴时期的自我塑造
从莫尔到莎士比亚

Renaissance Self-Fashioning
From More to Shakespeare

导 论

我的主题是从莫尔（More）到莎士比亚（Shakespeare）的自我塑造（self-fashioning）；我的出发点非常简单，即在16世纪的英格兰人们既有自我也认为自我能被塑造。当然，这件事虽然显而易见，但这么直白地说出来也有荒谬之处：毕竟，一直以来在形成和表达身份时都有自我——对个人秩序的感觉、独特的与世界交流的模式、受限的欲望结构——也总会有有意塑造自我的要素。大家只要想一下乔叟那非常微妙和扭曲的对角色（persona）的操纵，就会明白我想检视的东西不是在1499到1500年的转换之际突然出现的。此外，有相当多的经验证据表明，在16世纪，自我塑造的自主性不如以前，家庭、国家和宗教组织对其中产阶层和贵族的臣民设置了更为严格和深远的约束。自主性是个主题，但不是唯一的，甚至不是核心的主题：给自我施加形象的权力是更普遍的控制身份的权力的一个方面——控制他人身份的权力至少和控制自己身份的权力一样常见。

核心的主题是一个早在布克哈特（Burckhardt）和米什莱（Michelet）的学术写作中就出现过的观念，即在现代早期，支配身份产生的知识的、社会的、心理的还有审美的结构发生了变化。这种变化很难以我们通常的方式来描述，因为它不仅复杂而且十分辩证。如果我们说，意志的执行力受到了新的重视，那么我们也必须说，意志受到了最持久、最无情的攻击；如果我们说存在一种新的社会流动性，那么我们也必须说，家庭或者国家都会主张拥有决定社会内部的所有运动的新权力；如果我们说，人们更加强烈地意识到社会、神学和心理组织存在着替代模式，那么我们也必须说，也会出现一种致力于控制这些模式并最终毁坏它们的新努力。

也许我们能做的最简单的观察是，在16世纪，似乎出现了一种不断增强的自我意识，这种意识把塑造人类身份当成一个精巧的、可操控的过程。这种自我意识在古典世界的精英那里非常普遍，但基督教不断怀疑人塑造身份的权力："放开你自己，"奥古斯丁宣称，"若试图建造你自己，你会建成一座废墟。"[1]这个观点并非接下来几个世纪唯一可用的观点，但它很有影响力，直到现代早期，另一种强有力的观点才开始得到充分表达。当斯宾塞（Spencer）在1589年写道，他在《仙后》（The Faerie Queene）中所"塑造"的一般意图和意义是"塑造绅士"时，或者，当他的骑士卡里道埃（Calidore）宣称"在每个人的自我中〔……〕／要塑造自己的生活方式"时，或者，当他在《爱情小唱》（Amoretti）的一首情诗中告诉他的爱人"你构造了我的思想，塑造了我的内在"时，[2]他是在利用他那个时代的动词塑造（fashion）的特殊引申义，这个词没有出现在乔叟的任何诗歌中。作为一个表示制作的行动或过程、特定的特征或外表、独特的风格或模式的术语，这个词已经用了很长时间，但塑造一词指称形塑自我的方式之意，是在16世纪才得到广泛使用的。这种形塑可以在字面上被理解成将肉身形态强加给人——在钦定版《圣经》中，约伯问道："有人不是在子宫就塑造我们了吗？"[3]另一边，虽然当局频繁下达"塑造"孩子的禁令，但当时的接生婆们仍试图把新生儿的骨骼塑造成合适的形状。[4] 但是，对我们的目的来说更重要的是，塑造可能意味着不那么有形的收获：独特的个性、对世界的独特回应、前后一致的认知和行动模式。如我们所料，反复出现的后一种塑造的模范就是基督。在廷代尔（Tyndale）翻译的《罗马书》中，那些神预先知道的人，神要他们"效法他儿子的模样"（8:29），因此真正的基督徒，廷代尔在《服从》（*Obedience*）中写道："感觉［……］他的自我［……］被改变了，被塑造得像基督。""我们被劝诫，"桑德斯大主教（Archbishop Sandys）曾在一次布道中说道，"根据他身上的类似性和相似性来塑造我们自己。"而我们在1577年日内瓦版的《新约》译本中读到，基督"变形来塑造我们，他为我们的活而死"。如果基督是终极的模范，那么在《新约》中他甚至不是唯一的模范：在廷代尔的翻译中，保罗告诉哥林多人，"向什么样的人，我就作［fashioned］什么样的人。无论如何，总要救些人"（1 Cor. 9:22）。这条适应原则明显不仅限于福音的传播：比如在理查德·塔夫纳（Richard Taverner）的《智慧园》（*Garden of Widsdom*, 1539）中，我们被告知，任何想要熟悉公共事务的人，"必须［……］按公众品性来塑造他自己"[5]，这条建议被不断重复。

脱离对基督的模仿——正如我们所见，这种脱离可能会引起相当大的焦虑——自我塑造获得了一系列新的含义：它描述了父母和教师的行为；它与礼仪或者举止相关，尤其与精英阶层的礼仪或举止相关；它可能意味着虚伪或者欺骗、对纯粹表面仪式的迷恋；它表明了在言辞或行动中再现的一个人的本性或意图。通过再现，我们又回到了文学，说得更准确点，我们可以这样理解，自我塑造之所以有趣，正是因为其运作不用考虑文学和社会生活之间明显的差别。它总是跨过这些行为——创作文学人物、塑造自我身份、体验被不受自我控制的力量塑造、试图塑造他人的自我——之间的界限。当然，在批评中我们可以严格遵循这种界限，就像我们可以区分文学风格和行动风格一样，但是这样做我们也许会付出高昂的代价，因为我们会失去对既定文化中的复杂的意义互动的感知。我们把文学象征与运作于他处的象征结构隔离开来，仿佛艺术是人类的创造，用克利福德·格尔茨（Clifford Geertz）的话来说，仿佛人自身不是文化的产物。[6]

"并没有独立于文化的人类本性"，格尔茨写道，文化的首要意义不是"具体行为模式的复合体，如习俗、惯例、传统、习惯"，而是"一套用于支配行为的控制机制，如规划、指示、规则、指导［……］"。[7] 自我塑造其实就是这些控制机制的文艺复兴版本，是意义的文化系统，该系统通过控制从抽象的潜能到具体的历史化身的变化过程，创造了特定的个体。在这个系统中，文学以三种相互关联的方式起作用：表现特定作者的具体行为，表达那些塑造行为的准则，反映那些准则。我在后文中试图举例说明的解释性实践也必须兼顾所有这三种功能。如果将解释本身局限在作者的行为中，那么解释就会变成文学传记（无论是传统的历史模式还是精神分析模式），并且会有无法感知更大的意义网络的危险，然而无论是作者还是他的作品都存在于该意义网络之中。或者，如果文学仅仅被视为对社会规则和指示的表达，那么它就面临完全被吸收进一种意识形态的上层建筑的危险。马克思本人强烈反对这种对艺术的功能性吸收，而后来的马克思主义美学，尽管它有效且缜密，但也并没有令人满意地解决《政治经济学批判大纲》和其他地方提出的理论问题。[8] 最后，如果我们在安全距离处远眺,仅将文学视作一种疏离的、对普遍的行为准则的反映,我们就极大地削弱了我们的理解,即对与个人和制度(institutions)相关的艺术的具体功能的理解。个人和制度,这两者都被缩减到了无益于我们的理解的、约定俗成的"历史背景"中。于是我们退回了这样一种艺术的概念,即认为艺术针对的是永恒的、与文化无关的、普遍的人类本质,或者认为艺术是一种自我观照的、自治的、封闭的系统——无论在哪种理解中,艺术都与社会生活相对立。于是自我塑造仅成了一个社会学的主题,文学则仅成了一个文学批评的主题。

  反之,我想尝试去实践更倾向于文化学或人类学的批评——如果这里的"人类学"指的是格尔茨、詹姆斯·布恩(James Boon)、玛丽·道格拉斯(Mary Douglas)、让·杜维那、保罗·拉比诺(Paul Rabinow)、维克多·特纳(Victor Turner)等人对文化的解释性研究的话。[9]这些人并没有将自己归于某一面旗帜之下,更说不上他们共享同一套科学方法,但是他们都同样确信,人生下来是"未完成的动物",生活的真相并非看起来那般毫无艺术性,不管是特定的文化还是这些文化的观察者们都不可避免地被引向了以隐喻的方式理解现实的道路,人类学的解释必须更多关注社会成员对其经验的解释性建构,而非习俗和制度的机制。与这一实践密切相关的文学批评必须意识到它的地位是解释,它的目的是将文学理解为组成特定文化的符号系统的一部分;不管多难以实现,它的正确目标是文化诗学(poetics of culture)。这种方法必然是有所权衡取舍的做法——它纠正了我在前一段中针对其他观点概述的那些功能性的视角——而且必然是种不纯粹的做法:它的核心关注点使它无法把一种类型的话语与其他类型的话语永久隔离开,也无法将艺术作品与作者和观众的思想和生活分离。当然,我仍然关注作为一项人类特有活动的艺术再现的含义——不能简单地将莎士比亚在《奥瑟罗》中描述的其英雄的自我建构和毁灭等同于我在几位作者的职业生涯中所探寻的自我塑造和自我取消的模式——但是,探讨这些含义的方法并不是否认任何戏剧和社会生活之间的关系,也不是确定社会生活就是"事情本身",不受解释影响。社会行动本身一直嵌于公共意义系统中,一直是在解释的行动中被把握的,甚至对其制造者而言同样如此,同时,那些构成了我们在此讨论的文学作品的语词,就其本性而言,也明显确保了类似的嵌入性(embeddedness)。语言就像其他的符号系统一样,是集体的建构;我们的解释任务必须通过探讨文学文本世界中呈现的社会(the social presence to the world of the literary text)以及文学文本世界的社会化呈现(the social presence of the world of the literary text),来更敏感地把握这一事实的后果。文学文本是我研究自我塑造问题的主要关注对象,一部分原因在于,正如我希望这些章节将会呈现的那样,伟大的艺术作品特别敏感地记录了文化中的复杂斗争与和谐;另一部分原因在于,出于个人偏好和训练,无论我具有何种解释力,它都是通过文学的共鸣释放出来的。我应当补充一点,如果文化诗学意识到了它的地位是解释,那么这种意识必须扩展到接受这一不可能性,即我们不可能完全重构和重新进入16世纪的文化,也不可能抛弃个人自身的处境:在全书各处均显而易见的一点是,我对我的材料和材料的本性提出的问题由我向自己提出的问题所塑造。

我并没有回避这些杂质——它们是代价,也可能是这个方法的优点之一——但我有尝试通过不断地回到特定个人生活和特定处境，回到男男女女每天面对的物质必需品和社会压力，回到少量能引起共鸣的文本，以弥补它们产生的不确定和不完整。这里的每一部文本都可以被视作16世纪文化力量汇聚的焦点；它们对我们的意义不在于我们能够透过它们注意到潜在的、先前的历史原则，而在于我们能够解释它们的符号结构与作者职业生涯以及更大的社会世界中的可感知的东西之间的相互作用，而这种相互作用构成了一个单一且复杂的自我塑造过程，并且通过这种解释，我们能更进一步去理解文学和社会身份是如何在这种文化中被形塑的。也就是说，我们能够具体地理解一种特定权力形式的人类表达（也就是"我"）的后果，这种权力置身于特定的制度（法庭、教会、殖民统治、父权家庭）中，并且同时在意义、典型的表达模式和反复出现的叙述模式的意识形态结构中扩散。

不可避免的是，我们在这一小组文本和作者那里发现的共鸣和中心性都是我们的发明，也是其他人的类似的、不断累积的发明。是我们把它们列入了某种历史戏剧，我们需要这样的戏剧，一部分原因在于有强迫症的文学读者倾向于通过文学模式来看待这个世界；另一部分原因在于我们自己的生活——完全不同于专业的变形——充满了为艺术所塑造的经验。如果我们在解释我们的生活时频繁地使用选择和塑造的策略，如果我们坚持某些"转折点"和"危机"的重要性，或者，如果我们像弗洛伊德在他那个著名的现代例子中那样，利用索福克勒斯的戏剧情节来刻画我们共同的"家庭罗曼史"，那么当我们思考我们共同的历史来源时，选择类似的叙述也就不足为奇了。为了一瞥英国文艺复兴时期的身份形成，我们无法满足于统计表格，也没有足够的耐心讲述上千个略微不同的故事。问题不仅在于缺乏耐心而且在于绝望感,在一千个故事之外,还有另外一千个,以及更多的一千个,而且我们根本不清楚是否能接近我们所寻求的理解。从成千上万个人物中,我们抓住了少量引人注意的人物,他们似乎包含着许多我们需要的东西。他们既值得集中的个别关注,也似乎可以让我们进入更大的文化模式。

我认为,他们这样的做法并不完全是我们自己的批判性发明:这至少是此书成书的假设之一。我们回应了这些人物的一种特性,一种甚至是有意图的或部分有意图的特性。这些人物——我们假设他们与我们自己类似——参与了他们自己的选择和塑造行动,他们似乎走向了他们文化中最为敏感的领域,去表达,甚至有意去体现其文化中最常见的满足和焦虑。艺术家们普遍希望成为文化的代言——创造抽象且简短的时代年表——但是这种普遍的想法可能会延伸到艺术之外。更确切地说,在16世纪早期,艺术并不假装具有自主性;书面文字自觉嵌入特定的社会团体、生活处境、权力结构。我们无法直接进入这些人物或他们共享的文化,但是人类理解运转所需要的条件——无论是对同代人的演说还是对前人文字的理解——在于我们要间接地去接近,或者至少将自己的建构体验为这种接近的鲜活等价物。

对于此项研究所关注的16世纪的人物,我们应该注意到他们的生活环境中的一个共同要素,这一要素能够帮助我们解释他们身为作者对建构身份的敏感性:他们都以一种或者另一种方式体现了深刻的流动性。在大多数情况下,这种流动性是社会和经济层面的:莫尔,一位相当成功的伦敦律师的儿子,成了骑士、下议院议长、兰开斯特公爵领地的大臣、剑桥大学的管理人,最后成了英格兰的大法官、亨利八世的心腹；斯宾塞，泰勒商业公司的一位朴素的自由熟练工之子，成了拥有大量殖民地的地主，在官方材料中被描述为"住在科克郡乡下的绅士"；[10]马洛，鞋匠、坎特伯雷圣玛利教区执事之子，在剑桥大学获得了学位——当然，这仅是些许上升，但尽管如此仍是上升；莎士比亚，一位富有的手套商之子，在他职业生涯行将结束时，代表他父亲获得了一枚盾徽，购买了斯特拉特福第二大的房子。所有这些才华横溢的中产阶层男士都走出了狭隘受限的社会领域，进入了一个能够密切接触那些权贵和大人物的领域。我们应该补充一点，这些人也都曾处于这样的处境，即与那些没有权力、地位低下或未受教育的人关系密切。关于廷代尔，我们要面对的不是他在传统社会学意义上的向上流动，而是非常密集的地理和意识形态的变动，从天主教神父到新教徒，从格洛斯特郡——他那成功的自耕农家庭的所在地——到伦敦，再到流放欧洲大陆，从默默无闻到头顶头号异端的危名。最后，至于怀特（Wyatt），他的家族地位和财富到他的上一代才有所上升，我们从他身上看到的是这位外交官不知停歇的迁移——法国、意大利、西班牙、佛兰德斯。

  我在此考察的六位作家都以不同凡响的方式告别了稳定的、子承父业的社会世界，他们都以有力且影响力十足的形式呈现了文艺复兴时期的自我塑造的某些方面。但是这些方面绝不是相同的。的确，这本书的结构依赖于两组根本的对立，对立中的每一项都让位于一个复杂的第三项，截然相反的两项在第三项中得到了重复和转换：莫尔和廷代尔的冲突在怀特这个人物那里得到了重新审视，而斯宾塞和马洛的冲突在莎士比亚处得到了重新审视。怀特并没有将莫尔和廷代尔的对立提升到更高的层次，虽然他的

8

自我塑造深受该对立的后果的影响；莎士比亚并没有解决斯宾塞和马洛作品中固有的美学和道德冲突，尽管他的戏剧不可思议地涉及了这两种立场。准确地说，相较他们的同时代人，怀特和莎士比亚在文学作品中更有力地表达了未解决的、持续的冲突带来的历史压力。另外，莫尔和廷代尔在作品中提出的神学层面的论题，在斯宾塞和马洛作品中，从世俗层面得到了重述，莎士比亚在《奥瑟罗》及其他作品中探讨过的男人的性焦虑——对背叛的恐惧、对侵略的暂停和放行、对折磨自己的那些共谋的暗示——都在怀特的诗歌中产生了回响。

我们可根据这些人物与权力的关系设定一个方向：在第一个三人组那里，是从教会到《圣经》再到绝对主义国家（absolutist state）的转换；在第二个三人组中，是从肯定到反抗再到颠覆性的服从的转换。与此类似，我们也可以根据文学作品与社会的关系设定一个方向：从文学作品为社会团体、宗教信仰或者外交所吸收，到文学创作变成独立的职业的转变。但是我们必须意识到，这种大概的、简略的图式价值有限。我们越接近这些人物和他们的作品，他们就越不像这幅宏伟的历史图式中的省事的单元。一系列变化的、不稳定的压力碰上了各式各样的话语和行动上的回应、发明和反压力。

16世纪没有单一的"自我的历史"（history of the self），除非我们想把那些复杂的、富有创造力的人物压缩成安全可控的秩序的产物。本书将不会详尽地"解释"英国文艺复兴时期的自我塑造；每一章都是一项独立的探究，我们通过把握作者或文本的特殊处境来塑造其轮廓。然而，我们可以得出这样的结论，即其中一些共同的支配条件适用此处检视的大多数自我塑造的实例

（不管是作者还是其笔下人物）：

1. 没有一个人物继承了头衔、古老家庭传统或等级地位，这些头衔和地位可能把个人地位根植于氏族或者社会阶层身份。除了怀特在某种程度上例外，其他人都是中产阶级。

2. 对这些人物来说自我塑造包含了服从于绝对的权力或权威，而这一权力或权威至少部分地外在于自我——上帝、一本圣书、一个机构（比如教会、法庭、殖民地或军队管理机构）。马洛是个例外，但是就我们所见，他对有等级的权威的强烈敌意含有某些服从的力量。

3. 自我塑造的完成与某些被认作异类的、奇怪的或敌对的东西相关。这个具有威胁性的他者（Other）——异端、野蛮人、女巫、淫妇、叛徒、敌基督者——必须被人们发现或者发明，这样人们才能对其发起攻击并将其摧毁。

4. 在权威（authority）那里，异类（alien）要么被当作是未成型或混乱的（缺乏秩序），要么被当作是虚假的或负面的（即恶魔对秩序的戏仿）。由于对异类的解释不可避免要赋予它组织形式并将它主题化，所以原本的混乱不知不觉间变成了恶魔，职是之故，异类一直被建构成权威的一种扭曲的形象。

5. 一个人的权威就是另一个人的异类。

6. 当一个权威或异类被摧毁时，另一个便会取而代之。

7. 在既定的时间内总是有不止一个权威或异类存在。

8. 如果权威和异类都外在于自我，他们就会同时被体验为内在的需要，这样服从和毁灭总是已经被内在化了。

9. 自我塑造总是通过语言——尽管并非完全如此——进行。

10. 权力之所以产生是为了以权威的名义攻击异类，但是权力往往会过度，而且威胁它原本要捍卫的权威。因此，自我塑造经常包含着某些威胁的经验、某些遗忘或者破坏的经验、某些自我丧失的经验。

我们来总结一下这些观察，在转向丰富的生活和文本来证明它们以及将它们复杂化之前，我们可能会说，自我塑造出现在权威和异类相遇之时，在相遇中产生的东西分享了权威和被标记为攻击对象的异类的某些特征，因此任何已获得的身份总是包含着自身瓦解或丧失的迹象。

1 大人物的餐桌前：
莫尔的自我塑造与自我取消

"自己的角色"

这是在沃尔西主教（Cardinal Wolsey）家的一场晚宴。多年以后，在伦敦塔，莫尔回忆起这个时刻，并在他的作品《安慰苦难的对话》（*A Dialogue of Comfort Against Tribulation*）中将之重新塑造成了一则"小趣事"。这是他这部最为严肃的作品中夹杂的那些狡黠笑话中的一个。这个故事可以追溯到过去，1534年那个黑暗汇聚的时代，他职业生涯溃败之前，也是他整个生活溃败之前，这个故事对于莫尔而言仿佛神话一般。可能同样重要的是，它可以追溯到莫尔决定开始他的职业生涯前。他将自己描述成一个雄心勃勃、聪明伶俐的年轻人，努力想给人留下好印象，但同时也是个局外人：在莫尔的虚构中，他是到访德国的匈牙利人。那个自负的主教——明显就是沃尔西——那天做了场演说，他认为自己的演说如此精彩，以至于在宾客评论他的演说之前他如坐针毡。在想方设法谨慎地介绍了他的主题之后，他最后直截了当地问大家如何评价他的演说。吃饭和交谈被打断了："所有人都全身心投入其中，费力寻找精妙的赞美词。"[1]然后诸位宾客逐个说出了他们的恭维话。年轻的莫尔完成自己的表演后，他非常有信心，觉得自己演得很好，这尤其得益于在他后面发言的是个无知的教士。但是这个教士是只"老谋深算的狐狸",其阿谀奉承的技巧远超他。后来他们两人均被最后发言的人打败了。那是一个"优秀的有着古风的体面的奉承者",他看到没法超过前面诸位精心构思的赞扬时,干脆不发一言:"但是彼时他感受到了我主恩典贯穿于那篇演说的智慧和雄辩的奇迹,他陶醉了,仿佛要升入天堂,于是立刻从心底发出一声长长的叹息,'噢',举起他的双手,抬起头眼望苍穹,开始哭泣"(215-216)。

这则小故事里有多少莫尔的影子!他对这位"完全不会说拉丁文"的无知教士和富裕而世俗的主教的嘲讽,是他那对牧师滥用权力的"人文主义义愤"的最后火花,这是他与伊拉斯谟共同持有的观点,不知何故,这种义愤在长达十五年的反新教论争中残留了下来。这个场景让人回想起莫尔的宴会的丰富含义:它象征人类社会愚蠢的虚荣心,也象征珍贵的圣餐时刻。最重要的是,莫尔对社会喜剧的敏锐观察将这个故事与莫尔终身痴迷的人们玩的诸多游戏联系了起来。在这个例子中,这个特殊的游戏就是对自爱的满足,那些愚人们欣喜于"如何能够不断受到赞扬,仿佛整个世界日日夜夜什么都不做,始终坐着唱他们的圣哉,圣哉,圣哉(sanctus sanctus sanctus)*"(212)。有权有势的人有办法来实现这种幻想:他们沉溺于"快乐的疯狂",雇佣奉承者,这些人除了唱赞歌什么也不做。

这就是莫尔在那个危险而又辉煌的文艺复兴时期的政治世界中的漫长职业生涯的精华,他观察君王和主教的本质:膨胀的虚荣、贪婪的胃口、愚蠢。眼前的景象使他既反感又着迷;他永远

---

* 《圣哉经》(Sanctus)是在弥撒时候唱的歌,也称《圣三颂》,歌词为拉丁文,开头的三句话即"sanctus, sanctus, sanctus",这里的 sanctus 意思是"神圣的"。——译者注

1　大人物的餐桌前：莫尔的自我塑造与自我取消

不会让自己仅以神圣的义愤之名放弃这个世界。与此相反，他让自己成了一个造诣极高的成功表演者：1490年代早期他在莫顿大法官（Lord Chancellor Morton）家里担任年轻的侍从，在法律、外交、议会政治以及法庭方面工作四十年后，1529年，莫尔作为沃尔西的继任者成为大法官——这个领域的最高职位。然后，似乎为了证实他对权力和特权最黑暗的思考，他的地位在国王离婚的压力下迅速下降。1532年5月，为了保全自己，他以身体健康为由辞去大法官职位，但他太重要而且太引人注目，因此不可能安安静静不受打扰地退休。他拒绝发表最高权威宣誓（Oath of Supremacy）的行为——即拒绝承认国王为英格兰教会首脑——让他于1534年身陷伦敦塔，并于1535年7月6日上了断头台。

本章将描述莫尔的生活和作品中的自我塑造和自我取消（self-cancellation）复杂的相互影响，描述他对公共角色的塑造以及内心深处希望摆脱精心塑造的身份的欲望。我认为，我们可以在脑海中想象这一场景，莫尔坐在大人物的餐桌前，在这个特殊的氛围中，他有野心也有讽刺意味的消遣，有好奇也有厌恶。他似乎正在观看一场虚构的演出，他同样被整个表演的不切实际和它强加给这个世界的巨大力量打动。这实际上也就是《安慰的对话》（Dialogue of Comfort）这部作品的核心感受，这种感受披上无尽的伪装，一次又一次地被重复。一个幻想刚被埋葬，另一个又冒出来，接着又被抓住、击败，直到整个世界，人的希望、焦虑以及目标的整个躯体，像海市蜃楼一样闪烁，引人入胜、顽强，又全然虚幻。

那么，为什么人们会忍受这些并不能滋养和维持他们的幻象呢？在某种程度上，莫尔的回答是权力，它的典型标志就是把自己的虚构施加于世界的能力：这种虚构越离谱，权力的表现就越让人印象深刻。这个虚荣的主教可能被疯狂所支配，但他能够强迫别人进入这种疯狂并将这种疯狂强加于人。同样，在上一代人那里，理查三世残酷地攫取王权，却将这一举动伪装成他经过了被立为王，拒绝，再被立为王，最后无奈接受的复杂过程。关键不在于有任何人被这样的闹剧骗了，而在于每个人要么不得不参与，要么被迫沉默地观看。在《理查三世史》（*History of Richard III*）中有一段非常精彩的话，莫尔想象了刚刚目睹了这场阴暗闹剧的普通人之间的对话。他们对整个行动表示惊讶，因为谁也不可能被它欺骗。然而，其中有个人发现："人们有时候因为习惯的缘故不能承认他们知道的事情。"[2] 毕竟，主教在献祭时也经历了一场类似的闹剧，但是每个人都知道他为这个职位付出了代价。同样，在一出戏里，所有人都可能知道，扮演苏丹的人实际上是个修鞋匠。但是，如果有人愚蠢到"站在国王陛下面前直呼他的名字，陛下的护卫会打碎他的头"。

> 所以他们说，这些事是国王的游戏，就像舞台剧一样，更多是在绞刑架上进行的表演。穷人只是其中的看客。聪明的人不管闲事。因为他们有时候会上前与他们一起演，当他们不能扮演自己的角色时，他们就会扰乱游戏，而这对他们自己没有好处。（81）

14　尝试打破虚构是危险的，有人可能会因此头破血流。要想演自己的角色，"上前与他们一起演"，也同样危险。一方面，大人物们有强化他们精心制作的、戏剧性的赞扬仪式的手段；另一方面，这些仪式是常常在绞刑架上表演的，很不吉利。

1 大人物的餐桌前：莫尔的自我塑造与自我取消

但是如果财富和权势是这些仪式的基础，那么为何这些大人物都为这些伪装所迷惑呢？莫尔观察到，在表演者或者观众中有少数人（如果有的话）会被精心编造的借口欺骗，这也就排除了纯粹的政治解释，比如马基雅维利在描述类似的仪式时提供的解释。在马基雅维利看来，君王有非常明确的实施欺骗的理由：为了延续统治。成功的君主必须是"伟大的伪装者和假好人。人们是那样地单纯地时刻准备着受当前需要的支配，因此想要欺骗的人总是可以找到某些上当受骗的人们"。[3] 这个观察明显介于犬儒与反叛、逆耳忠言与讽刺话语之间，但至少这里只有一层欺骗：剥去这层便能够抵达赤裸的真实，即欲望和恐惧。有经验的观察者总能一直洞穿表面，明白表象如何为狡猾的君主所操纵。

在莫尔看来，表象与现实之间的关系更成问题。在他所在的世界中，所有人都极度维护没人相信的习俗；信仰已经不再必要。习俗对人类没有任何意义，它甚至不是欺骗，但君王和主教却无法离开它。剥去戏剧幻想的外衣，里边什么也没有。这也是对于那些喜欢刨根问底的人来说，马基雅维利的世界看上去比莫尔的世界更容易让人接受的原因："因为我的目的是写一些东西，即对那些能理解它的人有用的东西，我觉得最好论述一下事物实际上的真实情况，而不是论述事物的想象方面。许多人曾经幻想那些从来没人见过或知道在现实中存在过的共和国和君主国。可是人们实际上怎样生活同人们应当怎样生活，其间的距离是如此之大，以至于一个人要是为了应该怎么办而把实际上是怎么回事抛诸脑后，那么他不但不能保存自己，反而会导致自我毁灭"（56）。这是《君主论》的著名段落，它含有螺旋式上升的讽刺，但是这种眩晕感被对献身此世生活的热情和坚定的信心（即相信有可能

19

穿透"事物的真实情况")所抑制。

当然，莫尔可以凭借更强大的信心表示自己知道"真实情况"，但是他所谓的真实属于完全不同的秩序（order），这一秩序能够取消，而非澄清人类政治。在他那两部伟大的政治著作《理查三世史》和《乌托邦》中，他都没有援引这种终极的宗教真理作为决定性的解释：在前一部作品中，他模仿古典模式进行了历史叙述；在后一部作品中，他不是出于信仰而是出于想象来阐明当前政治的。他所发明的正是那些"没有人见过或知道在现实中存在过的"共和国中的一个。他的作品既没有犬儒主义的冷峻清晰，也没天启历史（providential history）那种自信的合目的性——在这种历史中，神通过第二因（second causes）的行动来展开他的伟大计划。对马基雅维利和其他天启史学家来说，政治世界是透明的；对莫尔来说，它并不透明。他的伟大信念、他对绝对真理的感觉似乎仅仅增强了这种不透明性，把政治生活变得从本质上看是荒谬的。

可以肯定的是，在莫尔职业生涯的大部分时期，他的行为让人觉得议会、枢密院、法庭以及宫廷并不是荒谬的地方，仿佛他在调解、精心筹谋以及党派改革方面的天赋能够有助于理性地改善社会生活并为他和他的家庭获得更舒适的位置似的。他的悲剧结局可能会让我们对他的认识变模糊，因为他其实拥有在数十年的政治洪流中自保并取得巨大成就的非凡能力。毕竟，那些接近亨利八世的人的存活率与苏联第一届政治局（First Politburo）的纪录大致相当。如果莫尔对权力的态度是仅关注它的荒谬，那么他几乎不可能成功。他显然是个精明的人，能够精明地判断人类动机，他对都铎王朝繁文缛节之下错综复杂的物质利益网络了

1　大人物的餐桌前：莫尔的自我塑造与自我取消

如指掌，并且知道自己如何在这样的礼仪中占据一席之地。在他漫长的公共生活中随处可见权力的仪式。当他想解释为什么大人物受这些仪式困扰，为什么他们要举行这些复杂的戏剧性的仪式时，他最终总结道，这并非出于某种意义上的理性算计而是出于某种意义上的荒谬：因为他们是疯狂的，被"美好的幻象"（fond fantasies）迷惑，无法区分真实和虚构。不仅马基雅维利式的算计，还有人文主义者的改革都在这种疯狂中发现了自身的局限性：政治生活无法被分解为潜在的力量，不能当成内行能理解和操纵的准则，因为它在根本上是疯狂的，它的参与者处于"狂热"（frenzies）状态。此等判断不仅适于狭隘意义上的政治生活，也适于庞大的人类社会关系的整体。

　　要想理解莫尔，我们必须认真对待萦绕在我们脑海中的普遍疯狂，换言之，不仅要将其视作修辞策略或者套路化的委婉措辞，也要将其视作对存在的核心而又持久的回应。像其他许多人一样，这是他和伊拉斯谟一致的回应，后者的《愚人颂》（Praise of Folly）是对它最好也最明确的表达。但是，对于探讨莫尔对生活的回应来说，《愚人颂》是危险的工具，部分原因在于伊拉斯谟与莫尔最根本的差异（前者是个不满的僧侣，无法忍受监禁；后者是个不满的世俗信徒，无法忍受自由），另一部分原因在于伊拉斯谟的作品成功而又知名。只有当我们从文学作品中的信心、灵活性以及魅力转向它成功战胜的焦虑无常时，我们才能感觉到，作为鲜活体验的荒谬感是如此令人不安，我们才能意识到它如何标志了莫尔对他的社会、他的大多数熟人和他自己的深深背离。这就好像，他事实上高度重视对家庭和朋友的依赖，但是他却带有一种伦敦卡尔特修道院（London Charterhouse）的视角（他只

16

21

在那个地方待过四年,也并未立誓献身),从这种视角出发,不仅大人物的仪式,还有大多数他参与的事情,在他看来都显得愚蠢至极。他在伦敦塔的牢房里跟女儿说:"以我的信仰,我向你保证,如果不是为了我的妻子和你,我的孩子,我把你们当成我的主要职责,我应该早就把自己关在像这样狭窄的,甚至更狭窄的房间里了。"[4]

对莫尔的赞美并不能抹去他临终前的总结性言辞中那令人不安的疏离感(estrangement)。可以肯定的是,莫尔以一种特别聪明或称得上明智的方式回应了他发现的自己所处的可怕状况:他安慰悲伤的女儿,将自己遭受的苦难当成一种恩赐,这一举动实际上把命数变成了他自己的抉择。(的确,那个命数在现实意义上确实是抉择,尽管不是他积极寻求的抉择。)但是,在他与玛格丽特的信中,不只有面对苦难的安慰,还有莫尔终其一生对世界的蔑视,在他心里这世界本质上就是疯狂,他不仅拒绝了骄傲、残酷以及人类的野心,还拒绝了他珍视的东西,他想要逃到牢不可破的牢房去。在某种程度上,与其说这种态度归于莫尔的独特品质,不如说它归于中世纪晚期的文化风格,尽管接受这个世界,但这种接受伴随着因对它的厌恶而产生的战栗。[5]但是,我们把莫尔理解成更大文化氛围的一部分,并不能削弱我们对这种文化氛围对其生活和作品产生的实际影响的敏感性。

为了准确把握我所谓的莫尔的疏离的准确特征,我尝试将它与霍尔拜因(Holbein)的名画《大使们》(The Ambassador)营造的氛围做比较,这幅画是在莫尔被处决前两年在伦敦完成的。让·德·丁特维尔(Jean de Dinteville)是波利西(Polisy)的领主和弗朗索瓦一世驻英国宫廷的大使,而他的朋友乔治·德·塞尔维（Georges de Selve）不久之后成为拉沃尔（Lavaur）的主教，他们二人分别站在有两层的桌子的一边。他们都是年轻有为的成功人士，而那些看似随意实则刻意散落在桌子上的物件透露出他们广泛的兴趣和成就：星象仪和地球仪、日晷、象限仪以及其他天文和几何仪器，一把鲁特琴、一套长笛、一本被方尺打开的德语算术书，还有一本翻开的德语赞美诗集，可以看到被翻开的那一页是路德翻译的"求造物主圣灵降临"（Veni Creator Spiritus）和他的"简版十诫"。当然赞美诗暗示他们对音乐有着浓厚的兴趣；这本赞美诗集出现在两个重要的天主教政治家的画像中可能暗示着，法国国王试图以嘲讽的态度支持路德在英格兰的事业，从而进一步加剧亨利八世与查理五世的紧张关系。还有一种可能，它表明在欧洲历史的那个时刻，对于怀有善意且受过教育的欧洲人而言，天主教和宗教改革者仍然可能基于共同的基础，解决他们之间的分歧。如果说莫尔曾经怀有这种希望，那一时刻于他而言已是遥远的过去了。[6]

丁特维尔和塞尔维的背景是他们所处时代的最高希望和成就。他们之间的桌子上的物件被鲜艳的土耳其桌布和带有镶嵌图案的精致地板衬托得十分夺目，这些物件代表了对自由七艺中的四科（Quadrivium）——包括音乐、算术、几何和天文——的掌握，而对三艺（Trivium）——语法、逻辑和修辞学——的掌握则是通过两人的职业表明的。[7] 他们占有这些仪器（既指实际的占有也指象征意义上的占有），人们通过这些仪器聚焦世界，以恰当的视角表现世界。的确，桌子上的物件的意义不仅是人文学科的象征，实际上它们还可以充当透视法技巧教科书的系列插图。[8] 文艺复兴赋予这种技艺的远不止技术意义，特别是对新柏拉图主义者来说，图绘、反映或再现世界的力量证明人身上有神性的光辉。就像费奇诺（Ficino）所言："因为人觉察出了上天的秩序，所以当他们运动时，无论是去哪儿，无论以何种方式，无论他们产生了什么，谁能否认人所拥有的天资与上天的造物主的天资几乎一样？谁能否认，只要人拥有工具和天堂的材料，某种程度上人也能制造上天，甚至现在人就在制造它们——虽然以不同的材料，但以类似的顺序在制造它们。"[9]

地上和天界、剑和书、国家和教会、新教和天主教、作为万物的尺度和统一的力量的思维、艺术与科学、图像与词语的力量，这些都在霍尔拜因的画作里融汇在一起并被整合在如画中地板一般复杂的设计当中。一个横跨地板且严重变形的骷髅头闯入并破坏了这复杂的和谐。从正面看，骷髅头是一个难以识别的模糊图块，居于画作前景的中间位置；只有从画作侧面的适当位置看它才会突然显露出来。[10]

这个骷髅头明显是霍尔拜因精湛技艺的华丽展现，此外，他的画技在其他地方也有所体现，比如他对几何仪器表面的复杂网络的描绘。[11]这个骷髅头也对整体构图有着整合的作用。玛丽·F. S. 赫维（Mary F. S. Hervey）对这幅画和画中的人物进行了重要研究，她发现，丁特维尔的帽子上别着一根饰针，上面刻着银色的头骨。她总结道，大使肯定选择了骷髅头作为他的个人徽章或纹章。[12]这一理论颇有道理，但我们不应认为它表明了那些在人们的绘画经验中更令人不安的元素有太大的装饰性功能。头骨作为纹章既是自我修饰的姿态也是自我取消的姿态。死亡在丁特维尔的帽子上化约成时尚珠宝，这是对自我的提升，但是这种化约一方面被入侵文明世界的异类存在所嘲弄（这个卓越文明世界由人类的诸多成就构成）；另一方面也被这些异类存在所确认。[13] 这个变形的骷髅头给这幅画作带来了另一个不和谐的要素：断弦的鲁特琴，它以象征的方式表达了不和谐的观念。[14] 这些都暗示了微妙而强大的逆流，这一逆流与体现在画作其他地方的物件和人物之间的和谐、和解以及自信的智性成就的力量相反。这些原型没有一个是显而易见的，装饰性的头骨和断弦都只有在最细致的观察下才会显露出来，也就是说，只有在人们放弃以更大、更广泛的视角来看这幅画，转而以近距离细看的方式来理解绘画，整体才会让步于大量单独的细节。要看到骷髅头，我们就必须彻底抛弃我们所谓的"正常"视角。我们只有把整部画作抛开，才能将我们通常的感知模式无法理解的东西带入视野。

霍尔拜因画作中出现的死亡比中世纪后期艺术中以传统方式再现的死亡更难以理解、更让人不安。比如，在常见的腐尸墓（transi tombs）*中，人们也许会认为棺底腐烂的、被虫吃的尸体是对棺顶穿着高位阶礼袍的人物的嘲弄。[15] 但是，这种嘲弄确认了观众对生死关系的理解，甚至简化了这种理解。在这个意义上，腐尸墓虽有可怕的意象，却表达了某种自信：自信能清楚感知事物，愿意沉思肉体不可避免的未来，没有将之神秘化或隐瞒。我们可以看到身体的尊严和耻辱。在《人使们》那里，并没有如此清晰和稳定的画面，死亡的确认并不在于其毁灭肉身的力量，也不像中世纪后期的文学中常见的那样，其让人恐惧并导致难以忍受的痛苦的力量，而在于它异常的不可接近性和缺席。那些看不见或

---

* "transi"指的是腐烂变形的尸体。西方中世纪对尸体的再现曾经一度将美的姿势和形态作为标准，后来在中世纪末期及文艺复兴时期这种再现发生了变革，裸体或裹着裹尸布的腐烂尸体变成了再现的主要方式。"transi tomb"指的就是这种尸体在棺材中被展示的场景。——译者注

者仅被感知为一个模糊图块的东西,比起那些可以大胆而直接地去面对的东西,更让人不安,尤其是当视觉的局限被理解成是结构性的时,其结果更多出于感觉的本质而非感知者的胆怯。

那块变形的头骨在讲究的地板上投下了阴影——赫维巧妙地称之为死亡阴影的影子——由此展示了它的实体性,但是这片阴影的方向与大使投下的阴影以及桌子上其他物件投下的阴影不同。[16]它的出现既是肯定又是否定;如果当我们在画作的角度采取适当的位置时,它对我们而言是可见的,那么它显然无法被画中人物看见(在这个意义上,书和乐器是被假定为对画中人物可见的)。当然,丁特维尔拥有银质骷髅头饰针,但我们觉得这个装饰与地面上的头骨之间存在更多不一致而非一致之处。这种不一致在以下事实中也得到了证实,即我们必须扭曲甚至从根本上抹去人物才能看到头骨。这种抹消也是变化的,也被当作一种死亡,这一点是霍尔拜因掌握的再现技艺的功能,而这种技艺能够赞美世界,美化事物的外表和纹理,肯定人与他所创造之物之间的关系。这幅画中没有一件物品不是人类塑造行为的产物——画中没有花,没有宠物狗,没有透过开着的窗户瞥见的远处风景。天空与大地只是测量和再现的对象,是地球仪制造者技艺的对象。只有当人们离开这个世界——纯字面意义上的离开,离开画布的正面——人们才能看到唯一的异物——头骨。这个头骨表达了死亡,而这种死亡实际上是由观看者通过改变视角、放弃凝视画中人物而带来的。头骨暗示了这种凝视是赋予现实的(reality-conferring)。没有它的话,那些如此亲切地被表现为近似实体(seeming substantiality)的事物就会消失。稍稍从对这幅画的正面沉思中移步,就等于抹消了画中的一切,将死亡带入了世界。

1　大人物的餐桌前：莫尔的自我塑造与自我取消

我已经说过头骨是异类，是非人的，但这本身也是种讽刺式的歪曲，因为它是画作中唯一既属人又完全自然的物件，这里说的自然指没有受到人工的影响。当然，丁特维尔和塞尔维的脸和手被霍尔拜因描绘得足具姿态感，所以它们似乎是画作中最具人工雕琢痕迹的物件。它们拥有一种精心设计的不可穿透性（impenetrability），这表明二人的手具有卡斯蒂廖内（Castiglione）提出的精心塑造的随意性，二人的脸具有马基雅维利提出的伪装。[17] 这个头骨实际上是独一无二的，它没有画作中随处可见的人类的塑造能力。它独独占据了一类，却平衡了其他所有对象。

然而矛盾的是，这个头骨是抵制技艺和超越技艺的象征，但它在美学上被当作对绘画者的天才和技艺的最壮观的呈现。就像这一矛盾之处一样：作为对人类成就的否定的象征的头骨被丁特维尔当作一件时兴的装饰品、一枚像他脖子上的圣米迦勒勋章（Order of Saint Michael）一样象征着身份地位的勋章戴在身上。这些矛盾的效果在于抵制现实在这幅画中的明确位置，质疑我们在描绘世界之时习惯依赖的清晰可辨的现实的观念（concept of locatable reality），将我们常常信心十足地使用的标识系统置于更大的疑问中。霍尔拜因将对世界的位置的根本质疑和对艺术的位置根本质疑融合在一起。绘画热情而深刻地坚持艺术的再现力量，坚持它在人类理解和控制现实时扮演的中心角色，尽管它也带着不可思议的说服力坚持认为，整个所谓的现实和假装能再现它的艺术都是虚构的。在我们与画作的正常关系的语境中——实际上，在我们通常在我们想看的物体前采取的姿态的语境中——边缘的位置是不合规矩的幻想逃离（eccentric flight of fancy），实际上是一个非地方（non-place），就像这个头骨与霍尔拜因描绘的其他物品相比处于非地方一样。但是，进入这个非地方就意味着改变画中的所有东西，意味着不可能简单回到通常的视角。当然，我们的确回到并恢复了那个似乎"给予"我们世界的视角，但我们是在疏离的状态下这样做的。在同一艺术时刻，也就是从画作的中心到外围的时刻，生命被死亡抹去，再现被技巧抹去。非地方，即头骨的位置，已经接近并触及现象的实体，以它自身的异化影响实体。丁特维尔和塞尔维以几乎如幻觉般的实体性出现在我们面前，他们最终不过是撑开的画布上的颜料，是魔术师的骗局。似乎出现在我们面前的他们实际上不存在，仅存在于乌托邦。

  我之所以对《大使们》进行如此冗长的讨论，因为它通过只能由绘画产生的感觉的直接性和共时性，把我们带入了来自莫尔的疏离感和艺术的丰富性的全部复杂性。丁特维尔和塞尔维的世界就是莫尔的世界；看到桌子上摆着的书本和乐器，我们可能会想起洛珀（Roper）对莫尔生活的时代的解释，用埃尔顿（Elton）的话来说，在那个时期莫尔是亨利八世"宠信的人文主义者"（pet humanist）。"当他完成他的工作时"，洛珀写道，君主会派人去叫莫尔"和他一起高谈阔论，有时候聊天文、几何、神学以及其他学科，有时候谈论他的世俗事务。有时候会在晚上把莫尔叫到他的前厅，和他一道探讨恒星和行星的种类、轨道、运动以及运行规律"。[18]洛珀对这些逸事的总结很好地说明了问题：当莫尔发现自己越来越陷于奉承皇室时，他"开始做些什么以隐藏自己的本性"，换言之，他开始变得讨厌，直到他的同伴不再那么需要他。如果说这点似乎让我们远离了前述的霍尔拜因的大使们（因为可以想象他们很可能会争夺君主的注意），那么这只是因为莫尔有很高的修辞技巧和学问，而丁特维尔之流必须勤勉地培养这些能力。

1 大人物的餐桌前：莫尔的自我塑造与自我取消

然而，与莫尔最相似的不是这两位法国人文主义者，而是画出他们的天才（的确，我们可以推断，霍尔拜因描绘莫尔及其家庭的画作所实现的巨大成就，在某种程度上也要归因于我们在此处尝试概述的那种特殊的理解纽带）。如果莫尔的兴趣包括天文、音乐、修辞学、几何、地理学以及算术，那么他也完全能从这些兴趣中抽身出来，改变自己的视角，从而动摇那些潜在的假设，这些假设也是赋予世界秩序和测量世界的方法的基础。更重要的是，这种介入和超脱在莫尔的职业生涯中并非前后相继的两个独立阶段——比如，一开始深入这个世界，后来醒悟了就选择退出，又或者更复杂地在两种状态之间交替——终其一生，这两种状态始终紧密相连。而在他最著名的作品中，这两种状态与我们在霍尔拜因的画作中所见到的那种密度和力量交织在一起。当然，以上说法尤其适用于《乌托邦》，书中轻微的位移、扭曲以及视角的转换是文艺复兴时期的散文中最接近霍尔拜因画作中的变形的精湛技艺。就像《大使们》一样，《乌托邦》在同一文本空间中呈现出两个不同的世界，同时却又坚持认为它们不可能如此。我们既不能完全将它们分离，也不能让二者完全合为一体，所以这种由根本上的不连续带来的智性上的满足，就像完全一体的形式带来的快乐一样难以实现。我们不断地被英格兰和乌托邦的相似性弄得晕头转向，就像我们不断地被丁特维尔的骷髅头徽章与头骨之间的鸿沟挫败一样。我们刚开始自信地估量这个鸿沟，就发现了新的要素，似乎在它们之间建立了准确无误的联系。这不只是"在这些方面像，在其他方面不像"（仿佛有两个不同的物品，我们可以拿它们相互比较），因为《乌托邦》中的两个世界占据了相同的空间，并且它们有着本质上不稳定的相互关系。

就此而言，将这部作品分成两本书的行为就像莫尔板着脸说的笑话，因为这部作品要我们建立一个简单的对比规则，但是它自己又打破了这个规则：乌托邦及其相似物居于第一部的世界，而英格兰居于第二部的世界。与此类似，书中人物莫尔和希斯拉德（Hythlodaeus）坐在同一座花园中彼此交谈。但是就像在霍尔拜因的画作中一样，他们往不同的方向投下影子，尤为关键的是，他们必然看不见对方。

这种内部断裂令人不安，这种内在于作品的整体框架的感觉使读者在互相矛盾的视角间不断切换。这种内部断裂几乎反映在文本的所有层面，从最大的设计单元到最小的字词细节。伊丽莎白·麦卡琴（Elizabeth McCutcheon）最近呼吁人们关注后者的意义，她细致讨论了莫尔特别频繁使用曲言法（litotes），这是一种通过"否定事物的反面来肯定它"的修辞手法。[19] 她认为，莫尔使用这种手法，表明他"倾向于不止看到问题的一个方面"；更重要的是，就我们的目的而言，它实现了心灵的运动，即在心理上从一点到另外一点，然后再回来。[20] 我认为，语词层面的这种无休止的视角变化相当于变形（anamorphosis）的视觉技巧，变形的词源就表明了一种往复的运动，一种持续的形成和修正。

很明显，即使在我们的能力范围内，我们也要花很长时间来解释所有《乌托邦》的变形技艺。但是，除了曲言法，我们还可以指出路易·马兰（Loius Marin）在他的新作《乌托邦》（*Utopiques*）中以官话（mandarin）的复杂性勾勒出的联系与冲突的网络。马兰至少在某种程度上成功地证明，在乌托邦生活光滑的表面下存在一系列隐晦的断裂，被地形学、经济交换、权力运用、犯罪观念以及暴力使用等方面的微妙的不一致和矛盾泄露出的断裂。根

1 大人物的餐桌前：莫尔的自我塑造与自我取消

据马兰的说法，这些断裂揭示了作品中被抹去一半的标记，展现了乌托邦赖以存在的、被设计成不可见的社会历史力量。在《乌托邦》的描述——永恒、稳定、共时、如地图一般的描述——中仍然留有叙述的痕迹，最终作品中的这些痕迹记录下了那个制造它的隐而不见的过程。马兰如此写道，这些简短的、支离破碎的叙述飞地（enclaves）破坏了这种描述在结构上的完整性，撕裂了描绘最佳政府的画布。[21] 但是，马兰谈论的被撕裂的画布，至少在他分析的大多数例子中，我会说那是一种巧妙的变形技艺，它不断质疑自己的地位，质疑它假装再现的世界的地位。也就是说，马兰似乎低估了莫尔的自我意识，一种曾与他的法国同辈不相上下的自我意识。如果《乌托邦》中存在一个非常重要的"盲点"（比如，城市设计不允许集中使用权力，但这正是体制所需要的），那么它的存在就像霍尔拜因《大使们》中的重要的、中心的盲点一样：艺术家的深刻而有趣的关注对象。

这种如此容易得到承认和忽视的趣味性需要特别关注，因为它在画作和书中都居于中心位置。在《大使们》和《乌托邦》中如此突出的制图、计算以及测量的技艺在日常生活中有非常重要的实用功能，但是在这些作品里它们被呈现为消遣，也就是杰出的正派人物的高雅游戏。人文主义者没有把这个游戏当成对严肃生活的逃离，而是将其视作一种能够加强人类特有的力量的文明模式。由此，地球仪和罗盘、鲁特琴和长笛毫不违和地一面靠在商人的算术书边，另一面靠在敬神的书边，就像《乌托邦》中被绑在一起——既是字面意义也是比喻意义上的绑在一起——的模拟字母表和地图，与探讨人类苦难的来源以及人类政体的可能性关系密切。霍尔拜因画作上扭曲的头骨，尽管它的形象是冷酷的，

31

但它本身就在邀请观众来参与游戏,而《乌托邦》的读者也被邀请到另一个精心圈定的游戏场上,尽管这个游戏场与外在世界有谜一样的关系。[22]《大使们》的趣味性聚焦于头骨,这表明这种变形技艺可能至少部分来自中世纪的沉思方法,尤其是沉思一个物件(通常是头骨),这个物件能够让人忘却世界,以感受人类生活的虚妄和现实的虚幻性。[23] 也许有人会辩解说,霍尔拜因的画作表明这些方法衰落了,这种强度的丧失只能靠魔术师的诡计来部分恢复,但如果是这样,我们就必须得出结论,这种衰落产生了一个壮丽的美学上的副产品。虽然《乌托邦》也可能得益于沉思技艺,但是它脱离了该技艺最初的目的,人们很难从莫尔的作品中推断出这种技艺正在衰落的结论。

莫尔几乎在他的所有作品中,一次又一次回到人类对现实的那种摇摇欲坠的感觉,回到对他的测量和再现工具的质疑,回到对他视野中存在盲点的证明。在他的《安慰的对话》中,安东尼向文森特挑战,让他证明他是醒着的而不是仅仅在梦中梦到他是醒着的,也不是梦到他受到挑战要证明他是醒着的,也不是梦到他以移动四肢或者理性交谈来回应挑战,也不是梦到他开心地将这个梦描述给朋友听,也不是梦到他最终超越身体和言辞诉诸灵魂中不可质疑的信念以确认他醒着。文森特的所有回应无法阻止人们眩晕地陷入那无尽回溯自我镜映(self-mirroring)的梦。库萨的尼古拉(Nicholas of Cusa)曾经玩过类似的游戏,精神既被逼着承认它的所有活动都是推测,又被逼着表白信仰。[24] 安东尼在这些论证中说,我们最终必须诉诸《圣经》和"天主教的共同信仰"。[25] 我们要注意,这种信仰并非有关醒着还是睡着的猜测的答案,更确切地说,它允许了那些猜测把可能导致莫尔所暗示的

1　大人物的餐桌前：莫尔的自我塑造与自我取消

自杀或异端的思想转换成游戏。

在这一点上，我们可以回忆起霍尔拜因画作中的一个我们之前没有注意到的物品：仅能看到一半的耶稣受难像，它位于窗帘的边缘。这个标志并非无关紧要、可以去掉的——毕竟，当我们将焦点放在头骨上时，它和其他东西一样会变得模糊——我们也可以说，出于宗教崇拜，变形的腐蚀破坏性作用在某种程度上对它无效。在这个意义上，画面边缘出现的耶稣受难像是从死亡救赎生命的象征，它使得头骨处于边缘位置，后者是潜伏在生命中的死亡的标志。与此类似，安东尼的信仰在理论上很容易被指控为梦境，但莫尔拒绝把讨论带得这么远，因为恰恰是信仰引起了推测，即使信仰也终结了无限回溯（infinite regress）。但是有什么可以保证事物不受变形颠覆的影响吗？我认为，哪怕有也不会存在于画作和文本中：任何的保证都必须来自外在，来自个人或者解释团体（interpretive community）（其目的是停止在无法调和的观点之间不断摇摆，确立一个固定的点）。霍尔拜因的画作似乎有意模糊了这种保证的终极来源：他引用了天主教和路德宗，我们也注意到，既有天主教印刷者也有新教印刷者在里昂刊印他早期有关死亡之舞的系列木刻，而这前后间隔不过数年。[26] 与之相比，莫尔的《安慰的对话》则一点也不含混：安东尼的保证不依赖于个体感觉到的信仰，而依赖于通过经文和控制文本解释的机构共同运用的权力。将《圣经》和"天主教共同信仰"极度边缘化，《乌托邦》的大胆程度由此可见一斑：为了捍卫乌托邦的原则，希斯拉德多次引用了基督的"学说"和"权威"，但是闭口不提这种权威的制度性意义。莫尔像霍尔拜因一样在耶稣受难像前拉上了部分窗帘。[27]

将《乌托邦》（它和教会的最高权威之间的关系像谜一样）和《安慰的对话》（它无疑针对的就是这种权威）结合起来的是莫尔毕生对讽刺的兴趣，这一兴趣来自人们对幻觉的深信不疑。做梦的人坚持认为自己醒着，他仅仅是诸多讽刺中的一个，我们可以将这些追溯到莫尔年轻时写的华丽诗篇（pageant verse）。"老人和年轻人，男人和女人，富人和穷人，君主和侍从"，他在未完成的《四憾事》（Four Last Things, 1522）中特别写道，"我们一直生活在这个世界上，我们只不过是囚徒，在坚固的牢房中，没有人能够从中逃脱"，我们中很少有人瞥见过墙，而且我们昂首阔步，仿佛我们是自由的。另外，"一直以来，我们的生活都只是难以治愈的顽疾，就像无法治愈的疮，我们不断包扎、敷药，把它弄得一团糟，我们想尽可能活得长，最终无疑正死于这个疾病，即便没有出现其他疾病"[28]——但我们之中很少有人能够了解我们的状况，我们昂首阔步仿佛我们都是健康的。

我们发现，在莫尔早期的讽刺诗和他生命末期的《安慰的对话》中，他几乎以同样隽永的言辞表达了同样的观点：它们清楚地代表了一种对现实感到惴惴不安的持续不断的冲动。它们深陷幻灭，是莫尔那著名的幽默的基础，这种幽默最典型的模式就是描述那些深陷自我幻想的男人：

> 如果你发现有人非常自豪于他穿着件金色礼服，那么当这个无赖在舞台上扮演贵族时，愿你们不会取笑他的愚蠢，因为你非常确定，戏剧结束后他不是还会穿回他的破旧外套变回无赖吗？现在你认为你自己足够聪明，当你自豪于你的演员外套，忘记了当你的戏剧已落幕时，你也会跟他一样可怜。你也不会记得你的表演也许会和他的一样迅速落幕。[29]

1 大人物的餐桌前：莫尔的自我塑造与自我取消

戏剧隐喻（theatrical metaphor）是莫尔的最爱，这是有充分理由的：问题的关键在于莫尔把他生活中不相干的、表面上不连续的方面集合在一起，相互碰撞并产生共鸣。因为舞台作为人类存在的标志结合了霍尔拜因画作中互相矛盾的视角：戏剧向它喜爱的（或者至少离了它无法生存的）世界致敬，即便它以虚构的方式暴露这个世界。莫尔用戏剧意象来描绘这个践行仪式的世界，而这个世界根本不再相信这些仪式，莫尔还用它来呈现愚蠢的人类自负，唤起死神将一切夷为平地的力量，死神会剥去君王昂贵的华服，将其贬至与最穷的乞丐一样的地位。即使不求助于死亡，隐喻也有夷平一切的效果，它可以将王权想象成戏剧的一部分、一件昂贵的戏服以及某些排演好的台词，这至少可能将王权去神秘化，将它的圣礼象征（sacral symbolism）化约为华而不实的炫耀。这种去神秘化的危险意义在莫尔的讽刺诗《论国王和乡下人》（On the King and the Peasant）中可以看得很清楚。一个在森林里长大的农夫去了城里，看见皇家游行队伍。当民众大声喊出"国王万岁"并非常专注地注视着统治者时，农夫喊道："国王在哪？国王在哪？"

  站在旁边的一个人回复道："他在那儿，高坐在那匹马上。"乡下人说："那就是国王？我想你在愚弄我。在我看来他只是个穿绣有纹饰的衣服的人。"[30]

这里离约翰·鲍尔（John Ball）的革命暴行只有一步之遥，或者至少离莫尔虚构的人物希斯拉德的激烈愤怒只有一步之遥，后者痛斥富人的阴谋。但是在莫尔的作品中更常出现的情况是将戏剧隐喻转向内在，以表达他对生活的悲喜剧般的感觉，而过这种生活也就与现实渐行渐远了。所有人都被束缚在诸多不断消退的幻想层面：当旁观者看到别人在纯粹的虚构中扬扬自得时，他们会大笑或者生气，而他自己也同样是个演员，同样困在幻象当中。莫尔对人类荒谬性的认识导致他既走向了社会批判又削弱了社会批判，这使他能够嘲笑有权者的意识形态，但又严格限制了这种嘲笑的实际后果。正如马克思所言，革命不能与不现实的内心暗示有关。

但是，我们把莫尔对戏剧隐喻的讨论停留在内心生活的层次上可能是错误的，因为在亨利八世和沃尔西主教统治的社会中，隐喻与公共生活的真实的戏剧化密切相关。亨利对奢华的装饰、仪式性的宴会、盛典、化装舞会以及庆典的品味震惊了同时代人，并且深刻影响了他们对权力的看法。莫尔对浮华的皇家游行的幽默描述，在精细的程度上远远不及同时代人对君王的描述，那些听起来像直白的戏仿作品，但几乎从来都不是如此的描述。甚至连亨利强健而威严的身躯也几乎消失在他用来装扮自己的大量的物品当中——珠宝、羽毛、长卷的华贵布料；在我们的文化中，除了最豪华的歌剧或像锡耶纳的赛马节（Palio）这类返祖活动，没有任何东西能让人联想到这种对着装的狂热：

> 第二晚是来自马克西米连皇帝的宫廷的众多客人和西班牙大使们与国王共进晚宴。他们吃完饭后，国王想带他们去王后的宫室，王后照做了。在此期间，国王和另外十五人一起演着假面哑剧进来了，他们穿着深红色和紫色绸子做的德国短上衣，套着长长的七分袖套，穿着配套的长筒袜，他们的帽子是白色天鹅绒做的，缠绕着金色锦缎，他们还戴着面具，插着白色羽毛。在和王后以及客人玩了一会儿之后，他

1 大人物的餐桌前：莫尔的自我塑造与自我取消

们离开了。突然间又进来六个穿着华丽衣服的吟游歌手，他们演奏着乐器。随后进来的是十四位绅士，他们都穿着德式剪裁的黄色缎料衣服，举着火把。在他们之后来了六个人，他们穿着白色或绿色的缎料衣服，上面绣着花纹，装饰着金线织的字母和城堡；他们衣服的风格和剪裁都很奇特，每种样式都编织着精金的束衣带和流苏，他们的长筒袜都是按同样的款式剪裁拼合的，他们的软帽是用银色的布织成的，帽上镶有金子。这六个人中，在最前面的是国王［……］然后部分绅士举着火把离开了，但很快又回来了，身后跟着六位女士，她们都穿着绣有金边的深红色缎料衣服，剪裁成石榴和披肩的形状，身上还系着西班牙样式的绑带。接着，前面说的那六位绅士与这六位女士一起跳了舞，跳了一会儿后，女士们摘下了男士的面具，这样他们就可以被认出来了：王后和客人都称赞国王，然后这次消遣便散场了。[31]

这一点十分重要：长段地引用这些描述（这仅仅是其中的一小段）以表达这种"假面哑剧"令人吃惊的精细、令人难以置信的奢华、对细节的关注以及参与者和旁观者忘我投入的精力。我们期待印象主义来描绘这种盛会；与此相反，编年史家和读者陶醉在细节中，他们准确地知道使用过哪种面料，什么颜色，什么式样。我们如今认为优雅与简洁分不开，优雅在于让各种花样降至最少；与此相反，亨利与他的宫廷看重奢侈、多样、繁复以及巨额花销。花销越引人注目越好：国王的手指上"有一堆珠宝戒指，"威尼斯的大使如此写道，"他的脖子上戴着一个金项圈，上面吊着颗胡桃大的钻石。"[32] 当然，这不仅是自我放纵（虽然它的确是）；外交之中还隐藏着炫耀，高层政治之中隐藏着风情万种。但是，若我们太快转向在这些行为中发现的社会、政治和外交的用处，这又是错误的。因为这样做就失去了挥霍和无尽的欲望的感觉，失去了完全物化在衣服和珠宝中的权力感。如果我们耐心关注多彩的丝绸、锦缎以及薄绸，关注化装舞会、比赛和宴会，关注在宫殿内打造的天鹅绒森林和在天鹅绒森林里筑造的金殿，我们会发现我们观察到的物质领域是如此丰富、细致、稠密，以至于它们在我们眼前变得不真实，就像耀眼阳光下的海景一般。我们对这个莫尔在16世纪早期观察到的世界有了短暂的了解，发现它如戏剧一般疯狂。

莫尔不只是在评价这个世界；他还作为演员参与其中。戏剧的隐喻不仅表达了他内心的异化感和他对大人物行为的观察，也表达了他自己参与社会的方式。他很早就开始使用这种方式了；在《莫尔生平》(Life of More)的著名段落中，威廉·洛珀(William Roper)回忆起当莫尔还是个孩子的时候，他在莫顿主教家里用即席表演赢得众人瞩目："虽然他年纪还小，但是每逢圣诞节，他会突然走到这些表演者中间，成为他们中的一部分，他从来没有专门学习过，作为在场的观看者，他比表演者更活跃。"[33] 正如洛珀所想，这位年轻的天才表现出的炫目的修辞技艺以及他对后来的职业生涯的惊人预测令人回味无穷；莫尔在他的职业生涯中立即卷入了一场更大的戏剧，但他从不只做别人写的台词的背诵者。然而，在洛珀的话背后，在我们的脑海中（如果不是他的脑海中的话）隐藏着莫尔对他自己参与国王游戏的危险性的评论："因为他们有时候会上前与他们一起演，当他们不能扮演自己的角色时，他们就会扰乱游戏，而这对他们自己没有好处。"莫尔总是会注意到隐藏在表面轻松的表演后面的紧张感以及这种紧张感与表面的喜悦的混合，这种混合使他作为表演者的自我意识既

1 大人物的餐桌前：莫尔的自我塑造与自我取消

引人注目又难以捉摸。

当然，那些莫尔最狂热的崇拜者对莫尔参与他所谓的大人物的"舞台剧"的举动感到迷惑不解甚至尴尬，尤其对他自己宣称的戏剧性感到尴尬。因此，当尼古拉斯·哈普斯菲尔德（Nicolas Harpsfield）在他那本在玛丽一世时期的传记（更像是圣徒传）中重述沃尔西主教家中的逸事时，他当然对莫尔把自己当成一位自愿的但又在某种程度上二流的吹捧者感到不舒服。引用了莫尔的解释后，哈普斯菲尔德急忙修正了他认为的圣徒形象中的瑕疵：

> 在我们的主教大人虚荣的表演中，表面看起来，莫尔爵士在某种意义上被迫装腔作势，适应这种愚蠢而可笑的舞台剧的表演者，这与他冷静和众所周知的谦逊本性大相径庭。但我并不怀疑，如果他的回答为人所知，那么他就无非只是扮演了一个严肃而谦虚的人物，把自己控制在一个合理限度内，只为得到勉强的赞扬。的确，他的演说也没有什么引起非议或厌恶的地方。但是，就像我们开始说的，不管他是否为此目的，莫尔爵士不太可能会把大主教的行为和言辞夸到天上去［……］或者出于其他一些原因，他从没有完全发自内心地赞美过大主教。[34]

在这三句话中，莫尔复杂的讽刺和他在主教宴会上的有意表演都消失了：首先他违背他谦逊的本性，被迫表演，接着，他表演的部分变得与他那谦逊的本性如出一辙，然后，他表演的部分完全消失在了对公正而合理的赞扬的简单表达中，最后，甚至连这种赞扬也消失了，莫尔表现为一位坚决而又直白的言说者，因为拒绝奉承而招致主教私底下的厌恶。

哈普斯菲尔德的尴尬是滑稽的，但是这不是单纯的反应过度：

这种尴尬反映了我们之前在莫尔对世界的回应中碰到的特殊矛盾心理，这种矛盾心理表现在他使用戏剧隐喻时附加的各种意义之中。毕竟，莫尔的生存方式确实令人迷惑和不安，这点在16世纪早期的英格兰更是如此，它代表了某些非常不寻常的情况。他的生活不过如此：创造了一种让人不安而又陌生的意识形式，在参与和逃离间保持紧张、讽刺、诙谐和泰然自若的姿态，最重要的是，完全意识到它自己的地位是一种创造。在他之前的其他人的生活中，我们也能察觉到这些要素，但比较分散且独立；在莫尔那里，它们有意识地结合在一起，既在文学作品中也在实际社会生活中发挥作用。事实上，文本和现实生活的区别——就像前一句话的结尾暗示的那样——正是被莫尔的存在方式取消的。用即兴表演的方式过生活的一个明显后果就是真实的范畴与虚构的范畴混在一起了。历史中的莫尔是一个叙述的虚构。成为自己的一部分，以被插入戏剧中的角色的身份生活，不断即兴地更新自己，永远意识到自己的不真实，这就是莫尔的状态，人们也可以说，这就是莫尔的计划。难怪哈普斯菲尔德会感到不舒服！

这个计划让人难以忘怀的原因在于它要求持续的自我反思，在自我反思中又要持续地自我疏离。莫尔在任何时候都不断问自己"'莫尔'会怎么说？"问这个问题意味着他可能有其他身份，他在该计划中扮演的特殊角色无法实现这些身份。由此看来，这个独特的阴影笼罩着他整个职业生涯，这阴影不仅是操控面具时的设计意识产生的阴影，也是其他自我产生的、蜷伏在黑暗中的阴影。偶尔会有一束光捕获其中的一个瞬间，就像这些时候一样：莫尔告诉玛格丽特，要不是为了他的家庭，他早就把自己关在狭窄的牢房里了；在《乌托邦》的序言中，他在写给彼得·贾尔斯

40

1 大人物的餐桌前：莫尔的自我塑造与自我取消

（Peter Giles）的信中写了让他分心的事务：

> 我经常忙于法律任务，或是辩护，或是审理，或者是作为仲裁人进行裁决，或是以法官身份作出判断。我对甲作礼节性的拜访，又找乙处理事务。我差不多整天都在外为别人的事情奔波，剩下的时间用于我一家人。至于为我自己，即搞学问，就一点时间也没有了。
>
> 当我回到家中，我必须和妻子谈话，和孩子聊天，和管家交换意见。我把这一切都看成事务，因为非办不可——如果你不想在家中做一个陌生客人，就非办不可。[35]

这里似乎总有个被埋没或者忽视的"真正的"自我（人文主义学者或僧侣），莫尔的本性令人怀疑，他是否曾经全身心追求这些身份之一？他是否一直都有同样的感觉？在这些笼罩着阴影的自我背后还有另一个更加黑暗的阴影：梦想取消身份这件事本身，梦想结束所有的即兴表演，梦想逃离叙事。我想说的是，这个梦在《乌托邦》中实现了，它的结果就是莫尔的生活——不仅是他在法庭或者皇家的公共生活，还有他在家里或在朋友间的私人生活——似乎是被创作的、编造的生活。如果我们可以相信洛珀，那么，可以说这种特点甚至延伸到他对妻子的选择：故事是这样的，莫尔其实喜欢科尔特（Colt）的二女儿，但他觉得大女儿会因为落选而感到羞愧，"出于某种怜悯，他制造了对她的幻想，并很快跟她结婚了"（199）。这也许是个家里的传说，不过在其他地方有足够的证据，包括莫尔自己的很有说服力的证词，在他给贾尔斯的信中，他说想要"制造自己的幻想"（frame his fancy）。"虽然［……］因为你在编故事方面具有独特的才能，你通常会与平庸之辈持迥然不同的意见，"在《愚人颂》的序言中，伊拉斯谟在写给莫尔的信中这样写道，"与此同时，你的举止又如此友善而和蔼可亲，这使你能在任何时候与所有人融洽相处，并享受这样做。"莫尔"甚至不会对显而易见的蠢货生气"，伊拉斯谟很多年后跟乌尔里希·冯·胡滕（Ulrich von Hutten）说道，"因为他在迎合众人口味方面的应对自如令人感到不可思议；当他和女士们甚至和他夫人在一起时，他的对话就由幽默和玩笑组成"。[36]

这种多变的适应能力与莫尔在作品中经常求助于情境假设密切相关。毫无疑问，这也是律师和修辞家的典型手法之一，但是就莫尔使用它的普遍程度和密集程度而言，它对莫尔来说远不仅是一种手法。"假设"、"如果"、"假如"、"设想"、"想象"——仿佛他的头脑很聪明，必然会以这种方式工作。[37]当然，莫尔的敌人也充分意识到了他喜好虚构："莫尔先生长期以来使用诗中人物，"廷代尔这样写道，"以至于（我想）当他出于长期养成的习惯认为自己说的都是真的时，他犯下的错误最多。"[38]对廷代尔而言，诗等同于谎言；这是一个漫骂的词："诗人啊，无耻！"他为了一个更丰富的意义而作出的让步就是承认莫尔可能会被自己的错误欺骗。但是对莫尔而言，如我们所见，虚构有更为复杂和难以捉摸的功能。必须强调的是，他并非简单排除了廷代尔的那层意思；他对人们使用"诗中人物"来说谎的方式还有人们陷入他们自己编造作品的方式都有强烈的感觉。但是后来，他自己也扮演角色，与其他角色一起表演。如果这种自我塑造是异化（alienation）——一种延伸到他自己的私人和公共生活中的异化——的标志，那么，正如伊拉斯谟的致辞表明的那样，这是莫尔那快乐的、有创造力的、有活力的东西的主要来源。毕竟，假设的情境和戏剧化的即兴表演都在《乌托邦》中那些绝妙的玩笑中得以体现。

《乌托邦》

《乌托邦》为我们一直在讨论的莫尔的生活的方方面面提供了最深刻的评注，它不但是他那自觉的角色扮演的最完美的表达，也是对其限度的严肃思考。这种思考的核心是希斯拉德这个角色以及他与"莫尔"的关系，"莫尔"在书中既是见证者（或记录者）也是角色。希斯拉德实际上代表了莫尔有意从他创造和扮演的人物个性中排除的所有东西。他是莫尔对他自己的自我创造的觉知的标志，因此也是他自身的不完整性的标志。

这种不完整性的辛酸在这一事实中得到加强：莫尔在《乌托邦》中的所有环境现实中呈现他自己的形象。作品中的"我"是这样一个人，他以多种方式与特定的时空、他的工作、责任、家庭和朋友产生联系。以前很少有作品能如此成功地呈现出现实的假象，莫尔用熟练的笔法引出这样一个人们忙于自己的职业的诗节：卡斯伯特·滕斯托尔（Cuthbert Tunstall），国王"刚刚任命的案卷法官，大家都为此感到高兴"；布鲁日市长，"一个庄严的人物"；乔治·德·坦西斯（Georges de Themsecke），加塞尔城的教会长，他"不但接受了口才训练，而且极具演说家禀赋"；彼得·贾尔斯，"安特卫普本地人，一个在家乡很有地位的荣誉人物"。莫尔是这群人的中心，他是大不列颠著名城市伦敦的公民和行政司法长官，君王在荷兰进行复杂谈判的"喉舌"。这是一个与他人相关联的人，有着明确的、广受承认的公共身份，而且这个身份在作品开始时的大量书信和颂辞中得到了进一步证明。伊拉斯谟致约翰·弗罗本（John Froben）的信、威廉·布德（William Budé）致拉普赛特（Thomas Lupset）的信、贾尔斯致耶罗默·布斯雷登（Jerome Busleyden）的信、加塞尔的约翰·德丝马雷（John Desmarais）致贾尔斯的信、布斯雷登致贾尔斯的信、贾尔斯致莫尔的信——这些信件将莫尔置于北欧人文主义者的杰出团体之中。这些人要么私下认识莫尔，要么听说过他的大名，他们带着独特的个人精神（personal spirit）讨论莫尔的作品，当时的人们只为朋友的书籍保留这种精神。[39]

这些细节描写的一个重要影响就是加强了希斯拉德以及他描述的旅程的现实性，这种现实性使莫尔和他的朋友们在地图、词汇以及严肃地卖弄学问中享受到了乐趣。但这些细节描写也产生了其他影响。在这个成功人士互相吹捧的社会中突然出现一个格格不入的、拒绝适应这个社会的人物。在我们看来，即便希斯拉德具有现实性，比如他与著名的历史人物在一起时会揉揉肘，他似乎也是陌生人的化身，"那是一个上了年纪的老头儿，面孔晒得黝黑，胡须颇长，一件斗篷不经意地披在他的肩上"（49）。即使在他谨慎保持的现实性中，莫尔也有意让这种陌生感更加令人印象深刻，为此他直接将希斯拉德与神话和想象联系起来。希斯拉德与莫尔和贾尔斯的对话时，他以更大的力量证明了他自己，同时，一个与加强现实性完全相反的过程却发生了。莫尔是个结实的、面带微笑的中年公众人物，通过他与陌生人的关系而被虚构进作品。莫尔敏锐地感觉到他在生活中作为"莫尔"，是个舞台上虚构出来的人物，这直接体现在他变成了：莫路斯（Morus），这是个想象的对话中的角色。在一个极具自我意识和讽刺意味的时刻，莫路斯和希斯拉德恰好在讨论作品的虚构过程。

这个讨论的背景是有关政府服务问题的辩论。希斯拉德断然拒绝了贾尔斯的建议，即作为一个有学问和口才的人，他应该"依附于某个国王"。他反对道，没有什么比这个更让人沮丧或无益，为证明这点，希斯拉德假设自己在法兰西王国的议事会中讨论和平问题。在那里所有人都是好战者，他建议君王改变他自己的懒惰和傲慢（而其他所有人都在吹捧他的懒惰和傲慢）。他提醒君王调整花销以适应收入，其他所有人都建议他掠夺他的民众。"总而言之，如果我把这些意见以及诸如此类的意见，强加于看法截然相反的那些人，那岂非对聋子说道吗？"（97）莫路斯不得不肯定希斯拉德的观点，但是他反驳道，把这些激进的想法硬塞到无法接受它们或不认真考虑它们的人心里是很愚蠢的。哲学不需要君王：

> 可是还有一种对政治家而言更实用的哲学，这种哲学深知自己活动的舞台，能适应要上演的戏，并巧于扮演须担任的角色。这是你必须采用的哲学。不然就会出现这样的情况：当普劳塔斯的喜剧演出时，一群家奴正在台上彼此即兴打诨，你却披上哲学家的外衣走上舞台，朗诵《屋大维娅》悲剧中辛尼加对尼禄皇帝的争辩。如此不合时宜的朗诵，把一场戏弄成又悲又喜的杂烩，那岂非扮一个哑巴角色还好些吗？如果你掺入不相干的东西，纵使这些东西从其本身说价值更高，你也会使一场演出大煞风景。不管您演的是什么戏，要尽量演好它，不要由于想起另外更有趣的戏而把它搞坏了。（99）

希斯拉德这个虚构的人物代表了直白，代表了我们现在所谓的本真性（authenticity）；莫路斯这个"真实"的人代表了对虚构的服从，代表了对当前戏剧的适应。事实上，莫路斯想要将希斯拉德的本真性削减成一个部分，在这个语境中，就是削减成一个特别可笑和不得体的部分。坚持背诵自己那顽固而又庄重的诗句，不理会其他人的意见，这会让人变得荒谬且无能；个人如果想要为改善社会作出贡献得学会如何适应。希斯拉德在回复中反对了他仅仅在装腔作势的暗示，辩称莫路斯的适应虚构（fabulae）的建议等同于说谎（falsa），伪装成公共服务的堕落更加危险。这不仅在公共领域没有任何好处，而且品行端正的议员也会失去自由，实际上，会变成王子剧中的角色，这种剧既邪恶又疯狂。

这个论争是文学中的一个固定场景，它让人自然而然地想起柏拉图和塞内卡，这是《乌托邦》的早期读者已经意识到的，但它也呈现出莫尔个人生活和文化中的一个现实而紧迫的问题。在有些时期，知识分子和权力之间的关系被重新定义，旧形式已经衰落而新形式还没有发展起来。文艺复兴就是这样一个时期：随着知识分子从教会中成长为独立的世俗人士，他们必须重新审视他们与权力的关系，尤其是与不断增长的王权的关系。毫不奇怪，对大多数人来说，这仅仅意味着热切、盲目地服务于君王；就像哈姆莱特谈到的罗森克兰茨（Rosencranz）和吉尔登斯特恩（Guildenstern），他们的确与这个职业调情。但是，也有人充分而严肃探讨这份职业意味着什么，以及它的职责和危险，有些人，比如皮科·米兰多拉（Pico della Mirandola）和伊拉斯谟，则在犹豫、拒绝和提防。莫尔既有野心同时又深受皮科和伊拉斯谟影响，他处在这些问题的中心。在写《乌托邦》的第一部时，他试图决定将在何种程度上服务于亨利八世，他知道这个决定将塑造他的一生。[40]但是正如我所认为的那样，这不仅关乎他的事业，还关乎他对自我的整个认识：他作为自己塑造的角色参与世界和他认识到角色扮演既不真实又疯狂,这两者之间有辩证关系。

在《乌托邦》开篇的辩论中,莫尔区分了他公共的自我和他内心排斥的这个精心设计的身份,他称前者为莫路斯,后者为希斯拉德,允许他们互相批驳。他们的立场逐渐变得清晰,直到(在我们刚才讨论过的交流中)辩论接近高潮时,这种根本的、不可调和的对立出现了。就在这一点上,经过长时间的沉寂后,我们再次听说了乌托邦,第一次知道了它最重要的创见:取消私人财产。这个新主题(乌托邦式的共产主义)与之前展开的更广泛的辩论之间的关系是什么呢?J. H. 赫克斯特(J. H. Hexter)——莫尔作品的结构的最为精明的研究者——已经准确论证过,两者没有关系,他还认为我们可以通过这一点察觉到莫尔只是将他写下的非常独立的部分缝接在了一起,它们代表了"两种不同且独立的意图"。[41]对赫克斯特来说,希斯拉德在第一部结尾赞扬乌托邦的共产主义,这仅是一种方便的结构策略,是连接第二部的形式上的桥梁。对乌托邦社会中的所有东西的颂词的确以这种方式起作用,但我认为它还有更深的目的:正如看上去那样,这就是第一部的高潮,这场辩论不仅有关公共生活而且有关个人整体存在的方式。

共产主义是希斯拉德对莫尔为之辩护并参与其中的角色扮演最根本的回应。为了反对"深知自己的活动舞台的[……]哲学",他提供了一个毫不妥协的看待社会结构(同时也是个人结构)的彻底转变的视角。就像马克思早期的《经济学哲学手稿》,莫尔作品提出共产主义并不是将其作为一贯的经济主张,而是将其作为反抗人类本性中的某种倾向的武器:自私和傲慢,当然也有复杂的、自觉的、戏剧性的对这个世界的适应,这点被我们当成现代个人主义的典型模式。《乌托邦》不仅有力地攻击了16世纪早期英格兰的社会和经济不公,而且是一部深刻的自我批评作品,直接针对莫尔为他自己塑造的身份,这部作品还批评了这一点,即如果他接受皇家任命,他就为此要花费越来越多时间。这不是说莫尔在自我厌恶中背叛了自己,而是说他把自己的生存方式当成用来反对当时的邪恶的精心谋划的计策。通过希斯拉德,他既可以允许自己质疑这一计策的有效性,又可以想象一个根本的替代方案。

这个替代方案的核心在于毫不妥协地拒绝私人财产:希斯拉德直白地说,"我觉得,任何地方只要私有制存在,并且所有人用金钱衡量所有的事物,那么,一个国家就难以有正义和繁荣。除非你认为一切最珍贵的东西落到最坏的人手里符合正义,或者你认为少数人瓜分所有财富称得上繁荣"(103)。希斯拉德一举清除了有关地位和习俗的意识形态,正是这种意识形态为社会中不公平的财富分配提供了历史悠久的正当理由。的确,他没有必要攻击这种意识形态,因为在这部作品中没人捍卫它。当莫路斯反对共产主义时,他的理由是它使共同体变得贫穷,而且它忽略了人的心灵——一切东西共有公有,人生就没有乐趣了(107)——而非它侵犯了封建贵族的特权。[42] 如果作为中产阶级的莫尔对他自己小心塑造的社会身份感到不安,那么他也同样不会接受完全由高贵的姓氏和头衔构成的身份。社会等级自命为"自然的"道德秩序的体现,这在《乌托邦》中是被嘲讽的对象。即使在作品结尾处希斯拉德从他对当前社会的看法中得出一个极端结论,也没有人提出反驳:"因此,我将现今各地一切繁荣的国家反复考虑之后,愿上帝帮帮我,我断言我见到的无非是富人狼狈为奸,

1 大人物的餐桌前：莫尔的自我塑造与自我取消

盗用国家名义为自己谋利"（241）。

所有旨在改革但又不完全取消私人财产的措施都是不够的："然而只要每个人是自己财产的主人，彻底治好和恢复健康是无望的。并且，当你专心某一局部的治疗，你会加重其他部分的病情。因此，你治好甲的病，乙又转而生病，其原因是所有给予甲的都是取之于乙的"（105-7）。没有财产的共有，每个人都是其他人的对手，如果没有从别人那里夺取就不可能获得什么东西。[43]由此导致的竞争也反映在希斯拉德描述的充满敌意的辩论当中；在这里仿佛个人拥有的观点也成了私人财产，每个人拼命地捍卫自己的观点。在这样的社会中，个人是孤立的，彼此没有联系，除非他们的物质利益恰好相同，但与此同时他们也没有真正的独立性：所有其价值都依赖于展示和消费的东西引起的赞扬和嫉妒。人们对允许别人看的所有东西以及他们隐藏起来的东西非常敏感。即使少数有德行的人不想参与竞争，但也必须提高他们的敏感性；毕竟，这就是莫路斯建议希斯拉德做的事情。因此《乌托邦》暗示，个人拥有财富与个人拥有自我有因果联系，这就是麦克弗森所谓的"占有性的个人主义"（possessive individualism）；[44]放弃私人财产就是让这种自觉的个体性变得过时。

乌托邦的制度设计巧妙，旨在缩减自我的范围：自我扩张的途径被堵死了，个体化（individuation）受到极大限制。在立足于个人财产的社会中，获取所有东西都要牺牲他人的利益；拥有财产的快乐，至少部分在于，知道别人想要却无法获得你所拥有的东西。在乌托邦里，拥有财产的傲慢与地位的傲慢都被清除了。"全岛几百年来"衣服都"是同一式样"（127），这些衣服的披风"颜色全岛统一，乃是羊毛的本色"（133），食物平等分配，肉也是

39

49

大家都可以取用。房子都是三层,"排成长条,栉比相连"(121);为防止这些同样的建筑成为个人私产,"他们每隔十年通过抽签的方式交换房子"(121)。可以预想,乌托邦居民几乎不会注意到任何变化。

在乌托邦,没有让人眼花缭乱的奢华,这种铺张的浪费曾让莫尔着迷又厌恶;没有沃尔西或者亨利八世那样的穷奢极欲的人,也没有巨大的财富积累而带来膨胀。如果国王和主教的需求看起来比一般人的更多,那么这是因为他们就是如此,用别人的劳动,也就是别人的生命,不自然地膨胀起来的。在乌托邦,迎合奢侈和淫荡的职业被清除了,因此不仅有大量富余的必需品,而且任何人都不必为别人的意愿而劳作,也不必仅仅消费别人的劳作。实际上,每个人都工作,每三十个家庭每年选出一个叫作摄护格朗特(syphogrant)的官员,他"最主要的甚至唯一的职责是务求做到没有一个闲人,大家都勤劳地干自己的本行"(127)。摄护格朗特虽然在法律上免于工作,但是他们不会利用这项特权。工作会得到公平的分配,最脏最累的活,也就是那些使人堕落或变得死气沉沉的工作则由奴隶完成。后面这个特点令人恐惧,但是莫尔问了他自己几个问题,而书写这些幻想故事的作者几乎从没问过:谁来宰杀牲口提供肉?谁来处理污秽物?如果乌托邦的目的是限制自我,消除亨利八世出现的可能性,避免莫尔出现的必然性,那么它同时也是为了阻止劳动阶层降格为动物状态而被设计成这样的。摄护格朗特保证没有人无所事事,但是他们也保证没有公民会"从清早到深夜不停工作,累得如牛马一般"。希斯拉德发现,这种不幸"比奴隶的处境还糟糕,然而除乌托邦居民外,劳动人民的生活几乎普遍如此"(127)。

1 大人物的餐桌前：莫尔的自我塑造与自我取消

乌托邦居民一天仅工作六小时，与都铎王朝的法令相比短得惊人；[45] 我们也可以辩称，乌托邦的制度的设计目的远不是减少个体性，而是尽可能地带来繁荣。毕竟，"他们的宪法首先规定了这一目标：在公共需求不受损害的范围之内，所有公民除了为集体服务，还要有尽可能充裕的时间用于精神上的自由及开拓"（135）。这个目标——没有阶层、等级和性别限制——是真正革命性的。但是在此我们碰到了乌托邦的关键特征：原本无限的自由却常常有限制。英语的翻译准确地表达出了原初句法上的变动："工作、睡眠及用餐时间当中的空隙，由每人自由支配，不是浪费在欢宴和游荡上，而是按各人爱好做些其他工作"（127-29）。这些工作分两种：参与黎明前的公共演讲，或"鉴于许多人的智力不足以达到高等知识所需要的水平"，他们可以自愿继续从事常规工作。《工匠法》（Statute of Artificers）[46] 规定的无尽的一天并没有比这里设想的长多少，不过我们可以补充一点，在乌托邦，晚饭后有一个小时娱乐时间，夏天在花园里，冬天则在餐厅里。

与此相似，对乌托邦旅行的描述也是以无限的许可开始，以几乎完全的限制结束。公民可以选择他想去的任何地方〔……〕只要他们有来自总督准许他们离开的文书并且确定了回来的日期。（如果是在本城属地旅行只要父亲和妻子同意即可。）不管他去哪里，他必须继续干活。对这些规矩不能掉以轻心："如果任何人擅自越过本辖区，经查未持有总督文件而被捕是一件很丢人的事情，他会作为逃亡者被押回，受到严厉处罚。任何人若轻易再犯会被贬为奴隶"（147）。[47]

这种模式在希斯拉德的描述中不断重复：自由被大肆宣扬，但在具体描述的过程中却大为缩水。这种情况并非出于愤世嫉俗；

禁令仅针对乌托邦居民觉得不自然的行为。大概只用从堕落的观点来看——一个人被个体主义污染了，也就是渴望多样和新奇，或者认为每个人的存在都是自己的私人财富——在不自然的东西被清除之后，留下的东西似乎令人绝望地少而有限。乌托邦居民完全不这样认为，他们煞费苦心大力减少人们用以区分彼此的参考点的数量。事实上，甚至社会内部的更大的分化单位也被消除。单调的着装不仅可以抵抗虚荣，而且可以抵抗这些在都铎王朝的服饰中反映的（且由法律规定的）细致的等级和职位差异。即使城市和乡村这样的基本区分也被消除了；所有男人和女人都接受农业训练，至少要花几年时间耕作。如果读者读过费尔南·布罗代尔（Fernand Braudel）的《地中海与菲利普二世时代的地中海世界》（The Mediterranean and the Mediterranean World in the Age of Philip the Second），那么他就会了解乌托邦居民所推翻的等级体系是多么根深蒂固；他也会赞赏莫尔的民族统一的观点是多么激进：" 岛上有五十四个城邦，都很宽敞壮观，有着同一种语言、传统、习俗以及法律，它们在城市规划上或其他方面都很相似，只要群体的本性允许，它们甚至在外形上也相似 [……] 了解了一个城邦也就了解了所有的城邦"（113-17）。莫尔梦想肃清累世积累的地方文化和独特的文化，服饰、语言、建筑和行为都是这些文化不可磨灭的印记。我们也许能够以两种不同的方式感受到这个梦，这些形式在过去的几个世纪中反复出现在人们对这个梦的感受之中：一方面是把这个梦当作对数代积累的混乱的清理来理解，这些混乱包括所有那些对进步和正义的拒绝，所有那些顽固的褊狭、自私以及引人反感的区分，它们让大多数人的生活举步维艰；另一方面则是把这个梦当作对社会存在的不透明性

1 大人物的餐桌前：莫尔的自我塑造与自我取消

（the opacity of social existence）的理解的失败，即无法理解人正是靠特殊性和多样性而繁荣起来的，或者也就是说，无法理解无限趋同摧毁了个体。

但是，把个人当作私有的和利己的实体摧毁掉是乌托邦的积极目标；至少，个人用来将自己与他人区别开来的方式大幅减少了。正如我们所见，莫尔认识到自己独特的身份与他扮演的高度社会性的角色混合在一起，受到它所参与的一系列复杂交错的团体——比如法律、议会、宫廷、城邦、教会、家庭等——以及私下的保留地（即一种无法在公开表演中实现的别处的生活）的塑造。乌托邦取消了这种身份，清除了大多数非常特殊的团体类别，人们可以在这些类别中定位自己，他可以通过这些类别说，"我是这样的而不是那样的"。当然，其中仍然保留有性别和代际的等级差异——"妻子呢，伺候丈夫；儿女呢，服侍父母。一般说来，年轻人照顾年老人"（137）——但是即使是这些区别也得到了谨慎的设计，以避免更高程度上的特殊化。

如果像赫克斯特之前曾令人信服地指出的那样，乌托邦基于父系的家庭主义，[48]那么，把握乌托邦中反映的早期现代家庭的要素以及在那里明显缺乏的要素就变得非常重要。在乌托邦，婚姻是规则，即使对于教士来说也是如此（因此那里拒绝将非法同居视作广泛存在但有点不光彩的替代选择）；通奸要面临"受到最重的奴役"的惩罚，而且如果再犯，则是死刑（191）；母亲必须哺育自己的孩子（这个行为甚至在文艺复兴时期的医生的急迫建议下仍然无法在中上阶层中推行）；[49]家人住在一起，丈夫管教自己的妻子并抚育自己的孩子。教派的宗教仪式——不同于对密特拉（Mitharas）的公共崇拜——在家里举行，甚至忏悔也是家庭事务:"妻子拜倒在丈夫脚下,孩子跪在父母面前"(233)。在劳伦斯·斯登(Lawrence Stone)看来,乌托邦理想地描述了"现代早期英格兰核心家庭的崛起"以及其他与之竞争的情感纽带的衰落,"柏拉图的理想中包含了家庭的毁灭,而莫尔的理想中包含了所有其他社会单元的毁灭"。[50]

与此同时,我们必须记住病人不是在家里而是在医院接受照料;房子并没有反映住在那里的家庭成员的个人身份;"虽然任何人在家做饭并非不允许,但所有人都不愿在家开伙。因为附近厅馆中的饭菜如此精美丰盛,一个人若自找麻烦去做糟糕的饭菜显然是愚蠢的,所以这种做法被认为有欠体统(honestum)"(141)。严格推行的一夫一妻制和不容介入的性事并不一定标志着婚姻关系的感情强度;乌托邦居民对婚外情施以重罚的原因在于,希斯拉德记述道:"因为他们预见到,如不认真禁止婚前乱搞男女关系的行为,结成夫妇的人将很少,而只有在婚姻生活中每个人才会与唯一的伴侣白头到老,并且才会耐心忍受伴随这种生活的一切鸡毛蒜皮"(187)。为了避免让这个解释看起来似乎重视性快感,我们被告知乌托邦居民将性行为与其他诸如排便和抓挠之类的行为一同划作了令人愉快但毫无疑问十分低级的快乐:[51]"如有人主张这种快乐构成他的幸福,他就势必得承认,如果他过上了不断饥渴、不断吃喝、不断发痒、不断用指甲挠的生活,那他就生活在巨大的幸福之中。谁不知这样的生活是可厌而悲惨的呢?"(177)。乌托邦中的婚姻不是基于夫妻之间的性亲密关系而形成的深厚的情感结合,性亲密仅仅是为了生育,因此是为了共同体的利益而非家庭的特殊利益。相信家族品质可以传承,这是从文艺复兴时期就被广泛接受且一直延续到我们这个时代的信念,它与乌托邦居民所忠于的人类的可塑性和可互换性相反，因此乌托邦居民并不关心家庭的"脉络"和"血统"的纯正。没有一个家庭会少于十个成人，多于十六个成人："这个限制不难遵守，只须从人口过多的一户中抽出超出部分的人口，以填补人口不足的一户"（137）。

最重要的是，这里没有家族的继承，没有婚姻财产的转移，没有家族财富。在大多数情况下，每个孩子都会继承"父业，因为多数人都有这种天性"（127），但这仅是一个方便实践的做法，"但如任何一个人对家传以外的其他行业感兴趣，他可以被寄养到他所喜欢的那种行业的人家中去"（127）。没有遗产，也就不用计划，不需要去想家族的未来。在莫尔的时代，这样的计划在家庭生活中并不鲜见，根据娜塔莉·戴维斯的说法，这是一种重要而又典型的思虑：

> 有些人仅仅想尽可能完整地把家族遗产传给下一代，这些下一代的人将代表父系的家族或者家族之名。有些人想要增加遗产；还有些人想着若没有遗产便要去创造。他们谋划的不仅是土地、家畜、房子、谷仓、津贴、地租、储藏室、作坊、织布机、主人的身份、合伙人的身份以及股份，还有子女的职业、事业以及婚姻。当然，这些也是为了保持或也许能增加家族的财富和名声。[52]

在乌托邦，这些鲜明的特征都不复存在，家庭的战略完全服从于城邦的战略。如果说乌托邦的基础是家庭制度，那么这种制度与现代欧洲早期实际的家庭制度只有部分的相似。

实际上，莫尔想象出了一个他早就该知道的家庭的分裂，由此在放弃它的排他性和特殊性时保留了它的惩戒权。孩子跪在双亲膝前,就像成年的莫尔,英格兰的大法官,仍然公开跪着接受父亲的祝福,但是家庭不允许发展出对自身身份和财富的理解,不允许发展出对某一历史时期之中的命运之"箭"(the "arrow" of its fortunes)的感知。[53]

这并非偶然,希斯拉德并没有给出任何一个乌托邦居民的名字,当然,除了乌托普(Utopus)。即使在最父权制的社会,我们也很难认为父亲的名字作为财产传给了后代,就像我们很难想象一个具体的乌托邦居民一样。清晰地想象一个有名字的个体之所以是困难的,不仅是因为莫尔用家庭清除了曾经用来区分人的复杂的团体网络,还因为他用共产主义清除了家庭的个体化权力,但是他也严格限制了任何意义上的个人内在性(personal inwardness),而这种个人内在性可能会弥补清除社会差异所带来的影响。即使是快乐这种看起来毫无疑问是私人化且主观化的的东西,在乌托邦居民看来也是完全客观的现象。当然,他们宣称他们非常珍视快乐,希斯拉德严肃地说"关于这个问题,他们似乎知道得有些过多了,即认为构成人类全部或主要幸福的是配偶之间的欢愉"(161)。但是,在这里,初看起来似乎是一个无限的远景的东西却并非如此。乌托邦居民并不喜欢所有的快乐,而仅偏好"好的和体面的"快乐。的确,就像柏拉图所说的那样,这种高尚的快乐被认为是真实存在的;至于其他的感觉,它们虽然可能被认为是快乐的,但却是幻象。那么,一个人在不可接受的追求中能享受到什么呢?乌托邦居民对证明这种感觉无动于衷:"因为享受不是来自事情本身的性质,而是来自那些人反常的习惯,这种糟糕的习惯使他们以苦为甜,犹如一个孕妇口味坏了会觉得树脂和兽脂比蜂蜜更可口。然而任何人从不健康状态以

1 大人物的餐桌前：莫尔的自我塑造与自我取消

及从习惯所形成的判断，都不可能改变快乐的性质，如同不可能改变其他任何东西的性质一样"（173）。快乐的数量是有限的，而且这些快乐可能是等级分明的。快乐是外在于人的东西；几乎没有什么内在的快乐。

随着自我的分化以及私人内在性的急剧减少，我们抵达了莫尔在《乌托邦》中构想的自我取消策略的核心，因为他参与这个世界恰恰是为了在公共生活与内在自我之间保持一种精心计算的距离。他怎么能坐在沃尔西的餐桌前呢？他如何能够在他认为是疯狂而又布满邪恶和不义的世界中前行呢？即使在他自己的家里，他仍然有时不与除了女儿玛格丽特以外的任何人接触。他的整个身份依赖于他私下的退隐。他的沉默充满无法表达的判断，即内心的想法。我们毫不吃惊地发现，在16世纪20年代，莫尔用文学的方式为他自己构想了这种退隐。不仅是他在切尔西的房子成了隔绝公共生活的空间，而且，正如洛珀告诉我们的："因为他出于虔敬的目的，有时渴望独处，远离世俗伙伴，他在离他房子很远的位置建了一个叫新楼的地方，那里有小教堂，有图书馆也有画廊"（221）。莫尔每周五从早到晚都独自待在那里，"做虔敬的祷告以及精神训练"。在《安慰的对话》中，安东尼，莫尔的代言人，建议把隐退当成对抗傲慢的武器：

让他也给自己在家里选择一个安静独立的地方，尽他所能远离喧闹和伙伴，让他有时间私下待着，想象他自己离开这个世界，甚至直接放弃他自己有罪的生活投奔上帝。让他在祭坛前面或在基督受难的可怜的画像前［……］跪下或者伏倒在全能的上帝脚下，真心实意地相信上帝虽然不可见，但毫无疑问就在那里。让他向上帝打开心扉，忏悔他自己能

够回想起来的过错,并且祈求上帝宽恕。(242-243)

毫无疑问,这是莫尔对自己的实践的描述。

当然,冥想式的抽离或非正式的忏悔并非专属于莫尔;我们发现,在15世纪早期,锡耶纳的圣·伯尔纳定(Saint Bernardino of Siena)呼吁信众退隐到私室中观看自我,这个忠告常被人们反复提起。[54]当公共的、公民的世界不断对人们的生活提出要求,相应地,人们开始转向自我,寻求隐私,从城市生活的压力中抽身出来享受特别的时刻。[55]这种参与和疏离的辩证关系是产生强烈个性的力量之一,从布克哈特开始,这种个性被认作文艺复兴的遗产之一。当然,布克哈特很大程度上把这种个性当成一种世俗的现象,但是现在看来,显然世俗和宗教的冲动都对这种心理结构的形成发挥了作用。因此,如果说莫尔虔敬地敦促自己经常退回"一些秘密独立的地方",那么蒙田也不例外,虽然他的隐退与宗教并没有明显的关联,而是注入了斯多葛主义的伦理精神:

> 有能力的人也许会有妻子、孩子、财产,尤其重要的是,有健康的身体;但是不能将其幸福完全寄托在这些上。我们应该尝尽一切可能来给自己保留一个仓库,完全由自己支配、完全自由的仓库,在那里我们可以积蓄真正的自由,实现真正的退隐和孤独,在那里我们必须独自面对自我,并完成与自我的日常会面,在那里不会有陌生事物出现:在那里可以说话可以沉思可以笑,仿佛妻子、儿女、财产、随从和仆人都不存在,有一天若真正失去了他们,我们也可以安之若素。我们的心灵以自身为中心,围绕自身发生变化;它可以以自我为伴。[56]

1 大人物的餐桌前：莫尔的自我塑造与自我取消

弗洛里奥（Florio）将"arrière-boutique"这个词翻译成"仓库"（storehouse），前面这个词的字面意思是商店后面的房间，这个词勾起了人们对一个交易（negotium）的世界，实际上即一个私人财产的世界的想象。如果蒙田建议人们从这个世界退隐，那么他同时也假设了这个世界的存在；也就是说，他对自我的理解与他对商店（boutique）和它所代表的事物的理解是不可分割的。我们被迫回到莫尔在《乌托邦》中的洞见，即私人的财产和私有的自我之间存在本质上的联系。意味深长的是，在乌托邦中，没有仓库（arrière-boutiques），因为从一开始就没有商店（bouiques）。[57]公共领域扩展到了所有地方，包括身体和心灵。退隐回家中的"秘密独立的地方"在房子的设计上来说几乎是不可能的："每家前门通街，后门通花园。此外，房子装的是折门，便于用手推开，然后它会自动关上，任何人可随意进入。因而，任何地方都没有一样东西是私产"（121）。拉丁语原文甚至更直截了当："没有任何东西是私人的"（ita nihil usquam priuati est）。

这种对心灵的重塑至少部分回答了莫路斯对共产主义的控诉：如果人们工作却不能保留他们的劳动果实，或者如果他们能够依赖别人的劳动生活，那么他们就不会工作；在匮乏的时代，就会不断发生流血和暴乱，行政官的权威和民众对其地位的尊敬会不可避免地崩溃，进而加剧流血及暴乱："因为我无从想象，当人人同处一个水平上时，行政官在人们中间能有什么地位"（107）。这种论证假定了一种被乌托邦中的对自我的压缩所取消的自私。乌托邦居民更注重强烈的归属感，而非个人充满焦虑的努力奋斗："整个岛就像一个大家庭"（140）。莫尔在个体的乌托邦家庭中排除的内容（诸如对职位、资源、防卫以及未来规划的过分关注）在整个共同体的层面上被恢复了。执政官之所以受到尊敬（他们被称为父亲［195］）不在于不平等分配的财富，而在于每个人都被吸收进共同体并被灌输了族长制的价值观念；制止混乱的方式不是收罚金或者没收财产而主要是*羞耻*。

在关于《乌托邦》的大部分文献中，羞耻所扮演的极其重要的角色被忽略了，也许这是因为读者被罚为奴隶的惩罚制度吓着了。乌托邦的公民会因为以下事由而被降为奴隶：犯下了"极其凶残的罪行"，无许可旅行（再犯），引诱别人做出不道德的行为，在宗教观点上过分极端，还有通奸。（当通奸被发现，人们也可能选择和对方一起成为奴隶。）当然，按照 16 世纪的标准——以及按照我们的标准——这是一张相当短的应罚罪行的清单，而且没有死刑这一点，在现在数以百万计的人看来，似乎是一个软弱的危险标志。就算没有侵犯财产的犯罪，但仍有众多轻微的违法行为，在乌托邦之外，这些违法行为是被交由法庭审判的。但是在乌托邦，整个司法系统都被彻底简化了：莫尔得以建立自己公共身份的法律职业在乌托邦根本不存在，而且那里只有非常少的法律。社会控制主要由荣耀和羞耻带来的巨大的公众压力维持：

> 但如任何人宁可把（自由）时间花在自己的行业上［……］他不会被阻止；实际上，他们甚至还会受到表扬，因为对国家有益。（129）

> 虽然任何人在家开伙并不是不被允许，但没有人会愿意这么干，因为这种做法被认为欠体统。（141）

> ［如果一位母亲因为死亡或生病而无法为孩子哺乳，凡能对此胜任的妇女无不自愿。］因为人人都会称颂这样的善

1 大人物的餐桌前：莫尔的自我塑造与自我取消

举。(143)

任何人擅自越过本城辖区，被捕后经查明未持有总督的许可，都会遭受众人的白眼。(147)

[如果是婚前性行为，除了这对情侣要受到严厉处罚，而且]一个家庭出现了这种犯法的事，父母也会由于未尽到责任而蒙受极大耻辱。(187)

对为本国建立卓越功勋的伟人，他们为其在广场上竖立雕像，纪念其崇高业绩，希望后人能景仰前人的荣誉而奋发上进。(193)

妻子如渴望随丈夫出征，不但不会被禁阻，事实上还会受到鼓励和赞扬［……］丈夫回去而遗失了妻子，儿子回去而不见了父亲，都被看成奇耻大辱。(209-11)

[若有人相信灵魂随肉体消灭而消失，或相信世界受盲目的命运摆布]乌托邦居民会取消他的一切荣誉，不给他官做，不让他掌管任何职责。他会被一致认定为懒惰的下流坯。(223)

最重要的是，乌托邦居民使用贵金属和宝石的著名事例，可以证明他们如何以羞耻作为控制社会的手段。他们用金银来做房间的溺壶和其他"低贱的器皿"，并用它们制作奴隶身上的锁链和坚固的脚镣。那些因为犯罪而烙有"可耻印记"的人脖子上"戴着金子做的首饰"，而且"头上戴着一顶金冠"（153）。当然，结果就是金银变成了"可耻的标记"，与此类似，珍珠、钻石以及红宝石被用来打扮小孩；"他们稍微长大后，发现只有孩子佩戴这类玩物，便将其扔掉，这不是出于父母的劝告，而是因为自己的羞耻心，如同我们的孩子一旦成人也会扔掉弹珠、拨浪鼓以及洋娃娃一样"（153）。这些乌托邦居民的习惯给阿尼蒙利安的大使们留下了令人难忘的故事,他们抵达乌托邦时,穿着贵重的服饰,因而被普通人误认为奴隶或小丑。看到乌托邦居民轻视佩戴金银珠宝的人后,大使"神气沮丧,羞愧万分,不得不把使自己傲慢出风头的华丽服饰全部收拾起来"(157)。莫尔当时正好是皇家大使,这个幻想肯定让莫尔感到十分有趣:他一下子将国王变形成了低贱的奴隶,还贬低了为君王服务时自己所扮演的角色。

阿尼蒙利安大使的经验表明,奴役不仅作为惩罚和经济制度起作用,而且是极端形式的羞耻。[58] 奴隶的羞耻感不仅是惩罚的重要部分,还会震慑他人。犯罪分子不会被处死也不会从公共视野中消失,而是必须在大家的注视下做低贱的、有损人格的工作。乌托邦空间的公共性使得这种注视无法逃避,无论是对于一般公民还是对奴隶来说都是如此。被看见是羞耻经验的核心(也是赞扬经验的核心),因此,乌托邦一经建立,所有人都一直处于注视之下。在吃饭的厅堂中,摄护格朗特和教士坐在最前面的大桌子的中间,"这里是最高的位置,可以使他们看到全体进膳的人"(143)。老人和年轻人同坐在一起,这样"老人们的严肃而可敬畏的威仪足以防止青年言行失检而涉于浪荡,因为他们一言一行都逃不掉在场老年人的注意"(143)。与此类似,在宗教仪式中,一家之主坐在能够看到家庭成员的位置;"在家管束子女的家长,出外仍监督子女的每一举止"(235)。正如我们所见,在那些人家里,所有门都没有锁,另外,在共同体中普遍也没有隐秘的地方:"不管在哪儿,不容许浪费时间或借口逃避工作。到处都没有酒馆和烈性饮料店,没有妓院,没有堕落的机会,没有藏垢纳污的暗洞,没有秘密集会的地方。相反,在众目睽睽之下,人们要么做他们的日常工作,要么以体面的方式休闲"(147)。

严重依赖对成员进行持续监视的社会系统的危险在于,在某些时刻,这种物理的监视会不可避免地失效。因为没有他人认可的目光,荣誉只有消失,缺少羞耻心的威胁,抢劫和暴力会泛滥。[59] 乌托邦居民修正了这些问题,方法是反复灌输一种信念,即有一种持续的、不可见的监视。即使有人在只有公共空间的社会中发现了罕见的隐私,他的心中也会萦绕着被注视的感觉,从而受到羞耻感的威胁。乌托邦居民相信死人"会在活人中间活动,并且会看着他们的言行",这种信念会让人们"远离任何秘密的不光荣的行为"(225)。正如 J. G. 佩利斯提安尼(J. G. Peristiany)的观察所示,荣誉和羞耻作为社会评价参与了"社会制裁的本质:陪审团越庞大,则判罚越有效"。[60] 把监视扩展到死人那里,实际上,这使陪审团变得非常庞大而且一直在开庭。

值得注意的是,以荣誉和羞耻为道德观念还会产生进一步的问题:规则的不平等。在以荣誉为准则组织的社会中,这种准则正常情况下只适合那些值得拥有它的人。皮埃尔·布迪厄(Pierre Bourdieu)写道:"单一的荣誉价值体系建立了两种相反的行为规则,一种是掌控亲戚之间关系的规则,这些规则也可运用于与亲戚关系有相同模式的一般性个人关系;另一种则是在个人与陌生人之间起作用的规则。"[61] 我们可以在乌托邦的对外关系中看到这种双重标准在起作用,该在对外关系中受惩罚的行为会在国内受到严厉惩处,但是在乌托邦社会内部,因为整个岛变成了一个大家庭,这种对立就遭到了瓦解:所有乌托邦居民(除了奴隶)都认为彼此是亲戚,因此他们对维持荣誉有着同样的兴趣。

在乌托邦,人们生活中最大的道德力量就是尊重公共舆论。

公民为了获得荣誉而追求美德，最高的荣誉被奖赏给"善人中的至善者"——祭司（229）。与此相反，受到讥笑或羞辱——佩戴金饰或被看成"懒惰的下流坯"，这让人难以忍受；这种压力足以确保高度的社会一致。

我们可以在保持我们对他的性格特征和处境的基本看法的同时问自己，由荣誉和羞耻塑造的文化可能会取消或者清除莫尔的生活方式中的什么东西？我认为，这个答案就是内疚（guilt），我的意思是良心的痛苦，内心对罪的确认，对违反了法律或远离了神的不安的意识。[62] 正如我们将会看到的那样，这种感觉在乌托邦中并没有完全被清除，但是公共舆论的强制力量（共同体的集体裁决，这被当作客观的、外在的事实）削弱了社会控制机制在逻辑上的必要性，这种社会控制机制在个人意识（如莫尔自己的个人意识）的深处运作。莫尔生活中有很多迹象表明莫尔有着强烈的内疚和罪责感，最外在的表现则是他私下穿的刚毛衬衣（hair shirt）以及他私下用来苦修肉体的鞭子。这两种忏悔行为都反映了我们预期的结构：公众面前的平静，良好的情绪，隐藏了个人遭遇和判断的沉着。

我认为将这种私人惩罚当作个人病态的结果，甚至仅仅当成试图为不能忍受的罪行赎罪，是错误的。这种行为在当时非常普遍，即使是沃尔西也有不少于三件刚毛衬衣，虽然没有证据表明他实际上穿过任何一件，[63] 它们被当作一种追思和救济的行为，也是一种赎罪的行为。莫尔确实体验过激烈而又持续的内疚感，这没有什么问题：撇开任何更深层次的心理根源不谈，他的整个生活方式，包括对这个世界的适应和拒绝，都会产生这种感觉，这些感觉也会因为他从不回避的纯洁的宗教理想而得以夯实。我们也许会想起莫尔年轻时曾经翻译过一封信,皮科·米兰多拉在这封信中写道:"完美的人不仅应该戒除不合法的快乐,而且该弃绝合法的快乐,为的是他能够全身心地投入天国,更纯净地沉思天上事务。"在莫尔翻译的皮科的《生平》中,他这样说:"他在很多日子(即那些向我们指出基督为我们所受之难及其死亡的日子)都击打和鞭打自己的肉体,以回忆起那巨大的善行,清除他过去的罪行。"[64]

在他生命的终结时,莫尔祈祷"认识到自己的罪恶和不幸",他通过这种仪式表达了他终生对自身境况的看法,他自我鞭打,每天朗读七篇忏悔诗。[65] 他以象征性的方式承认内疚,此外我们还可以补充一点,莫尔在生命终结时声称他渴望禁闭,我们也可以推测,在 1516 年,他职业生涯的转折点,他可能已经在异乎寻常的紧张感中感觉到了他与他所拒绝的僧侣生活之间的距离。在理论上肯定快乐并用羞耻部分地取代内疚的乌托邦至少是对他生命中的深层暗涌的部分回应,是一场解脱之梦。

乌托邦极其重视羞耻和共同体的团结一致,这可能也代表了莫尔对在他们时代的宗教氛围中感受到的某些危险要素的回应。新教明显不是在 1517 年突然冒出来的;正如 16 世纪 20、30 年代发生的那些事件所表明的那样,路德的罪的危机是一个更大范围的文化危机的症候。另外,我们也不断碰到了同样的模式:严重的精神焦虑,强烈地感觉到与上帝有着错误或有罪的关系,尽管认真遵守仪式规程但仍然无法得到拯救的绝望感,突然转向通过信仰上帝之爱得到内在救赎。当然,路德对这一模式的精彩阐述成了一种典范,但这只是因为它对业已存在的心灵和精神上的状态有强大的说服力。

莫尔自己的精神焦虑在天主教会的教义和实践中得到了控制和安慰,但是到 1516 年,他可能已经看到了一种几年后将在他的女婿威廉·洛珀(William Roper)身上得到印证的境况的充足证据。根据哈普斯菲尔德的说法,当洛珀于 1512 年与玛格丽特·莫尔结婚时,他是个路德派。当洛珀内心的"良心不安"并没有因为在公开场合遵守信仰而减轻时,他就开始"陷入异端"了;他越来越焦虑,直到最后确信了"因信称义"、"只要有信仰就足够了"他才放下。[66] 当然,这种经历在莫尔写作《乌托邦》后很多年才发生。在 1516 年,莫尔可能还没有听说过路德。但是对莫尔来说,不需要有这种不可思议的先见之明,他敏锐地察觉到一些要素,而这些要素很快会在那些被引向新教的人的心理经验中浮现。如果我们相信莫尔有这样敏感的感觉,那么我们也许会发现乌托邦强调羞耻而非罪过才是社会力量,这意味着乌托邦会通过减少内在生活、加强共同意识来减少这种心理经验的可能性。

这种思考能够帮助我们理解莫尔,作为坚定的异端迫害者和坚定的天主教正教护教者,在 16 世纪早期如何为乌托邦构想出一种激进的宗教宽容政策。乌托邦居民认为,没有人会因为自己的宗教受害,每个人都能够自由地追求他选择的学说并且尝试说服别人,他这种学说是真理(只要这种尝试是温和且非暴力的)。对信仰感到厌倦,这超出了文艺复兴时期欧洲国家的允许范围,也远远超出了莫尔后来的政策,如果这种对信仰的厌倦得到许可,那么这就是一个意图缩小内在生活范围的社会的逻辑结果:乌托邦居民关注他们自己做什么远远超过关注人们信什么。在乌托邦,没有出现在公共行为中的东西没有必要存在,因此也不是共同体的严肃关切。

当然，宗教宽容的政策也有一些限制——在此宽广的远景也有它的界限——但这些限制都出自道德的考量而非教条的考虑：乌托邦居民相信那些否定神意存在和灵魂不朽的人会不可避免地想要躲避公共法律，"或者为了满足他的私人欲望用暴力破坏公共法律"（223）。教条主义会不可避免地进入信念，因为这些不信神的后果的确定性没有经验基础。但是意味深长的是，教条主义实际上隐藏在乌托邦居民自己身上：他们不认为自己在强制推行特定宗教信仰的教义，而认为自己是在捍卫公共利益，反对私人欲望。典型的一点是，他们不是通过威胁或酷刑来捍卫这种利益的（这是欧洲人的标准处理方式），而是通过收回荣誉、公职以及出现在公众面前进行辩论的权利来捍卫它的。简而言之，无信仰的人是丢脸的。

我们还可以补充，作为整体的《乌托邦》正是通过羞耻这种道德观对读者产生影响的；R. W. 钱伯斯（R. W. Chambers）有个著名的说法：《乌托邦》的潜在思想一直以来都是，"除了理性没有什么可以引导他们，乌托邦居民就是这样做的；然而我们这些信奉基督教的英国人，我们这些信奉基督教的欧洲人［……］"[67]。乌托邦居民生活中的每个特别的特征都被用来嘲讽日常世界中相应的负面特征，并且证明了该如何阻止腐败和扭曲的泛滥。乌托邦居民的羞耻感与通过罪恶感来不必要地发展内在性是相对立的，正如它的共产主义与所有权的发展也是相对立的；这两者都被看作圈套或噩梦。我们可以发现，马克思也将罪与私有产权看作奴役人的力量，但在此之前它们曾将人从其他更早的奴役力量中解放出来。接下来它们也将会被消灭，但它们又是必要的，甚至是人类解放过程中不可或缺的要素。莫尔没有以这种方式来看待历史，可以说，他希望在现代历史开始之前停止它，正如他希望取消自己的身份。

论证到这一步，我们要尽快证明我们最后的说法，就像我们必须证明我们所说的所有与莫尔有关的东西那样。我们必须提醒自己"希斯拉德"意思是"擅长说废话"（well-learned in nonsense），莫尔有意引入喜剧和讽刺的要素使他的幻想与他自己及其读者保持距离，并且我们还得提醒自己莫尔仍然对他大多数时候的强烈感受感到摇摆不定。如果《乌托邦》如我所言，是一部深刻的自我批评作品，表达了自我取消的愿望，那么自我就拥有非凡而又持续的力量。乌托邦这一想象的存在可以被用来批评腐化的社会秩序，它表明通常的迎合权力和财富的做法有它的局限性。它会揭露万物的既有秩序借以掌控现实本身并否认其他可能性的过程，但是《乌托邦》始终是想象出来的存在物，容易受到它的创造者的怀疑、讽刺和温和反驳的影响。毕竟，这部作品是对莫尔的内在生活的表达，但有关这种生活的梦想脱胎于现实。这个梦想越强烈、越逼真，它对产生了这个梦想的内在生活的肯定就越深刻。如果这种肯定是对乌托邦想清除的邪恶力量的疯狂赞颂，那么它同时也会令人愉快地保证，自我毁灭的幻象只是沉迷于游戏而没有招致实际的损失。

我们可以回忆起这件事：莫尔最终决定接受皇家任命，他有自己的野心，并且与充斥着竞争性事业和政治妥协的世界有着复杂的联系。意味深长的是，1516 年，他在给伊拉斯谟的信中记录了一个有关乌托邦的有趣的白日梦，他想象自己不是一个那种参与晨间讲座、从事有用职业的无名公民，而是一位伟大的君王："你不知道我有多激动；我感觉十分膨胀，我把头抬得高高的。在我的白日梦中，我被乌托邦居民选为他们永远的君王；我可以看到自己在游行，戴着麦穗做的王冠，身穿我们的方济各礼袍，非常醒目，我拿着一把麦子作为我的神圣的权杖，周围簇拥着高贵的亚马乌罗提人（Amautotians）随从，另外，我还和这一大群随从一起接见了外国使臣和元首"[68]。本应化为乌有的自我却又以夸张的规模膨胀着，即便这仅仅是开玩笑，我们也应注意到，莫尔远没有被他的创造物消除，反而因此出名。这种名声并非偶然降落到他身上的——就像洛珀希望我们相信的那样——而是与他在世上获取的巨大成功一样；莫尔构想了伴随这本书而来的对他的天才的赞美，他委托伊拉斯谟出版他的著作，并且请求他不仅作为学者提出建议，也作为政治家提出建议。[69]

另外，在乌托邦，尤其在乌托邦的宗教中，有些重要的因素似乎超越了羞耻和荣誉的共同价值观。我们预期珍视健康和舒适的乌托邦居民会嘲笑禁欲主义，但是他们的嘲笑精神很快就消失了，因为有一派叫作布色累斯卡人（Buthrescae），他们执行最为艰苦的任务，不近女色，戒绝肉食，他们摒绝人世的享乐。"他们越是把自己当作奴隶一般"，也就是，他们越是承受羞耻之痕（stigmata of shame），就"越受到所有人的尊敬"（227）。希斯拉德意识到了这种异常情况："如果［布色累斯卡人］基于其理性推论宁可独身而不结婚，宁可艰苦而不舒适，这就会惹起乌托邦居民的嘲笑。然而这些人声称是宗教促使他们这样做，这就让乌托邦居民对他们怀有敬意"（227）。

当然，羞耻和荣誉在此并没有被废除而是颠倒了。然而，有迹象表明，在乌托邦，有一种截然不同的精神，它主导精神一起运作。比如，罪犯只要"表示出这样的悔悟，即可以证明使得他们痛心的不是受罚，而是有罪（peccatum）"，就可以减轻罪行甚至得到赦免（191）。这种区分表现出一种对内心状态的出人意料的关注，这种关注明显基于神学上的、有意识的罪恶观，而非纯粹行动上的罪恶观。的确，虽然乌托邦居民掌握了规范行动的技巧，但是他们对道德的社会基础几乎没有信心；希斯拉德记述道，他们要让孩子们关注宗教服务，以免他们"在嬉戏调皮中浪费时间，而这正是应该对神怀有虔诚敬畏的时期，这种敬畏是实践善行最大的，甚至唯一的激励。"（235）

人们可能会认为，存在足够大的激励——巨大、持续、不停地引诱人走向美德——且这种激励不需要补充"宗教的敬畏"，但是乌托邦居民并不这样认为。羞耻是实施一致性的重要环节，但是人们不相信它能单独起作用。在有关教士的告诫的描述中，我们可以看到它完全补充了规训的力量："任何人如因生活放荡而受到教士传唤或申斥，都会被认作奇耻大辱。现在教士的职责限于劝说和告诫，至于制止和惩罚违犯者则由总督及其他官员执行。然而教士可将其认为非常坏的分子逐出，不许他们参加礼拜。这几乎是一种最可怕的处罚，使人感到极不光彩，让人出于暗藏的宗教恐惧心理而感到痛苦"（227-29）。逐出教会这一公开的耻辱被秘密的恐惧加强，这种恐惧接着又被身体的惩罚加强："甚至他们的肉体上也难以逃脱惩处，如果他们不向教士表明自己已迅速悔改，议事会就会以不虔敬罪将他们逮捕法办"（229）。正是在这里，在粉碎不虔敬的时候，乌托邦社会的所有强制性的力量（羞耻、罪过以及身体伤害）汇集在了一起。在这个以宽容自豪的城邦，他们结合的形式，恰恰就是宗教裁判所（Holy Inquisition）运作的方式：逐出教会，公开羞辱，试图唤起罪恶感，残忍地把不思悔改的罪人从宗教世界转移到世俗势力。[70]

在这样的时候，我们能够意识到乌托邦中的平衡力量是多么脆弱：智力上的野心和自我的取消，基督教人文主义和现实政治，激进主义和对秩序的渴望，改革的热情和超然的反讽，对人类力量的信任和对人世的厌恶，严格限制的扩张性和对它的渴望。《乌托邦》没有调和这些力量，也没有把它们组织成一股一致的、全面的反对力量，一个明确的选择。然而，它就像游乐场一样，在那里，一系列明显不相容的冲动能够强烈表达自己，而不会分离或自相残杀。当然，在这部作品中我们也能强烈感觉到相互对立的立场——所有对《乌托邦》的讨论，包括我们现在的讨论，都承认这个特征——但是其形式设计以及创作细节都试图模糊这个事实，即作品最重要的矛盾立场是在同一个艺术瞬间得到表达的。莫尔的自我塑造行为恰恰也是自我取消的行为，就像他最大胆的反传统的幻象也表达了他对绝对秩序的强烈渴望。

莫尔将相互冲突的心理、社会和宗教压力构成的近乎混乱的局面聚焦在一起，并将它们塑造成看起来既清晰又难懂的景象。我曾经说过，这个景象出现的场所就像一个游乐场：莫尔的用词是指南（libellus）。《乌托邦》作为自相矛盾的结合体在很大程度上依赖于这部作品的物理存在，依赖于用印刷的书页将创作时的相互矛盾还原成永远一致的机械复制，依赖于它清除作者之手进而允许他以虚构角色被重新引入，依赖于抛弃寓言和模仿而转向扑克脸般一本正经且不带褒贬的活字字范。除了这部作品的物理存在，《乌托邦》依赖于简单的环境——一个如此明显以至于几乎不可见的环境——其中存在两种形式的语言，一种指示的，一种非指示的，或一种通向真实，一种通向虚构。莫路斯和希斯拉德讲着同样的语言；英格兰和乌托邦通过单一的表现方法得到呈现。如果这个环境允许实际地描述"无何有之乡"，那么它也允许我们获取在《大使们》那里碰到的观点，即我们在日常生活中预设的真实也是一种建构，就像我们面对权力时所采用的身份一样。

就像我讨论过的，莫尔感觉他自己完全是一个被建构的自我，他构想出他的指南［libellus］来探索这种建构的条件和拆解它的可能性。不过，如果他想要瓦解身份的结构——改变家庭，取消私人财产和私人空间，以羞耻取代罪行——他不会，也确实不能，最终取消自己的身份。尽管乌托邦有种种因变形产生的怪异之处，但正如我们所见，乌托邦不是完全的他者，莫尔对自我身份的拆解并没有表现为他在生活中严格建构的活力的无序传播，而是表现为更集中和宏大的建构。如果莫尔没有在这个新秩序中出现，那么他的缺席正好矛盾而又深刻地表达了他对自我的感觉，正如我们所见，他的自我塑造依赖于他对所有它排斥的事情的感知，那些潜藏在永久黑暗之中的事情，那些只能通过缺席来了解的事情。

我们对《乌托邦》的解读在莫尔的自我塑造和自我取消的假设之间来回穿梭；两者同时在场，但就像霍尔拜因的画作一样，这个解释取决于在特定时刻观者的位置与作品构成的关系。如果说，四百多年来，批评往往包括了掌握指南的企图——为了教会，为了大英帝国，为了革命，或为了自由民主制——那么这既是因为《乌托邦》坚持认为任何解释都取决于读者的位置，也是因为赌注似乎高得惊人。人们争夺的不仅是一部例外的天才之作，而是整个文化。

"基督教世界的整体"

《乌托邦》似乎是永恒的，既能轻易回溯到柏拉图又可以推进到我们的时代，但它的存在毫无疑问是大胆抓住有利时机的结果：五年前或五年后的莫尔都不可能写出它。当然，所有伟大的作品都是以这样的方式震撼我们的，但是随着《乌托邦》出现的后续事件如此划时代，以至于我们可以回到1516年，一个不可思议的年份，就像法国的1788年，或整个欧洲的1913年。当然，如果我们把莫尔的生平与作品中后来被整合进《乌托邦》的要素做成图表，就会发现一个实际的分离。

在莫尔对路德和廷代尔的恶毒的描述中，我们可以看到希斯拉德的部分本质。对莫尔来说，革命者是绝望和孤立的极端分子，他们疯狂地攻击熟悉的、历史悠久的制度和信仰。他们不能发现所有东西都是完美的也不能发现所有人都是好的，他们直接谴责当前的整个秩序。他们以什么名义这样做呢？以一个完全出自想象的教会，一个只有他们见过的、只有他们坚持认为真实存在的教会的名义。这个教会容不下人类熟悉的、无法根除的恶。当然，它也没有瑕疵，也不可能有瑕疵。希斯拉德坚定的信念，他对所有反对意见的驳斥，他的严厉的、先知般的声音在1523年变成了路德歇斯底里和褊狭的确定性。希斯拉德从他有关乌托邦的经验中得出的论点——"你应该跟我一起去乌托邦，跟我一样去亲眼看看那儿的风俗习惯"（107）——在莫尔的戏仿中，变成了路德滑稽而又邪恶的对其使命之真实性的坚持：

"神父，你以什么理由证明人们必须相信你？"

他回到这个问题："因为我确定，"他说，"我的教导来自天上。"

我们接下来再问:"你以什么理由确定你的学说是来自上天的呢?"

"因为神在不知不觉中抓住我,"他说,"把我带到这些混乱当中。"

所以我们又问:"你怎么知道神抓住了你?"

"因为我确定,"他说,"我的教导是来自神。"

"你怎么知道呢?"

"因为神抓住我。"

"你怎么知道的?"

"因为我确定。"

"你怎么能确定呢?"

"因为我知道。"

"但你又怎么知道呢?"

"因为我确定。"[71]

确信那些不存在事物,对莫尔而言这成了疯狂而又邪恶的异教徒的标志。路德对信众的力量来自这一点:他无原则地认为,在缺乏真实时,仅仅有真实的形式就足够了。这些信众想要从不确定、不完美以及有负疚感的存在中解脱出来。他认识到,传统的再现技法也许可以用于那些无法真正被再现的东西,因为它本就不存在或不可能存在。他不仅精通希斯拉德的教条式的自信而且精通希斯拉德的创造者在美学上的狡诈。

在《对路德的回应》(*Responsio ad Lutherum*)中,莫尔重复了他对路德提出的不可见的教会的无休止的挑战,出自莫尔或其出版者理查德·皮森(Richard Pynson)之手的页边注这样嘲笑路德:"他可能在乌托邦中看到过它"(*Eam fortasse uidit in Vtopia*)。[72]

这个讽刺十分具有启发性且令人伤感:因为在1523年,乌托邦不被看作理想共同体的形象,而被看作疯子的幻想。这句嘲讽会让人想起新教徒中的善辩者对莫尔的讽刺和蔑视。莫尔认为异端比尔尼(Bilney)在死前已公开放弃信仰,在反驳莫尔时,新教殉教史学者约翰·福克斯(John Foxe)以同样的方式愤怒地问道:"这是如何证明的?由三四个有力的论证证明的——它们就像磨坊的支柱一样牢固,出自乌托邦,你们这些读者们必定知道那个地方,那里不会有虚构,只有优美的诗歌。"[73]

在他所有引起争议的作品中,莫尔以反诉的方式回应了新教徒对天主教徒的指控,即天主教徒崇拜他们自己制造的偶像,他不知疲倦地反复重申,异端建造了一个想象的世界并且相信它,或者至少宣称他们相信它。莫尔在《有关异端的对话》(*Dialogue Concerning Heresies*)中写道,异端们不可理喻:"当一个人的心被盲目的感情点燃,他完全可以走向理性的反面。他们并不会考虑他们说的话是否合理,他们只是听从他们的情感的指挥,他们偏好的事物、他们相信的事物,或者最蠢的是他们走路或表达他们相信的方式。如果他们真的相信,他们的事情就会疯狂到令人难以置信。"[74]在莫尔看来,新教徒的信仰不断揭露出其他东西:疯狂、厚颜无耻、盲目、虚伪、恶魔附身、滑稽、撒谎。

莫尔对异端"信仰"的态度摇摆不定,这看起来虽是偶然——是仓促的结果或是为了追求修辞效果——但实际上,这是理解他对乌托邦模式的痛苦背离的核心。与其说信仰就是所遵循的教义,倒不如说它是对遵循教义的体验,信仰在圣灵(Holy Ghost)的帮助下构成了宗教真理本身。对莫尔而言,这就是说认信(conviction)并不是建立在对事实的客观评估上的,认信是建立这些事实的先决条件。至此,听起来莫尔似乎与路德出人意料地如出一辙,对路德而言只有信仰是唯一的救赎之路。但是对路德来说,信仰是个人在直接与神沟通时接收到的启示;而对莫尔而言,信仰是社会现象,是共同体的共同信念,也就是共同的信仰(consensus fidelium)*。个人的认信,不管人们多么坚定地相信它,不管它得到了多么严谨的、明显无法反驳的"证据"的支持,但如果它与共同体的共识冲突,那么往好了说,它是无关紧要,往坏了说,它就是罪或疯狂。在与廷代尔的辩论中,当伊拉斯谟对圣经文本的解读可能与共识产生冲突的时候,莫尔毫不犹豫地忽略了该文本(尽管它具有学术权威性)。伊拉斯谟本人也很难反对莫尔的做法,因为他对信仰的基本看法与之相同。[75]

现在应该强调的是,对莫尔而言,共同认可的信仰(consensual belief)只是宗教真理的组成部分;它对人思想的影响在其他方面也同样有效,但是在与人的救赎无关的领域,共同认可的信仰能够构成意义(meaning),也就是说,它能够决定人们认为什么东西是真实的(real),但无法构成真理(truth)。在这些领域,无论对实在的感觉有多么强烈,实在总是被呈现为对其他意义的排斥;人们——至少在想象中——可以一直建构反实在(counterreality)。因此,并不是所有的形构都会坍塌成一团单一的、尚未分化的东西:判断是可能的,甚至是必要的,但并非绝对确定的——人们可以从那些对救赎不可或缺的教义中获得这种确定性。当然,某些轻率的个体会在既定的实在构建(reality-

---

* sensus fidelium 是拉丁文,本义指信徒的感觉(sense of the faithful),类似的表达还有 sensus fidei,这是天主教教义,指教徒对信仰的捍卫和阐释。从本书来看,con- 表示共同的,作者用 consensus fidelium 表示信徒们的共同感觉,一般在汉语语境中,consensus 被翻译为"共识"或"一致",因此,本书译文会随语境有所改变。另外,从词语本义上来看,这与前文所说的对遵循信仰的体验是同样的意思。——译者注

construction）中被说服：只有他们的实在才是唯一可以相信的；不管如何，聪明人会知道，在那些信仰的真实以外的事情上，他必须时刻保持怀疑，时刻对扭曲和不确定性保持警醒，以缄默的颠覆性的失真形象生活。

只有宗教信仰中的永恒、普遍的真理才会拒绝所有颠覆和反真理（countertruths），因为这种真理得到了莫尔认为的不可辩驳的事实的担保，即圣灵不会允许其教众犯致命错误超过一千五百年。[76]上帝的应许本质在于，维持基督教信众在几个世纪以来达成的坚定而公开的共识；圣约的标志在于教会可知且可见。基督教的信仰栖息于民众的知识的光辉中，而不是个人灵魂黑暗的隐秘深处，也不存于不可见的教会的"无何有之乡"："教会就像圣保罗所言，是支柱，是脚，是地基，亦即真理的可靠力量或牢靠之处。这个教会必须就是我们所知的天主教会，几个世纪以来通过经文得以传播、使人们受教的教会，这个教会不可能是一个只有善人或选民的未知教会（a church unkown），在这个未知教会中，既没有牧师也没有人们聚在一起传教，没有任何人作为这个未知教会的牧师来主持圣礼，也没有未知教会的人们侍奉他们，这些人也不会聚集，因为没人知道去哪儿叫人，如果他们是偶然聚在一起的，那么他们也不知道如何去认识其他人。"[77]

在异端的"未知"教会中，人们是孤立和漂泊的，与过去隔绝，与确认了信仰的圣礼和布道隔绝，与教友隔绝。的确，莫尔问路德，土耳其人是否可以成为基督徒，他能够从哪里了解到信仰？谁能为他区分正教和异端？没有已知的、公认的教会的支撑，一切都是根本不确定的，不仅对假设的土耳其人而且对普通的基督教徒而言也是如此："如果你要正确地谈论弥撒，你就必须从这个教会学习有关弥撒的知识。否则你将会因为空洞的教义而产生怀疑和不确定,你会怀疑一切。"[78] 当然,路德完全不是激进怀疑的传道者,在这一时期很难找到莫尔声称由宗教改革者造成的令人痛苦的不确定性的例子。哪怕那些多次在新教和天主教之间摇摆的人士,他们体验的似乎也不是会造成损害的怀疑主义,而是连续且互不相容的确定状态。但是,莫尔并不需要不确定性的实际例子;随意解释(interpretative anarchy)就像幽灵一样,既被召唤出来攻击他人,也被用来确定自己的立场。对莫尔而言,不仅秩序和安全,还有真理本身,都要在可见的信徒共同体中才能找到;可以与共同体分离的真理仅存在于内心的秘密信仰中,这种真理是危险的,是必须被毁灭的幻觉。

如果在 16 世纪 20 年代,希斯拉德变成了危险的异端首领,那么乌托邦就完全不会被构想为他所胡说乱侃的不可见的教会。与之相反,它是分裂的:它的不存在被传给了路德和他的同伴,而它大规模的团结一致则变成了天主教会的共识。乌托邦社会要抹去个人、妄自尊大的自我膨胀以及对私下判断的纵容,所以教会就像莫尔呈现的那样强烈反对那些胆敢从共同体中脱离并宣称拥有私人真理(private truth)的人。莫尔控诉道,路德"劝说所有人没什么是确定的,除了每个人自我决定相信的事情",其结果就是随意解释——"蔑视整个教会的权威,蔑视教父、博士以及古代的释经者,每个人根据自己的理解解释经文,形成他自己选择的信仰。因为路德让每个人都成了彼得和保罗的法官,每个人都可以登上裁判所,在内心审判这两人:保罗在这方面说得好,在另一方面说得不好。彼得有些地方说得对,有些说得不对"。[79] 这种情况在莫尔看来明摆着是荒谬的,他不断地给读者提供正确回应传统和权威的方式:"整个基督教会超过一千年的历史告诉你们[水可以变成酒]。无论新的异端现在可能有多么否定或侮辱它,她的丈夫(spouse)*在如此之长的时间里一定给了她启迪,无论这种启迪是什么。"[80]

基督持续存在于他可见的教会中这个基本信念让莫尔避开了其信仰观念中的极端含义。或者更确切地说,它允许莫尔讽刺地大肆发挥这些含义,而没有滑向最终的、引人晕眩的无中心状态(centerlessness)。在所有有关宗教论争的作品中,任何对这一观点——实在不是既定的而是由人们的共同信念和人的制度建构的——的暗示都取决于确实存在的唯一的最高的共同体——教会。当共同信仰受到威胁时,好玩的、颠覆性的幻觉的可能——我们曾提过的游乐场——实际上也被破坏了。当然,在欢乐的故事里,在莫尔仍然戴着的面具下,零零散散的残余肯定还存在着,但是,正如莫尔自己似乎承认的那样,本质精神已经丧失了。[81]在《愚人颂》中,伊拉斯谟可能会"效仿戏剧中扮演的角色[即弄臣]","取笑这些滥用"圣像、圣物以及其他的行为,"[……]不过廷代尔在那些罪恶的书中阐述了路德那害人的异端邪说,它让下流的烂人内心受到巨大腐蚀,因而普通人哪怕只把这些东西当儿戏观赏都不行,但那些邪恶的听众会因此变本加厉"。[82] 如果《愚人颂》或莫尔自己的某些作品被翻译成英语,莫尔写道,他会亲手把它们烧掉。[83]

我们几乎可以确定,《乌托邦》有被付之一炬的可能,因为它取笑滥用,它对替代性的结构进行了游戏般的探索,它大胆的

---

* spouse 一般的含义是配偶,但在英文中,人们也将耶稣基督或上帝比喻为灵魂或教会的"精神配偶",这句话中的"她"指的就是教会。——译者注

灵活性正是莫尔认为危险的特质。如果我们想理解 1516 年后《乌托邦》在莫尔思想中的命运，我们就必须不断提醒自己，对莫尔来说，就像对伊拉斯谟来说一样，信徒们的共识体现在可见的教会中，它就是"可理解性原则本身"。[84] 对莫尔来说，通过削弱上述共识，通过助长分歧、怀疑和个人判断，宗教改革者威胁到了意义之最后庇护所的可能性，因此剥夺了他曾依赖的颠覆性游戏的许可。乌托邦没有消失；嵌在莫尔的作品中的疏离感，也就是那种认为所谓实在是建构、是一种身份、是一个面具的看法，突然间有望吞噬所有东西。这种吞噬并非预示着更高、更理性的秩序而是预示着社会本身的崩溃："人们既不遵守法律也不服从统治者，也不听从医生，而是如此自由而放肆〔……〕没有人被强制，没有人被命令，没有人得到建议，没有人被教授任何东西，也没有人会崇敬圣徒。""不仅教权不能长存，王权也同样如此，最高行政长官、领事以及所有行政机关都不复存在，人们没有统治者、没有法律和秩序。"[85] 无秩序（anarchy）的幽灵必须被世俗权威制止，他们应该为了他们的利益以"严厉的惩罚"压制异端。热心于社会公正，相信骄傲和个人财产之间有因果联系，大胆攻击"富人的阴谋"，这些都让位于需要纪律和清除异见。

如果这个转变标志着《乌托邦》与其他存在宗教争议问题的作品之间巨大的、令人伤感的距离，那么我们必须认识到莫尔所信奉的单一的、无可置疑的宗教共识在其早期作品中一直非常隐蔽，但在其后期作品中则非常明显。莫尔从来没有在作品中认为宗教中有反共识（counterconsensus），他这样做的话，实际上就是放弃了他的信仰。当然，乌托邦居民会非常高兴地宣称他们已经做好接受一个更好的信仰的准备了，只要能遇到那样的信仰，但

1　大人物的餐桌前：莫尔的自我塑造与自我取消

是这种灵活性并不表明莫尔接受这个原则——宗教共识（包括宗教真理）是可以改变的，也不意味着应该存在这样一种观点，即各种学说可以在市场上任意竞价。持这种态度的乌托邦居民其实是莫尔幻想的安乐乡中的人们，对这些人来说，转而皈依真信仰不会产生创伤，这个幻想类似哥伦布在1492年10月12日沉溺其中的想法。[86] 难怪我们听说一位高级教士极力想成为乌托邦居民的使徒：这是令人喜悦且极其容易的任务。希斯拉德写道，"基督之名、他的教义、他的品德、他的奇迹以及殉道者们那同样值得惊异的坚贞不屈的精神（这些殉道者甘愿流血）终于使远近无数国家趋于他们的信仰，当乌托邦居民从我们这里听到这一切后，你无法想象，无论这些人曾经如何被抛弃，他们都会欣然接受这个宗教，这也许是出于上帝不可思议的启示，或是由于他们认为这个宗教最接近他们中间普遍流行的信仰"（219）。基督教的精神毫无疑问会被乌托邦的密特拉崇拜吸收，乌托邦居民迟早会信仰天主教。

路德挑战了共识，他控诉教宗是敌基督者，教会学说的统一是通过压制真正信徒来保持的，莫尔惊恐地回应了他，因为他必须这样回应他。莫尔甚至反对这个观点，即新教徒实际上信奉他们的错误教义，因为信仰构成真实，共识必须去除分歧；正如我们所见，他辩论道，异端人士要么是疯了要么有着恶毒的意念。正如E. M. 萧沁（E. M. Cioran）谈到早期的基督教护教学说时所说的那样，作为一个整体，天主教和新教的辩论作品其实同样都是"一系列伪装成论述的污蔑"，[87] 但我们也不能因为这个而低估了莫尔的修辞暴力的力量。"只要你的牧师说出这些无耻的谎言，其他人就可以为了英王陛下把这些扔回你那个牧师的臭嘴里，或准确地说那张臭嘴是个大粪坑，坑里容纳着你这个该死的烂人呕出来的所有马粪和人粪,也可以把下水道和茅房里的东西都倒到你的王冠上去。"[88] 这是以粗鲁的声音表达的仇恨,这种仇恨乐意杀掉它认作恶魔的东西。我们甚至在更多地展示了莫尔极具特色的讽刺和控制的篇章中也能感受到这种仇恨:

> 如果我们的父廷代尔替代了我们的父亚当升上天堂,他就不再需要任何蛇或女人引诱他吃智慧树上的苹果。先前上帝禁止他吃,因为会导致死亡的痛苦,就像他禁止我们行淫,因为会下地狱:于是,他会寻找戒条的理由。当他的智慧已经无所发现之时,因为肉体在那里不需要驯服:然后他会慢慢地吃,思考全能的上帝跟他开的玩笑,他不会因为一个苹果而生气,由此,他会依照自己的探寻规则发现比妇人、蛇、魔鬼以及所有这些更多的恶作剧。[89]

妇人、蛇和恶魔——升序的邪恶的三位一体——全部落在了廷代尔身上,在一出小型讽刺剧中,他饰演父亚当。但是将异端等同于最异类的存在——女人、野兽和恶魔,可能并非莫尔暴力最深的来源。莫尔把某些精神品质重新塑成可恨的、应该消灭的品质,我们必须把这些精神品质与《乌托邦》的作者联系起来。寻找原因、质疑已知事物、依赖自己追寻的"智慧",这些现在都是邪恶的明显标志,邪恶必须在出版的书中被谴责,被教会和国家无情地压迫。当然,在《乌托邦》和《理查三世史》中,在给马丁·多普(Martin Dorp)、爱德华·李(Edward Lee)以及修道士约翰·巴特曼森(John Batmanson)的信中,莫尔没有意图用他的智慧质询上帝的权威,但是就像希斯拉德有关无知而又狂热的修士(他是莫顿主教的随从)的故事表明的,莫尔在1516年已经完全明白了,他的机智和独立可能会给一些粗心或者偏执的观察者留下异端的

1 大人物的餐桌前：莫尔的自我塑造与自我取消

印象，诉诸宗教权威的规定也可以用于抑制所有有挑战性的思想："我们有教宗训令，"被触怒的修士喊道，"所有那些嘲弄我们的人都应该被革除教籍。"（85）在此攻击宗教改革者的正是莫尔，他愤怒于正教受到威胁，援引了革除教籍的法令，然而他抨击的对象却是一个恶魔版的自己。

就像乌托邦分裂成了异端的"未知的教会"和共同信仰一样，莫尔也是分裂的：希斯拉德和莫路斯曾经一起谈话的花园被破坏了。莫尔有一部分身份是通过希斯拉德而得以表达的。这个部分拒绝被大众的观点裹挟，培养了他对人类事务极其独立而又讽刺的判断，将大人物的舞台表演看作疯狂或者邪恶，这部分身份变成了异端的疏离、顽固的特性，它令人难堪地坚持他的判断的权利。那么，莫路斯又如何？那个适应这种舞台表演，并试图在权力圈中影响国家政策的莫尔又如何？某种程度上，我们可以通过那成百上千页论战文章的作者表现出来的戏剧般的灵活变通瞥见他的形象，也可以通过他改变声音以适应特殊场景的能力瞥见他的形象：他会变成耐心对待困惑的人、以暴制暴的人、严肃的聪明人、野蛮的嘲讽者、粗俗的普通人，或者温柔的滑稽者。我们从君王的好仆人的角度看他也许会看得更清楚，他被擢升为大法官（lord chancellor）时，他也就成了异端的迫害者，在面对无法阻止的暴行时他会保持谨慎的沉默，轻车熟路地——如果 G. R. 埃尔顿（G. R. Elton）的说法无误的话——在内心反对威胁了教会自由的皇家政策（这种反对是慎重而危险的）。[90]

由于莫尔从一开始就知道，他的这一角色有危险的潜在冲突，他既是国家君主善于变通而又现实的顾问，又相信所有的凝聚力最终来自普世的天主教会。只要国家权威和国际权威还有不稳定的联合，或者至少二者没有背道而驰，他就能从中斡旋，但是，当他们在国王的离婚和王权至高无上的问题上产生越来越多的冲突时，莫尔就会处于两难的境地。霍尔的《年表》让我们得以一窥极端状态下的莫路斯，几乎快要达到爆发的临界点的莫路斯："可是还有一种对政治家而言更实用的哲学，这种哲学深知自己活动的舞台，能适应要上演的戏，并巧于扮演须担任的角色。"这个舞台就是议会，是发表支持亨利八世离婚意见的主要阵地，而这些意见则是来自欧洲大陆的大学。这是御前演出，莫尔巧妙而又得体地表现了遵从，洛珀记述道："他没有展示自己内心的想法。"[91]莫尔阅读了学者的观点后在下议院发表的结语，暗示了他塑造自我的非凡技巧与他在道德和政治立场的困境："现在下议院的各位可以说说看，在你们的国家看到和听到了什么，众所周知，国王没有像其他人说的那样有意或喜欢做这些事，他是为了履行良心的责任和保证他的王国的存续，这也是我们为什么来到这里的缘故，现在我们将离开。"[92]对这席话的大体印象是大法官支持国王的立场，但认真思考会发现他的说法并非如此：他不仅避免以个人的名义确认国王立场的正义性，也没有支持国王所宣称的其行为基于宗教考量和国家政策的说法。这段短小的发言是逃避的杰作，这让人想起希斯拉德对"间接方法"（obliquus ductus）的质疑，莫路斯也曾建议这种"间接方法"：一个人若赞扬邪恶的政策，他就起到了推动作用；一个人若无力地赞扬它们，他就冒着"被看作间谍乃至叛徒"（103）的风险。

这就是莫路斯的命运，也是他的适应所能达到的程度。这种在权力中心极端戏剧化的即席表演，这种绷紧地、狡猾地压制内心真正信仰的做法难以持久，不管是在政治层面，还是在莫尔的

1 大人物的餐桌前：莫尔的自我塑造与自我取消

灵魂层面上皆是如此。1532年5月16日，莫尔辞去他的职位，试图退回安静而私人的生活，但是他的公共身份、他在国内和国际的地位没那么容易摆脱。在他被捕入狱之前几个月写的信件中，我们可以看出他如何绝望地试图维持他在职业生涯中形成的顺从和内心忠告混合在一起的状态。在1534年3月5日给克伦威尔（Cromwell）的那封不同寻常的信中，莫尔宣称自己无权评判或评论安妮·博林（Anne Boleyn）*的婚姻："殿下已经拥有了他的婚姻，这个高贵的女人实际上已经被选定为皇后，所以我和他的其他忠实的臣民一样，既不用私下抱怨也不用争执，既不要这么做也不要这么想，不要把这件事与其他那些他信仰上帝的事情混为一谈，忠实地向上帝祈祷赐福于他们，希望他们以上帝喜欢的方式美好地生活，希望上帝赐给他们荣耀和安全，把平静、和平、财富以及利益带给这个高贵的王国。"[93]

很明显，莫尔确实想付出很大努力来适应正在上演的戏剧；在著名的玛利安版的莫尔《作品集》中，他的外甥威廉·拉斯泰尔（William Rastell）悄悄省略了信中的这一段。但是这里的例子和类似的让步并不是对这种不可忍受的压力的反常、绝望的回应；它们是生活策略的高潮，正如我们指出的，也就是在公共形象和内在自我之间保持的精心设计的距离。

在莫尔生命的最后几个月，他的法律地位的核心在于他保持沉默的权利，这是非常恰当的。1534年4月13日，他被传唤到兰贝斯（Lambeth），法官向他宣读了《王位继承法》（Act of Succession），并发表了附带的最高权威宣誓。前者宣布放弃亨利

---

* 安妮·博林是亨利八世的第二任妻子，英格兰女王伊丽莎白一世的母亲，亨利八世正是为了与她结婚才与第一任妻子凯瑟琳离婚，这件事还引发了与罗马天主教廷的决裂，并最终导致了英国的宗教改革。她最后被处斩，罪名是通奸和叛国。上下文均与此相关。——译者注

与凯瑟琳（Catherine）的婚姻，宣布国王与安妮·博林的婚姻"与全能的上帝的律法一致"，并确立只有这段婚姻中的亨利的后代才能继承皇位；后者实际上确认了国王是英格兰教会的最高首领。莫尔宣称他自己准备对《继承法》宣誓，但他拒绝发表最高权威宣誓并且没有透露理由。因为拒绝这个宣誓，莫尔被监禁并在1535年7月1日以叛国罪受到审判。在他的辩护中，他宣称"因为我的沉默，你的法律和世上的任何法律都不能公正和正当地惩罚我"。[94]控方没有承认他的理由，但他们制造证据（理查德·里奇［Richard Rich］的证言）的行为间接承认了这句话的力量，这些几乎可以肯定是伪证的证言指控莫尔实际上打破了沉默，有违国王的至高权威，说了叛国之辞。

在《乌托邦》中，莫尔想象了那种我称之为他的生活策略的消失，此时，他是想象了一个把内在生活缩减为零因此也不需要誓言的国家；不同于此，现代国家接受了每个人的内在生活但是要求它变得支离破碎。从控方的观点来看，莫尔隐藏了重要的证词（他肯定或否定这个誓言）；因此，他的沉默"正是他恶意攻击法规这一本质的确切象征和证明"。莫尔以钱伯斯所说的"请求沉默的自由"回应道："我向你保证，我迄今为止没有向这世上的任何人透露和公开过我的良知和思想。"[95]实际上，莫尔诉诸他深刻的孤独与疏离，诉诸隐藏在他内心深处的思想；他许诺要将这种疏离一直保持到死。

但是，从外在的顺从和内在的沉默的极端状态出发，莫尔感觉良心被封闭在了个人的内心当中，甚至在他知晓对他的裁决并果断地打破沉默之前，莫尔都一直朝着相反的立场在努力。有关教宗至上的问题，他在同一封致克伦威尔的信中写道："我完全

1 大人物的餐桌前：莫尔的自我塑造与自我取消

不插手此事。"但是他回忆起，他最初保留的教宗至上的观点被国王和其他人的论证推翻了，由此他转向了共同立场（consensual position）的核心："因此整个基督国是一个身体，我不认为任何成员能够在未经全体允许的情况下脱离共同的头"，[96]在这个"整一的身体"里，在这个单一的基督教世界及其"共同的头"中，有一个宣布那些必须相信和遵守的事实的绝对普遍的权威，这个权威"应该被当作是不可置疑的，否则就没有任何东西是确定无疑的，除非让基督国立足于每个人的情感理性之上，否则一切事情都可能陷入日复一日的不安和混乱"。

"否则就没有任何东西是确定无疑的"，在经历了适应实际情况、精巧的修辞论辩以及政治上的沉默之后，我们相信，莫尔在任何情况下都不会改变态度或将之悬置。这样做会使他的整个世界失去意义，从而陷入不确定的混乱。几周后，他在伦敦塔的牢房中写道，"我不应该改变我的良知并向一个国家的议会低头，转而与基督国的总议会作对"。[97]的确，在最后的书信中，莫尔的良心越来越有力而直接地与共同体的团结联系在一起，仿佛他最后几周烧尽了他私下感觉到的自我和他渴望与之融合的基督国的伟大共识之间的所有屏障。最后在他谈到自己的良心的时候，他不但谈到了他内心深处的存在，也谈到了他在天主教教会这一可见的团体中，对过去、现在和未来的所有真正基督徒的共同体——团契——的参与。

当然，那种可见性在16世纪30年代的英格兰也越来越令人怀疑。至少早在1531年，坎特伯雷教士会议中的神职人员就已经屈服于亨利宣称的其至高权力为"上帝法所允许"，因此作为"一个身体"的基督国开始逐渐淡出视野。1534年4月17日，莫尔被囚禁于伦敦塔，这座塔的存在更多是对宗教信仰的确认，而非仅为一个公认的、有形的、制度性的存在。莫尔对共识的呼吁并没有表达怀疑——非要说的话，比起在那些尖锐的论战作品中，它们在后期作品中更加自信且平和——但这是对某些用信仰之眼看到的东西的呼吁。

1535 年 6 月，克伦威尔问莫尔他如何区分教会要求回答教宗至上的问题的权力和国王要求回答王权至高无上的问题的权力——"他们否认这点就会被烧死，他们否认那点就会被砍头"。莫尔在回答时区分了地方法和"基督国的整个身体"。[98] 但是在 16 世纪 30 年代中期，英格兰几乎不是一个孤立的、地方化的问题，在面临着激烈而又明显的瓦解时，共识才得以宣布。持怀疑态度的人可能会问，我们在哪里可以看到所有基督徒的那个整一的、普遍的身体？

正是在这一点上，我们可以回忆起希斯拉德对持怀疑态度的莫路斯的回答："你如果跟我到过乌托邦，和我一样亲眼看到那儿的风俗习惯就好了"（107）。因为在莫尔变得日益孤立的过程中——即便在宗教团体中也只有很少人拒绝承认——他实际上恢复了曾经归于异端的那部分自我。诚然，他从来没有动摇过对共识的坚持，但是就像他跟洛珀说的那样，当他掌握权力时，他仿佛"坐在山巅，踩死异端就像踩死蚂蚁一样"，[99] 我们很难说这种坚持只是一种幻想。现在，他冒着生命危险，为一个比他所嘲笑过的"不可知的教会"更不可能在英格兰见到的共同体代言。当然，天主教会在别的国家随处可见——毕竟罗马不是虚构的亚马乌罗提（Amaurotum）[*]——但是莫尔对教会的理解从来不只局限于罗

---

[*] 乌托邦的首都，其名字意味"昏暗的城市"，暗示"雾都"伦敦。——译者注

1 大人物的餐桌前：莫尔的自我塑造与自我取消

马。当然，他也可以诉诸"天堂中的圣徒"的联合，但是这个诉求仅仅加强了这种感觉，即在1535年，确认"基督国的整个身体"本质上的整一性（singleness）就是去确认凡人的尘世眼睛无法看到的内容。

人们很容易论证这一点：经过漫长而又痛苦的年月，希斯拉德变成了对路德和廷代尔的令人生厌的戏仿，最终回到了他原初的形式并且取代了莫路斯：正如希斯拉德曾经推测过的那样，国王那能屈能伸而又心存善意的仆人已经被毁了，他圆滑的表演策略看起来远远不够。但是莫路斯是否完全被击溃了？莫尔临终几个月的作品和行动表明，他自己在适应那场正在进行的表演，虽然这场表演比起他参与的任何一场表演都更为严肃和令人恐惧。如果有人因此记得莫尔，即他支持天主教会的死亡作为可理解性和确定性的唯一原则，那么人们也会记得莫尔面对恐惧时令人印象深刻的讽刺意味的幽默，也会记得他坚持不懈将他独特的个性注入国家的明显非个性化的进程，记得他用无数方法表明他正在适应强加于他的角色。

我曾经说过，莫尔长期以来习惯于在所有公开场所问自己："莫尔会对此说些什么？"在他生命的最后几个月里他深深地依赖这种习惯。毫无疑问，他的幽默就是他个性的自发表达，但也是刻意塑造的，正如我们能够在那些故意为之的玩笑中清楚感觉到的一样。[100] 作为一种策略，幽默几乎无法拯救莫尔的生命，但它能实现一系列重要功能的叠加。它表达了对权威的间接抵制。冷漠的霍尔谈到了莫尔无休止的"嘲笑和讽刺"，[101] 虽然这看起来是过于消极的回应，但这是玩笑中真正冒犯的元素。另外，这也体现了莫尔的文化理想：面对即将来临的死亡，保持漠不关心、

89

冷静从容（disinvoltura）的姿态。这种态度部分反映了斯多葛主义对文艺复兴时期的人文主义者的影响，部分反映了资产阶级采纳了贵族道德观，但是它最深的根源来自宗教信仰：莫尔的信仰赋予他的确定性的明显标志就是快乐。[102] 最后，莫尔的幽默是用来控制对自身处境的恐惧的一种方式，这种恐惧可以在忍受对处决加尔都西会教士（Carthusian monks）场景的详细描述时得到衡量。他不仅要面对身体的恐惧，而且要面对一种放松感，在被审判的前几周，他也许可以得到释放，这产生了一种放松感。当女儿玛格丽特给他写信催他宣誓时，莫尔首先用"极度伤心"这样的苦涩表达作为回应，在接下来的几周里，他极力以独特讽刺来应对这一交流：他戏称玛格丽特为"伊芙夫人"（Mistress Eve），将她同一部剧中的女主角联系在一起。[103]

幽默并非莫尔对恐惧的唯一回应，也不是标记他与殉道者角色之间的复杂距离的唯一方式，对这种角色，他既抗拒又认可。在他写于伦敦塔的作品中，最感人和最具个人色彩的不是他对那些"急切地奔向死亡"的英雄殉道者的思考，而是他对那些"犹豫而恐惧地爬出来"的殉道者的思考。[104] 莫尔在《论三位一体》中写道：任何"被焦虑的感觉压垮［……］被可能向绝望低头的恐惧折磨的人"，这些人必须深思基督在客西马尼园（the Garden）*中的遭遇；我们可以回想起他给玛格丽特的那封悲痛欲绝的信的结尾，在讽刺掩盖下的赤裸裸的痛苦中，莫尔向上帝祈祷，他要"虔诚地俯伏在地上，回想我们的救世主在圣山受难前遭受的巨大痛苦"。[105] 在胆小的殉道者——那些必须努力让他自己适应他的那部分角色的殉道者——那里莫尔其实描述的是他自

---

* 客西马尼园是耶稣基督被门徒出卖的地方。——译者注

己。为世界表演欢乐的另一面就是表演极度焦虑。欢乐是确定性的标志,非常矛盾的是,恐惧也是确定性的标志,因为它暗示着他谦卑地抵制只能由上帝加之于其上的殉难。在一次打动人心的对期待的颠覆中,莫尔并不是在想象他重演了耶稣的角色、模仿耶稣,而是在想象耶稣以其至高的慷慨排练了莫尔必须扮演的角色:"因为他会看到充满爱的牧羊人把孱弱的羔羊扛到肩膀上,正如他自己扮演相同的角色、表达他自己的感情是出于这个原因:以后任何人若有类似的感情困扰,也许能够鼓起勇气而不是认为他必须绝望。"[106]

在这个时候,莫尔的角色扮演、高度复杂的自我塑造意识(这种意识是他那强烈个性的标志)被吸收进了更大的整体中,被吸收进了基督的整体生活当中,被吸收进了人们宣称是生命意义之保卫者的整体制度当中。我认为,这种融合解释了伦敦塔中写就的作品的奇怪特质,即这些作品从强烈的个人冥思神秘地转向了对经院神学的看似枯燥乏味的解释。[107]这种对阿奎那或者格尔森(Gerson)的言语的阐释也是莫尔毕生渴望吸收进去的整体制度的声音,就像他对恐惧的思考和幽默是他对自我既讽刺又复杂的感知一样;虽然我们能够认清它们之间的区别,但这两种声音不再对立。在《塔中书》中,在他的牢房中,在他生命的最后时刻,莫尔再次把在对话中的莫路斯和希斯拉德聚集到了一起,同时也将其身份和文化的各个长期分裂的方面聚集到了一起。但是现在,他们不再在花园中交谈;他们凯旋,一起被摧毁在了断头台上。

2　机械复制时代的圣言

1531年,一名叫作詹姆斯·贝纳姆(James Bainham)的律师因异端罪被捕,他是格洛斯特郡一位骑士的儿子,从中级法院被移交到大法官莫尔在切尔西的宅邸。在他被拘留期间,莫尔试图说服他公开放弃他的新教信仰。莫尔的尝试起初失败了,这招致了后来更严厉的措施,在受到酷刑和处决的威胁之后,贝纳姆最终服软,公开放弃其信仰,向国王缴纳了20英镑的罚金,并在圣保罗十字堂周日布道上在神父面前忏悔。但是,他被释放后仅一个月,据约翰·福克斯记载,贝纳姆又反悔了,"他的理智和良心无法平静,直到那些天在波巷(Bow lane)的一间仓库里的集会中,他向所有熟人说出了他的堕落,请求神和全世界的宽恕"。[1]在接下来的那个星期天,他公然去了圣奥斯丁的教堂,他站在那里,"手里拿着英文版《新约》,怀里抱着《基督徒的服从》",他边哭边向聚会的人宣称他背弃了神。他祈求人们原谅他,告诫他们提防像他那样的软弱,宁愿死也不要像他曾经那样做,"因为这样才不会体验到他所感受到的地狱的滋味,这也是为了全世界的善"。当然,他在自己的死刑判决书上签了字,把它与写给伦敦和其他地方的主教的信件封装在一起。他很快被逮捕了,复审过后,他被当成再度堕落的异端烧死在火刑柱上。

莫尔在这个残酷的故事中的角色反映出他对异端的仇恨,也反映出他直接参与了这场根除异端的行动。他当然不是《殉道者之书》中那个虐杀成性的审判者——福克斯曾记载他在花园的树下鞭打贝纳姆——但他也不是浮现在其他人脑海中的那个纯净的灵魂,他们称赞莫尔"真心实意、充满爱心地努力地拯救人"。[2]在这个努力背后,隐藏着大法官完全认同的威胁:"对贼、谋杀者和异端感到悲哀。"莫尔在他的墓志铭中这样写道。[3] "现在,错误和谎言的精神,"针对新教殉道者,莫尔恶毒地总结道,"把可怜的灵魂和他自己直接从火边投入永恒之火。"[4]此处的精神暴力使我们得以理解莫尔的切尔西——在伊拉斯谟那里,它是"有着基督教根基的柏拉图学园";在 R. W. 钱伯斯那里,它是"家长制的、修道院式的小乌托邦"——如何能够在短时间内发挥监狱的作用。[5]这个令人不安的事实打破了莫尔的公共和私人身份间的细致区分,正如我们所见,这一区分也是莫尔本人尽可能地在坚持的区分。

这一区分被打破的直接原因在于莫尔身处的高位,这意味着莫尔作为大法官的司法功能和他想用他的职位攻击异端的决心。但是公共领域和私人领域往往是紧密纠缠在一起的,哪怕莫尔想把它们分开:私人生活通过让公共生活变成道德上可忍受的,从而让公共生活成为可能;公共生活通过给予私人生活存在的理由从而界定了私人生活。从洛珀编写的早期传记到罗伯特·博尔特(Robert Bolt)的《良相佐国》(*Man for All Seasons*),我们一直在引导之下把切尔西想象成一个理想的郊区——一个奇妙地汇聚了智慧、人文主义以及家庭的温馨的地方。根据洛珀精彩的记述,当莫尔被捕,向家庭告别的时候,他"拉了一下他后面的门并把它们都关上了"。[6]我们能够从封闭的、充满爱的、家庭的隐退痛苦地回到都铎王朝统治下的血腥世界。对切尔西的这种感觉绝不仅仅是传说：我曾说过，莫尔在公共事务和私人生活之间筑了一堵高墙，这对他是有利的。但是16世纪20年代和30年代的强大压力让这种分离变得愈加脆弱：毕竟，正是新楼的小教堂里发生的事情导致莫尔被捕、受审并被处决，而这里是退隐中的退隐之地，充满良知和孤独的所在。最后，正如我们所见，莫尔内心深处的良心恰恰变成了他在公开场合对天主教会的公认、可见的共识的坚持。

这扇小门让莫尔能够在被仔细划分的世界之间穿行，它也能让其他人能够在其间穿行；如果切尔西是个郊外的隐居处，那么它也是大法官将以异端犯为主的紧急任务带回家的地方。在贝纳姆看来，莫尔的房子绝不是这个世界的避难所。正如我们试图把握支配莫尔自我塑造的原则一样，我们现在必须转向对他厌恶的人的身份的塑造。在此，正如我们将看到的，他的身份是在绝对的权威和恶魔般的他者的交叉中实现的，但是这个权威从可见的教会转移到了书本。我想论证的是，在书本中发掘的权力既对自我塑造也对我们阅读的方式产生了重要影响。

贝纳姆的信仰和他最终的命运都没有什么特别不同寻常之处。他曾经阅读过英国的路德宗人士、廷代尔、弗里斯（Frith）以及乔伊（Joye）的作品，他在其中"没有发现任何错误"；他确信，"基督的身体并没有被牙齿嚼碎，而是被信仰接受"。贝纳姆并不信仰向亡故的圣徒祈祷，他认为若圣保罗在世，他也会谴责炼狱的教义是异端，他怀疑向神父忏悔的必要性，认为只需悔悟（repentance）便能获得神的宽恕。虽然莫尔发现贝纳姆是个话唠，称他为"吵闹的贝纳姆"[7]，但是莫尔的审问记录表明贝纳姆思维十分严密：比如，他否认曾经说过"向他的妻子琼祈祷时，就像对圣母祈祷时一样喜悦",辩称对灵魂睡眠（psychopannychism）[*]等主题一无所知,并小心翼翼用《圣经》的话来回答问题。这个案子吸引我们的地方在于,在弃绝异端信仰和重回堕落的戏剧性高潮中,印刷书所扮演的关键角色,而在福克斯的著名作品中,这一点几乎完全被遗漏了。

要想理解书的角色,我们必须理解这个戏剧本身,理解戏剧的关键在于重新认识它的辩证结构：促使他弃绝信仰的过程的某些组成要素直接而又有系统地导致了贝纳姆被释放后的行为。这个过程由一个逐步揭示权力的过程构成,一个从私人转向公共,从理性探讨转向无法忍受的压力,从文明的对话转向羞辱和暴力的过程。这就像我们正看着权力这张脸上的面具剥落一样：一场在切尔西跟莫尔的对话让位于在他宅邸中的囚禁,然后转移到伦敦塔,然后是审讯,绞刑架和火刑的威胁,然后签署下弃绝信仰的声明以及最终的公开耻辱。

这种力量甚至常常隐藏在当局表面上平静而又温和的话语之下,对这种力量的揭示是早期对新教遭遇的迫害的描述中反复出现的主题。异端和审查者都小心地就那些精心修饰的神学观点展开辩论,他们仿佛在参与一场学术论争,但是这些实际上是影子辩论,像一场仪式或戏剧中的辩论,因为真正的说服根本不可能：异端要么因为畏惧惩罚而发誓弃绝信仰,要么因为坚持立场而受到惩罚。新教撰史者坚持认为,不能总是用暴力来描绘教会与不信国教者的关系；福克斯宣称,奥古斯丁和哲罗姆（Jerome）仅依赖智慧之力与异端辩论,他们以学识和口才很容易就占上风：

---

[*] 这是一种宗教改革时期的基督教激进教义,这种理论认为人死之后并没有进入天堂,而是在尘世里睡着,直到审判日肉体复活。——译者注

"但是后代偷偷潜入了他们的位置,当这些人无法凭借学识来完成某些事情时,他们中的大部分人就以纯粹的权力和暴力来捍卫那些他们无法判断或辨别的东西。"[8]

新教徒描述了这种审讯过程,似乎把它当成一种魔鬼式的剧场来体验;冗长的教义辩论必须上演,每个演员都表演规定的角色,直到"纯粹的权力和暴力"不可避免地显灵(epiphany)。因此,基督教罗拉德派的威廉姆·索普(William Thorpe)记载了他在 1407 年接受的审查,当局详细地审问了他的异端立场,因为他拒绝承认,当局变得愈加恼怒,直到坎特伯雷大主教"用他的手猛烈地敲击橱柜",威胁要将他像贼一样关起来。当这种装腔作势的行为也无法打击索普的意志时,暴力的戏份增加了,直到异端将沉默作为庇护:"然后,我遭到指责、讥诮,在各方面受到威胁;在此之后,各种各样的人向我大吼,要我跪下,要我顺从:但我静静地站着,一言不发。然后他们谈起我,并且向我说了很多大话;而我站着,听着他们的威胁、诅咒和讥诮。但我一言不发。"[9] 这种雄辩的沉默背后是长期以来为信仰遭罪的传统,这个传统可以追溯到基督在该亚法(Caiaphas)*面前的沉默,"大祭司就站起来,对耶稣说:'你什么都不回答吗?这些人作证告你什么呢?'耶稣却不言语"(Matt. 26: 62-63)。[10] 陷入危险的境地,面对大人物和有权者的暴怒,异端索普与被囚禁的莫尔一样,在对基督的认同(identification)中寻求庇护:"看守耶稣的人戏弄他,打他,又蒙着他的眼。"(Luke 22: 63-64)这种认同比文学技巧、牧师慰藉以及宗教教义更深刻,虽然它也兼具了这三者的特点;我们在莫尔身上看到,它标志着个人身份在确认的同时又消解了。

---

* 即主审耶稣的大祭司。——译者注

2 机械复制时代的圣言

感觉审判的过程就像戏剧,这种感觉在揭示最终角色时达到高潮,所有零碎的现象在最后的真相中发现了它们的意义和基础。基督遭遇的苦难与异端遭遇的苦难有着很大程度的相似性;这是异端背后的现实,而且这种同一性不但是肉体层面的也是隐喻层面的。这点值得强调,因为新教徒强调内在的恩典,倾向于模糊身体的隐含意味,因此能让公共行为变得无法理解或无关紧要。基督不仅出现在索普的思想中,也出现在他的处境中;换句话说,当权者外在的身体强制(outward physical compulsion)被内在的欲望(inward compulsion)征服,而且这种内在的欲望也在身体上施加强制。我们可以在另外一篇调查异端的文章中清楚地看到这种反强制(countercomplusion),在肉体上模仿基督,这就是对约翰·奥尔德卡斯尔爵士(Sir John Oldcastle),即科巴姆勋爵(Lord Cobham)的审查,他领导了1414年罗拉德派的叛乱。在审问接近尾声时,一名审查者问奥尔德卡斯尔,他是否崇拜神像,尤其是耶稣的十字架:

"它在哪?"科巴姆勋爵问。

那个修士说:"我告诉你,先生,假设它在这里,现在就在你面前。"科巴姆勋爵回答说:"这是个非常聪明的人,给我提出这样一个真诚的问题,而他自己却不知道这个东西在哪儿。我再问你一次,我应该如何崇拜它?"

一名书记员对他说:"就像圣保罗所说的敬拜,就是那样。我断不喜乐,只在耶稣基督的十字架上喜乐。"科巴姆勋爵张开双臂说道:"这就是那个十字架,是的,比你的木头十字架好得多,这是神所造,但我不愿崇拜它。"[11]

奥尔德卡斯尔摆出哥雅式(Goya-like)的姿势,将自己等同于十字架上的基督,并且小心避免了亵渎神明时的自我得意和对偶像的礼赞。肢体动作既表达了他的信仰,又谴责了审判的过程。这是一种聪明的即兴表演,它将折磨他的人和折磨基督的人等同起来,将他的境遇转换成象征性的对受难的重演。

的确,奥尔德卡斯尔就像索普或其他任何面对拥有至高权力的敌对机构的个人或群体一样,会诉诸弱者的武器:夺取象征性的主动权。他可能会被摧毁,但是他的殉难只会证明他所建构的现实,占统治地位的机构的成功恰恰不会让人觉得它代表了正义,而会让人觉得它代表了敌基督者的力量。当然,我们也可以说,这种象征性的胜利是微不足道的。1419年,在躲避当局很多年后,奥尔德卡斯尔"被挂在中间,系着铁链,活生生地在火中被烧死了"。[12]虽然很多个体都以这样的方式被处死,但只有在集中营中,暴力的垄断才足以控制整个社会。天主教会既没有意愿也没有技术手段来建立这样的世界;就像所有重要而悠久的人类机构,为了自我保存和再生产,它得依赖复杂的象征纽带网络和镇压的机器。要反对异端的象征性的主动权,教会不仅要反对暴力还要反对它自己那强大的象征体系,最终诉诸武力以削弱这一象征体系,即使它似乎证实了该体系的力量。每次公开的暴力行为、每次酷刑和火刑都可能向旁观者暗示,教会最终并不依赖真理而依赖它的权力。[13]

如果福克斯那本影响极大的《殉道者之书》——更恰当的名字是《行事与纪念》(1563)——总是喜欢回忆一些令人恐惧的场景,如果它一再坚持,在天主教会的机构和符号语言之下潜藏着的"仅仅是权力和暴力",那么这并不是出于私人的偏好,也不是主要因为他在不应承受的遭遇中获得了修辞意义上的财富,而是因为对这种暴力的揭示攻击了统一的共识，莫尔正是为此走上了断头台。这种由酷刑的威胁和利益关系达成的共识根本不是共识。天主教当局否认他们强迫人信仰天主教，坚持异端只能"纯粹而真挚地"回到圣母教堂。当一个像贝纳姆这样的异端同意服从时——而获得这样的服从正是教会殚精竭虑想要做的——他必须在保证书上宣布："自愿作为一个真正悔过的人"公开弃绝他的异端思想。这种对异端的控告——正如在对思想罪控告中不可避免地会发生的那样——不仅采用了极端胁迫，还坚持表示忏悔者的行为纯属自愿。[14] 另外，可以肯定的是，犯人有一定的自由，而且这种自由颇为残酷：他可以选择回到"真理"或拥抱火刑柱。

不管是世俗还是宗教的当权者，正是他们固执地坚持表示，他们没有权力掌控异端的灵魂；正如奥古斯丁所说，"credere non potest homo nisi volens"（人们无法违背意愿来相信）。但是奥古斯丁也写过，"Quae peior mors animae quam libertas erroris？"（对灵魂而言，什么死亡会比自由地犯错更恶劣？）并且防止他人受到危险思想侵蚀的迫切决心加深了这一信念。[15] 权力如果无法扩展到灵魂，那么就只能作用于身体；的确，世俗权力本质上是对身体进行操作的能力：将身体从一个地方转移到另一个地方，限制它，让它非常痛苦，将它化为灰烬。灵魂与身体完全分离的信念许可了这种权力的使用，反过来，这样使用权力又有助于产生上述信念，即灵魂与身体完全分离。特别是当教会从肉体上对不情愿的臣民（不同于情愿的忏悔者）进行管教时，它会借助世俗的武力，将医治灵魂的任务保留在自己这里，而把身体惩罚交给国家。并且，特别是当身体受到酷刑时，顽固的异端大多都执着于相信他的灵魂不可侵犯。在某种程度上，使用权力——无论是在此世还是来世，无论是使用暴力还是以暴力威胁——可以同时向审问者和异端保证灵魂是孤立的，是与肉体分离的。

福柯把这个论证发挥到了极致，他宣称灵魂并非像基督教神学家所言，生下来就有罪并应受惩罚，而是在惩罚、监视、规训和约束中形成的。[16] 可能有人会认为这种化约太过极端，但是在贝纳姆那里这一点却很清楚，当局询问的对象——异端的灵魂状态——正是由这些询问塑造而成的，这些询问从年幼开始贯穿其一生。作为知识的沃土的个人良知至少部分是复杂权力运作的产物：监视、训练、纠正、质询、忏悔。对于异端来说，作为权力运作基础的惩罚的威胁总是以一种含蓄、象征或者寓言的形式出现，它最终完全实现，不仅教化罪犯而且教化整个共同体。因此，在后来的时代，公开的惩罚即使发生，也会发生在潮湿的地窖中或者铁丝网之后：在教会的象征系统中，与异端的象征体系相反，刑具和火既是对酷刑的预示，也是对这些酷刑的确认，人们将这些酷刑刻在石头上，涂上鲜艳的色彩，用丰富的、充满修辞性的细节描述它。"从暂时之火到永恒之火。"异端仿佛参加了一场关于折磨的虚拟戏剧；在福克斯作品的早期版本中，有一幅贝纳姆的木版画，他站在台上，面对圣保罗十字堂里的会众，拿着一捆木柴和一支蜡烛，这些都是他命运的象征，而他借助忏悔改变了命运。[17]

这种公开的仪式也是这个程序的高潮，该程序旨在确保在共同体前展现这种公开弃绝反映了真诚的内心忏悔；当权者绝不是仅仅对这种承担着拯救众生的任务的公开露面感兴趣。他们的目标是掌握有关异端是否已真正回归真理的知识，作为回归真理的标志，贝纳姆必须对他的弃绝信仰的罪状宣誓，并签署和亲吻列举这些罪状的书。这是权力的十字架，它只能通过外在姿势得知内在状态已被塑造成型。即使它声称灵魂具有无实体性（incorporeality），它也必须接受物理的记号。亲吻这本书的行为就是确保身体的确已让位于精神的记号，这本书的物理存在仅仅是其非实体（incorporeal）意义的载体，而在亲吻之时（亲吻的爱欲特性似乎与任何强制相抵触），人们认为灵魂出现了。[18]

在他被释放后的一个月里，贝纳姆重新上演了弃绝信仰的过程中的各个环节，只是将它们反了过来。之前他身体受到极端的胁迫，而精神极度自由，可现在他身体自由了，精神和心灵却受到极端压迫。的确，贝纳姆似乎并没有将这种境况体验为内心冲突，而是将其体验为外在压力，同时还拷问他的良心："如果我无法再次回归真理，"他一边拿着《新约》一边说，"那么圣言在末日审判的时候不但会诅咒我的身体，还会诅咒我的灵魂。"（4:702）不是天主教会和国家，而是上帝自己和他启示的圣言在用酷刑威胁贝纳姆。将这两者对应起来并非偶然，因为贝纳姆把天主教会当成了戏仿真实教会的魔鬼教会："有两个教会，"他在第一次审问时跟审问者说，"一个是基督徒战士的教会，一个是敌基督者的教会；而且［……］敌基督者的教会也许错了，或者说的确错了；但基督的教会不会这样。"（4:699）我们已经在莫尔处碰到过这种魔鬼教会的概念：任何一方都不能回避它，因为它既有强有力的教义先例，又有精神力，但是它能颠倒黑白，所以非常危险。[19] 还有一个比颠倒黑白更可怕的危险：它在此的作用是强迫贝纳姆重复压迫者对他施加的暴行，只有这样他才能将这些行为从敌基督者的行为转变为基督教战士的行为，从而恢复它们的真实意义。

因此，他不能仅仅将天主教会的行为视作可怕的不义而不屑一顾，也不能仅通过内心的忏悔来实现精神和良知的平和。由于他的弃绝信仰既有公共的一面也有内在的一面，所以他回归上帝怀抱的事也需要公开展示。基督不是说过么，"凡在人面前认我的，我在我天上的父面前也必认他；凡在人面前不认我的，我在我天上的父面前也必不认他"（Matt. 10: 32-33）。贝纳姆必须在别人面前认基督，就像他在别人面前否认基督一样。首先，他"向所有熟人宣告自己的堕落"，但是他明显觉得这种非正式的忏悔相当于之前那种非正式的审问，并不够。他接下来要出现在新教徒会众面前，要在这些同胞们（brethen）面前请求他们和上帝的宽恕。[20] 贝纳姆的象征行为具有对应性（symmetry），在仓库中秘密地向教友忏悔等同于在伦敦塔中的正式审讯。

伦敦塔中的审讯居于莫尔在切尔西的相对的私人性与圣保罗十字堂的完全公开性之间。贝纳姆与异端会众交谈时，将他私人的痛苦与他在圣奥斯丁教堂的决定性的公开露面联系起来。的确，在波巷的聚会似乎给了贝纳姆足够的力量从一端跨越到另一端。遭到追捕、以代码和暗号与每个人交流、秘密地聚集在仓库和私人房间中、一起阅读禁书，这些同胞们似乎被他们的共同体之感深深激励。单独地看，他们会被当作疯子和傻子，这也是乐观地对之报以仇恨心态的莫尔对他们的称呼；他们聚集在一起时，就有力量扰乱天主教当局强大的势力和均衡态势。福克斯和廷代尔的书中都充满了这种能量，正如莫尔的长篇论辩作品中萦绕着可怕的疲惫感，仿佛在无数个不眠之夜中辛苦劳作。

就像同胞这个名称所表明的，早期新教徒团体的成员彼此都承载着强烈的家人感情:"我们不仅这样称呼彼此,"安东尼·达拉贝(Antony Dalaber)写道,"而且也这样对待彼此。"[21]1528年,达拉贝还是牛津的学生,他与教牧权威发生了激烈冲突,在福克斯那未完成的自传中,他留下了一些关于这种情感的生动描述。他的亲兄弟,一个"高级天主教徒",一个"因福音之故,也是我的天敌"的人,被与他一起出生入死的基督教那边的兄弟取代:"我们跪在一起,举起我们的心和手献给上帝,我们的天上之父〔……〕我们拥抱并且亲吻彼此,眼泪从我们的眼中流出来,把我们的脸颊弄湿了,我们几乎没有悲伤的意思,我们彼此说不出话来,然后他离我而去。"(5: 423)达拉贝在这场运动中不仅找到了兄弟,还找到了新父亲,他的教师约翰·克拉克(John Clark):"他走到我身边,抱住我,亲吻我,泪水从他眼里流出来,他对我说,〔……〕从今以后你要永远认我为你的父,我也要认你为我在基督中的儿子。"(5: 427)教众们彼此通过热烈的亲属仪式结合在一起,新的家庭是一座沟通了个人经验与格格不入的公共世界的桥梁,而后者主要指天主教世界。

贝纳姆在波巷仓库的秘密集会上忏悔时,其身份就是这样一个团体的成员。如果这次忏悔像他早期非正式地表达的自责那样让他不满意,如果这次忏悔仍然不完整,那么这个团体的支持明显给了他不计后果的巨大勇气以采取下一步决定性的措施:在圣奥斯丁教堂公开忏悔,在那里,他不是在向在基督中的兄弟姐妹证明自己,而是在向对其漠不关心甚至敌对的群体证明自己。只有站在这些听众面前,"带着泪花,公开宣称他曾经背弃上帝",贝纳姆才能让他在圣保罗十字堂弃绝信仰一事失效,并求得解脱,即寻求到曾经远离他的"安静"。他的模范可能就是曾经三次否认基督的圣彼得,圣彼得因为自己的羸弱而伤心哭泣,然后继续履行他的使命。根据传说,这个使命包含殉道,而且贝纳姆确乎也曾追求这种宿命。至少,他必然已经知晓可能发生的事情,但他不得不这样做。[22] 只有欣然接受火刑堆,才能令确认他弃绝信仰的吻失效,而根据福克斯的记录,他的归宿也正是如此。

贝纳姆行为中的强迫感(sense of compulsion)可能会让人想起弗洛伊德的概念"取消曾经做过的事情"(ungeschehenmachen),或者依照其字面意思讲,"让事情不发生"。弗洛伊德写道,取消"就是一种否定的魔法和尝试,它通过运动者的象征体系,不仅'驱散'某些事件的结果(或曰经验或印象),而且驱散事件本身"。[23] 这种观点有助于我们理解仪式化的赎罪、取消,尤其是在异端的再度堕落中起作用的对应性:弃绝信仰这一有污染性的过程的每个独立阶段都必然会被象征取消的相应行为所驱散。但弗洛伊德的"否定的魔法"是无意识的,是一种神经质的保护措施,旨在应对威胁到有意识的精神结构,因此必须受到压制的冲动;在我看来,把取消当成解释而非类比具有误导性。[24] 这种化约的危险可以在最近的一项心理史研究中得到例证,但它没有讨论取消,而是将都铎王朝的殉道者描述成"强迫性的神经质",他们用"任性的、自残的自杀方式"而非"与官员保持合作"的方式寻求自我保存。[25] 宗教改革者坚决否认他们拒绝接受正教是在寻求死亡,但这一说法被贬低为了一种减轻罪过的防御措施。但是,一个人为了拯救自己的灵魂,合理合法地决定不与官员合作,即便确知会被处决也在所不惜,这难道是不可能的吗?难道被绑在火刑柱上烧死就绝对是"自杀"?在一个预设的正常社会里,像贝纳姆这样一个人的行为并非神经质的症状,而是完全可被朋友和敌人理解的象征性行为，可以为复杂的神学和政治系统所解释。当然，这没有排除"无意识"力量可能发挥作用，但这也确实表明这些力量的组织和表达完全是通过一种有意识的、公共的话语得到实现的。在贝纳姆和很多像他一样的人身上，这种话语最具体的体现是印刷书籍的至关重要的意义。

我们会回忆起贝纳姆站在圣奥斯丁教堂，"手里拿着英文版《新约》，怀里抱着《基督徒的服从》"。很难说这里有一本书还是两本书，《基督徒的服从》可能指贝纳姆的内心状态，亦可能指贝纳姆随身携带的一本廷代尔的同名作品。这里的含混是恰当的，因为廷代尔的手稿之所以被写出来就是为了被彻底吸收，该书可能是他1527年被流放到沃尔姆斯（Worms）时写的：原则上，人们无法说清楚哪里是书的结束，哪里是自我认同的开始。这种对书的吸收不但提供了存在于世界的方式还塑造了读者的内心生活；基督徒的服从既是行为方式也是内在状态。这样的行动塑造和认同是至关重要的，因为通过打破偶像，激进的新教徒拒绝了天主教生成内在思考的方式。这让人回想起莫尔建议人们私下进行冥想，"在祭坛前面或在令人同情的基督受难画像前"冥想，也就是说放弃正式的耳语忏悔，他们拒绝了原有的天主教模式，通过规定内心反省来保持基督徒的服从。自从1215年第四次拉特兰会议颁布了重要法令，要求所有男人和女人（Omnis utriusque sexus）年年忏悔以来，出现了大量有关悔过者和忏悔者的文献，这些文献详细记录了检验和正式净化良知的复杂方法。[26]这种系统化、制度化的自我检查形式被用于规训和慰藉，正是这一点导致奥古斯丁修道院年轻的修士马丁·路德如此痛苦，几乎被所有宗教改革者暴力地拒之门外。廷代尔在他的《服从》中写道:"在耳边悔罪一定是撒旦的杰作。"[27]

因为后来的进展,我们将新教徒和更严格的自我检查联系了起来,即班扬(Bunyan)的《丰盛的恩典》(*Gracing Abounding*)和福克斯的《日记》(*Journal*)中那种时而痛苦时而欢乐的自我反思。但值得注意的是,在早期的新教徒那里,我们发现基本没有正式的自传,也几乎没有私人和个人的证言。[28]这种以这些形式发声的自我意识,这种觉得与世界分离并与之对立的感觉,这种无尽的、日复一日的对后世的漫想尚且还在塑造过程中,而传统的检验良心的方法和通过教会司钥权*用仪式来赎罪的方法,已经被抛弃了。这里有种关于内心(inwardness)的强有力的意识形态,但是却很少有充足的关于这种内心的表达,这种内心是可以与遭厌恶的制度结构区分开来的。我们发现16世纪早期是从一种内在性(interiority)转向另一种内在性的关键时刻。廷代尔的《基督徒的服从》就处于这种临界时刻;在该书以及其他同类型的书中,我们可以看到许多相互矛盾的冲动塑造出新教徒有关自我的话语:对当局的激烈反对与对当局的认同,对神父的厌恶与渴望和神父联合,相信自己与担忧自己羸弱且有罪,正当与有罪。

一份为家庭或者朋友圈子手写的精神指南、一份为修道院图书馆耐心手抄的抄本、一批私人收藏中记录的圣徒生活,所有这些都有某种内在的紧密联系和在场(presence):按瓦尔特·本雅明(Walter Benjamin)的说法,它们有一种灵韵(aura),这

---

* 教会被认为掌握着天国的钥匙,耶稣说:"你是彼得,我要把我的教会建造在这磐石上,阴间的权柄不能胜过他("权柄"原文作"门")。我要把天国的钥匙给你,凡你在地上所捆绑的,在天上也要捆绑;凡你在地上所释放的,在天上也要释放。"(《马太福音》16:18-19)——译者注

种灵韵将它们与某种仪式功能联系起来，或者至少将其与一种特殊的、特定的人类共同体联系起来。[29] 我们习惯于相信印刷文明远离了这种在场，丧失了这种灵韵：毕竟，手写的可见标记不再存在，对独一无二的生产的感觉也不再存在。在这个意义上，印刷是一种去人格化（depersonalization）。但是，我们必须用廷代尔的作品提供的东西来平衡这种观点：在印刷文化早期，书籍可以有种独特的呈现，这是手抄本没有的。诸如廷代尔的作品的书籍拒绝正式的耳边忏悔和司钥权，因此它们实际上是自我塑造的主要来源之一。废除（unmaking）与置换（displacement）形成对称，它们占据了忏悔册的结构位置，但是它们拒绝这种似乎控制了中世纪对内在性的体验或至少控制了对内在性的再现的制度框架。这种框架坚持认为，内在性应当从属于私下的口头交流（verbal transaction），并被嵌入教堂这种可见建筑中的忏悔和赦免仪式。在廷代尔的《服从》以及新教徒有关内心生活的类似指南中都没有这种目的；印刷文字并不是为服务于口头言说而存在的，它有种绝对性、完整性以及不可变更性。与手抄迥异，生产数量相对较多、传播到远离作者和印刷商地方的机制拒绝服从仪式化的口头交流，缺乏灵韵——所有我们可以称作早期新教徒印刷书的抽象性（abstractness）的东西——这些赋予印刷书一种强度（intensity）、一种塑造的权力、一种强制的要素，而这些是中世纪后期的忏悔手册所没有的。[30]

就此而言，像《服从》这样的作品也不同于后一个世纪印刷或抄写的作品对内在生活的描述。在 17 世纪的精神自传中，内在生活在外在话语中得以再现；亦即，读者会接触到对一些事件的记录，这些已经发生的事件，被记录下来并且被人从黑暗带入书页的光明。在16世纪早期，还没有这样清晰流畅且持续的内在声音（像一种戏剧性的独白）被记录下来。出现在《基督徒的服从》的书页中的文字是内在生活的一些方面，它们笨拙却有说服力，半成形，或者说正在形成。这些言辞没有见光，相反，它们注定会进入相反的进程：他们会被无数的个人历史所研究、吸收、内化以及歪曲。这就好像我们在短暂的瞬间看到了事物本身，这些事物不是被再现的（represented），而是以它原来的最初形式被呈现的（presented）。我描述的这种现象——具有同一性的书面文字的呈现（presence）——在蒙田的散文和《哈姆莱特》的独白中散发出它最后的辉煌，《哈姆莱特》的独白是通过从手书回到声音的转换而得以实现的，而且这些言辞并不通向内在生活，而是作为内在生活而存在。这些言辞的特性——不同于现代的试图记录内在性的话语——在于它们的公共性，也就是说它们的修辞结构和表演方式具有明显的非个人化倾向。如果说对哈姆莱特内在思想的揭示是一个高度形式化的论辩（quaestio），即关于存在与不在（being or nonbeing）的问题，是直接面向众多的、户外的、公开的聚众演讲，那么我们可以通过回忆像《服从》这样的作品来理解这种特殊习惯的力量，这些作品中明显的非个人化色彩的修辞塑造了读者对自己最亲密的感觉。

贝纳姆站在圣奥斯丁教堂前的时候，他有充分的理由在胸口揣着《服从》。他曾经公开弃绝信仰，但是该书直接谈及了他经受过的屈辱，他所称的"堕落"："若有人洁净自己的内心（但为肉体的羸弱所累），出于对迫害的恐惧，他否认了信仰，就像彼得一样，或是交出了书，或是暗暗地收了起来；如果他后悔，就让他再回来，好好把握，不要绝望"（143-44）。他把自己抛到了敌人的手里，但是这本书告诉他以难求义是恩宠，这是"反向推导"（worketh backward）的神仅仅给予选民的礼物："如果神许诺了富裕，通往富裕之路就是贫穷。凡所爱的，他必管教；凡高举的，必使卑下；凡要拯救，先降为卑。若不先下地狱，就无人上天堂。若应许生命，就先杀人。建造之时，先推倒所有。他不是修补者；他不能在别人的基础上建造"（135）。[31] 莫尔控告廷代尔的书杀人的时候，他的攻击似乎最令人憎恶；这是通过莫尔服务的国家，为了维护莫尔所爱的教会而完成的杀人行径。[32] 但是这个指控也有道理，《服从》实际上产生了像贝纳姆这样的异端。他是书之造物。

《服从》的塑造能力也可以被视作当时的行动指南的极端版本，那些行动指南不那么激烈但在那个时代更有影响力，其中最著名的是马基雅维利的《君主论》（1513）和卡斯蒂廖内的《廷臣传》（*Courtier*, 1528）。廷代尔可能翻译了伊拉斯谟的《基督教战士指南》（*Enchiridion militis Christiani*, 1501），这本书是伊拉斯谟对这种体裁的重要贡献。[33] 这种类型的作品中最重要和最不朽的都出现在16世纪的头几十年，这表明人们正在经历伟大的"解脱"，他们感觉到固定的位置开始松动，他们焦虑地意识到道德格局正在变化。路德写道："人们以这种方式生活在一起，即不再考虑国家和家庭［……］谁不知道神被迫去惩罚，就像曾经那样，是的，甚至毁灭德国？"[34]

这种焦虑的复杂来源可能根植于物质世界的重大变化：人口大量增长，城市扩大，第一阶段的"土地革命"，某些核心工业的快速扩张，欧洲范围内经济力量的改组。[35] 这些变化在不同种程度上影响了16世纪初人们的意识。然而，更明显的变化在于社会上对那些制度和异类（the alien）的定义方式，我们曾经讨论过，身份在这两者的交叉处被塑造。《服从》就像当时大多数的行动指南一样，它明白，即使在最私密层面上，个人身份的塑造既依赖于世俗权力的制度模式和宗教教义，也依赖于有关异类和恶魔的公共观念。莫尔在其职业生涯后期，高度赞扬了现存的天主教制度，并将异端当成必须摧毁的外在力量，而就廷代尔而言，他将君主制推崇为根本性的、拯救世俗的制度，将天主教视作恶魔般的他者。

《服从》的直接动因是指控新教徒挑起革命，德国1525年的农民起义更是加剧了这一指控。廷代尔的回应方式是我们见过好几次的逆转策略，这一方式直接来源于路德："正是教宗的血腥教义，导致了不服从、叛乱和起义"（166）。天主教会从我们孩提时就告诫我们："杀掉土耳其人，杀掉犹太人，烧死异端，为他们所谓的自由和教会的正义而战"；当"我们把这些血腥的想象置入我们心底，甚至融入我们母亲的乳汁"（166）时，我们错误地认为，为真实的圣言而战是合法的，因此被诱惑着进行抵抗，这有什么奇怪的？《服从》的目的就是将人们从他们堕落的想象中解放出来，恢复基督自己教导的服从。

从我们刚刚引用的这一段，人们可能会设想，廷代尔接下来会宣扬宽容和温和。可他并没有这样做。他宣扬的反而是我们可以称之为暴力的服从。他的作品是写给处于权力范围内的灵魂的，而这个权力范围是宇宙中所有的力量线的汇集点。他告诫孩子们，要记住自己是父母的"商品和财富"，这是神的旨意，神已经"把你们置于他们的权力和权威之下，代替他顺服事奉他们"。同时，丈夫对妻子的诫命，也像是神的诫命。廷代尔写道："撒拉，在结婚前，是亚伯拉罕的姐姐，与他平等；但是，当她结婚后，她变为附庸，变成低一等的人，不再能与之进行比较；根据神的指令，这就是婚姻的本质"（171）。奴隶也必须明白，他们是主人的财富，"就像他的牛或马一样"（172）。所有人都必须知道"神立王在各族中，治理万有，却无一人治理他"；审判王就是审判神；按手在王就是按手在神；拒绝王就是拒绝神；若有人犯罪，他必被带到王面前受审；"王若犯罪，必留下，等候神的审判、愤怒以及报复。违抗国王的官员，正如违抗国王一样，他们由国王任命或派遣，执行国王的命令"（177）。

在此，廷代尔是在摧毁教会的权力而非与教会的权力竞争。正如《乌托邦》设想用同样的语言、同样的传统和习俗，以及法律把所有人简化成公民一样，《服从》则将所有人简化成同样的臣民：包括公爵和伯爵，枢机主教和主教。廷代尔在这方面的沉默其实雄辩地表达了他已摒弃封建社会巨大而内在的权利和义务的网络。与此相比，伊丽莎白统治时期的《有关服从的布道》（*Homily on Obedience*, 1559）则谨慎地把"神赋予的至高权力"描述成"神的副手，神的执行者，神的官员，神的特使，神的法官"。[36] 廷代尔只是从主人对奴隶的权力（他认为这是财产所有权）跳到了国王对臣民的权力：其中国王的官员有独立的、经神或人认可的对权力的主张的空间，但个人则没有。在其论证的全部意义面前，他没有退缩："在他的世界中，国王是被置于法律之外的；随自己的欲望行善行恶，只向神解释"（178）。在安妮·博林的催促下，亨利八世阅读了《服从》，据说他读完本书后曾经说，"这是我以及所有国王应读的书"。[37]

但是，如果认为廷代尔写这部书是为了取悦亨利八世或者打消他的疑虑，那就大错特错了。两年以后，这位改革者毫不犹豫地写下并出版了《教士实践》(The Practice of Prelates)，这部作品反对皇室离婚并且招来了亨利八世持久的敌意。[38]廷代尔极端、暴力的服从观反映了其他的动机。作为天主教的背叛者，廷代尔像其他早期的改革者一样，需要看到天主教会是极度不服从的；他建立了一个宇宙，在其中所有人都被限定在严格的服从规程中，这种规程超出他们的控制或意志，而直接由神确立，然后他愤怒而又得意地发现，在这个宇宙中没有天主教会的位置。教会认为人须服从的主张都是很有竞争力的主张，也都是一种将应有的服从转移到别处的尝试。教会加重了这种罪行，因为它没有服从它的统治者，此世的君主。

廷代尔将暴力反叛教会的主张与绝对服从君主的主张并置。这就是个人与世间那些强大的家长制的制度之间的关系：一个父亲必须被摧毁；另一个父亲被尊为至上的现世权威。在个人与神的关系上，这种分裂的弥合可以通过将背叛转换成适当的勇敢，将服从转变成适当的遵从来实现："让孩子拥有从未如此仁慈的父亲，"廷代尔在他的《阐述〈约翰一书〉》(Exposition of I John)写道，"如果他违背了父亲的命令，虽未受咒诅，却时常被责骂，不时被人用杖打：因此在父亲面前他不再勇敢。但是服从父亲的命令的孩子对自己有信心，在父亲面前他勇敢地开口问他的旨意。"[39]正是通过严格服从神，人们变得"自我确信"，这种确信与廷代尔宣称的天主教会希望其成员对其卑躬屈膝的偶像崇拜形成鲜明对比。

《服从》旨在暴露和废除那些虚假的行为——迷信的仪式、虚假的圣礼、告解、祝圣、隐修、解经、牧师的独身、炼狱、赎罪券、逐出教会——这些都是教会将好的基督徒变成可耻的偶像崇拜者的手段。如果有些天主教的做法与真正的教义和规矩有某种奇怪的相似之处，那么这是因为它们被巧妙地设计成了这样。传讲圣言不可避免地要攻击教会对圣言的歪曲："你若不反对敌基督，就不可能传基督"（185）。根据廷代尔的说法，虽然基督的教诲和天主教的滥用都很容易为所有人理解，但是作为当前敌基督者的化身，教会拥有不可思议的力量，可以从某些方面模仿真正的基督教信仰，去建立足以欺骗无知者的神圣面具，将真理表演（perform）出来，就像在戏剧中那样，而真理实际上应该得到践行。这种戏剧性的力量是敌基督者的标志之一，也是其持续的力量的源泉："他的本性是（当他聆听圣言并被圣言征服时）暂时从戏中脱离，伪装自我，然后再次以新的名字，披着新的华服回来。"[40] 当然，这种伪装与上帝的真实本性背道而驰，因为"基督不是伪善者"，不是那种"在戏剧中扮演一个角色并代表一个不是他国家的人的伪善者"，他"永远是他的名字所表明的，他永远是拯救者"。[41]

《服从》必须剥去敌基督者的面具，但这个任务很困难，因为教会是个巨大的、狡猾的国际阴谋，它的触须无处不在，从最穷的村落到大人物的议会两院："所有的教区、所有大人物的宅邸、客栈和酒馆都有他们的探子。通过忏悔，他们知道了所有的秘密，以至于无论他们做什么，都没有人可以开口责备，否则此人很快会被变成异端。在所有议会中都有他们的人；是的，议会中的大多数人和议会领袖也都是他们的人；但是没有人属于他们的议会"（191）。所有阶层都成了教会的受害者和牺牲品，从农夫（他们相信咕哝几句拉丁语就能让他们的玉米长得更好）到绅士（他们必须支持一支由雄蜂般的教士组成的军队）。虚伪的牧羊人们没有忽略一点点羊毛："堂区长在修毛，主教代理在剃毛，教区牧师在剪毛，托钵修士在刮毛，卖赦罪券的人在削皮；我们只缺一个剥皮的屠夫"（238）。最受愚弄的人就是那些国王，"现在不再如此了，甚至连教宗和主教都被绞死了，他们再也不能毫不费力地杀死他们谴责的人"（242）。

一部从关于服从的说教开始的作品，最后以无情的批评结束：仿佛前者通过确定坚实的立足点和能控制强烈的愤怒的边界，从而使后者得以可能。有关服从的法律越严格、严厉和绝对，对堕落的权威当局的攻击就越深远和大胆。廷代尔褒扬神父，将其捧至家神的地位，这样他就可以回过头来提到教士："当他们高喊'神父，神父'，请记住，正是神父们蒙蔽且劫掠了全世界，把我们带入了牢笼，迫使我们保持沉默。另外，在古时他们怎么做我们的父，这些恶兽就会怎么做我们后人的父；那跟从我们的伪善者及其所行之事呼叫'父啊，父啊'，就像他们过去叫'父啊，父啊'那样"（324）。与此类似，在褒扬了国王后，廷代尔攻击他们是暴君或者仅仅是影子；廷代尔将两种指控融合在一起，狡猾地看了一眼亨利八世的头衔"信仰的捍卫者"（Defender of Faith），由此，他可以促使国王们不要再让教宗使他们沉迷于虚名和其他花哨的事物，"因为就像木偶之于小孩一样"，它们会让他们的国土崩溃，会谋杀他们的人民，"以捍卫圣父的暴政"（204-205）。然而，廷代尔的攻击虽然很激烈，但这种攻击与使得这种攻击存在的秩序紧密相连：他会谴责教会并揭露君主和帝王是腐败的工具，他就必然会盼望上帝能够像黑夜中的贼一样降临，灭掉世上的大人物，但他却不会劝百姓为了自己而行动。他不是革命党中的领头人托马斯·闵采尔(Thomas Müntzer);他敦促民众要有耐心,忍受令他们悲叹的虐待。狂暴的愤怒似乎刚被释放就又再次被吞噬。但并不完全如此。

历史学家常常将早期新教徒分成保守派和激进派,廷代尔直接被划定为前者,被视作消极服从的传教者。[42] 这种区分虽然实际上不可避免,但可能会产生误导,因为即使在《服从》开头的目录中出现了无法避免的当权者们,当我们读到"臣民服从国王、君主以及统治者"时,此处出现了一个微小但是意味深长的变化。我们期待他会更进一步地讨论服从;但我们听到的反而是顺从(submission)的必要性。正如贝纳姆可以证明的那样,两者有重要区别。在有些极端状况下,人们必须违背君王,正如君王被劝告违背教宗,违背那些一开始就不合法的誓言一样。在这些情况下,人们在命令下做出一些行为或表达一种信仰,而这些行为和信仰直接违背了神的律法和基督的信仰。这种情况会引起异议,虽然受到强迫的人同时必须耐心地、毫不抵抗地忍受他违抗的权威当局给予的全部惩罚。也就是说,他必须像贝纳姆那样行动。就像莫尔指出的,《服从》实际上是一本不服从(disobedience)教会和国家的指南。[43]

当然,这种不服从不是拒绝权威的原则,而是服从更高的权威,在更高的权威的命令下,所有次要的限制都失效了:"约伯抢劫了他的叔叔拉班;摩西劫掠了埃及人;亚伯拉罕打算杀死并焚烧自己的儿子;所有事情都是圣工(holy works),皆因信靠上帝的诫命而锻造成形。偷盗、抢劫以及谋杀,这些在世俗之人面前并非圣工,唯独在信靠上帝之人面前才是:当上帝命令他们时,这些事就属于圣工了。"[44] 这个观点可能会令人不安,莫尔对此感到恐惧，而且并不只有他这样想。在可见教会缺席的情况下，人如何确认自己的位置呢，也就是说，如何采取不那么惊人但仍十足激烈的措施把贝纳姆这样的人带上火刑柱？毕竟，在16世纪早期，并没有关于异见（dissent）的一致的意识形态：中世纪的过往见证了无数的阴谋、叛乱、农民暴动、异端、千禧年暴动（millennial outburst），但没有提供否定的原则。如果威克利夫（Wycliffe）和胡斯（Hus）领导的运动提供这种观念的微光，那么这些运动对他们而言当然不足以支持不服从。《服从》一书几乎没有提到罗拉德派，它也许采纳了福克斯在16世纪中期对历史进行大规模重写的方法来建立一个抵抗非法精神权威的"传统"。廷代尔并不想建立会作出必要决定的先锋团体，他也不寻求与不满的社会阶层或特定地位的群体结盟；这种发展——就其发生而言——在那个世纪开始得非常晚，直到下个世纪才呈现出明确的形式。[45] 廷代尔寻求的是这样的信条，即足以支持个人敢于反对压倒性的精神和政治权威的信条，在这些行动带来的痛苦中支持这些个人的信条。

对廷代尔而言，这一信条可以在贝纳姆在圣奥斯丁教堂时手里拿着的另一本书中找到：《圣经》，摆脱了教会的阐释、被翻译成本土语言，印刷数量大到所有人能够拥有一本或至少能接触得到。廷代尔为俗语版《圣经》付出了毕生精力，它是早期异端运动的信条之一，但是那时候无论在技术上还是在个人良心上都没有做好充分准备；现在才有了把可靠的规则交到受过教育的信众手里的可能，或者说对于不识字的信众而言，至少有了让他们接触到这些规则，并且让他们用这些规则来判断那些自称绝对权威之人的言行的可能："鉴于你们已经部分地看清了高级教士的谎言，他们的一切研究都是为了欺骗我们，把我们关在黑暗里，像神一样居于我们的良心中，随心所欲操控我们，带我们到他们向往的地方；所以，我念给你们听听，叫你们明白圣言，以此来试验一切的教义，若有违圣言则不能听从"（324）。"叫你们明白圣言"：廷代尔这句话传递出了所有早期新教徒都宣扬的对《圣经》的迷恋。莫尔在捍卫天主教会的立场上，认为我们注定"要违背自己的理性去相信上帝在《圣经》中指示给我们的观点；不仅如此，上帝教导他的教会，不要让《圣经》违抗我们自己的意识"。[46] 廷代尔驳斥道，我们注定"要去看看《圣经》，看看我们的神父是对是错。如果没在《圣经》中寻到理由和圣言的权威，那就什么也不应该相信"（330）。

一个用心研读 1525 年英文版《新约》的读者能够从序言和注解中学到几乎所有的异端教义。继路德之后，廷代尔详述了个人无足轻重，被他的意志所束缚："魔鬼就是我们的主，是我们的长官、我们的头、总督、君主，是的，也是我们的神。我们的意识与魔鬼的意志结合的速度比用成百上千条链子把人缚在桩上还快〔……〕不管我们做什么，想什么或者想象什么，在上帝眼中都是可憎的。"[47] 这种堕落不是可观察到的某些个人行为的结果，而是存在的境况；人类的胎儿同样是可憎的："因亚当的堕落，从生下来起我们就是愤怒的孩子，我们是上帝复仇的结果，这种复仇通过我们的孕育和出生得以实现。当我们在我们母亲的子宫中时，我们就已经和该死的魔鬼相交，处于黑暗力量和撒旦的统治之下〔……〕作为蝰蛇、蟾蜍或蛇为人所厌，这不是因为它犯下的恶，而是因为它体内的毒，以及它不得不给人施加的伤害。所以我们也因此为上帝所厌，因为那自然的毒在孕育和出生之时

就与我们同在,在我们犯下任何外在罪恶之前就与我们同在。"（14）

当然,宣扬人类可恶只是为了借福音来赎罪:基督"与罪恶、死亡以及魔鬼作斗争,并最终战胜了它们;由此所有曾被罪恶奴役、被死亡伤害、被邪恶战胜的人,他们没有自身的美德和应得的奖赏,却也都被解救、得到辩护、重获新生且被拯救,被引向自由,与上帝的恩典和解,再次与上帝保持一致"(9)。人们为了借助福音获得拯救而被法律逼入绝境;听到和相信福音,基督徒"禁不住开心,笑从心底来"(9)。这种喜悦的救赎只能通过人们对基督献身的确信,而不能通过事功(good works)来实现:廷代尔在序言中宣称,"我们只能通过信仰得到拯救"(15),这是路德著名的因信称义(sola fide)的回响。

当他从序言转向文本本身时,读者发现他充分确认了宗教改革者的信条。莫尔将廷代尔的翻译比喻成"有毒的面包",数出了上千个"错误";他当然正确地指出了路德背后的意图,他使用"会众"(congregation)而非"教会"(church),"爱"(love)而非"仁爱"(charity),"长者"(senior)而非"神父"(priest),"知道"(knowledge)而非"忏悔"(confession),等等。[48]这种翻译的颠覆性得到了这一简单事实的强化,即莫尔的指控可以被合理地推翻,《圣经》拉丁通俗译本(the Vulgate)*会被揭露为一种有派别的、片面的翻译,它倾向于取悦天主教会的利益。这种成功的逆转也可以为特伦特会议(the Council of Trent)的决议所证明,这个决议发布于1546年4月8日,它规定"经过几世

---

* the Vulgate 是公元 5 世纪左右由圣哲罗姆从古希伯来文(旧约)和古希腊文(新约)翻译为拉丁文的《圣经》,又称《圣经》武加大译本。——译者注

纪的使用，《圣经》拉丁通俗译本被证明是公共演讲、讨论、布道和论述的权威，任何人不得以任何借口妄图拒绝或认为可以拒绝它"[49]。几个世纪以来的一项未经明言的假设认为，《圣经》拉丁通俗译本是可信的（authentic）版本是一回事；用法令来实现这一效果又是另外一回事。新教的翻译迫使教会宣布，在所有情况中"可信"版本都比原初版本更可取。相比之下，廷代尔在1525年版的英文《圣经》的序言中呼吁"那些在语言上比我更敏锐的人、那些有更好的天赐的人，去诠释经文的意思"，在任何必要的地方修正翻译。[50]

1525年版《新约》的付印对于像贝纳姆这样的人来说标志着人类历史上的一个转折点：上帝再次直接与人说话。"《圣经》的真理，"贝纳姆在他的第一次审判时宣称，"在这过去的八百年中，从来没有像在这六年中这样被清楚明确地宣示给民众。"（698）贝纳姆自己并不需要通过俗语的翻译来理解经文；根据福克斯的说法，他既精通拉丁文又精通希腊文。问题不在于他自己如何接触《圣经》；对于宗教改革者来说，基督教徒取回（repossession）圣言的关键是《圣经》的英文印刷版而非手抄本。俗语版《圣经》从牧师手中夺回了《圣经》，印刷机确保了圣言的解放无可逆转。单单是《新约》的抄本，即使是由称职的缮写室准备的抄本，也必然耗时甚长，因此抄本既昂贵又稀少。通过没收和毁坏这些抄本，当权者能够阻止圣言的传播。但是印刷的书籍则是另外一回事了。1529年，莫尔和他的朋友卡斯伯特·滕斯托尔去安特卫普，后者是伦敦主教，他买下并促使焚烧了尽可能多的廷代尔的《新约》和其他异端著作，但是这是前古腾堡时代的策略。滕斯托尔为这些书所花的钱反而促使廷代尔在1534

年赶紧发行了第二版的翻译。[51]

机械复制时代的圣言——到廷代尔去世的时候已经印刷了五万本——有种新的、直接的力量:"如果你向神祈求,所示的恩慈都是对你的应许。如果你固执抵抗,所有的报复和愤怒都是对你的威胁。这种学识和慰藉,你将永远在直白的文本和字面意思中找到。"[52] "直白的文本和字面意思":翻译不是在圣言和人们之间强加的中介,相反,它撕下伪装的面纱完全直观地呈现文本。一小撮教士将圣言体验为不需要中介而直接面向灵魂的言说,如果想要更多人拥有这种体验,那么《圣经》的语言必然是俗语。即使对于精通拉丁语的人来说,英文版《圣经》也能以一种拉丁通俗译本《圣经》做不到的方式沟通人心;俗语是人内心的自然而然的(unself-conscious)语言。[53] 贝纳姆的审判者向他提供圣母教堂的拥抱,他们告诉贝纳姆,"母亲的胸膛向他敞开"(700)。宗教改革者提供了另一种亲密关系,这种亲密关系不是以女人身体的形象出现的同制度的亲密关系,而是同书本的亲密关系,它以自我、食物和保护而非以身体的形象出现:"当你读书的时候,"廷代尔在《〈创世记〉序言》中写道,"要想到每一个字母都属于你自己,要吮吸《圣经》的精髓,武装自己以抵御一切攻击。"[54]

那些年当权者公开焚烧英文版《圣经》时,其力量到达了顶点,读者们冒着生命危险阅读它。[55] 英国的天主教当局反对俗语翻译,要确保在印刷术发明以后没有一本英文版的《圣经》被生产出来,这反而极大地扩大了廷代尔的影响力。只有那些从小认为《圣经》是拉丁语作品的人才能体会到上帝在书页中用英语同他们说话的震撼。再加上迫害的威胁,其后果看起来似乎是压倒性的,几乎不可抵挡。当然这也是英国新教徒在短短时间内,在没有任何重要的制度框架的情况下,能够依赖词语的力量存在和扩大的一个原因。当廷代尔写下以《圣经》的话武装自己时,或者当贝纳姆谈到他害怕圣言——指他手里的书——会谴责他时,我们必须完全贴紧其字面意思:总之,《圣经》的英文印刷版是一种权力的形式(a form of power)。它被赋予这样一种控制、引导、训诫、抚慰、驱逐以及惩罚的能力,这些都是几个世纪以来教会冒称自身拥有的能力。为避免被认为这是夸大其辞,我们可以回忆下这一点:贝纳姆仅仅因为他认为自己违背了这部书就痛不欲生;他情愿选择死亡。

贝纳姆并非唯一的例子。在众多相似的例子中,我们可以想起拉蒂默(Latimer)对托马斯·比尔尼的事迹的感人记述,后者在1527年公开宣称弃绝信仰并在圣保罗十字堂"背着木柴捆公开悔罪"。在他回到剑桥以后,比尔尼"内心起了严重的冲突",他的朋友们不敢单独让他待着;他们日日夜夜都在安慰他,但这些安慰都没有用。"若有人在他面前说起《圣经》里提到的舒适之地,就好像有人用剑刺穿了他的心。"[56] 在如此痛苦地度过了两年以后,他去了诺福克(Norfolk),再次开始宣扬路德的学说,随后被当作复发的异端遭到逮捕。根据福克斯的说法,在等待处决时,比尔尼把手插入燃着的蜡烛火苗中,他回忆起《以赛亚书》中的这一段:"你从火中行过,必不被烧,火焰也不着在你身上。因为我是耶和华你的神,是以色列的圣者你的救主。"[57] 在比尔尼弃绝信仰后曾令他痛苦不堪的经文如今则在保护他免受痛苦。最后,正如莫尔叙述的那样,比尔尼被带走了,"廷代尔的书和他一道被带走了,两者一起被焚烧了",莫尔补充道,比起他"活得久一些且寿终正寝"而言，"这对他的灵魂来说更有益"。[58]

当《圣经》的传播变成国家的政策时，这些极端的表达方式证明了圣言的魔力，使得英文版《圣经》成了迄今为止这种语言中最重要的一部作品。能够接触《圣经》成了推动民众提高读写能力的决定性力量，所以到17世纪中叶，在南方大城镇有百分之六十的男人，在乡村有百分之三十的男人能够阅读。[59] 根据皇室命令（该命令在一份1541年的声明中得到重申，"包含英文版的《旧约》和《新约》在内的《圣经》应该固定地公开放置在所有上述教区的教堂内"，由此"君王陛下的所有臣民"都能够读到经文。[60] 在这份声明发表之后，威廉·莫尔登（William Malden）告诉我们："埃塞克斯郡乡下的切尔姆斯福德城的各种穷人［……］带着耶稣基督的《新约》，礼拜日他们会坐在教堂下边阅读，很多人聚集在他们周围一起听他们读经。"[61] 的确，人们对1538年的一份公告非常感兴趣，该公告警告没文化的人不要"在公开的客栈和酒馆"对《圣经》进行诠释。就像一位学者指出的那样，毫无疑问，这个警告让破坏规矩的人更感荣耀了。[62] 1521年到1600年，有超过200种版本的《圣经》出版，1601年到1700年超过480种，到18世纪早期，据保守估计《圣经》的印刷量已超过50万本。廷代尔释放了巨大的力量。

在廷代尔去世一个多世纪后，这种力量在班扬的作品中受到了它在文字上最高的赞扬。根据《丰盛的恩典》（Grace Abounding），特定的圣经段落在班扬的生活中有着令其痴迷的力量，它们敲打他的心灵，击打他的面颊，无情地追赶他："在一周或两周之后，我被这句经文纠缠，西门，西门！撒旦想要得着你们（Luk, 22：31）。有时它在我心里发出很大的声响，是的，

2 机械复制时代的圣言

就像它在我后面发出强烈的呼唤,于是有一次我将头转过去,真以为有人在我后面叫我〔……〕。"[63] 文本"撕裂"了他的灵魂,"触摸"他、"抓住"他,"像灼热的霹雳"落在他的良心上;甚至宽慰人心的显灵也有一些暴力,"当我在主面前,经文铭刻在我的内心,人啊,人的信仰真伟大(Matt. 15:28)[*],甚至宛若有人拍了我的背一样"(65)。书本蕴含的巨大文化力量在这种难以解释而又不可控制的在场中达到了顶点。

班扬因为没有得到当局的宣教许可而被捕,而正是证明了这一在场的班扬提醒我们,一旦新教取代天主教,他们必以更明显的肉体惩罚,以父系家庭、教会、学校和国家这一整套机构来加强和控制圣言的力量。但是在最初几年里,这种权力几乎仅在这本书中有所体现。"主开始为他的教会工作,"福克斯写道,"不是以剑和靶子,而是以印刷、写作和阅读来压制他高傲的对手〔……〕这世上有多少台印刷机,就有多少座抗击圣天使堡的碉堡,由此,教宗必须消灭知识和印刷术,不然印刷术最后会根除他。"[64]

《圣经》取代了共同信仰,成了一切行为之可理解性和正当性的原则:"没有圣言将一无所成"(330)。[65] 圣言的权威由对圣言的"内在经验"(inner experience)来确认;经文的真解只能通过信徒感觉到的信仰实现。[66] 莫尔,如同所有天主教的护教者,认为我们必须"认真地倾听、坚定地相信并忠实地服从基督教会对《圣经》的释义和解读,而不能怀疑。既然他盼咐羊群必得饱足,他就会给羊群提供有益的食物和真正的教义"。[67] 如果我们在是否接受教会的权威解释上犹豫不决,那么我们会陷入不确定,

---

[*] 中文和合本《圣经》原文为"妇人,你的信心是大的"。此处译者根据本书作者给出的《圣经》英文译出。——译者注

会怀疑我们如何知道《圣经》来自上帝呢？廷代尔在写出《服从》三年之后，在他的《回托马斯·莫尔爵士的对话》(Answer to Sir Thomas More's Dialogue) 中给出了对这个问题最为有说服力和最激进的回答："谁教鹰狩猎？正如上帝的子民寻找他们的父亲；基督的选民寻找他们的主，探寻他的足迹，跟随他。是的，虽然他走在平坦的流动的水路上，不会留下脚印，但他们却能看见他的脚。"[68] 在回应中，莫尔尝试用几个笑话驱散这种幻想的力量并——更严肃的是——揭露它的暴力；《圣经》是异端的猎物，"按照他们的清单，甚至在上帝的特殊启示之下，去劫掠、杀戮和吞噬"。[69] 但是廷代尔所使用的隐喻的暴力完全是有意为之的；基督徒并不需要精心的训练来理解圣言；为了他本人的生存，他可以凭本能抓住它。

因此廷代尔能够拒绝教会及其传统的调解；在每个人自己的良心中，有足够的方法来把握《圣经》所呈现的圣言中蕴含的真理。为了应对这一挑战，天主教护教者倾向于肯定不断增强的外在权威，但是需要注意的是，由此产生的强烈对立在历史层面具有误导性。正如我们看到的那样，正是教会在过去的几个世纪里缓慢地发展和丰富了个人的内在生活，将之视作其施展权力的地方，将之视作规训和安慰的工具。廷代尔这样的宗教改革者实际上想要获取这种权力。

在1525年版的《新约》和1530年版的《摩西五经》中(即《旧约》前五卷)，廷代尔采取了在他看来最根本的措施来获取权力，当然，他把这当成圣言的胜利。但是即使在1525年，他也认识到了，仅有阅读，而没有任何关于如何阅读《圣经》的指引，可能是不够的。他后来的大多数作品可以被理解为是在试图提供这些指引并清除障碍;对廷代尔而言,所有人类事业最终都依赖于阅读的命运。因此,在那冗长的结尾部分,《服从》从分析统治者和臣民的责任转向了攻击解释经文的四重方法,这个攻击是在廷代尔所谓的"字面意思"(the literal sense)的名义下进行的。廷代尔的字面意思并非一种连贯的解释理论。它多半仅仅是根用来攻击他不喜欢的阅读的棍子。但是它反映了,并且毫无疑问地加强了某些倾向,这些倾向不仅对阅读《圣经》有很大的影响力,而且对阅读和写作当时及其后的想象性文学也有很大影响。首先,且也许最重要的是,廷代尔的"字面意思"表达了一种有力的"信心"(confidence):经文容易理解,它的意义直接摆在我们面前,相互矛盾的解释是故弄玄虚。这既不需要高学历,也不需要掌握复杂的语言、耍弄神秘的符号、惊人的记忆力,也不需要坐拥昂贵的图书馆。真理对鞋匠和神学家一样容易理解,也许对前者而言更容易,因为后者已被天主教的诡辩毒害。

第二,强调字面意思意味着人们应该尽可能避免在圣言背后寻找某些隐藏的神秘意义。保罗在《歌林多后书》第3章中说"因为那字句是叫人死,精意是叫人活",这句话并没有提到经文的字面意思和属灵意思(spiritual sense),而是指律法与福音的对比。字面意思和属灵意思没有区别,因为"上帝就是灵"(God is a Spirit);"他的字面意思就是属灵意思,他的所有言辞都是属灵的"(309)。要想理解廷代尔此处立场的重要性,我们可以比较它与伊拉斯谟在《指南》里对《圣经》的讨论。后者写道,完整的《圣经》,包括福音书在内,既有肉体也有灵,我们的任务就是蔑视前者,探寻后者。"直白的意思"没有价值,只有"神秘的"意思值得我们虔敬地关注。事实上,如果你从表面来看看这些故事，如亚当由黏土捏成，夏娃出自一根肋骨，或者那条多嘴的蛇的故事，那么你也可能会"歌唱普罗米修斯用黏土造出的人的形象，或歌唱他偷偷从天上盗火并为黏土注入形象以给予其生命"。[70] 如果伊拉斯谟如此痛切地同《圣经》某些卷中的明显虚构的形象（appearance）作斗争，同某些内容与原初异教的神话间的令人不安的相似作斗争，那么同样，他也与其他卷中的纯历史形象（historical appearance）作斗争："你阅读的《旧约》中的《列王记》或《士师记》，或者提图斯·李维（Titus Livy）写的历史，它们有什么不同呢？所以你关心寓意吗（即你是否在意两者隐含的意思）？一方面，就是说提图斯·李维那里有很多修正庸常行为（common manners）的东西；另一方面，有些事情乍一看是不虔敬的，如果从表面上去理解它们，那么它们也会伤害善行（good manners）"（147）。想解决这个问题，就得放弃《圣经》的"外壳或外在部分"，根据寓意滋养自我。人们无法通过自己的心灵，只能通过"已知的确定手法"来揭开这些奥秘，诸如伪狄奥尼修斯的《论神的名号》（De divinus nominibus）的作品即教授了这样的手法。伊拉斯谟宣扬的可能是一种简单的"基督教哲学"，它对愚人和聪明人同样适用，但是获取这种哲学的地方绝对不是《圣经》的字面意思。

相比之下，廷代尔坚持——正如我们所见——最易接近的经文的意思一直都是核心意义："其中没有故事也没有演义（gest），似乎从来没有如此简单、如此卑贱的世界，但是你将发现其中的精神和生活，并受到字面意思的启迪"（319）。即使他也不得不承认经文"就像其他言辞一样"使用了"谚语、比喻、谜语或寓言"，但是这些手段的意思"从来都是字面意思"（304）。

从他后面给出的例子来看,这里的"字面意思"指的是在《圣经》其他篇目中公开可见的、明确的道德教条或信仰原则。如果这是一个自觉的、暂时的过程,没有对真理的内在声明,那么对寓意的解释就是允许的:"寓意并非《圣经》的意思,而是《圣经》之外的自由之物,它完全在圣灵的自由中"(305)。"寓意无法证明任何东西",它们最多也只能如同虚构一样索求信仰:"如果我无法用一目了然的文本证明寓意表达的东西,那么这种寓意就是开玩笑,其价值不比罗宾汉的故事更大"(306)。寓言及与此类似的比喻、例子和形象都不是用来表达隐晦的神秘之事的,而是用来加强对读者的影响的,因为这些间接或隐喻的言辞"在人脑海中留下的烙印,的确比直白的言辞更深,而且它们会在他身后留下一根刺,戳他前进,让他保持清醒"(306)。

廷代尔坚持"字面意思"的第三个主要影响直接来自这个观点:对经文的修辞本质的强调。人文主义对早期新教徒的影响没有比这里更明显的了。《圣经》并非巨大的神秘符号网络而是用于劝说的神圣之作,其目的是加强读者的信仰,阻止他作恶。由此,举例来说,读者不应该那么关注单个词的终极、抽象意义,而应该关注它在特殊的、非常具体的情境中的作用:"一条蛇在一个地方代表基督,在另一个地方代表魔鬼;狮子也是如此"(208)。关键词的意义也并非来自机构的定义,而是来自读者对情境的把握:"如果说集会(congregation)这个词比起教会(church)这个词来说更为普遍,这并不会带来伤害,因为其语境宣告了它指的是什么意思。"莫尔回复道,如果是这样的话,廷代尔可以按他的想法翻译任何词:"如果他把世界和足球放在某些特定语境中,那么他大可把世界翻译成足球,并说这是个圆圆的滚动的足球,人们在上面行走,船在上面航行,人们无法休息也无法稳定,诸如此类的冗长故事;在这些情况下,正如我所言,他能够按他自己意愿来理解任何词语,不管这些词语本身的意思是什么。"[71]

在这充满争议的作品中,这种争论只会导致对熟悉立场的重新确认:对廷代尔而言,他愿意别人改进自己的翻译,只要他们服从圣言;对莫尔而言,当一个"好的基督徒"在翻译中发现异端的意图时,他应该"憎恨和焚烧他的书及其同道"。[72] 但是廷代尔对"情况"及其修辞力量的兴趣对翻译的影响更为明显;它体现在明晰的叙述、令人印象深刻的连贯性和对读者已有理解的持续投入参与中:

> 那时,大儿子正在田里。他回来离家不远,听见作乐跳舞的声音,便叫过一个仆人来,问是什么事。仆人说:"你兄弟来了。你父亲因为得他无灾无病地回来,把肥牛犊宰了。"大儿子却生气,不肯进去,他父亲就出来劝他。他对父亲说:"我服侍你这多年,从来没有违背过你的命,你并没有给我一只山羊羔,叫我和朋友一同快乐。但你这个儿子和娼妓吞尽了你的产业,他一来,你倒为他宰了肥牛犊。"父亲对他说,"儿啊,你常和我同在,我一切所有的都是你的。只是你这个兄弟是死而复活、失而又得的,所以我们理当欢喜快乐。" (Luke 15: 25-32) [73]

我们对这个钦定版《圣经》非常熟悉,而这个版本与廷代尔的翻译非常接近,这种熟悉感可能会阻碍我们意识到这一点:比起威克利夫的翻译,廷代尔的翻译在通俗性、生动性(即"开放性")上进步显著。比如威克利夫的第二版翻译是这样处理第 29 行的结尾部分的:"你并没有给我个小山羊羔,我和我的朋友一起吃。"

钦定版丧失了强度而获得了准确性:"你并没有给我一只山羊羔,叫我和朋友一同快乐。"

廷代尔对"情况"的兴趣更为清楚地反映在他的信念中,即读者必须对文本的自然顺序敏感,即使其文本不是在讲故事,读者也不能把开头和结尾混淆。不能切割和拼接圣言。事实上,这样做是非常危险的,就像廷代尔追随路德,在《罗马书》序言中所解释的那样。那冲至保罗书信第9—11章的"焦躁、急迫且高昂"的精神,冒着陷入绝望的危险想要理解命运(predestination)。当读者完全理解前七章的意思的时候,他才做好了看第8章的准备,而第8章又是后面部分的必要介绍:"之后,当你看到第8章,正在十字架下遭受苦难,命运之必要性就会变得甜蜜,你就会体会到它是多么宝贵的东西。除非你生下来就在逆境和诱惑的十字架下,你感觉自己被带到了绝望边缘,甚至到了地狱大门前,否则你不可能在不伤害自己,不在私下对神生气、怨恨神的情况下去干预命运的审判;否认你就不能认为神是正义和公平的。"[74] 阅读体验的顺序(order)是最重要的;这些章节经过了修辞上的安排,因而会对人产生基本的心理影响,同时,这些影响也是教义上的真理。这是通过阅读这种行为在信仰体验中内置了某种历史性和叙述性;通过以合适的顺序追随文本,读者在精神上重新经历了从《旧约》到《新约》的转向,从杀人的律法到神赐予的恩典的转向。

这个必要的顺序感标记了廷代尔大多数的文章,并将其与莫尔的文章明显区分开来。莫尔在回复他的敌人时承认,他的《驳廷代尔的回复》(*Confutation of Tyndale's Answer*)几乎难以卒读;他在《申辩》(*Apology*)中写道,同胞们抱怨他的作品太长"因此读起来太过乏味"。莫尔为这个庞大文本所作的辩解颇为矛盾：很多读者在阅读冗长的作品时会变得疲倦，"因此我让每一章读起来更痛苦，就是想让他们只用读一章而不需要阅读其他章节，也不会强行指定他们读整本书中的哪一章"。没有必要从头到尾或者按顺序阅读整部书；莫尔的目标反而是编纂一本反异端的辩论的百科全书，但这是一种奇怪的百科全书，因为它的最终目的是成为不必要也未经阅读的书："现在凡是愿意阅读任意一章——或是随便一章，或是他自己选的一章——的人，在那一章，他认为他的福音派教父廷代尔说得好极了 [……] 当他在那一章发现——我确定他会——他的神圣先知被证明明显是个傻子，他很快会停止进一步阅读。因为到那时，他有充分的理由将他完全抛弃，不再理他，此人也不再需要阅读我的书，所以他能够让它足够短。"[75]

对莫尔而言，推翻宗教改革者的文本至关重要，而用他自己的文本取代那些文本则并不是至关重要的。因此，莫尔的作品给人一种奇怪的可有可无的感觉；他的作品想要消失，以便让位给更多的声音，让位给传统，最终让位给鲜活地表达了基督教共识的机构。莫尔努力让自己的文本消失，矛盾的是，这一点却让他投身于一个无尽的文本之中。他不能允许他那些充满争议的作品获得形式，因为形式会给予异端一种叙述上的连贯性，一种被莫尔否定的"独立"视角。

如果莫尔那些充满争议的作品想要重新被纳入共同体，那么人们可能会认为是廷代尔的作品为其让出了位置，但廷代尔的作品只为另一个更出众且最终无法简化的文本让位。在莫尔那里，文本必须让位于其背后控制着解释的制度，在廷代尔那里，文本则要超越解释,将自身建立为个人读者的个人历史:"然后去阅读《圣经》的故事,为了学识和慰藉,看所有事情在你们面前发生;因为你和所有人都要照那样同去,直到世界末日。"[76]《圣经》的修辞力量源于读者把握故事(stories)的叙述力量,依赖于语言的呈现能力(presentness)。威克利夫的第一版翻译几乎想以图腾的方式来努力表达字面意思,也就是说,牺牲英语的句法来保留拉丁文的语序,廷代尔受到威克利夫的信徒约翰·普卫(John Purvey)影响,试图用后者所谓的"开放的"英语来翻译经文。[77]文本越"开放",就越少依赖来自机构的解释。

我们应该补充一点,莫尔自己并不拒绝廷代尔的译文的修辞力量,不管是他自己还是教会当局都不在原则上反对英文本《圣经》。但是他们辩称,他们要直到异端被清除,教会的权威被重新确认才会支持这个计划。莫尔讨厌廷代尔的《圣经》并非因为它是英文的,而是因为它的"错误"翻译,因为它的评注诱使人走向毁灭,然而廷代尔自己却是从安全的欧洲大陆来观察的。毕竟,不像那些被《服从》塑造的人,廷代尔没有被动地遭受过不服从的后果;在他职业生涯的每个节点,当他的观点有引起当局愤怒的威胁时,他就会选择去寻找更少约束、更少威胁的环境,这样他便能继续他的工作。廷代尔离开大学之后原本在小索德伯里(Little Sodbury)教书,1523年,他顶撞了他的教士上司,廷代尔没有简单地屈服。"当时我来到[格洛斯特郡教区]主教面前,"他痛苦地回忆道,"他狠狠威胁我,斥责我,把我当成狗一样。"在这种耻辱中,廷代尔想起人们盛传伦敦的主教很有学识:"当时我想,如果我能去为这人服务,我会很高兴。所以我去了伦敦。"[78]在伦敦的主教,莫尔的朋友腾斯托尔拒绝提供帮助之后,廷代尔选择了流亡，从那以后，他自己的言辞和《圣经》的言辞席卷了英格兰。他如何调和他的社会道德和他的行为呢？

这个问题的答案似乎出现在他给克伦威尔的代理人斯蒂芬·沃恩（Stephen Vaughan）的回信中，后者试图说服他回到英格兰，让他屈服于"服从和良好的世界秩序"，并信任国王的仁慈。沃恩记录道，廷代尔说："我向你保证，如果君王能够欣然允许将单独的文本放在民众面前，就像将它放在这一带的皇帝的臣民和其他基督教君主的臣民面前一样，那么不管是谁的翻译能够取悦陛下，我都应该立即信誓旦旦地向你保证，我不再写信给你，也不会在此地多住两天；我会马上进入他的王国，以最谦卑的姿态顺服于陛下的脚下，献上我的身体，忍受获得他的恩典需要的痛苦或折磨，以便得到这一切。"[79] 推广俗语版《圣经》这个任务优先于他生命中的任何事情，包括他的社会道德；若让这样的翻译自由流传，他实际上将不复存在。他将保持沉默，他将死亡。在某种意义上，他自己的生命，就像某些自主的东西、某些他曾经拥有过的东西，现在已经不复存在。他的生命已全然融入他的伟大计划。

根据福克斯的一段似是而非的预言，在廷代尔与一个博学的牧师的辩论达到高潮时，他第一次表达了这个观点。这个牧师曾宣称："我们宁愿没有上帝的法律，也不要没有教宗的法律。"廷代尔回复道："我藐视教宗及其所有的法律。如果上帝宽恕我的生命，只要几年的时间我就能让一个驾犁的男孩比你们知道更多有关经文的事情。"[80] 这些言辞让人想起了伊拉斯谟在1516年的《劝世文》（*Paraclesis*）中表达的希望，该文亦即他的希腊和拉丁语版的《新约》序言："有些人不希望《圣经》被翻译成俗语，给未受教育的人阅读，我非常不认同这些人［……］我希望即使是最低贱的妇女也能阅读福音和保罗书信。我希望它们能被翻译成所有的语言，这样它们不仅能被苏格兰和爱尔兰人阅读，也能被土耳其和撒拉森人阅读［……］我期望因此之故，农夫能在耕作时歌唱一些经文，织工能在梭子来往时哼唱一些经文，旅行者能靠这类故事减轻旅途的疲倦。"[81] 廷代尔的确可能从伊拉斯谟的视角来构思他的事业；我们不是正好看到了个人对自我的感觉由别人的言辞所塑造吗？但我们必须注意到伊拉斯谟的"我期望"和廷代尔的"我将让"之间的巨大差别，这种差别包含了代际、性情以及文化之间纠缠不清的冲突。伊拉斯谟表达的是愿望，而廷代尔则将其当成了个人的使命。

这个使命在愤怒和背叛中被构思成形，并且其表达伴随着相当强烈的自我重视的感觉："这个默默无闻、无权无势的乡村神父庄严地宣称，我藐视教宗及其所有的法律"，这种夸张的对个人重要性的感觉导致了接下来的自夸。在他随后的职业生涯中，我们可以在这些时刻瞥见他的自我中心主义，在他激烈地攻击他的同事威廉·罗伊（William Roy）和乔治·乔伊的品格和能力时，在他不断捍卫他自己的翻译的正确性时；但是，值得注意的是，他的所有表现都与他作为译者的任务密切相关。虽然他坚持信仰的内在性，但在他作品的最后，我们几乎感觉不到他的存在，感觉不到他个人的（personal）痛苦和救赎。他作品中最私密的逸事是对他在漫长的翻译事业中没有成功获得滕斯托尔的庇护的解释。廷代尔在1525年匿名出版了《新约》，并且宣称，若不是因为他不得不将他的工作和他之前的助手乔伊的下流工作区分开来，他还会继续这项事业，因为基督"催促人们（Matt. 6）秘密地做好事"。[82] 不像路德,廷代尔没有让我们觉得他有内在深度,没有给我们留下关于他自身经验的深刻印象,也没有让我们感觉到别人对他的意识有深刻影响;他给我们的是一种声音(voice),英文版《圣经》的声音。我们对英文中至高文采的感觉主要来自廷代尔——我们的语言在风格上试图模仿英文版《圣经》的崇高,这种模仿经常是无意识的,往往十分笨拙——他通过将自己的整个自我转变成那种声音,似乎达成了这个非凡的成就。

廷代尔的一生就是一项计划。在他一封安慰约翰·弗里斯、为他建言献策的信中谈起了他的职业,特别谈到了他与圣言之间的关系:"我期待上帝记录下我们将出现在主耶稣面前的那一天,彼时我们的行为将得以清算,我从来没有违背良心改变圣言的一个字节,即便有一天世上的一切都给我,不管是快乐、荣誉还是财富,我也不会。"[83] 在作了这个保证并可能感到自己的话有些傲慢之后,他之后的几句话表达了让人难以相信的谦卑:"上帝让我在此世丑陋不堪(evil-favoured),让我在人们眼中没有风度,笨拙且无礼,无聊且迟钝。"这种稍微的自贬无伤大雅;他的自我在他作为译者的工作中得到了完全的实现。在他生命的尽头,他仍挂念着他的这项工作。

在 1535 年,廷代尔和一个英国商人一起生活在安特卫普,他在一个叫亨利·菲力浦斯(Henry Phillips)的人的诱惑之下离开了他安全的房子,此人是个狡猾的英国人,他宣称自己是新教徒,廷代尔被交到了天主教当局手里。[84] 他被控告为异端,在布鲁塞尔附近的维尔福德堡(Vilvorde Castle)关了一年多,等待他的判决。在监禁期间,他还留下了他写给当时的城堡总督的拉丁文书信。犯人要求得到暖和的衣服,重要的是,他继续写道:"我请求您发发慈悲,能否让代理主教允许我拥有一本希伯来语《圣经》、希伯来语法书以及希伯来词典,让我能够在学习中打发自己的时间。"[85] 就像贝纳姆把自己看作圣彼得一样,廷代尔很可能把自己看作圣保罗,圣保罗在他给提摩太(Timothy)的第二封信中请求获得"外衣[……]那些书,更要紧的是那些皮卷"(2 Tim. 4:13)。

我们不知道,廷代尔的图书请求是否得到了满足。1536年8月,他被判为异端并被褫夺了神父的身份。褫夺的仪式使人想起了本章开头的戏剧性的仪式:要么是在教堂里,要么是在城镇广场上,主教坐在高台上,因不虔敬而遭到控诉的神父穿着教士袍,被带到他们面前。他被迫跪下。"他的手被小刀或玻璃刮伤,这是失去膏油的标志;面包和酒被放在他手上,然后被拿走;最后,他的袍子被一件件扒下来,只剩下平信徒的衣服。"[86] 廷代尔随后被交给了世俗当局,他们判处他绞刑和火刑。这份判决于1536年10月执行。我认为,当廷代尔在柴火堆中,满腔热情地大声高喊"主啊,张开英格兰国王的眼睛吧"的时候,他一定是想要一本俗语版《圣经》,因为他为这本书耗费了他的整个成年生活。[87]

莫尔和廷代尔之间存在严重的分歧。廷代尔瞧不起莫尔的文学兴趣;一方钟爱的天主教会被另一方认作敌基督者;莫尔认为宗教仪式是他与基督教世界的交流不可分割的一部分,而在廷代尔看来,宗教仪式则是邪恶的欺骗。廷代尔的英文版《圣经》在莫尔看来是异端的宣传伎俩,对炼狱的抨击被视为用来折磨穷人灵魂的恶魔手段,因信称义仅仅是现世罪过的借口。廷代尔认为莫尔是个残酷且唯利是图的政治家,他把自己卖给了出价最高的人;莫尔则认为廷代尔是个不知廉耻的疯子。毋庸置疑,莫尔会主动促成廷代尔的审判，就像他会主动促成对他的抓捕一样；同样毋庸置疑的是，廷代尔会将莫尔的判决当作敌基督代理人的打击。莫尔的交友天赋闻名于世，他才华横溢，平衡了议会和修道院、法庭和学者的书房、议会和家庭，他的生活似乎比廷代尔更加丰富充实，而后者则完全把生活献给了全心全意地追求英文版经文。但是，在廷代尔去世 11 个月后，英文版《圣经》，其实也就是廷代尔的《圣经》，在英格兰得到了法律认可，英格兰国王被宣为国内教会的最高领袖。

尽管他们的分歧如此之巨，但他们之间还是有某些明显的相似之处。虽然莫尔认可仪式并且在公开出版物中为它辩护，但他信仰的核心并非仪式而是精神的共契，这种共契只呈现在内心的确信和高尚的生活中。就廷代尔而言，他虽然深受路德影响，但从来没有完全熟悉路德神学，而且有人认为，他在整个生涯中逐渐远离了它。当然，他没有减少对天主教会的厌恶，但是他越来越认可律法和道德，将道德作为上帝与人的契约来履行，这一点让他惊人地接近于如莫尔或科利特（Colet）这样的天主教徒。[88] 其中的变化可以通过一个标志性的例子得到证明，在 1525 年版的《新约》序言和 1530 年的修订版序言（这篇序言以《通向经文之路》为名单独印刷出版过）中，他写道，有正确信仰的人，"在律法上有喜乐（尽管他们因为自己的软弱无法［如他们所愿］尽到喜乐）；凡律法所禁止的事情，他们都憎恶，虽然他们无法［一直］避免它"[89]。括号中的话是 1531 年加进去的，它从根本上改变了文意：莫尔会唾弃第一版，说它是异端，而第二版则仿佛是他自己写的。

天主教徒和宗教改革者这两个敌人之间的联系是人文主义。

更确切地说，莫尔对他自己和伊拉斯谟早期的作品感到非常不安，而廷代尔则非常严厉地谴责"亚里士多德、柏拉图和苏格拉底的所有美德"都是神所憎恶的傲慢。尽管如此，这两人的职业生涯都深受基督教人文主义对正当生活的关注的影响。"求善比求真要更好。"彼特拉克曾写道，[90]这句信条甚至让它自己看上去正处于激烈的神学论争当中。

同时，莫尔和廷代尔对这个世界的高尚、道德的生活都有含混的看法。这点很容易在莫尔身上看到，因为他明白操纵好人的方式，并且他更深刻地（以奥古斯丁的风格）感觉到了在上帝之城与地上之城之间存在着根本的鸿沟。这条鸿沟让尽力履行义务的那些最好的人看起来就像舞台表演的演员一般，非常逼真但与真实相去甚远。廷代尔似乎与这种感觉相去甚远；但实际上，一旦他开始编织当权者的等级秩序，即每一个人都由上帝决定且都取代了上帝的位置，他就开始再次瓦解它，直到它全部消失："在基督中既没有父也没有子，没有主人也没有奴隶，没有丈夫也没有妻子，没有国王也没有臣民；父亲就是儿子的自我，儿子就是父亲的自我；国王就是臣民的自我，臣民就是国王的自我；所以，你就是我，我就是你；没有更亲密的关系了"（*Obedience*, 296）。当然，这种身份的完全崩溃只"在基督中"发生；在现世，这种区分仍然存在。但是，这种清晰的解决方案比现实更显而易见，毕竟基督与现世并不是简单的对立。廷代尔坚持认为，历史上真有基督存在，我们向他祷告，在世上尽他的诫命；如有人认为他的秩序与这个世界的秩序完全分离且截然不同，那么这个人要么是傻子，要么是恶人，或者兼而有之。这些绝对神圣的角色（父，主，王）与对这些角色的清除之间有什么关系呢？实际上没有关系。社会身份有时像花岗岩一样固定不变；有时又像幻影一样闪烁。

当我们考虑廷代尔的外在表现与内在信念之间复杂的辩证关系时（这种辩证关系在贝纳姆那里清晰可见），这种含混加剧了。一方面，最重要的是确证信仰；但另一方面，信仰不可避免地、无法阻挡地在世上的事功中蓬勃发展。这些事功的缺席是个明显的标记，它表明信仰仅仅是欺骗或者想象，不管事功在世人眼中多么高尚，但其本身并没有什么价值。当然，在新教的著作中，这些"事功"常常将自身分成完全不同的两类：一种是伪君子的事功，趋向于仪式性——大量背诵《圣母经》（Ave Marias）、燃烛或禁食；另一种是选民的事功，倾向于仁慈、慷慨或同情的行为。但是它们的区别并非绝对的、真实可信的；廷代尔特意谴责了利己的古典道德观，并且宣称世人眼中看起来无用或邪恶的行为（即使是抢劫和谋杀），实际上是在完成上帝的诫命并呈现真正的信仰。

这个立场吓到了莫尔，但就是这个立场吊诡地为莫尔和廷代尔之间最深层的联系提供了背景。因为在它的驱使之下，廷代尔对某些外在的、让他能够完全融合自己的身份的东西产生了强烈的需求。我们已经看到莫尔如何被这种融合吸引，他明显想与体制或共识融为一体。当然，廷代尔蔑视现存的教会、斥责禁欲主义，并且取笑乌托邦，但他对《圣经》中体现的圣言抱持狂热的极权主义。人类的行为本身问题重重；它们必须不断地与内在状态联系在一起，然而，这种内在状态必须被体验为不可抗拒的、来自自我之外的（与自我完全相异的）力量的运作。信仰者被抓住、被破坏，又被圣言更新。他放弃了抵抗，放弃了反讽，放弃了他感觉到的自我塑造的力量，取而代之的是，他体验到了完全献身的绝对确定性，一个有约束力的、不可撤销的约（covenant）。

对廷代尔而言，摩西的律法（除开某些宗教仪式），形成了这个约的核心，而《新约》使人履行这个约。这个约同时约束上帝和人：廷代尔在1534年的《摩西五经》的序言中写道，所有《圣经》上的许诺都"含有一个约：神会约束自己，履行对你们的仁慈，只要你们努力遵守他的律法"。[91]《圣经》是神人之间绝对的、始终如一的纽带，它以书面形式保证了上帝不会专横，保证了人们的命运不会仅被偶然、奸诈或强力所控制。《圣经》给予廷代尔的正是教会给予莫尔的东西：它不仅是种优势而且也是种手段，它将含混的身份（个体中混合的自我中心与自我厌恶）融入更大的、可救赎的确定性。当然，对莫尔而言，这种保证依赖于制度，而对廷代尔而言，这依赖于由信仰烛照的神圣文本，但是二人都确保能通往真理——超越了个人或社会建构，也超越了怀疑或反叛的真理。

标记了莫尔和廷代尔的成就的精神暴力，毫无疑问地反映了那个时期的恶劣情绪，也反映了一种认为成千上万基督徒不朽的灵魂悬而未决的信仰，不过我们也可以在这一语境——对约束每个人特有的冲动的迫切需求——中审视这种精神暴力。整体制度对莫尔的吸引力与莫尔个性和职业中反对这种制度的诸要素成正比：他那复杂而又具有颠覆性的反讽、他对角色扮演的感觉、他有趣的想象。这些要素在莫尔后来的职业中没有被粉碎，但是它们被分裂和重组、转变和吸收，因此要想在《驳廷代尔的回复》中认出《乌托邦》的作者，我们得认真研究。在廷代尔处没有可供对比的转变，C. S. 刘易斯（C. S. Lewis）曾说他的世界"美丽而快乐地融合在一起"。[92]虽然廷代尔完全直接地否认了中世纪时期宗教和世俗生活的区分（而这些却继续困扰着莫尔），但是廷代尔的叛逆、对机构的抗拒、强烈的独立性更多存在于他与他所确认的《圣经》之绝对权威的紧张联盟中，而非他与后者的愉快结合中。如果他时常坚决反对整个既有的秩序，如果他将"确定的感觉"提升到"历史的信仰"之上，如果他断言"天堂国在我们中间"，[93]那么他就是意识到了法律的僵化、外在的强制性（这种强制性就是圣言的绝对他者性），由此他从最令人不安的、对这些立场最激进的暗示中得救。

他也从想象中得救了。正如莫尔指控新教徒以他们疯狂的想象塑造出一个不真实的教会一样，廷代尔则颠倒了这个指控，他进而声称，在天主教会——初看起来太过陌生且外在于人的天主教会——的核心处，人们只是在盲目崇拜人类自己的想象。这个教会还会阻止俗教徒以自己的语言阅读《圣经》，但它却允许他们阅读"罗宾汉、汉普顿的毕维斯（Bevis of Hampton）、赫拉克勒斯（Hercules）、赫克托尔（Hector）和特洛伊罗斯（Troilus）的故事，允许他们阅读成千上万的纪事作品以及含有爱情和淫荡内容的污秽故事，肮脏得让人无法想象"。[94]还是这个教会，它会密谋反对基督得救的信仰，吩咐它的成员"凭自己的想象建造修道院，相信自己能被伪善者那些骗人的作品拯救"。[95]教会并不反感这些堕落，因为教会的本质就是虚构（fiction）。一旦他们获得了世俗的权力，灵就"将自身交给了诗，并合上了《圣经》"。[96]弥撒、苦行、向神父忏悔、净化、赎罪，这些都是人类想象的产物，被装扮成神圣的样子。因此，在选择莫尔之时，教宗及其使者"很好地选择了诗人作为他们的辩护者"[97]。但是最终，所有的空话和诗歌被贬得一文不值,廷代尔在《服从》中写道:"盲目崇拜自己的想象很快会招来上帝的愤怒,而且它对人伤害如此之大。"(292)

对于像我一样相信所有的宗教活动和信仰都是人类想象的产物的读者来说,这些控诉之声有些伤感和绝望。似乎教会的严重危机迫使天主教徒和新教徒意识到了这种令人痛苦的可能性,即他们的神学系统都是虚构的;整个教会和国家的大厦都依赖于某些想象的假设;社会等级制度、财产分配、性别和政治秩序与宇宙的实际结构没有一致的保证。"上帝并非人的想象。"廷代尔宣称,但是有那么一个时期,那时这种说法显得既不必要也十分荒谬。当然,这话是对天主教徒说的;他们的信仰才是可恶的偶像崇拜,这就像莫尔控诉新教徒的教会仅仅建立在想象中一样。但是双方的极端暴力之所以存在,正是为了否认自己的信仰中充满想象(即由人制造)这一污点。一方只有通过摧毁另一方才能确保自己服从的秩序是绝对真实和必要的,因此才能充分证明这种服从是合理的。

廷代尔在《服从》等书中把现存的教会看作富人对穷人的阴谋、受教育者对无知者的阴谋、神职阶层对非神职人员的阴谋。莫尔在《乌托邦》中将现存的国家看成有组织的、体面的强盗,"富人狼狈为奸,盗用国家名义为自己谋利"。通过他们之间的争论,他们暗中破坏了始于封建时代的欧洲社会等级的两大支柱,暴露了它们自命的神圣制裁是意识形态,取笑它们神秘化的企图,坚持认为它们起源于人,认为它们具有物质利益。如果我们短暂地回到莫尔和廷代尔的激烈争论中,把他们放在一起,那么他们表明了一个根本而又重大的社会危机:在建立压迫制度时,稳定的世界秩序被瓦解,教会和国家被去神圣化,对思想的角色(尤其是想象)的认识被颠覆。像闵采尔这样的为上帝困扰的改革者也持有同样的看法,但是他的回应方式是试图摧毁教会和国家,把人们从压迫者手中解救出来,迎接新千年;与此相反,莫尔和廷代尔都在寻找新的控制基础,比他们想推翻的更有力、更全面的控制基础。他们试图规范自己的生活,试图一并规范所有人的肉体和精神生活。以圣保罗的话来说,他们努力打倒想象,将"各样拦阻人认识神的那些自高之事一概攻破了",又"将人所有的心意夺回,使他都顺服基督"(2 Cor. 10:3-5)。莫尔和廷代尔都在这种努力中丧生。

3 怀特诗歌中的权力、性别和内在性

没有任何一种翻译不是一种解释。这个信念因为这一事实而烙在心里不可磨灭，即在 16 世纪早期人们因为将某些希腊语和拉丁语词译为英文而走向火刑柱；这一信念居于怀特所有翻译的核心，尤其是在他翻译的忏悔诗中——传统的《诗篇》的第 6、32、38、51、102、130 以及 143 首，就 16 世纪 30、40 年代的社会风气而言，这些诗本质上不可避免地具有争议。[1] 怀特拒绝了他同时代的主流表达中相对温和的表述方式，他抓住了早期英国新教徒的真实声音，其混杂交融的谦卑和好战，其想要不凭中介直接服从神的意志的愿望，尤其还有其内在性。[2] 当《圣经》拉丁通俗译本在《诗篇》51 的结尾处谈论历史上的锡安山和耶路撒冷，约翰·费舍尔（John Fisher，他是罗彻斯特的天主教主教的殉教者，怀特拥有他写的祷告书）谈到了"凯旋教会的天上之城"，怀特则以他自己发明的词谈到了"内在的锡安、灵的锡安"以及"心中的耶路撒冷"。[3] 他增强了忏悔诗作者对外在祭献的拒绝的意义，这一拒绝基于这个信念——上帝"不喜欢奉承，外在的行为是人的愿望和设计"（498-99）。最后一句是怀特的补充，他以路德和廷代尔的方式区分了作为人类想象产物的偶像崇拜与信仰的真正内在性。[4]

本章我的最初目的是考察怀特在忏悔诗中表露的强烈内在性在何种程度上是因为前面的章节描述的力量而产生的。不像莫尔，

怀特并不认可最高的共识，这种共识与王权分离，可见于持久的制度中，能够吸收自我和个人的声音，并赋予人类生活以终极意义。但也不像廷代尔，怀特没有把自己完全献给圣言：神学上的自我塑造（书本对身份的影响力）无法与世俗的自我塑造（宫廷中的性别和政治斗争）长期分离。英格兰的教会已经成为国家的附属物，对怀特的忏悔诗的讨论不可避免地会从神的法庭中的自我呈现转向亨利八世宫廷中的自我呈现，后者也就是宫廷诗（court lyrics）。这些事情和讽刺诗让我们果断地远离了曾支配了莫尔和廷代尔的内在性的宗教语境。的确，即使在上帝面前，怀特仍然很可能会紧张地看着国王；不管怎样，这两个性情暴躁的独裁者，似乎彼此之间有着令人惊奇的相似性。

然而，我们不可以太快跳到怀特诗歌的直接背景，不管是传记的还是广义上的历史背景，哪怕是在其最私密的时刻。虽然怀特赋予了他的忏悔诗个人色彩和明显的新教色彩，但是这些诗篇的内在性并非他自己的发明，也并非16世纪早期宗教改革者的发明。这种内在性内嵌于诗歌自身当中，而这些诗歌是犹太—基督教传统中关于灵魂疾病（soul-sickness）的最有影响力的表述。这些诗篇谈到了玷污和净化、犯罪和赎罪；它们向"喜爱真理在内心"[*]的上帝诉说（51:6）；它们在孤独和迫害中呼喊，表达私密的希望、恐惧和信任。当然，内在性并非它们唯一的维度：它们表达了对身体攻击的极度恐惧，这种攻击如果来自邪恶敌人，就是不应受的，如果来自上帝，则是正当的。但是肉体的疼痛不能独立于"心灵"的疼痛：无法忍受的恐惧、一种无价值和无意

---

[*] 中文和合本《圣经》原文为"喜爱的是内里诚实"。此处译者根据本书作者给出的《圣经》文译出。——译者注

义的感觉、一种折磨人的意识,它让人注意到与生命本身的最本质的个人纽带已经断裂。同时,它也表达了一种共同的,实际上特别民族化的特征,尤其在《诗篇》130 的结尾处,但是对整个社会的关注只能通过个人来实现;原初的忏悔经验发生在孤独痛苦的灵魂层面上。当然,这个灵魂可以说是体现了全体人类,但是这种代表的地位仅仅抬高了个人的重要性。[5]《诗篇》体现的不是大家对自身原罪的共同忏悔,这罪由整个共同体所生又通过共同的赎罪仪式得以净化,而是体现了非常明确的个人的意识危机。正是这个与自己的亲人伙伴断绝关系的个人,承认了自己的错误并遭受了神圣的惩罚。如果这个惩罚是对上帝的他者性的强有力的证明,那么人正是面对或背对着上帝犯下了自己的罪,与此同时也感觉到了良心的鞭笞,感觉到了潜藏在内心深处的秘密罪恶感。[6]

综上所述,正如他们几个世纪以来看起来的那样,忏悔诗似乎不仅表达了玷污、罪恶和内疚的有力状态,也不仅表达了与之互补的对净化、宽恕以及救赎的渴望,还表达了一种运动,一种心灵和道德的模式,这是其他人能够在他们的生活中体验——重演——的活动。这种运动能够与一种疾病的病程联系起来,最初的猛攻之后是短暂的缓解,然后是逐渐严重的攻击和缓解,直到经历并度过一次严重的危机之后,疾病慢慢减轻。每首诗都表达了一种整全(the whole),但是其强度和精度存在等级差异。这种运动既是不断重复的又是线性发展的。这些考量的重要性远远超过了美学形式上的重要性,因为这些诗歌从非常早开始就具有强大的功能意义;它们实际上组成了一种动力模型,人们用其中一种模式组织他们的经验。随着教会的悔罪系统的发展,这种模式变得制度化、规定化。在雷吉诺（Regino）修士的《基督教会纪律》(*Ecclesiastical Discipline*，约906）的教规中，主教奉命带领忏悔者进入教堂，在那里，"他要匍匐在地上，泪流满面地与神职人员一起咏唱七首忏悔诗，以拯救他们"。[7]在这一点上，忏悔仍然反映出中世纪早期特有的宽恕与和解系统的特征，即该系统完全是公共的；《诗篇》的内在性没有因此被取消，它反而被吸收进了一种仪式，标记着忏悔者带着固有的义务和终身的严重缺陷进入正式的社会范畴。然而，到了12、13世纪，这种系统被我们在前一章看到过的极为不同的忏悔实践取代：一个要求人们在牧师那里进行定时的、个人化的、"私下的"忏悔的系统。

不应过分强调这种私人性：忏悔室是16世纪中期的发明，在它得到广泛使用之前，忏悔仍然相对公开且能够被那些等候忏悔的人听到（毫无疑问，人们觉得这非常有趣）。但至少与早期相比，中世纪盛期的忏悔是非常私密的，它对个体忏悔者的内在状态非常感兴趣，人们必须反复地、令人信服地用话语呈现这种状态，将它叙述给神父。教会从关注忏悔者是否愿意进行完整的规训练习，转向关注忏悔者悔悟（contrition）的真诚性，而后者现在变成了赎罪圣事的核心部分。[8]

这七首忏悔诗在这个新系统中占据了它们的位置，它们不仅作为仪式练习，还是忏悔者"取悦"公众的一部分，但更重要的是，它们是理想的精神状态的指引。因此，传统上，《诗篇》被认为归于大卫王，但这一点仍有很多细节有待阐述；大卫王扮演了某种崇拜者可以模仿的模范忏悔者。

这些诗歌作为整体——它们皆融合了循环特征和线性特征，它们皆从痛苦和恐惧转向了安慰和安全——的形式特征现在被明确视为对忏悔者的精神进步的描述，一种必须定期重复的描述。在 10 世纪，诵读是决定性的、不可重复的行为，到 16 世纪，它变成了像托马斯·莫尔这样的虔诚俗教徒的日常行为。这并不是说，《诗篇》现在变成了严格意义上的心理表达，亦即对某一危机时刻中的某一特殊的意识投射的表征。这种对心理过程的感知在中世纪晚期的确可能，且几乎不可避免，但是即使存在对大卫王品格的冗长讨论，正如在费舍尔的注释中那样，心灵的过程仍然小心地附属于教义的过程。在《诗篇》的七首忏悔诗中，费舍尔提到了三重悔罪法：悔悟、忏悔和补赎（satisfaction）。他评论道，这三个阶段能够与擦除写作（erasure of writing）联系在一起：每走一步，记号就被进一步擦除，直到纸再次变干净。讨论中的"纸"并不单指忏悔者的心灵：在悔悟和忏悔之后，他能"感觉到"得到了净化，但是其灵魂中仍然留有"某种"必须以今生或炼狱中的疼痛来补赎的"课税或责任"。[9]

尽管路德、加尔文和茨温利（Zwingli）在允许向守卫上帝圣言的牧师忏悔的程度上意见不一，但他们都抨击了这种三重悔罪法。廷代尔——正如我们所见——以此攻击英格兰，宣称忏悔是教会间谍网络的核心，因此是它腐败势力的支柱。但是，新教徒的攻击并没有涵盖悔罪系统所培育的内在性以及忏悔诗这样的心理模式。与此相反，在路德那里，悔悟仍然是忏悔的基础，尤其因为救赎的制度角色（司钥权）已经被推倒了。在我们引用过的诗句中，以及在其他地方，怀特版的忏悔诗中出现了新教徒的意识形态，它可被比作夺权（就像我在另一章中提到的那样），亦即发生在个人内心的政变。正如路德在他对《诗篇》51 的评注中表明的那样，实际上这关乎整个宗教改革的信仰原则：原罪的性质、忏悔、恩典、称义以及崇礼。[10]

因此这些诗歌的内在性绝不能被当作怀特私人的事务，就像莫尔和廷代尔争论的作品一样。极度个人化的时刻——遁入自我的黑暗痛斥不断恶化的罪过，独自努力与神和解——与这个时期巨大的公共危机、宗教教义和权力本质交织在一起。[11] 忏悔诗被当作诗歌的结果就是这些诗歌比以往任何时候都不受美学限制，事实上，它们连我们通常意义上的"诗歌"都算不上：我们通常说的"诗歌"指有韵律的语言，区别于有实际功能的日常话语。当然，忏悔诗明显与日常话语有所区别；毕竟，它们是神圣的，但是它们的神圣性只是加强了人们对文本与读者的相互渗透（interpenetration）的坚持，这里所说的"读者"必然包括怀特自己，我们把他当作具有心灵和精神特殊性的首要例子。我们曾经讨论过，这种特殊性一直暗含于《诗篇》中，也暗含于教会的制度框架内：费舍尔评论说个人"不能忏悔他人的罪过，而只能忏悔他自己的"。[12] 忏悔的圣礼将注意力转向了教会安慰和训诫的权力。正如我们在贝纳姆的例子中所见的那样，当忏悔系统被抛弃，书本便呈现出更大的强制力和私密性。忏悔诗必须被当成读者个人意识的表达：读者和文本的距离被清除了，诗歌被吸纳进读者的个人生活，从而成为世俗和宗教权力的合法对象。即便这个观点看似提升了读者（或译者）的地位，但这种提升也因为以下事实而大大减弱了：就像在廷代尔的《服从》中一样，读者实际上是由他所吸收的文本创造的。在怀特和廷代尔的作品中，翻译在最高层面表达了这种矛盾关系，因为译者在向原文表示敬意的同时，也将它转变成了对他自己的声音和文化的再现。[13]

这里讨论的不仅是忏悔诗，还有怀特的几乎所有诗歌，这

3 怀特诗歌中的权力、性别和内在性

些诗歌都反映了这一观点,即怀特继承了大量陈腐的观点,他通过他强烈的个性和最大的努力成功地把温暖和生活注入了这些冰冷的材料;或者反映了另一个观点,即他的诗歌例证了"极度个人的需求与非个人的礼仪形式之间的冲突,前者的这些需求在亨利八世的宫廷中呈现为后者的形式"。[14] 这种观点假定了一种对立,这种对立是文字和社会习俗的约束性、压制性力量与一种有关个性、情感需求、真诚的活跃的力量之间的对立——一种在我看来是对 16 世纪早期的浪漫化的误读的对立。我将表明,在怀特身上个性并不具有一个由语言习惯、社会压力以及宗教和政治权力的塑造力量造就的特权领域。怀特可能会抱怨法庭的滥用,可能会宣称他与堕落的性纠葛或政治纠葛无关,但是在由统治和服从这两种核心价值观支配的环境中他总是这样做,这两种价值观来自绝对君主作为教会和国家首领的权力系统。尽管怀特有否认的冲动,但他无法违背权力和权力所利用的习俗来塑造他自己;与此相反,那些习俗正好组成了怀特的自我塑造。如果说作为诗人的怀特似乎与其同时代人不同,那这并不是因为他能够冲破那些束缚人的陈词滥调,而是因为在文化竞争的方面,他证明了自己是个优秀的表演者。怀特不但远没有与接受形式(received form)的所谓的匿名性作斗争,而且在我看来他几乎既不可能做到真正的匿名,也不可能与接受形式分离。当然,他可以戴着面具,翻译就是精心设计的面具,但这个面具是社交游戏的一部分,在这个游戏中他完全被当作一个竞争对手。他们不允许真正的超脱。

我认为,正是基于这样一个有关怀特的自我塑造的一般观念,我们必须理解他通过借自阿雷蒂诺(Aretino)的"历史"序言来"戏

121

剧化"忏悔诗的尝试，该序言的背景是一个臭名昭著的权力滥用事件，即大卫王与拔示巴的通奸以及大卫王为她的丈夫乌利亚之死所负的责任*。《诗篇》被当成戏剧独白，大卫王痛苦地回应先知拿单的指责，初看起来这种场景与我描述的有相反效果：历史的框架因为强调最初的作品的地域环境和独特的环境，所以也许看起来它会让诗歌远离诗人和读者。但是戏剧的场景——这个场景处理得很糟糕，对现代读者而言，它没什么作用，给整个组诗带去的只是过分戏剧化的庸俗——似乎吸引了怀特，这恰好是因为他将诗歌嵌入了他所处的王权世界。也即，我们必须不把这个戏剧当成发生在舞台拱门后面的表演（这拱门划定和分离了表现的动作），而必须把它当成发生在观看者日常生活当中的插曲。

如果正如 H. A. 梅森（H. A. Mason）所言，怀特在 1536 年创作了这部作品，当时他在安妮·博林倒台的余波中被关押且几乎被处决，那么大卫王的祈祷可能秘密地间接影射了亨利八世。与其表现出自以为是的、残忍的愤怒，国王不如效仿大卫，言外之意是，让他为出于自己的欲望可耻地滥用权力而忏悔。萨里（Surrey）写道，在怀特的《诗篇》中，"统治者在镜中能够清楚到看／虚假欲望的苦果"。[15] 如果这个解读是正确的，那么这个场景不仅给怀特提供了一个镜子来支持（hold up to）君主——这有点类似于拿单起初用来唤醒大卫良知的寓言——同时也提供了一张面具来保护他免于君主的愤怒。因为都铎王朝的君主与以色列的君主几乎没有相似之处，而且如果臣民用他的手指着他的国王说，"你就是那个人"，那么这对那个臣民而言是非常致命

---

* 大卫王远眺耶路撒冷时，看到了正在洗浴的拔示巴，其下属乌利亚的妻子，后大卫王与拔示巴通奸并滥用权力致使乌利亚战死沙场，并娶拔示巴为妃。随后他们的长子夭折，大卫王认为这是上帝对他的惩罚，虔诚忏悔。后来他们的次子诞生，是为所罗门王。——译者注

的。正如莫路斯和希斯拉德都明白，除了卑躬屈膝的奉承，任何东西都得以委婉的方式向专制君主提出；当沃尔特·罗利爵士（Sir Walter Ralegh）被问及为什么写古代的君王而非他自己时代的君王时，他的这个原则让人印象深刻："不管谁写作现代史，都会太过接近身边的真相，这很可能会打掉自己的牙。"[16]似乎是为了保护自己的牙齿，怀特在忏悔诗中的面具有双层厚度：不仅它的寓意来自《圣经》中的王者的生活，而且它的场景也译自意大利文。这种对亨利八世的含蓄反思有着现在政府发言人所谓的"无可奉告"的意味。

撇开自我保存的考虑，影射君主——如果真有的话（怀特诗歌的年代仍然不确定）——在我看来既出于更个人的利益，也出于更一般的利益。怀特诗歌的个性并不是某种被揭露的东西，就像揭开面纱那样被揭开的东西，而是某种增加的东西，通过对文字材料的出色吸收而创造出来的东西。在《诗篇》中，这些材料主要集中于权力和欲望的相互作用：通过用拔示巴的故事作为整个组诗的语境，文艺复兴实际上使得原作中表达的更广泛的关于原罪和焦虑的故事变得与性相关。《诗篇》的代言人——这个声音听起来毫无疑问是怀特的，是他自己的状况——被密谋反对他的敌人包围，但是他最大的敌人是他自己内心的"美人鱼"（mermaids），他想要"篡夺一切多余的权力"且必须"受约束"强迫，以便"遵守那些由理性表达的规则"（175）。在"原罪的暴政"之下，诗人卷入"污秽"，他的"内脏感染了炽热的疼痛"（353）。[17]《圣经》拉丁通俗本将《诗篇》作者夜晚的哀伤描述为他请求主为之医治的痛苦的一个方面，而怀特和他的同时代人把这种哀伤描述成一种预防性规训：

> 在夜晚的抱怨中,我没有老去的快乐,
> 我以不断的眼泪洗净我的床,
> 我的眼睛暗淡无光
> 不能再次搅动我的心,让它堕落。
>
> (148-51)

出于这个规训,在上帝的帮助下,诗人能够"塞住他的耳朵"以抵抗美人鱼的歌声,阻止情欲的诱惑抵达他坚实的内心。我们在《诗篇》39的序言中得知,这位悔过的大卫现在"为神的热情(hot affect)点燃/比拔示巴的更火热"(317-38)。

这种"热情"的对象从情妇到主的转变正是怀特忏悔诗的核心,改变欲望的力量因这一事实而增强:上帝不仅作为仁慈的朋友出现,还作为严厉的法官出现:

> 哦,主啊,我恐惧,我并不恐惧
> 我悔恨,永远想要
> 你,恐惧你。
>
> (83-85)

爱上帝就是爱那位惩罚者,在怀特对《诗篇》32的阐释中,这位惩罚者的铁拳日以继夜地"加"诸于他:

> 抵着我的心
> 刺疼的思想剥夺了我的休息,
> 枯萎的是我的欲望。
>
> (246-48)

从对拔示巴的爱欲到对上帝的爱欲的转变,即从"淫秽"之欲到敬奉之欲的转变,是通过服从统治起作用的:

3 怀特诗歌中的权力、性别和内在性

> 我，看啊，我从错误中，
> 被拉出，就像马儿出了泥潭
> 以鞭打：你的手在我身上，
> 以我的血肉让你的忿怒可畏
> 没有稳定的点，
> 我的骨中也没有坚固的根基：
> 正是我恐惧变化。
>
> (333-39)

直到我们读到这句"以鞭打"（with stroke of spur），我们才知道，那个特别的表达"被拉出"（Am plunged up）完全是被动式的；它异常准确地抓住了从下面升起的和因为巨大的压力向下的矛盾行为。对怀特而言，接受来自上天的统治带来的提升是典型的忏悔体验。[18]

正如我们所见，服从统治居于廷代尔的路德式政治和神学的中心。在怀特的诗中，我们遇到了这种意识形态的一个心理维度：自然状态（也就是原罪状态）的性具有侵略性和掠夺性；但是在其救赎状态下，性则是被动的。性的侵略性——它曾经促使大卫滥用权力——被完全转移到超验权力的领域，在那里性可以带来忏悔。

如果忏悔体验的特点是"坚实的稳定性"的丧失，亦即一种身体没有"稳定性"（steadfastness）的感觉，那么这种不确定的痛苦——就像这种说法所暗示的，这种羸弱（impotence）——是受欢迎的，只要它导向一种身体之外的更高的稳定性和坚实度。与现象学的一个原则相悖，其目的是丧失身体，身体是我们"看待世界的基点，也是灵魂形成特定物理和历史情状的地方"。[19]

这种身体的中心地位是由现代意识所假定的，被看成是无法承受的，它不但容易变化而且自认为是独立的：这些感觉必须得到检查，不允许身体成为我们在世上最核心的人类表达。[20] 在翻译《诗篇》时，怀特已经遭到了异端裁判所的责难且两次入狱（后一次入狱非常危险）。1536 年，在伦敦塔的牢房里，他似乎目睹了安妮·博林被处决："钟楼给我展示了景象／日夜都在我脑海中萦绕。"[21] 在 1530 年代末，怀特写信给他的儿子，说他曾经遭受了"成千上万的危险以及困难、仇恨、厌恶、囚禁、怨恨和愤怒"，他的父亲也曾经遭受过同样的东西：如果"上帝的恩典和对上帝的敬畏没有与他同在，这个令人痛苦的世界的诸多变化很久以前就压倒了他。这使得身陷囹圄的他免遭暴君（理查三世）的折磨（而暴君想看到他受折磨），使得他避免了戴着镣铐和铁链，长达两年甚至更久地被囚禁于苏格兰，也使得他免于突如其来的改变和暴乱所带来的危险"[22]。他简短的家庭年表是写给他儿子的，他儿子后来因叛国罪被玛丽女王砍头。

在这样的世界上，对"稳定"的迷恋和对身体的不信任并不让人吃惊。《诗篇》不但通过宣扬摧毁性的规训力量而重现了权力的经验，还将这种经验提至了"更高"层次，在那里灵魂可以免遭身体的脆弱性的危害。无论是尊崇世俗权力还是超越世俗权力，受害者都是作为感知到的人类存在的中心的身体。赎罪引发了对感知的至上性的攻击，这个攻击以大卫从光明世界（world of light）退回洞穴为标志，在光明世界中，他的感觉被"光明的拔示巴"（Barsabe the bright）的幻觉所点燃，在洞穴中，"他可以藏匿其间，逃避光明，就像在监狱或坟墓中一样"（61-62）。第一首诗在完全的黑暗中歌唱，唱到一半的时候，一束神秘的神圣之光穿过洞穴照射在(strike)竖琴之上,并且通过反射照射在"因内心的忏悔而来的欢喜惊奇"(316)的大卫的眼睛上。这不是身体感知的光而是精神感知的光,这种区分得到了以下事实的强调,即大卫"就像在催眠状态中一样"凝视着大地,更重要的是,也通过不断描述大卫俯卧或下跪的姿态——他谦卑地放弃了挺直的姿势,而这种姿势确立了人类在感知上与客体世界的对立——而得到强调。[23] 身体必须从感觉者自以为是的独立性降低到世界中的一个物体——一个被造物主像狱卒一样监视着的物体——的地位。囚禁(我们应该回想起怀特很可能刚从伦敦塔出狱就翻译了《诗篇》)不再是充满恐惧的沉思的对象,而是恩典状态的隐喻。

《诗篇》的作者于是祈求上帝,"不要将你仁慈的脸从我面前转开",怀特坦率地补充了一句,"留下我自生自灭"(533-34)。被抛弃、不被关注和自我管束远比惩罚严重,因为在廷代尔那里,或者在大家更熟悉的多恩的《圣十四行诗》(Holy Sonnests)中,身份是在惩罚时完成的:"你把我举起又把我抛下,/教我再次如何认识我自己"(575-76)。[24] 对自我的认识——第二行诗是怀特自己的——是通过让身体服从规训而得以达成的,这个观点与文艺复兴时期的育儿和教育实践一致。这组诗以清晰的指示结束,即他的祈祷得到回应,身份在自身之外、在自己活着的身体存在之外得以建立:"因为我是你的,你的仆人,被紧紧捆绑"(775)。"紧紧捆绑"(aye most bound)这一表述确认了永恒的臣服,这是怀特的补充,也回应了他强烈的"对变化的恐惧"和对"稳定"的追求。诗人时刻把罪当成束缚(341-44),因此把忏悔当成解放,但是他最执着的希望是永远服侍上帝:

> 我能够假装的最大安慰

> 就是你亲爱的仆人的儿女，
> 在你的言中得着，必无穷尽
> 在你面前，形影不离且坚如磐石（stablished all in fere）。
>
> （628-31）

最后一句——也是怀特的补充——使用了 fere 的古义，该词既有"伴随"的意思又有明显的"恐惧"的含义：共同体最终由恐惧来塑造，会众在对统治的渴望之中彼此紧锁。想要"坚如磐石"——也就是受约束且不改初心，所有逃跑的路线都被阻断，永远在主的凝视之下——就要从根本上的不稳定中（也就是诗人的恐惧）得到拯救，因此要接近上帝的永恒："你自己仍然是你自己，保留着过去的本色，你的寿命会延长"（625-26）。

正如我们所见，保持稳定和受约束的目标，处于莫尔和廷代尔职业的核心；不管对于天主教还是新教而言，它都是对政治和精神权威危机的回应。怀特的忏悔诗为我们一板一眼地还原了我们反复遇到的历史、精神以及文学的力量："压制了性的权力，产生了内在性"。换句话说，忏悔诗中表达的内在生活，因将其存在归于愤怒的上帝之力而压制了性；在主的愤怒被其"淫秽生活"激起之前，大卫没有看到他的内在性，一种他现在不得不以言辞来表达的内在性。因此神圣力量对淫乱的性的压制，产生了忏悔诗的内在性。强加的世俗权力同样催生了因忏悔而产生的内在性，尤其是如果怀特翻译背后的动力是国王对淫乱的妻子及她所谓的情人们的暴怒的话。

我们从忏悔诗中抽取的每个说法都代表了一种丰富的意义互动。大卫滥用了他的政治权力——他对合法权力的独占使他能够害死乌利亚——这是他内心的肉欲侵犯理性的结果。这种侵犯就

3 怀特诗歌中的权力、性别和内在性

是原罪与信仰之间的斗争的一个方面，在这场斗争中，上帝被当成仁慈的同盟，被召唤来对抗令人恐惧的敌人，但上帝同时也是危险而又愤怒的审判者，人们必须敬畏他、服从他。这种与神圣权力的关系的特有模式直接与天主教和新教之间的争论相关，因此也与教会的现世权力和精神权力相关。即使在这简短的描述中，这一点也很清楚：权力这个词本身不仅有多重含义，而且包含了其他多义词，诸如性、内在性。性既是有罪的、必须抵制的欲望，又是对上帝的"热情"，既是对感官满足的叛逆追求，又是对自我贬低和服从的热切、含泪的渴望。内在性是一种心理状态（因此是主观的），同时又是一种精神状况（因此是客观的）；它预示着退缩，但它始终是公开的，因为我们可能只会遭遇一种话语的（discursive）内在性，一种不仅依赖于语言还依赖于听众的内在性。事实上，正是这样的听众，在作为最高的读者的上帝形象中，通过上帝之手的压力让忏悔诗存在，由此我们可以从内在性回到神圣权力。忏悔诗作为诗歌的首要影响（假设这完全成功了）是坚持认为各类范畴相互依存，这些范畴在日常的话语中呈现出彼此独立的虚假状态。诗歌表达了一种单一的、统一的过程，我们用宗教词汇把这一过程描述成忏悔，或者用心理学术语称之为对臣服于统治的热望。此外，怀特试图通过塑造一种新的诗歌技艺来表达这个过程，即将三行体（terza rima）引入英语，同样重要的是，也通过打造一种足以有力且精致地再现权力、性和内在性的混合的语言来表达这个过程。

　　怀特的诗歌和塑造其身份的力量之间的隐秘关联，可以通过检查他的其他三行体诗歌，即讽刺诗，而得到证实。就像忏悔诗，怀特的讽刺诗似乎也写于一场个人危机——非常可能是同一场危

机——之后：1536 年，在与萨福克公爵争吵之后，在安妮·博林和她所谓的情人被捕后，怀特被关进了伦敦塔，在焦虑了几周之后，他被释放并遵照命令回到他的阿灵顿城堡，在他父亲的监视下学习"更好地对他诉说"。[25] 这两组诗歌可能共同表现了他对这个命令的回应：努力摆脱那些差点把他送上断头台的纠葛，并且完成一种新的"诉说"模式。这两者都诉诸权力带来的压力；两者都从欲望的诱惑转向了厌恶；都描述了从堕落的地方向更安全的地方的撤退，在忏悔诗中是"黑暗的洞穴"，在讽刺诗中则是"肯特郡和基督国"。正如一个评论家指出的那样，忏悔诗表达了讽刺诗世俗的斯多葛教条的某些方面：追求稳定、"坚实的稳定性"、整体性和完整性。讽刺诗，就它们本身而言，有时会带有一种说教的狂热，这将它们与《诗篇》联系了起来。[26] 在这两者那里，诗人皆通过体验权力发现了他真实的声音。

但是，即便这两组诗歌的相似性足以表明它们都来自相同或至少高度相似的环境，但是它们之间的区别大到二者无法由某一个术语联系起来，比如"基督教的斯多葛主义"这样的术语；相反，它们似乎代表了不同的甚至彼此竞争的自我塑造模式。我们可以回想一下 1516 年托马斯·莫尔在两个版本的自我之间挣扎，他分别将之称为莫路斯和希斯拉德；正是在这样的精神中，怀特可能在诗歌中以与他面对环境和塑造身份时不同的方式表达了他自己。因此，尽管忏悔诗和讽刺诗都自觉地表达了"真实的"自我，剥去了伪造和堕落，我们仍然碰到了两个完全不同的版本，前者由"服从"（submission）产生，而后者则由"否定"（negation）产生。当忏悔诗的作者渴望被上帝的意志束缚，接受永恒的统治之时，讽刺诗的作者则发现自己在说不。当忏悔诗的作者祈求"让我知道我以何种方式弯腰"（706）之时，讽刺诗的作者则列出所有他不能做的事情——"我不能让我的舌头来欺骗"、"我不能屈膝也不能跪"、"我不能以我的作品来抱怨和呻吟"、"我不能谈论和观看圣徒"等许多诸如此类的诗行——直至发出具有普遍性的否定性哭喊："我不能，我；不，不，不会是的"。[27]当然，虽然服从和否定有所区别，二者不必然不可兼容；但我们已经在廷代尔的《服从》——一部很可能影响了怀特的内在性的作品——中看到它们凭借一种有力的意识形态而结合在一起。讽刺诗人否认他指责或取笑了"那些大人物的权力，命运赋予他们的控制我们，有权打击我们的权力"（《我自己的约翰·派恩斯》，8-9），这一否认仔细地限定了对大人物的堕落的攻击，然而忏悔诗人转向上帝则预设了一些类似讽刺诗人对宫廷的拒绝的事情。在廷代尔那里，服从和拒绝紧张地相互对抗；在怀特的忏悔诗和讽刺诗中，二者似乎倾向于相反的表达。[28]

当大卫祈求上帝不要离开，"留下我自生自灭"，第二首讽刺诗《我母亲的女仆》的陈述者则建议自我控制：

> 不要再在你自己之外去寻找
> 那些你长久以来追求的事物，
> 因为你将感觉到它就在你心中
>
> (97-99)

当忏悔诗独自表达了痛苦、原罪感以及信仰，讽刺诗则表达了与朋友的自信的、道德的和自我辩护的对话。当忏悔诗渴望通过服从上帝的统治来终结孤独的自我，讽刺诗则主张减少、放弃对权力和财富的追求，以自由和安全的名义接受限制。忏悔诗代表了这样一种尝试，即通过根本的自我变革来摆脱堕落的笼罩，堕落也就是说坠入恐惧、爱和甘心被奴役的强烈感情。讽刺诗则告诫人们退出焦虑；个人并不寻求被驱使、支配和摧毁，而是寻求稳定和独立。他肯定了统治者"打击"的权利，但是随后马上转向了自己的正直，不受任何外在力量影响的，难以忍受妥协、虚伪和怀疑的正直。这种"自我满足"是一种与忏悔诗的精神相去甚远的价值，是掌握存在之偶然性的关键，是解决宫廷社会的不安定、焦虑和伪装的答案。讽刺诗的目标不是像莫尔那样寻找制度对确定性的保证，也不是像廷代尔那样与圣言达成直接结合；其目标是通过在自身中发现一个持续的中心来控制自己的生活。

讽刺诗人能够请求上帝施加在他在《我母亲的女仆》中抨击的那些愚人身上的最大痛苦是，"回头看时"，他们可能会看到美德的光辉形象，"他们一边双手抱紧他们的欲望"，"一边因为这样的损失内心烦闷"。这就是说，不正当的欲望被放弃，就像在《诗篇》中那样，不是因为它是致命的原罪，会引起嫉妒的上帝的愤怒，而是因为性快感会不可避免地引起失望：

> 快乐地生活正如你的欲望想要的
> 当贪欲使你最高兴的时候，你会发现
> 它直接就厌倦并消失了。
>
> （《我母亲的女仆》，81-83）[29]

这是怀特最接近斯多葛式的对身体的完全拒绝的时刻，这种拒绝的典型例子是塞涅卡平淡的声明："拒绝别人身体的影响以确保自己的自由。"[30] 因此，《我母亲的女仆》非常接近塞涅卡的信条，即人们在邪恶和堕落中也可能安然无恙地生活。在其他地方，怀特也表明了个人必须谴责宫廷堕落并接受其结果，或者另一个选择是，退回乡村的简单和贫乏，这点在《我自己的约翰·派恩斯》中得到了明快的表达：

> 这让我在打猎和捕鹰方面如鱼得水，
> 在坏天气中则坐下读书。
> 在霜雪天带着我的弓箭阔步
> 没人能知道我骑马去了哪儿；
> 我自由自在地漫步。
>
> （80-84）

这种简朴既是一种生活方式，也是一种文学风格，这种结合也许在"我在肯特郡，我在基督国"这句诗中得到了最完美的体现。这不仅与他作为外交官不得不待的国外完全不同，在国外他"可以实际不是这样，只要表面看起来这样就行"（92），也与伦敦完全不同，在那里他作为廷臣不得不称乌鸦为天鹅、狮子为懦夫，称赞奉承为雄辩、残暴为正义。《我自己的约翰·派恩斯》猛烈抨击的语言与内心的分离，就是16世纪的人文主义者不断发出的悲叹。最大的敌人是虚伪、假装和表演的能力：

> 我的派恩斯，我不能让我的舌头来欺骗，
> 掩盖真实来赞美，没有遗漏，
> 列出了所有要保留的邪恶。
>
> （19-21）

接下来列出的长长目录表明，讽刺诗人攻击的大多数邪恶包含了哈贝马斯所谓的"扭曲的交往"（distorted communication）——自我审查、欺骗、虚假的尊崇、神秘化、颠覆，其攻击的力量在

于它重新认识到语言与权力之间的根本联系。当言语进入宫廷环境，它不可避免地会遭曲解；的确，准确说，对它的曲解是权力的特权和成就，就像哈贝马斯宣称的，是种扭曲的交往。[31] 之后在 16 世纪，对宫廷中的滥用权力的讽刺几乎总是诉诸理想的宫廷生活，亦即女王和一些"完美"廷臣的形象往往只适当地使用权力。正是这种幻想的模式衡量了特定的邪恶，因此对偏差的攻击也就证明了规范的宫廷意识形态的胜利。[32] 与此相反，在怀特看来，权力的本质是通过强制使用遭系统化曲解后的标准，让人无法清晰地掌握任何类型的规范：

> 他因为渴求黄金而死
> 叫作亚历山大，叫作潘
> 在音乐上超过阿波罗，
> 赞美托帕斯爵士高贵的故事
> 嘲笑骑士讲述的故事。
>
> （《我自己的约翰·派恩斯》，47-51）

在这个乱七八糟的世界中，我们失去的不仅是对美德及真理的本质的把握，还有对自我的理解；讽刺诗表明，我们只能在与权力保持着安全距离的其他地方获得这些东西。怀特让他迫不得已的退隐看上去仿佛是高贵的尝试，试图让自己摆脱那个愤世嫉俗的角色（正是在这种角色中他和他的诗歌才被牵连进了宫廷和外交的阴谋），试图从他的言语中清除马基雅维利式的对表象的操纵。他不会通过自我转变、一人分饰多角来发现自我，他通过明白自己无法做什么、他的本性不允许他学习什么来发现自我。在这种清晰和简洁中，他的诗歌成了一种未被扭曲的交往的典范，这种交往体现在他与好朋友的亲密交流中,这必然会使得书信体诗文对他有特别的吸引力。怀特为自己打造了一种会话的直白与伦理的真诚的混合体,这两者的混合让他能够从生动地重述一个寓言——

> "看,"另一个说,"妹妹,我在这呢,"
> "安静,"城里的老鼠说,"为什么你要说得这么大声?"

优雅地转向崇高地思考它的伦理:

> "啊,我的派恩斯,人们如何追求最好的东西
> 如何在他们迷途的时候,因错误而发现更糟的东西!
> 当眼界遭受如此压迫时,也没有惊奇
> 也弄瞎了向导。"
>
> (《我母亲的女仆》,70-73)

  这种诗意的声音和所表达的价值在接下来的几个世纪里、在数百次类似的表演中都很常见;这是考托普(Courthope)在1897年以非常准确的方式称呼的"精通事务的英国绅士"的古典声音。[33] 如同所有这些成功的范例,这种声音逐渐变得似乎是不可避免的、自然的,似乎变成了一个现实中的对象;在怀特那里,我们可以看到它产生于一个关键时刻。它的目的是将言说者从他所攻击的世界的所有牵扯中解放出来;不像宫廷诗,他安全地站在一边,站在坚实的道德正直之上。从宫廷退回乡村,怀特获得了自信和满足、正直和坚强的感觉。

  直到最近,讽刺诗都仍是怀特最受称赞的诗歌:沃顿(Warton)"带着独立的哲学家真诚的愤慨,以及贺拉斯的自由

和喜悦"谈及"这些英勇且有男子气概的思考",诺特(Nott)则提到它们的"力量和尊严",考托普谈到它们的"个人感觉的力量",以及蒂里亚德(Tillyard)谈到它们"不做作的自我表达风格"。[34] 在充满活力地表达了自信的完整性和独立性之后,他们反映并助力塑造了一种英国绅士的有力而持久的情感,这种情感在模仿贺拉斯的 18 世纪得到了充分的诗意绽放。但是,重要的是理解在这种自我呈现中有多少自我被遗漏了,权力、性和内在性的结合被控制得多么紧。

在这种"真挚的自我表达"中还剩下什么可以表达呢?内在性得到了富于表现力的赞扬:

> 不要再在你自己之外去寻找
> 那些你长久以来追求的事物,
> 因为你将感觉到它就在你心中

(《我母亲的女仆》,97-99)

但是这种内在性几乎完全是为否定所定义的。讽刺诗人宣称他的生活有个中心,在那里他能够很有把握地说话,但是他用潜藏在表面活力下的冷漠来为这一主张买单,这种生硬的方式似乎排除了完全情绪化生活的可能性。性已经化为乌有:讽刺诗人定义自己的方式是宫廷中的性的邪恶的攻击、斯多葛主义般的对追求快乐的蔑视。权力被谴责为堕落的本质:讽刺诗人通过让自己远离对权力和财富的追求来定义自身。当然,金钱和社会地位与言说者关系紧密——打猎和饲鹰、奴仆、能"自由地"在其上漫步和骑马的土地——但是他完全没有参与获取这笔财富的过程。我们可以提醒自己,诗人从庙堂退隐后回到的庄园是对其为皇家服务的奖赏，没收的僧侣土地扩充了宜人的土地。我们也可以注意到这二者间的颇为讽刺的关联："我母亲的女仆"这个短语引人联想起的舒适生活方式，还有乡下老鼠和城里老鼠的寓言传神地描述的那种令人难以忍受的农村贫困；我们也可以看到，在这个寓言结尾处，言说者以高调的道德口吻建议人们接受不幸，然而这却不是言说者自身的处境，而是支持他的那些无名男女的处境。我们可以得出这个结论，言说者的诚实和公正、自信的个性、真诚的愤怒，所有这些都来自雷蒙·威廉斯（Raymond Williams）明确指出的"那些永远受骗的短暂而痛苦的生活"。[35] 但是，我们只是因为站在诗歌之外且质疑它们对世界的基本假定才看清这些的。当然，在《我自己的约翰·派恩斯》中，诗人修正了他兴高采烈称颂的乡村自由，注意到了"污泥粘在我的脚后跟"（86），但是这块污泥的本性仍然不清楚，诗人在承认它的存在之后紧接着马上又否认了它构成真正的限制："这毫无影响，因为它被如此安排，/ 我可以跳过树篱和水渠"（87-88）。那一刹那我们瞥见了对诗开头的问题的一个令人不快的回答，这个问题是"我回家是为了什么"：诗人的乡村自由实际上是一种软禁，但这种想法被绅士跳过树篱这一意象所驱除，虽然在"它被如此安排"中残存着些许保留。

只有在《花费的手》（A Spending Hand）中诗人才真正地承认了——而不只是敷衍的承认——乡村生活的限制条件，并且承认了怀特所塑造的用来表达对乡村生活的赞美的声音也存在限制性。这首诗可能稍微晚于前面两首讽刺诗，它结合了其他讽刺诗中的思虑：它抨击了宫廷生活表里不一——

> 只在言辞中让你的语言甜蜜，
> 至于你的行为并不如你所言。
>
> (38-39)

同时也揭示了一种自我欺骗，弗朗西斯·布赖恩爵士（Sir Francis Brian）认为，他之所以能够成功地结合作为廷臣和外交官的职业与"诚实人"和"自由言说的人"，靠的正是那种自我欺骗。我们期望的对乡村公正的颂扬反而在言说者自己的颂辞中被轻易地歪曲了——"喝好的啤酒，那么多的泡沫，为了一个目的/把他们喂肥，一磅一磅累积"——而后布赖恩给予了有力的回击："猪儿在哼哼/在猪栏中咀嚼着贴在地上的粪团"。对怀特笔下的布赖恩来说，退回乡村生活就是慵懒的家畜，并不比懒惰的僧侣好到哪里去："所以满袋的污泥堆在修道院"。与这种废物般的存在相对，布赖恩坚持服务的理想："我会服务我的君王，你我的主"。这是怀特继承自他父亲的理想，也是他对自身职业和社会地位的自我认知。这是他们向别人（尤其是向自己）解释他们艰难而又焦虑的职业时反复提到的原则，其目的是从明显的道德混乱中找到道德意义，避开那些有关服务的其他观念，比如莫尔和廷代尔信奉的说法。在一行单音节的诗中，这是对整个存在（entire existence）的证明。

在《乌托邦》第一部中有一个类似的时刻，希斯拉德与贾尔斯对质，在现实世界中需要如何服务君主：在迎合统治者低下的意志和快乐时，自己的道德水准不可避免会逐渐堕落。怀特在此发动了类似的攻击，方法是假装教导他的朋友做两面派以求在宫廷晋升：如果你想成功，就说一套做一套，迎合富人，追求有钱的老寡妇，出卖你的姐妹或女儿，等等。

"我们"——暗示诗歌所创造的亲密听众,他们认为布赖恩接受了那些虚假的建议——表面上并不采纳犬儒的建议;我们明确知道这种姿态是一个"成功的玩笑"(thrifty jest),是一个戏剧化的尖锐讽刺,它加强而非削弱了言说者的正直。我们很难准确解释我们是如何知道这一点的——我们假定怀特并非有意暴露他自己的落魄(degradation),我们假定,如果这些建议的意图是认真的,那么它们就不会形成文字,而且道德屈从的表述就会被削弱,我们根据贺拉斯有关谄谀者的讽刺诗模式或伪赞辞(mock encomia)假定,怀特的写作根植于熟悉的讽刺诗传统。诗歌的结尾证明了这些推测:诗人引用了世俗的谚语来拒绝堕落。然而,这种拒绝仅仅导向诗歌开始时的不满状态:来来去去快步走,从不休息,日日夜夜从一个地方跑到另一个地方,将精力耗在没有明确目的的事情上。当然,在诗歌结尾,这个选择是有某种尊严的,是为了说出真理,直面清贫的尊严和对暂时逆境的接受。这种无私的忠诚服务的道德观——这是《李尔王》中的高贵而真心的肯特的道德观——在怀特的诗歌中似乎既苍白又抽象,一个仅在远离所有鲜活经验时才能被表达的理想。

如果将诗歌最后几行高呼的"自由言说"理解为一场无望的梦幻,那么我们就是忘记了之前的诗行中所暗示的一切:愤愤不平地罗列出的堕落并非来自独立个人而来自整个系统,而这些堕落组成了游戏的规则。诗歌想要的似乎正是这种忘却,这也可能是我们已经在前面两首讽刺诗中看到的令人不快的矛盾或修正所起到的意识形态上的模糊作用的唯一极端例子。怀特和他的同辈需要用赞许的眼光看待他们自己,把他们的形象塑造成独立、勇敢、爱自由的绅士,他们谴责那些邪恶的人,即那些只会欺骗、说谎和拍马屁的怯懦的"野兽"。在拒绝对退隐乡村进行赞扬之后，《花费的手》别无选择，只能支持一种服务君主的含混不清的理想，而这位君主的朝廷已饱受严厉的谴责。

但是《花费的手》至少表明了怀特意识到了这种忘却：选择弗朗西斯·布赖恩作为蔑视犬儒式建议的人、虔诚和诚实价值的代言人。这也是历史上的布赖恩拥有和代表的最后之物：聪明、勇敢、以及活下来的能力，但他没有诚实的名声。到1519年，他已臭名昭著，因为他骑着马，陪着法兰西国王等人，"每天乔装打扮穿过巴黎，向人群扔鸡蛋、石头和其他愚蠢的杂物"。[36] 布赖恩显然是那种君王想要以这种方式取乐时就会带着的人。他的事业就是阴谋、背叛、政治联姻、阿谀奉承和投其所好。虽然怀特尽量避免在诗中讽刺布赖恩，但在其诗所列出的罪恶中，与布赖恩生活中的著名事件相似的远不止一种。[37] 没有明确的内在证据表明诗中有一种讽刺的逆转，即揭露那个对他毫无保留地施以恩惠的好友是个假好人（就像言说者假装想要变成堕落的人），但是某些类似想法肯定至少在怀特的脑海中闪现过。最起码，那些诗歌的同时代读者也许会依稀意识到，他用遗忘的手段让布赖恩成了正直人的代表。这种意识的结果就是对绅士般的正直的轻松姿态提出了一种微弱但又意味深长的不安，表明了这种表面直白的话语背后的潜在迂回。权力及其扭曲的影响力被认作是"在外面的"（out there），被认作傲慢轻视的对象，但是讽刺诗人本身也站在道德不确定的基础上——他的位置可能就是回应权力独裁的一种姿态。像布赖恩这样的人——可能也包括怀特自己——发现在外交上呈现的粗糙的诚实和廉洁是有用的，即以讽刺方式讲出真相。仿佛怀特被迫承认他的立场和真实之间的距离，

3　怀特诗歌中的权力、性别和内在性

被迫将这种承认从他自己那里转移到像布赖恩这样明目张胆趋炎附势之人那里，被迫通过将布赖恩呈现为诚实的人来把这种承认转移得更远。本应稳定和清楚的东西——用诗歌来取代宫廷的表里不一——有碎裂的危险，如果读者急于修复这种裂缝，把他所知道的布赖恩的事情排除在外，认为这些事情是"毫不相关"的，那么仍会残存一种对于他已经这样做了的不安的意识。

怀特为什么会冒着颠覆自己的道德权威的风险？答案似乎在于他的非凡才智，他需要以一种不管多么间接的方式来发泄他对自己处境的感受。更准确的是，诗歌本身组成了这种看法——忏悔诗和讽刺诗以诗歌的形式表现了怀特所处的境况，记录了他与世界的关系。怀特诗歌的力量在于它完完全全地、痛苦地陷入了这种焦虑、不诚实以及对自己职业的背叛，哪怕诗歌的写作正是为了这个职业。这点值得强调，因为这倾向于回到文艺复兴来解读现代观念——甚至对于我们时代而言这也并非完全准确，因为我们时代的艺术更为自主，这种现代观念即诗艺的发展完全出于一种无功利的审美关切，脱离个人的利益和整体文化的利益。毫无疑问，怀特曾痴迷于文本形式，而且他可能是——用帕特丽夏·汤姆森（Ptricia Thomson）的话来说——一个"天生的实验者"。[38]"英语太过粗糙，诗句毫无价值。"约翰·利兰（John Leland）在一首拉丁诉歌中写道。"现在，博学的怀特，它在你的材料中有了优势。"[39]对普登汉姆（Puttenham）而言，在1580年代，怀特和萨里"是两个头领，他们都曾到意大利旅行，尝试过意大利诗歌中甜蜜而宏大的方法和样式［……］，这些有力地润饰了我们粗俗的诗歌中粗糙而又朴素的风格，因为这一点，可以理直气壮地说，他们是我们英语的格律和风格的最初的革新者"。⁴⁰ 正如普登汉姆的所有作品表明的那样,这种"文雅"的方式无法与当时主流的社会和政治上对文化的关切区分开来;"而《英国诗歌艺术》(*Arte of English Poesie*)表面上是本有关诗艺的书,"一个有洞察力的批评者最近注意到,"但它也是伊丽莎白时代最重要的艺术行动之一。"⁴¹ 实际上,怀特的诗歌是一种行动。

当然,人们在讨论怀特的诗歌时经常提到亨利八世的宫廷,但是,提起它往往是为了驳斥应该严肃对待诗歌的主张:

> 怀特,就像其他宫廷作家,仅是在为社交场合提供谈资。因此,对于这些诗歌的研究属于社会学而非文学。(H. A. 梅森)⁴²

> 整个场景在我们面前展开 [……] 我们在晚饭之后要来一点音乐。在这样的环境下,所有歌曲的忏悔式和自传式的基调都消失不见了。(C. S. 刘易斯)⁴³

但是这真的是身处宫廷之内的诗人想要写的东西吗?亨利八世宫廷中的娱乐可能并不如刘易斯笔下的迷人描述那般令人愉悦;与国王的对话肯定就像与斯大林的闲聊。梅森有关"社交场合"那令事物变得浅薄的力量的观点可能导致误解。⁴⁴ 当然,当我们考察德文郡抄本中相对肤浅的抒情诗时,会发现少有词句是仅"为特殊场合而作的"(意思是那些诗句仍然是桂冠诗人在女皇生日时写出来的)。与此相反,无论其中有多少诗句是因其娱乐性而令我们印象深刻的(它们适合在一群老成的廷臣和女士中阅读和吟唱),它们同时说服我们诗人与它们息息相关,虽然这个关系的本质仍然含混不清。的确,正是这种玩笑和危险的混

3 怀特诗歌中的权力、性别和内在性

合标志着它们是宫廷产物;我们必须想象这样的游戏,在该游戏中理想主义和犬儒主义、侵略性和脆弱性、自我揭示和伪装紧密地结合在一起。这个游戏似乎常常显得幼稚,其赌注巨大,且有时致命。我们最好重读《帕尔马修道院》(The Charterhouse of Parma),或回想莫尔的看法,即他那个时代的大人物和有权势的人是在绞刑架上表演的疯子。

怀特是这个游戏的高手。他排练了熟悉的比喻和陈腐的悖论,展示了恰当的习语和措辞,摆出了预期的姿态,一次又一次让我们确信他的痛苦和幻灭是真实的。这好像一个大胆的游戏,一个主要由脆弱的技巧组成,却带着意想不到的激情的游戏。尽管怀特似乎比他的同时代人更大胆,但他绝不孤独:诗歌只有在充满竞争玩家的社会中才能得到理解。这种侵略性、焦虑以及粗俗内在于这些竞争中,有时它们是坦率的,就像下面的诗句一样,这些特质很难归于怀特,但很清楚的一点是,它们是他创作的诗歌所处世界的产物:

> 没有眼泪来湿润你的眼睛,
> 以健康来假装疾病,
> 你使我的眼睛模糊,
> 你有朋友去取悦;
> 虽然你们自以为无须恐惧,
> 但你们不能让我止息;
> 但是当你列出、欺骗、浮夸或者掩饰,
> 你不会赢,就算我输了。
>
> 胡扯、画画以及不吝惜,
> 你知道我能发泄;

> 如果你们不在乎，
> 我肯定也不会介意：
> 虽然你们发誓并非如此，
> 我既能发誓也能说话；
> 凭着神或者十字架，
> 如果我收获嘲笑，损失就归你。[45]

这首诗的效果在于它向我们确认威胁是实在的，它的粗糙、不规则以及含混是它被嵌入特别的、高度紧张的状态的结果。这种状态是场紧张的性斗争，这些字句暗示着行动和回击都以一种亲密的简略表述来表达它们自身。如此含混的交流，"如果你们不在乎，我肯定也不会介意"似乎是在说"如果你对我能够报复你的力量无动于衷——因为你觉得我出于克制或出于我的利益而不会这么做——那么你将会知道，首先，我对你的无动于衷并不在乎，其次，我无所顾忌，也就是说我无所谓，最后，不管我伤得多重都没关系，只要你伤得比我重"。[46]诗人在这种恶毒的威胁面前毫不退缩："你也不会赢，就算我输了。"

C. S. 刘易斯写道，当他开始使用这种声音并且暗示这些诗歌中的性关系时，他的同情抛弃了他的性别："我觉得一个女人如果有怀特这样的爱人，会多么不愉快啊。"另外，怀特继续说道："我知道这个反应不公平；它来自使用了那些他们并不想用的诗歌。"[47]但有观点认为，这些仅仅是饭后的娱乐，不以任何人为参照，也不涉及任何人，这实际上并未消除刘易斯如此激烈反对的观点。就像在忏悔诗中，个人的紧张和内在性、表达关系时感觉到的真实并不会被文学传统削弱，反而由它所创造。

从 19 世纪到现在的抒情诗传统要求我们在经验层面严格证

明,艺术自主地反对主流文化并具有高度的特殊性;这两者都不是 16 世纪早期的要求。与此相反,正是社会强迫感赋予了像《无泪湿润你的眼》这样的诗以力量。事实上这些诗歌由整个社会环境推动,它们是最为熟悉和最具特征的表达方式(这并不意味着这些表达方式很浅薄)。忧郁在 16 世纪后期很流行,就像歇斯底里在 19 世纪后期很流行一样。作为文化规范的表现,比起"精神病"(neurosis)与"社会官能症"(sociosis),这两者都不那么强烈或"真实"。[48] 所以,在清除童贞崇拜(cult of Virgin)之后,在缺乏对婚姻之爱的明确肯定时,在由残酷的暴君统治且充斥着阴谋和妒忌的文化环境中,我们并不对这些感到吃惊:宫廷娱乐习惯性地表达对被追求的女人的幻灭、沮丧、威胁、敌视,以及对那些性爱无法提供的安全的渴望。这些表达的频繁出现及其所遵循的惯例实际上保证了它们活生生的现实性。人们只有确信这一点,即诗歌从不可侵犯的主体性核心中自然而然地散发出来,与权力没有重要关系,才可以和梅森一道得出结论,宫廷诗歌的惯例就是它们里面"没有一丁点与诗相关的内容"的证据。[49] 相反,我们必须理解,这些诗歌帮助建立了它们表达的主体性,是忏悔诗在世俗世界的对等物。怀特和其他宫廷诗人写下了与传统抒情诗人同样多的传统抒情诗。

怀特的诗歌技艺、他对有表现力的习语的运用与他参与的宫廷脱不了干系。在危险的竞争中,他的语言是一种工具、一种武器,就像《无泪湿润你的眼》的作者意识到的那样:

> 虽然你们发誓没有,
> 我既能发誓也能说话;
> 凭着神或者十字架,

> 如果我收获嘲笑，损失就归你。

诗人能够比他的情妇更有力、更有说服力地发誓和言说，这是他的力量的核心，这种力量使得他可以给她造成比她给他带去的更深的伤害。诗歌不仅确定了这种权力而且试图将它具体化。在最后几行诗中，这个解释奇怪地混合了鲁莽和算计："凭着神或者十字架"是在冲动地呼喊愤怒，是在以庄重的誓言来加强威胁的力量，也是在节制地展现他能够发誓做到他刚刚确认的事情。由此，作为一行诗，它的地位是真实的：诗中的鲁莽其实一直是精心算计的鲁莽。而且，正如马基雅维利所观察到的，精心计算的鲁莽是在性和政治中幸存的根本技巧之一。

我们不仅要提及英国宫廷的环境，还要提及其他世界的方法和风气，即怀特和他的很多诗人朋友参与过的世界，也就是文艺复兴时期的外交世界。"你不会赢，就算我输了"是历史悠久的外交策略，它在我们今天的核外交中"臻于完美"，这种把性关系当成外交的感觉弥漫在诗歌中：隐蔽和揭露、结盟和绥靖、丢脸的威胁（去"收获嘲笑"）和对报复的反威胁。当然这首诗中没有什么一定来自外交的东西，但是在这首诗中，在怀特及其同道中人的很多诗歌中，与外交相重叠的主题十分引人注目。[50]

1527年，怀特陪同约翰·拉塞尔爵士（Sir John Russel）的使节出使克勉七世（Clement VII）的"教廷"（当帝国军队几乎不受军官控制向罗马进军时，他的出使计划毫无意义）。24岁的英国人看见了一个似乎仍然像——用罗利的话来说——腐烂的木头一样闪闪发光的世界，一个充满背叛、强词夺理以及无限堕落的世界。在这样的世界中，权力似乎是人的最高成就和目标，权力一如既往地直接与财富、地位和暴力专断联系在一起，同时，它也被认作相对独立的东西、一种从别人那里夺来的财富、一种引发知识兴趣的对象、一种人类能量的极致体现。这种能量以非常个人的词汇得到表达；它是皇帝、国王、君主或征服者（condottiere）各自的具体个性所散发出的东西。这可能也是为什么欧洲统治者的身体存在——亨利八世、沃尔西、弗朗索瓦一世、查理五世的实际身体——在这个时期第一次给我们留下了深刻印象。统治者的社会身份似乎被吸纳进了他的个人存在；依赖于皇家军队、商船、财富、自然资源的权力似乎从他的身体中散发出来。这可能也是为什么那个时代对反叛者和叛国者的惩罚变得旷日持久、极其残忍。中世纪时期的直接处决——如果我们可以这样定义它们的话——变成了技艺高超的折磨表演，仿佛对叛乱者的身体折磨必须完全与君主身体中包含的权力一致。最后，这可能是权力和性似乎如此紧密相连的原因，它是对同一种身体能力的表达。造反者被阉割，在被处决之前，他们亲眼目睹自己的性器官被焚烧。反过来，君主的性行动也是国之大事。[51]

从这些个人和身体的词汇来看，权力不仅是征税和征募军队的能力，而且是能够强迫服从的能力，该能力表现在越来越为欧洲的君主所坚持的世俗崇拜的符号中——鞠躬、下跪、亲吻戒指。如果这些符号总是有一种虚构的氛围那就更好了——的确，在英格兰，它们变得愈加奇幻，直到在查理一世的宫廷达到美学的狂热——因为正如我们所言，权力的最高成就之一就是将虚构强加于世界，其最大乐趣之一就是强迫人们接受那些已知是虚构的虚构。

怀特成年后大部分时间是一名外交官，他曾经参与确认他的主人的权力（因此也是确认其施加虚构的权力）并且试图削弱和抵制其他君主的竞争力。这两种功能是不可分离的，至少在那个时期是这样，因为在文艺复兴时期似乎把外交当作交易：它假定了非常有限的资源（权力或者财富），因此也假定了一方的获得不可避免地会造成另一方损失。"交换对双方都有利的这种考量，"路易·杜蒙（Louis Dumont）最近提到，"代表了一种基本的变化，标志着经济学的出现。"[52] 我认为，早期的交换模式渗透在怀特及其诗人圈子里的其他男性诗人的意识中，它不仅有助于塑造政治关系，也有助于塑造性关系，因此，爱情上的失败如同条约破裂和随之而来的权力丧失，而情爱上的胜利似乎常常以牺牲情侣中的一方或另一方为代价，有时候也以第三方为代价。"我爱别人，"怀特非常简单地写道，"所以我讨厌我自己。"[53] 任何对需求、依赖或者追求的表达都被当成一种重大的失败；典型的男性梦想和国家梦想是为了稳固的自足，这将所有与他人的关系变得多余。"我就是我现在的样子，我将来也是这样。"[54] 但是，这种坚硬、冷漠的身份——毕竟，它与新教徒认为人们彻底无助这一信条有冲突——无法维持；在少数时候，它甚至表达了对那些本应被嘲笑的观点的带有焦虑的蔑视或算计的尊重。唯一的自我、对整全或斯多葛式的冷漠或心灵的平静的确认是种修辞的构建，旨在加强言说者的权力，减轻其恐惧，掩饰其需求。男人的单一性被用来对抗女人的双重性——害怕她体现出来的毁灭性的可变性，害怕她戴着面具，在任何情况下都不能相信她，她不可避免地会以背叛来回报爱。对男人来说女人本质上是陌生的，男人不可抵挡地与她发生关系；因此需要外交的技艺。

外交和作为廷臣的身份似乎影响了怀特对话语基本功能的看法，他把它看作一种变动的、往往十分狡猾的策略，它旨在加强言说者的权力,或加强言说者所代表的那一方的权力,而牺牲其他方的权力。言说者及其代表的权力之间的区别值得重视,因为这一区别在宫廷诗歌这个层次上得以再生;也即诗歌本身是一位被派去执行主人命令的代理人。诗歌没有直接表现作者的思想——它是由文学创作的复杂的美学规则和社会规则塑造的,拥有某种特定的日常语言一般不具备的回旋余地。但是这也受到它的主要目的——加强创造者的个人立场、表现和加强他的权力——的支配。在这一点上,我们可以注意到,文艺复兴时期的外交放弃了中世纪时期的大使的工作习语,这些习语以"共同善"、"全民福利"、"基督国共同体"以及"追求和平"等用语来定义外交。15世纪末,威尼斯人埃尔莫劳·巴尔巴罗(Ermolao Barbaro)简单地陈述了外交事务:"大使的首要任务和那些服务政府的人是一样的,也就是思考那些能够最好地保存和扩充自己国家的事情,为此建言献策。"[55] 怀特的诗歌和他在宫廷中的位置起了类似的作用;即使在他远离宫廷的时候,在他的忏悔诗和讽刺诗中,首要的还是权力,权力塑造了他的诗歌话语(poetic discourse)。

人们当然可以认为宫廷诗歌与它的创造者及其直接语境是脱离的:它出现在普通的书中,配上乐曲在宫廷外流传,出现在选集中,被讲述诗艺的小册子引用。毕竟,我们对这些诗歌的具体情况知之甚少。很多诗歌我们都不知道它们的作者,因为廷臣会尽量避免出现在出版物中。但是如果我们理解了怀特和其他像他那样的人在何种程度上由他们与权力的关系定义,在何种程度上受到亨利八世及其所代表的世界的吸引和排斥,我们也就更容易理解他们在他们的诗歌中对自我呈现和隐藏的技艺的高度关注。

143 作为大使、廷臣和诗人,怀特似乎有意识地训练自己老实敦厚的态度以及对直白谚语(homely proverbs)的偏爱,也就是说,训练一种否认自己的狡诈的方式。我们可以回忆起莫尔那类似的外交伪装——他的外国对手称他"满怀技巧和精明",而这一点"被英式的流利演说和平静表达"所掩盖。[56]正如他写给亨利八世和克伦威尔的信件表明的那样,怀特发展出了一种对虚伪的细微差别的敏感性、一种对狡黠而又愤愤不平地否认狡黠的敏感性、一种对似是而非的谎言和极度伪善的敏感性。

> 另外,他们[皇帝的外交官]想向法国澄清他们的意图,我估计这种澄清的结果是模糊的。他们会做些表面文章来争取时间;我无法看清他们的目的,如果他们认为这种澄清有了结果,他们就会告诉我,除非他们宁愿阻碍而非推进它,因为他们认为我们会这样做,或者他们会看看我们是否会向他们提建议,宣布他们可以用什么来酬谢法国人。但是总而言之,宫廷里那些敢于大方与他们的朋友谈话的人在此嘲讽法国人。[57]

这种对双重性的敏感,这种将话语作为算计的欺骗行为的感觉,这种对背叛和嘲笑的持续恐惧,对任何阅读过怀特关于爱情幻灭的抒情诗的读者都不陌生:诗人要么在背叛带来的痛苦中认识到自己被骗,要么根据他的经验发誓不再受骗。这种爱情的幻灭与怀特在外交和宫廷中经历的欺骗之间的关系,最清楚地呈现在像《什么遮蔽了真实》这样的诗中:

> 什么遮蔽了真实?或者,什么通过它承受痛苦?
> 坚定不移地奋斗,为了实现

正义，和真实：远离两面派：
因为所有人都相似，想着诡计，
奖赏既是虚假的也是平淡的。
他跑得很快，大多数都不乐意；
真实的意思是心有不屑。
反对欺骗和两面派
什么遮蔽了真实？
人受了诡计迷惑
心无狡诈却留在
陷阱内，没有补偿
但是，你看，爱这样的情人，
残忍到无法克制，
什么遮蔽了真实？

爱和权力的领域能够如此彻底地置换，直到最后几句我们才知道他是在写他的情人。事实上，这种可置换性的揭露是读者体验的核心，我们在诱导下把这首诗当作对事业、统治以及奖赏的思考，直到最后，我们将对权力的失望感与对爱情的失望感联系起来。[58]

甚至建构抒情诗的形式技巧可能部分来自外交工作，怀特的大使生活除了赋予怀特对双面性敏感，还塑造了他对算计的效果的意识，尤其是通过在权力游戏中操纵语言的算计效果。比如，1540年，怀特奉命称查理五世为"忘恩负义者"（ingrate），因为他拒绝移交他团队中的一名威尔士人罗伯特·布兰斯托（Robert Brancetour），一名亨利八世想以叛国罪通缉并押解到英格兰的人。根据怀特给国王的报告，查理五世被这项指控激

怒了(这可以理解):

> "你们会知道我不是一个忘恩负义者,如果你们的主子能好好对待我,我会待他一样甚至更好。我这样做是为了使我不会对他忘恩负义。弱者才会对强者忘恩负义,这个词在同类词中最令人难以忍受。不过,也许因为这门语言并非你的母语,你可能误解了这个词。"
>
> 我回复道:"先生,我不觉得我误用了这个我受命使用的词。"
>
> 他回复道:"好,那么我就把这事告诉你,好让你的主子知道,如何发布他的命令。"
>
> 我回复道:"我也不会认为,根据您的说法,这个词会损害您的伟大。先生,虽然您以语言来为我辩解,但我不能把我语言中的这个词变成法语中的任何同样来自拉丁语的词,而且该词的原意与个人的卑微和伟大并无关系。虽然我知道不该对陛下您指手画脚,您不该受到这样的指责。"[59]

当"忘恩负义者"这个词被使用时,重点就从布兰斯托转向了马丁利(Matingly)所谓的文艺复兴时期外交的"主要责任"(chief burden),即"在无休止的争执中优先保证主子的王位的尊严"。[60] 语言的细微差别就是这种争论的核心:怀特很快发现,皇帝对翻译中的可能错误的看似慷慨的容忍其实是一种意在恢复主动权轻微举动。皇帝和大使都知道,英语有些古怪。马丁利写道:"在16世纪,除了英国人没人会想讲英语,即使是精通英语的大使。"[61] 怀特的回复聪明地混合了坚定、学究气和资历,因此,至少按他的说法,他几乎"赢得"这场小交锋。但是我们应该补充一点,布兰斯托并没有被移交。[62]

在这则逸事中，我们不仅再次看到了在怀特生活中语言和权力之间的亲密关系，即语言微妙地参与了争夺主导地位的斗争，而且再次瞥见了翻译的核心位置。批评家再次将怀特出色的翻译当成一起纯粹的文学事件，但实际上这些翻译的存在几乎都取决于他的大使经历。我说的不仅是怀特在国外生活时深入了解了法国和意大利文化，还有怀特了解了这些文化的背景。正如我们看到的，怀特的经历使他清楚地意识到，当言辞从一种语言传入另一种语言时，其意义发生的潜在变化，这种敏感性与一种敏锐的意识交织在一起，即对这一点的敏锐意识：礼貌和友谊的习语一方面隐藏了敌意和攻击性，另一方面隐藏了虚弱和焦虑。在怀特出色地翻译的彼特拉克的《一只白鹿》（Una candida cerva）中，我们能够有力地感觉到这种微妙的暗示的技巧的效果：

> 不管谁欲猎她，我知哪有只雌鹿，
> 但于我而言，哎呀，可能不会再猎：
> 无谓的努力已让我极度疲倦。
> 我是他们当中落最后的，
> 然而也许我并没有厌倦的想法
> 猎到这只鹿，但当她向前逃避，
> 跟得眩晕。于是我停止了追捕，
> 因我欲在网中抓紧一丝气息。
> 谁欲猎她，我来驱走疑问，
> 也许是再次徒劳，虚度时间，
> 用钻石，刻着几个字母，
> 她那美丽的脖子项圈周围：
> 别碰我（Noli me tangere），因为我是凯撒的人，
> 尽管我看似温顺，却是野性难驯。

181

非常清楚，怀特受益于彼特拉克，但是同样清楚的是，他有意小心地重塑了原来的诗歌，他把超验的理想主义转变成了疲惫和痛苦。彼特拉克的绘画主义（pictorialism）被抛弃了，连同他对时间、地点和时节的热情关注也被抛弃了；神秘想象变成了狩猎；焦点从在优美的风景中追求的目标转向诗人的心灵。彼特拉克描述了光明和失落的经验；怀特描述了试图放弃的经验；前者是与他无法得到的情人独处，后者则是从狩猎的人群中退出。彼特拉克的十四行诗以诗人掉进水中、鹿消失了作为结尾；怀特则以钻石项圈的铭文作为结尾，这个项圈，在彼特拉克那里是无法得到的情人的标志，她的绝对自由只在上帝之中也只是为了上帝，而在怀特那里则是她被一个比诗人更有力量的人占有的标志。"我是凯撒的人"，这冰冷的主张阐明了之前的一系列断言，它建构了诗歌："我知哪有只雌鹿"、"可能不会再猎"、"于是我停止了追捕"、"我来驱走疑问"。权力的暗示就像开头的诗句中的污点一样散布开来，以致整首诗歌都被它染色了。

《谁欲狩猎》（Whoso List）似乎如此根植于见利忘义的宫廷阴谋的现实中，以至于批评家自信地认为鹿就是安妮·博林，传言她在被凯撒（也就是亨利八世）占有之前，曾是怀特的情人。这个说法是可能的——毕竟，它是根据怀特的诗根植于宫廷政治推断出来的——但是这个陈述如此直截了当，在我看来它削弱了诗歌的影响，其影响依赖诗人所掌握的暗示的巨大力量，正如我的论证所表明的那样，这股力量被怀特的大使生活经历加强了。诗歌的非凡之处恰好是与它的限制和暗示联系在一起的。[63] 实际上，诗歌中没有任何东西明确与世俗权力和侵占有关；即使"我是凯撒的人"这句话可能指的是刻在皇帝的鹿的项圈上的铭文（就

3　怀特诗歌中的权力、性别和内在性

像在彼特拉克那里一样),因此它们会被单独留下,然后通过传统的符号转换,被用来指涉将鹿献祭给上帝。它们并没有暗示这种超验的意义,但它们没有暗示这一点本身也是通过暗示表达的。诗歌似乎在超验主义和犬儒主义之间徘徊,最终摆向哪一方则留待读者来判断。

这里对暗示的依赖可能仅仅出于谨慎;直接写出将安妮·博林拱手让给亨利会是一种自杀式的愚蠢。但是它产生了丰富的回响,而不仅是副作用。整首诗充斥着一系列的悬置(suspensions),此外还充斥着从一种状态到另一种状态的变化(passages)。诗人并没有从狩猎中退出来;相反,他以实际行动尝试解脱自己。因此,诗歌以一种"哎呀"掩饰下的超脱和优越感开始,就好像费尽心思表现出来的冷漠被无意识表现出来的悲伤削弱。诗人说他自己是"他们当中落最后的",这仅是为了揭示出这一点,即他对自身位置的认识以及他对自己的疲倦、空虚和虚荣的意识都是徒劳的:他无法脱离自己并完全放弃狩猎。他一旦承认自己无能为力——"我跟得眩晕"——就可以在同一行里确认他的放弃:"于是我停止了追捕"。似乎有两种不同的、实际上相互对立的意图,紧张地并列在一起。诗人似乎认识到了这种僵局,在第10行,他仿佛重新开始写这首诗,这次他并不想断然从狩猎中超脱,而是明确表达出这次狩猎的无助感、它的"虚荣"。读者只能留下这样的印象,即尽管诗人的努力非常果决,他却从来没有"离开",他不能把他的心思从"鹿"身上完全转移开:这首诗见证了诗人持续的痴迷,正如它也记录了诗人想从中超脱的企图。

处于悬置或变化中的不仅是诗人:这鹿似乎非常狂野,她就像风一样自由而且无法触及,然而与此同时,钻石项圈揭示出她的温驯,而正是她似乎非常温顺这一点揭示了她十足的狂野。这个项圈既标志了她的温驯,也标志了她的狂野。"野性难驯"(wild for to hold)这个短语含义丰富:在最简单的层面,它意味着"无法捕捉",就像"想要用网捕获一丝风"这句俗语之前所表明的那样。鹿无拘无束且不受控制;她无限制地自由活动,仅服从于她的意志。但是在这里,就像在怀特其他诗歌中一样,我们发现引用的这句俗语被复杂化了、被修饰了。"野性"不仅表明它难以捉摸,而且表明了不可思议的威胁,这与中世纪传统中的男女野人有关:一种生物从温驯或文明状态退回动物的野蛮状态,这种生物放纵、淫荡,而且很可能是暴力的,它生活在人类习俗限制之外,生活在人类束缚(bonds)之外。这个形象是中世纪和文艺复兴文化中的深层恐惧的焦点,因为野性揭示了社会复杂规范的脆弱性和人为性,而且挑战了强加于性、生计和政府的稳定秩序。男女野人代表了完全陌生的生物,未被同化和不可认识。[64]

"野性"在这个意义上标志着危险,同时它明确将狩猎者转变成了猎物,这微妙地暗示出诗人无法将他疲惫的心灵从鹿身上移开。危险不仅在于鹿自身的野性——她那无法抗拒又无法得到的美,她的他者性——还在于"凯撒"的权力:矛盾的是,野性凭借统治者权力方才得以表达。更深刻的悖论是,这种野性是对鹿的保护;项圈阻止了狩猎,将鹿从猎物变成了宠物或财产。鹿似乎被驯服,而这种驯服保护了她的野性。

这种对"野性"感的微妙玩弄是怀特运用暗示的力量的巅峰;虽然它仍然模棱两可且难以捉摸,但它迫使我们更深刻地重估所有之前的表述,最重要的是,它使我们无法将"别碰我"(noli me tangere)置于原初的宗教语境之中。那个语境仅仅在违反的时候才会被提起，这让读者体验到了从神圣向世俗的痛苦转变，而这是怀特处理彼特拉克诗歌的方式的本质所在。彼特拉克的"别碰我"（nessun mi tocchi）不仅让人清晰地回想起凯撒保护的鹿，而且让人想起《约翰福音》（20:15-17），耶稣在坟墓中向抹大拿的马利亚显现

> 天使对她说："妇人，你为什么哭？"她说："因为有人把我主挪了去，我不知道放在哪里。"说了这话，就转过身来，看见耶稣站在那里，却不知道是耶稣。耶稣问她说："妇人，为什么哭？你找谁呢？"马利亚以为是看园的，就对他说："先生，若是你把他移了去，请告诉我你把他放在哪里，我便去取他。"耶稣说："马利亚！"马利亚就转过来，用希伯来话对他说："拉波尼（"拉波尼"就是"夫子"的意思）！"耶稣说："不要摸我，因我还没有升上去见我的父。"

这就是悬置的重要时刻，也是在不同存在状态之间的平衡的重要时刻，彼特拉克将该时刻作为其灵视时刻（moment of vision）的关键唤起，它带有一种对显现和距离、欢乐与丧失的奇妙感觉。

在怀特那里，这个暗示因为他直接引用了拉丁通俗译本的《圣经》而变得更加有力，这个暗示是非常尖刻的讽刺，是螺旋式讽刺（spiraling ironies），它似乎包括了一整套学术理论，这套理论关乎，死后显现于马利亚及其门徒面前时，基督所具有的身体的本质。根据这套理论，基督荣耀的身体（Christ's Glorified Body）有所谓四重性质，这些性质至少都暗中出现在了彼特拉克的诗歌中，似乎在怀特的诗歌中也有对其的滑稽模仿。无感情（impassibility），或者说从痛苦中解脱，变得冷漠无情；清楚

(clarity),或者说神圣的美丽,变成女人那无法抵抗的诱惑;敏捷(agility),或者说从一个地方快速转移到另一个地方的能力,变成了女人让人疯狂的难以捉摸的作风;微妙(subtlety),或者说身体完全服务于灵魂,变成了交际花(courtesan)的微妙之处。

我们所称的悬置或变化在这里被呈现为翻译。在它微妙的约束和暗示的力量中,《谁欲狩猎》将其部分含义描述为从一种语言到另一种;从一种文化到另一种的复杂转换过程。这首抒情诗的戏剧性就在于从彼特拉克的世界观到怀特的世界观的转变,或者更确切地说,到我们自己基于诗人有意暗示的自我再现所建构的世界观的转变。当然,如果我们不熟悉它的来源,效果就会大打折扣,但也不会完全消失,因为读者无论如何都会被卷入十四行诗的基本活动,即价值的转变。诗人两次把读者描述为潜在的狩猎者——"谁欲狩猎"、"谁欲猎她"——他既邀请又劝阻读者,让读者重新出演诗人自己的卷入和幻灭的戏剧。我们共同体会了从着迷到痛苦、从渴望到疲惫的转变,我们做的不仅是共同分享:我们还被迫承担起译者的责任。毕竟,正是我们拒绝采纳"别碰我"的宗教意义,正是我们没把凯撒当成上帝而把他当作过于人性化的保护者,在只论及鹿及其狩猎者的地方我们却听到了——正如怀特的同时代人一样——安妮·博林和亨利八世的故事。这就好像一种完全神秘、充满幻想的道德精神,在我们眼皮底下,在我们的压力之下,它让位于堕落和危险的权力游戏。

我们在翻译行动中感觉到的这种含义,与诗人要为自己的受挫负责这一微弱但又令人不安的暗示不谋而合。最后一行,正如我们已经看到的,以复杂的方式逆转了我们的期待:从狩猎者的观点来看,应该是鹿的温驯而非野性给人带来了足以丧失能力的惊奇。这个逆转颠覆了言说者暗含的清白和自以为是：人们把母鹿当成野生动物，狩猎她，所以她若是野性的也不足为奇。狩猎者期待的是什么呢？她还能是什么？她不仅实现了那种法则，而且实现了言说者本人的方法的本质，即实现了关系结构。从理想主义到幻灭的转变在第一行提到狩猎时就已经注定了。

但是，这种转变可能有更深的根源，如果我们认为，从神圣到世俗的根本转变是怀特诗歌经验的一部分，那么我们同时可以观察到，它们之间的联系仍然是深刻的，而不仅是表面上那种截然相反的关系。我在忏悔诗那里已经谈论过这种联系，那些诗以诗歌的形式揭示了权力、性和内在性之间的联系。这也是《一只白鹿》和《谁欲狩猎》的联结，无论在哪首诗中，诗人的内在生活都由凯撒与欲望对象的关系所塑造。毕竟，彼特拉克的诗歌与怀特的诗歌一样，都关于沮丧和丧失，如果前者没有谈论狩猎，那么它也有着自身令人不安的追逐形象：守财奴在寻找宝藏。我认为，在某种意义上，这种共同的情感状态以及由此产生的关系结构，比起将凯撒等同于上帝或国王这种将两者对立的做法来说更加重要。从这个视角来看，彼特拉克的理想主义并没有被怀特的疲惫感和空虚感取代，反而被它实现。[65]

我并不是说，超验的视域和愤世嫉俗的背叛之间的关系被呈现于怀特的意识当中，也不是说，在他的失败中，情人的颇为微妙的共谋是完全有意的；更确切地说，它们是在他最好的诗歌边缘的暗示，仿佛再现行为本身，就其最高成就而言，有它自身的暗示力量。怀特的诗歌中很少有这种共鸣，但是它似乎清楚明白地出现在了忏悔诗中，在《谁欲狩猎》以及在他获得最大成就的《她们逃离我》中：

她们逃离我，有时寻觅我
有时候赤足在我房间里。
我见她们温柔、驯服且温顺
如今野蛮且不再记得
她们有时将自己置于险境
在我手里吃面包，现在她们来回走动
着急地在持续的变化中寻求。
幸亏足够幸运，否则是另一个样子
二十多次中，曾有特殊的一次
在薄薄的快乐伪装背后
她宽松袍子从香肩滑下
把我拥在长而小的怀里，
还甜蜜地亲吻我
温柔地说，亲爱的你觉得如何？
这不是梦：我清醒地躺着。
但是所有这些将我的温柔转变成
一种特殊的遗弃，
我不得不离开她的好，
她也用了新奇的东西。
但因为我如此尽心地服侍
我非常乐意知道她想要什么。

在一份当前关于这首诗的最好的研究中，唐纳德·弗里德曼（Donald Friedman）建议我们把这个言说者当成"完全想象出来的角色"，一个有意与怀特本人区分开的角色，怀特将自己的作品置于洞察真相的"戏剧分析"中。这种分析"揭示了一个人的感觉如何因为屈从于刚刚学会的错误、无常的规则而被扭曲"。[66]

这种方式使我们得以面对一种不诚实，而这种不诚实存在于言说者自以为是的怨恨之中，这种怨恨是一种讽刺，它潜藏于"所有这些将我的温柔转变成／一种特殊的遗弃"这句诗中却又推翻了这句诗。到目前为止，"温柔"在此被指责为内在的冲突和攻击，以至于言说者简单的反讽变成对他的反对：他的"温柔"——这个规则支配了他的性背叛——可能确实导致了他所认为的背叛。"我非常乐意知道她想要什么"被排除在男性主导的修辞文化之外，"她"没有机会回应，但是如果她打算这么做，我们可以想象她会说"亲爱的，你想要什么？"

这个言说者与女人的关系充斥着权力意志，充斥着统治与服从的辩证关系，我们在怀特诗歌中多次看到这种辩证关系。[67]那些曾经躲着他的生物曾将自己"置于险境，在我手里吃面包"，他回忆起这层关系，苦涩而又满足。但是这个形象并非对成功的统治的简单确认；它也表达了一种屈尊、胁迫和乞求复杂交织的情感。只要人们能够暂停所有攻击的迹象，并保持完全静止，野性的生物就会在诱惑下摆出顺从的姿态。在第二节中，一种悬置的、被动的、为了生存而存在的权力的矛盾得到加强，虚张声势的"二十多次"让位于对一个完全被动的时刻的高度特殊化的回忆。弗里德曼认为这一段"是个反高潮，它揭示出道德想象的贫乏，而这种道德想象潜藏于一种关于人类行为的复杂、高尚且理想化的视域之中"；他写道，这个场景"是一种对贪婪胃口的概括，它的整体轮廓被仪式化的行为和传统表达所蕴含的意味所模糊，且变得有魅力"。[68]这个反应是下面这种观点的结果，即言说者是与诗人和读者都疏离的角色，但我认为正是在此处这个观点的局限性变得明显。因为这个被回忆起的场景远不是反高潮的，在这首诗以及都铎王朝的早期诗歌的背景中,这个场景似乎非常强烈,它的出现(presence)令人难以忘怀。情欲的体验的确是批判性反思的对象,但它来自内在,来自强有力的参与。这并非对"贪婪胃口"的批评,这种胃口在男人和女人那里都没有明显的体现,而是对几乎婴儿般的被动性(passivity)的批评,这种被动性是男性统治的另一面。

这种被动性含混不清,让人着急:在第一节,它似乎伪装成攻击性;在第二节,它是从攻击中解脱出来的狂喜;在第三节,一种受害的形式。这个进程表明了一种情感的模式,而不仅是某一种特定关系的特征,同时,就像开头的"她们"表明的,这是一系列关系的特征。这个模式大体如下:男人在性方面有攻击性;他的欲望只能通过把攻击性转变成被动性才能得到满足;这种被动性——既是掩盖了的攻击性又是其反面——既带来拥抱又带来逃离;这种逃离被认作对他的"温柔"的背叛,导致他将他的顺从重新转变成攻击他仍然渴望拥抱的女人。

就像《谁欲狩猎》一样,《她们逃离我》这首诗强大的力度,来自这一事实,即读者和诗人都不被允许与言说者保持舒服的距离。把这诗当成一种勃朗宁式的戏剧独白是个误解,哪怕这种观念让我们分离出某些重要的要素,因为这使得我们保持了一定的道德距离(moral remove),而诗歌本身在这种道德距离中坚持我们都是参与者。诗歌的核心经验与其说是个人性格问题,就像被分离出来有待我们检验的实验样本,不如说是共同语言的问题、深层文化预设的问题以及集体心理的问题。因此言说者的被动性的含混并非根植于一种复杂个性的怪癖——在怀特的诗歌中几乎没有这种个性化——而是根植于冲突的文化规则,在都铎王朝的抒情诗传统中塑造了男性身份的规则。正如我所认为的，如果这些抒情诗反映了控制着作者生活的宗教和世俗制度，那么我们可能会注意到，在路德教会的语境下，被动性被理解成对统治的服从和支持，是一种超验的价值；在亨利八世的外交语境下，被动性被理解为展现个人力量的失败，是危险的脆弱性的标志，这一失败在被理解为更强攻击的伪装后才能得到恢复。现在无论是宗教还是外交原则都无法直接决定宫廷爱情诗中隐含的性关系，但它们都影响了性爱经验被再现和理解的方式。

由《她们逃离我》引起的深层的不安，产生自言说者的生活所遵循的规则中固有的矛盾，作为读者的我们也牵连其中（正如怀特的第一批读者也牵连其中）。我们并没有面对面和不诚实相遇，而是在外围窥见了它，比如在"温柔、驯服且温顺"这些词的空洞中，又比如在"我不得不离开她的好"、"因为我如此尽心地服侍"等礼貌的虚假用词那里，而言说者仍然带有讽刺意味地坚持着这种礼貌。

就像在《谁欲狩猎》中那样，被描述成背叛的整个过程最终是一种圆满的完成，但没有证据表明怀特打算描述失望的爱人如何被自己的失败所牵连。具有颠覆性的意识渗入了艺术作品，但是却不能接近那个所爱之人，该所爱之人把他本人看作一个被善变的情人背叛的绅士，而且他还痛苦地问她想要什么。从这个主导的视角内部来看，人们仅仅意识到了一种朝着我们视野之外的观念行进的痛苦努力，这种观念是一个令人不安的暗示，即男性的性欲与权力之间的关系产生了这种由挫败、焦虑以及轻视组成的混合体。怀特想要表达这种观点就必须写作一种不同的诗歌——一种讽刺诗或者忏悔诗——这样做的话，这种观点将会被完全改变,因为正如我们所见,忏悔诗把"热情"转向全能的上帝,而讽刺诗试图从权力和性中抽身。

如果怀特最好的宫廷抒情诗让我们以批评的方式感受到了宫廷性政治的鲜活经验,那么它们做到这一点的方式就像巴尔扎克的作品让我们以批评的视角看待资本主义社会的鲜活经验一样:自相矛盾的是,这并不是因为艺术家放弃了其意识形态,而是正相反,因为艺术家坚持它。阿尔都塞写道,巴尔扎克和索尔仁尼琴"向我们展示了他们的作品指涉(alludes)的意识形态'观点',及其伴随(with)的意识形态的'观点',这后一种观点预设了一种退却(retreat),即与产生了他们的小说的意识形态形成了内在差异(internal distantiation)。他们使我们〔……〕在某种意义上,从内部(from the inside)、通过内在的距离(internal distance)'感知'它们所具有的意识形态"。[69] 要想理解这种内在的距离,这种话语与意图之间的鸿沟是如何在怀特的抒情诗中产生的,我们必须回到他的诗歌创作的条件。作为廷臣和大使,怀特发展了自我塑造的技艺,并将之用于他的诗歌;在权力和性关系完全牵涉其中的关于权力和优先权的斗争中,这些技艺是种武器。它的目标,无论在政治上还是在性上,都是统治和占有(怀特为此给出了狩猎和钻石项圈这两个有力的意象),但是这种目标无法被公之于众;取而代之的是外交官和情人反复援引的半信半疑的价值,如"服务"、"温柔"以及"真实"等。

面对类似矛盾时,莫尔为讽刺和自我取消的梦想所吸引,或为被吸纳进入超验共识所吸引。怀特也是,在皇家纪律的鞭笞下,他表达了他既渴望超越又渴望退出的念头,但是他缺乏莫尔的绝对机构,他不像廷代尔那样坚定而执着地依附于绝对的文本。比起莫尔和廷代尔，怀特更纯粹地依赖世俗权力，而且他正是在世俗权力中塑造了他的身份。在要比宫廷中的其他人更有力、更强烈以及更有说服力地表达自己——去赢得同情、获得尊重、伤害敌人，简而言之，去支配——的竞争中，怀特参与并促成了现实主义、男子气、个性以及内在性的力量的建立。这些力量交织在一起，在它们复杂的关系中，他的抒情诗产生了共鸣，也就是说产生了至关重要的内在距离。

长期以来，批评家都赞赏怀特的"男子气"。现代的选集注意到他"在爱情中具有男子气概的独立性"，这一系列评论都可以追溯到萨里对怀特"具有男人气概的外形"的赞扬。[70]那些似乎能够唤起这个词的品质就是讽刺、统治的意志、对女人的侵犯、对自由的关注和刀枪不入，以及因此产生的对浪漫地追求女性的拒绝，故意在语调和措辞上尖刻，还有——至少对萨里而言——持续的、无法平息的不安。在我看来，最后一点是描述怀特具有男人气概的外形的特别有效的词汇，因为它表明他的作品中融合了蔑视、自信、活力、创造力、不满以及激情的不满足。当然，这些品质并非怀特自己的创造，但是重要的是要看到用"男人气"来描述他之前的诗人有多么不合适，就此而言，用来描述莫尔或廷代尔同样不合适。怀特似乎把它塑造成了他的文学和社会身份，也许部分地将其视作对亨利八世的谄媚模仿。当然，从16世纪早期开始，有关男子气的观点经历了无数复杂的转变，但是这些词汇不断被用来描述怀特的诗歌，这表明了某些潜在的持续性。怀特的男人气以其自身的方式变成了一种深刻而又有影响的未来模式，就像莫尔讽刺性地融合了参与和疏离，而廷代尔强烈认同圣言。

在怀特的话语中关于男子气的最主要表达方式是现实主义，这体现在外交公文中对各式动机不带感情色彩的权衡，或体现在像《女士，无需太多言辞》以及《你这头老骡》这样的诗的"直白的发言"中。怀特将他自己描述成这样一个人：质疑华丽的用词和微妙的迂回修辞，而喜爱简单的故事和格言智慧。这之所以被当作怀特的态度，而且被当作可能是他刻意培养的态度，源自他自己的控诉：他的敌人们伪造了一篇演说，说是怀特写的，他们在演说里加入了誓言和格言，让它听起来像是怀特自己的。这些敌人们几乎要了他的命，他们指控他曾经说希望国王"被扔出车尾"，即像贼一样被绞死；怀特反驳说，他仅仅说过他担心"国王被遗忘在车尾"，即国王的关注点被忽视了。[71]

在怀特那里，现实主义作为话语技巧，与强烈的个体性密切相关，它通过创新的格律手法在他诗歌中得到完美的戏剧化。[72] 诗行跌宕起伏，重音突然变化，翻译偏离原文，这些都记录了诗人强大的自我所承受的压力。自然环境，甚至情人本人都只在其中扮演了无足轻重的角色；当然一直居于中心的是言说者，他抱怨、威胁、决定要做个了断、记录他的怀疑和希望。在都铎王朝的文学中，不再存在对表达"我"的坚持。这种坚持绝不意味着安全；与此相反，自我如此迫切地表现自身，它具有自我中心主义所有的不稳定性，既威胁要吞并整个世界又极其脆弱：

> 突然间我觉得
> 我的心被扯出了他的位置。[73]

但是，怀特没有怀疑他的身份的重要性，毫无疑问，从乔叟到莫尔，他们的自我表现中都没有羞怯。

这种以自我为中心的信念不仅是自我中心主义的标志，并且被内在性所证实（这是近乎神学意义上的证实），这种内在性被新教徒认作真理的标志之一，并且在忏悔诗中得到肯定。通过获得这种强大的内在性，宫廷诗歌似乎不仅关注戏剧中的自我呈现，而且关注话语中的自我揭示。观众不是被操控而是被邀请来通过确认、怀疑、恐惧和渴望体验诗人的精神变化。这样辛苦地描绘内在生活似乎超越了任何社交游戏，尽管诗歌仍然清楚地内嵌于这样的游戏当中。

我们现在已做好理解以下问题的准备：怀特的话语和意图之间的鸿沟如何打开，以及他最伟大的诗歌如何能够参与对产生了这些诗歌的价值体系的复杂反思。对男子气、现实主义、个性以及内在性的巧妙融合成功地让怀特的诗歌达到了最佳状态，比起他那个时代及上一个世纪的任何作品，他的诗都明显更有说服力、更加感人。但是他的成就是辩证的：按照它的发展逻辑，如果宫廷中的自我塑造利用内在性来加强其戏剧性力量，那么内在性会转向自我塑造并且暴露其潜在的动机，即它源自攻击性、恶意、利己主义以及希望的落空。怀特的诗歌源自一种外交，但是大使般的表达被赋予了越来越大的力量，直到这种表达暗示了自身情境，从而颠覆了其官方目的。怀特伟大的抒情诗就是对这种辩证性的表达；它们表达了自我呈现的不同模式，一方面是控制表象来达到期望的目标，另一方面则是用语言来表现——或曰暴露——隐藏在内心的东西。结果就是像《她们逃离我》这样的诗歌所引起的复杂回应：一方面，人们接受了言说者声称功绩受损的说法，肯定了他对经验的掌握，与他合谋以其"男子气的"方式来贬低女人禽兽般的不贞；另一方面，人们重新认识到言说者隐约暗示了他自己的背叛,承认了他人归于自己的不诚实与自己的不诚实之间的联系,感知到被如此热情信奉的意识形态中的内在距离。简而言之,我们感觉到在外交式的自我呈现(努力适应内在性)和内在性(争取在自我呈现之外获得关键的独立)之间存在着持续的冲突。两者皆未获胜:因此,在怀特的宫廷诗中,在把自我强加于世界之上和对内在性的批判性探索之间产生了悬置。

4　塑造绅士：斯宾塞与安乐窝的毁灭

　　莫尔、廷代尔以及怀特都对我们的注意力提出了各自不同的强有力的主张，但是他们所代表的并不仅是他们自己的个人愿景或者个人命运。他们所表达的渴望和恐惧都深深地根植于国家的社会和心理特征中；将之放在一起来讨论，我们可以说他们展现了现代英格兰早期意识形态的巨大转变，从体现在更为普遍的天主教会中的共同信仰到对圣经和君王的绝对地位的主张的转变。这个时候简要地回顾一下已经介绍过的内容可能会有所帮助。

　　对莫尔而言，自我在两者之间平衡：一方面是基于隐藏的个人判断和不能表达的信仰所做出的一种讽刺性的自觉表演，另一方面是融入没有私人领域一席之地的共同的统一体。在前一种状态中，身份是需要塑造和操控的面具；在后一种状态中，身份由共同的实体牢固地确立，而且只能被理解为这一实体的一个投射。在莫尔的职业生涯的某些时候、在他的某些作品中，他会突然转向其中的一个方向，正如他奉承沃尔西或者成为卡特修道院的理事时那样。但更常见的是两种状态交织在一起：按照这样的方式，他一边写作《乌托邦》，书中的愿景是让个人完全融入更大的共同体，一边专注于精心策划的自我呈现。又或者，他一边以高超的技巧安抚君王，费力地进行即兴表演，一边愈加强烈地认同教会的殉道者，直到最后成为他们中的一员。我觉得，我们可能会认为，自我意识、自我掩饰、戏剧身份触及共同体中的身份的时刻，就是会出现最大的创造力以及最大的疏离与暴力的时刻。这些结合并不会自然而然地发生；只有当强大压力施加于莫尔身上时，这些结合才会发生，压力产生的原因是莫尔与权力的关系，以及他与其想要毁灭的异端之间的关系。

对廷代尔而言，自我同样处于平衡状态，但要平衡的两极与我们在莫尔身上看到的非常不同。当然，存在一种高度个性化的身份，但是它完全不是一个戏剧角色、一个用来隐藏私人判断的面具。廷代尔非常反感这种戏剧性；他将它与天主教的主教及其世俗代理人的虚伪联系起来；将它与滕斯托尔彬彬有礼的敌意和莫尔圆滑的应付联系起来。对廷代尔来说，正直的人没有余地来假装、欺骗或者隐藏判断。他直接地，可以说是贪婪地抓住真理。任何曲折的道路都见证了不诚实和倒退，或者，最多见证了在堕落社会的巨大压力下的不情愿的被迫让步。对这种并非内在真实的社会表演感到愉悦是难以想象的，或者更确切地说，这只能被理解为典型的撒旦信徒模式。

廷代尔对自身身份的认识恰恰体现在他拒绝参与正在进行的表演。作为格洛斯特郡的家庭教师，他没有保持沉默，没有在和蔼可亲的形象下掩藏他的观点，而是与那些其关于教会的看法令他无法接受的人公开、激烈地争吵，直到他被强迫离开去往伦敦。当他明确知道在伦敦无法如愿以偿后，他又离开了那里。这几次离开标志着廷代尔生活中的一种拒绝的模式，其核心是对天主教会的拒绝，这是至关重要的。人们必须生活在制度之外，不能接受它作为自己与他人或者上帝之间的中介者。不再会有这样的情况：许多职位、仪式、礼节和传统代代相传，人们只要在其中寻找到自己的位置就好。

如果没有莫尔精心策划的角色扮演，他也就不会被纳入可见的共同实体。于是廷代尔能够谈论处于一种孤立状态中的人（而这种状态对莫尔而言是完全陌生的），他能够宣称一个单独的无人帮助的人足以靠自己的判断区分真伪、发现和理解上帝。可以肯定的是，在莫尔那里也有孤立状态，正如新楼的守夜人所见证的那样，但是这种孤立状态并不彻底，因为信徒没有完全脱离那个包含所有基督徒的整体，也没有完全脱离那个可见的、有形的人类统一体的保证者和维护者。在廷代尔那里，他通过对基督教会的拒绝切断了这些联系："谁教鹰狩猎呢？"

不管是字面上的还是隐喻意义上的暴力都伴随着这种拒绝，这种拒绝表明了它看上去多么具有威胁性；然而，它也是必要的自我建构行为。自我在其核心处必须有否定的原则，这个原则足以把自己从教会的身体中分离出来，以攻击教会的身体的公共仪式、拒绝戏剧性地适应它的圣礼。不宣扬敌基督就无法宣扬基督；不拒绝一个身份就无法获得一个身份。

同时，否定的原则虽然必要，但并不足以塑造自我。除了拒绝教会——因此，除了拒绝个体化、孤立化以及存在的单一性——还有一股强大的反抗服从的力量。值得注意的是，这种服从不同于这种情况，即莫尔是基督教身体（corpus Christianorum）的一员。后者意味着吸收、合为一体（oneness），前者意味着个体的分离，彼此的距离被超越但从来没有被完全清除。新教徒和天主教徒都同样使用了保罗的传统概念，将教会当成身体，但是，正如社会历史学家最近所言，更真实的新教共同体的生物学形象其实是韧带和神经网络。[1] 更恰当地说，这个网络并非解剖学家以外的人可触知或可见的网络;这是大多数人当作信仰的观念。身份并不由它是否参与身体——因此,参与可见的、共同的仪式——来界定,而是由它在交流模式、法律关系以及服从关系中的位置来界定。每个人的否定原则最终都来自神圣力量,这种力量让他所处的网络充满活力,而对这种权力的表达,即这些关系的编码系统的重要钥匙,其实就是《圣经》。这部书——对廷代尔而言,这本俗语版的印刷书——替代了共同的身体。

人无法成功结合这两种存在模式:即使像伊拉斯谟这样的异中求同的天才也不能令人信服地证明,人们能够分别从每一种模式中选出好的品质,并把它们合并成一个新的、全面的整体。在世俗背景下,将这两者的某些方面结合成一个复杂而不稳定的统一体是可能的。托马斯·怀特的宫廷诗坚持认为,它没有内在的安宁,它遵守自己的个性化原则。自我独立其中,靠对双重性的拒绝定义自己,而在这个堕落世界中,这种双重性是在性和政治上取得成功的保证。首先,对怀特而言,这种双重性是女人的特性;因此独一性(singleness)、忠诚以及内外一致是有德性的男人的属性。怀特的诗行不断确认他的男子气,这不仅表现在对他的独一性的宣称中,还表现在有意的粗糙风格、粗俗的直率、对女人的冒犯和不安中。我认为,宫廷诗歌中的男子气等同于廷代尔的鹰式自我(eagle-self),有意与虚假的社会仪式切割开来,全面拒绝玩堕落的游戏。当然,在世俗背景下,不存在一本能让人们重新融入更大的社会网络的神圣的书。只存在世俗的权力,它的基础和目的不是公正的事物秩序而是一种恶性竞争。廷代尔的独一性被置于这样的背景下,即他是庞大的服从系统的一分子,与之相对,怀特则陷入了世俗权力的争斗。因此,怀特宣称的专注自我的独立性（self-absorbed independence）和对虚假的憎恶，这被它们对自身对立面的暗示所抵消。蔑视双重性本身就是戏剧般地操控表象；在复杂而危险的竞争中，直率的诚实其实是高超的外交策略。怀特的廷代尔式的独一性转变成了莫尔式的戏剧性。

但是廷代尔的孤立状态被他的宗教计划所超越，莫尔的角色扮演也被他对融入教会的渴望所超越。怀特既没有莫尔的教会，也没有廷代尔那般对圣言的热情服从：他只有世俗的力量，也就是支配宫廷中的政治关系和性关系的统治意志。在这种冷酷的背景下，怀特对他那男子气的诚实品性的操控让我们看见了不诚实（bad faith），这种不诚实在诚实的伊阿古处得到了恰当描述。在他最为出色的宫廷诗中，怀特徘徊在一系列问题的边缘——是否给予他的处境以直接思考，是否对他自己的失败（即他无法从统治和服从的辩证中解脱的失败）的复杂性进行探索——但是他无法成功地让这种反思变成完全有意识且深思熟虑的。在他正在进行的工作中，在那些塑造了他的身份并且决定了他的发言目的的竞争环境中，他如何能够确立一个从事这种探讨的立场呢？如果莫尔能够做到这点，那么这只是因为他热情地依附于制度，而这制度让怀特名誉扫地，并且被逐出英格兰。当然，怀特转向了其他诗歌形式，这些诗歌形式标志着他不稳定的宫廷身份的瓦解，但是忏悔诗仅仅将权力、性与内在性的联结成功地转移到了更高级的宫廷，而讽刺诗则试图通过退出与女人和权力的危险关系来建立坚硬而牢固的身份，但它们又被拉回了它们试图逃离的冲突和角色扮演中。

对于处于怀特的处境中的人而言，角色扮演似乎无法避免，不管是宫廷内的权力集中还是新教徒的意识形态，都导致了身份意识的增强，人们越加关注对身份的表达，越加努力地塑造和控制它。对自我的塑造被提升到一个问题或计划的地位。身份所带来的压力——意识和权力的压力，无论是在个人身上还是在身处其中的社会中——具有深远的文学影响，我们在检视前面三个人物时已经对此有所知晓。在接下来的章节中，我将关注第二个三人组——斯宾塞、马洛和莎士比亚——现在会更多地聚焦于特定的文本而更少地聚焦于作者和作品之间的直接联系。缩小焦点是出于艺术具有独立性的巨大幻觉，也是由于我们必须在完全为人所意识到了的虚构世界中思考更复杂的、看上去更自主的角色。我们已经在莫尔、廷代尔和怀特那里看到了自我塑造的压力，它已经超越了更高层次的意识艺术（conscious artistry），而16世纪后期的文学则变得越加擅长在高度个性化的情况下塑造人物。另外，至少一小部分人越来越可能把文学当成他们的主要活动：当我们的对象从斯宾塞变成马洛，再变成莎士比亚，对艺术创作的职业身份的重视愈发凸显。因此，我们更容易在个人作品内讨论这种身份的形成和削弱，而不需要正式将其与创造者的生活联系起来。尽管我们必须提醒自己，这种明显的内在性依赖于一种自我塑造文化的鲜活经验。[2] 在转向斯宾塞之前，我们会尝试简要概述一下这种文化的显著特征。

尽管由于时代和材料的局限，介绍文艺复兴时期的最好作品之一仍然是布克哈特的《意大利文艺复兴时期的文化》(*Civilization of the Renaissance in Italy*)。[3] 布克哈特的核心观点是，中世纪后期意大利政治上的动荡——从封建制转向专制——孕育了意识上的根本变化：君王和雇佣兵首领（condottieri），还有他们的大臣、部长、诗人、随从都与以前的身份模式切断了关联，迫于他们与权力的关系，他们不得不塑造一种新的对他们自身与世界的感觉：把自我和国家当成艺术品。但是在此过程中，他断言，这些最终作为自由的个体而出现的人必须非常合格。不仅在意大利，而且在法国、英国等地，老的封建模式都在慢慢解体毁灭，人们创造了新的模式，将其当作容纳和疏导释放的能量的一种途径。

在这种创造中最主要的知识和语言工具就是修辞，在大多数绅士接触过的人文主义教育中它处于核心位置。[4] 修辞是诗歌、历史和演说共同的基础；它能够调停过去和现实、想象和公共事务。它鼓励人们把人类各式各样的话语当成论证，把诗歌当成表演艺术，把文学当成模式的仓库。它给予人们权力以塑造他们的世界、计算可能性并掌握偶然性，它着眼于读者和效果，暗示人类的性格能被塑造成相似的样子。修辞被用于使文化戏剧化，或者说它就是已经被深深戏剧化的社会工具。[5]

戏剧性，在伪装和戏剧化的自我呈现的意义上，兴起于所有文艺复兴时期的宫廷都共有的境况：一群与传统角色相疏离的男人和女人不安地围绕在权力中心周围，不断争取认同和关注，近乎盲目地强调仪态。[6] 在16世纪非常流行的宫廷行为指南本质上是演员的小手册，在一个成员无时无刻不在表演的社会里，它就是行动指南。这些书与修辞手册密切相关，后者在当时也很流行。本质上两者都是用词策略的指南，都基于模仿的原则。前者仅仅扩展了后者的规模，提供了关于自我的整体化修辞，提供了塑造人为身份的模板。

最伟大、最著名的行为手册就是卡斯蒂廖内的《廷臣传》，它描述了这样一个世界，在那里，社会摩擦、性斗争以及权力都被精心伪装在对优雅的闲暇（otium）的虚构之中。因为精通它自己的原则,卡斯蒂廖内的作品掩盖了冗长乏味的台词构思和秘密的排练,而这些正是成功表演的基础。要理解这些,我们必须转向那些没这么精细的手册,比如《宫廷的文雅》(The Court of Civil Courtesy, 1577),这本手册是用来帮助读者顺着线头成功穿过社会区隔的迷宫、在等级的游戏中胜出的。比如,如果一个同级或更低阶层的主人让一位绅士坐在比其更低的位置,那么作者建议这位绅士坐在比随意安排给他的位置还低两个或者三个位置的地方;如果主人想把他移回来,他应该若无其事地说:"只要我发现了好肉,我不会在意我的位置。"[7]当然,这是那些非常在意自己位置的人才会说的话。

掩饰和伪装几乎在所有宫廷手册的建议中都占据着重要位置,从这种关于仪态的趣事,到瓜佐(Guazzo)对伪装是令人愉快的社交场合的必要组成部分的辩护,再到卡斯蒂廖内认为政治美德是糖衣炮弹的观点,都是如此。[8]有关文艺复兴时期的这种伪装与廷臣的整体心态的最透彻研究是维也纳的菲利贝尔(Philibert de Vienne)著名的嘲笑颂辞,即《宫廷哲学家》(The Philosopher of the Court, 1574)。这部鲜为人知的作品于1575年由乔治·诺斯(George North)翻译成英语,书中的言说者谈到,"可以这样来定义我们新的道德哲学:确定而又合理的判断,如何根据宫廷的优雅和风格来生活"。[9]旧式的哲学家习惯于探究表象之下的本质,而现在的道德家只需要仔细地关注表象:"所有经过巧妙表达的事物的外表和表象都是我们哲学的主要支撑——我们看到的,就是我们在此的判断[……]"(56-57)。行为若有貌似合理的"掩饰和动听的借口"(50)就会被宽恕;没有这些的行为则会被判为犯罪。这没有被呈现为有意识的犬儒主义;与此相反,言说者认为他自己非常道德。他谈到了交换的正义和分配的正义，谈到了审慎、节制和宽宏大量。最重要的是，他赞扬荣誉，为了捍卫荣誉人们可以合法地斗争，如果需要的话，还可以杀人。但是这些极端的措施很少；就像《廷臣传》中所说的，个人要赢得荣誉，与其靠剑不如靠优雅（grace），优雅这种品质可以通过精心的学习和实践获得。[10]

菲利贝尔的目标并非骗子的狡猾，而是理想主义、崇高的道德基调，它有助于促进廷臣的职业并隐藏自己的贪婪。宫廷哲学家并不想放弃无瑕的良心带来的快乐；的确，这种良心是人文主义教育最好的产物之一，而他们所处社会要求他们都得接受这种教育。但是困难在于，在宫廷的现实中，如何在面对那些违背这种原则的举动的同时保持这种良心。如果说那些违背原则的事在大多数情况下不可见，那么也会有这样的时候，即充满伪装的生活必须面对一种道德传统，比如在苏格拉底的教导中，这种道德传统坚持认为伪装是不道德的。菲利贝尔的兴趣在于，在这种时候，廷臣的心里是怎么想的，如何在社会层面适应道德窘境："苏格拉底禁止这些掩饰和一般的伪装，因为我们不应该表现得与我们自身所是不一样，我们也都允许同样的［……］但是苏格拉底不让我们这样做，不让我们展现与我们受到的敬重相反的态度，更不用说当每个人的不完美带给我们危险、不利于我们时，我们去掩盖并适应这些不完美［……］他自己为我们树立的榜样，因为他虽然一直像他自己［……］但却是这个世界最伟大的伪装者"（97-98）。

通过某些方便的扭曲和对他的死亡境遇的谨慎省略，苏格拉底被整合进了修辞式的自我塑造的风气中，柏拉图在《泰阿泰德篇》(*Theaetetus*)和《高尔吉亚篇》(*Gorgias*)中谴责了他。对于宫廷哲学家来说，苏格拉底不再反对智术师对世界的看法——"人的美德不是由好本身组成的，正如哲学的观念表明的那样：而是看起来好"（12）——而是成了这种看法最重要的实践者。社会理想和社会行动间的幻灭的潜在冲突可以避免，菲利贝尔笔下的言说者以对分饰多角之人的赞扬作结："这种精神的天赋无可指摘，它让人按照别人的意愿去改变和转变自己。他这样做会被认为是明智的，他会获得荣誉，在任何地方都不会受指摘：对此普罗透斯（Proteus）知道得非常清楚，多种多样的变形和频繁的变化对他来说非常方便"（101）。[11]

菲利贝尔对他讽刺的思维方式有着深刻的洞察，还巧妙地模仿了它的思想和表达方式。的确，有些证据表明，从表面上看，《宫廷哲学家》在英格兰被当成了宫廷行动指南。[12] 如果是这样，那么这是对菲利贝尔的精准观点的一种惊人的致敬，他认为廷臣心里承受着保存理想主义的压力，他们通过把颠覆性的批评转变为戏剧化的称颂和赞同来承受这种压力。人们越接近权力中心，这种压力就会越大；在权力中心，即使是敌对和挫败都披着狂烈崇拜的外衣。因此，罗利爵士可能对伊丽莎白的西班牙政策非常愤怒，希望它更有战斗性，但是他若要这么做就必须将背景变成他和皇室情人的"浪漫故事"。她是辛提娅，而他是欧西恩；她是狄安娜，而他是爱慕者；她是骑士传奇的女主角，而他是为之献身的骑士。当他在六十岁的情人那里失宠时，陷入爱河的中年人宣称他伤心欲绝，倍感孤独："当她在附近时，我能够每两三天就听到她的消息，我的痛苦要少一些，但是直到现在，我的心仍然深陷悲痛当中。我习惯她像亚历山大一样骑马，像狄安娜一样狩猎,像维纳斯一样散步,温柔的风拂过她的金发和干净的脸颊,她就像一名仙女〔等等〕。"[13]

为了表达这种柔情,罗利甚至上演了一场猛烈而热情的戏剧,模仿了《疯狂的罗兰》(*Orlando Furioso*)的第23章。他的亲戚,阿瑟·戈尔格斯爵士(Sir Arthur Gorges)——毫无疑问遵照指示——在一封给塞西尔(Cecil)的信中小心地描述了这个"奇怪的悲剧",他最后写道:"我害怕罗利爵士不久就会变成疯狂的罗兰,如果聪明的安格丽卡再拒绝他久一点的话。"这个表演的核心在这句附言中:"我希望女王陛下知道。"[14]

罗利比大多数人更引人注目,但是这个现象总体上为人所知。罗伯特·凯里爵士(sir Robert Carey)留下一份记录,记录了他如何被伊丽莎白的戏剧演出吸引。1597年,他作为东区领主,因为没有收到报酬而恼怒,他在没有受到邀请的情况下骑马到特奥巴德兹(Theobalds),要求女王接见。塞西尔和凯里的兄弟(他当时是宫务大臣)都劝他马上离开,不要让女王知道他贸然造访,他们保证女王会大发雷霆。但是他的一个廷臣朋友威廉·基里格鲁(William Killigrew)提出了更好的办法:他告诉女王她欠了凯里人情,"凯里已经超过十二个月甚至更久没有见到她了,无法忍受巨大的幸福被剥夺的痛苦;于是他立马赶来参见女王陛下,来亲吻您的手,然后他很快就会回去"。[15]凯里受到了接见并且拿到了属于他的钱。

我们怎么接受这样的故事?在这件事情中,凯里暗示女王上当了。有可能,不过,且不说她的虚荣心有多强,我们完全能够肯定,伊丽莎白心知肚明,他骑马从苏格兰地区过来不只是为了亲她的手;在坚持这种浪漫的虚构时,她决定了接下来他们交往的整个基调：凯里不再是向她索要薪水的奴仆，而是拜倒在其情妇脚下的情人。他被整合进了彼特拉克式的政治中。

毫不奇怪，对这些策略最敏锐的同时代观察者是弗朗西斯·培根爵士。如果宽容地看待女王所鼓励的追求和表白："它们就像我们在福岛（the blessed islands）发现的关于女王的浪漫故事，而她的廷臣和机构，虽然允许含情脉脉的爱慕但禁止情欲。但是如果你严肃地对待这些，就会发现它们挑战了另一种类型的赞扬、一种非常高级的赞扬；可以确定的是，这些逢场作戏丝毫无损她的名声与威严，既不会削弱她的权力也丝毫不会阻碍她的事业。"[16] 培根感觉到，首先，宫廷的浪漫环境有着非常明显的文学色彩；其次，它并不妨碍皇家的控制权。事实上，两者密切相关：伊丽莎白对权力的运用和她对虚构的利用密切相关。[17] 她在一次艰难的会议结束时的亲笔手稿被保留了下来，这份手稿让我们得以一睹女王特有的策略："让我的这一原则来指导你而不是严厉地打击你，"她写道，"不要太过冒险地试探君主的权（pow）*〔……〕"最后几个字母被划掉了，取而代之，她写下"耐心"（patience）。[18]

在莫尔描绘的更激烈的政治模式中，每个人都感觉权力伪装成了耐心或者披上了浪漫的外衣，但是虚构作品很少被用来反对伊丽莎白，这与后来针对詹姆斯和查理的情况不同。女王相对成功的理由很多也很复杂；这些理由可以总结为，为了大多数人的利益，人们不能试图揭开她的权力的神秘面纱，因此也很难这样做。

---

* 从下文可以看出，这里可能是要写"权力"（power），而被修改为了"耐心"（patience）。——译者注

女王的权力与虚构也在一个相对技术性的层面上被联系在了一起：根据恩斯特·康托洛维茨（Ernst Kantorowicz）的说法，她的统治见证了对"国王的两个身体"这一神秘而又合法的拟制的第一次重要的世俗化解释。伊丽莎白在她即位演说上宣称："我只有一具身体，但是经过［上帝］的允许，这具身体自然而然地被当成政治之体（Body Politic）来施行统治。"当她登上皇位时，根据皇家律师的说法，她的存在被深刻地改变了。她终有一死的"自然之体"被赋予了不朽且永远正确的"政治之体"。她的血肉之躯会变老，会死亡，但是其政治之体，正如普洛登（Plowden）所言，"不像其他人一样臣服于激情，也不臣服于死亡，在这具身体中国王不会死亡"。她有形的存在象形着永恒的、集体的存在，具有绝对的完美。正如科克（Coke）所言，"国王的王冠是法律的象形"。[19] 她活生生地代表着时间中不变的东西，即一种虚构的永恒。通过她，社会获得了象征意义上的不朽并且实现了一个完全稳定的世界的神话，这个世界取代了变迁的历史。

当然，没有这些精心设计的学说，王权也一直包含着虚构、戏剧性以及对权力的神秘化。然而，"国王的两个身体"这一观点可能让伊丽莎白意识到她的身份至少有部分是虚构的身位（persona ficta），或者意识到她的世界是个剧场。她深信——几乎达到了宗教信仰的程度[20]——表演、仪式和装饰都是皇家权力的全套戏剧装备。"我们君王，"她在1586年告诉一个上议院和下议院的代表团，"被置于舞台之上，在世人的注视和视野下被充分观看。"[21]

在官方的表演和庆典中，一切都是精心安排的，这意在把她转变成魔法般的存在，有无限的美丽、智慧和权力的造物。即使她平时在公众面前露面也让人觉得像是在演戏。一个同时代人，古德曼主教，在几年后回忆起他曾经于 1588 年 12 月的一个夜晚在议会中看到女王："这给我留下了如此深刻的印象，这是我从火光中看过的最好的表演和典礼，整个过程中我们什么也没做，就只谈论了她是一个多么值得称赞的女王，我们将如何穷尽一生来服务于她。"[22] 古德曼绝不是犬儒式的人物，但是，至少在他的回忆中，他能够把王室的亮相当成精心策划的表演，这场表演的目的正是激起他后来感受到的情感。女王在那个场合对民众的发言——"你们会有一个更好的君王，但是你们不会再有一个更慈爱的君王"——在她的统治期间不断地以各种方式得到重复。这些都是现成的词汇，她需要时就能用。她发表于 1601 年的著名的"黄金演说"（Golden Speech）正是这几句话的巧妙组合——没有一句话没被她反复使用过。

很早以前整个公众形象就形成了，在接下来的四十年中，它不断地被反复表演，很少改变。在她加冕前一天穿过城市的正式游行中，主题就已经固定了。"如果有人要称颂，"一个观察者写道，"除了说，当时的伦敦城是拥有高贵心灵的女王向她最爱的臣民呈现精彩表演的舞台，人们极其欣慰地见到君王如此杰出，就再也找不到更好的表达了。"而在她即位时，她的姐姐玛丽一直保持沉默，与她形同陌路。伊丽莎白向所有人表达了她的感激和喜爱。她向前来祝福的人保证："我会像古往今来的所有女王那样对臣民们好［……］我们要劝诫自己，为了你们所有人的安全和安宁，若有需要，我将不惜洒下我的鲜血。"[23]

互爱和皇家的自我奉献——几周后她在第一次向议会的致辞中重申了这些主题，并且增加了第三点（可能是其中最重要的一点）："最后，这对我来说已经足够了，大理石会昭示一个女王，在统治期间，以贞女的身份活着并死去"（Neale, 1:49）。有关童贞的世俗崇拜产生了，不久前年轻的伊丽莎白曾把自己描绘成童贞母亲："所以，我向你们所有人保证"，1563 年她向下议院说道，"虽然在我死后你们可能会有很多继母，但你们再也找不到比我对你们大家表示的更自然的母亲了。"（Neale, 1:1098）[24]

在那些年，廷臣、诗人、民谣歌者以及艺术家提供了很多其他的崇拜形象：在罗利的不完整列表中，有"辛提娅、福柏、弗罗拉、狄安娜和奥罗拉"，我们还可以补充阿斯特莱亚（Astraea）、扎贝塔（Zabeta）、黛博拉（Deborah）、劳鲁阿（Larua）、奥莉埃纳（Oriana），当然，还有贝尔福贝（Belphoebe）和格洛莉娅娜（Gloriana）。[25] 光彩夺目的赞美仪式将国家和宗教的情感导向了对君王的崇拜，掩盖了 16 世纪后期英格兰社会、政治以及神学方面的深刻分歧，并且暂时改变了其发展方向，将伊丽莎白潜在的灾难性的性劣势转变成了最高的政治美德，对那些不择手段追求财富的人施加了微妙的约束。女王的教子约翰·哈灵顿爵士（Sir John Harington）最好地描述了将皇室权力浪漫化所造成的影响：

> 她的思维专注，像盛夏早晨从西方拂来的微风；让她周围的人感到甜蜜和清新。她的演说赢得所有人的喜爱，她的臣民都试图展现他们都爱为她所役使；因为她会说"她的国家要求她来发布命令，她知道她的人民出于对她的爱，乐意这样做"。在这方面她完全展现了自己的智慧：当他们的统治者说这是他们的选择，而非她的强迫时，谁会选择对她丧失信心；或者谁会隐藏爱和服从呢？当然她能玩好自己的牌，

不需要强制就获得服从；另外，当他们不听话时，她能够作出这些改变，因为她是谁的女儿，这点毫无疑问。[26]

哈灵顿这番巧妙的描述值得仔细关注。它以一种传统的敬拜修辞开始，这是数不胜数的颂辞所使用的熟悉的语言。第二句以同样的模式开始——我们从她的思想直接转向她的言语——但在该句的第二小句中有微妙的变化："她的臣民都尝试展现他们都爱为她所役使"。然而，权力被女王富有说服力的演说所掩盖，这场演说不仅能将服从转变成爱，而且在"她的国家要求她来发布命令"这句话中，还表明服从命令的人其实是她，而她的臣民很荣幸能"自愿"行动。我们接下来转向另一类臣民，他们认为自己用"对爱和服从的展现"诱骗了君王——这是卡斯蒂廖内所谓的"善意的欺骗"[27]——但是实际上他们才是被操控的人。最后一句非常清楚：首先女王被描述成聪明的赌徒，然后，完美地描绘了——用罗利的话来说——一位无情的君王的形象（暗指亨利八世）。我们已经远离了盛夏早晨的微风！在所有以宗教方式展现的爱背后，都保留有必要时随时可供使用的武力。对这种武力的认知对哈灵顿而言并非重要的看法："我们真的都爱她，"他总结道，"因为她说她爱我们，在这件事情上她完全展现了自己的智慧。"[28] 现实主义和讽刺仍然存在，但是对它们的理解则是通过统治者和臣民之间的共同利益来实现的，这种共同利益从权力关系转变成了爱欲关系，这种理解也是对女王能力的理解，即不但认为女王有能力塑造她的身份，而且认为她有能力操纵其追随者的身份。

有一种文化如此紧密地参与了身份的塑造，参与了对道德理想主义的掩饰和保存，以至于斯宾塞在定义整部《仙后》的"一

4 塑造绅士：斯宾塞与安乐窝的毁灭

般意图和意义"时，是为了与这种文化进行交流：在全书的结尾，他向罗利写道，这种意图是"要以美德和文雅的原则塑造绅士和高贵的人"。[29] 诗歌依赖一个明显但绝非普遍的假设，即一个绅士能够被这样塑造而成，不仅在艺术中而且在生活中也是如此。在这章剩下的部分，我们将思考有关教育训练（educative discipline）的章节的意义，即卷二第12章"安乐窝的毁灭"。《仙后》的读者会回忆起，在危险的游历之后，谷阳（Guyon），一个克制的骑士，和他的同伴年老的帕尔默（Palmer）去到了美丽而危险的女巫阿克拉西亚（Acrasia）那里。在平息了阿克拉西亚那些怪异的护卫的威胁之后，他们到达了女巫精美的安乐窝，在那里，在帕尔默持重的建议的帮助下，谷阳拒绝了一系列情欲诱惑。在安乐窝的中心，他们发现女巫伏在一个年轻人身上，他们随即突袭了她，并用网抓住了她。最终谷阳有秩序地毁坏了这个安乐窝，带着被紧紧绑住的阿克拉西亚离开了。

在斯宾塞的大量作品中，我们不可避免地会忽略其他一些符合这章所建立的视角的时刻，但是我们至少能够确定，这样的视角非常重要：就像福斯塔夫的流放、奥瑟罗的自杀演说，以及沃尔波内（Volpone）的严厉惩罚，在文学批评中，《仙后》卷二的结尾是英国文艺复兴文学的最大难题。阿克拉西亚的安乐窝的毁灭以非常仔细的方式测试了我们对快乐、性以及身体的态度；也测试了我们的身体快乐与美学形象的快乐之间的关系，以及两者与谷阳所谓的"卓越的"人造之物的关系。我用"测试"这个词，不是说这部作品是在检查我们是否知道正确的答案——《仙后》这篇长诗，就像保罗·阿尔珀斯（Paul Alpers）曾经证明过的那样，不断邀请我们相信我们自己对这种丰富的外表的经验[30]——相反，这种经验往往揭示或定义了我们自身的重要方面。因此，当 C. S. 刘易斯引用斯宾塞想象中的"精致的健康"，将安乐窝描述成"男性的好色和女性的挑逗"的样子、"完全病态的性本质"的样子，甚至"色情狂"（skeptophilia）的样子，熟悉刘易斯作品的读者会意识到这与他对《海洛和利安德》（Hero and Leander）和《维纳斯和阿多尼斯》（Venus and Adonis）的色情片段的批评有关，也与他有关成熟和心灵、道德健康的观念有关。这里并不是要否认，刘易斯精彩的解释描述了任何细心的读者都能在"安乐窝"中看到的令人不安的品质，而是要说，它也许能帮助我们理解，他为什么写"安乐窝甚至不是健康的兽欲的地点，也的确不是任何行为发生的地点"，尽管斯宾塞描述了阿克拉西亚及其少年爱人"在长长的淫乐之后"安睡，甚至（追随塔索 [Tasso]）描述了"刚结束的一番云雨，疲倦之中"，汗滴在阿克拉西亚雪白的胸脯上颤抖。对斯宾塞来说是"快乐寓于情欲享受"的地方，对刘易斯而言仅仅是挫败的领域；所有的性行为都以这种方式保留在阿多尼斯的花园中，因此与繁殖紧密相连。[31]

另一极端是叶芝把这部诗中的道德判断贬斥为"无意识的伪善"。叶芝告诉我们，斯宾塞"是个有着快乐感觉的诗人，当他描绘菲黛莉亚和阿克拉西亚的岛屿时，他的诗歌变得非常美妙"。[32] 同样，熟悉叶芝的读者会认识到某些反复出现的兴趣和价值。如果不是过去几十年大多数斯宾塞的注疏者把"安乐窝"和斯宾塞其他类似作品当成技术上有待解决的谜团，仿佛人们可以脱离它们对读者的影响来确定它们的意思，那么这个观点就会太过明显而不用反复讨论："'安乐窝'的主题是人类身体的混乱，一般情况下它描绘或呈现的是混乱的原因，用来描绘这幅图景的意象也都是混乱却符合礼仪的法则。"[33] 就像黑兹利特（Hazlitt）的回应一样，对这部诗"撩人的悲怆及慵懒的想象力"的共鸣或残留的对毁灭的不安都被看成是荒谬的。的确，浪漫主义时期的这部诗的读者们含蓄地忍受了作为堕落或者道德有损之人的指控。当然，批评家令人信服地表明，谷阳的道德暴力行为背后的思想传统不仅包括了清教主义（不管在什么情况下，清教主义都不能仅被理解成歇斯底里地拒绝肉体），还包括了古典和中世纪思想。[34] 另外，它也表明对安乐窝的描述并非斯宾塞在日益增加的不安和不诚实中决定摧毁的独立的"美"，而是内嵌在叙述中的、自始至终由诗人复杂的道德智慧塑造的插曲。不过，因为这种学问而丧失名誉的浪漫主义批评家有个优点，即他们完全承认安乐窝强烈的爱欲诉求。他们在回复中经常提到斯宾塞描绘了阿多尼斯花园中的健康的性快乐，在那里，"伴侣融为一体"（Franckly each paramour his leman knowes, 3.6.41）；但这种比较没有关注到这一事实，阿多尼斯花园，活物的伟大"温床"，几乎没有爱欲吸引力。问题并不在于性行为在斯宾塞那里是否可欲，而在于为什么安乐窝的特殊的爱欲吸引力——相比诗的其他段落中的更强烈和持久的吸引力——激发了英雄毁灭性的暴力。

我们被告知，在开始的诱惑后，这个安乐窝变得之味、反常且令人沮丧，或者说，读者的任务就像英雄的任务一样，是正确解释这些意象，即认识到内在于安乐窝的"淫荡的爱和浪漫的奢侈"的危险。我相信，读者很容易发现一开始的危险，发现这个插曲的力量大多来自这一事实，即读者的感觉对安乐窝持续的情欲力量只有很少，甚至没有影响：

> 那个女巫正在玫瑰卧榻休歇,
> 仿佛云雨后虚脱或者因乐罪晕厥,
> 一袭银色绸缎薄如蝉翼,
> 有意凌乱不整,或为两情相悦,
> 象牙色的撩人肌肤宛如白雪,
> 半隐半现之间显得更加婉约。
>
> (2.12.77)

"乐罪"(pleasant sin)——这一道德判断既不可避免也不可悬置,但是它也没有建立它对诗节的主导权;它反而被整合进了一个世界,在那里,正常概念间的界限是模糊的:慵懒和活力、模糊和透明、血和石都混在一起。与此类似,著名的玫瑰颂结尾——

> 花须折时请你折,切莫等错过,
> 当爱就爱,莫犯下同样的过错(crime)——

使得我们立即重新描述"过错"这个词,把它等同于"激情"(passion)或者"强度"(intensity),即使我们都知道不能这样重新描述"过错"。我们能够掌握这种图像学,正确解读所有符号,但仍然要回应安乐窝的诱惑。我们将会看到,正是这种同化(absorption)带来的威胁刺激了谷阳,使他达到了暴力的顶点。悖论的是,节制——避免极端,"清醒统治"身体,实现"中庸之道"(Golden Mean)——必须由破坏性的极端行动组成。

安乐窝的危险诱惑与玛门的洞穴形成了鲜明对比,在后者那里,值得注意的是,谷阳的经验和我们的经验都没有对诱惑作出同情的反应。英雄穿越洞穴的旅程,经过以难以置信的方式展现的财富，体现了节制之人的生活的基本模式：不断面对既壮观却又极其容易抵制的诱饵。屈从这些诱惑的后果是恐怖的——只会被撕成碎片——但是节制之人之所以抵抗，与其说是出于对邪恶后果的恐惧，不如说是出于真正的冷漠。也就是说，玛门的出价仅能吸引那些打算堕落的人——这是对斯宾塞或者清教徒的思想来说并不陌生的同义反复。谷阳的昏倒并非象征着紧张，也非出于抵抗诱惑的压力，而是因为缺乏食物和睡眠。

在"安乐窝的毁灭"中，谷阳的"英雄的心里充满了柔情蜜意"（2.12.45*），他不仅离开了诱惑之地而且将它付之一炬。为什么他必须这样做才能在斯宾塞塑造绅士时扮演好他的角色，要理解这一点，我们可以引用《文明及其不满》中的观点。弗洛伊德写道："我们不能忽视文明在某种程度上建基于压制本能，而且在很大程度上（通过抑制、压制，或者其他手段？）必然以强大的本能不被满足为前提［……］在这一方面，文明对待性爱的做法就像一个民族或者一个阶层使其他人群遭受剥削的做法一样。"[35]现代批评会简化安乐窝的毁灭，其方法是给阿克拉西亚的领地贴上各种各样的标签，如恶心、污浊、徒劳以及无趣，等等，但是，斯宾塞与弗洛伊德共同推动了性话语与殖民话语的交织，这不但令人尊敬而且意义深远，但是斯宾塞只能以近乎悲剧的代价接受性殖民主义。如果他曾想过他可以把阿克拉西亚变成丑陋的老女人就好了，就像他曾经展现杜爱莎（Duessa）或者像阿里奥斯托（Ariosto）曾经展现女巫阿尔西娜（Alcina）那样（虽然后者更为含混），但是阿克拉西亚直到最后都非常吸引人。她不仅提供

---

* 经核对，原文误，实为 2.12.65。参见埃德蒙·斯宾塞，《仙后 I》，邢怡译，北京：北京时代华文书局，2015 年，第 654 页。——译者注

了性愉悦——"长长的淫乐"——还提供了自甘堕落、性欲的唯美主义、意志的融化、所有追求的终结；斯宾塞，在他内心深处，理解这种结局的吸引力。他的骑士急切渴求解决、结束或解脱，结果这些东西要么被夺走，要么被推迟；整部《仙后》表达的是对解脱的强烈渴望，只有更强烈的对解脱的恐惧才能克服这种渴望。

安乐窝最终必须被毁灭不是因为它的快感不真实，而是因为它威胁到了文明性（civility）——文明（civilization）——对斯宾斯而言，只能通过压制、持续地使用权力才能完成实现文明性。如果这种权力不可避免会带来损失，那么它在本质上也是富有创造性的；权力是价值的保证，是所有知识的塑造者，是人类救赎的保证。正如培根所言，权力可以禁止欲望，但是它自己也是一种爱欲：这种为反对阿克拉西亚的情欲天堂而施展的暴力，既等同于过度的爱欲，也是他忠诚地服务于皇室情人的保证。即使在他非常痛苦地批评权力的滥用或记录它的暴行时，斯宾塞仍然喜欢权力并试图将他的艺术与权力的符号化身和文字化身更紧密地联系起来。正如他一再强调的，《仙后》完全献身于英国的专制统治者；斯宾塞的艺术具有高度的复杂性，即它在追求人身上的神性时的精致的伦理辨识力，但这种复杂性并没有实现，尽管对我们而言这是令人厌恶的政治意识形态——对帝国主义热烈崇拜——但它与意识形态的联系是不可分割的。

说斯宾塞崇拜权力，说他是我们帝国的源初的、卓越的诗人，这并不是在以1960年代后期那种顽固的方式，谴责他的作品阴暗、懦弱或趋炎附势。倒不如说，他的作品就像弗洛伊德的作品，见证了我们的道德想象的高度复杂性，哪怕在西方对权力所高唱的

4 塑造绅士：斯宾塞与安乐窝的毁灭

赞歌里那最高贵且最令人难忘的美好呈现中也是如此。除了弗洛伊德，我们还可以引用维吉尔，他深深信仰埃涅阿斯个人的和世界历史的使命，他美化奥古斯都只是缓和而非破坏了他的痛苦感觉，即他感觉到的所有帝国强加于人们的压抑、逃离、毁灭。然而，弗洛伊德的例子之所以有用，是因为它帮助我们理解了我们对安乐窝的回应与我们时代的关注点之间的关系，也帮助我们去感受那些文艺复兴文化的特质，我们在此刻独特的历史境遇中会欣赏的特质。

如果正如弗洛伊德的论证表明的那样，所有的文明都依赖压抑，那么我们创造并生活于其中的特定文明依赖一种复杂的技术控制，而这种控制的来源我们可以回溯到文艺复兴。我们不再倾向于赞美这个时期揭开了幼稚假象的面纱，也不再因为以怀旧的视野看到宗教失去统一而攻击这个时期。文艺复兴的人文主义者那伟大的整合结构（syncretic structures）看起来不再像以前那样在思想上令人赞赏，也不再像以前那样能与那个时代的主要艺术作品媲美，即便是将抽象的数理逻辑强加到自然身上——这被卡西尔（Cassirer）明确地称为现代科学的诞生——似乎也是不太确定的成就。在文艺复兴时期，我们继续看到我们对自我、社会以及自然世界的感觉的关键方面形成了，但是我们变得对建构实在的整个方式感到不安。最重要的是，也许我们意识到了我们如此深入地从属于文化，就像我们的脸从属于颅骨，而这种文化是种建构，是人造之物，就像那些巨大的欧洲帝国一样，是偶然的、特定时期的、暂时的建构，弗洛伊德就是从这些欧洲帝国的权力中抽绎出关于压迫的图景的。我们也感觉到，我们正处于一场始于文艺复兴时期的文化运动的尾声，我们的社会世界和心理世界中看起来有裂隙的地方，正是在刚建造时就可见的结构点（structural joints）。我们文明的这个阶段有即将崩溃的威胁，在随之而来的焦虑和冲突中，我们以强烈的好奇和辛酸的心情回应了它兴起时带来的那种焦虑和冲突。要想体验文艺复兴时期的文化就要去感觉它如何塑造了我们的身份，我们更根植于这种经验同时也更被这种经验所疏远。

如果我们的确对文艺复兴时期那些标志了较早地、尝试性地、矛盾重重地塑造现代意识的各个方面特别敏感，那么《仙后》则有着非常特别的意义，因为斯宾塞表达的意图实际上是"以美德和文雅的原则塑造绅士或者贵族"。这一镜像——这部作品的明确目的似乎是发起更大的文化运动——有助于解释读者在斯宾塞诗歌中遇到的自我塑造过程。在"安乐窝"的描述中，这种过程包括了对性的痛苦弃绝：谷阳的毁灭性行为让我们体验到了我们文化中的以暴力抵抗情欲释放的个体发育学（ontogeny），不过这种抵抗以新的强度来渴望情欲释放。这种抵抗对于斯宾塞而言是必要的，因为受威胁的是"我们的自我，不过我们自己看不见，/但他身上有我们每个人的样子"（2.12.47）。我们只能通过约束获得这种自我，其中包括毁灭某些非常美的事物；向这种美屈服会失去具有男子气概的形象并变成野兽。[36]

必须以兽性的决绝拒绝阿克拉西亚提供的快乐，但是人们如何能够准确区分无节制或者过度的性快乐和节制的性快乐呢？毕竟，斯宾塞并不想完全拒绝快乐：如果说谷阳毁灭安乐窝表明"文明在某种程度上建基于压制本能"，那么在卷四第 10 章中，斯库达摩（Scudamour）在维纳斯的庙宇中抓住了阿莫利特（Amoret），则表明了某种程度上文明建基于克制地满足本能，建基于能够引导对欲望的"友好的愤慨"并且从中受益。快乐甚至可以被肯定，就像无名的乞援者对维纳斯的赞美诗中表明的那样，只要它的功能是合法的，它的"终点"（end）既可以被适当地理解为目的也可以被理解为终结：

> 所有其他血肉之躯也逃不掉，
> 很快都会被你激得情火中烧，
> 寻找繁殖机会，向心火上淋浇。
>
> (4.10.46)

斯宾塞无法否认快乐在性行为中有合法的功能，即便是"激情四射"（rage）、"情绪高涨"（fury）、"热情似火"（fire）所意味的极度快乐也同样如此。除了诗人自己的经验和观察，即便有人比斯宾塞更怀疑身体，也非常难以想象毫无快感地生产孩子（虽然，正如我们之后会看到的那样，这种学说偶尔会出现）。在现代早期的欧洲似乎广泛流传着这一医学观念，即要想受孕的话，男人和女人必须体验性高潮。[37] 事实上，斯宾塞再现的所有性满足，包括那些他完全认可的，似乎都近乎过度并且有破坏小心塑造的身份的危险：

> 他轻轻将爱人揽在了怀抱里，
> 直接将爱人婀娜的身体抱起，
> 此身曾在牢狱蒙难，痛苦至极，
> 现在沐浴起爱情的甜蜜欣喜：
> 但灵魂却喜出望外，无法自已
> 美丽的姑娘融化进爱的甜蜜，
> 一见到心爱的人就心荡神移：

> 执手相看，默默无语，相偎相依，
> 宛若两根盘枝，再也无法分离。
>
> (3.12.45[1590])

在卷二结尾，自我定义所依赖的关于节制的快乐与过度的快乐的区分，只能在更大的区分中才能得到理解：即有些快乐出于是某些有用的目的、道德目的，有些快乐则不然。安乐窝的居民仅仅将时间当成一种诱因，在身体衰退之前，在此时此地急切地满足欲望，而不是有目的、有方向的行动。这种所谓的方向——作为一个整体在《仙后》中由探索（quest）这一观念得以表达——指的是在可以激发道德行为的爱的力量中发现性，最终通过婚姻的净化，在繁衍子嗣的行为中发现性。繁衍将线性发展的感觉还原成可能转向自身的经验，陶醉于自身精致之美。如果某种快乐以它自身为目的，宣称能够进行自我辩护而非工具性的，是无目的的而非生成性的，那么它就是无节制的，必须被毁灭，以免它破坏斯宾塞崇拜的权力。

但是这种对节制的快乐和过度的快乐的区分并没有它最初看起来那么稳固，因为欲望可能在生育繁衍中"被满足"，但其本身并不节制。与此相反，生育繁衍能够发生是因为所有生物——包括人和兽——都被维纳斯的"春情"所"撩拨"（4.10.45）。所有约束权力的企图都必须被克服，只有这样才会出现能产生结果的性结合：于是，斯库达摩必须在自制和节制的人物（figures）中抓走阿莫利特，这些人物是女性气质、羞怯、谦虚、沉默、服从，等等，他们都坐在维纳斯雕像脚下。对绅士的塑造依赖于对无法避免的过度性冲动施加控制，为了种族存续，人们必须不断重复这一行为：美德和文雅的原则所依赖的区别永远都有崩溃的危险。

因此，我认为节制骑士的悖论似乎在于他不节制地攻击了安乐窝：谷阳破坏了安乐窝并以"坚硬的锁链"缚住了阿克拉西亚——"因为没有什么别的手段能够保证她的安全和完好"——他的目的是以暴力来获取塑造自我所必需的差异原则。"过度"并非由内在的不平衡或不恰当定义，而是由控制的机制定义，即对权力加以限制。如果说过度实际上由这种权力产生，那么同样矛盾的是，权力也由过度产生：这也是为什么阿克拉西亚无法被毁灭，为什么她和她所代表的东西必须持续存在，永远是毁灭探索的对象。如果她不再作为持续的威胁存在，那么谷阳所体现的权力也将不复存在。毕竟，我们能够肯定，在任何时代，因性过度的而崩溃（melt-down）的人少之又少（相对于狄更斯描述的自燃案例的数量而言），少到足以让人质疑那些精心设计的被用来对付所谓危险的道德武器背后的动机。对过度所带来的威胁的感知能够让制度性权力在性方面产生关于"保护"和"治疗"的合法兴趣，从而对个人内在生活实行根本控制。

自我塑造是斯宾塞的诗歌及其所处的文化的目标，它既需要一个有力的制度，即权力和共同价值的来源——在《仙后》中是格洛莉娅的宫廷——也需要感知非自我（not-self），感知所有外在于身份、抵制或者威胁身份的东西。安乐窝的毁灭完成了骑上的探索——制度被美化，恶魔的他者被认出来又被毁灭——但是节制和快乐、限制和满足之间的内在冲突只是被推迟了而非得到了解决。目前，表面的明确终结暂时让位于新的努力，让位于其他的探索，正如我们在斯卡达摩尔那里所见的那样，这些新的探索即弥补暗含在早期解决方案中的不足的尝试，这种不足即牺牲掉了基本价值。

在分配稀缺资源（比如人工肾）或者在作出暗含高风险的决定时（比如入伍），社会如何作出"悲剧选择"？在对该问题的研究中，圭多·卡拉布雷西（Guido Calabresi）和菲利普·博比特（Philip Bobbitt）发现，社会试图通过一系列方法的复杂混合避免"悲剧结果，即意味着拒绝那些所宣称的基本价值的结果"：这些方法可能会在一段时间取得成功，但它们最终会非常明显地表明某些价值被牺牲了，于是"新的混合方法会被尝试，并被结构化［……］因为它们所替代的那些方法存在缺陷"[38]。随着时间推移，它们也会因为"连续行动的策略"而让位于其他方法，这些策略包含了一个"错综复杂的游戏"，这个游戏反映了人们在感知悲剧选择的同时以虚幻的解决方式来决定"忘记"这种感知。有种意志否认悲剧冲突内在于对文明性的塑造的观念，在这种意志的驱使之下，《仙后》类似上述那种错综复杂的游戏。于是，一次特殊的"行动"，在此就是毁灭安乐窝，实际上代表了一个出色的解决方案，即用最为传统的，但明显是原创的材料构建怀特所塑造的不安的、攻击性的、男性的宫廷身份：男性的性冒犯——猎取、厌恶、统治的欲望——与体现在女性统治者身上的理想价值紧密相连，正是通过效忠，这个身份才得以确立。这个观念明显来自伊丽莎白对一个世俗神话的出色操纵，这个神话融合了被取代的宗教崇拜，斯宾塞成功地表明了他所记叙的"美德和文雅的原则"并不受历史环境限制。就像伊丽莎白自己，斯宾塞对女性力量——仁慈和养育生命的力量——的形象的呼吁超越了一个某地的居所，也超越了一个普通的名字。但是这种"解决方案"有它的代价，正如我们所见，斯宾塞借助非凡的权力来进行再现，这又驱使他走向进一步的建构。

每一次英雄的探索既是胜利也是逃离,当他短暂地瞥见了深思之山时,在变化无常的歌谣(Mutabilitie Cantos)结束时,他从火中逃离。斯宾塞的骑士深信,格洛莉娅的权力为他们设置了道德任务,他们会碰到魔鬼并且打败他。每个为了美德的暴力行动的成功都确认了这种信念,保护着它不受可能破坏道德任务之正当性的因素影响,保护着这样一种可能性不受质疑:在对权力的强烈崇拜中实现正义、连续、稳定的身份。但是安乐窝的毁灭表明,每种自我建构的行为在多大程度上受到不足和损失困扰。

我刚刚描述的经验,在作品保持着其力量的范围内,于大家而言都是共通的,它内嵌于每个人的历史当中,虽然保护性的文化失忆症可能会使我们忘记它,直到我们重新在艺术中体验到它。在这个层面上,我们不需要给文本加入任何东西,除了我们自己。然而,要获得更完整的理解,我们不仅需要面对个人的历史,还需要面对各个民族的历史。正如克利福德·格尔茨的观点表明的那样,我们必须将艺术作品结合到特殊生活模式的肌理中,这种生活模式是一种集体经验,能够超越生活并实现其意义。[39] 如果斯宾塞告诉读者一个故事,他们听着,快乐地听着这个故事,那么这是因为他们有共同的文化生活,他们不断地讲述故事的不同版本,记录他们自己及其生活的世界。在这个意义上,文化诗学并不足以把"安乐窝的毁灭"或任何文学文本描述成对它周围文化的反映(reflection);斯宾塞的诗歌是一种象征语言的表现,这种语言被历史铭刻在生命体中,就像在卡夫卡的伟大寓言中,法律判决通过邪恶的惩罚机器铭刻在受审判的人身体上。

在本章的范围内,我们不可能概述错综复杂的类比、重复、关联以及同源性的网络,哪怕斯宾塞这部伟大的诗歌的这一章节也内嵌于该网络中。但是,我能够简要地重申三点有关安乐窝的毁灭的重要文化要素:欧洲人对新世界的本土文化的回应、英国人在爱尔兰的殖民斗争,以及宗教改革对形象的攻击。这些例子表明了这些得到重申的多样性——从欧洲的一般文化,到英格兰的国家政策,到国家中的少数人的意识形态——然而它们的共同要素似乎证明了弗洛伊德的重要类比:"文明对待性爱的做法就像一个民族或者一个阶层使其他人群遭受剥削的做法一样"。

在新世界的早期探索者所写下的文本中,一段漫长艰难、充满巨大的危险和考验的旅程将一批战士、水手和神父(骑士、船工和朝圣者)带去了一个富饶而又危险的世界。冒险者的道德也是船的道德,在船上,秩序、纪律以及持续的劳作都是生存必需的,他们通过明确的宗教信仰以及未明言但强有力的男子情谊紧密团结在一起。他们碰到的土地常常是非常美丽的:"在我的心中,我完全信服,"哥伦布在 1498 年写道,"人间天堂就在我描述的地方。"[40] 所以,斯宾塞将安乐窝比作伊甸园,"如果将之比作伊甸园",徘徊在愿望皆得实现的土地之上,这片土地既奢华又适度,草木繁茂,不但"安稳"、"气候宜人",而且还"布置"有序。如果说文艺复兴时期的文学小说和旅行者的叙述都使用这些描述性的措辞,那么这是因为这两种视域模式相辅相成:斯宾塞,就像他之前的塔索一样,经常提到新世界——提到"如今的美国人是他们的称呼"(2.10.72)——当科尔特斯和他的人俯视墨西哥峡谷时,其中一个成员说他们想到了《高卢的阿玛迪斯》(Amadis of Gaule)。[41] 在欧洲人眼中,美洲的景色神秘地暗示了隐藏的艺术,罗利这样描述奥里诺科河:"在这条河的两岸,我们穿过我们曾见过的最美的乡村。我们见到的无非是树木、芒刺、灌木以及荆棘，我们看见长达二十英里的草地，草短且绿，草地上零星地长着一丛丛树，仿佛它们是世上所有艺术和劳作的结晶。当我们划船时，麋鹿在水边吃草，好像它们习惯了主人的呼唤。"[42]

当然，斯宾塞并不需要"仿佛"——他既把天堂般的景观归于艺术也归于自然——但是这种差异并不意味着在早期旅行者描述的"毫无艺术感的"世界和诗人"人造的"安乐窝之间存在鲜明对比。欧洲人一遍又一遍记录他们对印第安人的艺术才华的惊奇："当然，我并不稀奇这些黄金和宝石，但是我惊叹是怎样的勤勉和手艺使得那些令人称奇的工艺超越了材料和实体。我看到成千上万种形象、成千上万种形式，这些我无法在笔端表达；依我的判断，我从未见过比这里的美更能吸引人目光的美。"[43]

但是，所有这些诱人的美背后都暗含危险，这种危险不仅存在于明显是偶像崇拜的艺术作品，也存在于伊甸园式的景色本身。像谷阳和帕尔默这样的新世界旅行者被当作"散发着甜蜜和有生气的气味"（2.12.51）的微风，他们的反应混合着惊奇和抗拒："可以用甜言蜜语来形容这些土地的芬芳，"马特写道，"我们故意省略了这些甜言蜜语，因为与其说它们让人保持良好的行为，不如说它们弱化男人的思想。"[44] 与此类似，如果新世界被描述成这样一个地方——"其中有许许多多的花样，没有人妒忌其他人快乐欢畅"（2.10.58）——这样一个黄金世界，那么它也——往往在同一文本中，出于同一套感知模式——充当了一块荧屏，欧洲人把最黑暗、最引人注目的幻想投射其上："这些本地人像野兽一样生活，没有任何理性，女人是共有的。男人与他们曾经遇到过的或第一次遇到的女人交往，无论她是他的姐妹、他的母亲、他的女儿还是其他亲属。那里的女人非常火辣且好色。他们也会吃掉彼此。男人会吃掉他的妻子、他的儿子［……］这块土地上有很多人，因为他们普遍会活超过三百年甚至更多，而且他们不会死于疾病。"[45] 1528年，理查德·马多克斯（Richard Madox）和爱德华·芬顿（Edward Fenton）在塞拉利昂的航行中从葡萄牙商人那里听说了与此类似的非洲风俗："他说，在月亮山附近有个女王，她是所有那些阿玛宗人的女王，她是个巫婆和食人者，每天都要吃男孩的血肉。她一直保持未婚，但是她与很多男人行淫并且生了孩子。然而，这个王国只能由女儿而非儿子承袭。"[46]

实际上，所有旅行叙述的基本要素都出现在了斯宾塞的章节当中：海上航行、奇怪而又骇人的生物、用看不见的艺术展现的天堂景观、金银雕塑的"奇特形象"、被男子情谊抵制的女性柔美气质带来的威胁、土著的慷慨和淫荡、既想进入又想破坏的愿望的抬头。即使是食人与乱伦，印第安人无序而放荡的生活的极端表现，都在阿克拉西亚伏在她的年轻爱人身上这一图景中得到了微妙的暗示：

> 频频弯腰吻他，轻浮到了极点，
> 怕弄醒他，用露在他双唇濡沾，
> 透过重重眼帘将其精气吸干，
> 幻化成低级的淫荡肉欲贪念。
>
> (2.12.73)

在《仙后》卷六，斯宾塞提供了更清晰版本的黑暗想象；[47] 此处在卷二，对禁忌的违背被小心取代了，因此主要的危险不再是污染而是美景的吸引力。性过度导致伏尔坦的灵魂融化，[48] 这种内在的病态伴随着一种外在的羞耻：

> 睡在女巫身边的那个小青年，
> 非常英俊，门第似乎也很体面，
> 自己的高贵身份被如此污染，
> 看到他的人一定会感到遗憾；

(2.12.80)

欲望的完全满足导致了符号的消失，因此也导致了第10章中记忆的丧失，以及为英雄般的成就奋斗的能力的丧失，后者出现在对船工这个人物的描述中，正是他载谷阳和帕尔默去了安乐窝：

> 他们竭尽全力摇桨，一直向前，
> 直到接近那个叫贪婪的海湾，
> 那里的洋流变得更狂暴急湍：
> 渡河倌用尽了所有力气划船，
> 他竭尽所能与惊涛骇浪作战，
> 海湾之中波涛汹涌，巨浪滔天，
> 张开大口，想将他们生吞活咽，
> 入旋涡，埋进那无底的深渊，
> 贪婪发出怒吼，但却都是枉然。

(2.12.5)

人们在安乐窝的中心又再次碰到了在这里遭到成功抵制的被吞噬的威胁，但其形式不是食人的暴力而是情欲的吸引。伏尔坦，他的头伏在阿克拉西亚的怀里，沉浸在沉醉的睡眠中：作为"文明"秩序基础的所有"男性的"活力、所有有目标的方向、所有差异感，都消失了。这种沉睡符合欧洲人认为的土著文化的"无意义性"

(pointlessness)。这就好像亿万灵魂失去束缚,就像他们的祖先一样,他们不知道怎么迷了路,游走到了文明世界的视野之外。他们被吸引到广阔的荒野当中,失去了有关自己的种族和唯一的神的真实历史的所有记忆,陷入了精神和身体的昏睡。我们很难恢复这种对懒惰的控诉所带有的巨大力量;或许可以从漂泊者受到的非常严厉的待遇中找到一丝感觉。[49]

印第安人游手好闲,且缺少任何工作纪律,为了满足欧洲人,这一点被以下的事实所证明,即他们被弄成了悲惨的奴隶,在几周甚至几天的辛苦劳作之后便会逐渐死去。如果他们从奴役中解脱出来,他们只会重拾以前的老习惯:"他们懒惰懈怠,到处游荡,复兴古老的仪式和宗教,做出肮脏有害的行为"。[50]16 世纪的欧洲旅行者无疑是世界上最不安宁、最漂泊的几代人之一,他们谴责印第安人"到处游荡",这是十足的讽刺,但是这种谴责起到了船舵的作用,即稳定和方向的保证。许多计划巩固了这一保证,这些计划意在把土著居民固定、围困在矿井里,在监护征赋制(encomiendas)* 中,在建筑了防御工事的小村庄中,最后,在大量坟墓中。整个文明陷入了一张网,像被坚硬的链子缚住的阿克拉西亚一样。他们的神像被熔化,他们的王宫和宗庙被夷平,他们的墓碑被推倒。"过去最美丽的地方,现在成了最糟糕的地方。"[51]

我们可以回想一下,谷阳没有试图摧毁玛门的洞穴;他只是拒绝了那些邪恶的邀请,他对这些邀请无动于衷,但它们令他疲

---

* encomienda 是西班牙语,指西班牙殖民者在其殖民地针对当地土著(如美洲印第安人和菲律宾人)推广的一种制度,即选择一些本地人作为委托对象来对其他人进行征税,他们可以要求当地土著缴纳贡品也可以强迫其进行劳动,并且有维持当地秩序的义务。这种制度事实上就是一种奴隶制。——译者注

急。但是被他无情摧毁的安乐窝其实令他显得更加冷酷：因为我们被告知，他顽固的心胸中有着一丝"隐秘的快乐"。欧洲人就是以这种方式毁灭印第安文化的，毁灭它不完全是因为那些吸引他们的方面，但是至少部分是因为它们。用来破坏的暴力是可以再生的；他们从中发现一种认同感、纪律以及神圣信仰。[52] 摧毁既吸引他们又使他们厌恶的东西后，他们增强了自身的力量以抵御危险的渴望，以压抑反社会的冲动，以征服追求解脱的强烈欲望。对欲望的征服有更强大的力量，因为它包含了某种它毁灭的东西：阿克拉西亚那消除符号、扰乱节制秩序的性快感的力量，谷阳在毁灭安乐窝时既攻击也模仿了这种力量，而欧洲人的"文明性"和基督性在殖民时期摧毁其他文化时遭受了猛烈的攻击，他们被指控发起了这样的攻击。

若要对欧洲人共谋的破坏行为进行衡量，标准之一就是叛教或至少叛教幻想的发生。贝尔纳尔·迪亚兹·德尔·卡斯蒂略（Bernal Diaz del Castillo）讲了这样一个故事，有个普通的航海人叫贡萨洛·格雷罗（Gonzalo Guerrero），他在尤卡坦半岛（Yucatan）的一次海难中幸存下来。他拒绝再加入他的同胞，八年后，科尔特斯成功地派人传话给他："我已经结婚并育有三个孩子，他们把我当成酋长（Cacique），战时的首领。去吧，神会赐福与你。但是我的脸上有文身，我的耳朵上有穿刺。如果西班牙人看到我这样，他们会怎么说？看看我的这些孩子多么英俊！"[53] 这个密使提醒他，他曾经是个基督徒，"不能为了印第安女人破坏自己的灵魂"，但是格雷罗清楚地把自己的处境当成命运的恩赐。的确，科尔特斯很清楚，三年前在格雷罗的唆使下，印第安人袭击了早些时候远征尤卡坦半岛的西班牙船队。

我们在那些文身的西班牙水手身上也看了类似那些试图阻止谷阳攻击安乐窝的狰狞野兽（尤其是格里力［Gryll］），他曾被阿克拉西亚变形为猪，却对将他恢复这件事"破口大骂"的存在。那些生物为那些有关渴望和共谋的模糊感觉赋予了居处和名字，这些感觉渗透在必须被拒绝和破坏的感官生活的描述中。如果尤卡坦半岛看上去离斯宾塞的世界太过遥远，那么我们仅需转向第二个参照系，伊丽莎白在爱尔兰的统治。在斯宾塞可能写于1596年的《今日爱尔兰见闻》中，尤德喜（Eudoxius）问道："一个由英国提供的甜蜜文明培养出来的英国人，是否会在野蛮的粗鲁中找到乐趣，以至于忘记自己的本性并放弃自己的民族？［……］是否会有人因离家太远而在短时间内忘掉自己的国家和自己的名字？［……］他们是否会极端厌恶自己的故土，羞于提起她的名字，咬掉他们曾由此吸吮生命的乳房？"[54]斯宾塞的代言人伊雷尼乌斯（Irenius）的回应痛斥了那些英国人，说他们都是"堕落的英国人，几乎长成了纯正的爱尔兰人，他们对英国人比对爱尔兰人更怀有恶意"（48）；这些变样的坏人甚至喜欢说爱尔兰语，正如尤喜德发现的那样，"他们应该（在我看来）轻视这种语言，因为征服者总是轻视被征服者的语言，千方百计强迫被征服者学习他的语言"。[55]伊雷尼乌斯把这种非自然的语言背叛、这种符号的清除归因于爱尔兰妇女的颠覆力量。这些叛变的英国人将"咬掉他们曾由此吸吮生命的乳房"，因为另外一个乳房出现了："吸吮保姆的奶的小孩必然会从她那里学到第一句话，这句从他嘴里吐出的第一句话是日后最令他开心的话"，并且"要像爱尔兰人一样说话，心灵必须是爱尔兰式的"。[56]爱尔兰奶妈导致的邪恶变形是通过种族通婚完成的："孩子继承了母亲的大多数天性

[……]这是他们第一次被赋形和塑造"(68)。在《仙后》卷二，塑造绅士的危险来自阿克拉西亚，而在爱尔兰这种威胁来自本土妇女。

人们常说，《见闻》一书（该书写于他完成《仙后》之后）表达了一种变得强硬的态度，一种多年的紧张和挫败带来的残酷而又痛苦的气息。它虽然反映出语调有所变化，但是它的殖民政策与斯宾塞在1580年以格雷伯爵的秘书的身份到达爱尔兰时的政策是一致的，这个时候恰恰是《仙后》的早期创作阶段。叶芝评论道，斯宾塞"写爱尔兰时，他是以官员的身份，出于国家组织的思想和情感在写"。[57] 斯宾塞这样做不仅因为他是官员：正如我们所见，在艺术和在生活中，他的身份观念与他的权力观念紧密相连，1580年以后则与殖民权力的观念紧密相连。斯宾塞提到他与沃雷顿（Wormleighton）和奥尔索普（Althorp）的斯宾塞家族有亲缘关系，但他仍然是个"穷孩子"（在麦钱特泰勒斯公学[Merchant Taylor's School]和剑桥，人们都这样称呼他），直到他前往爱尔兰。正是在那里他被塑造成了一个绅士，他从之前的伦敦东史密斯菲尔德的居民变成了芒斯特3028英亩土地的"控制人"（undertaker）——这里的"双关"并非有意为之，但十分适当。从1582年他第一次获得土地开始，这块土地既保证了他的地位——跟他名字后面的"绅士"头衔——也保证了他的不安稳：被毁坏的教堂、遭皇家侵占的修道院、因饥荒和死刑的执行而荒废的耕地、那些被斯宾塞的长官判为叛国者的人的被罚没的财产。

我们提问，斯宾塞是因为提供了什么服务而获得的奖赏？坦白回答，作为殖民地管理者。但是这个回答是种逃避，它意味着在都柏林办公室里整天没完没了地做琐碎的工作。斯宾塞的叙述给我们呈现了一个事实,他私下里每日都被卷入全岛范围内的对爱尔兰—诺曼(Hiberno-Norman)文明的毁灭,他使用了残忍的暴力,而不是虚构的诱捕,而伊丽莎白女王在国内用这种诱捕的说辞来极力掩盖其实施的暴力。[58] 在这里,边缘地区,斯宾塞是屠杀的代理人和辩护者,为了让那里的居民挨饿有意焚烧茅屋和庄稼,强迫人民搬迁,操控叛国罪的指控以加速对这片土地的掠夺,不断重复军队的"正义"行动以恐吓打击人的心灵。我们也许会想告诉自己,有着斯宾塞的敏感和才华的人或许已经减轻了那些无情的极端政策,但是他似乎并未对这种恐怖产生反作用力,他甚至不像他的同事杰弗里·芬顿(Geoffrey Fenton)那样对此持温和的反对态度。[59] 爱尔兰不仅出现在《仙后》卷五中,也弥漫在整部诗歌中。文明性是对野蛮和邪恶进行暴力征服之后获得的,有关爱和闲暇的段落并未与此过程相分离,而是该过程的奖赏。

斯宾塞的传记作者贾德森(Judson)写道,芒斯特的"大规模移民计划呈现在他面前,其中的每个细节,包括其错综复杂的法律方面的细节,他都知道,因此,他最终获得成千英亩罚没的土地也是自然的"[60]。这可能是自然的,但同样自然的是他的想象常常受到遭遇野蛮袭击——马勒戈(Maleger)的"骇人的哭喊","他身体瘦小得像钉耙",但又似乎不可能被杀死[61]——和被同化的噩梦的困扰。对后者的恐惧比起前者来说不那么引人注目——毕竟,很多人谈论过当地风俗的"野蛮和污浊"——但是伊丽莎白时代的人清楚地知道,正如我们所见,他们最危险的敌人大多是那些变身成"纯正的爱尔兰人"的英国人。斯宾塞自己的职业生涯充满了矛盾的欲望,他想永远离开爱尔兰,却又在芒斯特扎根;[62] 如果说后一种做法几乎不能代表他抛弃了英国的文明性,但它仍然让人感觉到这是受到威胁的变革的开始。我并不认为斯宾塞会因为自身的缘故恐惧变形——我们所有人都知道,他可能暗地里被某些他曾摧毁的东西吸引,虽然对于这种吸引,我们仅有的记录是他的诗歌对它所反对的过度的迷恋——我只是认为他受到这一事实的困扰,即他的同胞世世代代都在经历这样的事情。对斯宾塞来说,固执且出人意料地诱人的生活方式跟军队一样都是敌人,因此除了大规模的饥荒和屠杀这样的无情政策,他还主张摧毁爱尔兰原住民的身份。

斯宾塞是第一批拥有我们所谓的文化场论(field theory of culture)的英国作家之一,该理论认为,国家的观念不仅是一种制度结构,也不仅是一个共同的种族,还是一个复杂的网络,它包含了信仰、民俗、服装款式、亲属关系、宗教神话、美学标准以及专门的生产方式。因此,要改造一个民族不仅要征服他们(虽然征服是绝对必要的),而且要根除本土文化:以爱尔兰为例,在任何需要的地方用武力清除赌徒、马夫、小丑以及其他"懒汉";把广大农村人口从具有危险的行动自由的牧牛人变成农夫;打破氏族或宗派;禁止公开聚众、议会和集会;改造爱尔兰艺术,禁止游吟诗人吟诵具有颠覆意味的史诗;让孩子们为父母的落后感到羞耻;阻止英国移民说爱尔兰语;禁止爱尔兰传统服饰;消灭长官选举制度、遗产不可分割的惯例以及通过支付罚金避免死刑的做法。在这项伟大的任务中,要时刻保持警惕,承受持续的压力,对野蛮的爱尔兰人和开化的英国人自己而言都是如此。斯宾塞写道:"自由权和不良的例子能做如此之多的事。"(63)诱惑的危险一直存在，这种诱惑的第一步是被误导的同情："因此，无论如何必须预见并保证，一旦进入改革的过程，以后就没有后悔和退缩"（110）。无情的毁灭在此并非污点而是美德；毕竟，在几个世纪前，英国人自己也不得不通过类似的征服，从野蛮过渡到文明，这种征服必须得到不断重复，以避免对"自由权和天生自由"（12）的追求再次爆发。施加于爱尔兰的殖民暴力同时也是塑造了英国人身份的力量。

于是，我们回到了可再生的暴力（regenerative violence）的原则，从而回到了安乐窝的毁灭。摧毁的行为也是塑造的行为；第 12 章开篇的诗节的许诺——"现在中道这健壮的泥土身子 / 重新站起"——在结尾处的盘点暴力的部分中实现了：

> 所有那些个行乐的淫宫靡殿，
> 都被谷阳公毫不留情地推翻；
> 谷阳怒冲霄汉，如暴风雨一般，
> 对那些工艺品丝毫不感遗憾，
> 那些享乐设施结局非常凄惨：
> 谷阳毁灭了树林，捣毁了花园，
> 砍下了树木，拆掉了暗室明间，
> 屋子和大厦放了一把火焚燃，
> 此前人间美景，如今狼藉一片。
>
> （2.12.83）

如果这场毁灭的全面性，精心设计的"后悔和退缩"的缺位，将这一片段与斯宾塞为之辩护的格雷爵士的殖民政策关联了起来，那么诗节的语言会让我们回忆起另外一项政府政策，我们第三次对叙述的"恢复"（restoration）：毁灭天主教堂的装饰。

比如在 1566 年的《宗教遗迹目录》(*Inventarium monumentorum superstitionis*) 中，我们能够反复听到谷阳的行动的回响：

> 首先，玛利亚和约翰的画像，还有其他的画作——烧掉［……］
>
> 物件　阁楼上的受难像——推倒、卖掉或者污损［……］
>
> 物件　我们的弥撒书中有这些虚假故事的那些，以及天主教的书——烧掉［……］
>
> 物件　三块祭坛上的石头——打碎［……］[63]

1572 年，还在彭布罗克（Pembroke）上学的斯宾塞应该已经目睹过了近似的场景，在邻近的冈维尔（Gonville）和加伊斯（Caius），当局授权摧毁"许多天主教的花里胡哨的东西"。书和礼服、圣水盆和圣像"被破坏、撕成碎片、损毁"——discerpta dissecta et lacerata——然后付之一炬。[64]

在安乐窝中，有一个雕刻的形象被玷污了，该形象被用于吸引感官而非精神本性，使对人的惊奇和钦佩远离神秘的神圣之爱。在安乐窝中，爱只留存在对圣母怜子像（pietà）的奇怪戏仿中，即伏尔坦伏在阿克拉西亚怀里。于是这一点也就不足为奇了，即在安乐窝的邪恶和被归于滥用宗教形象的邪恶之间可以寻找到密切对应。对圣母玛利亚和圣徒形象的虔敬使人们偏离了对善的热切追求，诱使他们变得懒惰，变得女人气。当它们被毁灭以后，就像休·拉蒂默（Hugh Latimer）所写的那样，男性能够"从女人气转向神性"。[65] 圣母玛利亚的雕像被暴民肢解，壁画被粉刷成白色，"圣母堂"（Lady Chapels）中的雕塑被打碎，为的是将人们从女巫的奴役中解放出来，用伊丽莎白时期的一位律师的话来说，教宗就是"世界的女巫"。[66]

但是，谷阳破坏的艺术并没有伪装成圣物；它的目的是美化环境，以精湛的工艺取悦观看者。对于这种艺术，不能控诉它是偶像崇拜，也不能引用《申命记》对雕像的禁令，除非艺术本身就是偶像崇拜。谷阳破除偶像的行为所暗示的正是这样一种可能性，因为文艺复兴时期的诗歌辩护者为想象的最高成就保留的术语被用来毫不吝啬地描述阿克拉西亚的领地。安乐窝的艺术模仿了自然，但只选择模仿了自然中符合人的理想愿景的那些方面；它的音乐如此悦耳动听、"有节奏"（attempred），它与自然形成合声，由此整个世界似乎转变成了一支音乐"合奏队"；最重要的是，这种完美的美背后的精心设计和努力都被隐藏了：

> 在此一切灵巧的工作都增添了优雅（aggrace），
> 艺术，一切由此发生，没有在其他地方出现过。

"增添了优雅"这个说法实际上在这里有着技术上的重要作用；卡斯蒂廖内曾在《廷臣传》中表明，"优雅"（grace）那难以捉摸的品质可以通过漠不关心（sprezzatura）*获得，"其目的是隐藏所有的技巧（art），让所有完成的或说出口的东西看起来是毫不费力且几乎不假思索的"。[67]

斯宾塞对这种美学深感怀疑，即便他似乎尊重其中心原则；的确，把技巧隐藏起来，强加给毫无戒心的旁观者，这是《仙后》中反复出现的大恶之一。作为魔鬼般的艺术家和淫妇的阿克拉西亚结合了其他那些伪装大师的属性，如阿奇马果（Archimago）和杜爱莎。[68]他们的邪恶有赖于他们用来隐藏其撒旦式的艺术的

---

* 该意大利词为卡斯蒂廖内在《廷臣传》中所造，意思是一种刻意而为的漠不关心和自然而然。后面的整句话正是对这个词的解释，所以引文中的 art 被翻译为了"技巧"。——译者注

掩饰和伪造的能力；他们的失败有赖于揭开面具的力量、将魔法转变成努力的品德的力量。凯斯·托马斯（Keith Thomas）注意到，在 16、17 世纪，新教徒"强调辛苦劳作和持续专注的美德［……］这两者都反映且有助于创立一种思维的框架，即认为魔法提供的廉价解决方式不值一哂，这不是因为这些解决方式太邪恶，而是因为它们太过容易"。[69] 漠不关心打算消除"辛苦劳作和持续专注"的所有痕迹，是对"太过容易"的崇拜，也就是一种美学魔法。

但是斯宾塞能提供什么来代替这种遭到怀疑的美学呢？答案是一种能够持续唤起对它自身进程关注的艺术，这种艺术自身内部包含了形构的手段和自身之被造性（createdness）的标志。《仙后》非但没有隐藏它的痕迹，还在每个地方，以古体的用词，使用设定场景、精巧的声音效果、特定的人物和传奇故事的情节，宣称它具有艺术品的地位。因为寓言式的传奇故事是种模式，该模式实际上以定义的方式避免隐藏；艺术家若想隐藏他在虚构这一事实，那么写下《仙后》就是不明智的。

如果你担心那些形象可能会亵渎真实，变成你不得不崇拜的偶像，那么你可能会粉碎所有形象，或者，你可能会创造出一些在每个时刻都宣称自己是被制作出来的东西的形象。因此，16 世纪的采法特（Safed）的犹太教神秘主义者（kabbalists）的确规避了有关神像的希伯来禁令；[70] 他们的幻想被提醒打断，即这些仅仅是隐喻，不要将它们和神圣的真实本身混淆。更为温和的宗教改革者保留了某种形式的圣餐仪式，他们提醒参与者这个仪式仅仅是符号，而非对上帝身体真实出现的庆祝。斯宾塞也是如此，面对艺术不纯粹的主张，他有深深的焦虑，他通过明确地表达艺术的被造性，为自己和读者拯救了艺术。当然，形象保留了它们的力量，正如安乐窝里那些肉欲的描绘所证明的那样，斯宾塞能够通过提醒他的读者注意新近的发现，注意"印第安的秘鲁"、"亚马孙的大河"以及"最富饶的弗吉尼亚"来回应这样一个指控，即说他的"著名的古代历史"仅仅"充满了无聊的人［……］和赝品画作"：

> 这些人们以前不知道的地方；
> 在最智慧的时代里也被隐藏：
> 以后还会有更多未知地曝光。
> 那么，愚昧的人何以会那么想
> 以为世间只有眼见的物象？
> 美丽的月球是那么闪闪发亮
> 倘若此君有幸听说在星月上，
> 有其他生命，是否会魂飞胆丧？
> 但对有些人来说好像是那样。
>
> (2 Proem 3)

有那么一瞬间，作品徘徊在能否确定它是新发现的土地的边缘，但斯宾塞很快通过引用王权的目光打破了这种说法：

> 啊，你，这天底下最美丽的女王，
> 这面镜子照出你俏丽的脸庞，
> 还有你那片位于仙土的国疆，
> 以及你那些伟大祖先的形象。
>
> (2 Proem 4)

"其他世界"立即变成了一面镜子；女王将她的目光转向了一直隐藏着的闪闪发亮的月球，然后看见了她自己的脸、她自己的土地、她自己的祖先。那些威胁着要摆脱宗教和世俗意识形态而存在的东西，也就是我们相信的东西——"这些人们以前不知道的地方"——被揭示为那种意识形态的理想形象。因此，我们不需要恐惧它，也不需要毁灭它：破坏圣像让位于挪用，暴力让位于殖民。J. H. 艾略特（J. H. Elliott）评价道，新世界对旧世界最深刻的影响就在于它的微不足道：人们眼前是他们前所未见之物、与他们的文化格格不入的东西，但他们却只看到了自己。[71] 斯宾塞断言，仙后的土地是新世界，是另一个秘鲁和弗吉尼亚，这样他才能在新发现它的那一刻就殖民它。"其他世界"变成了镜子，变成了美学形象，当诗歌从被发现之物转变成被创造之物，从存在转变成对存在的再现时，诗人也就从"自吹"转向了歉意：

> 啊，请饶恕我以这种方式述记，
> 掩盖在面纱后，包裹在影子里，
> 虚弱的肉眼可看到你的美丽，
> 不然则承受不起强光的刺激，
> 只会惹得他们眼花缭乱而已。
>
> （2 Proem 5）

女王否认艺术有本体论的尊严，否认艺术占有真实或体现真实，她正是通过这些否认而被神化的。

　　这种体现是马洛和莎士比亚的伟大戏剧的典型成就，他们不断地暗示他们的作品是虚构的，其作用只是矛盾地质疑一切事物在自身之外的地位。与此相比，在同一场拒绝偶像崇拜的运动中，斯宾塞极度非戏剧性（undramatic）的艺术则避免在根本上质疑所有存在之物。也就是说，如果像莎士比亚的剧作那样的艺术认识到了我们在怀特那里看见的权力,一种——用阿尔都塞的话来说——能够"让我们从内在出发[……]通过内在的距离,即意识形态,去'感知'"的权力,那么斯宾塞的寓言就可以被理解成一种对抗其所处意识形态的对策:它在艺术之中开启了一种内在距离,不断将读者引向一个超越诗歌的固定权威。斯宾塞的艺术并没有引导我们去批判性地认识意识形态,而是确认了意识形态的存在及其难以逃脱的道德力量是艺术永远向往的真实原则。斯宾塞质疑的是艺术的地位,而非意识形态;的确,艺术被质疑恰恰是为了避免意识形态遭遇它在莎士比亚和马洛的作品中遇到的内在疏离。在《仙后》中,意识形态所给予的真实安全地处于艺术的边界之外,处于一个不同的领域,该领域很遥远、无限强大、完美无瑕。保罗·阿尔珀斯细心地发现,"斯宾塞式叙述的特征就是对语言风格的信心,而同时语言风格被理解为只是暂时性的"。[72] 这种信心和暂时性都源于真实价值、秩序和意义的外在性。对斯宾塞而言,这是终极的殖民主义,即对语言的殖民主义,它服务于永远外在于自身的现实,献给"最高贵、最强大且最伟大的女王[……]伊丽莎白,蒙上帝之恩典的英格兰、法兰西、爱尔兰和弗吉尼亚的女王,信仰的守护者"。

5　马洛与绝对戏剧的意志

1586年6月26日，一支由坎伯兰伯爵（Earl of Cumberland）资助的舰队从格雷夫森德（Gravesend）出发前往南部海（the South Seas）。它沿非洲西海岸南下，十月份，塞拉利昂进入了视野，我们可以让船上的商人约翰·萨拉科尔（John Sarracoll）讲述他自己的故事：

> 11月4号我们抵达岸边，来到一座黑鬼的城镇［……］我们发现它是新近建造的：里面大概有两百栋房子，四周环绕着大树，树桩如此之密，连老鼠都不容易进出。但是碰巧，我们直接到了一个当时没有关闭的港口。我们狂暴地进入了这座城镇，人们全部逃出了城镇。我们发现这座城镇是精巧地按照他们的风格建造的，其街道错综复杂，我们很难找到我们进来的口子。我们发现他们的房子和街道都十分清洁干净，这得到了大家的赞赏，房子里、街道上的灰尘还装不满一个鸡蛋壳。我们在他们房子里几乎没发现什么东西，除了一些垫子、瓢和瓦盆。我们的人在离开时焚烧了他们的城镇，它在一刻钟内就被烧掉了（大部分），这些房子上覆盖的都是些芦苇和稻草。[1]

这一段话非常不合常规，因为它缺少对血洗的描述，而这往往是这些事件的高潮，但是这一段话提醒我们注意，最近所谓的文艺复兴文明的巨大成就是什么，此外，它也提供了从埃德蒙·斯宾塞的世界转向克里斯托弗·马洛的世界的方便桥梁。

在萨拉科尔的描述中，最让人吃惊的莫过于偶然的、未经解释的暴力。商人是否认为焚毁一座城镇不需要解释？如果有人问，他是否会给出一个解释？为什么他谨慎地告诉我们城镇如此快地烧毁了，而没有告诉我们它为什么会被烧？在他对这座如此精美、错综复杂、如此干净的城镇的称赞中是否有审美的要素？这种称赞与毁灭有冲突吗，还是它以某种方式刺激了城镇的毁灭？如果他完全没有感到不安，那他为什么很快转变了用词，没有用我们，而是用我们的人放火烧了城镇？他们是否接到了一项命令？当他回忆起入侵的场景时，他为什么想到了老鼠？这些问题都碰上了就像厚厚的积雪一样覆盖在萨拉科尔话中的道德空白（moral blankness）："11月17号，我们离开了塞拉利昂，驶向麦哲伦海峡。"

让我们回到1587年的英格兰，如果这个商人和他的伙伴看到海军事务大臣（Lord Admiral）的部下正在上演一出新剧，《帖木儿大帝》（*Tamburlaine the Great*），他们就会看到一种意想不到的对他们行为的根源的思考。尽管在马洛那里充满了异国情调——斯基泰的牧羊人、马耳他岛的犹太人、德国的巫师——但是他忧虑和描述的却是自己的同胞。正如在斯宾塞那里——尽管效果完全不同——"其他世界"变成了一面镜子一样。[2] 如果我们想要理解马洛所取得的成就的历史基底（historical matrix），即类似帖木儿的烦躁不安、美学的敏感性、欲望及暴力的事物，那么我们可能不会去看剧作家的文学素材，甚至也不会去看都铎王朝的专制主义那持续的对权力的饥渴，而会去看贸易公司和戏剧剧团的英国商人、企业家、探险者、创办者等人的贪婪的活力。

但是我们开头那段话与马洛实际上有什么关系呢？一开始，他被异乡的异乡人观念所吸引。他笔下的所有主角几乎都是异乡人或漂泊者，从迦太基的埃涅阿斯（Aeneas）到马耳他岛的巴拉巴斯（Barabas），从帖木儿无休止的征战到浮士德精力旺盛的奔命。从他的第一部剧到最后一部剧，马洛一直被身体移动的观念所吸引，被在狭窄的剧场表现这种移动的困难所吸引。帖木儿几乎不断在舞台上穿行，他没有移动的时刻，是他在想象战斗或听那些艰难战役的战报的时刻。其明显效果是产生了主角对这样一种本性的展望，即"告诉我们所有人，要身怀有抱负的心灵"的本性，以及对这样一种灵魂的展望，即"让我们愿意磨炼我们自己而不要休息"的灵魂（1 Tam 2.6.871，877）。但是就像在马洛那里一直以来的那样，这种效果的产生，这种在时间和空间中的身体层面的实现，复杂化了、限定了、揭露了甚至嘲笑了抽象的概念。因为，如果我们接受柏格森把喜剧看成强加于活物身上的机械化这一经典定义，那么这些不安定（restlessness）的累积效应与其说是英雄主义的，不如说是荒诞可笑的。帖木儿是台机器，一台制造了暴力和死亡的欲望机器。米纳夫（Menaphon）那饱含钦佩的描述的开头让他听起来像达芬奇的《维特鲁威人》（Vitruvian Man）或米开朗基罗的《大卫》（David），结尾让他听起来像一台昂贵的机械装置，廷臣们在新年献给女王的奇怪发明之一：一个巨大的、笔直的、紧密连接的造物，其两肩之间点缀着一颗昂贵的珍珠，珍珠上刻着天体标记。一旦它开始运动，这个东西（thing）就无法减速或改变方向；它会以同样疯狂的速度运动直到最终停下来。

矛盾的是，这种一成不变的运动产生的进一步影响在于，它几乎没有什么进展，尽管它狂热地宣告着相反的结果。当然，这个场景的变化有时候是如此之快，以至于马洛似乎想突破自己的表现手段（medium）的边界：在某一时刻，这个舞台再现了一个巨大的空间，然后突然收缩成了一张床，紧接着又变成了帝王的兵营、焚烧的城镇、被围困的堡垒、战场、营帐。但是所有这些空间看上去都奇怪地相似。一个相关的对比物是《安东尼与克莉奥佩特拉》（Antony and Cleopatra），在这部剧中，不安定的运动是围绕罗马和埃及之间深深的结构性对立而被组织起来的，或者《亨利四世》（Henry IV），在这部剧中，酒馆、宫廷和乡村都被当成受到多样的因素塑造的空间，这些空间引出了不同的音调、能量，甚至现实，并且产生了共鸣。在《帖木儿大帝》中，马洛努力消除这些差别，仿佛是要坚持戏剧空间本质上的无意义性，即空缺（vacancy），戏剧那能够模仿任何空间的力量的阴暗面。这种空缺（从字面上理解，就是场景的缺乏）在戏剧的表现手段中等同于空间的世俗化，它取消了实质上的上与下，对卡西尔而言，这一点是文艺复兴时期的哲学的最大成就之一，它相当于将宇宙压缩到了地图的坐标中：[3]

> 给我一张地图，让我看看
> 整个世界还剩下多少留给我去征服，
> 让我的孩儿们完成我的所有愿望。
>
> （2 Tam 5.3.4516-18）

空间转变成了一种抽象，被供应给了欲望机器。这是征服的声音，但它也是永不满足的愿望的声音，是超验层面的无家可归的状态（transcendental homelessness）的声音。虽然人物和地点

5　马洛与绝对戏剧的意志

变了,但那种声音在马洛那里从来没有消失。巴拉巴斯并没有离开马耳他岛,但他是典型的异乡人:一方面他的房子被占领且变成了女修道院,另一方面,他被丢弃在城墙边,只能用语言表达抗议:"什么,孤身一人?"爱德华二世则完全相反;出于他的角色设定,他是土地和人民的化身,但是没有加维斯顿(Gaveston),他生活在自己的国家就像被流放了一样。只有在《浮士德博士》(*Doctor Faustus*)中似乎有明显的不同:浮士德签署了转让身体和灵魂的契约后,开始了不安的游历,但是在二十四年的时间即将结束时,他感觉到了一股回到维滕堡的冲动。[4] 当然,这一点具有讽刺意味,即当一个有意义的地点最终出现在马洛那里时,它只会是一个死亡的地点。但是这个讽刺具有更深的意义。契约和魔鬼的言辞都没有要求浮士德必须回到结约的地方以支付他的生命;这股冲动明显来自浮士德自己,仿佛他觉得他曾经学习和研究的地方有他的宿命,他觉得自己适合且必须死在那里而非其他任何地方。"我不能再见到维滕堡了。"他绝望地告诉他的朋友。但是这部戏剧早在这之前就已经暴露出这一点,即他对地点的这种意义表示根本的怀疑。浮士德不断要求知道地狱的"所在",梅菲斯特回复道:

> 地狱没有限制,也没有边界
> 在自身,我们所在就是地狱,
> 地狱在哪儿,我们也就在哪儿。
>
> (567-69)

言下之意是,浮士德对维滕堡的感觉是种幻觉,是一个由许多虚构组成的网络,他通过这个网络构建了他的身份和世界。十分典型的是,他拒绝接受这个关于内心的无边地狱的描述,但他反对的方式很奇怪,即便在这种情况下也显得有些荒谬可笑:"我认为地狱是个寓言。"梅菲斯特平静的回应从诙谐的赞成滑向了骇人的讽刺:"是的,你还是这样想吧,直到经历改变(change)你的想法。"[5]魔鬼提及的阅历不仅指死后的折磨,也指剧中浮士德剩下的生活:半微不足道半大胆的开拓之举、幸福和绝望的交替状态、那些没有回答的问题和不带来真正满足的回答、漫无目的的游荡。那句令人害怕的台词有更深的暗示:"对的,继续认为地狱是寓言,直到经历转变(transform)你的想法。"内心转变的核心是痛苦地感觉到时间是无情的,空间是抽象的。在浮士德最后的独白中,他狂热地祈求时间停下来或走慢点儿,却又不得不接受这可怕的清晰:"星星仍然移动,时间仍然运转,钟仍然在敲"(1460)。他向既要保护他又要摧毁他的自然(地球、星星、空气、海洋)求助,求来的却是沉默:空间是中性的,不会回应。

《浮士德博士》并没有抵触而是实现了马洛其他戏剧中的时间和空间的亲密关系。人是无家可归的,但所有空间都是相似的,与人的内在状态有关,与其内心的无边地狱有关。这一见解让我们回到了本章开篇提及的暴力,帖木儿的暴力和英国商人及其伙伴的暴力。仅仅说他们的行动表达了野蛮的力量是不够的,虽然他们的确如此,说他们展现了一种难以自制的怀疑和仇恨也是不够的,伊丽莎白时代的探险者把这种怀疑和仇恨看成典型的军队思维。[6]为了体验这种无限性,体验这种从时间和空间到抽象的转变,人们把暴力当成一种用来制造边界、引起转变、标志结束的手段。焚烧城镇或者杀死所有居民既是结束,也为了给予生活形式和确定性，否则生活可能会缺乏形式和确定性。在巴拉巴斯的言辞中，最大的恐惧是"我可能在这片土地上消失在空气中，留不下任何记忆"（1.499-500）。当奇诺科拉特（Zenocrate）死掉的那个城镇在他的命令下被烧毁时，帖木儿宣告了他的身份，并通过他的暴力行为将之永远固定在了天上：

> 在我的天顶悬挂着闪耀的星星，
> 它将永存直到天堂消失，
> 以新鲜的尘世的残渣为食，
> 这片土地正在遭受饥荒和死亡。
>
> （2 *Tam* 3.2.3196-99）

在烧焦的土地和闪耀的星星中，帖木儿的确试图在世上留下持久的标记，把他的形象印在时间和空间上。与此相似，浮士德，靠着不是对别人的而是对自己的暴力，试图赋予他的生命以一个清晰且固定的形式。当然，他谈到了实现"一个富足和快乐的世界，/ 有权力，有荣誉，有无限权能"（83-84），但很可能他的追求所隐含的核心是活二十四年的限制（limit），一项由他自己设定并反复重申的限制。[7] 被如此标记的时间应该与其他时间有不同的性质，应该有它的终点："现在我马上要结束了。"他一边说，一边以他的血将其记下。

但是在马洛的反讽世界中，这些追求边界和终结的绝望尝试产生了相反的效果，它们想要清除的状况反而得到了强化。帖木儿的暴力没有将空间从抽象之物转变成与人相关之物，反而进一步将世界压缩成了地图，而这正是抽象的象征：

249

> 我将驳斥那些盲目的地理学家
> 他们将世界分成三个区域，
> 排除了我想要寻找的区域，
> 用这支笔把它们压缩成地图，
> 称他们为行省、城市和城镇
> 在我的名字和你奇诺科拉特之后。
>
> （1 *Tam* 4.4.1715-20）

在帖木儿死亡之际，地图仍然在他面前延伸，除了马洛的戏剧（我们稍后会回到这个最重要的例外），没有什么以他的名字命名的事物。[8] 同样地，浮士德在将死之际请求"结束我无尽的痛苦"，他被永恒所纠缠："哦，对于受诅咒的灵魂来说，没有所谓的终点作为限制。"（1458）

为什么制造一个标记或终点的尝试都失败了？其理由很复杂且在每部剧中都不尽相同，但是一个重要的联系在于，马洛的所有人物都感觉耗尽了他们的经验。这种感觉延伸到我们的商人萨拉科尔及其伙伴那里：他们不仅到访了塞拉利昂，还毁灭（consume）了它。帖木儿只是陶醉于这种力量，用它来"征服、破坏，以及毁灭 / 你们的城市"（2 *Tam* 4.2.3867-68）。他甚至想要榨干那些被他打败的敌人，把巴耶塞特（Bajazeth）变成他的脚凳，把特比宗（Trebizon）和索里亚（Soria）的国王变成马匹，当他们气喘吁吁时，便抛弃他们，再换上"新的马匹"（2 *Tam* 5.1.4242）。在一个非常奇怪而滑稽的时刻，帖木儿的儿子提议，把刚抓住的国王放回去继续战斗，帖木儿以一种谈论消耗品（consumption）的口气回复道，"珍惜你们的勇武，要用新鲜的补给: / 不要用陈旧和胆怯的敌人作为补给"（2 *Tam* 4.1.3761-62）。

勇武，就像胃口一样，一直需要新的食物。

浮士德与知识的关系与此极其类似；在他的开场独白中，他逐步告别了他的研究，他已经榨干了这些研究。他需要新鲜的补给来慰藉他的心灵，因为没有什么东西能够积累下来，没有什么东西会得到保留和享受。剧中剩下的部分说得很清楚，这每一次告别都是一个毁灭之举：逻辑、医学、法律以及神学，与其说它们被拒绝了，不如说是被违背了。暴力不仅源自标记边界的欲望，也源自此等感觉：人们留下的东西、远离的东西必须不复存在；对象仅仅在被关注的时刻存在，之后它就消失了；直到最后一刻被毁灭，下一时刻也不会被完全抓住。在马洛写作的这个时代，欧洲人开启了一个特别具有消耗性的职业，他们热切地追求知识，一个接一个地抓住、榨干，然后抛弃每一种知识模式，并疯狂地消耗这个世界的资源：[9]

> 瞧，我的儿子，全都是金矿，
> 无法估量的药物和珍贵的石头，
> 比亚洲和世界其他地方更值钱
> 从南极，往东看
> 如此多的土地从来没有被描述过，
> 那里有珍珠一样的石头在闪光
> 像所有美化天空的灯，
> 我死之前，这里能不被征服？
>
> (2 *Tam* 5.3.4544-51)

我们如此完全地栖息于这个实在的结构中，以至于经常要远离我们的文化来解释它："努尔人（伊凡-普里查[Evans-Pritchard]写道）并没有我们语言中的有关'时间'的观念，因此，他们无法像我们这样谈论时间，仿佛它是某种实际的、逝去的、能够浪费的、能够节省的东西，等等。我并不认为他们体验过与时间赛跑的感觉，不认为他们体验过必须在行动与抽象的时间流逝之间进行协调的感觉，因为他们的参照点主要就是行动本身，而这通常是悠闲的特征［……］努尔人真是幸运啊。"[10] 当然，到16世纪时，这种有关时间和行动的观念已经在欧洲人那里消失很久了，但是英国文艺复兴时期的作品，尤其是马洛的戏剧，表达了一种更加强烈的感觉，即时间是抽象的、一致的、非人的（inhuman）。这种时间感的来源很难确定。16世纪后期，清教徒就已挑战了中世纪有关时间之不规则性的教义，一种在伊丽莎白时代的教会历中完好无损地保存了下来的教义。清教徒实际上是在寻求将时间去神圣化，寻求动摇并清除密集的圣徒节、"忌日"、季节性禁忌、神秘的仪式以及民俗节日，它们给予时间一种清晰可辨却又很不规则的形状；取而代之的是，他们促成了一种简单常规的作息，六天工作，安息日休息。[11] 另外，在这一时期，我们所谓的家庭时间似乎也发生了微妙的变化。在生命周期的一端，传统的年轻人群体遭到压制或忽视，允许年轻人有一定自主权的习俗被推翻，小孩则被置于直系亲属更严格的管教之下。在另一端，新教徒拒绝了炼狱的学说，将死人当作"年老人群体"加以清除，切断了生者与他们死去的父母亲属的仪式化交流。[12] 这种变化可能会让马洛和他同时代人感觉，时间是外在的，是对人类的渴望和焦虑漠不关心的。无论如何，我们肯定能在马洛的戏剧中发现一种强烈的感觉，即时间是某种要加以抵抗的东西，也会发现一种随之而来的担忧，即认为实现或者完成是不可能的。"为什么你要浪费时间？"不耐烦的莱斯特问爱德华二世，他来爱德华二世这里取皇冠。"等一等,"爱德华二世回复道,"让我再当一会儿国王,直到夜幕降临。"(2045)于是,像浮士德一样,[13]他徒劳地挣扎着用咒语来缚住时间。在这些时刻,马洛的著名台词本身充满了讽刺:意在放慢时间的节奏仅仅消耗了时间,华丽的词汇被说出口又消失在了虚空之中。但是,正是这种对虚空的感觉迫使角色如此有力地说话,仿佛他们更加坚决地要抵抗笼罩在四周的寂静。

最强烈的时间意识都出现在戏剧结束或将近结束之时,这使得主角们看上去似乎是在与戏剧时间斗争。正如马洛使用戏剧空间的空缺来表明他的人物无家可归的状态一样,他也使用戏剧时间的曲线来暗示他们与消亡的斗争(实际上即与所有角色在剧终时都会堕入的虚无的斗争)。戏剧的表现方式本身的压力同样构成了我们所谓的马洛笔下主角的重复的冲动(repetition compulsion)的基础。帖木儿一旦消灭了一支军队,马上就要再去消灭另一支,一旦释放了两个国王,马上就要再另外抓两个。巴拉巴斯的财富获得了又失去,再次获得又再次失去,同时,他还不断地上演复仇和政治谋杀,其对象包括(这十分典型)两个求婚者、两位修士、两个统治者,以及,实际上,两个孩子。在《爱德华二世》中,这个情节相对不那么明显,但即使在这部剧中,在前半部分与加维斯顿相互拥抱并分开之后,爱德华立即用小斯宾塞(Spencer Junior)取代了那位被杀死的宠臣,从而重复了同样的模式,即有意去追求灾难,而这一追求最终在城堡的粪坑中得到了"回报"。最终,就像 C. L. 巴伯(C. L. Barber)观察到的那样,"浮士德不断地循环往复,从思考天堂的乐趣,到对拥有它们感到绝望,再到把魔法统治当成渎神的替代品"。[14]行动模式和体现在其中的复杂心理结构在每部剧中都会变化，但是在表现手段的最深层面，其动机是相同的：通过重复自我建构的行为更新存在。角色重复自身是为了在舞台上继续成为同样的角色。身份是一种戏剧性的创作，必须不断重复才能持续存在。

想要理解重复即自我塑造这个观点的全部意义，我们必须理解它与文化中有关重复的主流观点之间的关系，主流观点就是将重复视作警告或纪念、一种塑造文明性的工具。根据这种观点，个人史或民族史中反复出现的模式的目的是反复灌输重要的道德价值，并让它们代代相传。[15] 众所周知，人是非常缓慢的学习者，他们内含原罪，所以会抵抗美德，但是通过重复，榜样可能会逐渐渗入内心，而且会培养出负责的、畏神的、服从的臣民。因此，都铎王朝的君主下令要正式重申宗教和社会正统观念的核心原则，并仔细规定了每年在讲坛中大声诵读这些信条的最低次数。[16] 与此类似，对罪犯的惩罚也是公开的，由此国家施加折磨和死亡的权力能够对民众起到教化警示的作用。大量执行的处决不仅反映出司法"屠杀"[17]，也反映出国家试图通过重复的恐惧来教导民众。每次烙印、绞刑，或开膛破肚在构思和表演层面都是戏剧化的，是在专注的观众面前反复上演的警世剧。那些威胁秩序的人，那些无法保持先天品质的人——叛国者、无业游民、同性恋和小偷——会被揪出来并受到相应的惩罚。这种有关"引人注目的场面"、"上帝审判的戏剧"的观念如此自然地波及了戏剧本身，进而波及了所有文学作品，因此这些文学作品作为一个庞大的、联动的重复体系（这套体系包含了布道和绞刑、皇家巡游和死记硬背）的一部分，获得了应有的地位。[18] 参与这个体系的人，不仅有趋炎附势之人；正如我们所见，也有像斯宾塞这样伟大的艺术家，当然，他的参与比大多数情况都要复杂。在斯宾塞丰富而又微妙的关于文明化过程的描述中，内含于每本书中也内含于《仙后》中的明显的重复作为一个整体，教会了主角和读者每种美德间的细微差别，由人类的道德敏感性所引发的复杂区别。正如我们所见，变换对类似问题的解决方案有助于支持受到之前的解决方案威胁的价值。主角的名字和他们所体现的美德都先于书中所记录的经历而存在，但又是完全由这些经历所确立的。斯宾塞式的重复表达了某种意义上的真实的东西，这种东西是由外在于诗歌的、受到诗歌歌颂的权力所给予的。

马洛在看待戏剧成了这样体系（维护道德秩序的警世作品）的一部分时，似乎带有一种混合了强烈的痴迷和轻蔑的不情愿的情绪。《帖木儿大帝》以警世故事的形式反复戏弄读者，结果却打破了传统。悲剧的所有要素都具备了，但是这部剧却顽固而又彻底地拒绝变成一出悲剧。"众神，无辜者的保护者，/不会让你蓄意的推移成功。"（1 *Tam* 1.2.264-65）奇诺科拉特在第一幕中这样宣称，但在此之后却迅速爱上了俘获她的人。在他气若游丝之时，科斯柔（Cosroe）咒骂帖木儿——这无疑是灾难的前奏——但灾难却从未发生。阿拉伯国王巴加热斯（Bajazeth），甚至特瑞达马斯（Theridamas）和奇诺科拉特都对主角的陨落有着强烈的预感，但他却一次又一次取得成功。帖木儿骄傲、傲慢、渎神；他渴望权力，背叛自己的盟友，推翻合法权威，并且威胁众神；他登上命运之轮的巅峰，然后坚决拒绝让步。因为主流的意识形态不再坚持"上升—衰落"和"骄傲—陨落"是不变的、普遍的节奏，我们毫无疑问错过了帖木儿的事业带来的震惊，但是这个戏剧本身却屡次触发了这些节奏，以至于它们皆未能实现这一点让我们感到惊讶。

在削弱了《帖木儿大帝》第一部中的警世故事的观点后，马洛在第二部以非常出乎意料的方式（突然引用它）破坏了它。屠杀成千上万的人、杀害自己的儿子、拷打皇家的囚徒都没有明显的后果；然后，帖木儿生病了。什么时候？当他焚烧《古兰经》的时候！伊丽莎白时代的教徒可能会为这一举动拍手称快，但是，这一举动似乎带来了神的复仇。[19] 它所带来的影响并非肯定了穆罕默德的超验力量，而是挑战了人们仰望上天寻求奖惩、想象人类的罪恶是"上帝的折磨"的思维习惯。与此类似，正如马克斯·布卢斯通（Max Bluestone）所发现的那样，在《浮士德博士》中，布道传统不断被引入，但却往往被戏剧性的场面破坏，[20] 而在《爱德华二世》中，马洛使用了警世戏剧的象征手法，但是这一做法却产生了灾难性的影响：观众感到厌恶，不断退却。正如该剧的正统解释者正确地认为的那样，爱德华那场可怕的处决在图像学意义上是"适当的"，但是这种适当性是以戏剧所引发的每种复杂的、共情的人类感情为代价建立起来的。读者被迫面对这部戏剧对一致性的坚持，结果就是对观众在戏剧和生活中建构意义的方式的深刻质疑。[21]

其实还存在一种对个体在戏剧和生活中被建构的方式的质疑。马洛的主角们塑造他们自己，但凭借的不是对绝对权威的温驯服从，而是对自觉的反对：帖木儿反对等级，巴拉巴斯反对基督教，浮士德反对上帝，爱德华反对神圣的仪式以及作为君主的责任、婚姻的责任和作为男人的责任。在莫尔、廷代尔、怀特和斯宾塞那里，他们通过攻击某些被视作外在的危险品的东西以完成自己的身份，而在马洛这里，他则颠覆性地把身份等同于外在。

马洛那具有颠覆性的策略在《马耳他岛的犹太人》中最为清楚，因此，我提议详细思考下这部作品。对马洛而言，正如对莎士比亚而言那样，作为一项有力的修辞策略的犹太人的形象是有用的，是基督徒观众的所有厌恶和恐惧的化身，是所有那些顽固地、不可化约地出现在他们面前的异物。一开始，马基雅维利作了介绍，恶魔行径的代表巴拉巴斯已经陷入了耻辱，已经是个"被标记过的例子"（marked case）了。但是，尽管马洛从未放弃反犹太的刻板印象和"恶有恶报"（villain-undone-by-his-villainy）的习语，但他很快表明犹太人不是社会的例外，而是这个社会的真正代表。虽然巴拉巴斯一开始颂唱了流动资产的赞歌，但他主要不是一个因为这个令人讨厌的职业而与共同体中的其他人区别开来高利贷者，而是一个伟大的商人，他将他的大商船发往全世界，就像莎士比亚剧中受到偏爱的安东尼奥一样。他追求财富并非是要突出自己，而是要在戏剧中的其他力量中确立自身（如果要说的话，这非常可敬）：土耳其人向基督徒索贡，基督徒没收犹太人的钱财，修道院从这些没收的钱财中得益，宗教秩序争夺富有的皈依者，妓女和敲诈勒索的人从事着各自的交易。当马耳他岛的总督问土耳其人，"巴沙（Bashaw）"，"什么风把你吹到马耳他来了？"后者非常坦诚地回答道："刮动整个世界的风，/对金子的渴望。"（3.1421-23）巴拉巴斯对金钱的渴望在一开始就如此明确地被表达了出来，在他背着个钱袋子的那个场景中如此生动地被表现了出来，这一渴望是点燃所有角色激情的核心。当然，剧中也表达了其他的价值——爱、信仰和荣誉——但是作为私人价值，它们被认作无比脆弱的价值，而作为公共价值，它们又仅是强大的经济力量的屏障。于是，一方面，阿比盖尔（Abigail）、堂·马蒂亚斯（Don Mathias）和修女们轻轻松松就被杀光了，而且实际上那些大笑的观众也是共谋。（皇家莎士比亚剧团制作精良的1964年版《马耳他岛的犹太人》的观众在看到中毒的修女从房子里爬出来的时候，欢呼雀跃。）[22] 另一方面，对基督教伦理或骑士荣誉的公开援引在马洛那里一直与更卑劣的动机联系在一起。骑士们仅在他们劝说巴拉巴斯放弃他自己财产的时候，才会关注巴拉巴斯"内心的原罪"，当他们决定抵制"野蛮的不可信任的土耳其人"时，却轻易把满船的土耳其俘虏卖为奴隶。初看上去，宗教和政治的意识形态支配了基督徒对异教徒的态度，但实际上并非如此；这种意识形态明显服从于对利益的考量。

正是因为金钱那至上的地位，尽管所有人都蔑视把拉巴斯，但是他却被视作剧中的主导精神，其中最有活力、最有创造性的力量。在宗教和政治权力层面上，他是受害者，实际上，在文明社会的层面上，他则是解放的（emancipated），这里说的解放是马克思的《论犹太人问题》（On the Jewish Question）中的那种带有轻蔑意味的解放："犹太人用犹太人的方式解放了自己，不仅因为他掌握了金钱的权力，而且因为金钱通过犹太人和其他的人成了世界性的权力，犹太人的务实精神成了基督教各国人民的务实精神。犹太人解放了自己，然后还让基督徒成为犹太人。"[23] 巴拉巴斯的贪婪、自负、表里不一以及凶残的狡诈并不标志着他被排除在了马耳他岛的世界之外，而标志着他位于这个世界的中心。再次借用马克思的话，他的"犹太教"是"一个当下普遍的反社会要素"（34）。

对马洛和马克思而言，这种认识都没有表明他们停止了对犹太人的迫害；如果有什么区别的话，那就是对犹太人迫害愈演愈烈了，尽管这种迫害所激起的敌意同样会指向基督教社会。马洛从来没有怀疑过反犹主义，但是他确实早就在戏剧中怀疑过这一点，即"基督教式的"社会关怀会被用于对抗犹太人明确的反社会要素。当马耳他岛的总督以"为大多数人的福祉而一人受损，比为一人的福祉而大多数人受损要好"（1.331-32）为由，摄取了犹太人的财富时，非常熟悉《新约》的读者在这些言辞中听到的不是基督的声音而是该亚法的声音，还有几行之后的彼拉多（Pilate）的声音。[24] 当然，也有社会团结的时刻——当犹太人聚在巴拉巴斯周围安慰他或当费尼兹（Ferneze）和凯瑟琳（Katherine）一起哀悼他们的儿子之死时——但这些时刻十分短暂且不起作用。在这部剧中，社会的真正象征是奴隶市场，在那里"每个人的价格都写在他们背上"（2.764）。[25] 用马克思的话来说，在市场上，人们的确变成了"可异化的、可以买卖的物品，被利己的需要和讨价还价所束缚"（39）。在社会的这个层面上，宗教和政治的藩篱消失了：犹太人在基督徒的市场上买了个土耳其人。这就是文明社会的胜利。

对于马洛而言，在一个受金钱权力困扰而且被移交到了奴隶市场上的社会里，感知这个世界的主要方式就是轻蔑（这种轻蔑来自这样的社会里的旁观者）和——同样重要的是——控制，即对那些让轻蔑诞生并在社会中起作用的人的控制。这就是巴拉巴斯一贯的态度，实际上，这就是他的特征；他的尖刻嘲讽不仅针对马耳他岛的基督徒统治者（当失败的统治者被迫服从时，他讥讽道："这样奴隶就会学乖了"［5.2150］），也针对他自己女儿的求婚者（"这奴隶的脸看起来像刚烧了毛的猪"［2.803］）、他的女儿（"一个天生的希伯来人，却变成了基督徒。/ 吃我一拳，魔鬼［4.1527-28］"）、他的奴隶伊萨默尔（Ithamore）（"每个恶棍都眼馋财富，虽然他永远不会变得像期望的那样有钱"［3.1354-55］）、土耳其人（"奴隶是怎么嘲笑他的。"巴拉巴斯的总督在迎接卡利马斯［Calymath］时说道［5.2339］）、皮条客皮利阿-博扎（Pilia-Borza）（"一个乱糟糟的、步履蹒跚、目光呆滞的奴隶"［4.1858］），以及他的犹太同伴（"看看这些下贱奴隶的简单头脑"［1.448］），甚至当他出错，下毒太轻时，他也嘲讽自己（"我真是个该死的奴隶"［5.2025］）。巴拉巴斯频繁的旁白为我们确认了这一点：他感觉到了轻蔑，即使他没有公开表达它，而他反复使用"奴隶"这个贬义词，则将他的轻蔑牢牢固定在了戏剧的主要关系结构中。巴拉巴斯使用这个词——其对象从总督到皮条客都有——时的自由反映了这个结构特别的统一性，反映了一系列该结构的错综复杂的镜像：皮利阿-博扎的敲诈勒索在不同层面重复发生，在"国家"层面上是对犹太人群体的财富的勒索，在国际层面上是土耳其人对基督徒的财产的勒索。这部戏剧将文艺复兴时期的国际关系描绘成了美化的强盗主义、以"保护"为名义的大肆勒索。[26]

在马洛戏剧中的社会的所有层面上，在每种勒索的背后（并使之成为可能的）都是暴力和使用暴力的威胁。因此，巴拉巴斯动辄杀人的行径不但被当成他那被诅咒的族群的特征，也是对一种普遍现象的表达。当然，这种表达是过度的——他要对以下这些人的死负责，不管是直接还是间接的责任，马蒂亚斯，洛多威克，阿比盖尔，皮利阿-博扎，贝拉米拉，伊萨默尔，修士雅各莫，修士巴纳丁以及无数被毒杀的修女和被谋杀的士兵——正如我们将要看到那样，这种过度有助于解释这一事实，即在最后的分析

5　马洛与绝对戏剧的意志

中巴拉巴斯无法被同化到他的世界中去。如果马洛最终要避免这个社会学的概念，那么比较重要的就是要理解巴拉巴斯以极端的、未经中介的形式表达的动机——被基督教的精神欺骗部分地掩盖的动机——要理解巴拉巴斯在何种程度上为他周围的基督教社会所塑造。他的行动一直在回应其他人的行动：不仅整部剧的情节是由总督没收他的财富这件事推动的，而且巴拉巴斯的每个特殊情节都是对他所认为的挑衅或威胁作出的反应。只有他最后的计策——背叛土耳其人——似乎是个例外，因为犹太人只有一次掌握了权力，但是哪怕是这一致命的错误，也是对他那个根深蒂固的观念的回应，即"马耳他岛讨厌我，因为被讨厌，我的生活处在危险当中"（5.2131-32）。

　　巴拉巴斯表面上的被动，与他主导整部剧的精神有种奇怪的关系，再一次，我们可以向马克思寻求对马洛的修辞策略的解释："犹太精神不可能创造一个新世界，它只能把新的世间创造物和世界的境况带入自己的活动范围内，因为实际需要的精神是自私自利，实际需要总是被动的，不是想扩大就能扩大的，而是会发现自身随着社会的持续发展而扩大。"（38）。虽然犹太人在此等同于自我中心的精神和自利的需要，但他的成功须归功于基督教的胜利，基督教"物化了"因此也疏远了所有国家的、自然的、道德的和理论的关系，分解了"人的世界，使之成为一个由相互敌对的原子式个人组成的世界"（39）。马洛剧中的这种异化的具体标志就是奴隶市场；它的意识形态表达就是宗教的沙文主义，这种沙文主义将犹太人看作天生就有罪的人，将土耳其人看作野蛮的异教徒。

　　《马耳他岛的犹太人》以对这种"精神上的利己主义"（马

克思语)的有力讽刺作为结尾:总督对以背叛的方式毁灭巴拉巴斯和土耳其人表示了称赞,但他说应该赞扬的"既不是命运也不是财富,而是上天"(5.2410)。(这句虚伪的格言让皇家莎士比亚剧团的观众再一次哄堂大笑。)但是,我们不必等到戏剧结束就能看到基督徒的异化实践。就像我曾经提出的那样,这一点贯穿全剧,没有什么比巴拉巴斯这个人物更有力地体现了这一点。不仅巴拉巴斯的行动由基督徒的行动唤起,而且他的身份在很大程度上也是基督徒有关犹太人身份的观念的产物。但是情况并非完全如此:马洛在邪恶地戏仿约伯的实利主义时援引了"本土的"犹太主义,也在巴拉巴斯重复引用希伯来的排外主义时("这些吃猪肉的基督徒",等等)援引了"本土的"犹太主义。然而,巴拉巴斯对自己的感觉、他对这个世界的典型回应以及他的自我呈现在很大程度上都是由主导的基督教文化中的材料建构而成的。这一点在他的言辞中最为明显,他的言辞实际上由短小精悍格言、愤世的俗语和世俗的箴言组成——所有这些都是他所处的社会的污秽。夏洛克(Shylock)被认为是与基督徒不一样的,即使他们讲着一样的语言,而巴拉巴斯则被铭刻在了剧中社会的中心,这个社会的言辞是一系列的格言。所有的言辞都只不过是一串串谚语:谚语可以交换、倒置、被用作武器;剧中人物扮演甚至有意"上演"谚语(带着勃鲁盖尔的"荷兰谚语"的狂热力量)。当巴拉巴斯想要毒杀女修士,需要一个盛饭的碗时,伊萨默尔给了他一个碗,还配了一个长柄勺,伊萨默尔解释道,因为"谚语说,和魔鬼用餐,长柄勺必不可少,我给你带了一个"(3.1360-62)。[27]当巴拉巴斯和伊萨默尔一起扼死修士巴纳丁(阿比盖尔曾在在向他的告解中揭露了他们的恶行)时,这个犹太人解释道:"别怪我们，只怪那谚语，忏悔就会被绞死（Confess and be hang'd）"（4.1655）。

《马耳他岛的犹太人》中的谚语是某种货币，是社会中浓缩的意识形态财富、精神财富。它们的精练符合巴拉巴斯所称赞的物质财富的集中："狭小空间里的无限财富"。巴拉巴自己储存的这些意识形态财富包含了最为愤世嫉俗和自私自利的部分：

> 谁因财富得享尊荣？
>
> （1.151）
>
> 我一直是我最好的朋友。(Ego mihimet sum semper proximus.)
>
> （1.228）
>
> 怀有雄心的人会深谋远虑，
> 为将来的时日做好策划。
>
> （1.455-56）
>
> ［……］在极端情况下
> 可以不按法规制造禁令。
>
> （1.507-8）
>
> ［……］宗教
> 有很多掩人耳目的事。
>
> （1.519-20）
>
> 与其像一只乳鸽，我还不如像条毒蛇；与其像个傻子，不如像个恶棍。
>
> （2.797-98）
>
> 对不信教的人来说无所谓信仰。
>
> （2.1076）
>
> 处于权力中心的人，
> 如果不交朋友又不充盈他的钱袋，

> 那就像伊索口中的蠢驴,
> 驮着面包和酒,
> 舍弃它们去咬蓟草叶。
>
> (5.2139-43)
>
> 只要我活着,全世界灭亡都可以。
>
> (5.2292)

这些并非犹太人的外来语,而是整个社会的产物,实际上,是整个社会最为人熟悉和最常见的面孔。因为谚语的本质在于它们的匿名性,巴拉巴斯重复使用它们的后果是让他变得越来越典型,将他去个体化(de-inidividualize)了。当然,这与通常的进程相反。大多数戏剧角色在他们的戏剧中积累身份,夏洛克便是如此;但巴拉巴斯却失去了身份。他不再会是他刚出现时的那个独一无二的个体了:

> 去告诉他,是马耳他岛的犹太人派你来的,老兄:
> 啐,在这里的人有谁不知道巴拉巴斯?
>
> (1.102-3)

甚至他对其过去(杀死病人或向水井投毒)的描述都使他变得更为含糊和不真实了,使他沉浸在了一种对犹太人的过去的反犹主义的抽象幻觉之中。

在清除巴拉巴斯的身份时,马洛不仅思考了他的文化中的不真诚,即坚持把其自身的本质看作是别人的,还思考了在悲剧中反抗这种文化的限度。正如马洛所有的主角一样,巴拉巴斯通过否定他所珍视的价值来定义自己,但是正如我们所见,他的身份本身是一种社会建构,一种由他的文化中最肮脏的材料组成的虚构。[28] 如果马洛质疑文学是警世故事的观点，如果正是他对警世的虚构作品的利用颠覆了这些作品，那么他就无法忽视社会系统的强大力量，而这些虚构作品正是在这个社会系统中发挥作用的。的确，挑战这个系统的尝试——帖木儿对世界的征服、巴拉巴斯的马基雅维利主义、爱德华的同性恋取向以及浮士德的怀疑主义——都遭到了持续不断的追问，并且被暴露出它们不自觉地颂扬了身份的社会构建，即原本它们努力反对的事情。如果文艺复兴时期的正统观念的核心是这样一个巨大的重复系统，在其中，规训的典范被建立了起来，人们逐渐学会了该追求什么、该恐惧什么，那么马洛式的反抗者和怀疑论者仍内嵌于这种正统观念当中：他们仅仅扭转了这些典范并且接受了被社会当成邪恶的东西。在这样做时，他们想象自己完全站在了社会对立面，但实际上他们不自觉地接受了其关键的结构要素。关键问题并非人们有权力不服从，而是特定的社会产生了独特的追求和恐惧的模式，那些反抗的主角们从来没有脱离这些模式。因为热情地坚持他们的意志（will），马洛的主人公们预见了人类的历史是人类自己的产物，但是他们也预见了，这些产物——用卢卡奇（Lukács）的话来说——是由它们彼此之间的关系所产生的力量塑造而成的，而且这种力量不受它们控制。[29] 就像马克思在《路易·波拿巴的雾月十八日》（*Eighteenth Brumaire of Louis Bonaparte*）中写下的那段著名的话："人们自己创造自己的历史，但是他们并不是随心所欲地创造，并不是在他们自己选定的条件下创造，而是在直接碰到的、既定的、从过去承继下来的条件下创造。一切已死的先辈们的传统，像梦魇一样纠缠着活人的头脑。当人们好像只是在忙于改造自己和周围的事物并创造闻所未闻的事物时，恰好在这种革命危机时代,他们战战兢兢地请出亡灵来给他们以帮助。"[30]

马洛的主人公们反抗正统观念,但是他们没有随心所欲地那样做;他们的否定行为不仅唤起了他们想破坏的秩序,似乎有时也被这种秩序所唤起。正如我们所见,《马耳他岛的犹太人》不断地证明,巴拉巴斯与他所反对的异教世界如此接近;如果这个证明揭示出那个世界的虚伪,那么它也伤害了犹太人,因为他的厌恶必然会重复地指向另一版本的他自己,直到最后他把自己煮在为敌人准备的锅里。与此类似,浮士德的整个职业生涯把他与基督教有关身体和心灵的观点,即神学,更紧密地联系了起来,而他以为他决然地拒绝了神学。他梦想生活在"所有的享受中"(337),但他的快乐只是戏仿了圣餐礼。[31]

在马洛的所有主角中,只有帖木儿近乎做到了把自己定义为秩序的对立面,他对这秩序发动了战争;他凭借一种强大的,尽管只是偶尔出现的唯物主义做到了这点,这种唯物主义似乎是马洛通过以特殊方式混合他文化中的学术和大众的异端要素得来的。从学院生活中,马洛能够利用卢克莱修(Lucretius)的自然主义,即认为宇宙是由相互对立的元素不断碰撞形成的;从大众文化中——我们透过民谣、审判记录等资料短暂地瞥见了这种文化——他可以利用一种并非幻想的化约,即将意识形态化约为权力,将权力化约为暴力。[32] 他能够从这两者中得出身体引人注目的中心性,这是戏剧最为迷人的地方。帖木儿的行动——不停地刺、锁、溺、击、缚——几乎完全指向我们所谓的在戏剧中证明身体存在。在一出似乎滑稽地戏仿了基督和多疑的托马斯的戏中,帖木儿一度通过弄伤自己来教育他的儿子们:"来,孩子们,用你们手来寻找我的伤口,/ 在我的血中洗净你们的手"(2 *Tam*

3.2.3316-17）。同时，剧中有很多的垂死者——而且他们是军人——以古怪的、详细的、近乎临床的语言谈论自己，仿佛是要坚持他们的经验具有身体层面的真实性：

> 我感觉到我的肝被刺穿，以及我的所有静脉
> 它们开始滋养每一部分，
> 损坏和撕裂，我所有内脏沐浴在
> 血中，从它们的孔里流出来。
>
> （2 Tam 4.3417-20）

然而我认为，即使在这里，寻找根本性替代方案的运动也被它所反对的正统观念挫败了。唯物主义者拒绝的超验性被帖木儿对用暴力实现的"皇室功绩"（princely deeds）的全身心投入掩盖了。身体只有在受伤和被破坏之时，其存在才会得到确认，颇具讽刺意味的是，这一攻击产生了一种奇怪的疏离感，即身体的不确定性（bodilessness），而这种疏离感是我刚刚所引用的台词的特征。对肉体的另一种态度——情欲享受、自我保护，宽容接受、安逸——在帖木儿"懦弱"（但极富同情心）的儿子卡利法斯（Calyphas）身上遭到了明确的攻击并被扼杀。帖木儿刺卡利法斯是因为这个"娘娘腔的小崽子"（effeminate brat）拥有

> 一种形式，不符合主体的本质
> 它的材料是帖木儿的血肉，
> 在其中有脱离肉体的精神在运动。
>
> （2 Tam 4.1.3786-88）

这里的经院哲学家的亚里士多德式的语言表明，在这个奇怪、野蛮的场景中，帖木儿所反对的这些保守原则在起作用，就像片刻

之后，这位前斯基泰牧羊人能够提到折磨"那些农夫就像在我内心反抗，/天堂永恒威严的权力"（2 Tam 4.1.3831-32）。

帖木儿反抗等级制、反抗法律、反抗所有既定秩序的目的是什么？如他所言，是为了取得"尘世（earthly）王冠的甘甜果实"。尘世这个词诱人地暗示了唯物主义对超验权威的取代，后者是剧中所有"合法的"国王的权力基础，但是这个暗示并没有实现。特瑞达马斯回应了帖木儿所宣称的目的，这个回应乍一听仿佛是打算去确认这一替代性选择，但它随后使了一招句法上的花招，改变了方向：

> 那让我去加入帖木儿，
> 因为他粗野而且像厚重的大地
> 不能上移，也不会靠着皇室功绩
> 想要翱翔于最高品类之上。

（1 Tam 2.6.881-84）

帖木儿的意志坚不可摧，但是这种意志的对象本质上与迈锡提斯（Mycetes）、科斯柔、巴耶塞特或者任何其他在舞台上昂首阔步的王子没有什么不同。《帖木儿大帝》的第一部并非以叛乱作结，而是以正当性的最高形态作结，即一桩合适的婚姻，上帝之鞭向他的岳父严肃地确认了奇诺科拉特无瑕的贞洁。第二部的结束似乎更接近根本自由——

> 来，让我们进军来反对天堂的势力
> 在苍穹上垂下黑色的饰带，
> 以示对诸神的杀戮——

（2 Tam 5.3.4440-42）

但是，就像在《浮士德博士》那里一样，渎神是向它所侮辱的权力表示敬意。正是以这样的方式，在马洛写下这部剧多年后，一个被判死刑的文盲空想家（因为他宣称自己是为审判女王和她的大臣们而降临的基督），在断头台上，要求上帝将他从他的敌人那里带走："如果没有这样做，我将焚烧天堂，用我的手把你从王座上扯下来。"[33] 这种冒犯行为是惊人的，但是它们根本上仍受制于他们所反对的正统观念。

马洛既远离正统也远离怀疑论；他质疑文学和历史是重复的道德训练这一理论，他质疑他的时代拒绝这些训练的独特模式。但是，他如何能够理解他自己的角色的动机，那强迫他们一遍又一遍地重复同样的行为的力量呢？正如我已经指出的，答案在于他们都想要自我塑造。马洛的主角们奋力创造自我；用科里奥兰纳斯（Coriolanus）的话来说，他们站立着"就仿佛，这个人就是自己的创造者／不知道还有其他亲族"（5.3.36-37）。莎士比亚的特点是让他笔下的马洛式主角伸手抓住了他母亲的手；在马洛的戏剧中，除了《迦太基女王狄多》（Dido Queen of Carthage），我们没有看到，或者很少听说过主角的父母。帖木儿是无名的"低贱的"斯基泰人的儿子，浮士德有着"卑贱的父母"（parents base of stock）（12），而巴拉巴斯，据我们所知，没有父母。（即使在《爱德华二世》中，马洛强调家世似乎不可避免，但也很少提到爱德华一世）。家庭是伊丽莎白时代和詹姆斯一世时代大多数戏剧的中心，因为它是那个时代的经济和社会结构的核心；[34] 在马洛那里，家庭是可以被忽略、轻视或者违背的东西。马洛的两个主角杀了他们的儿子却没有懊悔的迹象；大多数人都更喜欢男性友谊而非婚姻或者亲属关系；所有人都坚持，亲密关系应当自由选择。在他父亲死后,爱德华马上叫来了加维斯顿;巴拉巴斯选择了伊萨默尔而不是阿比盖尔;浮士德黏着他亲爱的梅菲斯特;另外,比起与奇诺科拉特一起的爱情场景更充满激情的是,帖木儿赢得了特瑞达马斯热烈的忠诚。

其后果就是,在这一时期,正常情况下决定身份的神圣关系和血缘关系的结构瓦解了,这使得主角们实际上自生自灭,他们的名字和身份不由他人而由自己给出。的确,自我命名是这些戏剧中的一件要事,一遍又一遍地被重复,就好像主角只有不断地更新他们有意志的行动(acts of will)才能继续存在。奥古斯丁曾经在《上帝之城》中写道:"如果上帝从现存的万物中收回我们所谓的他的'建构权力',那么这些现存的万物就不再存在,就好像他们在被制造出来之前并不存在一样。"[35] 马洛的世界具有时间和空间的中立性,这种"建构权力"必须存在于主角自身当中;如果它在某一瞬间消失了,那么他可能会堕入虚无,用巴拉巴斯的话来说,变成"一块无意义的泥土/会被水冲洗成尘埃"(1.450-51)。因此,主角被迫重复他的名字和他的行动,马洛将这种受迫与戏剧联系在一起。主角的再次呈现(re-presentations)随着戏剧不断重复的表演而逐渐消失。

正如我们所见,如果马洛的主人公们塑造他们自己,他们被迫只能使用由他们特殊的、截然不同的世界的关系结构所产生的形式和材料。我们看到帖木儿如何用捡到和无意中听到的语词建构自己:"在珀塞波利斯凯旋而行"(1 *Tam* 2.5.754)或者"我被称作上帝的鞭子和震怒"(1 *Tam* 3.3.1142)。就像从粗心的旅行者手中抢夺的黄金或者从其他君主那里诱骗而来的军队一样,帖木儿的身份是"被挪用的"(appropriated)的东西,也是从他人那里获取的东西。[36] 有着非常复杂的心理的爱德华二世也只能用一些比喻来掩饰自己的身份，虽然这些比喻——比如，"帝国的狮子"——似乎并不适用。马洛时不时通过引用或者化用来塑造自我，最让人印象深刻的例子莫过于《浮士德博士》，主角在签署致命的契约时，以这个词作为总结："成了"（Consummatum est）（515）。

为了体现将基督的临终遗言重复一遍的重要性，我们必须将它们还原到《约翰福音》的语境中：

> 这事以后，耶稣知道各样的事已经成了，为了要使经上的话应验，就说："我渴了！"有一个器皿盛满了醋，放在那里。他们就拿海绒蘸满了醋，绑在牛膝草上，送到他口。耶稣尝了那醋，就说："成了！"（Consummatum est）便低下头，将灵魂交付神了。（19:28-30）。[37]

正如《诗篇》69所言，"我渴了，他们拿醋给我喝"，所以这就成了；基督的渴不是身体正常想要喝水，而是成就（enactment）那种渴求，所以他能完全胜任《旧约》黑暗地预言的那个角色。喝醋是实现他身份的最后的结构要素。浮士德使用基督的词汇唤起了角色扮演中的原型行动（archetypal act）；做到这一点的方法是重新表演基督承认他的存在完满了的那一刻，这位魔术师希望触及身份本身最初的源泉。但是不管浮士德获得了什么身份，它们都仅仅是精彩的戏仿。他的渎神以离奇的方式表达了任性而又绝望的信仰，他挪用了他的文化中最为庄严和重要的词汇来划定他生命中最关键的分界，含混地将自己等同于基督，首先是作为上帝，然后是作为将死之人。

"成了"是浮士德结束生命的幻想的高潮,因此自杀则以恶魔的方式戏仿了基督的自我牺牲。但是在《福音书》中,正如我们所见,这些词是真正的结束;它们在完成和死亡之时被说出来。在《浮士德博士》中,它只是开始,在浮士德开始他的交易时被说出来。基督就是自己的超验目标,基督的事业就是实现他自己,与基督不一样的是,浮士德以及所有马洛的自我塑造的主角,为了存在,必须设定一个目标。自我命名并不够;人们必须命名一个对象并追求它。自我和对象都以这样的方式被建构,并且都悲剧地为主流意识形态所束缚,而这种意识形态正是它们徒劳反抗的,然而,马洛的主角却展现了一种戏剧的活力,这种活力将他们的言辞和行动与周围的社会区别开来。如果观众对根本区别(radical difference)的感知被对颠覆性身份(subversive identity)的感知所取代,那么反过来同样如此:那些使马洛的主角们的自我塑造行动有别于周遭社会的东西,存在于他们过度的(excessive)品质中,存在于他们的戏剧极端主义中。土耳其人、修士以及基督教骑士也许都被贪婪的欲望驱动,但是只有巴拉巴斯能够谈及"狭小空间中的无限财富",只有他才具备人们必会称作审美体验的能力:

满包红宝石,蓝宝石,紫晶,
橘玛瑙,硬黄玉,草绿的翡翠,
美丽的红宝石,闪亮的钻石,
以及少见且价值不菲的石头 [……]

(1.60-63)

与此类似,特瑞达马斯可能宣称"上帝不像国王那般荣耀",

但是当有人问他是否愿意成为国王时，他回答说："不，虽然我赞赏它，但没有它我仍然能生活"（1 Tam 2.5.771）。帖木儿缺少它就无法生活，而且他的回报不仅是"尘世王冠的甘甜果实"，也是柏拉图的对手高尔吉亚所设想的"言辞的魔幻暴力"。[38]

马洛的主角们所具有的，正是高尔吉亚的修辞概念，而非柏拉图或者亚里士多德的。对高尔吉亚而言，人永远与存在的知识隔离，永远被锁在片面、矛盾和非理性中。他写道，如果有什么东西存在的话，那么它既不可理解也不可交流，因为"我们交流用的是语言，而语言与存在之物并不相同"。[39]这段带有悲剧色彩的认识论距离从没有被跨越过；相反，借助语言的权力，人们建构了人们生活于其中的假象，并且为之而活。高尔吉亚认为那种假象——欺骗女神阿帕忒（apate）——正是创造性想象的本质：悲剧艺术家的欺骗能力超过同行。这种艺术观并不排斥艺术能够去除欺骗的说法，因为悲剧"能够用它的神话和情感创造一种欺骗，它的成功实践者比不成功的实践者要更接近真实，让自己受骗的人比没有受骗的人更聪明"。[40]在《马耳他岛的犹太人》中，巴拉巴斯这个欺骗者把他的美学传给了我们：他跟女儿说，"虚假的伪誓（profession），比起虚与委蛇的伪君子要好"（1.531-32）。从长远来看，至少从续存角度来看，这部剧挑战了这个信条：总督，"虚与委蛇的伪君子"的化身，最终胜过了犹太人的"虚假的伪誓"。但是马洛使用这种区别来引导读者支持巴拉巴斯；说谎并且知道他在说谎，比起说谎却相信他在说真话，似乎更有吸引力，在美学上更令人愉悦、更为道德。

这种区分的道德基础经不起推敲；重要的是观众变成了巴拉巴斯的帮凶。在巴拉巴斯频繁、恶毒的喜剧性旁白中，这条协议不断得到确认：

> 洛多威克：好巴拉巴斯，不要再讽刺我们的神圣的修女了。
> 巴拉巴斯：不，我是以炽热的激情这样做，
> 我盼望不久之后一把火把这房子烧了。［旁白］
>
> (2.849-51)

几年以前，我曾在那不勒斯看到一个灵巧的扒手从旅行者的肩袋中拿走了相机，然后立即放入一块同等重量的石头。这个小偷发现我看着也并没有跑远，反而向我眨眼，我愣在那里成了沉默的同谋。观众习惯性的沉默在《马耳他岛的犹太人》中变成了被动帮凶的沉默，罪犯同伙会冲他眨眼。当然，这种关系本身是习惯性的。对观众而言犹太人有某种吸引力，他就像罗马喜剧中狡猾的、被虐待的奴隶，经常置身险境，经常被揭露出心怀鬼胎。这个角色拥有的无穷无尽的智谋的神话核心在于纳什（Nashe）所谓的"舞台般的复活"，虽然巴拉巴斯注定会有更黑暗的结局，但是至少他拥有过一次这样的时刻：当他被扔在城墙边上等死时，他涌现出诡计多端的活力。[41] 在这个时候，就像在剧中其他地方一样，观众期望着巴拉巴斯的恢复，希望（wills）他能够继续存在，因此观众对他产生了认同。

巴拉巴斯通过他的语言所具有的咒语般的力量首先赢得了观众，浮士德也通过这种力量召唤出了欺骗之王（Prince of Deceptions），帖木儿将他的整个生活变成一项事业，把他自己转变成了基本的毁灭性力量，该力量无法抵抗地向前推进："因为意图（Will）和应当（Shall）最适合帖木儿"（1 *Tam* 3.3.1139）。他让所有这些动词的含义——意图、命令、预言、决心以及简单

将来时（simple futurity）——都融入了他偏执的事业。马洛所有的主角看上去都同样令人着迷，这是他们热烈地追求，他们持续、重复地为自我和对象命名所带来的结果。对我们而言，他们变得比其他任何角色都更为真实、更有现实感。这只是在说他们是主人公，但是马洛再次将表现媒介本身的形状（shape）与戏剧的核心体验联系了起来；他的主角们似乎要把他们自己这些戏剧主角的理式（Idea）变为现实。[42] 斯宾塞笔下的马贝科（Malbecco）也有相似之处，他完全是他自己之所是——在这个例子中，就是极为善妒的他——以至于他变成了嫉妒本身的寓言式化身。但是，在斯宾塞笔下，自我现实化是柏拉图式的，而在马洛那里则是高尔吉亚式的——柏拉图主义被戏剧本身的存在所削弱，被特定的演员及其角色之间不可避免的距离所破坏，被观众和表演者等人不断注意到的幻觉的存在所破坏。

在戏剧中，这种注意会被这两者所强化：角色在把他们的生活当成事业经营时所经历的许多困难，以及不断的重复，正如我们所见，他们受到这种不断重复的束缚。正如没有两场表演或两个阅读文本是完全相同的一样，重复的自我塑造行为也不是完全相同的；的确，正如德勒兹最近所发现的那样，我们只能借助差异或变化才能谈论重复，而这种差异或变化是在我们思考重复的头脑中由重复所引起的。[43] 其结果就是，那些起初定义清楚且受到狂热追求的欲望的对象慢慢地失去了它们清晰的轮廓，并且变得越来越像幻想。浮士德不知停歇地谈及他的欲望，他想要吃饱、抢夺、挥霍，但是实际上他到底想要什么？到剧终我们才弄清楚，知识、情欲和权力都只是接近于那个他为之出卖了身体和灵魂的目标而已；那个目标仍然极其不清楚。他告诉瓦尔德斯（Valdes）

和科尼利厄斯（Cornelius），"我自己的梦幻，/［……］不会有对象"（136-37），这段话可以作为这部剧的题词。巴拉巴斯一开始似乎更简单：他想要财富，但他在为了权力和安全感而追求财富和为了美学甚至形而上学的满足而追求财富之间令人不安地摇摆着。但是戏剧的余下部分并没有证实这个欲望是巴拉巴斯存在的重中之重：金钱最终并非马耳他岛的犹太人充满嫉妒的上帝。他反而不惜一切代价报复基督徒。或者直到他谋划毁灭土耳其人并恢复基督徒的权力，我们才改变了这个想法。既然这样，他一直想要维护的是自己的利益：我一直是我最好的朋友（1.228）。但他为之维护利益的那个自我到底在哪里？甚至这句拉丁语格言也泄露了不祥的自我疏离（self-distance）："我一直是我自己最好的朋友"，甚或"我一直在我身边"。爱德华二世同样不清楚。他爱加维斯顿，但为什么？"因为他爱我甚于爱世界"（372）。他所欲求的从处于外在世界的对象回到了自我，这个自我无疑非常不稳固。加维斯顿被杀后，他在几秒后就选择了其他人：他的意志（will）存在，但是意志的对象只不过是幻影。甚至帖木儿在明确地宣称了他的目标之后，也变得越来越含混不清。"尘世王冠的甘甜果实"结果并非它一开始的样子（即获得王位），因为帖木儿在获得王位之后还在继续不断地追求。他的目标是权力，这种权力可以被形象地描绘为一种能力，即把双颊垂泪的贞女变为惨遭屠戮的尸体的能力。但是当帖木儿看到他手下的尸体并为他自己定义这个对象时，它立即变成了其他东西，一面映照出另一个目标的镜子：

> 所有权力的景象都让我的胜利增辉：
> 这些才是适合帖木儿的目标，

5 马洛与绝对戏剧的意志

就像在镜中能够看到,

他的荣耀,由流血组成。

(1 *Tam* 5.2.2256-59) [44]

在他的著名演说《我的痛苦说,什么是美?》(1 *Tam* 5.2.1941ff.)中,帖木儿提出了达成所欲求的目标后的全部问题,并且给出了马洛作品中最清楚的正式表达:美,就像剧作家笔下的主角所追求的目标,一直翱翔在人类的思想和表达之上。难以捉摸(elusiveness)的问题成了占据文艺复兴时期的思想者头脑的主要问题,从最温和的到最激进的人、从明智的胡克(Hooker)到极度不明智的布鲁诺(Bruno)皆是如此。[45] 马洛深受当时的思想影响,但是他巧妙地转移了重点,重点原本是吸引人超越他们所拥有之物的无限性,被他转向了人类意图的问题,也就是人们在真正想要什么东西时所体验到的困难。对圣奥古斯丁而言,邪恶的本质就是认为任何事物都应该"为了它自身而被索求,而事实上,事物应该按照追寻上帝的方式来被索求"[46],这在他看来是老生常谈了。马洛的主角们一开始似乎接受了这种邪恶:他们自由地宣称他们极其渴求某些呈现一种个人绝对(a personal absolute)地位的东西,他们不屈不挠地追求这种绝对。路上的阻碍越有威胁,他们就越坚决地要消除和超越它:我追求,我焚毁,我意愿。但是,正如我们所见,我们没有完全信服这些嘈杂的、对他们那一心一意的欲望的论证。马洛的主角们想要彻底一意孤行(借用奥古斯丁的说法),但是却无法做到一意孤行,仿佛他们最终无法为其本身欲求任何事物。对胡克和布鲁诺等人而言,这种无能为力来自超越性目标的存在——这证明了上帝的存在;对马洛而言,这种不可能性来自他的这一怀疑,即他欲求的所有对象都是虚构的，是人类主体塑造的戏剧幻觉。这些主体本身也是虚构的，它们由反复的自我命名行动塑造。蒙田已经完全理解了这个问题的复杂性，但是，正如奥尔巴赫（Auerbach）所观察到的，"他的讽刺、他对大词的厌恶、他内心深处的平静阻止了他超越问题的界限并进入悲剧的领域"。[47]马洛，他的生活正好与蒙田与众不同的"奇特的平衡"（peculiar equilibrium）相反，他特别渴望接受悲剧。

人们只有为他自己塑造一个名字、一个对象，才能够在世界存在，但是这些，正如马洛和蒙田所认为的那样，都是虚构的。没有任何特定的名字或者对象能够完全满足个人内心要求表达的动力，或如此完整地填补个人意识的潜能，以至于所有的渴望都被抑制，所有不真实的暗示都变得沉默。正如我们在莫尔和廷代尔的争论中所见，新教徒和天主教的辩论家巧妙地证明了对方的宗教（数百万灵魂的真实之锚）是狡诈的戏剧幻觉，是恶魔般的幻象，是一篇诗歌。当然，每一方都以真正的宗教真理的名义去揭对方的面纱，但是对于像马洛这样一个喜欢怀疑的知识分子来说，它的集体效应（collective effect）似乎是毁灭性的。剧作家的回应不仅是在宗教上对实在进行拆解。在遥远的非洲、美洲的岸边，在他们的故乡，在他们"重新发现"的经典文献中，文艺复兴时期的欧洲人每天都得面对这样的证据，即他们习惯的现实生活仅仅是长期存在的人类问题的一种解决方案，诸多方案中的一种。虽然他们想破坏他们碰到的异质文化，或者将它们吸纳到他们的意识形态中，但是他们不能总是破坏其自我意识存在的证明。瓦雷里（Valéry）写道："奇迹不在于那些事物是什么，而在于它们就是它们所是而非其他东西。"[48]马洛的每部剧构建真实的方式都与之前的剧截然不同,正如他的作品作为一个整体,远远甩开了他同时代的戏剧。他的每个主角都以不同的方式从最初的欲望跳跃到了全力以赴的计划:在一部剧中必要的东西在下一部剧中又是偶然的或缺乏的。只有跳跃本身是永远必然的,既必然又荒谬,因为它是对虚构的接纳(对语言的陶醉和游戏的意志将这种虚构变得可欲求)。

马洛的主角们必须把生活当成事业,但是他们在这样做同时也在暗示这项事业是虚幻的。他们的力量不会被这些暗示的东西所削弱:他们不会退回斯多葛式的顺从和沉思的孤独,也没有为了孤独的恩典时刻——他们在这个时刻能够接触到生活中的其他地方所缺乏的整全性(wholeness)——而忍受。他们从这项事业的荒谬中获得了勇气,一种凶残的、自我毁灭的、十分雄辩的、游戏的勇气。这种游戏性(playfulness)在马洛作品中表现为残酷的幽默、凶残的恶作剧、对古怪和荒谬的嗜好、角色扮演的喜好、对手边游戏的专注,以及对游戏之外的事情的无动于衷、对人类的复杂性和痛苦的无感、极端但严谨的侵略性、对超验性的敌视。

除了残酷而又好斗的戏剧本身,还有其他证据也表明了,马洛自己的职业中也有一种类似的黑暗的游戏性,如滑稽的(且非常危险的)渎神,几乎公开的(同样危险的)同性恋——他轻率地追求灾难,就像《爱德华二世》或者《浮士德》中描述的那样。在生活中,就像在戏剧中一样,我们通常用来组织经验的范畴不断受到质疑——这个人的轻率是表明了他已失控,还是表明了他完全处于控制中?他可以如此冷静地控制嘲讽,这是否意味着他能够计算自己是否过度(我们可以回想一下怀特)?对于马洛在沃尔辛厄姆(Walsingham)的情报组织当双重间谍的那段神秘时期，我们知之甚少，他可能在 1587 年去了兰斯，也许假扮成了天主教徒，以便查出用来控告英国天主教的神学研修生的证据。除了与意识形态的疏离和一种深不可测的、具有游戏性的自我疏离，我们能从贝恩斯（Baines）的控诉书中获取的信息寥寥无几。游戏的意志（will to play）卖弄着社会所珍视的正统观念，接受了文化中令人厌恶和害怕的东西，它将严肃转变成了搞笑，通过严肃地对待玩笑而搅乱了玩笑这个范畴，为的是以无序的方式释放能量来追求自我毁灭。这就是濒临深渊的游戏，绝对的游戏。

在他动荡的生活中，更重要的是，在他的写作中，马洛与他的主角们有着千丝万缕的关系，虽然他比他们中的任何一个都更加聪明且更有自知之明。他脱离了具有安慰性的重复学说（doctrine of repetition），他通过写作戏剧来蔑视和颠覆他的文化在形而上学和伦理上的确定性。我们生活在尼采和福楼拜之后，可能很难理解马洛曾有多么强大、多么鲁莽的勇气：他写作，仿佛文学警世目的是个谎言；他创作虚构作品就只是为了创造，而不是为了服务上帝或国家；他塑造那些回响在虚空中的台词，因为除了虚空什么没有，所以这些台词的回响更加有力了。因此，马洛被卷入了他的主人公的生活，也因此，他在创造经久不衰艺术作品时也在克服这种被卷入的状况。所有这些主角们的真正目标就是成为马洛戏剧中的角色；正是为了这一目标，他们最终既表现出了游戏的活力，也表现了萦绕他们心头的未被满足的渴望。

6　权力的即兴表演

从本研究的视角来看，斯宾塞和马洛完全相反，二者的对立与1530年代的莫尔和廷代尔的对立一样激烈。如果说斯宾塞认为人类的身份是在热情地服务于合法的权威，服务于上帝和国家结合的权力时被赋予的，那么，马洛则认为身份是在违反政治的、神学的、性的秩序时得到建立的。如果说对斯宾塞而言，重复是文明的辛勤劳作的一方面，那么对马洛而言，重复就是在匿名的虚空中建构自身的方法。如果说斯宾塞的主角们在努力追求平衡和控制，那么马洛的主角们则在努力打破对他们欲望的束缚。如果说在斯宾塞那里，存在对过度的恐惧，而这种恐惧有着吞噬秩序的危险，并且似乎还给节制留下了难以清除的污点，那么在马洛那里，则存在对秩序的恐惧，这种恐惧有清除过度的危险，并且似乎总是已经把反抗转变为了对权威的致敬。如果说斯宾塞以一种有意识的拟古的方式为贵族和中上阶层写作，从而参与了封建服饰的装饰复兴（这场复兴是伊丽莎白时代宫廷仪式的典型特征），[1]那么，马洛则为新的公共剧场写无韵诗，在经历了之前几十年十四行诗的缓慢发展之后，这些无韵诗看起来必然会与现实本身更接近。如果说斯宾塞将他的"其他世界"容纳到了权力的凝视中，并且说"看呐！这丰富的美就是你自己的脸"，那么马洛则展现了他自己的世界，并且说"看！这个充满悲喜剧色彩的华丽缺陷（deformity）就是，你是如何出现在我丰富的艺术中的"。如果说斯宾塞的艺术不断质疑它自己的地位以保护权力免遭质疑，那么马洛则破坏了权力以将他的艺术提升到关注自我、证明自我的绝对地位。

当然，在斯宾塞和马洛之间并没有任何东西可以与莫尔和廷代尔之间激烈的辩论交锋相媲美，但是至少有一个共鸣的时刻可以把他们结合在一起，能够例证我刚才概述的对立。在《仙后》卷一第7章，刚听说红十字军被巨人奥歌格里奥（Orgoglio）打败了的尤娜（Una）非常消沉，正当此时，她碰巧遇到了亚瑟，即至善（Magnificence）的化身。至善这种美德，斯宾塞在致罗利的信中称之为"所有其他德性的完美，它内含了其他所有"。这是亚瑟第一次在这首诗中出现，之后的诗行则详细地描述了他光彩夺目的盔甲，包括以下这段对他头盔的羽冠的描述的诗节：

> 而在那顶高贵头盔的最顶端，
> 镶着一束羽毛，颜色五彩斑斓，
> 上面的金饰和珍珠明亮璀璨，
> 摇曳的羽毛似乎在起舞翩翩，
> 宛如爬在一棵高大杏树上面，
> 高高地傲居郁郁葱葱的树冠，
> 一朵朵儿杏花儿开得多鲜艳；
> 每当一阵风儿吹过羽毛之间，
> 便可见一根根羽毛微微抖颤。

(1.7.32)

早在18世纪后期，就有读者提到自己惊讶地发现这段文字几乎一字不差地出现在了《帖木儿大帝》第二部中。[2] 它出现在被俘的

6 权力的即兴表演

国王们拉着马车把帖木儿载上舞台的场景中,"他们嘴里含着嚼子",舞台说明告诉我们,"他左手牵着缰绳,右手持着鞭子,用它来鞭打他们"。帖木儿为自己获胜后取得的权力感到狂喜,他折磨他的俘虏们,将哭泣的妃子交给普通士兵以满足他们的欲望,他还——这是对他自己情欲的满足——还想象他未来的征服:

> 带着被征服的国王组成的军队穿过大街,
> 我穿着金黄的盔甲像太阳一样,
> 在我的头盔上三组羽毛将透出来,
> 布满了钻石在空气中闪闪发光,
> 要注意我是三倍(three-fold)世界的帝王,
> 就像一棵长得高的杏仁树,
> 在巍峨连天的山峰上,
> 装饰着古香古色的绿色树冠
> 比赫利奇娜的眉毛更白的花,
> 它娇嫩的花朵让所有人发抖,
> 每一丝微小的呼吸都吹进天堂。
>
> (4.3.4094-4113)

斯宾塞用来歌颂亚瑟的内容被帖木儿用来歌颂自己;骑士的装备,亚瑟至善的骑士身份的象征在此成了帖木儿自己的权力欲望的赞歌的一部分。在斯宾塞那里,这些诗行被用于文明的最高形象、梅登黑德勋章(Order of Maidenhead)的主要拥护者、仙后格洛莉娅娜忠诚的仆人,在马洛那里,则被用于斯基泰的上帝之鞭(Scythian Scourge of God)的魔幻生活。马洛的场景是自觉的具有象征意义的场景,仿佛是一场以斯宾塞的方式进行的戏剧即兴表演，但是现在他的主角的位置被一个过度嗜好虐待的、更接近奥歌格里奥的角色所取代了。[3] 即使我们会发现根本上的差异性，但我们也会被两者间可能存在的令人头晕的相似性所困扰。如果亚瑟和帖木儿并不是截然二分、相互对立的呢？如果他们是同一事物的两面，是同一种权力的不同化身呢？帖木儿就是亚瑟展示给敌人的面目，或者说，亚瑟就是帖木儿展示给追随者们的面目。对于爱尔兰步兵而言，斯宾塞的至善王子（Prince of Magnanimity）就像上帝之鞭；对于英国的廷臣而言，马洛的古怪征服者看起来就像仙后。

我们该如何描述这种拥有两副面孔并且能够任意转换的权力？在《君主论》的那段著名段落中，马基雅维利写道，君王必须知道如何利用野兽和人，正因如此，古人笔下才会让阿喀琉斯和其他英雄受教于马人喀戎（Chiron）。这段讨论是一个对心理流动性（psychic mobility）的肯定的早期例子，这种肯定一直到今天仍然是针对西方意识进行的讨论的特征。在有关中东现代化研究的名作《传统社会的逝去》（The Passing of Traditional Society）中，社会学家丹尼尔·勒纳（Daniel Lerner）将西方定义为一个"流动的社会"（mobile society），这个社会不仅由某些启蒙和理性的公共实践所塑造，而且还通过反复向民众灌输"对流动的敏感（mobile sensibility）来适应变化，而对自我系统的重新安排是其独特的模式"。[4] 勒纳教授认为，传统社会在"高度收缩的个性"（highly constrictive personality）（51）的基础之上运行，个人拒绝变化，无法理解别人的状态，而西方社会的流动的个性的"特征是有辨识环境的新特点的能力"，因为他"拥有能够将新要求融入自身的机制，这些要求来自他习惯的经验之外"（49）。

种种机制都被勒纳教授归入了"共情"（empathy）这个单一的术语，他将之定义为"能够在他人的处境中看见自己"（50）。在西方，首先，由地理大发现开启的物理流动性推动了这种能力，然后大众媒体巩固了它、扩大了其范围。他写道："这些让观众的日常生活充满了对他人生活的持续且隐秘的体验。《帕金斯太太》、《戈德堡一家》、《我爱露西》——所有这些都给我们带来了从来没有遇见过的朋友，但是我们能强烈地'分享'他们的快乐和忧愁。"（53）大众媒体在国际层面的传播意味着"心理流动性"的共时传播，甚至意味着现代化的共时传播："在我们时代，的确，共情在世界的扩散加速了。"（52）

勒纳教授设计了一系列问题来检视这种加速的速率，他和助手们在中东居民中进行了抽样调查，调查对象包括门卫和鞋匠，也包括杂货商和医生。问题是这样开始的："如果你是报纸编辑，你想负责哪种报纸？"坦白讲，我完全同情这类回答者，比如一个接受采访的安卡拉附近村庄的牧羊人，他气喘吁吁地说："天，你怎么能说这些事情？［……］穷苦的村民［……］全世界的主人。"（24）勒纳教授总是把这些问题解释为这表明收缩的个性没有共情的能力，但是实际上，这个土耳其牧羊人，操着帖木儿的语言，重新引入了在分析现代化时已经不再被提及的术语，权力。对我而言，我想在本章描述"对流动的敏感"的文艺复兴起源，在此之后，我会将背景从《我爱露西》转向《奥瑟罗》，为的是证明勒纳所谓的"共情"，在莎士比亚那里被称作"伊阿古"。

为了帮助我们从当前的中东回到17世纪早期，让我们暂时好好想想勒纳教授关于文艺复兴起源的概念：他写道，"以物理的流动为例，它推动了西方人在一个从人地比率来说地球的人口还比较稀少的时代起飞。想要拥有土地或多或少可以通过寻找土地来实现。伟大的探索者通过树立旗帜占领了大量土地；几代人之后，这些地方慢慢住满了新的人口"（65）。但实际上并不是这样的。土地并不会如此容易地变成"不动产"，稀疏的人口不是被伟大的探索者们发现的境况，而是被创造的境况。中美洲的人口统计学家估计，比如，1492年伊斯帕尼奥拉岛（Hispaniola）的人口有700万到800万，甚至高达1100万。然后其人地率突然降低到了一个非常诱人的程度：到1501年，奴隶制度、农业的中断，尤其是欧洲的疾病使人口降到了70万；到1512年，就只剩28000人了。[5] 当然，人们并非没有注意到这难以想象的大规模死亡；欧洲的观察者认为这是上帝决定推倒偶像崇拜者、为基督教徒开辟新世界的标志。

从社会学家眼中的在空地上仪式性地插旗的乏味世界，到暴力的取代和潜伏的死亡，我们已经走向了莎士比亚的悲剧。如果我们更进一步，看一眼彼得·马特（Peter Martyr）在1525年记述的事件，即他在《论新世界》（De orbe novo）的第七个十年中记述的事件，我们会更接近莎士比亚的悲剧。由于本地人口大量被杀，金矿中劳动力匮乏，西班牙人开始抢劫附近的岛屿。两艘船抵达了卢卡亚（Lucayas，现巴哈马）地区的一座偏僻的小岛，船上的西班牙人在那里受到了敬畏和信任。西班牙人通过他们的翻译了解到，本地人相信他们死后灵魂首先在冰冷的北部山脉清洗自己的原罪，然后被带到南方的天堂岛，他们仁慈的跛脚君王会为他们提供无尽的快乐："灵魂享受永恒的快乐，周围是年轻的侍女在唱歌跳舞，孩子们拥抱他们，他们坐拥迄今为止他们喜欢的任何东西；他们嘀嘀咕咕地说着话，人变老，又恢复青春，所有年月都同样充满快乐和欢笑。"[6] 马特写道，西班牙人在理解了这些幻想之后，他们接下来劝说当地人，"他们来自这样一些地方，在那里，人们都能够看到他们死去的父母、孩子、亲戚和朋友；能够享受所有的快乐，到处都是人们喜爱的东西"（625）。于是本地人被骗了，马特说，岛上所有人"载歌载舞"，一起上了船，被带到了伊斯帕尼奥拉岛的金矿上。然而，西班牙人获得的利益却不及期望的多；当卢卡亚人明白发生了什么事情之后，他们像某些十字军东征时的德国犹太人团体一样，选择了集体自杀，"在变得绝望之后，他们要么自杀了，要么选择了通过绝食来放弃他们虚弱的精神，任何理由和暴力都没能说服他们进食"（625）。

马特似乎对这个故事感到有点矛盾。一方面，他当然确定上帝并不认可这些欺骗行为，因为这些犯了欺骗罪的人都死得很惨；另一方面，他又反对解放被奴役的当地人，因为痛苦的经验表明，即使那些印第安人已经变成了基督徒，但只要有一丝机会，他们就会立马回到"他们古老的本土恶习中去"，并且会残忍地反对那些以"父一般的仁慈"（627）教导他们的人。但是，对我们的目的而言，马特的矛盾并不那么重要，重要的是他的故事有唤起文艺复兴时期的关键行为方式的力量，能将勒纳的"共情"与莎士比亚的伊阿古联系起来：我将把这种模式称为即兴表演（improvisation），即一种既能利用意料之外的东西，又能把既有材料转变成自己的剧本的能力。相比于投机取巧地理解表面上稳固的、确立的东西，即兴表演的即时性特征在此并不那么重要。的确，就像卡斯蒂廖内和文艺复兴时期的其他人理解的那样，即兴表演的即兴特征往往是精心设计的面具，是精心准备的产物。[7]

反过来说，所有的情节，不管文字的情节还是行动的情节，都不可避免地有一个形式上尚未连贯的时刻作为其起源，在这个有着尝试性的、偶然性的刺激的时刻，现有的已被普遍接受的材料被扭曲成了一种新的形状。一个纯粹事先预料好的点或一个纯粹随机的点，我们都无法对其进行定位。真正重要的是，欧洲人有能力一次又一次地融入当地原有的政治、宗教，甚至心灵结构，并且将这些结构转变成他们的优势。这种进程对于现在的我们来说很熟悉，就像最为肮脏的商业欺诈，我们对它如此熟悉，以至于我们假定这种必需的即兴才能得到了普遍传播，但是这一假定完全是误导性的。在某些时候，在某些文化中，将自己的意识插入他人的意识的能力相对来说并不是很重要，只是一个有限的关注对象；在其他一些时候，在其他一些文化中，这种能力则是重点关注的事物，是教化与恐惧的对象。靳纳教授坚持认为，这种能力是典型的（虽然不是绝对的）西方模式，在古典时代和中世纪，其程度各有不同，在文艺复兴时期，这种能力大大增强了，在这一点上，他是正确的；他进一步认为，这是一种富含想象的慷慨行为（imaginative generosity），是对他人的处境感同身受，在这一点上，他却误入了歧途。当他自信地谈到"共情在世界范围内扩展"时，我们必须理解，他谈到的是西方权力的施展，这种权力是创造性的也是毁灭性的，但绝不是无功利的和仁慈的。

回到卢卡亚人的故事，我们可以问问我们自己，在文艺复兴时期的文化中有什么条件能够让这种即兴表演变得可能。这首先取决于扮演角色——把自我转变成他人，哪怕只在很短时间内而且内心有所保留——的能力和意愿。这使人必须能够接受伪装，用阿斯卡姆（Ascham）的话来说，也就是要具备心口不一的能力。

这种角色扮演反过来依赖于把他人的现实转变成可操控的虚构。西班牙人不得不把印第安人的宗教信仰当成幻觉，或者用马特的英译者的话来说，"想象"。马特发现，卢卡亚人的社会基于恭敬的服从原则，而这些原则是通过一系列宗教寓言培育出来的，这些寓言"通过口耳相传的传统，从老人那里传给年轻人，对于一段最为神圣和真实的历史，如果他不这样想，就会被逐出人类社会"（623）。卢卡亚的国王发挥着至高无上的神圣功能，并且完全享受着偶像一般的崇敬，如果他命令子民从绝壁上跳下去，他的子民会立即照办。国王用这种绝对的权力来确保部落食物的公平分配，根据需求将储存在皇家粮仓中的食物分给各个家庭："他们曾有过黄金时代，没有你我之分（mine and thine），这是不和的种子。"（618）马特发现了卢卡亚的宗教观念的社会功能，即用于传播和复制观念的本土装置（native apparatus）、用于加强信仰的惩罚装置（punitive apparatus）。简而言之，他将卢卡亚人的宗教视为意识形态，这一观念将"神圣而真实的历史"转变成了能够利用的"精致而微妙的想象"（625）。

如果即兴表演是通过将别人的真实理解为一种意识形态的建构而成为可能的，那么我们必须在此意义上把握这种建构，即它在结构上类似于一个人自己的信仰。一个完全陌生的意识形态是不会允许戏剧的进入的：它可以被摧毁但不能被表演。因此，在马特的描述中，卢卡亚人的宗教是天主教的一种变形的再现：这些"形象"在"神圣的敬拜日子"里被庄严地抬出来；崇拜者恭敬地跪在这些形象前面，唱着"圣歌"，供奉祭品，"到了晚上贵族们会分发它们，就像我们这里的神父分发妇女供奉的蛋糕或者圣饼一样"（622）；主祭司站在"讲坛"上，向"圣物"祈祷；

正如我们所见，这里也有赎罪、炼狱以及天堂中的永恒快乐。欧洲人对他们自己的宗教的描述肯定类似于卢卡亚人实际相信的宗教；不然他们为什么要载歌载舞、兴高采烈地登上西班牙人的船呢？但是同样重要的是，他们的宗教被当成类似天主教的宗教，二者足够相似，即兴表演能够开展，但二者也有足够的距离来保护欧洲人的信仰免受虚构性的暴力侵害。西班牙人并没有被迫把自己的宗教当成可操控的人类建构；与此相反，他们以轻蔑的方式利用了类似的符号结构，而这可能加强了他们的教义的强制力。

这种对等地位的缺乏是我在此概述的即兴表演模式的整体经济（total economy）的一方面。我们在卢卡亚人的故事中可以看到权力运作的早期表现，这种运作接下来会变得异常重要，并且仍在我们的生活中保持着强大的力量：占有别人的劳动且不涉及所谓的"自然的"对等义务（就像在封建制中那样），它通过对被剥削者隐瞒所有权的事实而起作用，而被剥削者却相信他们可以为了自己的利益而自由行动。当然，一旦这艘船到达伊斯帕尼奥拉岛，这种被隐瞒的所有权就会让位于直接的奴役；西班牙人无法继续将这种即兴表演带入矿山。他们无法保持幻觉，正是这一点导致了整个计划的最终失败，当然，对西班牙人而言，他们不想要死的印第安人而想要活的矿工。在文艺复兴时期及之后，需要更敏锐的头脑来完善各种手段以无限期地维持一种间接奴役。

我曾将即兴表演称作文艺复兴时期最核心的行为模式，但是我关注的例子处于地理学的边缘地带，而且似乎只是证明了伊曼努尔·沃勒斯坦（Immanuel Wallerstein）的理论，他认为西欧人在16世纪逐步建立起了他们对被定义为边缘地带的地区的劳动力和资源的所有权。[8] 但我想论证的是，我描述的现象也以多种多样的形式存在于离欧洲较近的地方。我们可以在两个显著的例子中看到这一点，即都铎王朝的权力与天主教符号体系的关系、修辞教育的典型形式。

英国国教和作为教会最高首领的君主并没有按激进的新教徒的要求清除天主教仪式，相反，他们在其中进行即兴表演，试图以此夺取天主教仪式的权力。比如，在1590年的即位日庆典中，据说女王坐在蒂尔特画廊（Tilt gallery）里，"听到如此美妙而神秘的音乐，在场的每个人都非常惊奇。在倾听那精彩的旋律时，大地似乎突然张开了，出现了一个由白色塔夫绸搭成的亭子，比例上类似于维斯塔贞女庙。这座庙似乎由很多斑岩柱子构成，拱顶像教堂，里面有很多灯烛在燃烧。殿的一边是由黄金布盖住的祭坛；另一边有两根蜡烛在华美的烛台上燃烧；祭台上也放着某些君王的礼物，之后三个贞女会将它们呈交给陛下"。[9] 这个世俗的主显节使我们能够确定两个典型的即兴表演过程：置换和吸收。关于置换，我指的是这样一个过程：先前存在的符号结构被迫与其他关注点并存，这些关注点与原初的结构之间不一定存在冲突，也不会在后者的引力中被吞噬掉；的确，就像这里所说的，神圣之物可能是一个比较世俗的现象的装饰、背景、场合。关于吸收，我指的是这样一个过程：一种符号结构如此完全地被吸收进了自我，以至于它不再作为外部的现象存在；在即位日的庆典上，世俗的君王不再于神圣的主面前表现出谦卑，相反，神圣的主似乎强化了统治者的身份，彰显了她的权力。[10]

置换和吸收在此可能同时存在，因为宗教符号体系已经充斥着对权力的赞颂。我们所看到的是制度的转变，这个制度控制了这种符号体系的解释权并从中获益,在这个例子中,这种转变是由文艺复兴时期的古典学者调整的。对维斯塔贞女庙的援引是将信仰转变成我们已经检视过的意识形态的标志;罗马传说被巧妙地拿来迎合英格兰的童贞女王,这有助于将天主教仪式看作虚构,进而将之转换并吸收。

人文主义者的这种催化功能直接催生了我们的第二个国内即兴表演的例子,因为人文主义事业的基石是修辞教育。乔尔·阿尔特曼(Joel Altman)最近在《都铎王朝的心灵游戏》(*The Tudor Play of Mind*)中证明,对于英国文艺复兴时期的两分论证(argumentum in utramque partem)文化而言,最为重要的一点是,它培养了学者为相反立场发表同样有说服力的论证的能力。阿尔特曼令人信服地指出,这种实践渗透了16世纪早期知识分子的生活,而且也对早期戏剧的形成产生了影响。[11] 正如我们所见,伊拉斯谟正是带着这种修辞的灵活性的精神称赞了莫尔,称赞他能够"每时每刻与所有人一起扮演别人",也正是带着这种精神,洛珀回忆起了年轻的莫尔在莫顿主教的圣诞节表演中的光彩夺目的即兴表演。

洛珀和后来的大多数人都对莫尔有一种圣徒传记式的偏袒,他们隐瞒了他的这种即兴表演的天赋,这种天赋与法庭和皇室中对权力的控制紧密相连:将操控神秘化、使之成为无功利性的共情早在16世纪就已经出现了。要想纠正这一点,我们只需回忆一下莫尔那些有争议的作品,比如《驳廷代尔的回复》,莫尔在文中反复使用的方法就是通过即兴表演将异端的信仰转变成虚构,然后将它吸收到新的象征结构中,并且取笑或毁灭它。廷代尔曾写过:"我们因为脆弱而得的罪从未如此频繁,只要我们忏悔并且重新回到正确的道路上，回到上帝在基督的血中所立的约，我们的罪就会消失，就像烟消散在风中，就像黑暗被光照亮，或者就像你倒一点血或者奶到大海里。"莫尔恶意地即兴表演了廷代尔的文本："我们去炼狱的时候也不需要害怕，我们在这里的时候也不需要悔罪，我们只是有罪，于是道歉，然后坐下作乐，接着再犯罪，稍微忏悔，然后来杯麦芽酒，洗净这些罪，想想上帝的应许，然后将我们列出的事情一一实现。因为我们肯定希望，如果我们一天杀了十个人，那么这也只是倒了一点血到海里。"把廷代尔的论证变成了自己的之后，莫尔接着"仅"把廷代尔有关忏悔的论证当成"一首诗"——这是我们在其他地方见过的虚构化的典型例子——并且总结道，"让我去找马丁·路德［……］那个修士和修女躺在一起，知道他犯了错（即知道他做了邪恶之事），但仍然说他做得好：让廷代尔告诉我这是什么忏悔。他每天早上都忏悔，每天晚上还是一样跟修女睡觉；首先想下上帝的应许，再去犯罪，因为他相信上帝的约，然后称他只是倒了点牛奶到海里"。[12]

此处的即兴表演明显不是想要欺骗它的原初对象，而是想要左右第三方，也就是读者，因为读者可能正在宗教改革者和天主教会之间摇摆。如果异端说罪被上帝的约救赎，变为牛奶，那么莫尔则将那牛奶重新变回了罪，然后将它转化成了精液，从而超越了简单的逆转。廷代尔把大海想象成无边无际的神圣宽恕，莫尔则把它变成了路德宗的修女那无法满足的性需求。

以下事实容易促成对宗教改革者的文本——这些文本已经沉浸在一系列隐喻性的转换当中了——的颠倒，即莫尔理解了廷代尔文章中的不稳定性，廷代尔非常焦虑地把基督的血转变成罪，慢慢又将其转变成烟、黑暗、血，最后转变成牛奶。莫尔巧妙的即兴表演让廷代尔的说法看上去仿佛是这样的：谋杀和好色只是潜藏在原初论述的表面之下，就像某种黑暗的潜台词。莫尔能够成功很大可能是因为暴力和性焦虑不管在廷代尔还是莫尔那里，实际上都是强大的潜在力量。再次，在即兴表演者和他的对手那里，有种挥之不去的结构同源性。

我希望到目前为止，《奥瑟罗》似乎最终将它自身作为我描述过的文化模式的最高符号表达强加给了我们，因为暴力、性焦虑，以及即兴表演都是构成戏剧的材料。当然，莎士比亚的作品对这些材料有很多的探讨——可以想下理查三世追求安妮，[13] 或者，在喜剧中，罗莎琳德（Rosalind）戏谑地利用了流放强加于她身上的伪装——但是这些探讨既不强烈也不激进。在伊阿古的首次独白中，莎士比亚用尽浑身解数强调了这个恶棍的阴谋所具有的即兴表演的本质：

> 凯西奥是一个俊美的男子；让我想想看：夺到他的位置，实现我的一举两得的阴谋；怎么办？怎么办？让我看：等过了一些时候，在奥瑟罗的耳边捏造一些鬼话，说他跟他的妻子看上去太亲热了；他长得漂亮，性情又温和，天生一种媚惑妇人的魔力，像他这种人是很容易引起疑心的。那摩尔人是一个坦白爽直的人，他看见人家在表面上装出一副忠厚诚实的样子，就以为一定是个好人；我可以把他像一头驴子一般牵着鼻子跑。有了！我的计策已经产生。地狱和黑夜正酝酿成这空前的罪恶，它必须向世界显露它的面目。
>
> (1.3.390-402) [14]

我们马上就会阐明为什么伊阿古在这儿要从性方面来设想他的行

为；目前我们只需要注意所有即兴和临时的标记，以及第三人称代词的含混："在奥瑟罗的耳边捏造一些鬼话，说他跟他的妻子看上去太亲热了。"这种含混是贴切的；的确，虽然现在还看不出来，但这是伊阿古整个计划的黑暗本质，我们将会看到，他的计划就是利用奥瑟罗那埋藏的认识——他与苔丝狄蒙娜的性关系是私通。[15]

我所谓的即兴的标记可延伸到伊阿古在整部剧的其他发言和行动。在第二幕中，他宣告了他的阴谋："方针已经决定，前途未可预料；阴谋的面目直到下手才会揭晓"。这种半有意的含混一直持续到了最后一幕机敏而紧凑的计谋中，一直持续到了揭露和安静之时。当然，除了罗德利哥（Roderigo），伊阿古向所有人展示了他自己不擅长即兴表演，只会开一些有限的、看起来无关痛痒的玩笑。[16] 即使是在这里，当苔丝狄蒙娜让他现场即兴赞美她时，他也很小心地宣称自己并不适合这项任务：

> 我正在想着呢；可是我的诗情粘在我的脑壳里，用力一挤就会把脑浆一起挤出的。我的诗神可在难产呢——有了——好容易把孩子养出来了。

(2.1.125-28)

潜藏在对自身能力的谦虚的否认之下的是他发明的粘鸟胶的形象，因此还有对他有权力陷害他人的完全肯定。就像琼森的莫斯卡（Jonson's Mosca）一样，伊阿古完全意识到了自己是个即兴表演者，而且得意于他有能力操控受害者，像牵驴一样牵着他们的鼻子走，获取他们的劳动成果而且不让他们理解自身所深陷其中的关系。这是在剧中伊阿古与其他所有角色建立的关系，从奥瑟罗到苔丝狄蒙娜再到一些小角色,比如蒙太诺(Montano)和比恩卡(Bianca)。对西班牙殖民者而言,即兴表演只会把卢卡亚人带向公开的奴役;对伊阿古而言,这是主宰的关键,它的标志是"卑躬屈节,甘受奴役"(1.1.45-46),对仆人来说,主宰是不可见的,主宰的特征本质上是意识形态的。然而伊阿古对奥瑟罗的态度是殖民的:虽然他发现自己处于下属地位,但这位旗官把他的黑人将领当成"走江湖的蛮子",他"坦白直爽的性子"是有待开发的沃土。无论这种从属地位令伊阿古多么难堪,对他而言都是种保护,因为它隐藏了他的力量,让他能够利用奥瑟罗与基督教社会的矛盾心态:摩尔人同时代表了制度和异类、征服者和异教徒。伊阿古能够以尽职服务为伪装,隐藏他对"厚嘴唇"的恶意,因此可以延长他的即兴表演,这是西班牙人做不到的。当然,这个剧暗示,伊阿古最终必须破坏他所利用的存在,因此也会削弱对他自己而言有利可图的经济关系,但是为了戏剧的长度,这种毁灭会被极大地推迟。[17]

如果说伊阿古要保持对他人的占有,就必须不断地消除这种力量的痕迹,那么,这种占有该如何建立(更不用说保持了)?我想我们将发现一条线索,即我们所谓的虚构化的过程,它能够将固定的符号结构转变成灵活的建构,为即兴表演创造条件。这个过程也在莎士比亚的作品中发挥了作用,在那里,我们可能会更准确地将之当作对叙述上的自我塑造的服从(submission to narrative self-fashioning)。当奥瑟罗与苔丝狄蒙娜在塞浦路斯欣喜重聚时,伊阿古告诉罗德利哥,苔丝狄蒙娜正与凯西奥相爱,这让罗德利哥非常吃惊。当然,他没有证据。的确我们已经清楚地看到,他完全出于自己的想象制造了这个情节。但是,他接下来在这个笨蛋面前罗列了各种事情来证明通奸是可能的:"好好听我说。你看她当初不过因为这摩尔人向她吹了些法螺,撒下了一些漫天的大谎,她就爱得他那么热烈;难道她会继续爱他,只是为了他的吹牛的本领吗?"(2.1.221-23)苔丝狄蒙娜无法从她那异国的结合中得到长久的愉悦:"情欲在一阵兴奋过了以后而渐生厌倦的时候,必须换一换新鲜的口味,方才可以把它重新刺激起来,或者是容貌的漂亮,或者是年龄的相称,或者是举止的风雅。"(2.1.225-29)优雅的凯西奥是最佳选择:"你没有看见她捏他的手心吗?"伊阿古问道。罗德利哥否认了,认为这仅仅是"礼貌罢了",伊阿古回复道:"我举手为誓,这明明是奸淫!这一段意味深长的楔子,就包括无限淫情欲念的交流。"(2.1.251-55)这个比喻让伊阿古一直做的事情变得明确:建立一段叙事,并且将自己置身其中("举手为誓")。他不需要深入或者准确地理解他的受害者;他要处理的是可能发生的不可能的事情而非不可能发生的可能的事情。这一点完全可能,即年轻貌美的威尼斯女人会厌倦她年老的异国的丈夫,她会转向年轻英俊的中尉:毕竟,这是喜剧的主要情节。

伊阿古要想成为这一段喜剧叙事的创造者,就需要一双能够看到社会的表象的慧眼,需要一种——正如柏格森所言——对覆盖于生活之上的机械性的感觉,即用简化的方法把握人类的可能性。伊阿古完全拥有这些。[18] "她喝的酒也是用葡萄酿成的",他如此回应罗德利哥对苔丝狄蒙娜的理想化,然后在这一番简化之后,她就被同化到了伊阿古所理解的一般人性之中。与此类似,他本着讽刺的鉴赏家的精神来观察凯西奥温文尔雅的形象,"要是这种鬼殷勤会葬送你的前程,你还是不要老是吻着你的三个指头,表示你的绅士风度吧。很好;吻得不错!绝妙的礼貌"(2.1.171-75)。他正在观看风俗喜剧。毕竟,伊阿古对习惯性和自我限制的谈话形式十分敏感,对凯西奥喝酒时和有人提到比恩卡时凯西奥的反应也十分敏感,对奥瑟罗在修辞上的极端性十分敏感,对苔丝狄蒙娜请求朋友时的锲而不舍和语气十分敏感;当然,他对人们解释话语的方式极端敏感,对他们忽略的信号和他们回应的东西也十分敏感。

我们应该补充一点,伊阿古把自己包含在这种无止境的叙事发明中;的确,就像我们从一开始看到的那样,成功的即兴表演行为依赖于角色扮演,正如勒纳教授定义的共情一样,这种角色扮演反而有赖于"在别人的处境中看到自己"的能力。毕竟这种能力需要这样的感觉,即人们不会永远固定在一个单独的、被神认可的身份之中,伊阿古用简洁精练的自我塑造理论、以戏仿的方式向罗德利哥表达了这种感觉:"我们的身体就像一座园圃,我们的意志是这园圃里的园丁;不论我们插荨麻、种莴苣、栽下牛膝草、拔起百里香,或者单独培植一种草木,或者把全园种得万卉纷披,让它荒废不治也好,把它辛勤耕垦也好,那权力都在于我们的意志。"(1.3.320-26)他非常确信他的塑造力量,伊阿古拥有角色扮演者的能力,能够想象他的不存在,由此他能够暂时变成他人或者以他人的方式存在。在开头的场景中,他以极其怪异而简单的台词表达了这种假定的自我取消:"我要是做了那摩尔人,我就不会是伊阿古。"(1.1.57)这句台词的简单显而易见,但它并不真实。前一句和后一句中的"我"是相同的吗?它不是在社会身份之前指定了一个确凿无疑且深受影响的自我利益吗?或者说这是两个不同的,甚至相反的身份?如果我做了摩尔人,我就不会是伊阿古,因为这个"我"总是爱自己的,而这个被称作伊阿古的我的生物,讨厌他所服务的摩尔人,或者另外一种可能是,因为作为摩尔人的我与现在的我不同,他没有那些折磨人的欲望和厌恶之情,而这两者塑造了奴隶与主人的关系,也建构了我作为伊阿古的身份。我在根本上相同/我在根本上不同;这个贪婪的自我是所有制度结构的基础/这个贪婪的自我由制度结构建构而成。[19]

在伊阿古滑稽、老套而又深不可测的表达中最困扰人的是,想象出来的自我迷失隐藏了它的对立面(至于这个问题,勒纳教授称之为共情):残忍地置换和吸收他者。共情,就像德语词"移情"(Einfühlung)一样,表达的可能是某人进入某物的感觉,而这个物体在它被当作合适的容器前,可能就被抽干了实质。当然在《奥瑟罗》中,所有的关系都内嵌于权力和性之中,主体与客体无法在任何领域按照提出共情的理论家所说的那样和谐相融。[20] 就像伊阿古自己宣称的,他暂时将自己等同于摩尔人是他满怀恶意的伪善策略:

> 虽说我跟随他,其实还是跟随我自己。上天是我的公证人,我这样对他赔着小心,既不是为了忠心,也不是为了义务,只是为了自己的利益(peculiar end)。
>
> (1.1.58-60)

实际上"自己的利益"仍然是难以理解的。甚至"私利"(self-interest)这个一般的说法也是可疑的:伊阿古以宣告私利开始他的发言——"我所以跟随他,不过是要利用他达到我自己的目的"——以宣称自我分裂结束发言:"我不是实在的我"(I am not what I am）。[21] 当然，我们倾向于把后者听成"我不是看上去的那个我"（I am not what I seem），因此简单地确认了他的公开欺骗。但是"我不是实在的我"超越了社会伪装：他不仅在社会中把自己伪装成忠诚的旗官，还在私底下尝试以令人困惑的方式继续他的简单叙事，批评家们尝试把这些叙事当成动机（其结果往往是糟糕的）。这些内心的叙事（也就是说仅与观众分享的叙事）不断许诺揭示公开欺骗背后的东西，阐明伊阿古所谓的他心中的"内心行动和隐衷"，但一直没有做到；它们反而揭示出，他的内心实际上是一系列行动和隐衷，其中的每一个都涉及其他东西，只是我们无法理解。"我不是实在的我"表明这种逃避是永恒的，甚至私利也只是伪装，虽然它的超越性的保证是神圣的"我就是我所是"（I am what I am）。[22] 伊阿古持续诉诸叙事，这既确认了绝对的私利，也确认了绝对的空虚；伊阿古在两种不可协调的立场之间的摇摆表明了他的叙述原则本身，切断了原初的动机和最后的揭露之间的联系。对他来说，唯一可能的终结不是揭露而是沉默。

　　问题在于，为什么有人会——即使是无意识地——服从于伊阿古通过叙事完成的塑造。为什么有人会完全服从于别人的叙事？要想回答这个问题，我们可以回想一下我们在本研究中考虑过的所有人物的压力，再回到我们如下的观察中来，即甚至在敌方的即兴表演与它的对象之间存在着结构上的相似性。在《奥瑟罗》中，角色一直体验着对叙事的服从。最清楚、最重要的例子就是奥瑟罗自己。当勃拉班修（Brabantio）在公爵面前指控他的女儿被巫术诱惑时，奥瑟罗承诺说出"一个未经修饰的故事［……］/我全部经过的故事"（1.3.90-91），这个故事的

6 权力的即兴表演

核心是讲述故事:

> 她的父亲很看重我,常常请我到他家里,每次谈话的时候,总是问起我过去的历史,要我讲述我一年又一年所经历的各次战争、围城和意外的遭遇;我就把我的一生事实,从我的童年时代起,直到他叫我讲述的时候为止,原原本本地说了出来。
>
> (1.3.128-33)

讲述一个人生活中的故事——把一个人的生活当成故事的观念[23]——是为了回应公众的质询:为了回应负责审判的元老院,或者至少,为了回应调查团体。勒华拉杜里(Le Roy Ladurie)曾对14世纪的材料做过非常出色的研究,这些材料记录了这件事。当朗格多克地区蒙塔尤的农民被宗教法庭调查时,他们以一种叙事性的表演作为回复:"大概十四年前,在斋期,晚祷时我带了两片腌猪肉到蒙塔尤的纪尧姆·贝内特的房子里,想要把它们熏了。我发现纪尧姆·贝内特和另一个女人在火堆前取暖;我把腌猪肉放在厨房里然后离开了。"[24]当伽太基女王叫来她的客人"告诉我们从一开始发生的事情,希腊人的狡诈、你的民众的受难以及你的旅程"时,埃涅阿斯回答,他必须叙述诸神指派的命运。[25]奥瑟罗在元老院或者更早的时候在勃拉班修的家里以他所谓的"旅行的历史"(或对开本中的"旅行者的历史",仿佛注意到了文体)回应质疑。我们应该注意到,这段历史不仅是异国他乡的事件和发生在异乡人中的事件:奥瑟罗宣称,"我原原本本地说了出来",从童年时代"到他叫我讲述的时候为止"。我们处于博尔赫斯式叙事的边缘,永远以当前的材料构成自己,在叙述

238

301

过程中，故事的讲述者不断被故事吞噬。也就是说，奥瑟罗挤压了所有以话语的方式再现身份的条件。他非常危险地几乎把他的地位当成了文本，正是基于这种认识，这部戏剧的整体令人无法忍受。但是，在这一点上，奥瑟罗仍然确信文本属于自己，他想象自己只是在叙述一个恋人的表演。

在锡德尼（Sidney）的《爱星者与星》（*Astrophil and stella*）的第45首十四行诗中，阿斯托菲尔抱怨斯泰拉对她给他所造成的痛苦无动于衷，却为某些不知名的恋人的故事哭泣，他总结道，

> 想想我吧，亲爱的，你在我身上读到
> 恋人的毁灭，一场悲惨悲剧：
> 我不是我，怜悯我的故事。

在《奥瑟罗》中，正是伊阿古重复了最后一行"我不是实在的我"——这是即兴表演者的格言，符号的操纵者与符号代表的东西没有相似之处——正是奥瑟罗自己完全沉浸在锡德尼的诗歌所描绘的状态之中：一个人只有变成一则有关自我的故事，因此也就不再是自己，才能够获得怜悯。当然，奥瑟罗认为他通过叙述中的自我塑造获得了成功：

> 她向我道谢，对我说，要是我有一个朋友爱上了她，我只要教他怎样讲述我的故事，就可以得到她的爱情。我听了这一个暗示，才向她吐露我的求婚的诚意。她为了我所经历的种种患难而爱我，我为了她对我所抱的同情而爱她。

(1.3.163-68)

但伊阿古知道被塑造成故事的身份能够被反塑造、再塑造，被重新嵌入不同的叙述：故事的命运就是被消费，或者我们更礼貌地

说，被解释。即使奥瑟罗在胜利之时，悲观地暗示了他的命运：他回顾了"彼此相食的野蛮部落"，六行诗之后，他扬扬自得，但明显带着些许焦虑地评价道，苔丝狄蒙娜"对于这种故事／总是听得出神"（1.3.149-50）。

矛盾的是，奥瑟罗以贪食的形象记录了苔丝狄蒙娜对这个故事的服从，她说她把灵魂和命运都奉献给了"他的高贵的德性"（1.3.253）。他所体验和叙述的东西，她只会将其当成叙述：

> 我的故事讲完以后，她用无数的叹息酬劳我；她发誓说，那是非常奇异而悲惨的；她希望她没有听到这段故事，可是又希望上天为她造下这样一个男子。
>
> （1.3.158-63）[26]

当然，男性对叙事的服从被当成是主动的，会导致对他自己的故事的塑造（虽然是现行惯例之内的塑造），这是现代早期文化的特征，女人的服从则被认为是被动的，会导致女性步入婚姻，我们可以回忆起廷代尔的定义，在婚姻中"弱者"被置于"服从丈夫的位置，他统治她的情欲和贪欲"。正如我们所见，廷代尔解释说，撒拉，"在结婚前，是亚伯拉罕的姐姐，与他平等；但是，当她结婚后，她变为附庸，变成低一等的人，不再能与之进行比较；根据神的指令，这就是婚姻的本质"。[27] 至少对文艺复兴时期的家长制世界而言，就初始的平等这一点而言，这段描述十分罕见；大多数的女人必然会从父亲的统治直接进入婚姻，就像苔丝狄蒙娜一样。"我把这当成一分为二的义务。"她在威尼斯的元老院前对她的父亲说；"您是我的家长和严君"，

> 可是这儿是我的丈夫,
> 正像我的母亲对您克尽一个妻子的义务、
> 把您看得比她的父亲更重一样,
> 我也应该有权利向这位摩尔人,
> 我的夫主,尽我应尽的名分。
>
> (1.3.185-89) [28]

她并没有质疑女人有服从的义务,反而援引了传统的权利来转换她的义务。尽管苔丝狄蒙娜在整部剧中宣称她服从于她的丈夫——"替我向我的仁慈的夫君致意"。她喘息着说出临死前的话——但这种服从并不完全符合男性对女性的被动性的梦想。勃拉班修告诉我们,她是

> 一个素来胆小的女孩子,她的生性是那么幽娴贞静。
>
> (1.3.94-96)

但即使是这种极端的自我克制也动摇了我们能够想象到的她父亲的期望:

> 多少我们国里有财有势的俊秀子弟她都看不上眼。
>
> (1.2.67-68)

当然,对勃拉班修而言,她的婚姻选择是令人吃惊的不服从行为,只能被解释为中了巫术或被下药后的梦游行为。他认为她的私奔并不是服从的转移,而是偷盗,或者背叛,或者鲁莽地逃离他所谓的"尊亲"。他和伊阿古都提醒奥瑟罗,她的婚姻表明的并非服从,而是欺骗:

6 权力的即兴表演

> 她当初跟您结婚,曾经骗过她的父亲;当她好像对您的容貌战栗畏惧的时候,她的心里却在热烈地爱着它。
>
> (3.3.210-11) [29]

正如他狡猾地提起奥瑟罗的"容貌"表明的那样,苔丝狄蒙娜的婚姻是桩丑闻,这不仅因为她没有得到父亲的事先同意,也因为她丈夫的黑色皮肤。不管城邦如何评价他的功绩,也不管他如何真诚地信奉城邦的价值,那种黑色——这个符号令那个社会的人感到战栗畏惧——是奥瑟罗永久的外人身份无法抹去的见证。[30] 女人从父亲到丈夫的安全转换被不可挽回地破坏了,被打上了逃离的标记:勃拉班修哭道,"天哪!她怎么出去的?"(1.1.169)

当然,苔丝狄蒙娜与她的夫君奥瑟罗的关系理应消除了任何人对她是否服从的怀疑,但是引发怀疑的不仅有勃拉班修的反对,还有奥瑟罗的黑色皮肤,即使在她最强烈的爱的宣言中,这些也引发了怀疑。那种爱本身有种扰乱了等级服从的正统模式的品质,该品质让奥瑟罗将她对他的话语的服从当成了对它的吞噬。当这对爱人在塞浦路斯重聚之时,我们可以非常清楚地看到这种品质:

> **奥瑟罗** 看见你比我先到这里,真使我又惊又喜。啊,我的心爱的人!要是每一次暴风雨之后,都有这样和煦的阳光,那么尽管让狂风肆意地吹,把死亡都吹醒了吧!让那辛苦挣扎的船舶爬上一座座如山的高浪,就像从高高的云上堕下幽深的地狱一般,一泻千丈地跌下来吧!要是我现在死去,那才是最幸福的;因为我怕我的灵魂已经尝到了无上的欢乐,此生此世,再也不会有同样令人欣喜的事情了。

苔丝狄蒙娜　但愿上天眷顾，让我们的爱情和欢乐与日俱增！

　　奥瑟罗　阿门，慈悲的神明！我不能充分说出我心头的快乐；太多的欢喜憋住了我的呼吸。

(2.1.183-97) [31]

不管是天主教还是新教的欧洲，基督教的正统观念能够想象夫妻间炽热的互爱，这种爱在圣保罗的言辞中得到了最深刻的表达，几乎每一个有关婚姻的讨论都引用和评论了圣保罗的这段话：

　　丈夫也当照样爱妻子，如同爱自己的身子，爱妻子便是爱自己了。从来没有人恨恶自己的身子，总是保养顾惜，正像基督待教会一样，因我们是他身上的肢体。为这个缘故，人要离开父母，与妻子连合，二人成为一体。这是极大的奥秘，但我是指着基督和教会说的。[32]

基于这一段话及其出处《创世记》，像宗教改革者托马斯·培根（Thomas Bacon）这样的注疏者能够写出，婚姻是"至高的、神圣的和有福的生活秩序，不是由人而是由上帝赋予的，不在这个有罪的世界里，而在天堂中，在那最快乐的快乐花园中"。但是像保罗的文本一样，所有对婚姻之爱的讨论都以对更广泛的权威的秩序的确认和对服从的确认作为开始和结束，在这种服从中婚姻能够找到它的合法位置。正如威廉·古奇（William Gouge）所言，家庭"是个小教会，是个小的利益共同体［……］可以对那些适于任何权威的场所，或者服从教会或利益共同体的人作出审判"。[33]

在奥瑟罗狂喜的言辞中，基督徒丈夫特有的情绪被弃置一旁：在天堂和地狱之间的剧烈摇摆，对灵魂的绝对满足的短暂占有，一种古代意义上的巨大规模，一种——也许同样是古代意义上的——对"不可知的命运"的恐惧。虽然这里没有什么与基督教正统观念公开冲突的事物，但是几乎每个词都蕴含着强烈的爱欲，而这种爱欲要在与基督教正统观念的张力之中得到体验。这种张力不是对奥瑟罗独有的返祖的"黑"的表现，而是对基督教对性的殖民权力的表现，这种权力显而易见，体现在其固有的限制中。[34] 也就是说，我们在这短暂的一瞬瞥见了正统观念的边界、它的控制的收紧、激情对正统的霸权的可能的扰乱。我们强调，这个场景并没有描述反叛，甚至也没有抱怨——苔丝狄蒙娜引用"天堂"，而奥瑟罗回答说"阿门，慈悲的神明（powers）！"这里的复数——哪怕只是轻微地——避免了一种对正统观念的平静的确认：天堂的神明们并没有无误地指向基督教的上帝，他们是无名的能够保护和加强爱欲的超验力量。要认识这种差别，我们可以回忆起奥古斯丁与诺斯替教徒的辩论，奥古斯丁认为，上帝想让亚当和夏娃在天堂生育，同时他还坚持认为，我们最早的父母可能体验了性关系但没有体验肉体的刺激。那么，亚当又怎么会勃起呢？奥古斯丁写道，就像有些人"他们能够移动他们的耳朵，有时一次动一个，有时两个一起动"，有些人能够"命令他们的肠子，让它们随心所欲地放屁，由此产生唱歌的效果"。所以，在堕落之前，亚当必然已经有完全的理性，能够有意识地控制生殖器官，并不需要爱欲将其唤起。"没有激情的诱惑，丈夫带着平静的心灵，在不破坏清白之身的情况下，躺在妻子的怀抱中"，在这种清醒的结合中，精液会抵达子宫，"女性生殖器官的清白也会被保留，就像现在，在同样的清白得到保障的情况下，月经的血能够从处女的子宫里流出"。[35] 奥古斯丁肯定，即使亚当和夏娃能够实现"无激情的生育",但他们也没能体验到这种"无激情的生育",因为他们在有机会尝试之前就已经被逐出了天堂。然而,伊甸园宁静的理想——上帝为人类安排的,但人类未能尝试的理想——仍然谴责所有性堕落,揭示其固有的暴力。[36]

在《奥瑟罗》中,恋人热情重聚时的丰富而又令人困扰的感伤(pathos)不仅来自我们意识到了奥瑟罗的预感具有悲剧性的准确性,而且来自一种在他狂喜之时体验到的分裂,即一种令人感动的矛盾情绪。他提及的"平静"可能表达了心满意足的欲望,但是,重复提及的死亡表明,它同时也表达了对最终解脱的渴求,从欲望中解脱,从危险的暴力中解脱,从极端的感觉中解脱,从在暴风雨里体验到的艰苦攀爬和失控掉落中解脱。当然,奥瑟罗带着爱欲的感觉欢迎这场"暴风雨",但这样做并非为了最终实现圆房:"要是每一次暴风雨之后,都有这样和煦的阳光[……]"一般人在暴风雨中最怕看到的事物——死亡——对奥瑟罗而言反而让风暴变得可以忍受。如果他提及的死亡不是欲望的解脱而是欲望的实现——因为死亡这个词在文艺复兴时期常用来指性高潮——那么这种实现明显被置于了自我分解的焦虑感和对最终结束的渴求之间。如果奥瑟罗的话表明他热烈地接受了性,一种绝对的满足,那么它们同时也表明,对他而言,性是一趟抵达梦寐以求的天堂的危险旅程;这是必须克服的危险。奥瑟罗把爱欲当成最高形式的浪漫叙事,冒险和暴力的故事最终归于一种快乐的终极平静之中。

苔丝狄蒙娜的回复重点完全不同:

但愿上天可怜,许我们爱情和欢乐,与日俱增。

她这样说是为了缓和奥瑟罗的恐惧,但是她难道不是反而增强了它吗?如果奥瑟罗对他的经验的典型回应就是把它塑造成故事,那么苔丝狄蒙娜的回答就否认了这种叙述具有控制力的可能性,提供了一种不减反增的愿景。奥瑟罗对这种愿景说"阿门",同时他的心里产生了充溢和不足的感觉:

> 我没法把我的喜悦一齐倾吐,只觉得胸口都塞满了,我实在太快乐了。

苔丝狄蒙娜再次吞掉了他的发言,她这样做只是想让他舒服、满足。[37] 她的臣服不仅确认了男性的权威,还让与它有关的所有东西变得色情,从奥瑟罗讲述的"灾难的厄运"和"意外的遭遇",到他最简单的要求,[38] 再到他对她的错怪:

> 我一心爱他,就连他的臭脾气、责备和发怒——请替我把扣针拿下来——也是可爱的。
>
> (4.3.19-21)[39]

剧中的其他女人,比恩卡和爱米利娅(Emilia)都曾有过不服从于占有和虐待她们的男人的时候——对爱米利娅而言,这是英雄式的不服从,她为此付出了生命的代价。[40] 苔丝狄蒙娜没有做出此等违抗之举,但是她在爱欲上的臣服,加上伊阿古的阴谋狡猾,反而更有效地——如果不是有意识地的话——颠覆了她丈夫小心塑造的身份。

我们将更全面地检视这种颠覆的悲剧性过程,但重要的是,我们首先要理解奥瑟罗的自我丧失——一种在他偶尔胡说八道时随意描述过的丧失——不仅来自苔丝狄蒙娜的爱和伊阿古的恨的致命结合,还来自那种身份的本性,来自我们所说的他对用叙事来塑造自我的臣服。我们在此引用拉康的观察,主体在精神分析中受挫的根源既非出自沉默,也非出自分析者的回复:

> 那么是不是主体自己的话语中就包含了这个挫折?主体是不是并没有越来越陷入对他自身存在的剥夺?关于这一点,依靠那些让它的理念变得连贯的真诚描述,依靠那些无法解放其本质的修正,依靠那些不能阻止他的地位动摇的坚持和防卫,依靠那些予以气息活力的自恋式拥抱。对此,主体最终只有承认,他的存在只是想象界的建构,这个建构使他什么都无法肯定。因为在他为他人 (for another) 重建这一建构的工作中,他重新找到了把他建构得像他人一样 (like another one) 的根本性异化,这异化注定要由他人 (by another) 来夺走他的建构。[41]

可能会有人会提出反对,莎士比亚的战斗英雄离这种内省的方案特别远,这个方案看起来与任何文艺复兴时期的文本都没有关系。拉康精神分析批评的每句话几乎都是对《奥瑟罗》的精彩解读,我认为这并非偶然,因为我认为,在分析中的自我建构——至少正如拉康所设想的那样——与奥瑟罗的自我塑造十分相似。这种相似的根据在于,即使最内在的自我也依赖于语言,这种语言必然来自外部,并且被加于读者面前的再现之上。我不知道这是否就是人类身份的境况,且不说它在精神分析中的表达,但是这无疑是戏剧身份的境况,戏剧身份通过编剧的语言和演员的演出而被加诸角色之上。在《奥瑟罗》中,表现形式的主要环境在主角的处境中被复制和加强:正如我们所见,他的身份取决于对他的"故事"的持续表演,这是自身本源的遗失,也是对其他文化标准的接受和不断重复。正是这种依赖性让作为战士和异乡人的奥瑟罗与基督教价值产生了联系,这种价值相当于宗教使命的存在对等物;他无法像一般人那样适度灵活地对待自己的信仰。基督教身份在奥瑟罗的身份中既是疏离的又是建构性的力量,如果我们要在剧中寻找一种话语模式,即拉康所描述的经验的社会等价物,那么我们就会在忏悔中发现它。奥瑟罗在威尼斯元老院面前恳求绝对完整的忏悔,他似乎不仅把它当成正式的忏悔仪式,也把它当成在上帝面前的全面的自省:

> 当她没有到来以前,我要像对天忏悔我的血肉的罪恶一样,把我怎样得到这位美人的爱情和她怎样得到我的爱情的经过情形,忠实地向各位陈诉。
>
> (1.3.123-36) [42]

血肉的罪恶和相互的爱慕在这里是一样的,但这种同一性是隐藏的,在剧终时才被完全发掘,而忏悔实际上变成了无法摆脱的主题。[43]在他要夺去苔丝狄蒙娜的生命时,他首先决定进行临终忏悔,在奥瑟罗心里,神学的忏悔和法庭的忏悔是融合在一起的:

> 要是你想到在你的一生之中,还有什么罪恶不曾为上帝所宽宥,赶快恳求他的恩赦吧。所以赶快坦白招认你的罪恶吧;即使你发誓否认每一件事实,也不能除去那使我痛心的坚强的确信。你必须死。
>
> (5.2.26-28, 54-57)

奥瑟罗希望苔丝狄蒙娜忏悔的罪是通奸,她拒绝这样做,这挫败了神学上所谓的"好的完全的忏悔"。[44]他感受到了整个失效的系统的愤怒,这个系统需要在其起规训作用时想象自己是仁慈的,神圣的：

> 你使我的心变成坚硬；我本来想把你作为献祭的牺牲，现在却被你激起我的屠夫的恶念来了。
>
> (5.2.64-66)

我们最后终于找到了这一符号结构的本性，伊阿古在他出色的即兴表演中把自己置于了这个符号结构之中：就像我们看到的那样，这个结构是几个世纪以来基督教有关性的、通过忏悔在政治上和精神上对其加以控制的学说。对伊阿古这个文艺复兴时期的怀疑主义者而言，这个系统拥有某种古老的环，仿佛它是已被其现代观念抛弃的发展的早期阶段。[45] 就像征服者眼中的卢卡亚人的宗教一样，正统观念支配了奥瑟罗的性观念——他既将女性理想化又不信任女性——这个正统观念对伊阿古来说近到足以被认出，又远到足以被操纵。我们在第四幕的开头看到伊阿古直接操纵了它，他带着奥瑟罗，以极其喜剧的方式戏仿了中世纪后期的忏悔指南，他们诡辩地尝试定义从轻微的诱惑到弥天大罪的准确时刻：

> 伊阿古　什么！背着人接吻？
>
> 奥瑟罗　这样的接吻是为礼法所不许的。
>
> 伊阿古　脱光了衣服，和她的朋友睡在一床，经过一个多小时，却一点不起邪念？
>
> 奥瑟罗　伊阿古，脱光衣服睡在床上，还会不起邪念！这明明是对魔鬼的假意矜持；他们的本心是规矩的，可偏是做出了这种勾当；魔鬼欺骗了这两个规规矩矩的人，而他们就去欺骗上天。

> 伊阿古　要是他们不及于乱，那还不过是一个小小的过失。
>
> (4.1.2-9)

伊阿古实际上采取了那些指南中的一个十分宽松的立场以便强迫奥瑟罗走向最严格的立场，即将通奸看作最可怕的大罪之一，用《忏悔指南》（*Eruditorium penitentiale*）的话来说，"比杀人或者抢劫"更为可恨的大罪，因此——正如多个权威提醒的那样——通奸在以前就被认作该受死亡的惩罚的罪。[46] 早期的新教徒并没有缓和这个立场。的确，在 16 世纪中期，廷代尔以前的共事者乔治·乔伊曾呼吁回到《旧约》对通奸者的惩罚。他写道："神法以死来惩罚通奸，是为了其教会的平静和公益。"这并非过度或者报复性的过程；正好相反，"从全体中带走和杀死被污染的、堕落的成员，以免他们毒害和破坏全体，这是爱的法"。[47] 基督教的长官若不惩罚通奸者，他们会招致更多的背叛，而且会冒王国毁灭的风险，正如新教徒特别反复指出的那样，家庭是环环相扣的社会和神学网络的基本组成部分。因此，通奸罪会带来最大的恶果；用伟大的剑桥清教徒威廉姆·珀金斯（William Perkins）的话来说，它"破坏了教会的根源，而教会是家庭中的一颗神圣种子（a godly seed），它破坏了双方与上帝的契约；它剥夺了他人的贞洁，贞洁是种珍贵的装饰，也是圣灵的礼物；它玷污了他们的身体，让身体成了邪恶的庙宇；通奸者让他的家庭成了妓院（Stews）"。[48] 正是立足于这些痛苦的信念，奥瑟罗演出了一部怪诞剧，而把他的妻子当成妓女，又使得他演出了一场悲剧，即以正义的名义处决她，以免她背叛更多男人。

但我们仍然要问，为什么伊阿古能够成功说服奥瑟罗，让他认为苔丝狄蒙娜犯下了通奸罪,伊阿古的低级伎俩看起来不足以使之产生这个无可动摇的信念,即认为他的妻子不贞,而正是这一想法揪住了奥瑟罗的灵魂并让他疯狂。毕竟,正如伊阿古对奥瑟罗的奚落,他没有上帝居高临下的视角,而这些威尼斯女人"背着丈夫干的风流活剧 / 却被上帝尽收眼底"(3.3.206-7):

主帅?您还是眼睁睁地当场看她被人奸污吗?

(3.3.401-2)

在没有"可见证据"的情况下,面对爱情和常识,奥瑟罗为何会如此彻底地被说服?要想回答这个问题,我们必须回忆起我们之前注意到的句法上的含混:"在奥瑟罗的耳边捏造一些鬼话, / 说他跟他的妻子看上去太亲热了",然后再转向基督教正统教条中更黑暗的方面,这一方面无论是对忏悔系统还是对新教的自省而言都是至关重要的。Omnis amator feruentior est adultery [所有的通奸都比爱更热烈],这是斯多葛主义的警句,圣哲罗姆毫不犹豫地引出了必然的推论:"所谓通奸者是过度耽溺于他的妻子的人"[49]。哲罗姆引用塞涅卡的说法:"爱别人妻子是可耻的;太爱自己的妻子也是可耻的。聪明人必须以理智来爱自己的妻子,而非情感。他要控制冲动,不要鲁莽地交合。没有什么比像爱奸妇一样爱妻子更愚蠢的了 [……] 他们要给妻子展现出他不是个情人,而是个丈夫。"[50] 这段话在基督教论婚姻的作品中重复了上千年(奥古斯丁和他的注疏者给予了它们确定的形式),在 16 世纪和 17 世纪早期的主要的大陆宗教改革者那里,这段话也没有真正受到过挑战,都铎王朝的基督教会的权威也没有挑战过它,甚至伊丽莎白和詹姆斯一世时期的清教徒也没有,虽然他们曾强烈反对保守的圣公会教义。当然，形形色色的新教教义都攻击过天主教徒的独身主义，也肯定过婚姻之爱，这种肯定包含了对合法的性愉悦的认可。但是对于宗教改革者和天主教而言，这种认可拐弯抹角地带有警示和限制。加尔文写道："男人若在交合中没有表现出节制或者适当，就是在与他的妻子通奸。"而被归于亨利八世的《国王之书》（King's Book）告知读者，在合法的婚姻中，"如果他放纵地或过多地满足他或她的肉体欲望，与自己的妻子过着不贞节的生活"，那么这个男人可能会打破七诫。[51]

按奥古斯丁的看法，正如佩尼亚福特的雷蒙德（Raymond of Peñaforte）、雷恩的威廉（William of Rennes）以及其他人详细描述的那样，夫妻交合有四种动机：生孩子；还给配偶婚姻的债，这样他或者她会避免荒淫；避免自己通奸；满足欲望。前两个动机无罪，是有理由的交合；第三个是轻微的罪；第四个，满足欲望，是大罪。很多原因构成了对欲望的制度性敌意，其中一条是一种以多种形式流传很久的信念——快乐是对教条和限制的合法解脱。由此，当宗教法庭问起她与蒙塔尤的异端神父过去的快乐的私通时，年轻的格拉兹德·利齐耶（Grazide Lizier）天真坦率地回答说："他应该在肉体上亲近我，我也一样，在那些日子里这让我快乐，也让神父快乐；所以我不认为我在犯罪，他也不认为。"[52] 她解释道："和皮埃尔·克莱格（Pierre Clergue）在一起，我喜欢这样。所以这不会让上帝生气。这不是罪。"（157）对这位农家女而言，很明显，快乐是无辜的保证："但是现在，和他在一起不再令我快乐了。现在，如果他肉体上亲近我，我将认为这是罪。"（151）不是来自农村文化而是来自游吟诗人的类似的态度也明显隐藏在罗密欧更为老练的求爱背后："从我的嘴唇，因为你我的罪被净化了。"[53]

这点并不让我们吃惊，不管是天主教还是新教的教士，都想摧毁这种危险的观点，同样不会让我们吃惊的是，他们的监视和惩罚也会扩展到已婚夫妇那里，并且还会提醒他们婚床上的过度的快乐至少可能会违反"七诫"。雷蒙德在其影响甚广的《大全》（summa）中说道："没有什么比以通奸的方式爱你的妻子更可恶的了。"[54] 严格主义者奥西莫的尼古劳斯（Nicolaus of Ausimo）写道：只有"在进行这个行为而没有享受快乐"时，交合才可能不会犯罪。[55] 没有婚姻手册会采纳如此极端的立场，《大全》中也只有很少的内容，但实际上所有人都同意在性行为中追求快乐该死，正如 16 世纪的雅各布斯·翁加雷利（Jacobus Ungarelli）写的那样，为快乐而交合的人"将上帝排斥出了他们的心灵，像野兽一样行动，缺乏理性，如果他们因为这个理由结婚，就等于把自己交到了魔鬼手里"。[56]

告解神父必须判断已婚的忏悔者是否有合法的交合理由，他们的行为是否朝向"婚姻的圣洁"，而拒绝秘密忏悔的清教徒则必须类似地检视自己的行为中是否有表明他们的快乐太过"广阔"的迹象。[57] 17 世纪早期，亚历山大·尼科雷斯（Alexander Niccoles）写道："欲望比爱更广阔"，它"没有中介，没有束缚[……]比大海更深、更危险、更少约束，因为海有界限，而它没有。"[58] 这种没有界限的爱就是一种偶像崇拜，它侵害了基督徒对上帝的服从，最终也会破坏婚姻关系。另一个清教徒牧师警告说，不节制的爱"要么会被某些不快乐的风暴或暴风雨吹倒，要么会自己倒掉，或者退化成嫉妒，成为隐匿在已婚人士胸中的最毁灭人、最折磨人的蛆虫"。[59]

这些焦虑对《奥瑟罗》而言有丰富的意味，它们在新教徒的作品中常常通过重新认可年轻夫妇的热情而得到缓和，但是仍然存在着持续的对过度的恐惧，正如安布罗斯（Ambrose）在几个世纪前观察到的那样，在老人看来，甚至性欲的最合理的理由也是羞耻的：" 年轻人一般情况下想要生育。年轻人羞于承认的事情对老年人来说是多么羞耻的事情。"[60] 奥瑟罗自己似乎渴望避免这种羞耻；他在元老院前否认了他的追求：

> 不是为了贪尝人生的甜头，也不是为了满足我自己的欲望，因为青春的热情在我已成过去了。
>
> （1.3.262-64）[61]

但是苔丝狄蒙娜没有发表这种免责声明；的确，坦白讲，她的激情宣言与性相关，虽然不完全如此：

> 我不顾一切跟命运对抗的行动可以代我向世人宣告，我因为爱这摩尔人，所以愿意和他过共同的生活；我的心灵完全为他的高贵的德性所征服。
>
> （1.3.248-51）[62]

我将证明，这个性欲强烈的时刻——直白地接受快乐并且臣服于她的配偶的快乐——既是伊阿古中伤的理由，也是她死的理由。因为它唤醒了奥瑟罗内心深处的性焦虑，在伊阿古的推波助澜下，这种焦虑以正统的方式将自身表达为对通奸的感知。[63] 奥瑟罗不放心凯西奥——"迈克尔·凯西奥，/您向我求婚的时候，是他陪着您来的"（3.3.71-72）——对玷污、不贞、暴力的恐惧与他体验到的性快乐密切相关，他必须毁灭苔丝狄蒙娜，这既是因为她过度体验了快乐,也是因为他身上的感觉被唤醒了。就像"安乐窝"中的谷阳,奥瑟罗把他对纵欲的痴迷和被吞噬的恐惧转变成了"具有净化性"和拯救性的暴力:

> 正像黑海的寒涛滚滚奔流,奔进马尔马拉海,直冲达达尼尔海峡,永远不会后退一样,我的风驰电掣的流血的思想,在复仇的目的没有充分达到以前,也决不会踟蹰回顾,化为绕指的柔情。
>
> (3.3.460-67)

他难以忍受的性经验似乎被报复行为置换和吸收了,这种报复不仅能吞噬有罪的恋人,还能——正如这一句法所表明的那样——吞噬他自己的"血腥的思想"。

这是伊阿古在奥瑟罗信仰的有关性的宗教学说上进行的即兴表演的成就;根据这一学说,快乐对奥瑟罗而言变成了玷污,污染了他对苔丝狄蒙娜和他自己的所有权。[64] 正是在这种黑暗的、对性感到反感的层面上,伊阿古接近了奥瑟罗,正如我们所预料的那样,这种接近能够被这一事实确保:在他愤世嫉俗的现代性和自称的自爱下,伊阿古在奥瑟罗身上复制出了同样的心灵结构。他一心想着通奸,他对自己的性焦虑可能由这一事实所判定:他把自己的发明当成魔鬼的精液,正如它产生的形象所表明的那样,这精液会生出怪物。[65] 的确,伊阿古的话语——他对女人的攻击、对非理性的爱欲的攻击、对粗鲁的性行为的攻击——实际上反复逐字逐句地讲述了翁加雷利在攻击在交合中追求快乐的人时所使用的正统词汇。

我们曾经讨论的即兴表演的过程的成功取决于它隐藏了它的

符号中心（symbolic center），但是随着结尾的临近，这个中心变得越来越明显。当奥瑟罗走向苔丝狄蒙娜那铺着结婚床单的婚床时，奥瑟罗暴怒："让淫邪的血溅洒你那被淫邪玷污了的枕席"（5.1.36），他就快要揭示出这一点了，即他非常痛苦地把婚姻的性关系（可能仅限于夺走苔丝狄蒙娜的处女之夜）等同于通奸。[66] 读者可以直接看到这种等同的正统要素——

> 这一阵阵悲伤是神圣的，因为它要惩罚的正是它最疼爱的——
>
> (5.2.21-22)

在她的婚床/临终床上，苔丝狄蒙娜似乎最终揭开了秘密的核心：

> 奥瑟罗　想想你的罪恶吧。
> 苔丝狄蒙娜　除非我对您的爱是罪恶，我不知道我有什么罪恶。
> 奥瑟罗　好，你必须因此而死。
> 苔丝狄蒙娜　为了爱而被杀，那样的死是违反人情的。
>
> (5.2.39-42)

该剧此时并非揭示了人类动机深不可测的黑暗，而是揭示了它们可怕的透明性，以及对这揭示感到恐惧的原因在于完全无力避免暴力。奥瑟罗的身份完全陷于叙述结构中，这使得他把苔丝狄蒙娜变成了不能快乐的存在，一块"雪花石膏"，这样他才能够爱她而不会有通奸的污点：

> 愿你到死都是这样；我要杀死你，然后再爱你。
>
> (5.2.18-19)

这就好像奥瑟罗在恋尸癖的幻觉中发现了秘密的解决方案,来解决严格主义者在性伦理上提出的令人无法忍受的要求,并且对凯西奥没有与苔丝狄蒙娜睡在一起的揭示仅让这个解决方案产生了双重效果,因为奥瑟罗投射到中尉身上的通奸的性快乐现在也让他自食其果。[67]即使伊阿古的阴谋暴露了,奥瑟罗也无路可逃——他反而更加服从于叙事,再次将自我看作故事,但是现在他以自杀的形式分裂成了两者,他要么是信仰的保护者,要么是被包围的、必须被消灭的敌人。罗多维科(Lodovico)回复奥瑟罗最后的发言的那句奇怪的双关语——"啊,惨酷的结局"(bloody period)——所坚持的正是这一事实,即这是一场演说,他的生活被塑造成文本,最终也以文本的形式结束。

在像罗伯特·格林(Robert Greene)这样充满嫉妒的同代人看来,莎士比亚是某个演员休息室中的伊阿古,把别人的成果占为己有。在《奥瑟罗》中,莎士比亚似乎在肯定、表现和探索他与恶毒的即兴表演者的亲密关系。当然,他与戏剧以及他的文化的关系远比这种亲密关系要复杂。在他的作品中,有很多能够进行即兴表演却没有悲剧性后果的人物,这些人物接受了欲望的流动性(mobility of desire)——其中的标志之一就是扮演女性角色的男演员却打扮成一个男人——这不是伊阿古,也不是奥瑟罗,更不是苔丝狄蒙娜能够忍受的。毁灭性的暴力并非莎士比亚对这些材料的唯一版本,即使在《奥瑟罗》中,伊阿古也并非编剧本人的唯一代表。当然,至少我们必须肯定格林的说法,被莎士比亚模仿是致命的。他有着能够进入别人意识的无限天赋,他把这种意识的最深层次的结构当成可以操纵的虚构,再将其改写成自己的叙述形式。⁶⁸ 如果他在后期的戏剧中曾尝试令叙事在可控范围内中断，也就是说，让它有起伏和狂喜的时刻，那么这些总是让位于对以故事来进行自我塑造的重新肯定。

和莎士比亚一样有很多激进观点的蒙田，实际上发明了一种进行非叙事的自我塑造的巧妙模式："我不会让我的主题静止不动。它以自然的醉态，迷糊晃荡地前进。我是这样看待它的，就像我一开始关注它一样。"⁶⁹ 与此相对，莎士比亚在他的职业生涯中仍然是"共情"的最高提供者、叙述性自我的塑造者、即兴表演大师。当蒙田退回他的研究时，莎士比亚则变成了一种流行的、城市的艺术形式的首席天才，能够培育心理的流动性来服务于伊丽莎白的权力；他变成了我们可以视为大众传媒的原型的东西的主要制作者，且得到了勒纳教授的高度赞赏。

最后，我们可能会问，服务于权力是戏剧本身的功能还是莎士比亚与他的表现形式的关系？不出所料，答案是两者都是。在那个时代，人们普遍认为，戏剧具体地呈现了生活所具有的戏剧性特点，更准确地说，呈现了权力的戏剧性特点。国王作为演员站在国民面前的舞台上，上帝则是在世界舞台上展示他的意志。舞台通过引用这种规范的功能，针对反复出现的不道德的控诉进行自我辩护：它表达了支配了一个秩序井然的社会的那些规则，以笑声或者暴力的形式明显表现出对违反规则者的惩罚。大多数剧作家至少以专业的方式尊敬这些价值；他们尊重让他们挣得薪水的机构，并且表达出那种能够让他们的"秘密"和整个社会结合在一起的意识形态。

正如我们所见，在马洛那里，我们遇到一位与意识形态格格不入的剧作家。如果说戏剧在通常情况下反映出并且鼓吹皇家把自身当成国家的表演,那么马洛却在努力揭示任何权力表演的潜在动机。如果说通常情况下戏剧是对上帝启示的确认,那么马洛则是要探究所有这些确认中的悲剧性需求和利益。如果说伊丽莎白时代的舞台通过使用公开的场景,将规范的伦理模式施加于大众,那么马洛则无情地挑战了那些模式,并且减少了对修辞和暴力的使用。

莎士比亚并不像马洛那样,以背叛者和亵渎者的姿态对待他的文化,他是一个尽职的奴仆,乐于在正统观念中即兴表演他自己的东西。如果几世纪之后,那种即兴表演展现给我们的是对文化中的每条原则近乎无限的挑战,是对所有来源的毁灭,那么《奥瑟罗》的作者会认为这种展现几乎无关紧要。毕竟,成功的即兴表演的核心在于隐藏,而非揭露;此外,正如我们所见,即使是敌对的即兴表演也再生产出了它希望置换和吸收的权力关系。这里不是要否认仇恨的力量(power of hatred)和区别的重要性——重要的是,到底是奥瑟罗还是伊阿古,是卢卡亚人还是西班牙入侵者占据了主导地位——而是要提出界定了任何即兴接触(improvisational contact)的可能性的边界,即使这种接触以隐藏的恶意为特征。

不管如何,我不是想要证明,莎士比亚与他的文化之间的关系由隐藏的恶意所界定。无疑,很多戏剧都是这样的——这些戏剧说了很多奇人异事——但是这听起来很勉强,并不令人信服;就像莎士比亚那样,作为一个都铎王朝意识形态的坚定无异议的辩护者,他听上去同样十分勉强且不令人信服。我认为,这里的解决方案并非介于两者之间的真实。从根本上说真实是不稳定的,但却一直在被稳定化。它与那些男性权威一样不稳固,他们不停肯定自己，结果却被颠覆性的女性破坏，然后又在不同的伪装下重建。如果说任何对莎士比亚与他的文化之间的关系的简单概括看起来都令人生疑，那么这是因为他的戏剧没有单一地、永恒地确认或否认任何合法权威，也没有处于中心地位的、无可置疑的作者出现。莎士比亚的语言和主题就像表现形式本身一样，在令人不安的重复中纠缠在一起，忠于转变的声音和观众，用它们那转变的美学假设和历史原则，支配生动的戏剧。

批评能够——正如我希望我对《奥瑟罗》的讨论能做到的那样——合法地呈现莎士比亚对既定文化中的权力关系的持续探讨。要令人信服地证明探讨之外的东西非常困难。如果在莎士比亚那里暗示了，从我们所有人都被铭刻其中的复杂叙述秩序中解脱，那么这些暗示既非来自强烈的抵抗，亦非来自尖锐的谴责——这是贾克斯（Jaques）或者泰门（Timn）的情绪。矛盾的是，它们出自特别强烈的服从，这种对彻底的暴力的服从破坏了所有它本来支撑的东西，这种服从没有出现在奥瑟罗和伊阿古那里，而是出现在苔丝狄蒙娜那里。戏剧及其文化暗示，唤起强烈的无目的的快乐只是在表面上确定了既存的价值和既有的自我。[70] 在莎士比亚的叙述艺术中，从决定了社会和心灵实在的巨大权力结构中挣脱出来的解放，只能体现在过度的审美愉悦中，只能体现在对这些结构的带着爱欲的拥抱中——这是苔丝狄蒙娜的拥抱，她的爱甚至比伊阿古的共情更令人深感不安。

后　记

　　很多年以前，从巴尔的摩到波士顿的飞机准备起飞时，我坐在一个中年男人身边，他正专注地看着窗外。那趟航班没有固定座位，我选择了他的邻座，因为他最不可能打扰我。我想重读格尔茨的《文化的解释》，这是我回伯克利后下周要讲的内容。但是，当我系上安全带，刚把思绪转向巴厘人的斗鸡时，这个人突然开始和我说话。他说他要去波士顿看他在医院的已经成年的儿子。一种疾病损害了他儿子的语言能力（这是该疾病的后果之一），所以他仅能够无声地吐字；更严重的是，因为他的病，他已经失去了活下去的意愿。他告诉我，他想让儿子重拾活下去的意愿，但困扰他的是，他可能无法理解儿子的意图。因此，他想问我：我能否用哑剧的方式说几句话，让他练习读我的唇语？我愿意无声地说"我想死，我想死"吗？

　　惊讶之余，我开始构思词语，这个男人专注地盯着我的嘴："我想[……]"但我无法完成这个句子。"我不能说'我想活着'吗？"我信心不足地建议他，或者还有更好的方法（这个时候安全带指示灯灭了），他可以去卫生间，在镜子前进行练习。"这不一样。"这个男人用颤巍巍的声音回复道，然后将头转向了窗户。"对不起。"我说道，在接下来旅程中，我们都保持了沉默。

　　我无法按照那个男人的要求去做，部分原因是我害怕他是个疯子。一旦我表达出死的意愿,他就会拿出一把藏着的刀子把我捅死,或者启动某些藏在飞机上的装备把我们炸成碎片(根据我过去十年在加利福尼亚的生活经验,这不是没有可能的)。

但是,比起说妄想症影响了我的整个反应,我的拒绝有着更为复杂的理由。比起害怕身体的攻击,我迷信地认为,如果我默念那个男人的那句可怕的话,它会具有法律判决的力量,那句话会像刺一样一直扎着我。并且在迷信之外,我更强烈地认识到了这一点:比起我的学术研究,我的身体在多大程度上是与语言相符的,我想要形成我自己的句子,或为我自己选择在什么时候朗诵别人的话。即使是在一个孤独且需要帮助的人的请求之下,表演不是我自己的台词、违背了我自己的愿望的台词也是不可接受的。

在多年前第一次构思这本书时,我想要探讨16世纪的几个主要的英语作家如何创造他们的表演,分析他们在表现自己和塑造人物时的选择,由此理解人类自主性在建构身份时扮演的角色。在我看来,文艺复兴时期的特征就是中产和贵族男性开始感觉到他们对生活有这种塑造的权力,我把这种权力和它所意味的自由当成理解自己的要素。但是当我在推进这项工作时,我发现塑造自我和被文化体制(家庭、宗教、国家)塑造无法截然二分。就我能说的而言,在我所有的文本和材料中,没有纯粹的、无约束的主体性;的确,人类主体本身一开始看上去是非常不自由的,是特定社会中的权力关系的意识形态产物。每当我关注明显自主的自我塑造的时刻,我就会发现没有一种身份的显现是自由选择的,它们都是一种文化的造物。如果有自由选择的迹象,那么这个选择的可能性的范围也是由有效的社会和意识形态系统所界定的。

我写下的这本书反映了这些想法,但我相信它也——虽然是以一种多少比我最初预想的更不确定且更讽刺的方式——反映了我最初的动力。我在这里写下的所有16世纪的英国人实际上都依附于人类主体和自我塑造,即使他们表明了自我的吸收、堕落或者丧失。他们还能做什么?过去有什么——或者说现在有什么——替代的选择?因为,我们所关注过的文艺复兴时期的人物理解这一点:即使自我被认作一种虚构,在我们文化中放弃自我塑造就是放弃追求自由,就是放弃他们自己固执地坚持的自我,就是死亡。对我而言,我之所以提起我在飞机上遇到的这位悲痛欲绝的父亲的小故事,是因为我想在本书结尾时见证我的当务之急是维持这种幻觉:我是我自己身份的主要制造者。

尾 注

导 论

1　Augustine, sermon 169, 引自 Peter Brown, *Religion and Society in the Age of saint Augustine* (London: Faber and Faber, 1972), p.30。

2　*Faery Queene*, "A Letter of the Authors Expounding His Whole Intention in the Course of this Worke"; *Faerie Queen* 6.9.31; *Amoretti* 8. 斯宾塞诗歌均引自 *The Works of Edmund Spenser: A Variorum Edition*, ed. Edwin Greenlaw et al. (Baltimore: Johns Hopkins University Press, 1932-57)。（译按：本书中的《仙后》引文的中译参见埃德蒙·斯宾塞，《仙后》，邢怡译，北京时代华文书局，2015年，译文有所改动。）

3　Job 31:15.（译按：中文和合本《圣经》原文为"造在我腹中的，不也是造他吗？"此处译者根据本书作者所给出的《圣经》英文译出。）《牛津英语词典》（OED）以16世纪后期拉普里莫达耶（La Primaudaye）的《法兰西学院》（*French Academy*）中的翻译为例："种子在受孕之后并不会马上被塑形，而是仍会保持一段时间的无形状态"。(*sb* 2b) 后面很多例子也引自《牛津英语词典》。托马斯·格林（Thomas Greene）对自我塑造进行了一场有启发性的讨论，参见 Thomas Greene, "The Flexibility of the Self in Renaissance Literature," in *The Dsciplines of Criticism*, ed. Peter Demetz, Thomas Greene, and Lowry Nelson. Jr. (New Haven: Yale University Press, 1968), pp. 241-64。格林的出发点是皮科（Pico）的论断，即皮科认为人能够按他所想的形状塑造自己。

4　参见 David Hunt, *Parents and Children in History: The Psychology of Family Life in Early Modern France*, (New York: Basic Books, 1970), p. 132.《牛津英语词典》以理查德·穆尔卡斯特（Richard Mulcaster）的《立场》（*Positions*）为例："如果塑造中的不稳定是随意的［……］，那么实践［……］会将弯的变直。"（*sb* 2a）

5　参见 Richard Taverner, *Garden of Wisdom* (London: 1539), p. Bviii^v。这条引用来自 Richard Yanowitz, "Tudor Attitudes Toward the Power of Language," (Ph. D. diss., University of California, 1978)。

6　Clifford Geertz, *The Interpretation of Cultures* (New York: Basic Books, 1973), p.51.

7　Ibid., pp. 44, 49.

8　Karl Marx, *Grundgrisse: Foundations of the Political Economy*, trans. Martin Nicolaus (New York: Vintage, 1973), pp. 110-11.（译按：中译参见卡尔·马克思，《政治经济学批判》，徐坚译，人民出版社，1955年，译文有所改动。）

9 参见 Clifford Geertz, *The Interpretation of Cultures and Islam Observed* (New Haven: Yale University Press, 1968); James Boon, *From Symbolism to Structuralism: Levy-Strauss in a Literary Tradition* (New York: Harper&Row, 1972) and *The Anthropological Romance of Bali 1597-1972: Dynamic Perspectives in Marriage and Caste* (Cambridge: Cambridge University Press, 1977); Mary Douglas, *Purity and Danger: An Analysis of Concepts of Pollution and Taboo* (New York: Praeger, 1966) and *Natural Symbols: Explorations of Cosmology* (New York: Pantheon, 1970); Jean Duvignaud, *Change at Shebika: Report from a North African Village*, trans. Frances Frenaye (New York: Pantheon, 1970); Paul Rabinow, *Reflections on Fieldwork in Morocco* (Berkeley: University of California Press, 1977); Victor Turner, *Dramas, Fields, and Metaphors: Symbolic Action in human Society* (Ithaca: Cornell University Press, 1974) and *The Ritual Process: Structure and Anti-Structure* (Ithaca:Cornell University Press, 1969)。

10 引自 E. 德·塞林科特（E. de Selincourt）为《斯宾塞：诗集》写的导言，参见 *Spencer: Poetical Works*, ed. J. C. Smith and E. de Swlincourt (London: Oxford University Press, 1912), P.xxxviii。

1 大人物的餐桌前：莫尔的自我塑造与自我取消

1 *A Dialogue of Comfort against Tribulation*, ed. Louis I. Martz and Frank Manley, *The Complete Works of St. Thomas More* 12 (New Haven: Yale University Press, 1976), p. 213. 后文简称《全集》。

2 *The History of King Richard III*, ed, R, S. Sylvester, *Complete Works* 3 (1963), p. 80.

3 *The Prince*, trans. Luigi Ricci, rev. E. R. P. Vincent (New York: Modern Library, 1950), pp. 64-65. 必须注意，马基雅维利的解释有它自身的含混之处：它一方面冷静地观察某些类似自然法的东西——狐狸一直吃鸡；另一方面又对受害者的愚蠢和任性异常愤怒。

4 收于 William Roper, *The Life of Sir Thomas More*, ed, Richard S. Sylvester and Davis P. Harding (New Haven: Yale University Press, 1962), p. 239. 我深受西尔威斯特（Sylvester）的开创性工作影响；尤其参见 "A Part of His Own: Thomas More's Literary Personality in His Early Works," *Moreana* 15 (1967), pp. 29-42. 也可参见大卫·布莱希（David Bleich）试图从精神分析学的角度将莫尔的作品同 "特别幼稚的方式" 联系起来的解释（"More's Utopia: Confessional Modes," *American Imago* 28 [1971], pp. 24-52）。

5 对这个现象的经典解释来自约翰·赫伊津哈（Johan Hui-zinga），参见 Johan Huizinga, *The Waning of the Middle Ages* (London: E. Arnold, 1924)。（译按：中译参见《中世纪的衰落》，何道宽译，花城出版社，广西师范大学出版社，2008 年，译文有所改动。）

6 有关对这些希望的坚持，参见 Frances A. Yates, *The French Academies of the Sixteenth Century* (London: Warburg Institute, 1947), pp. 199-235; Roy Strong, *The*

Cult of Elizabeth (London: Thames & Hudson, 1977), pp. 176–77。

7　Mary F. S. Hervey, *Holbein's "Ambassadors"* (London: George Bell & Sons, 1900), p. 232. 有关现藏于伦敦国家美术馆的霍尔拜因的绘画，也可参见 Michael Levey, *The German School*, National Gallery Catalogues (London: National Gallery, 1959), pp. 46–54；Carl Georg Heise, *Hans Holbein d. J.: Die Gesandten* (Stuttgart: Philipp Reclam Jun., 1959)；Ernest B. Gilman, *The Curious Perspective: Literary and Pictorial Wit in the Seventeenth Century* (New Haven: Yale University Tress, 1978), pp. 98–104。

8　Jurgis Baltrušaitis, *Anamorphoses, ou perspectives curieuses* (Paris: Olivier Perrin, 1955), p. 65. 鲁特琴作为视角教学中的标准物体从丢勒 1525 年的木刻画《门》（Portillon）开始变得常见。Albrecht Dürer, *The Painter's Manual*, trans. Walter L. Strauss (New York: Abaris Books, 1977), p. 392.

9　Ficino, *Platonic Theology*, trans. Josephine I. Burroughs, in *Journal of the History of Ideas* 5 (1944): 235. 有关文艺复兴时期的艺术视角，尤其参见 Samuel Y. Edgerton, Jr., *The Renaissance Discovery of Linear Perspective* (New York: Basic Books, 1975)；Claudio Guillén, "On the Concept and Metaphor of Perspective," in *Comparatists at Work*, ed. Stephen G. Nichols, Jr., and Richard B. Vowles (Waltham, Mass.: Blaisdell Pub. Co., 1968), pp. 28–90；Erwin Panofsky, "Die Perspective als symbolische Form," *Vorträge der Bibliothek Warburg* (1924–25)。

10　我对埃德加·R. 塞缪尔（Edgar R. Samuel）的理论持怀疑态度，他认为头骨被观者的不明来源的光学透镜矫正了：参见 "Death in the Glass—A New View of Holbein's 'Ambassadors'" in *Burlington Magazine* 105 (1963), pp. 436–41。

11　参见 Baltrušaitis, pp. 58–76；也可参见 Fred Leeman, *Hidden Images* (New Harry N. Abrams, 1976), pp. 13–14. 有人认为头骨有双关的意义，即霍尔拜因（hohle Bein）的意思"中空的头骨"，利曼认为这不大可能。无论如何，这幅画都肯定了霍尔拜因的天才。

12　Hervey, pp. 203–7.

13　这种嘲弄在死亡象征（Memento mori）的主题中是常用的；例如参见勃鲁盖尔（Breughel）的《死亡的胜利》（Triumph of Death）。关于头骨纹章的使用，参见杜勒的《带着头骨的盾徽》（Coat of Arms with a Skull, 1503）和霍尔拜因自己作品《死亡之臂》（The Arms of Death, 1538）。

14　我们也应该注意到在桌子下面的不祥的鲁特琴和日晷的象征意义。有关作为和谐象征的鲁特，参见 John Hollander, *The Untuning of the Sky: Ideas of Music in English Poetry, 1500–1700* (Princeton: Princeton University Press, 1961)。

15　参见 Erwin Panofsky, *Tomb Sculpture*, ed. H. W. Janson (New York H. N. Abrams, 1964)。

16　Hervey, p. 205. 这是霍尔拜因作品中普遍存在的典型讽刺，实体需要由阴影来证明。利维（Levey）发现，多面日晷的三个层面标记的时间各不相同："当然，投影上的变化是不可能的；正如时间指示不尽相同那样，除了认为乐器的不同部分是在不同时间画上去的，我们很难推测出其他信息。"（51）可能是这样；但是霍尔拜因也可能稍稍加剧了对现实的感觉的不稳定性。

17 迈克尔·巴克森德尔教授（Michael Baxandall）给了我很多有价值的建议，他认为这个姿态更可能反映了北部作家的行动手册所建议的克制。

18 Roper, *Life*, p. 202. 亨利八世可能模仿了意大利的君主；例如参见维斯帕西雅诺（Vespasiano）对乌尔比诺公爵费德里科（Federico）在知识上的兴趣的解释，*Renaissance Princes, Popes, and Prelates*, trans. William George and Emily Waters (New York: Harper Torchbooks, 1963), pp. 99–105。埃尔顿（Elton）的描述参见 "Thomas More, Councillor (1517–1529)," in *St. Thomas More: Action and Contemplation* (New Haven: Yale University Press, 1972), pp. 87–122。

19 定义引自 Elizabeth McCutcheon, "Denying the Contrary: More's Use of Litotes in the Utopia," in *Essential Articles for the Study of Thomas More*, ed. R. S. Sylvester and G. P, Marc'hadour (Hamden, Conn.; Archon Books, 1977), p. 263。

20 McCutcheon, pp. 271–72. 在她这篇精彩的论文的其他部分，她评论道："我们从来没有确定我们站在乌托邦的什么位置 […] 在最小的句法层面上，的确存在某种无法完全解决的歧义，但也可能并非如此"（272），参见 *Self-Consuming Artifacts: The Experience of Seventeenth-Century Literature* (Berkeley: University of California Press, 1972)。斯坦利·菲什（Stanley Fish）对变形这一文学等价物进行了有力的批判性分析；尤其参见第 3 章，"The Dialectic of the Self in Herbert's Poetry," pp. 156–223。

21 Louis Marin, *Utopiques: jeux d'espaces* (Paris: Minuit, 1973), p. 81. 艾伦·F. 纳格尔（Alan F. Nagel）认为莫尔在他对乌托邦的解释中有意地包含了矛盾，目的是让人注意它的虚构性，参见 "Lies and the Limitable Inane: Contradiction in More's Utopia" (*Renaissance Quarterly* 26 [1973], pp. 173–80)。

22 乌托邦实际上满足了赫伊津哈描述的游戏的全部条件，参见 Johan Huizinga, *Homo Ludens* (Boston: Beacon, 1960)。（译按：中译参见《游戏的人》，何道宽译，花城出版社，2007 年，译文有所改动。）

23 有关冥想事物——在此是眼睛似乎注视着的对神的再现——的意义的非常微妙而复杂的发展，参见 Nicholas of Cusa, *The Vision of God*, trans. Emma Gurney Salter (New York: J. M. Dent & Sons, 1928)。

24 罗纳德·莱沃（Ronald Levao）在他正在进行的工作中表明，这个主题贯穿了库萨的职业生涯；最熟悉的表达出现在《论愚蠢的学说》（*De docta ignorantia*）中。

25 *Dialogue of Comfort*, p. 133.

26 参见 Natalie Zemon Davis, "Holbein's Pictures of Death and the Reformation at Lyons," *Studies in the Renaissance* 3 (1956), pp. 97–130。

27 有关《乌托邦》和莫尔的基督教信仰的关系，有很多的争论。在我看来，最让人印象深刻和感觉精妙的讨论是 J. H. 赫克斯特为耶鲁版的《乌托邦》撰写的精彩导言，参见 *Utopia*, ed. Hexter and Edward Surtz, S. J., *Complete Works* 4 (1965), esp. pp. lxiv–lxxxi。赫克斯特的观点得到了昆廷·斯金纳（Quentin Skinner）的认可，参见 "More's Utopia," *Past and Present* 38 (1967), pp. 152–68; *The Foundations*

of Modern Political Thought, 2 vols. (Cambridge: Cambridge University Press, 1978), 1:193ff.。不过，斯金纳在论证莫尔的暗示是"人们可能在完全不了解教会及其教义的情况下，成为完美的基督徒"（233）时，他夸大了这种情况。莫尔小心地让乌托邦居民预料到了宗教信仰的演变，描写他亲切地介绍了"基督之名、他的教条、他的性格、他的传说以及很多殉道者的坚定不移"（217）。（译按：中译参见《近代政治思想的基础》，奚瑞林译，商务印书馆，2002年，译文有所改动。）

28 *Four Last Things*, in Thomas More, *The Workes . . . in the Englysh Tonge* (London, 1557), pp. 84, 81.

29 Ibid., p. 84. 参见 *Translations of Lucian*, ed. Craig R. Thompson, in More, *Complete Works* 3:1 (1974), pp. 176–77。

30 *The Latin Epigrams of Thomas More*, ed. and trans. Leicester Bradner and Charles Arthur Lynch (Chicago: University of Chicago Press, 1953), pp. 205–6.

31 Edward Hall, *Hall's Chronicle* (London: J. Johnson, 1809), p. 516.

32 J. J. Scarisbrick, *Henry VIII* (London: Penguin, 1968), pp. 33–34.

33 注意这则逸事与梅德沃尔（Medwall）的《福尔根与卢克雷斯》（*Fulgens and Lucres*）提到的照本宣科的即兴表演的相似性。R. W. 钱伯斯评论道："看上去仿佛'介入游戏者'（stepping in among the players）变成了一种流行的特征，因为没有人像年轻的莫尔一样能够即兴地这样做，'介入'（steppers-in）的部分要由戏剧家来写。"（*Thomas More* [New York: Harcourt Brace, 1935J, p. 62.）

34 Nicholas Harpsfield, *The Life and Death of Sr Thomas Moore, Knight*, ed. Elsie Vaughan Hitchcock (New York: Early English Text Society, 1963), p. 38.

35 *Utopia*, p. 4.

36 *Praise of Folly*, trans. Hoyt Hopewell Hudson (New York: Modern Library, 1941), p. 2；*The Epistles of Erasmus*, trans. Francis Morgan Nichols, 3 vols. (New York: Russell & Russell, 1963), 3:392.（译按：中译参见《愚人颂》，许崇信译，译林出版社，2010年，译文有所改动。）伊拉斯谟在他的书信中指出，"很难找出任何在即席（ex tempore）发言方面比他更成功，能用最快乐的语言表达最快乐的想法的人；他的头脑能够捕捉并且预料到所有发生的事情，以现成的记忆，拥有所有的东西，提供任何时间或者时机所要求的东西"（398）。据伊拉斯谟，莫尔结婚时"他选择了一个非常年轻的女孩，天生的淑女，她的性格仍未成型，在乡下和她的父母姐妹住在一起，所以他能根据他的习惯来塑造她"（395）。

37 的确，如果埃尔顿是正确的，那么这种思维习惯应该归功于莫尔的死亡："这不是不可能，即在这种情况下，在他和里奇的对话中，莫尔曾在用假设的方式论证的路上走得太远，说了某些可能让人说服陪审团认为他的确说了背叛的话的东西"，参见 *Policy and Police* (Cambridge: Cambridge University Press, 1972), pp. 416–17。
　　有关莫尔与都铎王朝对"矛盾心理的道德养成"的训练，参见 Joel Altman, *The Tudor Play of Mind: Rhetorical Inquiry and the Development of Elizabethan Drama* (Berkeley: University of California Press, 1978), esp. pp. 31–106。

38　William Tyndale, *An Answer to Sir Thomas More's Dialogue*, in *The Works of the English Reformers: William Tyndale and John Frith*, ed. Thomas Russell, 3 vols. (London: Ebenezer Palmer, 1831), 2:15. Cf. p. 196. 莫尔对此回应道："对于我的诗歌我没什么可说的，也不能说什么。但是这一点对廷代尔的灵魂和另外一千人的灵魂来说是有益的，即他一生中整天玩弄诗歌而非《圣经》。"参见 *The Confutation of Tyndale's Answer*, ed. L. Schuster, R. Marius, J. Lusardi, and R. J. Schoeck. in *Complete Works* 8 (1973), p. 176。

39　参见 Peter R. Allen, "*Utopia* and European Humanism: The Function of the Prefatory Letters and Verses," *Studies in the Renaissance* 10 (1563), pp. 91–107。

40　参见杰里·梅默尔（Jerry Mermel）最近的文章 Jerry Mermel, "Preparations for a Politic Life: Sir Thomas More's Entry into the King's Service," *Journal of Medieval and Renaissance Studies* (1977), pp. 53–66。同样参见 David M. Bevington, "The Dialogue in *Utopia*: Two Sides to the Question," *Studies in Philology* 58 (1961), p. 507，"要想理解对话，最重要的是要认识到，莫尔在 1515—1516 年感受到了困境。他以两种方式表达了这一点：希斯拉德对马基雅维利主义的谨慎态度（认为后者预示着未来的恶意）；莫尔这一角色小心地带着的理想主义倾向（抓住任何一线希望作为逐步改善的基础）"。

41　J. H. Hexter, *More's "Utopia": The Biography of an Idea* (Princeton: Princeton University Press, 1952), p. 28，重申于耶鲁版《乌托邦》的序言部分（the Yale *Utopia*, p. xix）。关于这两部分的关系和本文讨论的莫尔其他作品，参见 Marin, *Utopiques* 和 Fredric Jameson, "Of Islands and Trenches: Neutralization and the Production of Utopian Discourse" (review of Marin), *Diacritics* (1977), pp. 2–21。

42　就像拉塞尔·艾姆斯（Russell Ames）曾讨论的，在这方面《乌托邦》是"邦民"的作品；没有人为贵族制代言，希斯拉德猛烈地攻击国王和战士实际上没有引起争议（参见 AmesAmes, *Citizen Thomas More and His Utopia* [Princeton: Princeton University Press, 1949]），同样可以关注 H. 赫克斯特有说服力的批评（*Utopia*, pp. liv–lvii）。

43　在他给拉普赛特的推荐信中，布德讽刺地描述了"法律和公民的艺术和科学的对象"："人们应该带着恶意、警惕的狡猾善待自己的邻居，他有时因为公民权，有时因为家庭而加入邻里，只有这样才能一如既往地将某些东西或其他东西带走，把它引开，带它离开，把它骂走，把它挤走，把它驱走，把它挖走，把它拎走，将它解决，等等。"（7）

44　C. H. Macpherson, *The Political Theory of Possessive Individualism: Hobbes to Locke* (London: Oxford University Press, 1962). 艾伦·麦克法兰（Alan Macfarlane）曾证明早在 13 世纪，英格兰实际上就已是一个"没有工厂的资本主义市场经济体"了。也就是说，"那里已经有发达的市场和流动的劳动力，土地被当成商品，完全的私有产权已经建立，有非常可观的地理和社会流动性，农场和家庭被区分开来，理性的计算和追求利润的动机随处可见"（*The Origins of English Individualism: The Family, Property, and Social Transition* [Oxford: Blackwell, 1978], pp. 195–96）。因此，麦克法兰认为，"至少从 13 世纪开始，英格兰大部分民众已经是猖獗的个人主义者了"（163）。

尾 注

45 就像赫克斯特和苏茨（Surtz）注意到的那样（*Utopia*, p. 404），亨利的《工匠与劳动者法令》（*Acte concernyng Artificers & Labourers*）详细规定了从九月中旬到三月中旬，劳动从黎明持续到晚上；从三月中旬到九月中旬，劳动从早上五点前持续到晚上七八点间。

46 人们应该注意到，在乌托邦，就像在都铎王朝的文化中一样，人们不仅注重确保高水平的产出，还避免懒惰，懒惰被认作邪恶和叛乱的温床。

47 在都铎王朝时期的英格兰，奴役仍然是一种法定的惩罚；例如参见 Proclamation 329, "Providing Penalty for Rumors of Military Defeat" (3 Edward VI), in Paul L. Hughes and James Larkin, *Tudor Royal Proclamations*, 2 vols. (New Haven: Yale University Press, 1964), 1:456。

48 *Utopia*, p. xli.

49 参见 Lawrence Stone, *The Family, Sex and Marriage in England 1500-1800* (New York: Harper & Row, 1977), pp. 426-32。

50 "The Rise of the Nuclear Family in Early Modern England: The Patriarchal Stage," in *The Family in History*, ed. Charles E. Rosenberg (Philadelphia: University of Pennsylvania Press, 1975), p. 25.

51 乌托邦居民把快乐分成灵魂的快乐与身体的快乐，前者更高。接着身体的快乐又分为全面的健康和感官的快乐；同样前者更高。接着感官的快乐又分为有"神秘而卓越的动力"（比如音乐）的快乐和那些来自身体器官的快乐；前者更高。来自身体器官的快乐又分为来自恢复的快乐（比如吃和喝）和那些产生于清除的快乐。乌托邦居民将性行为划入最低下的类别，仿佛这整套设计的目的就是将性置于当前这个分类当中。

52 Natalie Zemon Davis, "Ghosts, Kin, and Progeny: Some Features of Family Life in Early Modern France," *Daedalus* 106 (1977): 87.

53 有关莫尔的跪拜，参见 Roper, p. 221；有关"历史中的家庭财富之'箭'"，参见 Davis, "Ghosts," p. 92。

54 T. C. Price Zimmermann, "Confession and Autobiography in the Early Renaissance," in *Renaissance Studies in Honor of Hans Baron*, ed. Anthony Molho and John A. Tedeschi (Florence: G. C. Sansoni, 1971), pp. 123-24.

55 威廉·J. 鲍斯玛（William J. Bouwsma）在《焦虑与早期现代文化的形成（未刊稿）》（Anxiety and the Formation of Early Modern Culture）一文中探讨了文艺复兴时期的城市发展导致的心理后果。

56 *The Essayes of Michael Lord of Montaigne*, trans. John Florio, 3 vols. (London: J. M. Dent, 1910), 1:254-55。

57 在莫尔生命终结前，有关"商店"的观念产生了一个令人难忘的改变。1535年6月12日，莫尔的书被没收，他被告知法庭决定加强对他的监禁。从那天起，根据托马斯·斯泰普尔顿（Thomas Stapleton）的说法，"他从早到晚都关着窗子。他的监狱长问他为什么这样做。他回答说：'现在商品和工具都被拿走了，商店应该关门了。'"(*The Life and Illustrious Martyrdom of Sir Thomas More*, trans. Philip E. Hallett [London: Burns Oates & Washbourne, 1928], p. 140)。

58　参见 Shlomo Avineri, "War and Slavery in More's Utopia," *International Review of Social History* 7 (1962), p. 58: "他的（奴隶的）命运是道德上的贱民[pariah]，奴役状态与其说是社会意味的不如说是道德意味的。"

59　参见 Julian Pitt-Rivers, "Honour and Social Status," in J. G. Peristiany, ed., *Honour and Shame: The Values of Mediterranean Society* (Chicago: University of Chicago Press, 1966), p. 27: "只有在证人和公共意见代表在场时表达的态度才能牢固地体现"荣誉。

60　*Honor and Shame*, p. 9.

61　*Honor and Shame*, p. 228.

62　关于罪与羞耻的差别，参见 Helen Merrell Lynd, *On Shame and the Search for Identity* (New York: Harcourt Brace, 1958)，尤其参见 Paul Ricoeur, *The Symbolism of Evil*, trans. Emerson Buchanan (Boston: Beacon Press, 1967)。

63　George Cavendish, *The Life and Death of Cardinal Wolsey*, ed. Richard S. Sylvester and Davis P. Harding (New Haven: Yale University Press, 1962), p. 166.

64　"The Life of John Picus, Earl of Mirandula," in *The English Works of Sir Thomas More*, ed. W. E. Campbell, 2 vols. (reprint of Rastell's 1557 edition; London: Eyre and Spottiswoode, 1931), 1:379, 356.

65　*Thomas More's Prayer Book: A Facsimile Reproduction of the Annotated Pages*, transcription and translation by Louis L. Martz and Richard S. Sylvester, Elizabethan Club Series 4 (New Haven: Yale University Press, 1969), p. 205.

66　Harpsfield, pp. 85–86.

67　Chambers, *Thomas More*, p. 128.

68　典型的是，莫尔减少了幻想，他的信这样结尾："我想继续这种迷人的幻想，但是升起的朝阳击碎了我的梦——可怜可怜我——把我从王座中摇醒，把我带回宫廷的苦差。但至少这种想法给了我们一个安慰——真正的王国不会持续太久。(*St. Thomas More: Selected Letters,* ed. Elizabeth Frances Roger [New Haven: Yale University Press, 1961], p. 85)。

69　*Selected Letters*, p. 76: "不久之前，我写信告诉你我的现状；我非常急着想马上出版它，如果可能，我想从一些人那里，从知识分子和优秀的政治家那里得到慷慨的推荐。"

70　尽管如此，"不虔敬"在此不意味着异端信仰（莫尔明确提到，乌托邦居民没有针对这一点的体罚）而意味着不道德的行为。

71　*Responsio ad Lutherum*, ed. John M Headley, trans. Sister Scholastica Mandeville, *Complete Works* 5:1 (1969), pp. 305–7.

72 *Responsio*, p. 119.

73 John Foxe, *Acts and Monuments*, ed. Josiah Pratt, 8 vols. (London: George Seely, 1870), 4:643.

74 *Dialogue Concerning Heresies*, in *English Works*, ed. Campbell, 2:322.

75 有关伊拉斯谟对共同信仰的观点,参见 James K. McConica, "Erasmus and the Grammar of Consent," *Strinium Erasmianum* 2 (1969): 77–99。有关莫尔与伊拉斯谟的圣经学关系,参见 Richard C. Marius, "Thomas More's View of the Church," in *Confutation*, pp. 1351–52。有关莫尔思想中的共识,参见 Marius, p. 1392; John Headley, "More Against Luther: The Substance of the Diatribe," in *Responsio*, pp. 732–74; André Prévost, *Thomas More et la crise de la pensée européenne* (Paris: Maison Mame, 1969), pp. 158–60; Rainer Pineas, *Thomas Mores and Tudor Polemics* (Bloomington: Indiana University Press, 1968)。

76 廷代尔可能会辩解说,牧师就像抄写员和法赛利人(译按:形式主义者),陷入错误的泥沼,但是莫尔却向他表明(以挪揄的方式影射宗教改革者自己的方法)"平实的经文,在其中,上帝许诺了让他教会中的圣灵提供大量帮助,通过教导它并把它引向每个真实(虽然它曾经历了很多人的离开),永远让它远离那些该死的错误,于是,它的体量一点一点在减少,只剩相对较小的一群,直到他的快乐要再次增加它,无论魔鬼吹去多少枝子,他也不会让剩下的群羊受损,不会叫他们失去信仰和美德,因此基督降临的时候,犹太人的集会还在"(*Confutation*, pp. 616–17)。

77 Ibid., p. 617. 莫尔写道:"这些异端就像人群一样有很多的宗派,他们从来没有彼此承认过,如果世人要学习他们的正确方法,那么问题就会是这样,好像有个人走在荒野,想要找到通向城镇的道路,路上会遇到很多下流的无赖,当这个可怜的人祈求他们告知道路,他们会把他引到圆盘中,让他不断转圈,然后突然一起说话,他们每个人都告诉他是'这条路',每个人都用手指向他们的脸朝向的方向。"(772)

78 *Responsio*, p. 599.

79 *Responsio*, pp. 619–21. 我相信,当他最终认识到路德和廷代尔并没有捍卫个体的自由时,没有人会惊讶。

80 *Responsio*, p. 413.

81 因此莫尔能够攻击匿名的作者,他把异端的《神的晚餐》当成"面甲主人"(Master Masker):"就像我们有时实际看到的,就像我们戴着面甲散步,不管他们做了什么还是说了什么,他们很少感到恐惧和羞耻,因为他们认为自己不为人所知。这些人不在意他们在出版的书中写了什么,也不把名字附在上面"(*Answere . . . to the Poysened Booke* [London: W. Rastell, 1534], B6^v–B7^r)。

82 *Confutation*, p. 178.

83 "因此,我在这些天说到人们因为自身的过失而误解、伤害经文,直到人们能够更好地修正,如果任何人现在能够把《愚人颂》或某些我曾经写下的这样的作品翻译为英语,虽然其中没有伤害,但人们也总喜欢伤害好东西,不仅有我心

爱的书还有我自己的书，我要用我自己的双手亲自焚烧它们。"(*Confutation*, p. 179)

84　McConica, p. 89.

85　*Responsio*, pp. 259, 141.

86　参见 Columbus, *Journals and Other Documents on the Life and Voy-ages of Christopher Columbus*, trans. and ed. Samuel Eliot Morison (New York: Heritage Press, 1963), p. 65。莫尔反对暴力的甚至剧烈的皈依企图；参见 *Utopia*, p. 219。

87　E. M. Cioran, *The New Gods*, trans. Richard Howard (New York: Quadrangle, 1974), p. 17.

88　*Responsio*, p. 311.

89　*Confutation*, p. 62.

90　G. R. Elton. "Sir Thomas More and the Opposition to Henry VIII," *Bulletin of the Institute of Historical Research* (London University) 41 (1968), pp. 19–34.

91　Roper, p. 225. 埃尔顿对此发表了极具暗示性的评论，参见 "Sir Thomas More and the Opposition to Henry VIII," pp. 25–26。

92　*Hall's Chronicle*, p. 780.

93　*Selected Letters*, p. 211.

94　Chambers, p. 336.

95　Chambers, pp. 336–37.

96　*Selected letters*, p. 213.

97　*Selected letters*, p. 222.

98　*Selected letters*, pp. 251–52.

99　Roper, p. 216.

100　参见 Chambers, p. 306。

101　*Hall's Chronicle*, p. 317.

102　我们要注意在关于新教徒殉道的描述中有同样的观点；比如，福克斯在描述哈德利教区的牧师泰勒博士时说："自始至终，泰勒博士是有趣而快乐的，就像有个人认为自己要去参加一场快乐的宴会或者婚礼"（Foxe, *Acts and Monuments* 6:695）。

103　参见 *Selected letters*, pp. 224ff.；*The Correspondence of Sir Thomas More*, ed. Elizabeth Frances Rogers (Princeton: Princeton University Press, 1947), pp. 514–32。

104　*De Tristitia Christi*, ed. and trans. Clarence H. Miller, in *Complete Works* 14 (1976), p. 249.

105　*Selected letters*, p. 225. 莫尔在一封致玛格丽特的信中描述了自己的胆怯；参见

Selected letters, pp. 239–42。

106 *De Tristitia*, p. 253. 参见 G. E. 豪普特（G. E. Haupt）的评论："不如说在某种程度上莫尔在自己的形象中看到了基督，或至少强调了基督的生活与他的处境相关的那些方面。比如，我们大可不必怀疑这一点，即莫尔对园中基督的精神痛苦比对十字架上的基督的精神痛苦更感兴趣"（*Treatise on the Passion, Treatise on the Blessed Body, Instructions and Prayers*, in *Complete Works* 13 [1976], p. clxxvii）。

107 参见 Louis L. Martz, "Thomas More: The Sacramental Life," *Thought* 52 (1977), pp. 300–318。

2 机械复制时代的圣言

1 John Foxe, *Arts and Monuments* 4:702. 对贝纳姆的殉教行为的记述出现在第 697-706 页。有关福克斯的书，参见 William Haller, T*he Elect Nation: The Meaning and Relevance of Foxe's "Book of Martyrs"* (New York: Harper & Row, 1964)。

2 *The Apologye of Syr Thomas More, Knyght*, ed. Arthur I. Taft (London: Early English Text Society, 1930), p. lxxxv. 在这部 1533 年的作品中，莫尔特别否认了某些虐待异端的指控，而这些指控在福克斯的记述中反复出现，但是莫尔并没有否认他把异端囚禁于他在切尔西的房子中。

3 R. W. 钱伯斯的翻译，参见 *Thomas More* (New York: Harcourt Brace, 1935), p. 286。

4 *Confutation*, p. 16. 莫尔提到希顿（Hitton）是"魔鬼的令人讨厌的殉道者，他夸耀自己烧死了廷代尔"（p. 17）。有关莫尔作为迫害者的形象，参见 Leland Miles, "Persecution and the *Dialogue of Comfort*: A Fresh Look at the Charges Against Thomas More," *Journal of British Studies* 5 (1965), pp. 19–30。

5 Chambers, p. 178. 参见福克斯对约翰·图克斯伯里（John Tewkesbury）的监禁的记载（Foxe, 4:689）。

6 Roper, p. 238.

7 *Confutation*, p. 710.

8 Foxe, 3:730.

9 Foxe, 3:281. 福克斯说他使用了廷代尔的版本。有关 15、16 世纪早期异端研究，参见 John A. F. Thomson, *The Later Lollards, 1414–1520* (London: Oxford University Press, 1965), pp. 220–38. 有关索普和早期罗拉德派，参见 K. B. McFarlane, *John Wycliffe and the Beginnings of English Nonconformity* (London: English Universities Press, 1952)。

10 福克斯不断提到坎特伯雷的主教托马斯·阿伦德尔（Thomas Arundel）是"该亚法"，例如参见 Foxe, 3:326，在那里，他被描述成"坐在该亚法的房间里"的人。

11 Foxe, 3:334–35. 奥尔德卡斯尔的姿态的第一要点是反对所谓的偶像崇拜，但是异端的状况往往包含在日常生活中感觉到神圣存在。于是约翰·布鲁斯登（John

Blomstone)在1509年受控,他坚称"向沃尔辛厄姆的唐卡斯特夫人或考文垂的塔朝圣是愚蠢的:因为个人也应该在厨房的火边朝拜圣母玛利亚,就像在上述那些地方朝拜一样,而且男人同样可以朝拜圣母玛利亚,当他看到他的母亲或姐妹时,就像在参观圣像一样;因为他们不再是死去的木石"(Foxe, 4:133)。

12　Foxe, 3:542.

13　所以,与此类似,我们世纪的某些激进分子欢迎甚至试图引入镇压的暴力,以此证明,建制不依赖于民主的共识而依赖于强力。

14　参见 Robert J. Lifton, *Thought Reform and the Psychology of Totalism* (New York: Norton, 1961)。西方有大量证明迫害异端的合理性的经文和教父材料。

15　引自 Henry Kamen, *The Rise of Toleration* (London; Weidenfeld & Nicolson, 1967), pp. 13-14。在与多纳派信徒(Donatists)的论辩中,奥古斯丁提出了一种有关身体限制与自由灵魂的概念:

"你不应该考虑限制本身,而应该考虑这个限制对象的性质是好是坏。个人不能不靠自己就变成好人;但是对痛苦的恐惧使他弃置了阻碍他前进的固执,或帮助他认识了他没有认识到的真实。因此,这种恐惧使他拒绝他拥护的谎言,或是令他追求他不知道的真实;于是他会自愿附着在他最初拒绝的事实上。"

引自 Joseph Lecler, *Toleration and the Reformation*, trans. T. L. Westow, 2 vols. (New York: Association Press, 1960), 1:56。

16　Michel Foucault, *Discipline and Punish: The Birth of the Prison,* trans. Alan Sheridan (New York: Pantheon, 1977), p. 29.(译按:中译参见米歇尔·福柯,《规训与惩罚》,刘北成等译,三联出版社,2012年,译文有所改动。)

17　有关死刑中的戏剧性问题,参见 Samuel Y. Edgerton, Jr., "Maniera and the Mannaia: Decorum and Decapitation in the Sixteenth Century," in *The Meaning of Mannierism*, ed. Franklin W. Robinson and Stephen G. Nichols, Jr. (Hanover, N.H.: University Press of New England, 1972). pp. 67-103。

18　参见 Nicolas Perella, *The Kiss, Sucred and Profane* (Berkeley: University of California Press, 1969)。

19　两方都经常引用 2 Cor. 11:14:"因为连撒旦也装作光明的天使"。这个观点认为宗教团体受到彼得·布朗(Peter Brown)所谓的"邪恶的二重身"(a sinister Doppelgänger)的威胁,这一观点可以追溯到死海古卷;参见 Brown, *Augustine of Hippo* (Berkeley: University of California Press, 1969), p. 123; W. H. C. Frend, *Martyrdom and Persecution in the Early Church* (Oxford: Blackwell, 1965), p. 61。

20　这个设定——波巷的一座库房——不仅表明了集会的秘密性质,而且表明了英格兰早期新教徒与商人之间的重要关联,禁书通过商人的国际关系从欧洲大陆私运进英格兰。

21　Foxe, 5:421.

22　没有足够证据表明,在贝纳姆公开回归异端信仰时写的信在这个过程中起了明显作用：可能他觉得写信给主教取消他的书面宣誓是必要的。但是他也写信给他的兄弟，信中的用词明显很大胆，甚至鲁莽：在第二次审判中，贝纳姆收回了他曾经写给他的兄弟的某些话，说"他因为无知而这样做，他没有审查他的信"（4:703）。这种退缩有两种可能性：贝纳姆要么曾在保存自己的生命和维护自己的信仰间犹豫，要么在"旧病复发"释放的巨大情感中，他曾写下和说出在他清醒时不会写下和说出的东西。在这种情况下，他第二次审判时的否认必然不能被当成无希望地解救自己的尝试，而要被当成准确地陈述他坚定信仰的东西和他想为之牺牲的东西；比如要以弗里斯的方式区分必要的教条与琐事。

23 Sigmund Freud, "Inhibitions, Symptom and Anxiety" (1926), in *Standard Edition of the Complete Works*, trans. James Strachey, 24 vols. (London: Hogarth Press, 1959), 20:119. 也可参见 "Notes upon a Case of Obsessional Neurosis" (1909), *Standard Edition* 10:235–36。

24 的确，就像弗洛伊德提到的魔法所暗示的，他发展出的这种取消的概念似乎至少部分来自宗教中的类似的符号过程；从一种现象引出的类比似乎很难解释那种现象。

25 Seymour Byman, "Ritualistic Acts and Compulsive Behavior: The Pattern of Tudor Martyrdom," *American Historical Review* 3 (1978), p. 627. 大多数拜曼（Byman）引用的"强迫行为"的证据在我看来并不令人信服。福克斯曾在此写道，在晚饭过后，里德利（Ridley）"常常过去坐一个小时左右，聊天或者下棋"，拜曼评论道，"为了应对怀疑，里德利甚至小心地安排他的棋局"（631）。

26 参见 Thomas M. Tentler, *Sin and Confession on the Eve of the Reformation* (Princeton: Princeton University Press, 1977)。腾特勒（Tentler）的书很大程度上取代了亨利·查尔斯·利（Henry Charles Lea）的著作（*A History of Auricular Confession and Indulge-nces in the Latin Church*, 3 vols. [Philadelphia: Lea Brothers, 1896]），不过利的书中仍有大量有用细节。福柯根据这些重要的材料作出了强有力的推测，参见 Michel Foucault, *La volonté de savoir* (Paris: Gallimard, 1976)。

27 *The Obedience of a Christian Man*, in William Tyndale, *Doctrinal Treatises and Introductions to Different Portions of The Holy Scriptures*, ed. Henry Walter (Cambridge: Parker Society, 1848), p. 263. 莫尔引用了这一段并且评论道："路德是廷代尔的主人。尽管他非常下流，但廷代尔却从来没有扮演不敬神的傻瓜来反对忏悔。对路德而言，即使他要使每个男人、每个妇女足够谦恭地服侍忏悔者，但他也承认认罪是非常必要的，是大有好处的，绝不会抛弃它。"（*Confutation*, p. 89）
所有有关《服从》的引文皆出自帕克协会（Parker Society）的文本。

28 当然也有例外，其中最有名的是路德的自传性评述，他把它作为维滕贝格的拉丁作品集的前言出版。拜曼（p. 633）引用了玛丽安的殉道者约翰·布拉德福德（John Bradford）的实践：他常为自己准备星历书或日记，常在上面写下所有值得注意的事情，他能够在那些书中看到他被摧毁的心灵的迹象（Thomas Sampson, Preface to Bradford, *Two Notable Sermons Made by That Worthy Martyr of Christ Master John Bradford* [London, 1574]）。

29 "The Work of Art in the Age of Mechanical Reproduction," in *Illuminations*, ed. Hannah Arendt, trans. Harry Zohn (New York: Schocken, 1969), pp. 217–51. 有关

复制作品的意义,尤其参见 Elisabeth L. Eisenstein, *The Printing Press as an Agent of Change: Communications and Cultural Transformations in Early Modern Europe*, 2 vols. (New York: Cambridge University Press, 1972)。

30 人们容易推测,这些作品可能比其他作品和抄本更频繁地被人们默读。毕竟,人们必须非常小心对待禁书。如果确实如此,它会给予读者更深刻的感觉,这些书会深刻地印入他们的心灵,远离所有外在的表象。然而,其中并没有实际的支撑这种默读的证据,我们必须想到像贝纳姆这样的信徒的重要性。

31 因此,新教徒能够接受,在某种意义上,天主教把火刑这一符号当成地狱的符号,但是重新解释这种下到地狱的行为是升到天堂的序曲。

32 例如参见 *Confutation*, pp. 22-23:"那里有另外一个人,被他[廷代尔]不适当的书带向了火,比尔尼。"在异端图克斯伯里的房中,莫尔写道:"发现了廷代尔的《服从》[……]还有那本关于邪恶的玛门的邪恶的书。"莫尔宣称:"如果廷代尔的粗野的书没有到他手里的话",在他当大官时被烧死在斯密斯菲尔德的图克斯伯里就不会变成异端。"这个可怜的人现在待在地狱,向他哭喊,而廷代尔,如果他没有及时改正[……]那么他们相遇时就会发现他,热火会在他的背后燃烧,世上所有的水不能浇灭这火。"(*Confutation*, p. 22)

33 廷代尔作为英文版《指南》的作者身份还不确定;参见 Anne O'Donnell, "A Critical Edition of the 1534 English Translation of Erasmus' Enchiridion militis Christiani" (Ph.D. diss. Yale University, 1972), pp. 51-58。我感谢卡罗莱纳海岸大学的唐纳德·J. 米鲁斯(Donald J. Millus)教授提供这一参考和其他文献上的帮助。

根据诺贝特·埃利亚斯(Norbert Elias)对礼仪变化的卓越研究(*The Civilizing Process*, trans. Edmund Jephcott [New York: Urizen Books, 1978]),伊拉斯谟这类作品中最有影响力的一部(也是当时最重要的作品)是《论儿童的教养》(*De civilitate morum puerilium*)。

34 *Lectures on Genesis* II, 65;引自 William J. Bouwsma, "Anxiety and the Formation of Early Modern Culture," unpublished.

35 参见 Lawrence Stone, *The Causes of the English Revolution, 1529-1642* (New York: Harper & Row, 1972); Immanuel Wallerstein, *The Modern World-System: Capitalist Agriculture and the Origins of the European World-Economy in the Sixteenth Century* (New York: Academic Press, 1974); Eric Kerridge, *The Agricultural Revolution* (New York: A. M. Kelley, 1968); Bouwsma, "Anxiety"。

36 引自 Arthur F. Kinney, ed., *Elizabethan Backgrounds: Historical Documents of the Age of Elizabeth I* (Hamden, Conn.: Archon, 1975), p. 63。

37 J. J. Scarisbrick, *Henry VIII* (London: Penguin, 1968), p. 325.

38 在第一版的《阐述〈约翰一书〉》中,廷代尔走得如此之远,他暗示君王染上了梅毒;参见 Donald Millus, "Tyndale on the First Epistle of Saint John," *Moreana* 13 (1976), pp. 40-41。

39 *The exposition of the Fyrste Epistle of seynt Ihon, with a Prologge before it*: by W. T. (Antwerp: M. de Keyser, 1531), p. Fl^r.

尾　注

40　*The Parable of the Wicked Mammon* (1527), in *Doctrinal Treatises*, p. 42.

41　*Exposition of the Fyrste Epistle of seynt Ihon*, p. El'. 然而，廷代尔在 1525 年的《新约》的序言中建议读者要"伪装成基督"（*Doctrinal Treatises*, p. 20）。

42　这种对廷代尔的评价至少能够回溯到亚伯尼哥·塞列尔（Abednego Seller），参见 Abednego Seller, *History of Passive Obedie-nce since the Reformation* (Amsterdam: Theodore Johnson, 1689), P. 20。有关保守和激进派新教徒区别的有益讨论，参见 Quentin Skinner, *The Foundations of Modern Political Thought* 2:73–81。

43　More, *Dialogue Concerning Tyndale*, in *The English Works of Sir Thomas More* 2:257. 参见 *Obedience*, p. 332：如果一个君王命令我们"去作恶，我们必须违反，并说'我们受神之令'"。廷代尔在 1525 年的《新约》序言中写道："对于世俗权力和统治者，只有在他们的命令不违反神的命令的情况下才能服从他们；然后，哦"。（*Doctrinal Treatises*, p. 25）

44　*Doctrinal Treatises*, p. 407："一张解释了摩西五经第一篇中某些词汇的表，叫作创世记。"

45　然而，意味深长的是，廷代尔在向别人求助时，找到的是汉弗莱·蒙默斯（Humphrey Monmouth），一个富有的服装商人，他给廷代尔提供食物、住所和金钱。但是，这并不意味着新教徒站在中产阶级"一方"。其中的问题明显更为复杂。参见 Stone, *Causes of the English Revolution*, pp. 58–117; Christopher Hill, *Society and Puritanism in Pre-Revolutionary England*, 2d ed. (New York: Schocken Books, 1967); Michael Wallzer, *The Revolution of the Saints* (Cambridge, Mass.: Harvard University Press, 1965); Skinner, *Foundations*, vol. 2。

46　*Dialogue Concerning Tyndale*, p. 112.

47　"A Pathway into the Holy Scripture," in *Doctrinal Treatises*, p. 17. 这篇文章是单独出版的 1525 年序言的修改版本；后面的引文均引自初版。参见 Luther, *De servo arbitrio (On the Bondage of the Will)* [1525], in *Luther and Erasmus: Free Will and Salvation*, ed. E. Gordon Rupp et al. (Philadelphia: Westminster Press, 1964)。

48　*Dialogue Concerning Tyndale*, pp. 206–11.

49　引自 W. Schwarz, *Principles and Problems of Biblical Translation* (Cambridge: Cambridge University Press, 1955), p. 10。

50　值得注意的是，廷代尔显然把莫尔批评他把长老（presbyter）当成长者（senior）的事放在心上了；在后来的《新约》版本中，廷代尔把这个词改成了长老（elder）。

51　J. F. Mozley, *William Tyndale* (London: Society for Promoting Christian Knowledge, 1937), pp. 147–50. 霍尔的《年表》记述了这个故事。

52　"Prologue to the Book of Genesis," in *Doctrinal Treatises*, p. 405. 五万册这个数字来自 W. H. 霍尔，参见 H. W. Hoare, *Our English Bible*, rev. ed. (London: John Murray, 1911), p. 161；也可参见 Arthur S. Herbert, *Historical Catalogue of Printed Editions of the English Bible: 1625–1961* (London: British and Foreign Bible Society, 1968)。

53 这种影响必然被以下事实所加强，即孩子首先是从拉丁语初级读本学会阅读的，因此，他们"必然从一开始就认为阅读是种人造的、与众不同的东西"（Susan Noakes, "The Fifteen Odes, the Disticha Catonis,Marculfius, and Dick, Jane, and Sally," in T*he University of Chicago Library Society Bulletin* 2[1977], P. 7）。因此，俗语可能与早期的语言经验有密切联系。

在一部即将出版的优秀著作中，沃尔特·克里根（Walter Kerrigan）解释了拉丁语为"父语"与英语为"母语"的文学性心理暗示（*Psychiatry and the Humanities*, ed. Joseph Smith, vol. 4）。

54 *Doctrinal Treatises*, p. 400.《圣经》不仅是种辩护；廷代尔在《邪恶玛门的寓言》的序言中写道，圣言"是杀死罪恶、邪恶以及所有不公正的正确武器"（*Doctrinal Treatises*, p. 41）。

55 有关反对廷代尔的翻译的皇室公告，参见 *Tudor Royal Proclamations* 1:181–86, 193–97。后来的亨利八世的第 22 号公告（1530）宣布"涉及当前的恶意，有引导人们走向错误观念的倾向，把《新约》和《旧约》翻译成英语俗语会在上述民众中继续积累错误，而非对他们的灵魂的幸福有好处或有用，更方便的是在布道时，牧师为同样的民众解释同样的经文"。它还警告此后"购买、接受、保留或拥有"英语、法语或荷兰语的《旧约》或《新约》的人"会以置身险境的方式回应国王殿下"（196-97）。

56 Hugh Latimer, *Sermons*, ed. George Elwes Corrie, 2 vols. (Cambridge: Parker Society, 1844), 1:222. 应补充一点，即比尔尼恐惧的重点不是书而是火堆。

57 Foxe, 4:653.

58 *Confutation*, p. 359.

59 参见 Lawrence Stone, "Literacy and Education in England, 1640–1900," *Past and Present* 42 (1969), p. 101。也可参见 Stone, "The Educational Revolution in England, 1560–1640," *Past and Present* 28 (1964), pp. 49–80。

60 *Tudor Royal Proclamations*, 1:297.
伊丽莎白同意并命令她的牧师"不应该阻止别人阅读《圣经》，不管是拉丁文还是英文版《圣经》，但是应该告诫每个人怀着巨大的谦卑和崇拜去阅读同样的圣言和灵魂的特别食物［……］"（*Tudor Royal Proclamations* 2:119）。

61 引自 Thomas Laqueur, "The Cultural Origins of Popular Liter-acy in England, 1500–1850," *Oxford Review of Education* 2 (1976), p. 262。

62 Laqueur, p. 262.

63 John Bunyan, *Grace Abounding to the Chief of Sinners* (1666), ed. Roger Sharrock (London: Oxford University Press, 1966), p. 32.（中译参见约翰·班扬,《丰盛的恩典》，苏欲晓译，三联书店，2014 年，译文有所改动。）

64 Foxe, 3:719–20. 在《罗马教皇世界地图》（*Histoire de la mappemonde papistique* [Geneva,1567]）中，里昂的雕刻师皮埃尔·埃斯克里奇（Pierre Eskrich）描述了新教牧师用书推倒了教皇国的城墙（参见 Natalie Zemon Davis, "The Sacred

and the Body Social in Sixteenth-Century Lyon," forthcoming）。

65　有关仅依赖经文（sola scriptura）与仅依赖教会（sola ecclesia）的更大论争，参见 George H. Tavard, *Holy Writ or Holy Church: The Crisis of the Protestant Reformation* (London: Burns & Oates, 1959)。

66　参见 John S. Coolidge, The Pauline Renaissance in England: Puritanism and the Bible (Oxford: At the Clarendon Press, 1970)。《服从》如此肯定地确认的"感受信仰"（feeling faith）的原则将很快成为有关宗教仪式的本质的争论的核心。数十年来，清教徒和国教徒一直对此争论不休。廷代尔的陈述中的广度和模糊性表明，他至少没有想表明，只有《圣经》明确认可的行为才能做。尽管他坚持契约和盟约，但他并没有将引用经文作为唯一或主要的方式，比如，正教的犹太人转向《犹太法典》（*Shulchan Aruch*），将之作为详细的行动指南。廷代尔没有排除使用经文——与此相反，它的个案史可以作为正确行动的可靠指南——而是把它包含在更广泛、更灵活对神圣之物的认同中。

67　*Dialogue Concerning Heresies*, 2:112–13.

68　*An Answer to Sir Thomas More's Dialogue*, ed. Henry Walter (Cambridge; Parker Society, 1850), p. 49.

69　*Confutation*, p. 723.

70　Erasmus, *Enchiridion Militis Christiani: The Manual of the Christian Knight*, trans. William Tyndale? (London: Methuen & Co., 1905), p. 146. 大家应该注意，在宗教改革中，对《圣经》中的问题的解释并非新问题；有关中世纪的论争，尤其参见 M.-D. Chenu, *Nature, Man, and Society in the Twelfth Century*, trans. Jerome Taylor and Lester K. Little (Chicago: University of Chicago Press, 1957)。

71　*Confutation*, pp. 165–66. 应该注意廷代尔只是为了论证才承认了集会比教堂更普遍。

72　*Confutation*, pp. 220–21.

73　引自 *The English Hexapla* (London: Samuel Bagster & Sons, 1848)。这份文献最合适用来对比分析早期英译本。

74　"A Prologue Upon the Epistle of St Paul to the Romans," in *Doctrinal Treatises*, p. 505.

75　*Confutation*, p. 9.

76　"Prologue to Genesis," *Doctrinal Treatises*, p. 404.

77　引自 F. F. Bruce, *History of the Bible in English*, 3d ed. (New York: Oxford University Press, 1978), p. 20。

78　"Preface to the Five Books of Moses"（1530）, in *Doctrinal Treatises*, p. 395.

79　引自 Robert Demaus, *William Tyndale*, pop. ed., revised by Rich-ard Lovett (London: The Religious Tract Society, 1925), pp. 357–58。

80 Foxe, 5:117；我跟随德玛乌斯（Demaus）和莫兹利（Mozley）将福克斯的间接引语改为直接引语。

81 *The Paraclesis*, trans. John C. Olin, in *Erasmus, Christian Humanism and the Reformation: Selected Writings*, ed. Olin (New York: Harper & Row, 1965), p. 97.

82 "The Parable of the Wicked Mammon," in *Doctrinal Treatises*, p. 37.

83 引自 Mozley, *William Tyndale*, p. 250。

84 不知道菲力浦斯（Phillips）为谁工作；参见 Mozley, *William Tyndale*, pp. 294-342。

85 Mozley, *William Tyndale*, p. 334.

86 Ibid., p. 339.

87 Foxe, 5:127.

88 参见 William A. Clebsch, *England's Protestants, 1520-1535* (New Haven: Yale University Press, 1964), p. 191; L. J. Trinterud, "A Reappraisal of William Tyndale's Debt to Martin Luther," *Church History* 21 (1962), pp. 24-45。

89 *Doctrinal Treatises*, p. 13.

90 "On His Own Ignorance and That of Many Others," trans. Hans Nachod, in *The Renaissance Philosophy of Man*, ed. Ernst Cassirer, Paul Oskar Kristeller, and John Herman Randall, Jr. (Chicago: University of Chicago Press, 1948), p. 105.

91 *Doctrinal Treatises*, p. 403；参见 Clebsch, *England's Earliest Protestants*, p. 182。

92 C. S. Lewis, *English Literature in the Sixteenth Century, Excluding Drama* (Oxford: At the Clarendon Press, 1954), p. 190.

93 *The Parable of the Wicked Mammon*, in *Doctrinal Treatises*, p. 103.

94 *Obedience*, p. 161.

95 "A Table," in *Doctrinal Treatises*, p. 407.

96 *Expositions and Notes on Sundry Portions of The Holy Scriptures, together with the Practice of Prelates*, ed. Henry Walter (Cambridge: Parker Society, 1849), p. 268.

97 *Answer to Sir Thomas More's Dialogue*, p. 157；也可参见 pp. 166, 188, 193。

3 怀特诗歌中的权力、性别和内在性

1 参见 E. G. Rupp, *Studies in the Making of the English Protestant Tradition (Mainly in the Reign of Henry VIII)* (Cambridge: Cambridge University Press, 1947), p. 132: "节选自一本1530年被主教谴责过的异端引经书，受到谴责是因为'他把7篇《诗篇》写了出来，但是他把整篇祷文写了下来，在这篇祷文中，他反对向圣徒祈祷的错

误观念'。这点与莫尔对乔伊的《祈祷书》的评价一致,即7篇《诗篇》没有列祷文,只有指引。"另外,鲁普(Rupp)注意到,最早以路德的名字和权威出版的是他编辑的七篇忏悔诗的版本,我们所知道的关于这本引经书的一切都暗示出它与宗教改革者教义的联系。

2　有关新教徒与怀特的忏悔诗之间的关系,尤其参见 H. A. Mason, *Humanism and Poetry in the Early Tudor Period* (London: Routledge & Kegan Paul, 1959), pp. 209–21; Robert G, Twombly, "Thomas Wyatt's Paraphrase of the Penitential Psalms of David," in *Texas Studies in Language and Literature* 12 (1970), pp. 345–80。

3　Psalm 51, lines 503–5. 怀特同样在他翻译的彼特拉克诗歌中补充了"心灵的森林"这个词,"我的心里怀着漫长的爱"。

怀特诗歌的行数的依据,参见 *Collected Poems of Sir Thomas Wyatt*, ed. Kenneth Muir and Patricia Thomson (Liverpool: Liverpool University Press, 1969)。有关这个版本的长篇评论,参见 H. A. Mason, *Editing Wyatt* (Cambridge: Cambridge Quarterly Publications, 1972)。我也曾查阅了以下文献:Richard Harrier, *The Canon of Sir Thomas Wyatt's Poetry* (Cambridge, Mass.: Harvard University Press, 1975); *Sir Thomas Wyatt: Collected Poems*, ed. Joost Daalder (London: Oxford University Press, 1975)。

4　在这一点上,阿雷蒂诺(Aretino)和康本西斯(Campensis)都强调外在行为是内在悔悟状态的标志(参见 *Collected Poems*, Commentary, p. 378);虽然他在其他地方表达过赞同,但怀特利用这个机会在他的版本中注入了路德著名的《〈罗马书〉序》的精神,就像廷代尔的翻译表明的:"如果法律是肉体的,那么人的学说能够取悦肉体,被外在行为平息。现在法律是灵魂意义上的,没有人能够实现它,除了来自内心深处的爱。"好的事功来自信仰,但是它自身不能保证任何东西;一切都取决于内心状态,又反过来取决于神的意志(参见 Mason, *Humanism and Poetry*, pp. 215–19)。

5　除了犹太—基督教的西方,我们应该回想起,世界上大多数伟大的文明尤其强调的都不是独立的个人,而是每个要素应符合其社会角色;印度教主导的意识形态始于整体的等级结构,之后才转向特定的组成的部分。参见 Louis Dumont, *Homo Hierarchicus: The Caste System and Its Implications*, trans. Mark Sainsbury (Chicago: University of Chicago Press, 1970), p. 4。

6　Ricoeur, *The Symbolism of Evil*, pp. 103–4。

7　*Medieval Handbooks of Penance*, trans. and ed. John J. McNeill and Helena M. Gamer (New York: Columbia University Press, 1938), p. 315. 参见 Oscar D. Watkins, *A History of Penance*, 2 vols. (London: Longmans, 1920), 2:58。

8　参见 Thomas N. Tentler, *Sin and Confession on the Eve of the Reformation* (Princeton: Princeton University Press, 1977), pp. 16–27; John Bossy, "The Social History of Confession in the Age of the Reformation," *Transactions of the Royal Historical Society*, 5th ser., 25 (1975), pp. 21–38。

9　"Treatise Concerning the Fruitful Sayings of David the King and Prophet in the Seven Penitential Psalms," in *The English Works of John Fisher, Bishop of Rochester*, ed. John E. B. Mayor (London: Early English Text Society, 1876), p. 24.

10　"然而，认识这些诗篇是必要的，它在很多方面有用：其中包括了我们的宗教学者的基本教义、苦行、罪恶、恩典和称义，这些也是我们必须履行的信仰。"引自 Mason, *Humanism and Poetry*, p. 217。

11　这点值得重视，因为来之不易且珍贵的布尔乔亚神话认为，内在生活在某些方面与合法的权力运用相分离，这一神话可以回溯到历史上，因此西班牙的宗教法庭与清教徒的女巫审判似乎仅仅是淫秽的偏离。14世纪的法律规定"绑架或想象国王之死"是叛国罪，并不认为区分想象是一种主观的、内在的状态还是一种"真实的"阴谋设计是有用的或重要的（Leon Radzinowicz, *A History of English Criminal Law and Its Administration from 1750* [London: Stevens & Sons, 1948] 1:7）。

12　*English Works of John Fisher*, p. 33.

13　忏悔诗的个人强度不能被看成是怀特以某种方式附加在传统材料之上的；与之相反，在这些诗歌中，怀特的内在性很大程度上是整个话语领域的产物，由其他版本的忏悔诗以及相关的教义和虔敬的论述构成。如果这种与众不同的声音看起来是断断续续的，那么这种失败不是由"非个人的"习俗导致的沉重负担，而是由尚处于发展早期阶段的诗歌技艺的不足导致的。正如他的同时代人认为那样，怀特实际上为英国诗歌发明了一种适合他的表达目的的语言；凭借习俗的力量，这些目的是"他自己的"。

14　Raymond Southall, *Literature and the Rise of Capitalism* (London: Lawrence & Wishart, 1973), p. 22.

15　Mason, *Humanism and Poetry*, pp. 202–9. Surrey, in *Wyatt: The Critical Heritage*, ed. Patricia Thomson (London: Routledge & Kegan Paul, 1974), p. 28.

16　Ralegh, *History of the World* (London, 1614), p. C4^v. 罗利这样描述亨利八世："如果一个无情的国王的图案和画像在这个世界消失了，那么他们可以根据这个国王的故事重新画出他们的生活。"（A4^v）

17　Mason, *Humanism and Poetry*, p. 216, 梅森认为此处与第 345-48 行的意象反映了那些目睹了遭到梅毒的"第一次致命袭击"的人们的恐惧；如果是这样，那么这种对身体的厌恶就被吸收进了对某种道德状态的描述中。淫乱的性欲本身是疾病，这种污秽必须通过苦难而得到净化。

18　参见路德论意志："人类的意志就像负重的野兽。如果上帝来驾驭它，它就遵从上帝的意思［……］如果撒旦来驾驭它，它就追随撒旦的意志；它不会选择走向或寻找任何一方，是骑手自己在争夺所有权，试图控制它。"（*Luther and Erasmus: Free Will and Salvation*, trans. and ed. E. Gordon Rupp [London: The Library of Christian Classics, 1969], p. 140.）也可参见怀特写给他儿子的信："［美德］最主要和最可靠的基础在于恐惧和敬畏神。"（*Life and Letters of Sir Thomas Wyatt*, ed. Kenneth Muir [Liverpool: Liverpool University Press, 1963], pp. 38–39.）

19　Maurice Merleau-Ponty, *The Primacy of Perception*, ed. James M. Edie (Evanston: Northwestern University Press, 1964), p. 5.

20　在试图抓住这种普遍的对身体的怀疑的起源的过程中，我不禁想引用16世纪的医学和个人卫生的状态：男人和女人承受着日常的身体不适，甚至经常有剧烈的痛苦，这对我们来说几乎是不可想象的。除去神学的异议，现象学对身体的肯定对于大多数人而言似乎是一根作为人类身份观念之基础的纤细的芦苇。但是，在不排除如溃疡、肿瘤、肠胃失调和牙痛带来的痛苦的情况下，我认为怀特和其他与他处境相同的人的态度更可能受文化力量的影响，尤其是通过他们体验到的权力。

21 "谁列出自己的财富还沾沾自喜"（Who List His Wealth and Ease Retain），line 16。

22 *Life and Letters*, pp. 39–40.

23 有关身体的知觉和感觉的深入思考，参见 Michael Fried, "The Beholder in Courbet: His Early Self-Portraits and Their Place in His Art," *Glyph* 4 (1978), pp. 84–129。

24 参见怀特写给儿子的信："上帝用他的仁慈来惩罚我，并没有把我从他的爱中抛弃。"（*Life and Letters*, p. 40.）

25 *Life and Letters*, p. 35.

26 Donald Friedman, "The 'Thing' in Wyatt's Mind," *Essays in Criticism* 16 (1966), p. 377. 这种讽刺同样呼应了外在与内在的对比：例如参见 "Mine Own John Poins," 10–13。

27 "Mine Own John Poins," 76. 人们应该注意，这种否认之所以能够成立在于修辞上主张言说者的无能，主张他无法做。

28 因此对怀特而言，不是上帝而是"财富"给了统治者"击打"的权力，《诗篇》中的服从并没有提及世俗权力。

29 19世纪早期的怀特作品的编辑者乔治·弗雷德里克·诺特（George Frederick Nott）发现，这些诗行都模仿且扩展了佩尔西乌斯（Persius）的第三首讽刺诗（*Wyatt: The Critical Heritage*, pp. 71–72）。

30 Seneca, *Letters from a Stoic*, trans. Robin Campbell (London: Penguin, 1969), Letter 65, p. 124. 塞涅卡写道："我太伟大，我生下来太过伟大，命中注定不能成为我身体的奴隶。就我而言，身体或多或少成了我的自由的束缚。我将身体置于命运之途，让命运来折磨身体，不让任何打击通过它攻击到实际的自我。身体是我最易受攻击的地方：在如此容易受伤的身体中住着自由的灵魂。"（123）参见怀特的十四行诗《永别了，爱和你永远的法律》（Farewell, Love, and thy laws forever），诗中的言说者引用了"塞涅卡与柏拉图"指引他从身体的束缚转向心灵的自由。怀特敦促他的儿子学习塞涅卡的伦理哲学（*Life and Letters*, p. 43）。

31 Jürgen Habermas, *Knowledge and Human Interests*, trans. Jeremy J. Shapiro (Boston: Beacon Press, 1971), p. 282.

32 Daniel Javitch, *Poetry and Courtliness in Renaissance England* (Princeton: Princeton University Press, 1978), pp. 119–40.

33 W. J. Courthope, in *Wyatt: The Critical Heritage*, p. 104.

34 Ibid., pp. 44, 71, 104, 165. 也可参见 Patricia Thomson, *Sir Thomas Wyatt and His Background* (Stanford: Stanford University Press, 1964), p. 270: "没理由不欣赏他的情诗和讽刺诗。但是如果就像在考试中那样,我被要求必须肯定一个、否定一个,那么我更看不惯情诗,就像叶芝在他的《被偷的孩子》中所言,'这不是一首有洞察力和知识的诗歌,而是充满着渴望与抱怨的诗歌'。可以确定的是,怀特的讽刺诗在洞察力和知识方面成就更高,长远看来,宫廷智慧比宫廷爱情更能激发灵感。"

35 Raymond Williams, *The Country and the City* (New York: Oxford University Press, 1973), p. 54.(译按:中译参见雷蒙·威廉斯,《乡村与城市》,韩子满等译,北京:商务印书馆,2013 年,译文有所改动。)

36 Edward Hall, *Chronicle* (London: J. Johnson, 1808), p. 597.

37 1517 年,布赖恩和一个富有的寡妇结婚(在他职业生涯后期他再次这样做了这样的事),克伦威尔给他取了个"地狱牧师"的昵称。他为他的堂妹安妮·博林谋取利益(参见 Wyatt, "A Spending Hand," line 63),她出事后,他为了保住自己的位置,拼命给她定罪。

38 *Sir Thomas Wyatt and His Background*, p. 185.

39 *Wyatt: The Critical Heritage*, p. 25.

40 Ibid., p. 34.

41 Javilch, *Poetry and Courtliness*, p. 68.

42 Mason, *Humanism and Poetry*, p. 171. 梅森评述道:"只要稍加应用,我们就能够编纂一部习语词典,这可以表明怀特的这些诗歌只是简单地把这些习语串在了一起,形成了固定的形式。"我认为,在这个时期,习俗并非真正的诗歌活动的敌人,而是它的基本组成部分。

43 C. S. Lewis, *English Literature in the Sixteenth Century, Excluding Drama* (Oxford: At the Clarendon Press, 1934), p. 230. 汤姆森(Thomson)更严肃深入地对待宫廷的影响,参见 Patricia Thomson, *Sir Thomas Wyatt and His Background*; Raymond Southall, *The Courtly Maker* (Oxford: Blackwell, 1964)。

44 亨利八世自豪地展示了一出以安妮·博林的通奸和堕落为主题的"悲剧",他在这样做的时候所提供的材料究竟是一个什么样的奇怪的社交场合?(J. J. Scarisbrick, *Henry VIII* [London: Penguin, 1968], p. 455.)这难道意味着展示一场冷漠的大戏吗?还是说以审美战胜背叛带来的痛苦和耻辱?这是一种让恐怖的事件变得有意义,将悲剧的连贯与高贵强加于他们的尝试?这是否证明了先见之明与权力、一种对他自己"写下了"整个历史的神奇断言?亨利似乎曾告诉卡莱尔的主教,向他展出他的"悲剧",他早就期待事态的转换。这出悲剧没有留下来,但是相关逸事则挥之不去:这暗示了宫廷艺术的功能远不同于餐后的音乐所暗示的,前者有更令人不安的范围。

45 Harrier, *Canon*, pp. 37-38。这一文献认为这不大可能是怀特的诗。我使用了德文郡抄本来识读怀特的诗歌;布拉盖抄本(Blage manuscript)给出的是 worse(更坏)。

46 我们可以注意到，不幸的是，这点与怀特对待自己的妻子一致，他曾公开谴责她通奸。很明显，这种谴责加强了对有不贞妻子的男人的"嘲讽"，但是他明显对这件事不如对报复那么在意。

47 Lewis, *English Literature*, p. 229.

48 有关"社会官能症"，参见 J. H. van den Berg, *The Changing Nature of Man* (New York: Norton, 1961)。

49 *Humanism and Poetry,* p. 171.

50 我们应该借此机会评价一下我们迄今为止所关注的三个人物的主要成就，他们的成就以三种完全不同的文化形式与欧洲大陆密切相关：对莫尔而言是人文主义；对廷代尔而言是宗教改革；对怀特而言是宫廷性。这三种文化在一些重要的方面有所重叠，但是它们更明显是彼此针锋相对的。最明显的证据就在莫尔与廷代尔的争论中，但是他们反过来都强烈反对怀特参与的世界。我们可以用波考克（Pocock）的话来说，我们所谓的欧洲正处于典型的马基雅维利时刻。

51 国王的身体与国家的权力之间关系的本质当然是极其复杂的；Ernst H. Kantorowicz, *The King's Two Bodies: A Study in Mediaeval Political Theology* (Princeton: Princeton University Press, 1957)："很明显，这项神学和教会法的理论，认为教会以及基督徒团体的整体构成'以基督为头的奥秘之体'，被法学家们从神学领域转移到了以国王为头的国家领域"（pp. 15-16）。（译按：中译参见恩斯特·H. 康托洛维茨，《国王的两个身体》，徐震宇译，华东师范大学出版社，2017 年，译文有所改动。）

也可参见 Georg Rusche and Otto Kirchheimer, *Punishment and Social Structure* (New York: Columbia University Press, 1939); John Bellamy, *Crime and Public Order in England in the Later Middle Ages* (London: Routledge & Kegan Paul, 1973); Foucault, *Discipline and Punish*。

52 Louis Dumont, *From Mandeville to Marx: The Genesis and Triumph of Economic Ideology* (Chicago: University of Chicago Press, 1977), p. 35.

53 "我找不到和平，我的战争也结束了"，11；这首诗是对彼特拉克的翻译，参见 Petrarch, *Rime* cxxxiv。怀特典型地加强了爱与恨的因果关系——彼特拉克写道："Et ho in odio mestresso et amo altrui"。人们可能会补充道，在怀特的忏悔诗中，大卫王在将爱转向上帝时，将爱从拔示巴那里转走了，并且贬低了自己的地位。的确，如果文艺复兴时期的外交能够在读解爱情诗时发挥作用，那么它也同样能在读解忏悔诗时发挥作用，后者弥漫着一种与强大的、暴躁的、危险的盟友进行微妙而又狡猾的谈判的精神。

54 这点值得怀疑，即这首出现在布拉盖抄本中的诗是否是怀特写的。

55 引自 Garrett Mattingly, *Renaissance Diplomacy* (Baltimore: Penguin, 1964), p. 95。比较一下，杜·伯纳德·罗西耶（Bernard du Rosier）写于 1436 年的有关外交的论文："大使的任务是和平［……］大使为了公共利益工作［……］大使是神圣的因为他的行为是为了公共福利。"（引自 Mattingly, p. 42）

56 引自 Hugh Trevor-Roper, "The Intellectual World of Sir Tho-mas More," *American*

Scholar 48 (1978/79), p. 28。

57　*Life and Letters*, p. 157.

58　托特尔（Tottel）很典型地通过将这首诗命名为《抱怨单相思的真爱》而破坏了它的效果。

59　*Life and Letters*, p. 135.

60　Mattingly, *Renaissance Diplomacy*, p. 217.

61　Ibid., p. 186.

62　可能查理制造有关这个词的轰动是非只是为了避免谈论布兰斯托（尽管他在谈话结束时还是这样做了）。然而，亨利八世和克伦威尔选择把对这个词的讨论解释成凌驾于英王和法王之上的主张；至少他们尝试使用皇帝的词汇来挑拨他与弗朗索瓦一世的关系（*Life and Letters*, p. 139）。

63　这种克制甚至扩展到了这个地步，即在行 11 使用"and"而非"for"来引入对项圈的描述。出现在最后一行的"for"清楚解释了作者的处境，而"and"则鼓励读者得出自己的结论。

64　参见 Richard Bernheimer, *Wild Men in she Middle Ages: A Study in Art, Sentiment, and Demonology* (Cambridge, Mass.: Harvard University Press, 1952)；*The Wild Man Within: An Image in Western Thought from the Renaissance to Romanticism*, ed. Edward Dudley and Maximillian E. Novak (Pittsburgh: University of Pittsburgh Press, 1972)。

65　于是，彼特拉克的"stanchi di mirar, non sazi"并不像怀特的"徒劳的艰辛将我折磨得如此痛苦"所证实的那样矛盾，彼特拉克的"libera"变成了怀特的"wild"。

66　"The Mind in the Poem: Wyatt's 'They Flee from Me.'" *Studies in English Literature* 7 (1967), p. 4.

67　也可参见 Michael McCanles, "Love and Power in the Poetry of Sir Thomas Wyatt," *Modern Language Quarterly* 29 (1968), pp. 145-60。我对怀特的看法接近麦坎利斯（McCanles），尤其是他在一条注释中提到"这表明怀特诗歌——包含讽刺诗与《诗篇》翻译——的主要关注点是适应宫廷和社会，在其中，权力的推动力占据着主导地位"（p. 148, n.4）。

68　Friedman, "The Mind in the Poem," p. 9.

69　"A Letter on Art in Reply to André Daspre," in *Lenin and Philosophy and Other Essays*, trans. Ben Brewster (New York: Monthly Review Press, 1971), pp. 222-23.

70　Surrey, in *Wyatt: The Critical Heritage*, p. 31.

71　*Life and Letters*, pp. 198-99。怀特评论道："因为我有时习惯于在严肃的会谈中突然说出誓言，看看他们为了让这件事情看起来是我的，对这件事发了多么狡猾的誓言。"

72　Mason, *Humanism and Poetry*, pp. 190-91："我们有一些怀特亲手写的诗歌，有一些包含了怀特经过两次甚至三次修改后的思考。总的来说，这些'修正'表明怀特在工作时，有意让他的诗行变得更为'粗糙'、'难懂'，更不像萨里和托特尔的版本。

跟随克里斯多夫·考德威尔（Christopher Caudwell）的脚步，我们很容易把怀特的诗艺看作他社会地位的直接结果："这种布尔乔亚的'个人主义'是为解决封建社会的限制而产生的，它促进了生产上的巨大的、不断的技术进步。它同样导致了诗歌上的巨大的、不断的技术进步。"（*Illusion and Reality* [New York: International Publishers, 1937], p. 60）从这个角度来看，占有教会土地和财富以及新的诗歌技艺的发展都是资本主义早期阶段的"原始积累"的表现。

这个解释内在的难处大于其优点。它十分巧妙地把怀特当成布尔乔亚的典型代表，他获取僧侣的土地与他的政治生涯——更不用说诗歌生涯——并没有明确的关系；用资本主义来描述16世纪30年代这一举动需要一种我并不确信的信仰。但是马克思主义者的解释也有优点，他们坚持认为怀特的生活并没有严格划分，坚持认为——正如我在这一章已经论证的那样——诗歌和权力是深深缠绕在一起的。我相信这在根本上是正确的，即将怀特的技巧实验和他对技巧的掌握与他表现出来的个性联系起来，反过来又将这种个性与当时基本的历史和经济发展联系起来：亨利八世的野心和财富的积累使英格兰彻底摆脱了封建主义走向现代国家的都铎王朝的变革。

关于建构一种对怀特的马克思主义式解读的尝试，参见 Raymond Southall, *Literature and the Rise of Capitalism*, chap. 2。

73 "So Unwarely Was Never No Man Caught," 3–4.

4 塑造绅士：斯宾塞与安乐窝的毁灭

1 Natalie Zemon Davis, "The Sacred and the Body Social in Sixteenth-Century Lyon."

2 我们应该提醒自己，公共事业与写作的完全合———比如我们描述的莫尔和怀特——可能在如罗利这样的人物身上看到，而廷代尔式对仪式的不服从与对圣言的绝对服从，继续出现在了像亨利·巴罗（Henry Barrow）这样的不服从国教者的生活与死亡当中。

3 Jacob Burckhardt, *The Civilization of the Renaissance in Italy* (1860). 对布克哈特的批评，参见 Wallace Ferguson, *The Renaiss-ance in Historical Thought* (Boston: Houghton Mifflin, 1948), chaps. 7–11。

4 参见 Paul O. Kristeller, *Renaissance Thought: The Classic. Scholastic, and Humanist Strains* (New York: Harper & Row [Harper Torchbooks], 1961); Hanna H. Gray, "Renaissance Humanism: The Pursuit of Eloquence," in *Renaissance Essays*, ed. Kristeller and Philip P. Wiener (New York: Harper & Row [Harper Torchbooks], 1968), pp 199–216。有关修辞与其他领域的关系，参见 Rosemond Tuve, *Elizabethan and Metaphysical Imagery* (Chicago: University of Chicago Press, 1947); Jerrold Seigel, *Rhetoric and Philosophy in Renaissance Humanism* (Princeton: Princeton University Press, 1968); Nancy S. Streuver, *The Language of History in the Renaissance* (Princeton: Princeton University Press, 1970)。有关英国学校课程中的修辞学，参见 T. W.

Baldwin, *William Shakespere's Small Latine and Lesse Greeke*, 2 vols (Urbana, Il.: University of Illinois Press, 1944)。

5 有关文艺复兴文化的戏剧性,参见 Jean Duvignaud, *Sociologie du théâtre: Essai sur les ombres collectives* (Paris: Presses Universitaires de France, 1965)。

6 参见 Norbert Elias, *The Civilizing Process*, p. 73:"在这个时期,社会中的行为的问题变得如此重要,以至于哪怕是有才能和有名望的人都不会不屑于关注这个问题[……]伊拉斯谟的论文《论儿童的教养》写于社会重组期间。它是中世纪的社会等级放松之后、现代社会稳定之前的富有成果的过渡时期的表现。"

7 *The Covrte of Civill Courtesie . . . Out of Italian by S. R. Gent* (London, 1577). 这本书的完整标题带有启示性:"用愉快的庄严词汇和精练格言适当装饰,代表所有年轻的绅士和其他人聚集在一起,在任何时候,在任何场合,想要根据他们的地位规范自己的行为,因此赢得比他们地位更低的人的赞扬,得到比他们更好的人的肯定和信任"。

8 Stephen Guazzo, *The Civile Conversation*, trans. George Pettie and Bartholomew Young, ed. Sir Edward Sullivan, 2 vols. (London: Constable, 1925), 1:86ff.; Castiglione, *The Book of the Courtier*, trans. Charles S. Singleton (New York: Anchor, 1959), p. 294.

9 Philibert de Vienne, *The Philosopher of the Court*, trans. George North (London, 1575), p. 13. 参见 C. A. Mayer, "L' Honnête Homme. Molière and Philibert de Vienne's 'Philosophe de Court'," *MLR* 46 (1951), pp. 196–217; Pauline Smith, *The Anti-Courtier Trend in Sixteenth Century French Literature* (Geneva: Droz, 1966)。

10 菲利贝尔的宫廷哲学家建议读者:"对所有艺术和博雅教育的了解,使我们变成正直的廷臣。"(p. 29) 我们必须精通音乐、舞蹈和诗歌;我们应该"对所有博雅教育的陈词滥调和实践有零星的判断,以便我们把它们一起切碎",我们可以由此储备我们的谈话;同样,我们应该"储存有关历史的知识,为的是在遇到任何伙伴时能消耗时间",或者,同样好的是"存储某些突如其来的谎言和我们自己打造的发明"(p.30)。

11 参见 Machiavelli, *The Prince*:"一个能随着时代和世事改变他本性的人,命运就永远掌握在他手中。"(p. 93) 有关普罗透斯,参见 A. Bartlett Giamatti, "Proteus Unbound: Some Versions of the Sea God in the Renaissance," in *The Disciplines of Criticism*, ed. Peter Demetz, Thomas Greene, and Lowry Nelson, Jr. (New Haven: Yale University Press, 1968), pp. 437–75。

12 Daniel Javitch, "The Philosopher at Court: A French Satire Misunderstood," *Comparative Literature* 23 (1971), pp. 97–124. 类似含混也存在于 Robert Laneham, *Letter* (1575), ed. F. J. Furnivall (New York: Duffield. 1907)。

13 引自 Stephen J. Greenblatt, *Sir Walter Ralegh: The Renaissance Man and His Roles* (New Haven: Yale University Press, 1973), p. 24. 泄露这一事情的正式场合是一封给罗伯特·塞西尔(Robert Cecil)的信,该信的内容是女王的护卫的外套的费用。

14 引自 Greenblatt, *Sir Walter Ralegh*, pp. 76–77。

15　*Memoirs of the Life of Robert Cary*, ed. John, Earl of Corke and Orrery (London: R. & J. Dodsley, 1759), p. 103.

16　"On the Fortunate Memory of Elizabeth Queen of England," trans. James Spedding, in *The Works of Francis Bacon*, ed. Spedding and Robert Ellis, 14 vols. (London; Longman, 1857-74), 6:317.

17　参见 David M. Bergeron, *English Civic Pageantry, 1558-1642* (London: Edward Arnold, 1971); Frances A. Yates, *Astraea: The Imperial Theme in the Sixteenth Century* (London: Routledge & Kegan Paul, 1975); Roy Strong, *The Cult of Elizabeth: Elizabethan Portraiture and Pageantry* (London: Thames & Hudson, 1977)。有关都铎王朝的女王的前任君王，参见 Sydney Anglo, *Spectacle, Pageantry, and Early Tudor Policy* (Oxford: At the Clarendon Press, 1969)。有关斯图亚特王朝的"柏拉图政治"，参见 Stephen Orgel, *The Illusion of Power: Political Theater in the English Renaissance* (Berkeley: University of California Press, 1975)。

18　引自 Allison Heisch, "Queen Elizabeth I: Parliamentary Rhetoric and the Exercise of Power," *Signs: Journal of Women in Culture and Society* 1 (1975), p. 39。

19　即位演说引自 Heisch, p. 33。普洛登和科克的话引自 Kantorowicz, *The King's Two Bodies*, p. 13。

20　宗教要素最清楚地出现于伊丽莎白在维斯塔辩论（Vestarian Controversy）中的保守立场。

21　引自 J. E. Neale, *Elizabeth I and Her Parliaments, 1584-1601*, 2 vols. (London: Jonathan Cape, 1965), 2:119。正文引用该文献时标有"Neale"。

22　Godfrey Goodman, Bishop of Gloucester, *The Court of King James the First*, ed, J. S. Brewer, 2 vols. (London; R. Bentley, 1839), 1:163（书名斜体系我所加）。我们最好记住，1588年，在人们普遍担心有暗杀企图的情况下，皇家任何一次在民众面前的出场都是英勇的行为。

23　*The Quenes maiesties passage through the citie of London to Westminster the day before her coronation* [1559], ed. James M. Osborn (New Haven: Yale University Press, 1960), pp. 28, 46. 有关玛丽女王的登基，参见 *The Chronicle of Queen Jane and of Two years of Queen Mary*, ed. John G. Nichols, Camden Society, 48 (London: Royal Historical Society, 1850), p. 11："女王陛下莅临欧盖特街，立于站满穷人家孩子的舞台前，她听了他们中的一人的演说，但她没有对他们说话。"

24　叶芝（Yates）评论道："装饰着宝石和彩绘的圣母玛丽亚画像被扔出教堂和修道院，但是另一个以宝石和彩绘装饰的画像被放置在了宫廷中，并在这片土地继续让她的崇拜者来崇拜。"（Yates, *Astraea*, P. 79）

25　Ralegh, "Now we have present made," in Walter Oakeshott, *The Queen and the Poet* (London: Faber, 1960), p. 205. 参见 Roy Strong, *The Cult of Elizabeth and The Portraits of Queen Elizabeth I* (Oxford: At the Clarendon Press, 1963); E. C. Wilson, *England's Eliza* (Cambridge, Mass.: Harvard University Press, 1939)。最丰富的编纂材料仍然是 *The Progresses and Public Procession of Queen Elisabeth*, ed. John Nichols, 3 vols. (London: J. Nichols. 1823)。

26 *The Letters of Epigrams of Sir John Harington*, ed. Norman E. McClure (Philadelphia: University of Pennsylvania Press, 1930), p. 122.

27 *The Book of the Courtier*, p. 294.

28 *Letters*, p. 125. 他评论道："我带着好奇与热情写作。"（p. 6）

29 我们应该注意到，在1589年（书信的日期），罗利可能是英国最典型的绅士的例子，他的绅士品性不是天生而是被塑造出来的。

30 Paul J. Alpers, *The Poetry of "The Faerie Queene"* (Princeton: Princeton University Press, 1967), and "How to Read The Faerie Queene," in *Essays in Criticism* 18 (1960), pp. 429–43.

31 C. S. Lewis, *The Allegory of Love* (New York: Oxford University Press [first published 1936]), p. 332. 格拉哈姆·霍夫（Graham Hough）曾讨论过刘易斯对安乐窝的描述，参见 Graham Hough, *A Preface to "The Faerie Queene"* (New York: Norton, 1963)。

32 *Essays and introductions* (London: Macmillan & Co., 1961), p. 370.

33 N. S. Brooke, "C. S. Lewis and Spenser: Nature, Art and the Bower of Bliss," in *Essential Articles for the Study of Edmund Spenser*, ed. A. C. Hamilton (Hamden, Conn.: Archon Books, 1972), p. 28. 最近的典型批评来自 M. 保利娜·帕克（M. Pauline Parker）的观察："安乐窝那'涂成金色的藤被用在了真实的植物可以生长和应该生长的地方'，的确，这个金藤能够'活着，但只有在可怕的堕落的能量的浇灌下'"（*The Allegory of "The Faerie Faerie Queene"* [Oxford; Clarendon, 1960], pp. 42, 152）。

34 尤其参见 Merritt Y. Hughes, "Spenser's Acrasia and the Circe of the Renaissance," *Journal of the History of Ideas* 4 (1943), pp. 381–99; Robert M. Durling, "The Bower of Bliss and Armida's Palace," *Comparative Literature* 6 (1954), pp. 335–47; James Nohrnberg, *The Analogy of "The Faerie Queene"* (Princeton: Princeton University Press, 1976), pp. 490–513。

35 Sigmund Freud, *Civilization and Its Discontents*, trans. James Strachey (New York: Norton, 1962), pp. 44, 51.（译按：中译参见西格蒙德·弗洛伊德，《一种幻想的未来 文明及其不满》，严志军、张沫译，上海人民出版社，2007年，译文有所改动。）

36 有关现代版本，参见 Samuel Z. Klausner, "A Collocation of Concepts of Self-Control," in *The Quest for Self-Control: Classical Philosophies and Scientific Research*, ed. Klausner (New York: Free Press, 1965), pp. 9–48。

37 Natalie Zemon Davis, "'Women's History' in Transition: The European Case," *Feminist Studies* 3 (1976), p. 89 and the refs. in note 31.

38 Guido Calabresi and Philip Bobbitt, *Tragic Choices* (New York: Norton, 1978), p. 195.

39 Clifford Geertz, "Art as a Cultural System," *Modern Language Notes* 91 (1976). pp. 1473–99.

尾　注

40　Christopher Columbus, *Journals and Other Documents*, p. 287.

41　塔索（Tasso）将对阿米达的王国的探索与哥伦布的游历结合了起来，参见 Tasso, *Gerusalemme liberata*, book 15, stanzas 28ff.。斯宾塞的马勒戈（Maleger）带着箭，"就像印第安人在他们的箭筒里藏着箭"（2.11.21）。贝尔纳尔·迪亚兹·德尔·卡斯蒂略（Bernal Diaz del Castillo）回忆起第一次看到阿兹特克（Aztec）的首都时的反应，参见 *The Conquest of New Spain*, trans. J. M. Cohen (Baltimore: Penguin, 1963), p. 214. 有关斯宾塞和新世界，参见 Roy Harvey Pearce, "Primitivistic ideas in the *Faerie Queene*," *Journal of English and Germanic Philology* 45 (1945), pp. 139-51; A. Bartlett Giamatti, "Primitivism and the Process of Civility in Spenser's *Faerie Queene*," in *First Images of America: The Impact of the New World on the Old*, ed. Fredi Chiappelli, 2 vols. (Berkeley: University of California Press, 1976). 1:71-82。

42　Ralegh, *The Discovery of Guiana*, ed. V. T. Harlow (London: Argonaut Press, 1928), p. 42.

43　Peter Martyr, *The Decades of the New World*, trans. Michael Lok, in *A Selection of Curious, Rare, and Early Voyages and Histories of Interesting Discoveries chiefly published by Hakluyt*... (London: R. H. Evans and R. Priestly, 1812), p. 539.

44　Ibid., p. 530.

45　*Of the newe landes*, in *The First Three English Books on America*, ed. Edward Arber (Birmingham: Turnbull and Spears, 1885), p. xxvii;　参见 Wilberforce Eames, "Description of a Wood Engraving Illustrating the South American Indians (1505)," *Bulletin of the New York Public Library* 26 (1922), pp. 755-60。

46　Elizabeth Story Donno, ed., *An Elizabethan in 1582*: T*he Diary of Richard Madox, Fellow of All Souls*, Hakluyt Society, Second Series, No. 147 (London: Hakluyt Society, 1977), p. 183. 编辑者注意到，"在旧地图上，月球上的山峦画得像从阿比西尼亚（Abyssinia）横贯几内亚湾的山脉。"

47　食人族抓住塞丽娜（Serena）想要强暴她，但他们被祭司们制止了（6.8.43）。

48　比较雷德克罗斯（Redcrosse），他调戏杜爱莎时，对他的描述是："将自己的健康与名气，随便泼洒在绿地上，毫不介意。"（1.7.7）

49　有关流浪者，参见 Frank Aydelotte, *Elizabethan Rogues and Vagabonds* (London: Frank Cass & Co, 1913)。

50　Martyr, *Decades*, p. 628. 有关对懒惰的指控，参见 Edmund S. Morgan, *American Slavery, American Freedom: The Ordeal of Colonial Virginia* (New York: Norton, 1973)。

51　科尔特斯（Cortes）"曾经下令，所有的房子应该推倒并焚烧，连接的沟渠都填上；他每天获得的成果得到巩固；他发命令给阿尔瓦拉多的佩德罗（Pedro de Alvarado）来保证我们绝不在堤坝上的所有桥和沟都被堵住填满前跨过它们，然后再推倒和焚烧所有的房子"（Bernal Diaz, *Conquest*, p. 369）。

52　理查德·斯洛特金（Richard Slotkin）的著作让我受益良多，参见 Richard Slotkin, *Regeneration through Violence: The Mythology of the American Frontier, 1600-*

357

1860 (Middletown, Conn.: Wesleyan University Press, 1973)。

53　Bemal Diaz, *Conquest*, p. 60.

54　*A View of the Present Stale of Ireland*, ed. W. L. Renwick (Oxford: Clarendon, 1970), pp. 48, 64, 65. 我们的主要目的是探讨伊丽莎白一世在爱尔兰的某些政策只是重复了典型的文化模式，而非详述爱尔兰对《仙后》的直接影响。有关后者，参见 M. M. Gray, "The Influence of Spenser's Irish Experiences on *The Faerie Queene*," *Review of English Studies* 6 (1930), pp. 413-28; Pauline Henley, *Spenser in Ireland* (Folcroft, Pa.: Folcroft Press, 1920)。

55　Ibid., p. 67. 参见 Louis-Jean Calvet, *Linguistique et colonialisme: Petit traité de glottophagie* (Paris: Payot, 1974); Stephen J, Greenblatt, "Learning to Curse: Aspects of Linguistic Colonialism in the Sixteenth Century," in *First Images of America* 2:561-80。

56　*View*, pp 67-68. 孩子们"吸吮将乳汁，甚至保姆的本性和性情融入自己，因为人的思想随身体的温度变化；文字是心灵的影像，当它们从心灵产生，心灵必然受到文字影响"（p. 68）。

57　Yeats, *Essays and Introductions*, p. 372.

58　K. Dudley Edwards, *Ireland in the Age of the Tudors: The Destruction of Hiberno-Norman Civilization* (London: Croom Helm, 1977); Nicholas P. Canny, *The Elizabethan Conquest of Ireland: A Pattern Established, 1565-76* (Hassocks, Sussex: Harvester Press, 1976); David Beers Quinn, *The Elizabethans and the Irish* (Ithaca: Cornell University Press, 1966). 有关斯宾塞对卷入此事的道歉，参见 Pauline Henley, *Spenser in Ireland*；有关斯宾塞从斯梅里克屠杀（Smerwick massacre）中获得个人利益的谜一般的线索，参见 Anna Maria Crinò, "La Relazione Barducci-Ubaldini sull'lmpresa d'Irlanda (1579-1581)," *English Miscellany* 19 (1968), pp. 339-67。

59　Alexander C. Judson, *The Life of Edmund Spenser* (Baltimore: Johns Hopkins University Press, 1945), pp. 107-8.

60　Ibid., p. 116. 2.9.16 提到的"艾伦的沼泽地"表明这是斯宾塞在 1582 年获得新修道院（New Abbey）后写的，这个新修道院是基尔代尔郡的一个荒废的方济会修道院（参见 Josephine Waters Bennett, *The Evolution of "The Faerie Queene"* [Chicago: University of Chicago Press, 1942], p. 131n.）。

61　经常有人注意到马勒戈和他的队伍很像斯宾塞在《见闻》和其他关于爱尔兰报告中对爱尔兰人的记述。

62　我们应该注意到这点联系，即谷阳在毁灭安乐窝后马上离开了，帕尔默说："咱们动身，刚好可以顺风扬帆"（2.12.87）。

63　引自 Philip Hughes, *The Reformation in England*, 3 vols. (New York: Macmillan, 1954), 3:408。

64　John Venn, *John Caius* (Cambridge: Cambridge University Press, 1910), p. 37. 在一封副大法官宾博士（Dr. Byng）写给大法官伯利勋爵（Lord Burghley）的信中（日期为 1572 年 12 月 4 日），罗列了很多"废话"：vestments, albes, tunicles, stoles, manicles, corporas clothes, with the pix and sindon, and canopie, besides holy water stoppes, with sprinkles, pax, sensars, superaltaries, tables of idolles, masse books, portuises, and grailles, with other such stuffe as might have furnished divers massers at one stant。拉丁文的叙述来自 John Caius, *The Annals of Gonville and Caius College*, ed. John Venn, Cambridge Antiquarian Society Octavo Series no. 40 (Cambridge, 1904), p. 185。凯斯（Caius）补充道，偶像破坏者用锤子来击碎某些东西。

65　引自 John Phillips, *The Reformation of Images: Destruction of Art in England, 1535-1660* (Berkeley: University of California Press, 1973), p. 80。

66　Keith Thomas, *Religion and the Decline of Magic* (London: Weidenfeld and Nicolson, 1971), p. 69.

67　*The Book of the Courtier*, trans. Singleton, p. 43. 关于漠不关心，参见 Wayne A. Rebhorn, *Courtly Performances: Masking and Festivity in Castiglione's "Book of the Courtier"* (Detroit: Wayne State University Press, 1976), pp. 33-40。

68　有关魔鬼艺术家，参见 A. Bartlett Giamatti, *Play of Double Senses: Spenser's Faerie Queene* (Englewood Cliffs, N.J.: Prentice-Hall, 1975), pp. 106-33。我们可能会发现，斯宾塞有时会引用自我隐藏艺术的正面版本：

> 接着是美丽新娘梅德韦出场，
> 她身穿一袭材质不明的霓裳，
> 式样古怪，但对她却合身恰当；
> 星星点点的装饰品银光闪亮，
> 仿佛是那些闪烁的星辰一样，
> 宛如骆驼尼，有层层水波荡漾，
> 若隐若现的金子在闪闪发亮，
> 越是隐藏就越发闪耀出光芒，
> 它似乎是，但绝非凡人的服装。
>
> （4.11.45）

斯宾塞对美学上的隐匿（aesthetic concealment）的怀疑可以被它在道德语境中的使用而减轻。但是我们也要注意到，在这个时候，他的策略既隐藏了同时又没有隐藏它自己的技艺。艺术被设计得看起来是自然而然的，同时又让人们清楚地知道，某种"自我背叛"又让它看起来是不自然的。有关技巧在斯宾塞作品中的地位的论争，参见 C. S. Lewis, *The Allegory of Love*, pp. 326-33; Hans P. Guth, "Allegorical Implications of Artifice in Spenser's *Faerie Queene*," *Publication of the Modern Language Association* 76 (1961), pp. 474-79。

69　Keith Thomas, *Religion and the Decline of Magic*, p. 275.

70　参见 Gershom Scholem, *Sabbatai Sevi* (Princeton: Princeton University Press, 1973)。

71　J. H. Elliott, *The Old World and the New, 1492-1650* (Cambridge: Cambridge University Press, 1970).

72 Paul Alpers, "Narration in *The Faerie Queene*," *English Literary History* 44 (1977), p. 27.

5 马洛与绝对戏剧的意志

1 "The voyage set out by the right honourable the Earle of Cumberland, in the yere 1586.... Written by M. John Sarracoll marchant in the same voyage," in Richard Hakluyt, ed., *The Principal Navigations, Voyages, Traffiques & Discoveries of the English Nation*, 12 vols. (Glasgow: James MacLehose & Sons, 1903–5), 11:206-7. 关于先于此次旅程前到达塞拉利昂的英国人，参见 P. E. H. Hair, "Protestants as Pirates, Slavers, and Proto-missionaries: Sierra Leone 1568 and 1582," *Journal of Ecclesiastical History* 21 (1970), pp. 203-24。关于这个时期的这个地区，参见 Walter Rodney, *A History of the Upper Guinea Coast, 1545–1800* (Oxford: At the Clarendon Press, 1970)。

2 在《帖木儿大帝》的开场中，有句诙谐的话提醒了我们，在波斯人看来，欧洲人是多么古怪："欧洲，太阳几乎不出现的地方，只有冰冷的流星和刺骨的寒冷"（1 *Tam* 1.1.18-19）。除了《浮士德博士》，马洛的作品均引自现代版的《马洛作品集》，参见 *The Works of Christopher Marlowe*, ed. C. F. Tucker Brooke (Oxford: Clarendon Press, 1910)。《浮士德博士》的现代版引自 W. W. Greg, *Marlowe's "Doctor Faustus" 1604–1616: Parallel Texts* (Oxford: At the Clarendon Press, 1950)。我自己对该剧的解读支持最近的 A 文本具有优先性的观点；参见 Fredson Bowers, "Marlowe's *Doctor Faustus*: The 1602 Additions," (*Studies in Bibliography* 26 [1973], 1-18); Constance Brown Kuriyama (*English Literary Renaissance* 5 [1975], 171-97)。

有关斯宾塞与马洛的关系，参见 Douglas Bush, "Marlowe and Spenser," *Times Literary Supplement*, 28 May 1938, p. 370; T. W. Baldwin, "The Genesis of Some Passages which Spenser Borrowed from Marlowe," *English Literary History* 9 (1942), pp. 157-87；以及 W. B. C. 沃特金斯（W. B. C. Watkins）的回应（*ELH* 11 [1944], 249-65); John D. Jump, "Spenser and Marlowe," *Notes and Queries* 209, new ser. 11 (1964), pp. 261-62。也可参见 Georg Schoeneich, "Der literarische Einfluss Spensers auf Marlowe" (Diss., Halle, 1907)。

3 参见 Ernst Cassirer, *The Individual and the Cosmos in Renaissance Philosophy*, trans. Mario Domandi (New York: Barnes & Noble, 1963), esp. chap. 1, "Nicholas Cusanus"。在《浮士德博士》中，马洛利用了伊丽莎白时期的舞台中残留的宗教符号（虽然这一点在 B 文本中比在 A 文本中更真实），但是他这样做仅仅是想要颠覆它，在心理上而非空间上定位地狱。

有关马洛的地图，参见 Ethel Seaton, "Marlowe's Map," *Essays and Studies by Members of the English Association* 10 (1924), pp 13-35; Donald K. Anderson, Jr., "Tamburlaine's 'Perpendicular' and the T-in-O Maps," *Notes and Queries* 21 (1974), pp. 284-86。

4 此处以及我对《浮士德博士》的其他探讨极大得益于我与爱德华·斯诺（Edward Snow）的谈话和他的论文，参见 "Marlowe's *Doctor Faustus* and the Ends of Desire," in *Two Renaissance Mythmakers: Christopher Marlowe and Ben Jonson*, ed.

Alvin B. Kernan (Baltimore: Johns Hopkins University Press, 1977), pp. 70–110。

5 这种一致部分依赖于 Aye/I 的双关（后者是对 A 文本和 B 文本的识读）。"经验"（Experience）也可能有"试验"的意思，仿佛浮士德的整个未来就是检验这个命题，即地狱是寓言。

6 参见理查德·马多克斯（Richard Madox）1582 年 12 月 14 日的日记："虽然士兵足够强壮和勇敢，但他们完全不擅长贸易和探索未知的土地。因为，的确，他们总是处在敌人当中，身处怀有敌意的地方，他们认为他们通常暴露在危险中；因此他们总是心存疑虑地与别人相处。然而，怀疑滋生了仇恨，仇恨开启了战争。因此，那些本应被人类的仁慈和好意吸引而依附他们的人，却被厚颜无耻和恶意吓跑了，这样所有的爱都消失了。特别是对语言的无知，每个人当对方都是野蛮人。"（*An Elizabethan in 1582*, ed. Donno, p. 186）根据这段话，萨拉科尔的赞美与毁灭的古怪结合也许可以追溯到商人和士兵对小镇的看法（以及接下来的行动）之间的差异。

7 Snow, "Marlowe's *Doctor Faustus* and the Ends of Desire," p. 101.

8 在这个时期，用自己的名字命名城市是无价值而又常见的行为；例如参见 Ralegh, *History of the World* (1614)：

> 这是塞琉西亚（Seleucia），安提柯（Antigonus）大帝建立了它，给它取名为安提柯尼亚（Antigonia）：但是不久之后塞琉古（Seleucus）获得了它，给它取名为塞琉西亚；之后托勒密（Ptolemie）又赢得了它，如果它让他高兴的话，可能又会被命名为托勒密斯（Ptolemais）。这就是人的虚荣心，想通过他们的壮举而非他们的美德，让他们的名字赢得无尽的纪念；他们的名字不再是他们自己的，就像同样的伟大仍在延续。（V, v, 2, p. 646）

9 这个职业的前沿在于征服新世界，那里有肥沃的土地、丰富的矿产以及在几个世代的时间里被消耗殆尽的整个民族。估计在新西班牙（墨西哥），印第安人口从 1519 年的 1100 万下降到 1650 年的 150 万，在巴西也有类似的可怕数据。在 1583 年，一个名为约瑟·德·安西塔（Jose de Anchieta）的耶稣会士发现了后面这种情况，说道："这个地方的人口数量从二十年前到现在在迅速消耗，这让人难以置信"（引自 Immanuel Wallerstein, *The Modern World-System* [New York: Academic Press, 1974], 80, n. 75）；垂死的帖木儿用无尽的悲情，恰如其分地反省了这项伟大的事业（和其他事业）。

10 E. E. Evans-Pritchard, *The Nuer* (Oxford: At the Clarendon Press, 1940), p. 103；引自 E. P. Thompson, 'Time, Work-Discipline, and Industrial Capitalism," *Past and Present* 33 (1967), p. 96。

11 参见 Keith Thomas, *Religion and the Decline of Magic* (London: Weidenfeld & Nicolson, 1971), p. 621；同样参见 Christopher Hill, *Society and Puritanism in Pre-Revolutionary England*, 2d ed. (New York: Schocken, 1967), chap. 5。

12 参见 Natalie Zemon Davis, "Some Tasks and Themes in the Study of Popular Religion," in *The Pursuit of Holiness in Late Medieval and Renaissance Religion*, eds. Charles Trinkaus and Heiko A. Oberman (Leiden: E. J. Brill, 1974), pp. 307–36。我也从

这篇论文中受益良多，参见 Natalie Zemon Davis, "Ghosts, Kin and Progeny: Some Features of Family Life in Early Modern France," *Daedalus* 106 (1977), pp. 87–114。

13　有关《浮士德博士》中的时间，参见 Max Bluestone, "Adaptive Time in Doctor Faustus," in *From Story to Siege: The Dramatic Adaptation of Prose Fiction in the Period of Shakespeare and his Contemporaries* [Studies in English Literature, n. 70] (The Hague: Mouton, 1974), pp. 244–52; David Kaula, "Time and the Timeless in *Everyman* and *Dr. Faustus*," *College English* 22 (1960), pp. 9–14。

14　C. L. Barber, " 'The form of Faustus' fortunes good or bad," *Tulane Drama Review* 8 (1964), p. 99.

15　关于这个观点的典型表达，参见 Ralegh, *History*: "同样公平的上帝让所有事物活着并且永远支配所有事情，在我们的时代给予胜利、勇气和鼓励，提拔和推倒国王、国家、城邦和民族，古时犯的罪也是现在犯的罪，因此以色列的这些苦难和其他苦难原因总是被记下，以便作为后时代的先例。" (II, xix, 3, pp. 508-9)

16　例如参见 the Edwardian proclamations: #287 and #313, in *Tudor Royal Proclamations*, 1:393–403, 432–33。

17　关于那个时期的法律程序的特征，参见 Christopher Hill, "The Many-Headed Monster in late Tudor and Early Stuart Political Thinking," in *From the Renaissance to the Counter-Reformation: Essays in Honor of Garrett Mattingly*, ed. Charles H. Carter (New York: Random House, 1965), p. 303。希尔的观点接近莫尔的《乌托邦》："到处都有小偷"被处决，一次多达二十个在绞刑架上被绞死"（*Utopia*, p. 61）。统计数据并不准确、一致，比如，1598 年德文郡有 74 人被判死刑，1607—1616 年伦敦和米德尔塞克斯每年大概有 140 人被判死刑（Douglas Hay, "Property, Authority and the Criminal Law," in Hay et al., *Albion's Fatal Tree* [New York: Random House, 1975], p. 22n）。

18　《官员之镜》(*Mirror for Magistrates*) 很典型，它不厌其烦地重复同一种报复性正义的案例，而西德尼（Sydney）在《为诗辩护》(*Apology for Poetry*) 中用同样的方式对待悲剧和喜剧，将其当作警醒和教训的典型构思。这种观念持续主导着文学的社会学理论；例如参见 Elizabeth Burns, *Theatricality* (New York: Harper & Row, 1973), p. 35。

19　有关英国文艺复兴时期对《可兰经》的态度，参见 Samuel C. Chew, *The Crescent and the Rose: Islam and England during the Renaissance* (New York: Oxford University Press, 1937), esp. pp. 434ff.。

20　Max Bluestone, "*Libido Speculandi*: Doctrine and Dramaturgy in Contemporary Interpretations of Marlowe's *Doctor Faustus*," in *Reinterpretations of Elizabethan Drama*, ed. Norman Rabkin (New York: Columbia University Press, 1969), p. 82.

21　对马洛作品的这个方面的一项富有洞察力的探讨，参见 J. R. Mulryne and Stephen Fender, "Marlowe and the 'Comic Distance,' " in *Christopher Marlowe: Mermaid Critical Commentaries*, ed. Brian Morris (London: Ernest Benn, 1968), 49–64。

22　对这一点和马洛戏剧的其他成果的探讨，参见 James L. Smith, "*The Jew*

of Malta in the Theatre," in *Christopher Marlowe: Mermaid Critical Commentaries*, pp. 1–23。

23 *On the Jewish Question* in Karl Marx, *Early Writings*, trans. and ed. T. B. Bottomore (New York: McGraw-Hill, 1963), p. 35. 有关更全面的对马克思的论文与马洛戏剧的关系的探讨，参见 Stephen J. Greenblatt, "Marlowe, Marx, and Anti-Semitism," *Critical Inquiry* 5 (1978), pp. 291–307。

24 G. K. Hunter, "The Theology of Marlowe's *The Jew of Malta*," *Journal of the Warburg and Courtauld Institute* 27 (1964), p. 236.

25 夏洛克尝试在审判场景中把这当成一个类似的焦点问题，但正如我们所料，他失败了（*Merchant of Venice*, 4.1.90–100）。

26 有关现代对这个观点的证实，参见 Frederic C. Lane, *Venice and History* (Baltimore: Johns Hopkins University Press, 1966)。

27 有关把犹太人当成恶魔的观念，参见 Joshua Trachtenberg, *The Devil mid the Jews: The Medieval Conception of the Jew and Its Relation to Modern Anti-Semitism* (New Haven: Yale University Press, 1943)。

28 某种意义上，马洛用他的英雄—恶魔作为讽刺角色：他让他们揭示这个世界的邪恶，揭示他们并没有与他们攻击的世界有什么不同。我们回想起老公爵给杰奎斯的信：

> 最坏不过的罪恶，就是指斥他人的罪恶：因为你自己也曾经是一个放纵你的兽欲的浪子；你要把你那因为你的荒唐而长起来的臃肿的脓疮、溃烂的恶病，向全世界播散。
>
> （*As You Like It*, 2.7.64–69）

29 参见 Georg Lukács, *History and Class Consciousness*. trans. Rodney Livingstone (Cambridge, Mass.: MIT Press, 1971), p. 15. 对这些诗行进行的一切现代推测的源头是维科的《新科学》(*New Science*)。

30 *Eighteenth Brumaire*, in *The Marx-Engels Reader*, ed. Robert C. Tucker (New York: Norton, 1972), p. 437.

31 参见 C. L. Barber, "The form of Faustus 'fortunes good or bad,'" esp. p. 107。然而，这并没有将圣餐建立为一个浮士德应该追求的健康的、合适的目的；与此相反，马洛可能将圣餐当成是堕落的。在《浮士德博士》和马洛的其他作品中都有激进的批评基督教的元素，这些批评类似焦尔达诺·布鲁诺（Giordano Bruno）1584年的《驱逐凯旋的野兽》(*Expulsion of the Triumphant Beast*)中的自杀的勇气。在此，在一则几乎不加掩饰地讽刺基督生活的寓言中，希腊诸神感到他们在世上的声誉在下降，决定派俄里翁去恢复他们在人们那里的声望。这个俄里翁

> 知道如何展现神迹，并且［……］能够在波浪上行走而不会下沉，不会弄湿自己的鞋子，因此，他也能够展现很多美好的善举。我们当差他到人间，我们当看看，他会让他们理解我所要和喜欢他们理解的东西：白色是黑的，人类的智力（他们通过它看到了最好的东西）其实是盲目的，根据理性

看起来是完美的、好的以及非常好的事物，其实是邪恶且有罪的，极其坏的。我想让他们明白，自然是淫荡的妓女，自然法是下流的，自然与神圣难以同时在一善的目的中达成一致，其中一个的正义并不服从另一个的正义，而是相反的，就像光与影［……］通过这样做，他［俄里翁］会说服他们，哲学、所有的沉思以及所有的巫术能让他们类似于我们，这只不过是愚蠢的，每个英雄行动只是懦弱，无知就是世界上最好的学问，因为它不需要辛劳即可获得，也不会导致心灵被忧郁所影响。（*Expulsion*, trans. and ed. by Arthur D. Imerti [New Brunswick: Rutgers University Press, 1964], pp. 255-56.）

32 有关乡村文化中的唯物主义，参见 Carlo Ginzburg, *Il formaggio e I vermi: Il cosmo di un mugnaio del '500* (Torino: Einaudi, 1976)。

33 William Hacket, quoted in Richard Bauckham, *Tudor Apocalypse* [Courtenay Library of Reformation Classics 8] (Sutton Courtenay Press, 1978), p. 203.

34 参见 C. L. Barber, "The Family in Shakespeare's Development: The Tragedy of the Sacred," a paper delivered at the English Institute, September, 1976; 也可参见 Peter Laslett, *The World We Have Lost* (New York: Scribner's, 1965)。

35 *The City of God*, trans. Henry Bettenson (London: Penguin, 1972), II, xii, 26, p. 506. 参见 Georges Poulet, *Studies in Human Time*, trans. Elliott Coleman (Baltimore: Johns Hopkins University Press, 1956), p. 19。

36 参见 Julian Pitt-Rivers, "Honour and Social Status"：任何在荣誉竞争中获得胜利的人都会发现，他的名声因为失败者的耻辱而加强［……］在意大利，有一段时间，普通民众相信，辱骂别人会剥夺他人的名声。英格兰国教的圣歌简洁地表达了这个观点：

> 国王征服了
> 从俘获的敌人那里带走了头衔，
> （引自 J. G. Peristiany, ed., *Honour and Shame*, p. 24）

37 拉丁通俗版《圣经》精妙地使用'成了'（consummo）一词，在此值得引用："Postea sciens Iesus quia Omnia consummate sunt, ut consummareturScriptura, dixit: Sitio. Vas ergo erat positum aceto plenum; illi autemspongiam plenam aceto hyssop circumponentes obtulerunt ori eius.Cum ergo accepisset Iesus acetum, dixit, Consummatum est. Et inclinatocapite, tradidit spiritum."。

38 参见 Mario Untersteiner, *The Sophists*, trans. Kathleen Freeman (Oxford: Blackwell, 1954), p. 106。昂特斯坦纳（Untersteiner）对《高尔吉亚》中悲剧地位的解释让马洛的研究者产生了巨大的共鸣：

> 如果存在和知识是悲剧的，那么生活也是悲剧的。艺术最普遍的形式就是依靠"欺骗"来认识由存在论和认识论揭示的悲剧因素。因此，艺术的完美形式将是悲剧，它比任何形式的诗歌都要好，能够深刻理解非理性

尾 注

的实在,它能够通过欺骗主张非理性的可传达性,而不是理性的可传达性:对不可知的事物的有条件的了解、这种对不可传达的事物的部分交流产生的效果就是快乐。(Pp.187-88)

39 Kathleen Freeman, *Ancilla to the pre-Socratic Philosophers* (Cambridge, Mass.: Harvard University Press, 1948), p. 139.

40 Untersteiner, p. 113. 参见 Thomas G. Rosenmeyer, "Gorgias, Aeschylus, and Apate," *American Journal of Philology* 76 (1955), pp. 225–60。

41 Thomas Nashe, "An Almond for a Parrat," in *The Works of Thomas Nashe*, ed. Ronald B. McKerrow, 5 vols. (London: A. H. Bullen, 1905). 3:344. 参见 Stephen J. Greenblatt, "The False Ending in Volpone," *Journal of English and Germanic Philology* 75 (1976), p. 93。

42 卢卡奇写道:"悲剧用完全的确认和肯定解释了柏拉图主义中最困难的问题,即发现个体事物是否有它自己的理念和本质。它给出的回答更改了问题的顺序,因为它表明,只有当什么是个体(也就是说,特别是活生生的个体)这个问题达到最终的限定和可能性时,它才符合理念,才真地开始存在。"(*The Hidden God*, trans. Philip Thody [London: Routledge & Kegan Paul, 1964], p. 59.)马洛的英雄是这种悲剧观念所要求的极端主义者,但马洛却以讽刺来对待他们的极端。

43 Gilles Deleuze, *Différence et répétition* (Paris: Presses Universitaires de France, 1968), p. 96. 这种观念似乎源自休谟。

44 帖木儿胜利之时,在他自己与他的目标之间产生了一道鸿沟,这实际上就是自我与目标内部的鸿沟,与此类似,当他的崇拜者说,帖木儿"在每一部分都和他很像,我应该让整个世界臣服于帖木儿"(1 *Tam* 2.1.483-84)时,他的话无意间引发了令人目眩的重复与差异。

45 Richard Hooker, *Of the Laws of Ecclesiastical Polity*, 2 vols. (London: J. M. Dent [Everyman's Library], 1907), 1:I, xi, 4, pp. 257–58:

> 人似乎并不满足于保存他的生命,也不满足于完成让他得到应得尊重的行为;而是更进一步,人常常明显勤奋而热情地追求不能在他生命中发挥任何作用的东西;那些超过了感官的东西;超出理性的东西,某种程度上神圣的、属于天堂的东西,这些东西让他内心欢喜,让他暗地思虑而不怀想。他追求某种它不直接知道的东西,但在强烈的欲望的刺激下,他所有已知的快乐和愉悦都被弃置一边,让他去追求的只不过是怀疑的欲望[……]虽然美丽、财富、荣耀、学问、美德以及所有人类生活的完满都可能在一人身上;但在此之外,他还要追求并强烈地渴望其他某些东西。

Giordano Bruno, *The Heroic Frenzies*, trans. Paul E. Memo, Jr., University of North Carolina Studies in Romance Languages and Literatures, no. 50 (1964), pp. 128–29:

> 不管什么物种都被理智所代表,都能被意图所理解,理智得出结论,

在它之上还有另一个伟大且更伟大的物种，因此，它总是被驱使着以某种方式走向新的运动和抽象。它曾经意识到它拥有的所有事物都是有限的，因为其本身并不自足，其本身并不好，其本身并不美，因为有限的事物既非宇宙亦非绝对实体，但是它与本性相联系，这个种类或者它的形式表现了智力并呈现了灵魂。其结果是，美是可理解的，因此是有限制的，因此参与是美的，知性不受限制，或谨慎地朝向真正的美。

在库萨和费奇诺那里也有十分类似的段落。所有这些表达的哲学起源都能在柏拉图和奥古斯丁那里找到。

46 Kenneth Burke, *The Rhetoric of Religion* (Berkeley: University of California Press, 1961), p. 69.

47 Erich Auerbach, *Mimesis*, trans. Willard R. Trask (Princeton: Princeton University Press, 1968 ed.), p. 311. 这段话与当前语境的关联是我的同事保罗·阿尔珀斯告诉我的。

48 Paul Valéry, *Leonardo Poe Mallarmé*, trans. Malcolm Cowley and James R. Lawler (Princeton: Princeton University Press, 1972) [vol. 8 of *The Collected Works of Paul Valéry*, ed. Jackson Mathews, Bollingen Series 45], p. 93.

6 权力的即兴表演

1 有关封建制的复兴，参见 Arthur B. Ferguson, *The Indian Summer of English Chivalry* (Durham, N.C.: Duke University Press, 1960); Frances A. Yates, "Elizabethan Chivalry: The Romance of the Accession Day Tilts," in *Astraea: The Imperial Theme in the Sixteenth Century* (London: Routledge, 1975), pp. 88–111; Roy Strong, *The Cult of Elizabeth: Elizabethan Portraiture and Pageantry* (London: Thames and Hudson, 1977)。

2 John Steevens, cited in Spenser, *Variorum* 1:252.

3 虽然我觉得主流的观念认为马洛很可能借用了斯宾塞，但是我并不确定是谁借用了谁。参见本书第5章，注释2。有关斯宾塞与马洛的相似之处，也可参见 Charles Crawford, "Edmund Spenser, 'Locrine,' and 'Selimus,'" *Notes and Queries* (9th ser.) 7 (1901), pp. 61–63, 101–3, 142–44, 203–5, 261–63, 324–25, 384–86。

4 Daniel Lerner, *The Passing of Traditional Society: Modernizing the Middle East* (New York: Free Press, 1958; rev. ed. 1964), p. 49。

5 数据来自 Sherburne Cook and Woodrow W. Borah, *Essays in Population History: Mexico and the Caribbean* (Berkeley: University of California Press, 1971), pp. 376–411。

6 Peter Martyr (Pietro Martire d'Anghiera), *Dr Orbe Novo*, trans. M. Lok, p. 623. 马特在 1525 年就完成了第七个十年。有关马特，参见 Henry R. Wagner, "Peter Martyr and His Works," *Proceedings of the American Antiquarian Society* 56 (1946), pp. 238–88。还有一个比较无趣的《新秩序》的译本，参见 *De Orbe Novo*, trans. Francis A.

MacNutt (New York: Putnam's, 1912)。

7 "漠不关心"的本质是通过仔细的排练创造即兴表演的印象。与此类似,早期英国戏剧也致力于实现这种效果;例如参见 *Fulgens and Lucres*,看似偶然的 A 与 B 的对话实际上完全是照稿念的。

8 Immanuel Wallerstein, *The Modern World System*.

9 Roy Strong, *The Cult of Elizabeth: Elizabethan Portraiture and Pageantry*, p. 153.

10 在视觉艺术中使用位移的例子,我们可以参考勃鲁盖尔的《背负十字架的基督》(Christ Bearing the Cross),在该画上,范德维登(Van der Weyden)的著名作品《卸下圣体》(Descent from the Cross)的痛苦人物被放置到了画布边缘,晕眩喜庆的民众差点遮挡了基督。与此类似,我们可以引用丢勒 1500 年的自画像,画中那个正面直立的僧侣形象将全能的主基督形象整合到了自己身上。

11 Joel B. Altman, *The Tudor Play of Mind*. 也可参见 Jackson I. Cope, *The Theater and the Dream: From Metaphor to Form in Renaissance Drama* (Baltimore: The Johns Hopkins University Press, 1973), esp. chaps. 4–6。科普(Cope)出色地论证了即兴表演在文艺复兴戏剧中的核心地位,但是对他而言,即兴表演最终服务于复兴神话的"永恒秩序"的"真正连贯性"(p. 210)。人们能够以一种具有明显的随意性的方式,从混乱的流动性到一种潜藏但全能的形式。即兴表演是神的面具,科普以对作为自然的复活和基督教教义的"神话剧"《暴风雨》的讨论结束他的研究。我想证明的是,莎士比亚那里的即兴表演的最终影响是相反的:我们经常始于一个不可避免的观点,认为其中没有惊喜,叙述胜过了明显的中断,甚至这种中断也服务于叙述,确认艺术家作为上帝出现。通过即兴表演,我们只能部分且尝试性地感觉到,在致敬伟大的形式结构的过程中,我们可以不断瞥见那些结构的局限性,瞥见它们的不安全感,瞥见它们崩溃的可能性。

12 *Confutation*, 8:1, pp. 90–92. 我的关注点是路易斯·L. 马特兹(Louis L. Martz)教授的一段话,他在福尔杰会议"托马斯·莫尔:其人及其时代"(Thomas More: The Man and His Age)上发表的演讲讨论了这一点。有关莫尔的"即兴表演的技艺",参见 Martz, "The Tower Works," in *St. Thomas More: Action and Contemplation*, pp. 63–65。

13 理查三世实际上自称是个即兴表演者:"我为赤裸的邪恶穿衣/以旧的目的偷走圣经"(1.3.335-36)。当他将玛格丽特的咒骂转向了她自己,他证明了自己的机敏。这个诡计背后可能是这一事实,即文艺复兴时期的大众文化中存在定式的咒骂和讽刺的玩笑,它们适用于任何名字;参见 Charles Read Baskervill, *The Elizabethan Jig and Related Song Drama* (Chicago: University of Chicago Press, 1929), pp. 66–67。

14 所有对《奥瑟罗》的引用均引自阿登本(Arden edition),参见 *Othello*, ed. M. R. Ridley (Cambridge, Mass.: Harvard University Press, 1958)。伊阿古对奥瑟罗的描述——"头尖眼快,无孔不入"(2.1.240-41)——更适合用来描述作为即兴表演者的他自己。(译按:中译参见朱生豪译本,译文有所改动。)

15 一篇未出版的论文有力地讨论过这种解读,参见乔治梅森大学的爱德华·斯诺教授写的《〈奥瑟罗〉中性病理学的语言》(On the Language of Sexual Pathology in *Othello*)。亚瑟·基尔希(Arthur Kirsch)在一项敏锐的精神分析研究中也提出过类似的案例,参见 "The Polarization of Erotic Love in Othello" (*Modern Language Review* 73 [1978], pp. 721–40)。基尔希认为奥瑟罗不能忍受的是"他自己的性本能的虚假,以及——正如他的言辞和身体的错位表明的那样——他对卡西奥的妒忌而来的愤怒最终变成了对他自己的愤怒,这种愤怒回到了基本的、毁灭性的三合一幻想(triadic fantasies),一个在孩童阶段支配了所有人的心灵的幻想"(p. 737)。

16 伊阿古在此处的表演被苔丝狄蒙娜不安地描述成是"蹩脚且无力"的,他的表演是他与编剧产生联系的一种方式,或是至少与戏剧"导演"产生联系的一种方式。参见 Bernard Spivack, *Shakespeare and the Allegory of Evil: The History of a Metaphor in Relation to His Major Villains* (New York: Columbia University Press, 1958)。

17 有人可能会论辩道,莎士比亚就像马克思一样看到了剥削者注定要灭亡,他必须把他的受害者化为乌有,但是马克思在这一过程中产生了革命的乐观,莎士比亚则从戏剧结尾处的悲剧情绪中获得乐观。

18 关于伊阿古的"有害的抽象习惯",参见 Maynard Mack, "The Jacobean Shakespeare: Some Observations on the Construction of the tragedies," in *Stratford-upon-Avon Studies: Jacobean Theatre* 1 (1960), p. 18。关于伊阿古作为一个"艺术家的形象",参见 Stanley Edgar Hyman, *Iago: Some Approaches to the Illusion of His Motivation* (New York: Atheneum, 1970), pp. 61–100。

19 如果我们补充这些前面狡黠的台词——"你是罗德利哥,该没错吧,我做了摩尔人,就不再是伊阿古"——这种眩晕就会得到强化。人们可以想到罗德利哥无意识地触碰他自己,确认他就是罗德利哥。伊阿古则能够随意地混合自我与他人、存在与表相。

> 人应该外表怎么样,心里也怎么样,做不到这点,那就别装什么样。
> （III.iii.130-31）。

> 他就是他那个样;我能说什么呢?他是应该头脑清醒的;如果他不像他应该的那样,那么我的天,就让他这样吧。
> （IV.i.267-69）

20 例如参见,参西奥多·利普斯(Theodor Lipps):

> 审美愉悦的具体特征现在得以确定。它的组成部分包括:这是对一个客体的享受,然而,只要它是对客体的享受,那么它就不是客体,而是我自身(myself)。或者,是自我(ego)的享受,然而,只要它是审美上的享受,那么它就不是我自身而是客观的。
>
> 现在,所有这些都被包含在共情的概念当中了。它组成了这个概念的意义。共情是这里建立的事实,即客体是我自身,同样,这种我的自我 (self of mine) 是客体。共情是这一事实,即我自身与客体的对立消失了,

或不再存在。("Empathy, Inner Imitation, and Sense-Feelings," in *A Modern Book of Esthetics*, ed. Melvin Rader [New York: Holt, Rinehart and Winston, 1960], p. 376.)

要想建立这一"事实",利普斯必须设置一个完全审美的维度和与"实践"的自我相对的他所谓的"理想"。在《奥瑟罗》中,没有纯粹审美的领域,也没有否定能力和对不信任的自愿悬置(the willing suspension of disbelief)的交集所定义的空间,没有"理想"自我与"实践"自我的区分。

21 让问题更复杂的是,两种宣言都出现在他为上当的罗德利哥所做的狡猾的表演中;即伊阿古说的是他假设罗德利哥愿意相信的东西。

22 于是伊阿古援引天堂作为判断他的自我利益的假设,自我和作为稳定实体的利益,最终都依赖于绝对的存在(absolute Being)。

23 奥瑟罗在别处说话时好像意识到了自身是个角色。他对愤怒的勃拉班修和他的下属说道:"轮到该当我动手,我错不了板眼,不用别人来提示"(1.2.83-84)。他接受委任与土耳其人作战时,其膨胀的用词表明他在回应提示:

> 各位庄严的元老,无情的习惯,叫我把战场上的砂砾和刀枪,当作一床最细软的鸭绒。可以说,艰苦患难,跟我有那天生的缘分;我愿意接受命令去打土耳其人。

24 Emmanuel Le Roy Ladurie, *Montaillou: The Promised Land of Error*, trans. Barbara Bray (New York: Braziller, 1978), pp. 8-9. 在一篇书评中,娜塔莉·泽蒙·戴维斯关注证言的叙述结构,她没有将这个结构归于宗教法庭的压力,而将其归于乡村文化的形式:"这些细节很可能几十年来被人们记住——好的记忆是口传文化的一部分——但是其大多数形式来自重建的过去:叙述从一个事件的一般记忆中被创造出来,逼真地告知人们事件如何展开。过去就是故事。"("Les Conteurs de Montaillou," *Annales: Economies, Sociétés, Civilisations* 34 [1979], p. 70)。

有关作为一种模式的叙述,参见 Louis Marin, *Utopiques: jeux d'espaces*; Svetlana Alpers, "Describe or Narrate? A Problem in Realistic Representation," *New Literary History* 7 (1976-77), pp. 15-41; Leo Bersani, "The Other Freud," *Humanities in Society* I (1978), pp. 35-49。

25 *The Aeneid of Virgil*, trans. Allen Mandelbaum (New York: Bantam Books, 1972), bk. I, lines 1049-51.

26 我非常不情愿接受四开本用"sighs"代替对开本的"kisses"。我认为并不如编辑者有时宣称的那样,后者表明了不大可能出现的粗鲁,而是这样,后者可以表达奥瑟罗对苔丝狄蒙娜本性的认识,因为她的爱给了他。另外,直白的吻的爱欲与苔丝狄蒙娜自己的说法一致;是奥瑟罗在强调一种遗憾,而她并没有。另外,叹息是更为简单的识读,并没有排除情欲。

在这个演说中还有另外一个解释上的问题也值得注意:正如奥瑟罗的回忆,最后两行经常被当成苔丝狄蒙娜的实际回应的一种延续。但是这些同样可以解释成这样,即他解释了苔丝狄蒙娜的感觉,在这种情况下,他们可能对奥瑟罗而非对苔丝狄蒙娜说得更多。一个有能力的演员应该表明各种可能性。"让她像个男人"也含有更深的含混，我认为她（her）是宾格，但也不排除是与格。

27　William Tyndale, *Obedience*, p. 171, and above, chapter 2.

28　对开本（Folio）和第二个四开本都将这句识读为"You are the Lord of duty"（你是职责之主），绝对职责的矛盾必须分开，这一点是有启发性的。

29　伊阿古在前面对勃拉班修的两次评价是即兴表演：

> 她竟会顾不得本性，
> 不管年龄，把什么名誉、种族，全都抛开了，去爱上一个她看着都害怕的东西！
>
> （1.3.96-98）

以及

> 要留神，摩尔人，把她看得牢一些，她骗了她父亲，将来难保不骗你。
>
> （1.3.292-93）

在一个深受秘密婚姻困扰的社会中，苔丝狄蒙娜的婚姻情况把她标记成了不忠的人，甚至在奥瑟罗用他的生命担保她的信仰时也是这样，除了这些情况，似乎对戏剧中描述的男性心理而言，离开她的父亲这一行动已经大致接近性背叛了。

30　参见 George K. Hunter, "Othello and Colour Prejudice," *Proceedings of the British Academy* 1967 53 (1968), pp. 139–63; Leslie A. Fielder, *The Stranger in Shakespeare* (New York: Stein & Day, 1972), chap. 3.

要想判断奥瑟罗的黑色的复杂意味，要关注苔丝狄蒙娜所说的"我在奥瑟罗的心灵中看到他的脸"（1.3.252）的各种解释可能性：

> 不要奇怪我与一个老黑人结婚，在你们看来他很奇怪并且让人害怕。我要结婚的不是脸面，不是肤色，而是心灵：一个坚定的，基督徒式的心灵。
> 我看奥瑟罗对他自己的评价，他内在的形象，他在心中有他自己的形象。我看到他在叙述他自己时多么危险，他的整个存在如此依赖这个存在，我深深被他的"容貌"吸引。
> 我看到奥瑟罗的容貌，他的黑色，他的他者性，在他的心灵和他的肤色中：他的存在结合了这两者。我臣服于他的这种品质。

31　里德利（Ridley）在阿登版中坚持用四开本行 185 中使用的"calmness"。大多数编者都倾向于用对开本的"calm"。

32　在结婚仪式上引用的《以弗所书》5.28–32（*The Book of Common Prayer 1559*, ed. John Booty [Charlottesville: University of Virginia Press, 1976], p. 297）。这一段引自 Arthur Kirsch, "The Polarization of Erotic Love in *Othello*," p. 721，他得出的结论与我的部分结论十分类似，虽然侧重点和方法有所不同。

尾 注

33　培根和古奇的说法引自 William and Malleville Haller, "The Puritan Art of Love," *Huntington Library Quarterly* 5 (1941–42), pp. 44–45, 46。

34　从一开始，基督教就猛烈地对抗其他性观念和实践，有关对这个论争的一段情节的详细而令人印象深刻的研究，参见 Le Roy Ladurie, *Montaillou*。福柯曾尝试在《认知的意志》（*La volonté de savoir*）中探讨主体的现代史的开端。

35　*The City of God*, trans. Marcus Dods (New York: Modern Library, 1950), bk. 14, chap. 24. pp. 473–75.

36　有关性的内在暴力，参见 Lucretius, *The Nature of the Universe*, trans. Ronald Latham (Baltimore: Penguin, 1951): "爱人的激情是风雨飘摇的，甚至在完成之时，随着幻觉和疑惑起伏。他们无法作出决定用眼或手首先满足什么。他们如此紧抱住他们的对象，拥抱都是痛苦的。他们如此疯狂地亲吻，牙齿都挤到唇上。这皆因为他们的快乐不纯粹，但是他们都受根本上的冲动的刺激，伤害事物，不管该事物是什么，这些事物引起了这些疯狂的萌芽。"（pp. 163-64）

37　理查德·奥诺拉托（Richard Onorato）曾经提醒我关注伊阿古观看这个场景的方式。他随后使用了"高兴"这个词，"没有什么能让我的灵魂高兴，"他告诉他自己，"除非老婆对老婆。"（2.1.293-94）后来，在他的影响下，奥瑟罗命令道"永别了，高兴"（3.3.354），伊阿古喜欢安慰性的词"高兴点"（3.3.457）。

38　当奥瑟罗请求苔丝狄蒙娜离开一点时，她回道："我会拒绝您的要求吗？不。再会，我的主。"（3.3.87）

39　"请替我把扣针拿下来"要求女演员在说这句台词的时候提醒人们注意苔丝狄蒙娜的爱服从于奥瑟罗的暴力。

40　正如加布里埃尔·杰克逊（Gabrielle Jackson）给我指出的那样，爱米利娅感觉她必须解释她为什么拒绝遵守丈夫的命令、保持沉默并且回到了家：

> 各位先生，让我有一个说话的机会。照理我应该服从他，可是现在却不能服从他。也许，伊阿古，我永远不再回家了。
>
> (5.2.196-98)

这一时刻被认作解脱的姿态，是对她之前服从他、偷走他手帕的补偿，但是这为时已晚而且是毁灭性的。这部剧没有坚持妻子的不服从是避免悲剧的方式。

41　Jacques Lacan, *The Language of the Self: The Function of Language in Psychoanalysis*, trans. Anthony Wilden (Baltimore: The Johns Hopkins University Press, 1968), p. 11.（译按：中译参见雅克·拉康，《拉康选集》，褚孝泉译，上海：上海三联书店，2001年，译文有所改动。）

42　实际上，奥瑟罗使用自我塑造的范围越来越大：奥瑟罗对苔丝狄蒙娜，奥瑟罗对苔丝狄蒙娜和勃拉班肖，奥瑟罗对元老院，奥瑟罗对上天。我们也可以补充，正式口头忏悔中的叙述要素可能被这一事实加强——告解神父被指示不要打断忏悔者而是让他从完整而详细的情况开始。

43　忏悔（confession）这个词和它的变体（confess'd, confessions）在剧中被重复

302

371

了十八次，比在其他任何戏剧中都更频繁。

44　参见 Thomas N. Tentler, *Sin and Confession on the Eve of the Reformation*, and chapter 2, above。

45　这点在殖民主义文学中经常得到回应；我们在斯宾塞《今日爱尔兰见闻》中能读到这一点，他在书中把爱尔兰人的某些方面看成受到诺曼征服的文明影响之前的英国人。

46　Tentler, p. 229.《忏悔指南》指出，在必要时，可以正义地杀人或偷盗，"但没人能够在不犯下致命罪行的情况下故意通奸"，腾特勒发现"这种想法甚至对中世纪的清教主义来说都是夸张的。的确，宗教观念的风气允许甚至鼓励这种夸大"。

参见 Francis Dillingham, *Christian Oeconomy or Household Governm-ent* (London: John Tapp, 1609)："凯撒立了个法，如果丈夫或者妻子发现对方通奸，那么丈夫或者妻子有权利杀死对方。借助自然之光，死亡是适于奸夫淫妇的惩罚。"（p.13）

47　George Joye, *A Contrarye (to a certayne manis) Consultacion: That Adulterers ought to be punyshed wyth deathe. Wyth the solucions of his argumentes for the contrarye* (London: n.p., 1559?), pp. G4ᵛ, A4ᵛ. "因此，这个基督的神圣教会的神圣完整性，上帝授予的神圣婚礼的不可亵渎的荣誉，公共与私人和平的保存，美德的保存，拯救我们的灵魂的保存，对上帝的荣誉的所有诚实和神圣热情的保存，都应该驱使每一个基督徒的心灵去建议、去催促、去激发每一个基督教官员，从我们当中除掉通奸这种传染性的溃疡，避免它将来蔓延[……]它每日侵蚀这个高贵国度的整个身体，以致它最后无法治愈[……]既不会遭到邪恶也不会遭到正义的疗救。"（A6ᵛ）

17 世纪的清教徒议会也对通奸处以死刑；参见 Keith Thomas, "The Puritans and Adultery: the Act of 1650 Reconsidered," *Puritans and Revolutionaries: Essays in Seventeenth-Century History*, ed. Donald Pennington and Keith Thomas (Oxford: At the Clarendon Press, 1978), pp. 257–82。

48　William Perkins, *A Godly and Learned Exposition of Christs Sermon in the Mount* (Cambridge: Thomas Pierson, 1608), p. 111. 参见 Robert V. Schnucker, "La position puritaine à l'égard de l'adultère," *Annales: Economies, Sociétés, Civilisations* 27 (1972), pp. 1379–88。

49　引自 John T. Noonan, Jr., *Contraception: A History of Its Treatment by the Catholic Theologians and Canonists* (Cambridge, Mass.: Harvard University Press, 1966), p. 80，该文献中有大量支撑性材料。努南（Noonan）认为，斯多葛的婚姻学说"加入了斯多葛派对快乐的不信任以及对目的的坚持"（p. 47）；早期的基督教徒肯定这个学说并且在与诺斯替派论争时加强了这个陈述。

50　Noonan, p. 47.

51　John Calvin, *Institutes of the Christian Religion*, bk. 2, chap. 8, section 44, quoted in Lawrence Stone, *The Family, Sex and Marriage in England 1500–1800*, p. 499；*The King's Book:, or a Necessary Doctrine and Erudition for Any Christian Man* (1543), ed. T. A. Lacey (London: Society for Promoting Christian Knowledge, 1932), pp. 111–12. 同

样参见 John Rogers, *The Glasse of Godly Loue* (1569), ed. Frederick J. Furnivall, New Shakespeare Society, ser. 6, no. 2 (London: N Trübner, 1876), p. 185:

> 夫妻之间，也当有节制。因为上帝规定婚姻是疗救和良药，要缓和那火热肉体的心，要生养儿女，并非要行禽兽之事，要满足那邪恶肉体的一切私欲。你们虽得到应许，婚内的行为不算罪。然而，如果你们过度地使用，或像畜生、污秽或异常地使用，你们的放纵就会使好的东西（如果使用得当的话）变坏，使清洁的东西变坏，你们就会因滥用它而玷污它。

在17世纪，威廉·珀金斯告诉读者，婚姻中的"神圣行为"包含了节制，"即使在婚姻中，放纵的欲望也并不好于在神面前赤裸裸的通奸"。"这是古代教会的判断"，珀金斯评注道，他引用了安布罗斯和奥古斯丁的说法，"纵欲、丈夫和妻子之间不节制的欲望也是淫乱"（*Christian Oeconomie*, trans. Thomas Pickering [London: Felix Kyngstone, 1609], pp. 113–14）。

52 Le Roy Ladurie, *Montaillou*, p. 151. 实际上，在勒华拉杜里的词汇中，这位牧师是"精力充沛的情人和不可救药的唐璜"（p.154），他的立场稍微不同。"一个妇女就像另一个妇女，"他告诉格拉兹德（Grazide）的母亲，"罪过是相同的，不管她有没有结婚。这也就是说其中完全没有罪。"（p.157）勒华拉杜里这样解释他对爱情的看法：他"从纯洁派的命题'任何性行为，即使在婚姻中，都是错误的'开始"，然后根据自己的需要使用这个命题。"因为所有事情都被禁止，没有行为比其他事情更糟糕。"（PP. 158-59）

53 1.5.107. 勒华拉杜里引用了《爱的日课》（*Brévaire d'amour*）："妇女与真正的爱人睡在一起会洁净所有的罪［……］爱的愉悦让行为无罪，因为它来自纯净的心灵。"（p. 159）
参见劳伦斯修士对罗密欧的过度的爱的警告：

> 这种狂暴的快乐将会产生狂暴的结局，
> 正像火和火药的亲吻，
> 就在最得意的一刹那烟消云散［……］
> 不太热烈的爱情才会维持久远。
>
> （2.6.9-14）

54 Tentler, p. 174.

55 Tentler, p. 181: "hoc est in executione ipsius actus nulla voluptatis delectatione teneatur."

56 Tentler, p. 183. 根据《国王之书》（*King's Book*），对那些违反婚姻贞洁的人，"魔鬼有权力，正如天使拉斐尔对托比特所言，他们如果聪明地结婚，把神排除他们的心灵，给他们自己肉体的欲望，仿佛自己是一匹马或骡子，没有理性；对于这些人，魔鬼有权力"（p.112）。如果想从人文主义者角度理解这些观点，参见下面引自胡安·路易斯·维韦斯（Juan Luis Vives）的《智人导论》（*Introductio ad Sapientam*）的格言：

> 身体的快乐,就像身体本身,是卑劣而野蛮的。
> 感官的享受使灵魂乏味并且让智力迟钝。
> 感官享受就像强盗,它让灵魂变得卑劣。这也就是为什么即使最堕落的人也寻求隐密而痛恨见证者。
> 感官快乐是易逝和片刻的,完全超出任何控制并且掺杂着沮丧。
> 没有什么比性快乐更能削弱我们的智力的活力。
>
> (Carlos C. Noreña, *Juan Luis Vives* [The Hague: Martinus Nijhoff, 1970, p.211)。

关于一段更长的现代版本,参见 1978 年 8 月 27 日教宗保罗一世在西斯廷教堂发表的电视演说;教宗祈祷家庭"能够得到捍卫,不受纯粹追求快乐的毁灭性态度破坏,它扼杀了我们的生命"(*S.F. Chronicle*, 29 August 1978, p. 1)。

57　在 17 世纪早期,塞缪尔·西隆(Samuel Hieron)建议结婚夫妇在上床睡觉前背诵以下祷告:"减轻我们所有感官和粗俗的爱,纯净和圣化我们彼此的感情,我们在这种荣耀状态中没有任何不荣誉的事情,不会玷污结婚的婚床[……]但是在神圣场合你能够用你的法令,使肉体的欲望得到缓解和抑制,不会因此增加或燃烧"(*A Helpe Unto Devotion*, 3d ed. [London : H.L., 1611], p. 411)。

58　*A Discourse of Marriage and Wiving* (London, 1620), quoted in Ronald Mushat Frye, "The Teachings of Classical Puritanism on Conjugal Love," *Studies in the Renaissance* 2 (1955), pp. 156–57.

59　William Whately, *A Bride-bush* (London, 1619), quoted in Frye, p. 156.

60　Noonan, p. 79.

61　这是文本的一个关键点,为了清楚简洁,我冒昧偏离了里德利的识读:

> 青春的热情(the young affects)
> 在我已成过去,得到适当的满足。(In my defunct, and proper satisfaction)

正如里德利所说:"毕竟在这个讨论中,奥瑟罗的意思是节制而又清楚。他太过成熟而不能被身体欲望征服";但是他把"proper"(适当的)识读成了"justifiable"(正当的),我将它识读成"my own"(我自己的)。里德利使用的"moderately"(适度地)一词值得注意。

62　另一个关键点:四开本误读为"very quality"(高贵的德性)而非"utmost pleasure"(极其快乐)。我发现后者更有力,更有说服力,尤其是在苔丝狄蒙娜提到"我爱他的仪式"(1.3.255)这一语境中。伊阿古两次重复了苔丝狄蒙娜的宣言:"她一开始就把他爱得这么热烈,他们的感觉破裂一定也是很突然的"(1.3.342-43),"她第一次爱他爱得如此热烈"(2.1.221)。

63　实际上,苔丝狄蒙娜是柯迪莉娅(译按:即《李尔王》中的小女儿)的颠倒镜像:后者在戏剧一开始拒绝表白她的爱的行为注定了她的失败,前者则因为表白的行为而注定失败。

斯皮瓦克(Spivack)教授和该剧的其他大多批评者把伊阿古看成婚姻中的宗

教纽带的敌人（pp. 49-50）；我将证明正是这种由严格主义者定义的纽带的本性折磨着奥瑟罗。

64 有关"所有权"，参见 Kenneth Burke, *A Grammar of Motives* (Berkeley: University of California Press, 1969)："伊阿古可能被认为是与奥瑟罗'同质'的，他把奥瑟罗对苔丝狄蒙娜的快乐感觉中隐含的妒忌原则当成私人精神而占有了它。伊阿古要激怒奥瑟罗，就必须用奥瑟罗所知的语言，这种语言暗示出奥瑟罗的爱的本质是他对苔丝狄蒙娜的私人所有权的理想化。这种语言是奥瑟罗的辩证对立；但是它与奥瑟罗的语言有完全一致的共同基础，它的暗示没有一刻与奥瑟罗的思想无关。伊阿古必须小心引导奥瑟罗去相信它们是真的，但是奥瑟罗没有一刻怀疑过它们的价值。"（p. 414）正如经常发生的那样，我发现伯克的精彩刻画已经预见了我大部分论点的形式。伯克有篇论文讨论了戏剧的仪式结构，收于 *Hudson Review* 4 (1951), pp. 165–203。

65 我曾经读过两篇有说服力的未刊论文，它们分析了戏剧中的性焦虑——在程度上先于或者低于这里讨论的社会和教义上的焦虑的性焦虑：Edward Snow, "On the Language of Sexual Pathology in *Othello*"； C. L. Barber, "'I'll pour this pestilence into his ear'; *Othello* as a Development from Hamlet"。

66 在第四幕，奥瑟罗首先想到要毒死苔丝狄蒙娜，然后伊阿古说服了他"在她的床上把她勒死，那张他曾经玷污的床"（4.1.203-4）。共度良宵的血可能只表达了暴力（就像他之前宣称的那样，"我要把她撕成碎片"［4.1.196］），但是这也容易被当成她失去贞洁的血的投射，因此，在他混乱的陈述中，被当成"欲望之血"。有关对贞洁、玷污、无能的焦虑的敏锐的探讨，参见 Stanley Cavell, "Epistemology and Tragedy: A Reading of *Othello*," *Daedalus* 108 (1979), pp. 27–43。

67 如同俄狄浦斯，奥瑟罗无法逃离这一事实，他犯了罪必然受惩罚。
平心而论，我们应该关注到这一事实，奥瑟罗最终看到她妻子的"贞洁"，但是他使用的语言加强了正统观念对快乐的谴责：

冷，冷，冷，我的爱人，
就像你的贞洁。

(5.2.276-77)

的确，将死亡的冷等同于婚姻的贞洁，在我看来这是对恋尸的幻想的确认。

68 莎士比亚的天才能够进入他人意识并且完美表达矛盾的观点，从柯尔律治和济慈以来，这一点占据了批评的重心。最近的探讨参见诺曼·拉布金（Norman Rabkin）的"补充性"的观点：*Shakespeare and the Common Understanding* (New York: Free Press, 1967)。

在《影响的焦虑》（*The Anxiety of Influence* [New York: Oxford University Press, 1973]）中，哈罗德·布鲁姆（Harold Bloom）评述道，"莎士比亚是呈现本书的重点之外的语言现象的最重要的例子：对前人的完全吸收。"（译按：中译参见哈罗德·布鲁姆，《影响的焦虑》，徐文博译，江苏教育出版社，2006年，译文有所改动。）

69 "Of Repentance," in *The Complete Essays of Montaigne*, trans. Donald M. Frame (Stanford: Stanford University Press, 1958), pp. 610–11. 蒙田在他反对忏悔系统的文章中描述了这种方法，这与我们的目的几乎无关。

70 有关快乐以及它对既有秩序的威胁，参见 Georges Bataille, *Death and Sensuality: A Study of Eroticism and the Taboo* (New York: Walker & Co., 1962); Mikhail Bakhtin, *Rabelais and His World*, trans. Helene Iswolsky (Cambridge, Mass.: MIT Press, 1968)。（译按：中译参见巴赫金，《巴赫金全集》，钱中文等译，河北教育出版社，1998年，译文有所改动。）

也可参见 Herbert Marcuse, *Eros and Civilization* (New York: Random House, 1955)（译按：中译参赫伯特·马尔库塞，《爱欲与文明》，黄勇、薛民译，上海译文版社，2012年，译文有所改动。）; Michel Foucault, *Discipline and Punish*; Leo Bersani, *A Future for Asyanax: Character and Desire in Literature* (Boston: Little, Brown and Company, 1976)。

伯克利的乔纳森·克鲁（Jonathan Crewe）则在他正在进行的研究中探讨了托马斯·纳什作品中对应的主题。

索 引

阿尔都塞，路易　Althusser, Louis　153, 192, 282 n. 69
阿尔珀斯，保罗　Alpers, Paul　170, 192, 286 n. 30, 289 n. 72
阿尔珀斯，斯维特拉娜　Alpers Svetlana　300 n. 24
阿尔特曼，乔尔　Altman, Joel　230-31, 263 n. 37
阿奎那，托马斯　Aquinas, Thomas　73
阿雷蒂诺，皮埃特罗　Aretino, Pietro　120-21, 276 n. 4
阿里奥斯托，罗多维科　Ariosto, Lodovico　173
阿伦德尔，托马斯　Arundel, Thomas　268 n. 10
阿斯卡姆，罗杰　Ascham, Roger　228
埃尔顿，G. R.　Elton, G.R.　21, 66, 261 n. 18, 262 n. 37, 267 n. 90, 267 n. 91
埃杰顿，小塞缪尔·Y.　Edgerton, Samuel Y., Jr.　260 n. 9, 269 n. 17
埃利亚斯，诺贝特　Elias, Norbert　272 n. 33, 283-84 n.6
埃姆斯，威尔伯福斯　Eames, Wilberforce,　287 n. 45
埃涅阿斯　Aeneas　194, 237
埃斯克里奇，皮埃尔　Eskrich, Pierre　274 n. 64
艾德洛特，弗兰克　Aydelotte, Frank　287 n. 49
艾伦，彼得·R.　Allen, Peter R.　263 n. 39
艾略特，J. H.　Elliott, J.H.　191, 289 n. 71
艾姆斯，拉塞尔　Ames, Russell 263 n. 42
艾森斯坦，伊丽莎白·L.　Eisenstein, Elizabeth L.　271 n. 29
《爱德华二世》　Edward II,　196, 203, 212, 213；和重复　and repetition　200, 217；和同性恋　and homosexuality　209, 220
爱德华兹，R. 达德利　Edwards, R. Dudley　288 n. 58
安布罗斯，圣　Ambrose, Saint　249-50, 304 n. 51
安德森，小唐纳德·K.　Anderson, Donald K., Jr. 290 n. 3
安格洛，西德尼　Anglo, Sydney　285 n. 17

安乐窝　Bower of Bliss, The　参见《仙后》卷二　See Faerie Queene, The, book 2

安西塔，约瑟·德　Anchieta José de　291 n. 9

昂特斯坦纳，马里奥　Untersteiner, Mario　294-95 n. 38

奥尔巴赫，埃里希　Auerbach, Erich, 219, 296 n. 47

奥尔德卡斯尔，约翰爵士（科巴姆勋爵）　Oldcastle, Sir John (Lord Cobham)　78-79, 269 n. 11

奥格尔，斯蒂芬　Orgel, Stephen　285 n.17

奥古斯丁，圣　Augustine, Saint　2, 77, 80, 110, 218, 242, 248, 258 n. 1, 269 n. 15, 294 n. 35, 296 n. 45, 304 n. 51

《奥瑟罗》　Othello　160, 170, 225, 232-54, 298 n. 14, 298 n. 16, 298 n. 18, 298-99 n. 19, 299 n. 21, 299 n. 22, 300 n. 26, 300 n. 28, 305 n. 62, 306 n. 64；和基督教 and Christianity 234, 241-43, 245-52, 302 n. 42, 302 n. 43, 305-6 n. 63；和顺从 and submission 234, 237, 239-40, 243-44, 252, 254；和同理心 and empathy 225, 235-36, 254, 299 n. 20；和叙事性 and narrativity 234-38, 243-45；和殖民主义 and colonialism 233-34；和自我塑造 and self-fashioning 5, 234-39, 244-45, 299-300 n. 23, 302 n. 42；即兴表演 improvisation in 227, 232-33, 235, 237, 246, 251, 298 n. 14, 300-301 n. 29, 306 n. 66, 306 n. 67；性焦虑 sexual anxiety in 8, 233, 238-44, 247-52, 298 n. 15, 300-301 n. 29, 305 n. 61, 306 n. 66, 306 n. 67

奥唐纳，安妮　O'Donnell, Anne　271 n. 33

奥西莫的尼古劳斯　Nicolaus of Ausimo　249

巴伯，C. L.　Barber, C.L.　200-201, 292 n. 14, 293 n. 31, 294 n. 34, 306 n. 65

巴尔巴罗，埃尔莫劳　Barbaro, Ermolao　142

巴尔特鲁沙蒂斯，尤吉斯　Baltrušaitis, Jurgis　260 n. 8

巴赫金，米哈伊尔　Bakhtin, Mikhail　307 n. 70

巴克森德尔，迈克尔　Baxandall, Michael　261 n. 17

巴罗，亨利　arrow, Henry　283 n.2

巴斯克维尔，查尔斯·里德　Baskervill, Charles Read　298 n. 13

巴塔耶，乔治　Bataille, Georges　307 n. 70

巴特曼森，约翰　Batmanson, John　66

柏格森，亨利　Bergson, Henri　195, 235

柏拉图　Plato　36, 42, 44, 58, 109, 164, 215, 217, 270 n. 30, 296 n. 45

索 引

拜曼，西摩　Byman, Seymour　270 n. 25, 271 n. 28
班尼特，约瑟芬·沃特斯　Bennett, Josephine Waters　288 n. 60
班扬，约翰　Bunyan, John　85, 98, 274 n. 63
保罗，圣　Paul, Saint　62, 76, 100, 108, 114, 241
鲍尔，约翰　Ball, John　27
鲍尔斯，弗雷德森　Bowers, Fredson　290 n. 2
鲍尔温，T. W.　Baldwin, T. W.　283 n. 4, 290 n. 2
鲍克汉姆，理查德　Bauckham, Richard　294 n. 33
鲍斯玛，威廉·J.　Bouwsma, William J.　265 n. 55, 272 n. 34
贝恩斯，理查德　Baines, Richard　220
贝尔萨尼，列奥　Bersani, Leo　300 n. 24, 307 n. 70
贝拉米，约翰　Bellamy, John　281 n. 51
贝纳姆，詹姆斯　Bainham, James　74-87, 92-110 各处, 119, 268 n. 1, 270 n. 22, 271 n. 30
贝文顿，大卫·M.　Bevington, David M.　263 n. 40
本雅明，瓦尔特　Benjamin, Walter　86, 271 n. 29
比尔尼，托马斯　Bilney, Thomas　60, 97, 271 n. 32, 274 n. 56
彼得，圣　Peter, Saint　62. 83, 87, 108
彼特拉克，弗朗西斯科　Petrarch, Francesco　110, 145-46, 148-50, 166, 275-76 n. 90, 276 n. 3, 281 n. 53, 282 n. 65
变形　Anamorphosis　18-23, 61, 228, 261 n. 20
波考克，J. G. A.　Pocock, J. G. A.　281 n. 50
波利特，乔治　Poulet, Georges　294 n. 35
伯恩海默，理查德　Bernheimer, Richard　282 n. 64
伯恩斯，伊丽莎白　Burns, Elizabeth　292 n. 18
伯杰龙，大卫·M.　Bergeron, David M.　285 n. 17
伯克，肯尼斯　Burke, Kenneth　296 n. 46, 306 n. 64
勃朗宁，罗伯特　Browning, Robert　152
勃鲁盖尔，老彼得　Breughel, Pieter, the elder　207, 260 n. 13, 297 n. 10
博比特，菲利普　Bobbitt. Philip　178, 286 n. 38
博尔赫斯，豪尔赫·路易斯　Borges, Jorge Luis　238
博尔特，罗伯特　Bolt, Robert　75
博拉，伍德罗·W.　Borah, Woodrow W.　297 n. 5
博林，安妮　Boleyn, Anne　68, 89, 121, 124, 127, 146, 280 n. 37, 280 n. 44

博西，约翰 Bossy, John 277 n. 8

珀金斯，威廉 Perkins, William 247, 303 n. 48, 304 n. 51

布德，威廉 Budé, William 34, 263 n. 43

布迪厄，皮埃尔 Bourdieu, Pierre 50

布恩，詹姆斯 Boon, James 4, 259 n. 9

布克哈特，雅各布 Burckhardt, Jacob 1, 46, 161-62, n. 2

布拉德福德，约翰 Bradford, John 271 n. 28

布莱希，大卫 Bleich, David 259 n. 4

布赖恩，弗朗西斯爵士 Brian, Sir Francis 133-35, 280 n. 37

布兰登，查尔斯（萨福克公爵） Brandon, Charles (duke of Suffolk) 127

布兰斯托，罗伯特 Brancetour, Robert 144-45, 281-82 n. 62

布朗，彼得 Brown, Peter 258 n. 1, 269 n. 19

布卢斯通，马克斯 Bluestone, Max 203, 291 n. 13, 292 n. 20

布鲁克，N. S. Brooke, N. S. 286 n. 33

布鲁姆，哈罗德 Bloom, Harold 307 n. 68

布鲁诺，焦尔达诺 Bruno, Giordano 218, 293-94 n.31, 296 n. 45

布鲁斯，F. F. Bruce, F. F. 275 n. 77

布罗代尔，费尔南 Braudel, Fernand 41

布什，道格拉斯 Bush, Douglas 290 n. 2

布斯雷登，耶罗默 Busleyden, Jerome 34

查理五世 Charles V 17, 140, 144, 281-82 n. 62

查理一世 Charles I 141, 166

忏悔 Confession 46, 85-86, 91, 117-19, 245-47, 249, 302 n. 42, 302 n. 43, 302-3 n. 46. 也可参见赎罪 *See also* Penitence

《忏悔诗》（怀特的翻译） Penitential Psalms (Wyatt's trans-lation) 115-28, 135, 161, 281 n. 53；内在性的表达 as expressions of inwardness 116-17, 119-20, 126, 138, 156, 277-78 n. 13；新教 Protestantism of 115-16, 123, 276 n.2, 276-77 n. 4；性的规训 disciplining of sexuality in 122-27

《忏悔指南》 *Eruditorium penitentiale* 247, 302-3 n. 46

沉思 Meditation 24, 45-46, 85

茨温利，乌尔里希 Zwingli, Ulrich 118

达拉贝，安东尼 Dalaber, Antony 82-83

索 引

大使　Diplomacy　8, 17, 49, 140-45
大卫（王）　David (king)　118-26 passim, 281 n. 53
戴维斯，娜塔莉·泽蒙　Davis, Natalie Zemon　43, 261 n. 26, 264 n. 52, 264 n. 53, 274 n. 64, 283 n. 1, 286 n. 37, 291 n. 12, 300 n. 24
道格拉斯，玛丽　Douglas, Mary　4, 259 n. 9
德勒兹，吉尔　Deleuze, Gilles　217, 295 n. 43
德林，罗伯特·M.　Durling, Robert M.　286 n. 34
德玛乌斯，罗伯特　Demaus, Robert　275 n. 79, 275 n. 80
德丝马雷，约翰　Desmarais, John　34
迪林厄姆，弗朗西斯　Dillingham, Francis　303 n. 46
迪亚兹·德尔·卡斯蒂略，贝尔纳尔　Diaz del Castillo, Bernal 184, 286 n. 41, 287 n. 51
敌基督　Antichrist　9, 65, 79, 82, 90-91, 159
蒂里亚德，E. M. W.　Tillyard, E. M. W.　131
丁特维尔，让·德　Dinteville, Jean de　17-22
丢勒，阿尔布雷希特　Dürer, Albrecht　260 n. 8, 260 n. 13, 297 n. 10
《都铎王朝皇家公告》（休斯和拉金编）　Tudor Royal Proclamations (ed. Hughes and Larkin)　264 n. 47, 273-74 n. 55, 274 n. 60, 292 n. 16
杜蒙，路易　Dumont, Louis　141, 277 n. 5, 281 n. 52
杜维那，让　Duvignaud, Jean　4, 259 n. 9, 283 n. 5
多恩，约翰　Donne, John　125
多普，马丁　Dorp, Martin　66

范德魏登，罗希尔　Van der Weyden, Rogier　297 n. 10
范登堡，J. H.　Van den Berg, J. H.　280 n. 48
菲德勒，莱斯利·A.　Fiedler, Leslie A.　301 n. 30
菲利浦斯，亨利　Phillips, Henry　108, 275 n. 84
菲利浦斯，约翰　Phillips, John　288 n. 65
菲什，斯坦利　Fish, Stanley　261 n. 20
费德里科·达·蒙特费尔特罗　Federico da Montefeltro　261 n. 18
费奇诺，马西利奥　Ficino, Marsilio　18, 260 n. 9, 296 n. 45
费舍尔，约翰（罗切斯特主教）　Fisher, John (bishop of Rochester)　115, 118, 119, 277 n. 9
芬德，斯蒂芬　Fender, Stephen　292 n. 21

381

芬顿，爱德华 Fenton, Edward 181

芬顿，杰弗里 Fenton, Geoffrey 186

《讽刺诗集》（怀特的） Satires (Wyatt's) 166, 127-35, 279 n. 29；场合 occasion for 127；对权力的态度 attitude toward power in 127-28, 130, 132-35, 279 n. 28；对性的态度 attitude toward sexuality in 129, 132, 161；否定 negation in 127-28, 279 n. 27；《花费的手》 "A Spending Hand" 133-35, 280 n. 37；《我母亲的女仆》 "My Mother's Maids" 128-29, 131-32, 279 n. 29；《我自己的约翰·派恩斯》 "Mine Own John Poins" 128-30, 132-33, 279 n. 26, 279 n. 27, 279 n. 28；赞美 admired 131, 279 n. 34

弗格森，华莱士 Ferguson, Wallace 283 n. 3

弗格森，亚瑟·B. Ferguson, Arthur B. 296 n. 1

弗朗索瓦一世 Francis I 140, 282 n. 62

弗里德，迈克尔 Fried, Michael 279 n. 23

弗里德曼，唐纳德 Friedman, Donald 151, 279 n. 26, 282 n. 66

弗里曼，凯瑟琳 Freeman, Kathleen 295 n. 39

弗里斯，约翰 Frith, John 76, 107, 270 n. 22

弗伦德，W. H. C. Frend, W. H. C. 269-70 n. 19

弗罗本，约翰 Froben, John 34

弗洛里奥，约翰 Florio, John 46

弗洛伊德，西格蒙德 Freud, Sigmund 6, 286 n. 35；有关"取消" on "undoing" 83-84, 270 n. 23, 270 n. 24；有关镇压和殖民主义 on repression and colonialism 173-74, 180

《浮士德博士》 Doctor Faustus 194, 196-200, 203, 220, 290 n. 3, 290 n. 4, 290 n. 5；和基督教 and Christianity 209-10, 212-14, 294 n. 30；和时间 and time 197-98, 200, 291-92 n. 13；和自我塑造 and self-fashioning 213-14, 217

福柯，米歇尔 Foucault, Michel 80, 269 n. 16, 270 n. 26, 281 n. 51, 301 n. 34, 307 n. 70

福克斯，乔治 Fox, George 85

福克斯，约翰 Foxe, John: 和《行事与纪念》（《殉道者之书》） and Acts and Monuments ("Book of Martyrs") 79, 81-82, 266 n. 73, 268 n. 1, 275 n. 80；有关贝纳姆 on Bainham 74, 76, 81, 95, 268 n. 1；有关比尔尼 on Bilney 97；有关达拉贝 on Dalaber 83；有关里德利 on Ridley 270 n. 25；有关莫尔 on More 60, 74-75, 268 n. 2；有关偶像 on images 269 n.

索 引

11；有关索普 on Thorpe 268 n. 9, 268 n. 10；有关泰勒 on Taylor 267 n. 102；有关廷代尔 on Tyndale 106；有关图克斯伯里 on Tewkesbury 268 n. 5；有关印刷 on printing 98-99；有关宗教异见 on religious dissent 77, 93

福楼拜，居斯塔夫 Flaubert, Gustave 220

高尔吉亚 Gorgias 215, 217, 294-95 n. 38
《高卢的阿玛迪斯》 *Amadis of Gaule* 180
戈德曼，吕西安 Goldmann, Lucien 295 n. 42
戈尔格斯，亚瑟爵士 Gorges, Sir Arthur 165
哥伦布，克里斯托弗 Columbus, Christopher 64, 180, 267 n. 86, 286 n. 41
格尔茨，克利福德 Geertz, Clifford 3, 4, 179, 255, 258 n. 6, 259 n. 9, 286 n. 39
格尔森，让 Gerson, Jean 73
格雷，M. M. Gray, M. M. 287 n. 54
格雷，汉娜·H. Gray, Hanna H. 283 n. 4
格雷，亚瑟（格雷·德·威尔顿男爵） Grey, Arthur (Baron Grey de Wilton) 185, 188
格雷格，W. W. Greg, W. W. 290 n. 2
格雷罗，贡萨洛 Guerrero Gonzalo 184
格林，罗伯特 Greene, Robert 252
格林，托马斯 Greene, Thomas 258 n. 3
格林布拉特，斯蒂芬 Greenblatt, Stephen 284 n. 13, 287 n. 55 293 n. 23, 295 n. 41
《宫廷的文雅》 *Court of Civil Courtesy, The* 163, 284 n. 7
《共祷书》 *Book of Common Prayer* 301 n. 32
古德曼，戈弗雷 Goodman, Godfrey 167, 285 n. 22
《古兰经》 Koran 202, 292 n. 19
古奇，威廉 Gouge, William 241, 301 n. 33
古斯，汉斯·P. Guth, Hans P. 289 n. 68
瓜佐，斯蒂芬 Guazzo, Stephen 163, 284 n. 8
《官员之镜》 *Mlirror for Magistrates, A* 292 n. 18
《国王之书》 *King's Book, The* 304 n. 56

哈贝马斯，尤尔根 Habermas, Jürgen 130, 279 n. 31

哈勒，威廉 Haller, William 268 n. 1

哈利尔，理查德 Harrier, Richard 276 n. 3, 280 n. 45

哈灵顿，约翰爵士 Harington, Sir John 168-69, 285 n. 26, 285 n. 28

哈普斯菲尔德，尼古拉斯 Harpsfield, Nicolas 30-31, 52, 262 n. 34

海曼，斯坦利·埃德加 Hyman, Stanley Edgar 298 n. 18

海希，艾利森 Heisch, Allison 285 n. 18

海伊，道格拉斯 Hay, Dougla 292 n. 17

海泽，卡尔·格奥尔格 Heise, Carl Georg 260 n. 7

豪普特，G. E. Haupt, G.E. 268 n. 106

贺拉斯 Horace 134

赫克斯特，J. H. Hexter, J. H. 37, 42, 261-62 n. 27, 263 n. 41, 263 n. 42, 264 n. 45

赫维，玛丽·F. S. Hervey, Mary F. S. 18, 19, 259-60 n. 7

赫伊津哈，约翰 Huizinga, Johan 259 n. 5, 261 n. 22

黑德利·约翰 Headley, John 266 n. 75

黑尔，P. E. H. Hair, P. E. H. 289 n. 1

黑兹利特，威廉 Hazlitt, William 171

亨里，波林 Henley, Pauline 287 n. 54, 288 n. 58

亨利八世 Henry VIII 142, 248；宫廷 court of 116, 120, 136-137；和安妮·博林 and Anne Boleyn 68, 89, 146, 280 n. 44；和怀特 and Wyatt 121-22, 146, 154 和离婚 and divorce 67-68；和莫尔 and More, 21-22, 36, 68；和人文主义 and humanism 261 n. 18；和廷代尔 and Tyndale 89-90, 92, 106, 108；和外交 and diplomacy 17, 143-44, 281-82 n. 62, 283 n. 72；和王权至尊 and royal supremacy, 12, 68, 70, 109；和炫耀 and display 28-29, 39；作为专制君主 as autocrat 15, 116, 136-37, 140, 169, 278 n. 16

亨特，大卫 Hunt, David 258 n. 4

亨特，乔治·K. Hunter, George K. 293 n. 24, 301 n. 30

胡克，理查德 Hooker, Richard 218, 295-96 n. 45

胡斯，扬 Hus, John 93

胡滕，乌尔里希·冯 Hutten, Ulrich von 32

怀特，托马斯爵士 Wyatt, Sir Thomas 157, 220, 280 n. 42, 282-83 n. 72, 283 n. 2；和翻译 and translation 115, 120, 145, 149, 276 n. 3, 281 n. 53, 282 n. 65；和内在性 and inwardness 115-16, 119, 125-28, 131-32, 156, 277-78 n. 13；和权力 and power 124-27, 133, 135, 139-45, 151-53, 278 n. 20,

279 n. 28；和外交 and diplomacy 7, 139-45, 152, 281 n. 53；和新教 and Protestantism 115-16, 118-20, 123, 125-26, 152, 276-77 n. 4；和性 and sexuality 116, 138, 141, 151-56, 160-61, 280 n. 46；和自我塑造 and self-fashioning 7-9, 116, 120-21, 127, 130, 142-43, 156, 159-61, 178, 203；在亨利八世的宫廷中 in court of Henry VIII 116, 121-22, 136-39, 142-43, 146, 153-56, 159-61, 280 n. 43, 280-81 n. 50；

—著作 Works：《忏悔诗》Penitential Psalms 115-18（也可参见《忏悔诗》[怀特译] see also Penitential Psalms [Wyatt's translation]）；《讽刺诗集》Satires 127-36（也可参见《讽刺诗集》[怀特] see also Satires [Wyatt]）；《你这头老骡》"You Old Mule" 155；《女士，无需太多言辞》"Madam, Withouten Many Words" 155；《谁欲狩猎》"Whoso List to Hunt" 145-50, 152-53, 282 n. 63；《如此不寻常的是无人被捕》"So Unwarely Was Never No Man Caught" 283 n. 73；《什么遮蔽了真实》"What 'vaileth Truth" 143；《诗选》（达尔德编 *Collected Poems* (ed. Daalder) 276 n. 3；《诗选》（缪尔和汤姆森编 *Collected Poems* (ed. Muir and Thomson) 276 n. 3, 276 n. 4；《书信集》（缪尔编）*Letters* (ed. Muir) 278 n. 18；《书信集》*Letters* 124, 279 n. 24, 279 n. 30, 282 n. 71；《谁列出自己的财富还沾沾自喜》"Who List His Wealth and Ease Retain" 124；《她们逃离我》"They Flee From Me" 150-54, 156；《我得不到平静》"I Find No Peace" 281 n. 53；《我就是我》"I Am As I Am" 281 n. 54；《无泪湿润你的眼》"To Wet Your Eye Withouten Tear" 137-39, 280 n. 45；《再见，我的爱人》"Farewell, Love" 279 n. 30；《长久的爱》"The Long Love" 276 n, 3；德文郡抄本 Devonshire MS 137, 280 n. 45

怀特，小托马斯 Wyatt, Thomas (the younger) 124
皇家莎士比亚剧团 Royal Shakespeare Company 204, 207
惠特里，威廉 Whately, William 305 n. 59
婚姻 Marriage 参见家庭；性 *See* Family; Sexuality
霍伯特，亚瑟·S. Hobert, Arthur S. 273 n. 52
霍尔，W. H. Hoare, W. H. 273 n. 52
霍尔，爱德华 Hall, Edward 67, 71, 262 n. 31, 273 n. 51, 280 n. 36
霍尔拜因，小汉斯 Holbein, Hans (the younger) 17, 21, 22, 25, 260 n. 11, 260 n. 13；和《大使们》and "The Ambassadors" 17-27, 57-58, 259-60 n. 7, 260 n. 8, 260 n. 9, 260 n. 10, 260 n. 11, 260 n. 13, 260 n. 14, 260-61 n. 16, 261 n. 17
霍夫，格拉哈姆 Hough, Graham 286 n. 31

385

霍兰德，约翰 Hollander, John 260 n. 14

基督 Christ 148, 212, 213-14, 293-94 n. 31, 294 n. 37, 297 n. 10；和莫尔 and More 52, 64, 72, 268 n. 106；和宗教改革 and Reformation, 76, 82, 94-95, 110, 159；模仿 imitation of 2-3, 52, 77-78, 83, 272 n. 41

《基督徒的服从》 Obedience of a Christian Man, The 2, 74, 84-93, 100-102, 112-13, 270-71 n. 27, 274 n. 66；攻击天主教 attacks Catholic Church 90-91, 112-13；和耳边忏悔 and auricular confession 85-86, 91；劝不服从 counsels disobedience 88-89, 92-93, 272 n. 43；有关经文解释 on scriptural interpretation 100-102；作为身份的塑造者 as fashioner of iden-tity 84-88, 105, 120, 128, 239

基尔希，亚瑟 Kirsch, Arthur 298 n. 15, 301 n. 32

基尔希海默，奥托 Kirschheimer, Otto 281 n. 51

基里格鲁，威廉 Killigrew, William 165

吉尔曼，欧内斯特·B. Gilman, Ernest B. 260 n. 7

吉亚马蒂，A. 巴特利特 Giamatti, A. Bartlett, 284 n. 11, 286 n. 41, 289 n. 68

即兴表演 Improvisation：界定 defined 227-28；和奥尔德卡斯尔 and Oldcastle 78；和马洛 and Marlowe 224；和莫尔 and More 29-31, 67, 262 n. 33, 262 n. 36, 298 n. 12；和莎士比亚 and Shakespeare 252-54, 297-98 n. 11, 298 n. 13；和文艺复兴文化 and Renaissance culture 228-32；在《奥瑟罗》中 in Othello 232-35, 237, 246, 251, 298 n. 14, 300-301 n. 29 也可参见角色扮演；自我塑造 See also Role-playing；Self-fashioning

纪廉，克劳迪奥 Guillén, Claudio 260 n. 9

济慈，约翰 Keats, John 307 n. 68

加尔都西会教士 Carthusian monks 71

加尔文，约翰 Calvin, John 118, 248, 303 n. 51

家庭 Family：和怀特 and Wyatt 124, 133；和婚姻 and marriage 301 n. 29, 301 n. 32, 302-3 n. 46, 303 n. 47, 303-4 n. 51, 304-5 n. 56；和马洛 and Marlowe 200, 212-13；和蒙田 and Montaigne 46；和莫尔 and More 16, 31-32；和荣誉 and honor 85；和斯宾塞 and Spenser 184-85；和自我塑造 and self-fashioning 6；在《服从》中 in Obedience 89-92, 110, 239；在《奥瑟罗》中 in Othello 239-40, 246-52；在《乌托邦》中 in Utopia 42-44, 47-51；在文艺复兴中 in Renaissance 42-44, 241, 246-50；在宗教改革中 in Reformation 82-83, 88 也可参见性 See also Sexuality

386

索引

贾德森，亚历山大·C. Judson, Alexander C. 186, 288 n. 59

贾尔斯，彼得 Giles, Peter 34, 133

贾维奇，丹尼尔 Javitch, Daniel 279 n. 32, 284 n. 12

江普，约翰·D. Jump, John D. 290 n. 2

角色扮演 Role-playing：和怀特 and Wyatt 129-30, 161；和殖民主义 and colonialism 228；在《奥瑟罗》in *Othello* 235；在亨利八世的宫廷 in court of Henry VIII 28-29；在莫尔的生活中 in life of More 13-14, 26-27, 29-31, 36-37, 72, 112, 158, 160, 231 也可参见即兴表演；自我塑造 *See also* Improvisation; Self-fashioning

金尼，亚瑟·F. Kinney, Arthur F. 272 n. 36

金兹堡，卡洛 Ginzburg, Carlo 294 n. 32

卡尔特修道院（伦敦） Charterhouse, The (London) 16, 157

卡尔韦，路易—让 Calvet, Louis-Jean 287 n. 55

卡夫卡，弗兰兹 Kafka, Franz 179

卡拉布雷西，圭多 Calabresi, Guido 178, 286 n. 38

卡门，亨利 Kamen, Henry 269 n. 15

卡维尔，斯坦利 Cavell, Stanley 306 n. 66

卡文迪许，乔治 Cavendish, George 265 n. 63

卡西尔，恩斯特 Cassirer, Ernst 174, 195, 290 n. 3

凯里，罗伯特爵士 Carey, Sir Robert 165-66, 284 n. 15

凯斯，约翰 Caius, John 288 n. 64

坎伯兰，（乔治·克利福德）伯爵 Cumberland, earl of (George Clifford) 193

坎尼，尼古拉斯 Canny, Nicholas P. 288 n. 58

坎特伯雷会议 Convocation of Canterbury 70

康本西斯，约翰尼斯 Campensis, Johannes 276 n. 4

康托洛维茨，恩斯特 Kantorowicz, Ernst 166-67, 281 n. 51

考德威尔，克里斯多夫 Caudwell, Christopher 282 n. 72

考拉，大卫 Kaula, David 291-92 n. 13

考托普，W. J. Courthope, W. J. 131, 279 n. 33

柯勒律治，塞缪尔·泰勒 Coleridge, Samuel Taylor 307 n. 68

柯立芝，约翰 Coolidge, John S. 274 n. 66

科尔特斯，埃尔南 Cortes, Hernan 180, 184, 287 n. 51

科克，爱德华爵士 Coke, Sir Edward 167

科利特，约翰　Colet, John　109

科普，杰克逊·I.　Cope, Jackson I.　297 n. 11

克拉克，约翰　Clark, John　83

克劳福德，查尔斯　Crawford, Charles　297 n. 3

克劳斯纳，塞缪尔·Z.　Klausner, Samuel Z.　286 n. 36

克勒布施，威廉·A.　Clebsch, William A.　275 n. 88, 276 n. 91

克里根，沃尔特　Kerrigan, Walter　273 n. 53

克里吉，埃里克　Kerridge, Eric　272 n.35

克里诺，安娜·玛利亚　Crinò, Anna Maria　288 n. 58

克里斯蒂勒，保罗·O.　Kristeller, Paul O.　283 n. 4

克利福德，乔治（坎伯兰伯爵）　Clifford, George (earl of Cumberland)　193

克鲁，乔纳森　Crewe, Jonathan　307 n. 70

克伦威尔，托马斯　Cromwell, Thomas　67, 69, 70, 105, 143, 280 n. 37, 282 n. 62

克勉七世（教宗）　Clement VII (pope)　140

库克，舍伯恩　Cook, Sherburne　297 n. 5

库萨的尼古拉　Cusa, Nicholas of　25, 261 n. 23, 261 n. 24, 296 n. 45

奎恩，大卫·比尔斯　Quinn, David Beers　288 n. 58

拉比诺，保罗　Rabinow, Paul　4, 259 n. 9

拉布金，诺曼　Rabkin, Norman　307 n. 68

拉德兹诺维克兹，莱昂　Radzinowicz, Leon　277 n. 11

拉蒂默，休　Latimer, Hugh　97, 189. 274 n. 56

拉康，雅克　Lacan, Jacques　244-45, 302 n. 41

拉克尔，托马斯　Laqueur, Thomas　274 n. 61

拉普里莫达耶，皮埃尔·德　La Primaudaye, Pierre de　258 n. 3

拉塞尔，约翰爵士　Russell, Sir John　140

拉斯莱特，彼得　Laslett, Peter　294 n. 34

拉斯泰尔，威廉　Rastell, William　68

莱昂纳多·达·芬奇　Leonardo da Vinci　195

莱恩，弗雷德里克·C.　Lane, Frederic C.　293 n. 26

莱沃，罗纳德　Levao, Ronald　261 n. 24

勒华拉杜里，埃马纽埃尔　Le Roy Ladurie, Emmanuel　237, 248-49, 300 n. 24, 301 n. 34, 304 n. 52, 304 n. 53

勒克莱，约瑟夫　Lecler, Joseph　269 n. 15

索 引

勒纳，丹尼尔 Lener, Daniel 224-25, 227, 235-36, 253, 297 n. 4
雷恩的威廉 William of Rennes 248
雷吉诺（修士） Regino (monk) 117, 277 n. 7
李，爱德华 Lee, Edward 66
李维，提图斯 Livy, Titus 101
里德利，尼古拉斯 Ridley, Nicholas 270 n. 25
里奇，理查德 Rich, Richard 68, 262 n. 37
理查德·斯洛特金 Slotkin, Richard 287 n. 52
理查三世 0 13, 124
利，亨利·查尔斯 Lea, Henry Charles 270 n. 26
利科，保罗 Ricoeur, Paul 265 n. 62
利兰，约翰 Leland, John 136
利曼，弗瑞德 Leeman, Fred 260 n.11
利普斯，西奥多 Lipps, Theodore 299 n. 20
利维，迈克尔 Levey, Michael 260 n. 7, 260-61 n. 16
栗山，康斯坦茨·布朗 Kuriyama, Constance Brown 290 n. 2
林德，海伦·梅里尔 Lynd, Helen Merrell 265 n. 62
刘易斯，C. S. Lewis, C.S. 112, 136, 138, 170-71, 276 n. 92, 280 n. 43, 286 n. 31, 289 n. 68
卢卡奇，格奥尔格 Lukács, Georg 209, 293 n. 29, 295 n. 42
卢克莱修 Lucretius 210, 301-2 n. 36
鲁普，E. G. Rupp, E. G. 276 n. 1
鲁舍，格奥尔格 Rusche, Georg 281 n. 51
路德，马丁 Luther, Martin 17, 52, 266 n. 79, 271 n. 28, 273 n. 47, 278 n. 18; 和忏悔 and penance 85, 118-19; 和焦虑 and anxiety 88, 272 n. 34; 和莫尔 and More 53, 58-60, 62-65, 71, 231, 266 n. 79, 270-71 n. 27; 和廷代尔 and Tyndale 94, 103, 107, 109, 275 n. 88; 和信仰 and faith 60, 95, 115, 276-77 n. 4; 有关诗篇 on psalms 119, 276 n. 1 277 n. 10; 有关天主教会 on Catholic Church, 64-65
路德宗 Lutheranism 25, 52, 76, 109. 也可参见异端；新教；廷代尔 See also Heretics; Protestantism; Tyndale
罗德尼，瓦尔特 Rodney, Walter 289 n. 1
罗杰斯，约翰 Rogers, John 303-4 n. 51
罗拉德教派 Lollardy 77-78, 93, 268 n. 9 也可参见异端 See also Heretics

389

罗利，沃尔特爵士　Ralegh, Sir Walter　121, 140, 165, 168-69, 180, 278 n. 16, 283 n. 2, 285 n. 25, 285-86 n. 29, 286 n. 42, 290 n. 8, 292 n. 15

罗马教廷　Papacy　64, 65, 88, 107, 189 也可参见天主教会　See also Catholic Church

罗森梅耶，托马斯·G.　Rosenmeyer, Thomas G.　295 n. 40

罗西耶，杜·伯纳德　Rosier, Bernard du　281 n. 55

罗伊，威廉　Roy, William　107

洛珀，玛格丽特·莫尔，　Roper, Margaret More　16, 31, 45, 52, 72, 268 n. 105

洛珀，威廉　Roper, William　21, 29-30, 32, 45, 52-53, 55, 67, 70, 75, 231, 259 n. 4, 264 n. 53

马丁利，加勒特　Matingly, Garrett　144-45, 281 n. 55

马多克斯，理查德　Madox, Richard　181, 287 n. 46, 290-91 n. 6

马尔库塞，赫伯特　Marcuse, Herbert　307 n. 70

《马耳他岛的犹太人》Jew of Malta, The　194, 203-10, 215-17；暴力 violence in 206；反犹主义 anti-Semitism in 203-9；格言 proverbs in 207-8；和焦虑 and anxiety, 197；和欺骗 and deception 215-16；和无家可归 and homelessness 196；基督教 Christianity in 205-7；金钱 money in 204-5, 214-15, 217；重复 repetition in 200, 217

马基雅维利，尼可罗　Machiavelli, Niccolò　139；和《君主论》and The Prince　14, 87, 224, 259 n. 3, 284 n. 11；和欺骗 and deception 14, 20；和政治 and politics 15,259 n. 3

马基雅维利主义　Machiavellianism　209, 263 n. 40, 281 n. 50

马克思，卡尔　Marx, Karl：和革命 and revolution, 27, 298 n. 17；和解放 and emancipation 54；和艺术 and art 4, 282-83 n. 72

——著作 Works：《经济学哲学手稿》Economic and Philosophical Manuscripts 37；《路易·波拿巴的雾月十八日》Eighteenth Brumaire of Louis Bonaparte 209-10, 293 n. 30；《论犹太人问题》Jewish Question, On the 204-7, 292-93 n. 23；《政治经济学批判大纲》Grundrisse, 4, 59 n. 8

马里乌斯，理查德　Marius, Richard　266 n. 75

马林，路易　Marin, Louis　23, 261 n. 21, 263 n. 41, 300 n. 24

马洛，克里斯托弗　Marlowe, Christopher　7, 161, 192, 193-221, 290 n. 3, 293 n. 28；和悲剧 and tragedy 202, 219, 295 n. 42；和基督教 and Christianity 199-200, 202, 206-7, 210, 213-14, 219, 293-94 n. 31；和警示作

索 引

品 and admonitory fiction 201-3, 209, 253；和权威 and authority 9, 203, 209-12, 222；和斯宾塞 and Spenser 222-24, 290 n. 2, 296-97 n. 3；和戏剧 and play 219-21；和重复的强迫 and repetition compulsion 200；和自我塑造 and self-fashioning 8, 201, 203, 212-14, 217, 219

——著作 Works：《海洛和利安德》 Hero and Leander 170；《迦太基女王狄多》 Dido Queen of Carthage 212；《作品集》（布鲁克编）Works (ed. Tucker Brooke) 290 n. 2 也可参见《浮士德博士》；《爱德华二世》；《马耳他岛的犹太人》；《帖木儿大帝》 See also Doctor Faustus; Edward II; Jew of Malta, The; Tamburlaine

马特，彼得 Martyr, Peter 181, 183, 226-29, 287 n. 43, 297 n. 6

马特兹，路易斯·L. Martz, Louis L. 268 n. 107, 298 n. 12

玛丽·都铎（英格兰女王） Mary Tudor (queen of England) 124, 168, 285 n. 23

麦卡琴，伊丽莎白 McCutcheon, Elizabeth 23, 261 n. 19，261 n. 20

麦坎利斯，迈克尔 McCanles, Michael 282 n. 67

麦克，梅纳德 Mack, Maynard 298 n.18

麦克法兰，K. B. McFarlane, K.B. 268 n. 9

麦克法兰，艾伦 Macfarlane, Alan 263-64 n. 44

麦克弗森，C. B. Macpherson, C.B. 38, 263 n. 44

梅德沃尔，亨利 Medwall, Henry 262 n. 33, 297 n. 7

梅洛-庞蒂，莫里斯 Merleau-Ponty, Maurice 278 n. 19

梅默尔，杰里 Mermel, Jerry 263 n. 40

梅森，H. A. Mason, H.A. 121, 136-37, 139, 280 n. 42, 282 n. 72, 276 n. 2, 276 n. 3, 277 n. 4, 278 n. 17

梅耶，C. A. Mayer, C. A. 284 n. 9

蒙默斯，汉弗莱 Monmouth, Humphrey 272 n. 45

蒙田，米歇尔·德 Montaigne, Michel de 46, 87, 219, 252-53, 265 n. 56, 307 n. 69

米开朗基罗 Michelangelo 195

米勒，利兰 Miles, Leland 268 n. 4

米鲁斯，唐纳德·J. Millus, Donald J. 272 n. 33, 272 n. 38

米什莱，儒勒 Michelet, Jules 1

闵采尔，托马斯 Müntzer, Thomas 92, 113

摩根，艾德蒙·S. Morgan, Edmund S., 287 n. 50

莫顿，约翰（枢机主教） Morton, John (cardinal) 12, 29, 66, 231

391

莫尔，玛格利特 More, Margaret 也可参见洛珀，玛格丽特·莫尔 See Roper, Margaret More

莫尔，托马斯爵士 More, Sir Thomas 11-73, 74-7, 118, 133, 137, 166；和共识 and consensus 60-65, 69-70, 79, 104, 116, 157, 266 n. 75；和基督教会 and Catholic Church 25, 52, 61-66, 70-71, 75, 99, 111, 266 n. 76；和人文主义 and humanism 12, 15, 21, 34, 71, 109-10, 280-81 n. 50；和戏剧性隐喻 and theatrical metaphor 13-14, 27-29, 31, 35；和伊拉斯谟 and Erasmus 16, 32, 36, 55, 60-61, 63, 109, 262 n. 36, 266 n. 75, 267 n. 83；和异端 and heresy 12, 25, 52-53, 58-71, 74-76, 81-82, 119, 158, 203, 266 n. 77, 267 n. 81, 267 n. 83, 268 n. 2, 268 n. 4, 271 n. 32, 276 n. 1；和幽默 and humor 11, 12, 16, 22, 26-28, 33, 63, 66, 71-73, 265 n. 68；和自我取消 and self-cancellation 13, 16, 32, 42, 45, 54, 57-58；和自我塑造 and self-shioning 13, 31-34, 36-38, 57-58, 67, 72-73, 112, 127, 143, 157-61, 231-32, 262 n. 33, 262 n. 36；与廷代尔的论争 and controversy with Tyndale 33, 58, 60, 65, 71, 87, 92, 95, 99, 104-5, 108-14, 219, 222-23, 231-32, 263 n. 38, 266 n. 76, 271 n. 27, 271 n. 32, 271 n. 33, 273 n. 50；职业 career of 7, 11-12, 15-16, 21-22, 29-30, 33-34, 36, 45, 49, 52, 55, 66-67, 96, 143, 262 n. 37, 263 n. 40, 265 n. 57, 268 n. 2, 283 n. 2

——著作 Works：《安慰的对话》 Dialogue of Comfort 11-14, 25-26, 45-46, 259 n. 1；《驳廷代尔的回复》 Confutation of Tyndale's Answer 102, 104, 112, 231-32, 263 n. 38, 266 n. 76, 266 n. 77, 267 n. 83, 268 n. 4, 271 n. 32；《对路德的回应》 Responsio ad Lutherum 59-60, 266 n. 71；《对有毒书本的回复》 Answer to a Poisoned Book 267 n. 81；《给多普的信》 Letter to Dorp 66；《给李的信》 Letter to Lee 66；《给僧侣的信》 Letter to a Monk 66；《拉丁铭词集》 Latin Epigrams 26-27, 232 n. 30；《理查三世》 Richard III 13, 15, 66, 259 n. 2；《琉善译作集》 Translations of Lucian 262 n. 29；《论三位一体》 De Tristitia 72, 268 n. 104；《皮科生平》 Life of Pico 52, 265 n. 64；《申辩》 Apology 104, 268 n. 2；《受难论》 Treatise on the Passion 268 n.106；《书信选》 Letters 67, 69, 70-72, 266 n. 69, 268 n. 105；《书信选》 Selected Letters 265 n. 68；《四憾事》 Four Last Things 26, 262 n. 28；《塔中书》 Tower Works 72-73；《通信集》 Correspondence 267-68 n. 103；《托马斯·莫尔的时祷书》 Prayer Book 265 n. 65；《托马斯·莫尔爵士英语作品集》（坎贝尔编） English Works (ed. Campbell) 265 n. 64；《托马斯·莫尔爵士作品全集》（耶鲁大学出版社编） Complete Works (Yale ed.) 259 n.

索 引

1；《乌托邦》 *Utopia* 33-58, 261-62 n. 27（也可参见《乌托邦》see also *Utopia*）；《作品集》（1557） *Works* (1557) 262 n. 28；《有关异端的对话》*Dialogue Concerning Heresies* 60, 266 n. 74；《作品集》（拉斯泰尔编）*Collected Works* (ed. Rastell) 68；

莫尔登，威廉 Malden, William 98

莫兹利，J. F. Mozley, J. F. 273 n. 51, 275 n. 84

默罕穆德 Mohammed 202

缪尔，肯尼斯 Muir, Kenneth 278 n. 18

穆尔卡斯特，理查德 Mulcaster, Richard 258 n. 4

穆里尼，J. R. Mulryne, J. R., 292 n. 21

纳格尔，艾伦·F. Nagel, Alan F. 261 n. 21

纳什，托马斯 Nashe, Thomas 216, 295 n. 41, 307 n. 70

尼采，弗里德里希 Nietzsche, Friedrich 220

尼尔，J. E. Neale, J. E. 168, 285 n. 21

尼科雷斯，亚历山大 Niccoles, Alexander 249, 305 n. 58

尼克尔斯，约翰 Nichols, John 285 n. 23, 285 n. 25

努南，小约翰·T. Noonan, John T., Jr. 303 n. 49

诺尔伯格，詹姆斯 Nohrnberg, James 286 n. 34

诺克斯，苏珊 Noakes, Susan 273 n.53

诺斯，乔治 North, George 163

诺特，乔治·弗雷德里克 Nott, George Frederick 131, 279 n. 29

帕克，M. 保利娜 Parker, M. Pauline 286 n. 33

派恩斯，约翰 Poins, John 129-32 各处

潘诺夫斯基，欧文 Panofsky, Erwin 260 n. 9, 260 n. 15

培根，弗朗西斯爵士 Bacon, Sir Francis 166, 173, 284 n.16

培根，托马斯 Becon, Thomas 241, 301 n. 33

佩尔西乌斯 Persius 279 n. 29

佩雷拉，尼古拉斯 Perella, Nicolas 269 n. 18

佩利斯提安尼，J. G. Peristiany, J. G. 50, 265 n. 59

佩尼亚福特的雷蒙德 Raymond of Peñaforte 248-49

皮尔斯，罗伊·哈维 Pearce, Roy Harvey 286 n. 41

皮科·米兰多拉 Pico della Mirandola 36, 51-52, 258 n. 3

393

皮内阿斯，雷纳　Pineas, Rainer　266 n. 75
皮森，理查德　Pynson, Richard　59
皮特-里弗斯，朱利安　Pitt-Rivers, Julian　265 n. 59, 294, n. 36
破除偶像　Iconoclasm　78, 85, 179, 188-90, 269 n. 11, 288 n. 64
普登汉姆，乔治　Puttenham, George　136
普雷沃斯特，安德烈　Prévost, André　266 n.75
普洛登，埃德蒙　Plowden, Edmund　167
普卫，约翰　Purvey, John　105

齐默尔曼，T. C. 普里斯　Zimmermann, T. C. Price　264 n. 54
钱伯斯，R. W.　Chambers, R. W.　54, 69, 75, 262 n. 33
乔叟，杰弗里　Chaucer, Geoffrey　1, 2, 155
乔伊，乔治　Joye, George　76, 107, 247, 276 n. 1, 303 n. 47
清教主义　Puritanism　171, 199, 248, 249, 274 n. 66, 277 n. 11, 303 n. 47
琼森，本　Jonson, Ben　233
丘，塞缪尔·C.　Chew, Samuel C.　292 n. 19

人文主义　Humanism, 34, 174, 304-5 n. 56；和改革　and reform　12, 15；和莫尔　and More　15, 21, 109-10, 174, 280-81 n. 50；和斯多葛主义　and stoicism　71；和廷代尔　and Tyndale　109-10；和戏剧　and play　24；和修辞　and rhetoric　102, 162；和正当生活　and right living　109-10
瑞布霍恩，韦恩　Rebhorn, Wayne A.　288-89 n. 67
若望·保禄一世（教宗）　John Paul I (pope)　305 n. 56

萨福克公爵（查尔斯·布兰登）　Suffolk, duke of (Charles Brandon)　127
萨拉科尔，约翰　Sarracoll, John　193-94, 198, 289 n.1. 291 n. 6
萨里伯爵（亨利·霍华德）　Surrey, earl of (Henry Howard) 121, 136, 154, 278 n. 15, 282 n. 72
塞尔维，乔治·德　Selve, Georges de　17, 20, 21
塞格尔，杰罗德　Seigel, Jerrold　283 n. 4
塞列尔，亚伯尼哥　Seller, Abednego　272 n. 42
塞林科特，E. 德　Selincourt, E. de　259 n. 10
塞缪尔，埃德加·R.　Samuel, Edgar R.　260 n. 10
塞涅卡　Seneca　36, 129, 248, 279 n. 30

索 引

塞西尔，罗伯特 Cecil, Robert 165, 284 n. 13

桑德斯，埃德温（大主教） Sandys, Edwin (archbishop) 3

桑普森，托马斯 Sampson, Thomas 271 n. 28

莎士比亚 Shakespeare 7-8, 161, 192, 203, 298 n. 17；和即兴表演 and improvisation 252-54, 297-98 n. 11, 306-7 n. 68；

——著作 Works：《安东尼与克莉奥佩特拉》 Antony and Cleopatra 195；《奥瑟罗》 Othello 5, 8, 225-27, 232-54, 298 n. 14（也可参见《奥瑟罗》see also Othello）；《暴风雨》 The Tempest 297 n. 11；《哈姆莱特》 Hamlet 87；《亨利四世》（上） I Henry IV 195；《皆大欢喜》 As You Like It 232, 254, 293 n. 28；《科里奥兰纳斯》 Coriolanus 212；《李尔王》 King Lear 134, 305 n. 63；《理查三世》 Richard III 232, 298 n. 13；《罗密欧与朱丽叶》 Romeo and Juliet 249, 304 n. 53；《威尼斯商人》 Merchant of Venice 203, 293 n. 25；《维纳斯和阿多尼斯》 Venus and Adonis 170；《雅典的泰门》 Timon of Athens 254

舍尼，M. -D. Chenu, M. -D. 275 n. 70

身份 Identity 参见自我塑造 See Self-fashioning

圣公会教会 Anglican Church 12, 68, 70, 230, 248, 274 n. 66

《圣经》 Bible：解释 interpretation of 26, 62-63, 93-104, 275 n. 70；《旧约》 Old Testament 104, 214；《摩西五经》 Pentateuch 100；钦定本 King James version 2, 103；日内瓦翻译版 Geneva translation 3；威克利夫翻译版 Wycliffe Translations of 103, 105；武加大版 Vulgate 95, 115, 148, 294 n. 37；《新约》 New Testament 3, 74, 93-97, 100, 104, 205；伊拉斯谟翻译版 Erasmus' translation 60；英文翻译版 English translation of 93-109, 273 n. 50, 274 n. 52, 273 n. 53, 273-74 n. 55, 274 n. 60, 275 n. 71, 275 n. 73；作为权威的 as authority 25-26, 93-114, 159, 273 n. 56, 274 n. 64, 274 n. 66

——书卷 books of :《创世记》Genesis 241;《哥林多书》Corinthians 3, 100, 269 n. 19;《路加福音》 Luke 77, 98, 102-3;《罗马书》 Romans 2;《马太福音》 Matthew 77, 82, 98;《申命记》 Deuteronomy 189;《诗篇》 Psalms, 52, 115-28, 214, 276 n. 1, 276 n. 2, 276-77 n. 4, 277 n. 10, 277-78 n. 13（也可参见忏悔诗[怀特的翻译] see also Penitential Psalms [Wyatt's translation]);《提摩太书》Timothy 108;《以弗所书》 Ephesians 301 n. 32;《以赛亚书》 Isaiah 97;《约伯书》 Job 2, 258 n. 3;《约翰福音》 John 148, 213-14

395

施努克，罗伯特　Schnucker, Robert　V.303 n. 48

施瓦茨，W.　Schwarz, W.　273 n. 49

史密斯，保利娜　Smith, Pauline　284 n. 9

史密斯，詹姆斯　Smith, James L.　292 n. 22

书本　Book　8, 9, 81, 142, 271 n. 29, 271 n. 30；新教的权力 power of in Protestantism　76, 84-86, 96, 119, 159；乌托邦的形式 and form of Utopia　57

赎罪　Penitence　51-52, 116-19, 231 也可参见忏悔；忏悔诗 See also Confession; Penitential Psalms

斯宾塞，埃德蒙　Spenser, Edmund　161, 194, 216-17；和爱尔兰 and Ireland　179, 184-88, 287 n. 54, 287-88 n. 56, 288 n. 58, 288 n. 60, 288 n. 61；和对权力的态度 and attitude toward power　173-74, 191-92, 201-2, 222-24；和对洒脱的不信任 and distrust of sprezzatura　189-90, 289 n. 68；和马洛 and Marlowe　192, 222-24, 290 n. 2, 296-97 n. 3；和破除偶像 and iconoclasm　188-92；和新世界 and New World　179-84, 190-92, 286 n. 41；和自我塑造 and self-fashioning　2, 7-8, 169, 175, 177-79, 201-3；
— 著作 Works：《今日爱尔兰见闻》View of the Present State of Ireland　184-88, 287 n. 54, 287-88 n. 56, 288 n. 61, 302 n. 45；《爱情小唱》Amoretti　2. 258 n. 2；《诗集》（史密斯编）Poetical Works (ed. Smith)　258 n. 10；《仙后》Faerie Queene, The　2, 169-92, 258 n. 2（也可参见《仙后》see also Faerie Queene）；《致罗利的信》"Letter to Ralegh"　2, 169, 175, 223；《作品集》（集注版）Works　(Variorum) 258 n. 2

斯登，劳伦斯　Stone, Lawrence　42, 264 n. 49, 264 n. 50, 272 n. 35, 272-73 n. 45, 274 n. 59, 303 n. 51

斯蒂文斯，约翰　Steevens, John　296 n. 2

斯多葛主义　Stoicism　46, 71, 127, 129, 247-48, 279 n. 30, 303 n. 49

斯金纳，昆廷　Skinner, Quentin　262 n. 27, 272 n. 42, 273 n. 45

斯卡瑞斯布雷克，J. J.　Scarisbrick, J. J.　262 n. 32

斯诺，爱德华　Snow, Edward　290 n. 4, 298 n. 15, 306 n. 65

斯皮瓦克，伯纳德　Spivack, Bernard　298 n. 16, 305-6 n. 63

斯泰普尔顿，托马斯　Stapleton, Thomas　265 n. 57

斯特朗，罗伊　Strong, Roy　259 n. 6, 285 n. 17, 285 n. 25, 296 n. 1

斯图维尔，南希·S.　Streuver, Nancy S.　283 n. 4

苏茨，爱德华　Surtz, Edward　264 n. 45

苏格拉底　Socrates　109, 164

索 引

索恩里奇，格奥尔格　Schoenreich, Georg　290 n. 2

索福克勒斯　Sophocles　6

索普，威廉　Thorpe, William　77-78, 268 n. 9

索撒尔，雷蒙　Southall, Raymond　278 n. 14, 280 n. 43, 283 n. 72

塔夫纳，理查德　Taverner, Richard　3, 258 n. 5

塔夫特，亚瑟·I　Taft, Arthur I.　268 n. 2

塔索，托克夸托　Tasso, Torquato　170, 180, 286 n. 41

塔瓦德，乔治·H.　Tavard, George H.　274 n. 65

泰勒，罗兰　Taylor, Rowland　267 n. 102

坦西斯，乔治斯·德　Themsecke, Georges de　34

汤姆森，帕特丽夏　Thomson, Patricia　136, 279 n. 34, 280 n. 43

汤姆森，约翰·A. F.　Thomson, John A. F.　268 n. 9

汤普森，E. P.　Thompson, E. P.　291 n. 10

唐娜，伊丽莎白·斯托里　Donna, Elizabeth Story　287 n. 46

特拉亨伯格，约书亚　Trachtenberg, Joshua　293 n. 27

特雷弗–罗珀，休　Trevor-Roper, Hugh　281 n. 56

特林特鲁德，L. J.　Trinterud, L. J.，275 n. 88

特伦特会议　Trent, Council of　95

滕斯托尔，卡斯伯特　Tunstall, Cuthbert　33, 96, 105, 107, 158

滕特勒，托马斯·N.　Tentler, Thomas N.　270 n. 26, 277 n. 8, 302 n. 44, 302-3 n. 46

天主教会　Catholic Church　17, 126, 248-49；和莫尔　and More　25-26, 52, 60-66,70-71,75, 231-32；和宗教改革　and Reformation　17, 60, 79, 81, 112, 157-59, 188, 230-32, 271 n. 31

《帖木儿大帝》 *Tamburlaine the Great*　195, 198, 209, 215-16, 289 n. 2, 291 n. 9. 295 n. 44；和暴力　and violence　194, 197-8, 215, 223-24；和警示作品　and admonitory fictions 217-18；和唯物主义　and materialism　210-12；和自我塑造　and self-fashioning　197, 213

廷代尔，威廉　Tyndale, William　74-114, 133, 119-20, 157, 239, 247, 268 n. 9, 280-81 n. 50, 283 n. 2；和路德　and Luther　95, 103, 107, 109, 115, 227 n. 4；和《圣经》　and Bible　93-114, 154-55, 273 n. 50, 273-74 n. 55, 274 n. 66, 275 n. 71；和世俗权威　and secular authority，93, 106, 108, 110, 123, 272 n. 42；和自我塑造　and self-fashioning　2, 7-8, 105-7, 112, 116, 158-61, 203；

397

有关忏悔 on confession 85, 91, 118-19；有关想象作品 on works of imagination 33, 88, 112-14；与莫尔辩论 and controversy with More 33, 58, 60, 65, 71, 87, 92, 95, 99, 104-5, 108-14, 219, 222-23, 231-32, 263 n. 38, 266 n. 76, 271 n. 27, 271 n. 32, 271 n. 33, 273 n. 50

——著作 Works：《〈创世记〉序》 Prologue to Genesis 96, 105, 273 n. 52；《哥林多书》（译） Epistle to the Corinthians (trans.) 3；《回托马斯·莫尔爵士的对话》 Answer to Sir Thomas More's Dialogue 99, 263 n. 38, 275 n. 68；《基督徒的服从》 Obedience of a Christian Man 84-114, 270-71 n. 27（也可参见《基督徒的服从》 see also Obedience of Christian Man）；《教士实践》 Practice of Prelates 90；《教义论文》（沃尔特编） Doctrinal Treatises (ed. Walter) 270-71 n. 27；《解释和注解》（瓦尔特编） Expositions and Notes (ed. Walter) 276 n. 96；《〈罗马书〉序》 Prologue to Romans 103, 275 n.74；《〈罗马书〉（译） Epistle to Romans (trans.) 2；《〈摩西五经〉序》 Preface to the Five Books of Moses 105, 275 n. 78；《〈摩西五经〉序》 Prologue to Pentateuch 111；《摩西五经》 Pentateuch 100；《通往经文之路》 Pathway to the Scripture 109, 273 n. 47；《邪恶玛门的寓言》 Parable of the Wicked Mammon 271 n. 32, 272 n. 40, 273 n. 54；《〈新约〉序》 Prologue to New Testament 109, 272 n. 41, 272 n. 43, 273 n. 47；《新约》（译） New Testament (trans.) 94, 100；《一张表，解释某些作品》 Table, Expounding Certain Words 272 n. 44；《阐述〈约翰一书〉》 Exposition of I John 90, 272 n. 38, 272 n. 39；《指南》（译） Enchiridion (trans.) 87；《作品集》（拉塞尔编） Works (ed. Russell) 263 n. 38；

通布利，罗伯特·G. Twombly, Robert G. 276 n. 2

同理心 Empathy, 225, 227-28, 235-36, 254

童贞崇拜 Virgin, cult of the 139, 189, 285 n. 24

图夫，罗斯蒙德 Tuve, Rosemond 283 n. 4

图克斯伯里，约翰 Tewkesbury, John 268 n. 5, 271 n. 32

托马斯，基思 Thomas, Keith 190, 288 n. 66, 291 n. 11, 303 n. 47

托特尔，理查德 Tottel, Richard 281 n. 58, 282 n. 72

瓦尔茨，米歇尔 Waltzer, Michael 273 n. 45

瓦格纳，亨利·R. Wagner, Henry R. 297 n. 6

瓦雷里，保罗 Valéry, Paul 219 296 n. 48

威尔逊，E. C. Wilson, E. C. 285 n. 25

索　引

威克利夫，约翰　Wycliffe, John　93, 103, 105

威廉斯，雷蒙　Williams, Raymond　132, 279 n. 35

维恩，约翰　Venn, John　288 n. 64

维吉尔　Virgil　174, 300 n. 25

维科，詹巴蒂斯塔　Vico, Ciambattista　293 n. 29

维斯帕西雅诺·达·比斯蒂奇　Vespasiano da Bisticci　261 n. 18

维韦斯，胡安·路易斯　Vives, Juan Luis　304-5 n. 56

维也纳的菲利贝尔　Philibert de Vienne　163-65, 284 n. 9, 284 n. 10

伪狄奥尼修斯　Pseudo-Dionysius　101

翁加雷利，雅各布斯　Ungarelli, Jacobus　249, 251

沃顿，托马斯　Warton, Thomas　131

沃恩，斯蒂芬　Vaughan, Stephen　105-6

沃尔西，托马斯（枢机主教）　Wolsey, Thomas (cardinal)　11-13, 28-30, 39, 45, 51, 140, 157

沃尔辛汉姆，弗朗西斯爵士　Walsingham, Sir Francis　220

沃勒斯坦，伊曼努尔　Wallerstein, Immanuel　229, 272 n. 35

沃特金斯，W. B. C.　Watkins, W. B. C.　290 n. 2

沃特金斯，奥斯卡·D.　Watkins, Oscar D.　277 n. 7

《乌托邦》Utopia　32-58, 111-13 各处, 121, 133, 157, 261-62 n. 27, 263 n. 40, 263 n. 42, 264 n. 46, 292 n. 17；辩论作品中的分裂 as split in polemical works　59-60, 62-66, 71, 73；攻击个性 assault on individuation in　37-47, 54, 157；共产主义 communism in　36-39, 41, 47, 54；和变形 and anamorphosis　21-26, 57-58, 261 n. 20, 261 n. 21；家庭 family in　42-44, 47, 49-51；结构 structure of　22, 37；决策问题 on problem of counsel　34-37, 71, 133；快乐 pleasure in 43-45, 264 n. 51；莫路斯的角色 role of Morus in　23, 34, 66-67, 71, 73；内疚 guilt in　51-53, 56；奴隶制度 slavery in　39-40, 47, 264 n. 47, 265 n. 58；希思拉德的角色 role of Hythlodaeus in 23, 27, 33-36, 54, 58-59, 66, 23, 27, 33-36, 54, 58-59, 66, 70-71, 73；羞耻和荣誉 shame and honor in　47-56, 265 n. 59；有关宗教 on religion　15, 26, 53-56, 64, 261-62 n.27, 266 n.70, 267 n.86;

西尔威斯特，理查德　Sylvester, Richard　259 n. 4

希顿，托马斯　Hitton, Thomas　268 n. 4

希尔，克里斯托弗　Hill, Christopher　273 n. 45, 291 n. 11, 292 n. 17

锡德尼，菲利普爵士　Sidney, Sir Philip　238, 292 n. 18

锡耶纳的圣伯尔纳定　Bernardino of Siena, Saint　46

戏剧化　Theatricality　参见即兴表演；自我塑造；角色扮演　See Improvisation; Self-fashioning; Role-playing

《仙后》　Faerie Queene, The,　201-2

— 卷一　book 1　179, 223, 287 n. 48；

— 卷二　book 2：安乐窝的毁灭　destruction of Bower in　170-73, 175, 177-78, 183-84, 188-89, 250；和爱尔兰　and Ireland 184-88, 287 n. 54, 288 n. 58, 288 n. 60, 288 n. 61, 288 n. 62；和破除偶像　and iconoclasm 188-90；和新世界　and New World　180-84, 190-91, 286 n. 41；和性　and sexuality　170-73；玛门的洞穴　Cave of Mammon in　172-73, 183；在批评中　in criticism,　170-73；

— 卷三　book 3　171, 176；

— 卷四　book 4　175-77, 289 n. 68；

— 卷五　book 5　186；

— 卷六　book 6　2, 182, 258 n. 2, 287 n. 47；

— 卷七　book 7　179；

—《致罗利的信》　"Letter to Ralegh"　2, 258 n. 2

萧沆，E. M.　Cioran, E.M.　65, 267 n. 87

新教　Protestantism 17, 113, 126, 141, 276 n. 2；对内在性的强调　emphasis on inwardness of　52, 78, 115, 156；和忏悔　and penitence 115, 118-19；和共同体　and community 82-83, 159；和权威　and authority 98-99；和社会阶层　and social class　270 n. 20, 272-73 n. 45；和《圣经》　and Bible 93-94, 96-99；和天主教仪式　and Catholic ritual　60, 230, 271 n. 31；和性 and sexuality 247-49；和殉道　and martyrdom　74-84；拒绝炼狱　rejection of purgatory in 200；破除偶像　iconoclasm in　85, 179, 188-90 也可参见异端；路德；清教主义；廷代尔　See also Heretics; Luther; Puritanism; Tyndale

性　Sexuality　129, 303 n. 49, 304 n. 52, 304 n. 53；和暴力　and violence　242, 252, 301-2 n. 36；和怀特　and Wyatt 122-26, 129, 132, 137-56；和马洛　and Marlowe　201, 209, 211, 217, 220；和通奸　and adultery　9, 42-43, 47, 233, 246-52, 303 n. 46, 303 n. 47, 303 n. 48, 303-4 n. 51；和《仙后》 and The Faerie Queene　170-73, 175-79, 181-82；基督教的看法　Christian view of　122-23, 125-26, 241-42, 246-50, 301 n. 34, 303 n. 49, 303-4 n. 51, 304-5 n.56；在《奥瑟

400

索　引

罗》中　in *Othello*　8, 233, 238-44, 247-52, 298 n. 15, 300-301 n. 29, 305 n. 61, 306 n. 66, 306 n. 67；在《乌托邦》中　in *Utopia* 42-43, 47-48；

休谟，大卫　Hume, David　295 n. 43

休斯，菲利普　Hughes, Philip　288 n. 63

休斯，梅利特·Y.　Hughes, Merritt Y.　286 n. 34

修辞学　Rhetoric　253；高尔吉亚的观念　Gorgias's conce-ption of 215；和《圣经》翻译　and Bible translation 102-5；人文主义教育　in humanist education　162

《殉道者之书》"Book of Martyrs"　参见福克斯，约翰，《行事与纪念》　See Foxe, John, *Acts and Monuments*

亚里士多德　Aristotle　109, 215

亚诺维茨，理查德　Yanowitz, Richard　258 n. 5

亚维内里，梭罗莫　Avineri, Shlomo　265 n. 58

叶芝，弗朗西丝　Yates, Frances A.　259 n. 6, 285 n. 17, 285 n. 24, 296 n. 1

叶芝，威廉·巴特勒　Yeats, William Butler　171, 185, 279 n. 34, 286 n. 32

伊凡-普里查，E. E.　Evans-Pritchard, E. E,　199, 291 n. 10

伊拉斯谟　Erasmus：和共识　and consensus　60-61, 266 n. 75；和国家服务　and state service　36；和莫尔　and More 16, 32, 33, 34, 55, 60-61, 75, 109, 262 n. 36；和人文主义 and humanism 12；和宗教改革　and Reformation　159；有关经文解释　on scriptural interpretation　100-101

—著作 Works：《基督教战士指南》*Enchiridion militis Christiani*　87, 100-101, 271 n. 33, 275 n. 70；《论儿童的教养》*De civilitate morum puerilium*　272 n. 33, 284 n. 6；《劝世文》*Paraclesis*　106, 275 n. 81；《书信集》*Epistles*　262 n. 36；《愚人颂》*Praise of Folly*　16, 32, 63, 262 n. 36, 267 n. 83；

伊丽莎白一世（英格兰女皇）Elizabeth I (queen of England) 192；和角色扮演　and role-playing　165-69, 285 n. 17；和权力　and force 169, 186；和《圣经》and Bible　274 n. 60；和宗教象征主义　and religious symbolism　178, 230, 285 n. 20, 285 n. 24

异端　Heretics　268 n. 11；和洛珀　and Roper, 52-53；和莫尔　and More　25, 58-76 各处, 158, 231-32, 266 n. 77, 267 n. 81, 268 n. 2, 268 n. 4；迫害　persecution of,　79-81, 88, 268 n. 9, 269 n. 14, 269 n. 15；作为他者　as Other 9, 269-70 n. 19 也可参见路德；新教；廷代尔　See also Luther; Protestantism; Tyndale

401

《犹太法典》 *Shulchan Aruch* 274 n. 66

《有关服从的布道》 *Homily on Obedience* 89

詹明信，弗雷德里克 Jameson, Frederic 263 n. 41

詹姆斯一世 James I 166

哲罗姆，圣 Jerome, Saint 77, 248

殖民主义 Colonialism 9, 173-74, 179-88, 193-94, 225-29, 233-34, 246, 254, 291 n. 9, 302 n. 45

《主的晚餐》 *Supper of the Lord* 267 n. 81

自我塑造 Self-fashioning：和《仙后》 and *The Faerie Queene* 2, 169, 175, 177-79, 222-24；和马洛 and Marlowe 201, 203, 212-14, 217, 219, 222-24；和流动性 and mobility 7, 224-25, 252-53；和蒙田 and Montaigne 252-53；和《奥瑟罗》 and *Othello* 5, 234-39, 244-45, 299-300 n. 23, 302 n. 42；和伊丽莎白女王 and Queen Elizabeth 165-69；和文艺复兴文化 and Renaissance culture 87-88, 161-65；和莎士比亚 and Shakespeare 252-54；和怀特 and Wyatt 116, 120, 156, 159-61；和廷代尔 and Tyndale 2, 8, 105-7, 112, 158-61；和《基督徒的服从》 and *The Obedience of a Christian Man* 84-88, 105, 120, 128, 239；定义 defined 1-9；和自主性 and autonomy 1, 6-7, 256-57；和莫尔 and More 13, 31-34, 36-38, 57-58, 67, 72-73, 112, 127, 143, 157-61, 231-32, 262 n. 33, 262 n. 36 也可参见即兴表演；角色扮演 *See also* Improvisation; Role-playing

宗教裁判所 Inquisition 277 n. 11；程序 procedures of, 76-81；和怀特 and Wyatt, 124；和《乌托邦》 and *Utopia*, 56

《宗教遗迹目录》 *Inventarium monumentorum superstitionis* 188

图书在版编目(CIP)数据

文艺复兴时期的自我塑造:从莫尔到莎士比亚/(美)斯蒂芬·格林布拉特著;吴明波,李三达译.-- 上海:上海文艺出版社,2022
(拜德雅·人文丛书)
ISBN 978-7-5321-8448-4

Ⅰ.①文… Ⅱ.①斯…②吴…③李… Ⅲ.①英国文学－文艺复兴－文学史研究 Ⅳ.① I561.093

中国版本图书馆 CIP 数据核字（2022）第 169585 号

发 行 人：毕　胜
责任编辑：肖海鸥　李若兰
特约编辑：梁静怡
书籍设计：左　旋
内文制作：重庆樾诚文化传媒有限公司

书　　名：文艺复兴时期的自我塑造：从莫尔到莎士比亚
作　　者：[美] 斯蒂芬·格林布拉特
译　　者：吴明波　李三达
出　　版：上海世纪出版集团　上海文艺出版社
地　　址：上海市闵行区号景路 159 弄 A 座 2 楼 201101
发　　行：上海文艺出版社发行中心
　　　　　上海市闵行区号景路 159 弄 A 座 2 楼 206 室　201101　www.ewen.co
印　　刷：上海盛通时代印刷有限公司
开　　本：930×1240　1/32
印　　张：13.5
字　　数：383 千字
印　　次：2022 年 11 月第 1 版　2022 年 11 月第 1 次印刷
ＩＳＢＮ：978-7-5321-8448-4/I.6666
定　　价：78.00 元
告 读 者：如发现本书有质量问题请与印刷厂质量科联系　T：021-37910000

Renaissance Self-Fashioning: From More to Shakespeare, by Stephen Greenblatt, ISBN: 9780226306599

© 1980, 2005 by The University of Chicago. All rights reserved.

Simplified Chinese translation copyright ©2022 by Chongqing Yuanyang Culture & Press Ltd.
All rights reserved.

版贸核渝字(2016)第214号

拜德雅 Paideia 人文丛书

（已出书目）

语言的圣礼：誓言考古学（"神圣人"系列二之三）	[意]吉奥乔·阿甘本 著
宁芙	[意]吉奥乔·阿甘本 著
奇遇	[意]吉奥乔·阿甘本 著
普尔奇内拉或献给孩童的嬉游曲	[意]吉奥乔·阿甘本 著
品味	[意]吉奥乔·阿甘本 著
什么是哲学？	[意]吉奥乔·阿甘本 著
什么是真实？物理天才马约拉纳的失踪	[意]吉奥乔·阿甘本 著
业：简论行动、过错和姿势	[意]吉奥乔·阿甘本 著
海德格尔：纳粹主义、女人和哲学	[法]阿兰·巴迪欧&[法]芭芭拉·卡桑 著
苏格拉底的第二次审判	[法]阿兰·巴迪欧 著
追寻消失的真实	[法]阿兰·巴迪欧 著
不可言明的共通体	[法]莫里斯·布朗肖 著
什么是批判？自我的文化：福柯的两次演讲及问答录	[法]米歇尔·福柯 著
自我解释学的起源：福柯1980年在达特茅斯学院的演讲	[法]米歇尔·福柯 著
自我坦白：福柯1982年在多伦多大学维多利亚学院的演讲	[法]米歇尔·福柯 著
铃与哨：更思辨的实在论	[美]格拉汉姆·哈曼 著
迈向思辨实在论：论义与讲座	[美]格拉汉姆·哈曼 著
福柯的最后一课：关于新自由主义，理论和政治	[法]乔弗鲁瓦·德·拉加斯纳里 著
非人：漫谈时间	[法]让-弗朗索瓦·利奥塔 著
从康吉莱姆到福柯：规范的力量	[法]皮埃尔·马舍雷 著
艺术与诸众：论艺术的九封信	[意]安东尼奥·奈格里 著
批评的功能	[英]特里·伊格尔顿 著
走出黑暗：写给《索尔之子》	[法]乔治·迪迪-于贝尔曼 著

时间与他者	[法] 伊曼努尔·列维纳斯 著
声音中的另一种语言	[法] 伊夫·博纳富瓦 著
风险社会学	[德] 尼克拉斯·卢曼 著
动物与人二讲	[法] 吉尔伯特·西蒙东 著
非政治的范畴	[意] 罗伯托·埃斯波西托 著
临界：鲍德里亚访谈录	[法] 让·鲍德里亚 & [法] 菲利普·帕蒂 著
"绝对"的制图学：图绘资本主义	[英] 阿尔伯特·托斯卡诺 & [美] 杰夫·金科 著
社会学的问题	[法] 皮埃尔·布迪厄 著
读我的欲望！拉康与历史主义者的对抗	[美] 琼·柯普洁 著
虚无的解缚：启蒙与灭尽	[英] 雷·布拉西耶 著
我们从未现代过：对称性人类学论集	[法] 布鲁诺·拉图尔 著
我们自身的外人	[法] 朱丽娅·克里斯蒂娃 著
文艺复兴时期的自我塑造：从莫尔到莎士比亚	[美] 斯蒂芬·格林布拉特 著